# Le siècle des Lumières

XVIIIe siècle

Période de renouveau culturel et intellectuel dans toute l'Europe, fondé sur les idées de curiosité, de tolérance, de liberté : les contes de Voltaire et de Diderot font rire et réfléchir.

▸ À découvrir dans les séquences 1, 8 et 13.

Gabriel Lemonnier, *Une soirée chez Mme Geoffrin*, 1812.

# Le XIXe siècle

Période de révolution industrielle et de mondialisation des échanges : les lecteurs et les livres sont de plus en plus nombreux, le roman devient le genre le plus populaire et les célèbres romans d'aventures d'Alexandre Dumas passionnent les foules.
Les poésies de Charles Baudelaire et d'Arthur Rimbaud expriment les états d'âme humains face au monde moderne.
La colonisation, telle que la conquête de l'Ouest aux États-Unis, opppose la civilisation moderne aux sociétés traditionnelles.

▸ À découvrir dans les séquences 2, 3, 5 et 13.

Affiche de Jules Chéret, 1885.

# Le XXe siècle

Période marquée par les guerres mondiales et la société de consommation : la littérature, le cinéma et la bande dessinée représentent des mondes merveilleux pour s'évader, et la science-fiction imagine le futur de l'humanité sur la Terre ou sur d'autres planètes.

▸ À découvrir dans les séquences 5, 8, 9 et 13.

*Alice au pays des merveilles*, film de Tim Burton, 2010.

# Le XXIe siècle

L'époque actuelle est marquée par le souci d'améliorer les relations entre l'homme et la nature. Les arts, et en particulier la littérature, expriment aujourd'hui les inquiétudes et les espoirs écologiques.

▸ À découvrir dans les séquences 5, 9 et 12.

Affiche du festival Les Utopiales, édition 2019.

Mission Plumes

5e
cycle 4

# Mon MANUEL de FRANÇAIS

**Hélène Bart**
Collège Langevin-Wallon
Grenay (62)

**Roxane Bernard**
Collège Victor Hugo
Bourges (18)
Certifiée théâtre

**Laurence Bot**
Collège Henri Matisse
Grand-Couronne (76)
Formatrice académique

**Coralie Cordier**
Collège Saint-Exupéry
Forges-les-Eaux (76)

**Matthieu Duflos**
Collège Blaise Pascal
Longuenesse (62)
Formateur académique

**Isabelle Harbonnier-Valdher**
Collège René Cassin
Loos-en-Gohelle (62)
Professeure-documentaliste
Formatrice en littérature jeunesse

**Audrey Jedrezac**
Lycée Jean-Baptiste Corot
Douai (59)

**Carine Lemarié**
Collège Victor Hugo
Gisors (27)
Formatrice académique

**Vincent Molmy**
Collège Jean Monnet
Coulogne (62)

**Marie Pilon**
Collège Saint-Exupéry
Forges-les-Eaux (76)

**Aurélie Plywaczyk**
Lycée Anatole France
Lillers (62)

**Claire Ridel**
Collège Henri Matisse
Grand-Couronne (76)
Formatrice académique

**Stéphanie Rouen**
Collège Guillaume de Conches
Conches-en-Ouche (27)
Professeure-documentaliste

**Marie-Amélie Sery**
Collège Pierre Corneille
Le Neubourg (27)

**Mathilde Spychala**
Collège Lili Keller-Rosenberg
Halluin (59)

**Céline Walkowiak**
Collège René Cassin
Loos-en-Gohelle (62)

hachette
ÉDUCATION

**Nous remercions tous les enseignants qui ont bien voulu contribuer à la conception de cet ouvrage et, en particulier, Dalila Abichou, Élodie Delacroix-Martin et Wolfgang Crastes pour leurs précieux conseils et suggestions.**

**Responsable éditorial :** Gaël Gauvin
**Responsable de projet :** Jessica Alléguède
**Édition :** Juliette Caussé, Laetitia Manesse, Astrid Rogge, Andrea Schaeffler
**Conception graphique intérieur :** Valérie Goussot, Delphine d'Inguimbert
**Couverture :** Valérie Goussot, Delphine d'Inguimbert
**Mise en page :** Valérie Goussot, Delphine d'Inguimbert, Caroline Joubert – www.atelier-du-livre.fr
**Iconographie :** Laurence Blauwblomme, Valérie Dereux
**Relecture :** Anne Chougnet, Franck Henry
**Cartographie :** Légendes Cartographie
**Illustrations :** Johann Misset, Caroline Taconet, Jules Thommen
**Fabrication :** Miren Zapirain
**Enregistrements, montage et mixage :** Quali'son (David Hassici)

**hachette-education.com**


ISBN : 978-2-01-706674-3
ISBN à utiliser pour toute commande de l'ouvrage

PAPIER À BASE DE FIBRES CERTIFIÉES

hachette s'engage pour l'environnement en réduisant l'empreinte carbone de ses livres. Celle de cet exemplaire est de : 1600 g éq. $CO_2$ Rendez-vous sur www.hachette-durable.fr

# Les ressources numériques de votre manuel papier en accès direct

## Pour apprendre et s'entraîner efficacement, en classe comme à la maison !

**Accédez rapidement et facilement aux ressources numériques de votre manuel grâce aux mini-liens et aux QR-codes, ou en vous rendant directement sur le site de la collection.**

Retrouvez également ces ressources dans le manuel numérique !

### Quelles ressources numériques se trouvent dans mon manuel ?

- Des vidéos : extraits de films, captations exclusives de scènes de théâtre, interviews, clips.
- Des documents audios : interviews, extraits de musique, chansons.
- Tous les textes du manuel lus par des comédiens.
- Des supports à compléter : tableaux, grilles de mots, fiches d'analyse, fiches bilan.
- Des exercices interactifs avec des Geniallys.
- Des cartes mentales interactives et commentées.

## Pour y accéder, c'est très simple :

### Recopier le mini-lien

Dans votre navigateur, saisissez le mini-lien Hachette-clic.
Vous accédez directement à la ressource !

## Vous pouvez aussi :

### Flasher le QR-code

Avec l'appareil photo de votre smartphone ou votre tablette, flashez le QR-code présent près de la ressource. Vous y accéderez immédiatement !

### Vous rendre sur le site de la collection

Dans votre navigateur, saisissez l'adresse du site de la collection pour accéder à toutes les ressources numériques du manuel.
**college.hachette-education.com/monmanueldefrancais**

# Sommaire du thème 1 Le voyage et l'aventure : pourquoi aller vers l'inconnu ?

## séquence 1 Étonnants voyageurs ! p. 16

## séquence 2 Voyages immobiles ? p. 40

séquence **3**

Parcours d'œuvre

# Le Comte de Monte-Cristo

Un roman d'aventures d'Alexandre Dumas

p. 64

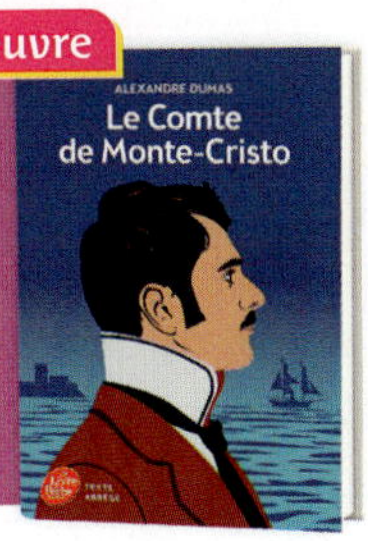




(Exercices interactifs)
hachette-clic.fr/21mf5013
hachette-clic.fr/21mf5014

genially

Dans les Parcours d'œuvre, vous êtes guidés dans la lecture d'une œuvre complète : un roman d'aventures, une pièce de théâtre, un conte merveilleux…

Grâce à ces QR codes, vous accédez à des exercices interactifs à la fin de chaque séquence !

# Sommaire du thème 2 Avec autrui : familles, amis, réseaux

## Séquence 4 — L'Amour médecin

Parcours d'œuvre

*Une satire de la médecine par Molière*

p. 80

Dans cette séquence, vous êtes comme au théâtre ! Regardez des extraits d'une mise en scène exclusive, qu'on ne trouve que dans ce manuel ! Vous pouvez aussi regarder une interview du metteur en scène.

## Séquence 5 — La famille dans tous ses états

p. 96

séquence 6 « Tous beaux, tous laids, tous égaux » p. 120

Projets

Vos projets



Dans cette séquence, quatre projets permettent de travailler avec vos camarades autour de thèmes très importants : le harcèlement et la tolérance.

En fin de séquence, élargissez votre horizon culturel : découvrez des pages sur l'histoire des arts ou sur le cinéma !

# Sommaire du thème 3 Imaginer des univers nouveaux

Parcours d'œuvre

## séquence 7 L'Oiseau Bleu, un conte merveilleux de Mme d'Aulnoy

Vivre ses rêves, corps et âme !

## séquence 8 Bienvenue en terres imaginaires

séquence 9

# Science-fiction : espoirs ou angoisses ?

p. 166

séquence 10

## Écoutez-donc, seigneurs...

Lais de Marie de France p. 188

**BONUS** séquence numérique

### Une BD numérique et un héros excentrique

Dans le manuel numérique, une séquence vous guidera pour donner vie à un héros médiéval excentrique. J'ai déjà plein d'idées pour cette BD !

séquence 11

## Faites place aux héroïnes épiques !

p. 204

# Sommaire du thème 5 L'être humain est-il maître de la nature ?

## Séquence 12 — Céleste, ma planète

Parcours d'œuvre

**Céleste, ma planète**
Un roman poétique et écologique de Timothée de Fombelle p. 228

## Séquence 13 — Sur la piste des Indiens

**Sur la piste des Indiens** p. 240

# Fiches méthode

## Lire



## Dire



## Écrire



## Compétences transversales



# Étude de la langue

## Connaître les différences entre l'oral et l'écrit



## Enrichir et structurer le lexique

## Analyser le fonctionnement de la phrase simple et de la phrase complexe

## Consolider l'orthographe lexicale et grammaticale

ATELIERS de rentrée

# Pour se présenter, se raconter, faire connaissance

## ATELIER 1 — ÉCRIT ET ORAL — EN BINÔME

## Le questionnaire de Marcel Proust

**Marcel Proust** ▸ 1871-1922

Romancier français dont l'œuvre principale est *À la recherche du temps perdu*, roman en sept parties publiées entre 1913 et 1927.

Adolescent, Marcel Proust a découvert un questionnaire de personnalité venu d'Angleterre. Il aimait le proposer à ses amis.

- Le principal trait de mon caractère ?
- Mon principal défaut ?
- Ma principale qualité ?
- Ce que j'apprécie le plus chez mes amis ?
- Mon occupation préférée ?
- Mon rêve de bonheur ?
- Où aimerais-je vivre ?
- Mes héros dans la fiction ?
- Mes héroïnes favorites dans la fiction ?
- Le don de la nature que je voudrais avoir ?
- L'état présent de mon esprit ?

**> En binôme, répondez à tour de rôle à ce questionnaire.**

## ATELIER 2 — ÉCRIT ET ORAL — EN BINÔME

## J'aime ou je n'aime pas

**Georges Perec** ▸ 1936-1982

Écrivain français, membre de l'OuLIPo (OUvroir de LIttérature POtentielle). Il est l'auteur de *Je me souviens* (1978), un recueil de souvenirs.

« J'AIME : [...] le jazz, les trains, être en avance, le basilic[1], marcher dans Paris, l'Angleterre, l'Écosse, les lacs, les îles, les chats, la salade de tomate épépinée et pelée[2], les puzzles, le cinéma américain [...],

JE N'AIME PAS : [...] les lunettes de soleil, le sport, les stations de ski, les voitures, [...], la moustache, les Champs-Elysées, la radio, les journaux, le music-hall[3], le cirque [...]. »

**Georges Perec**, « J'aime, je n'aime pas », revue *L'Arc*, n° 76, 1979.

1 **Basilic** : plante aromatique. 2 **Épépinée et pelée** : sans pépins et épluchée. 3 **Music-hall** : genre de spectacle.

**> Écrivez vos propres listes en citant au moins dix éléments que vous aimez et dix autres que vous n'aimez pas. Puis partagez-les avec votre voisin de classe pour faire connaissance.**

## ATELIER 3 ÉCRIT EN GROUPE

## Quelques notes sur vous-même

**Sei Shônagon** ▸ 966-1025
Poétesse japonaise.
Elle était dame d'honneur à la cour impériale du Japon.

Dans ses *Notes de chevet*, Sei Shônagon dresse une liste de choses de tous les jours qui la touchent.

*18.* ***Choses qui font battre le cœur***
Des moineaux qui nourrissent leurs petits.
Se coucher seule dans une chambre délicieusement parfumée d'encens.

*19.* ***Choses qui font naître un doux souvenir du passé***
Les roses trémières[1] desséchées. [...]
Les objets qui servirent à la fête des poupées.

*57.* ***Choses qui émeuvent[2] profondément***
[...] Une poule étalée sur ses poussins, pour les protéger.
Un village dans la montagne, sous la neige.

*82.* ***Choses qui ne servent plus à rien, etc.***
Une natte à fleurs, vieille, et dont les bords usés sont en lambeaux.
Un pin[3] desséché, auquel s'accroche la glycine[4].

**Sei Shônagon**, *Notes de chevet* (extraits), traduit du japonais par André Beaujard, Gallimard, 1966.

1 **Roses trémières** : espèce de rose.
2 **Émeuvent** : touchent.
3 **Pin** : arbre à épines.
4 **Glycine** : plante grimpante.

**> En groupe, écrivez des listes de choses qui vous touchent à la manière de Sei Shônagon. Vous pouvez vous inspirer des thèmes qu'elle a choisis ou en inventer d'autres.**

## ATELIER 4 ORAL EN GROUPE

## Des images pour se connaître

**> Regardez les images, répondez aux questions et partagez vos réponses en groupe.**

- Quelle image préférez-vous ? Pourquoi ?
- Quelle image aimez-vous le moins ? Pourquoi ?
- Quelle image correspond le plus à votre personnalité ?
- Quelle image vous intrigue le plus ?
- Quelle image choisiraient votre famille et vos amis pour vous décrire ?
- Quelle image illustre le plus votre état d'esprit aujourd'hui ?

①

②

③

④

# 1 Étonnants voyageurs !

## Vos objectifs

- Découvrir des récits d'aventures.
- Analyser différentes formes de récits de voyage.
- Étudier la description de découvertes.
- Réfléchir à la place de l'homme conquérant un territoire nouveau.

**Ayroles** et **Guarnido**, *Les Indes fourbes*, Delcourt, 2019.

« *Étonnants voyageurs ! quelles nobles histoires*
*Nous lisons dans vos yeux profonds comme les mers !*
*Montrez-nous les écrins de vos riches mémoires,*
*Ces bijoux merveilleux, faits d'astres et d'éthers.* »

**Charles Baudelaire** (poète français, 1821-1867), « Le Voyage », *Les Fleurs du mal*, 1857.

# À LA DÉCOUVERTE...

## 1 D'où viennent les aliments de notre quotidien ?

De nombreux aliments sont arrivés en Europe après la découverte de l'Amérique.
À l'oral, associez chaque aliment à sa définition, qui précise son origine.

le maïs

l'avocat

le poivron

le cacao

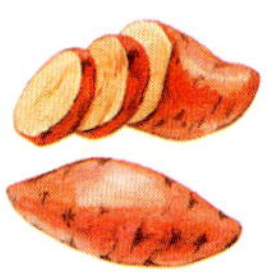
la pomme de terre

la tomate

a. Découvert par Christophe Colomb à Cuba. Rouge, vert ou jaune, au goût doux ou très piquant.

b. Originaire du Mexique, se présente sous forme de fèves à l'intérieur du fruit. Pour les consommer, il faut les griller, puis les broyer pour en faire une poudre que l'on peut déguster sous forme de pâte ou de boisson.

c. Se présente sous forme d'épi. Est constitué de petites boules jaunes. Sert de nourriture de base au Mexique.

d. Fruit d'origine mexicaine. Rond et rouge, il est d'abord considéré comme un fruit médicinal.

e. Fruit en forme de poire d'un arbre originaire du Mexique et d'Amérique centrale.

f. Légume de base de notre alimentation actuelle, il a été rapporté par les conquistadors au XVI$^{e}$ siècle, du Chili et du Pérou.

## 2 Des conquérants dans un jeu vidéo

Ce jeu de stratégie vous emmène à la découverte de différentes périodes historiques. Dans Europa 4, vous êtes dans la peau d'un conquérant du Nouveau Monde à l'époque de la Renaissance. Les joueurs découvrent de nouveaux territoires à coloniser et de nouvelles routes maritimes à explorer.

1. Décrivez l'affiche du jeu : identifiez les différents éléments représentés.
2. Qu'évoquent-ils pour vous ?

Couverture du jeu vidéo *Europa Universalis 4*, Paradox Interactive, 2013.

# Quelques repères

## Les dates importantes

**1271-1295** Marco Polo voyage depuis Venise jusqu'en Chine.

**1492** Christophe Colomb débarquant aux Bahamas, découvre l'Amérique.

**1519** Fernand de Magellan entreprend le premier tour du monde, achevé en 1522.

**1557** Jean de Léry séjourne au Brésil.

**1766-1769** Tour du monde de Louis-Antoine de Bougainville.

**La Renaissance**

C'est une période historique et un mouvement culturel et artistique des XVe et XVIe siècles. Elle marque la fin du Moyen Âge. Cette période est très riche en découvertes de toutes sortes.

**Les Lumières**

C'est un mouvement culturel du XVIIIe siècle, qui a pour objectif de diffuser les nouvelles connaissances dans tous les domaines, afin que le plus grand nombre puisse en profiter.

## La carte des explorations

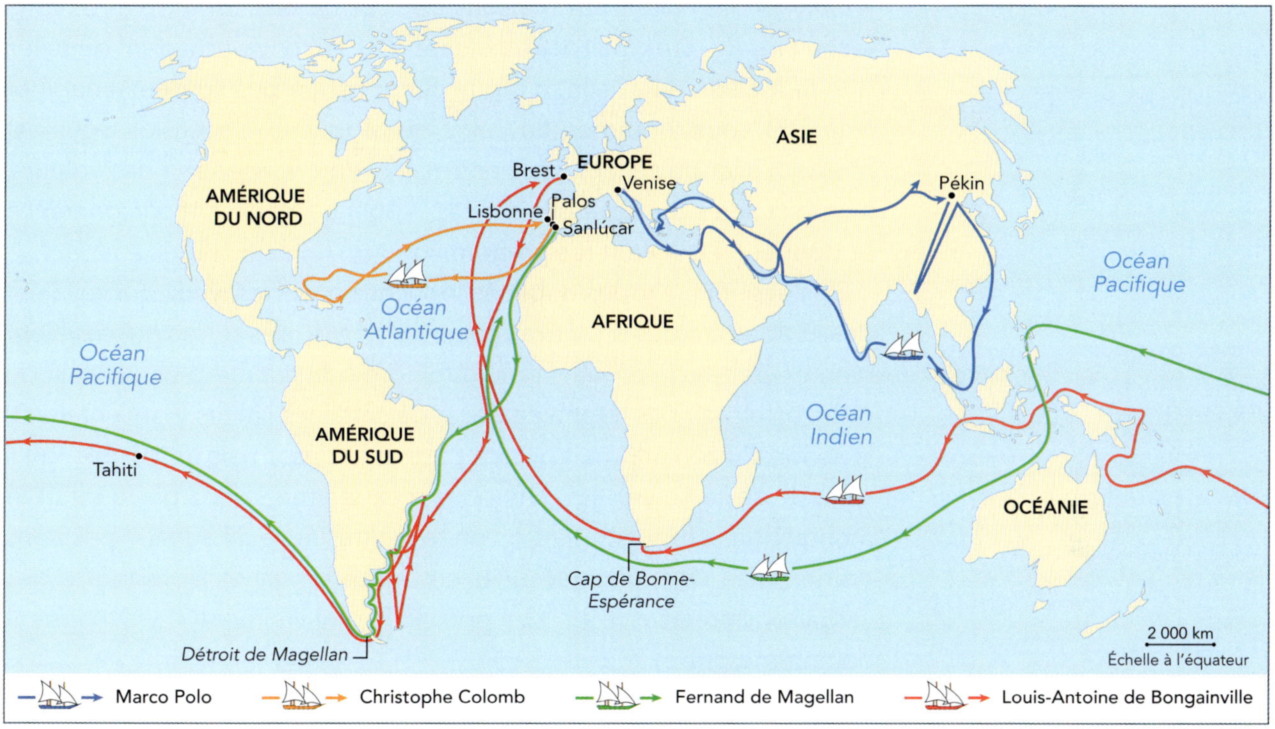


Carte des grands voyages réalisés par les Européens entre le XIIIe et le XVIIIe siècle.

## Le vocabulaire à connaître

Les **explorateurs** sont désignés par les termes **voyageurs**, **navigateurs**, **aventuriers**, ou même **conquistadors**, un mot qui vient de l'espagnol et du portugais et qui signifie les « **conquérants** ».

Christophe Colomb rencontre des indigènes. **Théodore de Bry**, *Grands voyages, America pars quarta*, 1592, gravure colorisée.

# Lecture 1 Pourquoi partir vers l'inconnu ?

## Vos objectifs

- Comprendre ce qui motive le départ vers une terre lointaine et inconnue.
- Comparer les caractéristiques d'un roman historique et d'un journal de bord.

**Jean-Côme Noguès**
né en 1934
Auteur français de romans pour la jeunesse, il a été enseignant et principal de collège.

## 1 *Le Voyage inspiré*

(texte à écouter)
hachette-clic.fr/21mf5001

Dans *Le Voyage inspiré*, Jean-Côme Noguès raconte le voyage de Christophe Colomb. L'extrait commence au moment où il cherche un équipage. Dans le port de Palos, Martín Alonso Pinzón prend la parole dans une taverne remplie de marins.

« Je n'ai pas envie de laisser ce Christophe Colomb aller seul au pays de tant de richesses. Et vous, les gars ? Avez-vous pensé que, d'après les anciens récits conservés par des sages, d'autres navigateurs ont pris autrefois ces routes maintenant oubliées ?… Qu'ils sont parvenus dans des contrées où l'or brille à profusion ?… Tant d'or que les palais des rois et les maisons de tout un chacun en ont les toits recouverts ?… Des maisons aux tuiles d'or, Paco ! Avec autant de tuiles que ta maison en a, elle, d'argile cuite. Est-ce que tu peux imaginer cela ? Et vous, hommes de Palos de Moguer ? L'occasion vous est offerte d'aller puiser l'or à pleines mains. Vous laisseriez à des voleurs, à des criminels ces richesses que les indigènes méprisent par ignorance et donnent à qui veut les prendre ? »

On l'écoutait, chopes oubliées, bouches ouvertes, yeux qui voyaient des rivages auxquels on avait toujours pensé, des terres qui devaient bien exister et qu'on eût voulu atteindre si la crainte d'un au-delà de l'horizon n'avait pas retenu en deçà[1] de certaines limites. Et maintenant, le señor[2] Pinzón affirmait que ce pays était désormais accessible, qu'il suffisait de le suivre, lui, l'homme d'expérience dont on ignorait le montant de la fortune, mais qu'on savait très riche. N'aurait-il pas, sans en rien dire, déjà navigué dans ces eaux lointaines et rapporté des cargaisons précieuses ?… Qui pouvait le dire vraiment ?… On prétendait même que…

« Non seulement je ferai partie du voyage, reprit Martín Alonso mais encore, en réponse au rescrit[3] des souverains, c'est moi qui armerai les navires. J'en fournirai deux. »

**Jean-Côme Noguès**, *Le Voyage inspiré* (1991), Hatier, 2016.

1 En deçà : en dessous.
2 Señor : « monsieur », en espagnol.
3 Rescrit : écrit officiel. Les souverains d'Espagne ordonnent aux habitants de Palos de fournir deux navires et leurs équipements pour le voyage de Colomb.

**La boîte à mots** Le mot **indigène** (l. 11) désigne une personne née dans le pays où elle vit. Le mot vient du grec *genos* qui désigne la race, la famille. **Trouvez au moins un mot ayant la même origine.**

1 Pourquoi Martín Alonso Pinzón s'adresse-t-il aux marins ?

2 Relevez les mots qui le caractérisent.

3 Comment fait-il pour convaincre les marins ? Cherchez ses arguments.

4 Dans le deuxième paragraphe, quel adjectif caractérise le pays où il souhaite se rendre avec Christophe Colomb ?

5 À votre avis, les marins sont-ils intéressés ? Pourquoi ?

**À L'ORAL** « On prétendait même que… » : Appuyez-vous sur ce que les marins savent du señor Pinzón et imaginez la suite de la phrase. Que pourraient raconter les marins sur lui et ses voyages ?

## 2 *Journal de bord*

(texte à écouter)
hachette-clic.fr/21mf5002

Voici un extrait de la première page du journal de bord de Christophe Colomb. Il s'adresse à Ferdinand d'Aragon et Isabelle de Castille.

L'adieu de Christophe Colomb aux souverains espagnols Isabelle de Castille et Ferdinand d'Aragon, **Théodore de Bry**, *Grands voyages, America pars quarta*, 1592, gravure.

Et je partis de la cité de Grenade[1] le douzième jour du mois de mai de la même année 1492, un samedi ; je vins à la ville de Palos[2], qui est un port de mer, où j'armai[3] trois navires très convenables pour telle entreprise et je partis dudit[4] port, bien pourvu[5] de très nombreuses subsistances[6] et de beaucoup de gens de mer le troisième jour du mois d'août de ladite année, un vendredi, une demi-heure avant le lever du soleil. Et je pris le chemin des îles Canaries qui sont à Vos Altesses et se trouvent en ladite mer océane pour, de là, prendre ma route et naviguer jusqu'à toucher aux Indes, m'y acquitter[7] de l'ambassade[8] de Vos Altesses [...] et y accomplir ce qu'Elles m'avaient ordonné.

En ces raisons, je me suis proposé d'écrire très ponctuellement, au jour le jour, tout ce que je ferais et qui m'arriverait pendant ce voyage, comme bien on le verra plus avant.

De plus, Seigneurs Princes, tout en écrivant chaque nuit ce qui sera arrivé le jour, et le jour la navigation de la nuit, j'ai le dessein de faire une nouvelle carte marine sur laquelle je situerai toute la mer et toutes les terres de la mer océane.

**Christophe Colomb**, *Journal de bord* (1492-1493), traduit de l'espagnol par Soledad Estorach et Michel Lequenne, Librairie François Maspero, 1979.

1 **Grenade** : ville espagnole, au sud-est de l'Andalousie. 2 **Palos** : ville côtière espagnole d'où part Colomb en août 1492. 3 **J'armai** : j'équipai. 4 **Dudit** : celui qui a été mentionné avant. 5 **Pourvu** : muni, équipé. 6 **Subsistances** : nourriture. 7 **S'acquitter de** : accomplir un engagement. 8 **Ambassade** : représentation officielle d'un chef d'État à l'étranger.

**La boîte à mots** Les mots **naviguer**, **navigateur** viennent du latin *navigare* (naviguer). Le mot **navire** (l. 4) vient du latin *navis* (bateau). *Navis* a également donné le nom nef. **Recherchez la définition de ce terme.**

1 Retrouvez dans le texte les mots qui désignent Christophe Colomb et ceux qui désignent le roi et la reine d'Espagne. Que remarquez-vous ?

2 Retrouvez sur une carte les lieux cités par Christophe Colomb. Associez-y les dates et les événements cités.

3 Quels sont les différents temps utilisés dans le texte ? Quel changement remarquez-vous ?

4 Cherchez le sens du mot « dessein » (l. 19). Pourquoi Christophe Colomb tient-il un journal de bord ?

5 Décrivez la gravure de Théodore de Bry. Que se passe-t-il à l'arrière-plan ?

**À L'ÉCRIT** Christophe Colomb assiste au recrutement des marins. Rédigez la page de son journal de bord, adressée aux souverains, dans laquelle il raconte cet événement : résumez les paroles de l'armateur, décrivez la réaction des marins.

**Si vous avez aimé, vous aimerez**

*1492 : Christophe Colomb*, film réalisé par Ridley Scott en 1992.

### Votre bilan

- Dans le journal de bord et dans le roman historique, comment sont évoquées les motivations des marins ?

# Lecture 2 Un voyage difficile ?

## Vos objectifs

- Lire des descriptions de voyages.
- Comprendre les conditions de vie des marins.

**Stefan Zweig**

1881-1942

Écrivain, journaliste, dramaturge et biographe autrichien. Il a beaucoup voyagé dans les grandes villes européennes mais aussi en Inde et en Amérique.

## 1 *Magellan*

texte à écouter
hachette-clic.fr/21mf5003

Dans la préface de sa biographie de Magellan, Stefan Zweig raconte son propre voyage en bateau vers l'Amérique du Sud, en 1934. Il s'imagine les longs voyages des anciens navigateurs, en particulier le premier tour du monde fait par le navigateur portugais en 1519.

Rappelle-toi dans quelles conditions on voyageait autrefois[1]. Compare cette traversée avec celles des audacieux navigateurs qui découvrirent ces mers immenses. Essaie de te représenter comment ils se lançaient, sur leurs malheureux cotres[2], dans l'inconnu, ignorants de la route à suivre, perdus dans l'infini, sans cesse exposés aux dangers et aux intempéries[3], aux souffrances de la faim et de la soif. Pas de lumière la nuit, comme boisson l'eau saumâtre[4] des tonneaux et l'eau de pluie, rien d'autre à manger que le biscuit dur comme de la pierre et le lard salé et rance[5], souvent même manquant de cette pauvre nourriture pendant de longs jours ! Pas de lit ni de couchette, une chaleur infernale, un froid impitoyable et de plus la conscience qu'ils étaient seuls, absolument seuls dans cet immense désert d'eau. Pendant des mois, des années, personne chez eux ne savait où ils se trouvaient et eux-mêmes souvent ignoraient où ils allaient. La faim voyageait avec eux, la mort les entourait sous mille formes sur mer et sur terre, le danger qui les menaçait venait à la fois de l'homme et des éléments. Personne, ils le savaient, ne pouvait leur venir en aide, aucune voile ne viendrait à leur rencontre dans ces mers inconnues, personne ne pourrait les sauver de la détresse et du malheur, ou, en cas de naufrage, faire connaître leur mort. Je n'eus qu'à me souvenir de ces premiers voyages des conquérants de la mer pour avoir honte de mon impatience.

**Stefan Zweig**, *Magellan* (1937), traduit de l'allemand par Alzir Hella, Le Livre de poche, 2012.

1 **Autrefois** : à l'époque des premiers grands voyages en bateau.
2 **Cotres** : voiliers rapides.
3 **Intempéries** : mauvais temps.
4 **Saumâtre** : au goût d'eau douce et de mer mélangées.
5 **Rance** : qui a pris une odeur forte et un goût âcre.

**Avec du style !**

L'oxymore rapproche deux mots de sens contraire pour créer un effet de surprise.
Exemple : « Un affreux **soleil noir** d'où rayonne la nuit » (Victor Hugo).
À votre tour, créez un oxymore à partir d'un des mots suivants : silence, beauté, clarté.

1 « Rappelle-toi » (l. 1) : qui parle, à qui ?

2 Quels adjectifs qualifient les marins au début de l'extrait ?

3 Relevez les différents termes et expressions qui désignent la mer. Trouvez un oxymore (l. 12) et expliquez-le.

4 Relevez des mots exprimant la négation. Pourquoi sont-ils aussi nombreux ?

5 Que pensez-vous des conditions de voyages décrites ? Contre quoi les marins devaient-ils lutter ?

6 Pourquoi l'auteur dit-il avoir « honte » (l. 21) de son impatience ?

**À L'ORAL** Chacun votre tour, prononcez un mot qui résume la vie des marins racontée dans le texte.

## 2 Le Voyage de Magellan

(texte à écouter)
hachette-clic.fr/21mf5004

**Antonio Pigafetta**
▸ vers 1492-1531
Marin et chroniqueur italien du XVIe siècle.

Un membre de l'expédition de Magellan, l'Italien Pigafetta, raconte dans son journal le voyage autour du monde auquel il a participé.

Mercredi 28 Novembre 1520, nous sortîmes du détroit et entrâmes dans la mer Pacifique, où nous demeurâmes[1] trois mois et vingt jours sans prendre de vivres[2] ni autres rafraîchissements. Nous ne mangions que du vieux biscuit tourné en poudre, tout plein de vers et puant l'urine que les rats avaient faite dessus après en avoir mangé le bon, et buvions une eau jaune infecte. Nous mangions aussi les peaux de bœuf, qui étaient sur l'antenne majeure[3] (afin qu'elle ne rompît les haubans[4]) et qui étaient très dures à cause du soleil, de la pluie et du vent. Et nous les laissions quatre ou cinq jours en mer puis les mettions un peu sur les braises, et les mangions ainsi. […]

Outre ces maux, ce mal que je dirai était le pire. C'est que les gencives de la plus grande partie de nos gens croissaient dessus et dessous[5], si fort qu'ils ne pouvaient manger et il nous en mourut ainsi dix-neuf.

**Antonio Pigafetta**, *Le Voyage de Magellan : 1519-1522. La relation d'Antonio Pigafetta du premier tour du monde* (1532-1536), traduit de l'italien par Xavier de Castro, Chandeigne, 2018.

**Jan Porcellis**, *Navire dans la tempête près d'une côte rocheuse*, 1614, huile sur toile, Musée Hallwyl, Stockholm.

1 **Demeurâmes :** restâmes (1re personne du pluriel du verbe *demeurer* au passé simple).
2 **Vivres :** nourriture.
3 **L'antenne majeure :** la grande vergue.
4 **Haubans :** câbles qui maintiennent le mât du bateau.
5 **Les gencives de nos gens croissaient dessus et dessous :** il s'agit du scorbut, maladie grave causée par un manque de vitamine C, qui provoque déchaussements de dents et hémorragies.

1 Quels indices vous montrent qu'il s'agit d'un journal de bord ?

2 Pourquoi n'y a-t-il plus rien à manger et à boire sur le bateau ?

3 Qu'est-ce que les hommes sont contraints de faire pour survivre ?

4 Décrivez le tableau. Que pensez-vous de ses couleurs ?

p. 266 > 5. Comment lire et décrire une image ?

5 Quel danger de la mer est représenté ?

**À L'ÉCRIT** À votre tour, écrivez une page de journal de bord. Racontez les espoirs, mais aussi les difficultés rencontrées par un marin qui fait sa première traversée.

**Si vous avez aimé, vous aimerez**
« Explora », une collection de bandes dessinées (Glénat) qui retracent les voyages des plus grands explorateurs comme Magellan.

### Votre bilan

▸ Que nous apprennent ces textes sur les grandes traversées ? Quels risques les navigateurs devaient-ils affronter ? De quelles qualités devaient-ils faire preuve, à votre avis ?

Lecture en GROUPE 3

# Comment décrire des découvertes étonnantes ?

## Vos objectifs

- Étudier des descriptions de découvertes.
- Identifier les procédés d'écriture utilisés.
- Découvrir le vocabulaire des sens et des couleurs.

## 1 « Une bête qu'ils appellent tapiroussou »

(texte à écouter) hachette-clic.fr/21mf5005

Jean de Léry décrit les animaux rencontrés au Brésil.

Ainsi, pour décrire les bêtes sauvages de leur pays, qu'ils nomment *soò*, je commencerai par celles qui sont bonnes à manger. La première et la plus commune s'appelle *tapiroussou*. Elle a le poil rougeâtre et assez long, et presque de la taille, la grosseur et la forme d'une vache. Mais sans cornes, et le cou plus court, les oreilles plus longues et pendantes, les jambes plus sèches et plus fines, le sabot non fendu mais de la forme de celui de l'âne, on peut dire qu'elle relève à la fois de l'un et de l'autre, est à moitié vache et à moitié âne.

[…] Malgré cela, n'opposant d'autre résistance que la fuite, elle n'est en rien dangereuse. Les Sauvages la tuent, comme beaucoup d'autres, avec des flèches, ou la capturent avec des chausses-trappes[1] et divers pièges qu'ils élaborent fort ingénieusement.

**Jean de Léry**, *L'Histoire d'un voyage fait en la terre du Brésil*, 1578.

1 Chausses-trappes : trous recouverts, cachant un piège.

### Coup de pouce

Repérez les diverses parties de l'animal décrites.

### Jean de Léry

1536-1613

Écrivain français et grand voyageur. Installé à Rio de Janeiro, au Brésil, il est contraint de fuir et part vivre avec ses compagnons parmi les Indiens. C'est là qu'il découvre un nouveau monde qui le fascine. De retour en France, il écrit l'*Histoire d'un voyage fait en la terre du Brésil*, dans lequel il raconte ce qu'il a vécu lors de son expédition.

## 2 « Les oiseaux d'Amérique »

(texte à écouter) hachette-clic.fr/21mf5006

Une autre catégorie d'animaux le fascine, ce sont les oiseaux de ce pays.

Mais quant au plumage (comme vous en jugerez vous-même après l'avoir entendu) je ne crois pas qu'en tout le monde universel il puisse se trouver d'oiseaux de plus admirable beauté […].

Pour donc en faire la preuve, le premier que les sauvages appellent *arat*, ayant les plumes des ailes et celles de la queue, qu'il a longue d'un pied et demi[1], pour moitié aussi rouges que de l'écarlate[2] fine, et pour l'autre moitié (la tige au milieu de chaque plume séparant toujours les couleurs opposées des deux côtés) de couleur bleu céleste aussi étincelante que la plus fine étoffe[3] qui se puisse voir, et de plus tout le reste du corps azuré[4], quand cet oiseau est au soleil où il se tient habituellement, il n'y a œil qui se puisse lasser de le regarder.

L'autre nommé *canidé*, ayant tout le plumage sous le ventre et à l'entour du cou aussi jaune que de l'or fin, le dessus du dos, les ailes et la queue, d'un bleu si pur qu'il n'est pas possible de l'être plus, ayant l'impression qu'il est vêtu d'une toile d'or par-dessous, et vêtu d'un manteau aux motifs de damas[5] violet par-dessus, on est ravi d'une telle beauté.

**Jean de Léry**, *L'Histoire d'un voyage fait en la terre du Brésil*, 1578.

1 Un pied et demi : un pied correspond à 30 cm.
2 Écarlate : rouge très vif.
3 Étoffe : tissu.
4 Azuré : bleu couleur ciel.
5 Damas : tissu.

### Coup de pouce

Relevez les adjectifs de couleur. Qu'en pensez-vous ?

## 3 « Le plus excellent fruit de l'Amérique »

(texte à écouter) hachette-clic.fr/21mf5007

Après avoir décrit les animaux, Jean de Léry évoque les fruits du Brésil.

Quant aux plantes et herbes dont je veux aussi faire mention je commencerai par celles qui, à cause de leurs fruits et de leurs effets me semblent les plus excellentes. Premièrement, la plante qui produit le fruit nommé par les sauvages *ananas*, est de forme semblable aux glaïeuls[1], et encore ayant les feuilles un peu courbées et cannelées[2] tout autour, elles s'approchent plus de celles de l'aloès[3]. Elle croît aussi non seulement amoncelée[4] comme un grand chardon, mais son fruit aussi, qui est de la grosseur d'un melon moyen, et ressemble à une pomme de pin, sans pendre ni pencher d'un côté ni de l'autre, pousse comme nos artichauts.

Et du reste, quand ces ananas sont venus à maturité, étant de couleur jaune azuré, ils ont une telle odeur de framboise, que non seulement en allant par les bois et les autres lieux où ils croissent, on les sent de fort loin, mais aussi leur goût fondant dans la bouche est naturellement si doux qu'il n'y a confiture de ce pays qui les surpasse : je soutiens que c'est le plus excellent fruit de l'Amérique.

**Jean de Léry**, *L'Histoire d'un voyage fait en la terre du Brésil*, 1578.

1 **Glaïeuls** : plantes à feuilles en forme de glaive (épée) et à grandes fleurs.
2 **Cannelées** : comportant des sillons.
3 **Aloès** : plante.
4 **Amoncelée** : mise en tas.

**Coup de pouce**
Relevez les sens mobilisés pour décrire ce fruit extraordinaire.

### EN GROUPE

**1 Formez des groupes !** Chaque groupe lit un texte et répond aux questions suivantes :

a. À quelles autres choses Jean de Léry compare-t-il ces découvertes ? À votre avis, pourquoi a-t-il besoin de faire des comparaisons ?

b. Quel vocabulaire des sens est utilisé par l'auteur pour décrire ce qu'il voit pour la première fois ?

c. Dessinez la découverte décrite dans votre texte.

d. Quel sentiment l'auteur éprouve-t-il face à ce qu'il décrit ?

**2** Recopiez et remplissez le tableau de synthèse.

| Textes | Comparaisons | Vocabulaire des cinq sens et des couleurs | Sentiment de l'auteur |
|---|---|---|---|
| 1 | | | |
| 2 | | | |
| 3 | | | |

**La boîte à mots** Associez un adjectif à une couleur.
Écarlate, rougeâtre, bleu céleste, azuré, damas violet, jaune or.

### TOUS ENSEMBLE

**3** Décrivez votre découverte aux élèves des autres groupes. Choisissez certaines phrases à lire pour faire deviner sans en dire trop.

**Votre bilan**
- Comment Jean de Léry décrit-il les choses qu'il voit pour la première fois ? Quels sens utilise-t-il ? Sur quoi insiste-t-il ?

# Lecture 4 Découvrir d'autres façons de vivre ?

**Vos objectifs**

- Étudier la description d'un peuple et de son mode de vie.
- Comprendre le regard que portent les artistes sur les terres qu'ils découvrent.
- Analyser une peinture.

**Louis-Antoine de Bougainville**
1729-1811
Officier de marine, navigateur et explorateur français. De 1766 à 1769, il mène le premier tour du monde français, à bord de son navire *La Boudeuse*.

## 1 Voyage autour du monde

(texte à écouter) hachette-clic.fr/21mf5008

Le bateau de Bougainville traverse l'Atlantique. Après avoir fait escale au Brésil, il emprunte le détroit de Magellan et fait escale à Tahiti où il rencontre les habitants de l'île.

Le caractère de la nation nous a paru être doux et bienfaisant. Il ne semble pas qu'il y ait dans l'île aucune guerre civile, aucune haine particulière, quoique le pays soit divisé en petits cantons[1] qui ont chacun leur seigneur indépendant. Il est probable que les Tahitiens pratiquent entre eux une bonne foi[2] dont ils ne doutent point. Qu'ils soient chez eux ou non, jour ou nuit, les maisons sont ouvertes. Chacun cueille les fruits sur le premier arbre qu'il rencontre, en prend dans la maison où il entre. Il paraîtrait que, pour les choses absolument nécessaires à la vie, il n'y a point de propriété et que tout est à tous. Avec nous, ils étaient filous habiles, mais d'une timidité qui les faisait fuir à la moindre menace. Au reste, on a vu que les chefs n'approuvaient point ces vols, qu'ils nous pressaient au contraire de tuer ceux qui les commettaient. Ereti[3], cependant, n'usait point de cette sévérité qu'il nous recommandait. [...]

Cette habitude de vivre continuellement dans le plaisir donne aux Tahitiens un penchant marqué pour cette douce plaisanterie, fille du repos et de la joie. Ils en contractent aussi dans le caractère une légèreté dont nous étions tous les jours étonnés. Tout les frappe[4], rien ne les occupe ; au milieu des objets nouveaux que nous leur présentions, nous n'avons jamais réussi à fixer deux minutes de suite l'attention d'aucun d'eux. Il semble que la moindre réflexion leur soit un travail insupportable et qu'ils fuient encore plus les fatigues de l'esprit que celles du corps.

Je ne les accuserai cependant pas de manquer d'intelligence. Leur adresse et leur industrie[5], dans le peu d'ouvrages nécessaires dont ne sauraient les dispenser l'abondance du pays et la beauté du climat, démentiraient ce témoignage. On est étonné de l'art avec lequel sont faits les instruments pour la pêche ; leurs hameçons sont de nacre[6] aussi délicatement travaillée que s'ils avaient le secours de nos outils ; leurs filets sont absolument semblables aux nôtres, et tissés avec du fil de pite[7]. Nous avons admiré la charpente[8] de leurs vastes maisons, et la disposition des feuilles de latanier[9] qui en font la couverture.

**Louis-Antoine de Bougainville**, *Voyage autour du monde*, 1771.

1 **Cantons** : territoires.
2 **Bonne foi** : confiance.
3 **Ereti** : le chef des Tahitiens.
4 **Frappe** : étonne.
5 **Industrie** : savoir-faire.
6 **Nacre** : matériau naturel produit par certains coquillages.
7 **Pite** : fibre textile à base de plantes.
8 **Charpente** : structure en bois du toit d'une maison.
9 **Latanier** : sorte de palmier.

*L'anecdote*

La bougainvillée est une plante originaire du Brésil. Elle tient son nom de Louis-Antoine de Bougainville, qui la rapporta de l'un de ses tours du monde.

Fleurs de bougainvillée

**Paul Gauguin** ▸ 1848-1903

Peintre français, il a beaucoup navigué sur toutes les mers du monde. En 1891, il découvre l'île de Tahiti et ses habitants, qui lui inspirent de nombreux tableaux.

BONUS

chanson à écouter
hachette-clic.fr/21mf5009

Écoutez une chanson traditionnelle tahitienne.

**Paul Gauguin**, *Montagnes tahitiennes* (détail), 1891, huile sur toile, Minneapolis Institute of Art, États-Unis.

POUR COMMENCER Que savez-vous de Tahiti ?

1 Reformulez les informations que Bougainville donne sur la façon de vivre des Tahitiens.

2 « Il ne semble pas » (l. 2), « il est probable » (l. 4) : Pourquoi l'auteur utilise-t-il ces formules pour décrire ce qu'il observe ?

3 Observez le champ lexical de la joie. Que pense l'auteur des peuples qu'il décrit ?

4 Que pensent les Tahitiens du travail ? Cela étonne-t-il l'auteur ? Pourquoi ?

5 Décrivez ce que vous voyez sur ce tableau : au premier plan, au second plan et à l'arrière-plan.

6 À votre avis, d'après les couleurs du tableau, quels sentiments Paul Gauguin éprouve-t-il pour Tahiti ?

À L'ÉCRIT Imaginez le dialogue entre Bougainville et Ereti, le chef des Tahitiens, à propos des vols commis par son peuple.

### Votre bilan

▸ Quelle image les auteurs ont-ils de Tahiti ? Justifiez votre réponse en vous appuyant sur les œuvres étudiées.

Lecture 5

# Explorateurs ou conquérants ?

## Vos objectifs

- Découvrir des textes qui dénoncent les conquêtes du Nouveau Monde.
- Comprendre la dimension polémique d'un texte.
- Découvrir quelques procédés rhétoriques permettant de convaincre, de défendre une opinion.

**Bartolomé de Las Casas**
1474-1566
Prêtre et historien espagnol connu pour avoir dénoncé les violences des explorateurs envers les peuples amérindiens. Son style est agressif car il souhaite interpeller les consciences de ses contemporains sur les pratiques des conquérants, qu'il juge inadmissibles.

## 1 Très brève relation de la destruction des Indes

(texte à écouter) hachette-clic.fr/21mf5010

Quelques décennies après la découverte de l'Amérique par Christophe Colomb, le prêtre Bartolomé de Las Casas écrit ce texte pour dénoncer la cruauté des conquistadors face à des peuples souvent pacifiques.

C'est chez ces tendres brebis, ainsi dotées[1] par leur créateur de tant de qualités, que les Espagnols, dès qu'ils les ont connues, sont entrés comme des loups, des tigres et des lions très cruels affamés depuis plusieurs jours. Depuis quarante ans, et aujourd'hui encore, ils ne font que les mettre en pièces, les tuer, les inquiéter, les affliger[2], les tourmenter, et les détruire par des cruautés étranges, nouvelles, variées, jamais vues, jamais lues, ni entendues. [...]

Au cours de ces quarante ans, plus de douze millions d'âmes[3] ; hommes, femmes et enfants, sont morts injustement à cause de la tyrannie et des œuvres infernales des chrétiens. [...]

Si les chrétiens ont tué et détruit tant et tant d'âmes et de telle qualité, c'est seulement dans le but d'avoir de l'or, de se gonfler de richesse en très peu de temps et de s'élever à de hautes positions disproportionnées à leur personne. À cause de leur cupidité[4] et de leur ambition insatiable, telles qu'il ne pouvait en avoir de pires au monde, et parce que ces terres étaient heureuses et riches, et ces gens si humbles[5], si patients et si facilement soumis, ils n'ont eu pour eux ni respect, ni considération, ni estime.

**Bartolomé de Las Casas**, *Très brève relation de la destruction des Indes* (1539), traduit de l'espagnol par Fanchita Gonzalez Batlle, La Découverte/Poche, 2004.

1 **Dotées** : qui ont reçu. 2 **Affliger** : frapper. 3 **Douze millions d'âmes** : ce chiffre global représente les morts dus à la conquête militaire, au travail forcé, à la maltraitance et aux maladies amenées par les conquistadors. 4 **Cupidité** : désir d'argent. 5 **Humbles** : modestes.

**Avec du style !**
L'**exagération** est une figure de style qui consiste à exagérer des propos négatifs ou positifs pour leur donner plus d'impact sur le lecteur. C'est donc un procédé fréquent dans les textes polémiques qui cherchent à convaincre en ciblant les émotions du lecteur.

1 Par quelles comparaisons l'auteur désigne-t-il les indigènes et les explorateurs ? Que signifient ces comparaisons ? (p. 32)

2 Relevez les souffrances infligées aux indigènes.

3 D'après l'auteur, quelle raison a essentiellement motivé les explorateurs ?

4 Classez dans un tableau les mots qui désignent les conquérants et ceux qui désignent les indigènes. Qu'en déduisez-vous ?

5 Relevez tous les mots du texte qui exagèrent les propos de l'auteur.

**À L'ÉCRIT** Reformulez avec vos propres mots les accusations portées par Las Casas contre les conquérants.

## 2 *Supplément au voyage de Bougainville*

(texte à écouter)
hachette-clic.fr/21mf5011

**Denis Diderot** ▸ 1713-1784

Écrivain français, philosophe des Lumières.
contribue à l'écriture de l'*Encyclopédie*,
qui collecte et diffuse des savoirs de l'époque.

Le *Supplément au voyage de Bougainville* est un conte dans lequel les personnages discutent du récit de voyage que Bougainville vient de publier après son tour du monde. Il s'agit donc d'un texte fictif, et non d'un témoignage. Au moment du départ des Européens, un vieillard, qui incarne la sagesse, tient le discours suivant.

« Pleurez, malheureux Otaïtiens[1] ! pleurez ; mais que ce soit de l'arrivée, et non du départ de ces hommes ambitieux et méchants : un jour, vous les connaîtrez mieux. Un jour, ils reviendront, le morceau de bois que vous voyez attaché à la ceinture de celui-ci, dans une main, et le fer qui pend au côté de celui-là, dans l'autre, vous enchaîner, vous égorger, ou vous assujettir[2] à leurs extravagances[3] et à leurs vices ; un jour vous servirez sous eux aussi corrompus, aussi vils[4], aussi malheureux qu'eux. » [...]

Puis s'adressant à Bougainville, il ajouta :

« Et toi, chef des brigands qui t'obéissent, écarte promptement ton vaisseau[5] de notre rive : nous sommes innocents, nous sommes heureux ; et tu ne peux que nuire à notre bonheur. Nous suivons le pur instinct de la nature ; et tu as tenté d'effacer de nos âmes son caractère. Ici tout est à tous ; et tu nous as prêché[6] je ne sais quelle distinction du tien et du mien. [...] Nous sommes libres ; et voilà que tu as enfoui dans notre terre le titre de notre futur esclavage. Tu n'es ni un dieu, ni un démon : qui es-tu donc, pour faire des esclaves ? Orou[7] ! toi qui entends la langue de ces hommes-là, dis-nous à tous, comme tu me l'as dit à moi-même, ce qu'ils ont écrit sur cette lame de métal : *Ce pays est à nous.* Ce pays est à toi ! et pourquoi ? parce que tu y as mis le pied ? Si un Otaïtien débarquait un jour sur vos côtes, et qu'il gravât sur une de vos pierres ou sur l'écorce d'un de vos arbres : *Ce pays est aux habitants d'Otaïti*, qu'en penserais-tu ?

**Denis Diderot**, *Supplément au voyage de Bougainville*, 1772.

1 **Otaïtiens** : Tahitiens.
2 **Assujettir** : rendre esclave.
3 **Extravagances** : idées folles.
4 **Vils** : mauvais.
5 **Vaisseau** : navire.
6 **Prêché** : convaincu.
7 **Orou** : nom d'un personnage.

**La boîte à mots** Le mot **brigand** (l. 10) désigne, à l'origine, un soldat à pied appartenant à une brigade. Comme certains soldats se livraient à du pillage ou de la destruction de biens auprès des civils, le terme est devenu péjoratif et synonyme de « voleur ». Puis le sens du mot s'est affaibli.
**À votre tour, cherchez le sens des mots *voyou*, *bandit*, *malandrin*, *chenapan*, *vaurien*, *gredin*, *vilain*.**

1 Quel est le ton du discours du vieillard ? Relevez les mots qui justifient votre réponse.

2 Qu'annonce-t-il aux habitants de Tahiti ?

3 Par quel terme s'adresse-t-il à Bougainville ? Que lui reproche-t-il ?

4 Quels types de phrases sont utilisés dans le discours du vieillard ? Expliquez pourquoi.

**À L'ORAL** Préparez une lecture à haute voix du second paragraphe, en respectant le ton voulu du discours.

### Votre bilan

▸ Quels aspects négatifs des grandes découvertes ces textes dénoncent-ils ?

# À VOS MARQUE-PAGES !

**Vos objectifs** ▸ Lire en autonomie et partager ses lectures.

**Osez partir à l'aventure aux côtés d'explorateurs passionnés ! C'est à vous de choisir vos titres en fonction de vos goûts et de votre appétit de lecture.**

## → À vos marque-pages, prêts ? Lisez !

### Petit appétit de lecture

explorateurs • atlas • anecdotes

École des loisirs, 2020.

### Atlas des explorateurs
**Sarah Sheppard**

Dans ce grand album illustré sont présentés les lieux qui ont marqué l'histoire. Il contient des portraits des grands explorateurs, des anecdotes, et des informations sur leurs aventures. Une façon de revivre les grandes découvertes à travers des cartes.

**Deux raisons d'aimer**
- Chaque double page associe une zone d'exploration à une période historique.
- De drôles de petits oiseaux fournissent des anecdotes piquantes.

Albin Michel Jeunesse, 2021.

protection animale • aventure • découverte géographique

### Alice Lerisque, super exploratrice
**Tome 1 : SOS forêt en danger**
**Jennifer Bell, Alice Lickens, Pauline Duhamel, Marie Cambolieu**

Fille de célèbres explorateurs, Alice a de qui tenir, et l'aventure la démange. Quand elle est appelée par la Société ultra protectrice des espèces rares pour aller sauver une abeille en voie de disparition, elle n'hésite pas et embarque pour l'Amérique du Sud.

**Deux raisons d'aimer**
- Des pages documentaires clôturent le roman avec des infos bonus.
- Le second tome des aventures d'Alice se passe en Antarctique.

bande dessinée • aventure • famille

Vents d'Ouest, 2021.

### Alyson Ford
**Tome 1 : Le Temple du jaguar**
**Joris Chamblain** et **Olivier Frasier**

En 1963, en Angleterre, Alyson est la digne héritière d'une lignée d'explorateurs. Elle s'entraîne depuis toujours à prendre la relève. Elle va partir à la recherche de ses proches au cœur de l'Amazonie, dans une aventure trépidante pleine d'ancienne magie et de trésors enfouis.

**Défi** Imaginez un carnet de voyage fictif d'une expédition de l'extrême.

**Deux raisons d'aimer**
- Combattre, parler des langues étrangères et survivre, Alyson est pleine de ressources.
- L'héroïne est un mélange d'Indiana Jones et de Lara Croft.

## Gros appétit de lecture

Hachette, 2018.

### Explorer Academy

**Tome 1 : Le Secret de Nebula**

**Trudi Trueit , Scott Plumb, Amélie Foulatier**

enquête • dangers • formation

À l'Explorer Academy, on forme l'élite des futurs aventuriers. Cruz Coronado intègre cette prestigieuse école, tout en enquêtant avec ses amis sur une organisation secrète responsable de la mort de sa mère.

**Deux raisons d'aimer**

- D'Hawaï aux quatre coins du globe, Cruz parcourt le monde.
- La quête de la vérité sur l'assassinat de sa mère est palpitante.

Gallimard Jeunesse, 2019.

### Le Club de l'ours polaire

**Tome 1 : Stella et les mondes gelés**

**Alex Bell**

exploration • magie • Grand Nord

Fille adoptive d'un aventurier, Stella ne rêve que de grandes explorations. Elle devient membre junior du Club de l'Ours Polaire, pour partir à la découverte des étendues polaires. Aux côtés de ses amis, elle affronte de multiples dangers et rencontre de merveilleuses créatures.

**Deux raisons d'aimer**

- C'est grâce à son sacré caractère que Stella réussit à entrer dans ce club.
- La trilogie mêle action, aventure et beaucoup d'humour.

### Le Livre des merveilles du monde

**Marco Polo**

classique littéraire • récit de voyage • découvertes géographiques

Dans cet authentique récit de voyage, Marco Polo témoigne de sa découverte des peuples lointains lors de son expédition jusqu'en Chine et en Asie du Sud. Il y mêle légendes et observations des coutumes, à travers des descriptions merveilleuses.

Librio, 2017.

**Deux raisons d'aimer**

- Le livre de Marco Polo a inspiré les grands explorateurs de la Renaissance.
- Marchand, explorateur, ambassadeur, Marco Polo a le goût de l'aventure !

**Partagez vos lectures !** ▶ **Interviews fictives des héros**

Imaginez que vous interviewez les héros de votre livre, comme un journaliste. À travers des questions et réponses, dévoilez des éléments de leurs personnalités, évoquez les étapes de leurs aventures et les principales thématiques de votre lecture. Utilisez le format texte ou l'enregistrement audio.

↪ **Avez-vous complété votre carnet de lecture ?**

# Pour vous aider à lire et écrire

Vocabulaire

## Les cinq sens

Mon objectif > varier et développer le vocabulaire des sens

1 Classez les verbes selon les sens qu'ils mobilisent.
apercevoir • tâter • déguster • embaumer • distinguer • sentir • savourer • écouter • exhaler • lorgner • attraper • palper • contempler

| Vue | Odorat | Toucher | Ouïe | Goût |
|---|---|---|---|---|
| …… | …… | …… | …… | …… |

2 Distinguez la douceur et la dureté au toucher.
souple • rêche • cotonneux • racorni • duveteux • soyeux • calleux • noueux • velouté • rugueux

3 Distinguez les noms qui évoquent des sons doux ou des sons assourdissants.
boucan • soupir • brouhaha • murmure • plainte • tapage • vacarme

4 Distinguez les bruits d'animaux des autres bruits.
bourdonnement • éclatement • roucoulement • clapotis • pépiement • ronronnement • crépitement • grognement • craquement

5 En utilisant le dictionnaire, cherchez des adjectifs pour caractériser le bon goût ou le mauvais goût des aliments.

## La comparaison

Mon objectif > commenter et créer des images

### J'observe

1 Relevez dans ces textes les comparaisons, et dites quel outil est utilisé pour chacune. Expliquez leur sens.

**1** Pas de lumière la nuit, comme boisson l'eau saumâtre des tonneaux et l'eau de pluie, rien d'autre à manger que le biscuit dur comme de la pierre et le lard salé et rance, souvent même manquant de cette pauvre nourriture pendant de longs jours !

**Stefan Zweig**, *Magellan*, Le livre de poche, 2012.

**2** La plante qui produit le fruit nommé par les sauvages ananas, est de forme semblable aux glaïeuls, et encore ayant les feuilles un peu courbées et cannelées tout autour, elles s'approchent plus de celles de l'aloès. Elle croît aussi non seulement amoncelée comme un grand chardon, mais son fruit aussi, qui est de la grosseur d'un melon moyen, et ressemble à une pomme de pin […].

**Jean de Léry**, *L'Histoire d'un voyage fait en la terre du Brésil*, 1578.

**3** C'est chez ces tendres brebis, ainsi dotées par leur créateur de tant de qualités, que les Espagnols, dès qu'ils les ont connues, sont entrés comme des loups, des tigres et des lions très cruels affamés depuis plusieurs jours.

**Bartolomé de Las Casas**, *Très brève relation de la destruction des Indes*, 1539.

### Je m'entraîne

2 Complétez ces phrases à l'aide d'une comparaison. Variez les outils de comparaison.

a. Les arbres s'élevaient dans le ciel …….
b. La mer agitée …….
c. Il regardait les oiseaux qui volaient …….
d. Il mangea pour la première fois ce fruit dont le goût était sucré …….
e. La multitude des parfums qui l'entouraient, piquants comme ……, l'étourdissait.

### J'écris

3 Le toucan est un oiseau originaire d'Amérique centrale et du Sud. Imaginez que vous êtes un explorateur et que vous le découvrez, dans la chaleur de la forêt. Comment le présenteriez-vous ?

Défi a. Commencez votre texte par une ou deux phrases de récit avant de décrire l'animal.
b. Utilisez des adjectifs de couleur.
c. Utilisez des comparaisons avec d'autres animaux.

## L'accord dans le groupe nominal

**Mon objectif > observer les chaînes d'accord et accorder correctement les adjectifs qualificatifs**

### J'observe

**1** Expliquez l'orthographe des mots soulignés.

C'est chez ces tendres brebis, ainsi dotées par leur créateur de tant de qualités, que les Espagnols, dès qu'ils les ont connues, sont entrés comme des loups, des tigres et des lions très cruels affamés depuis plusieurs jours.

**Bartolomé de Las Casas**, *Très brève relation de la destruction des Indes*, 1539.

### Je m'entraîne

**2** Choisissez la bonne orthographe.

Les (intrépide/intrépides) navigateurs sont montés à bord de leur navire. Ils ont hissé les (grands/grandes) voiles et largués les amarres. La mer est calme. On entend le (petit/petits) clapotis des vagues contre la coque. Tout à coup, un vent (glacé/glacée) se lève. C'est une tempête (effrayantes/effrayante) qui se prépare.

**3** Accordez ces adjectifs de couleur.

des drapeaux ...... (blanc) • des chevaux ...... (marron) • des chaussures ...... (bleu) • des étendards ...... (jaune) • des fleurs ...... (rose) • une armure ...... (rouge foncé) • des oiseaux ...... (vert) • des plumes ...... (orange) • une chemise ...... (crème) • une encre ...... (violet).

### J'écris

**4** Réécrivez les phrases suivantes en remplaçant *la bête* par *les bêtes*.

**La bête** était cachée dans l'ombre, sous les feuilles. Je ne pouvais pas la voir. Elle poussait d'étranges cris et je restais figé par la peur. Je craignais de voir apparaître une créature étrange, comme celles décrites par Marco Polo. Tout à coup, je pus la voir. Il s'agissait d'un gros oiseau, multicolore, et finalement peu effrayant.

## Dictée discutée

EN GROUPE

**Mon objectif > faire des choix orthographiques et les justifier**

(texte à écouter) hachette-clic.fr/21mf5012

*Robinson, échoué sur une île, observe son unique compagnon, un Indien qu'il a baptisé Vendredi. L'Européen, si sûr de lui, a fini par apprécier la compagnie de celui qui était si différent de lui. Il admire la beauté de Vendredi.*

Il quitte la lagune et s'approche de moi, assis sur la plage. Aussitôt qu'il a commencé à fouler le sable semée de coquillages concassé, dès qu'il est passé entre cette touffes d'algues mauve et ce rocher, réintégrant ainsi un paysages familier, sa beauté change de registre : elle devient grâce. Il me sourit et fait un geste vers le ciel [...]. Arrivés près de moi, il ne dit rien, taciturnes compagnons. Il se tourne et regarde la lagune où il marchaient tout à l'heure. Son âme flotte parmi les brumes qui enveloppent la fin d'un jour incertain, laissant son corps plantée dans le sable sur ses jambes écarquillé.

D'après **Michel Tournier**, *Vendredi ou les limbes du Pacifique*, Gallimard, 1967.

Les mots soulignés dans le texte sont mal orthographiés. Il faut les corriger.

**1** En groupe, proposez une correction, vous pouvez utiliser vos cours et les leçons du manuel.

**2** Expliquez votre correction, à l'écrit ou en vous enregistrant, à l'oral.

ATELIER ORAL

# L'atelier des senteurs

## VOTRE MISSION

À la manière de Jean de Léry, utilisez votre nez pour décrire les épices du Nouveau Monde. Choisissez une épice et, en suivant les étapes, décrivez son odeur par association d'idées.

Ingrédients indispensables : des épices réparties dans de petites coupelles.

**Exemples :**

La cannelle

Le clou de girofle

L'anis étoilé

La vanille

Le poivre

Vous pouvez utiliser toute autre épice à votre disposition.

**Coup de pouce**

Pour vous aider à caractériser une odeur, regroupez les adjectifs selon qu'ils caractérisent une odeur agréable ou désagréable.

## ÉTAPE 1 Enrichissez votre vocabulaire

1. Observez le tableau. Il contient des adjectifs qui vous seront utiles pour votre description.

| Exprimer l'intensité de l'odeur | Exprimer une sensation associée à l'odeur | Exprimer une odeur s'inspirant de la nature | Exprimer un goût |
|---|---|---|---|
| Délicate<br>Fade<br>Forte<br>Légère<br>Lourde | Agréable<br>Chaude<br>Enivrante<br>Revigorante<br>Veloutée | Boisée<br>Exotique<br>Fleurie<br>Marine<br>Minérale | Amer<br>Écœurant<br>Piquant<br>Poivré<br>Sucré |

2. Cherchez le sens des mots que vous ne connaissez pas.
3. Dans les listes du tableau, choisissez les adjectifs pour qualifier chaque odeur d'épice.

**Coup de pouce**

Notez sous forme de mots-clés ces souvenirs ou associations d'idées.

p. 32 > La comparaison

## ÉTAPE 2 Comparez

1. Sollicitez votre mémoire : les odeurs de votre épice vous font-elles penser à un événement de votre vie, de votre petite enfance, les associez-vous à une personne de votre entourage, à un voyage, à un pays que vous avez visité, à un plat cuisiné, à une période de l'année ?
2. Associez une couleur à l'odeur ressentie et justifiez votre choix.
3. Essayez de comparer l'odeur que vous sentez à quelque chose pour mieux la décrire et faire comprendre ce que vous ressentez.

**Exemple :** *La cannelle semble chaude et douce comme du velours.*

## ÉTAPE 3 Exprimez votre sensation

Organisez votre propos :

**1.** Qualifiez l'odeur que vous avez sentie.

**2.** Racontez ce à quoi cette odeur vous fait penser et pourquoi.

**3.** En vous aidant du tableau de couleurs, dites à quelle couleur vous avez associé cette odeur.

**4.** Prévoyez des phrases de lancement variées pour chaque partie.

**Exemples :** *Cette odeur est … Les adjectifs qui me viennent à l'esprit sont … Cette odeur me rappelle que … Quand je sens cette odeur, je repense à … J'imagine bien cette odeur dans un plat tel que …*

## ÉTAPE 4 Décrivez l'odeur de votre épice

**1.** À l'oral, enregistrez-vous. Il est plus facile de s'améliorer quand on peut se réécouter.

**2.** Pour vous aider à enrichir et varier votre vocabulaire, piochez dans la liste suivante les verbes dont vous avez besoin.

**Exemples :** *dégager, embaumer, exhaler, fleurer, humer, parfumer.*

**3.** Utilisez également des synonymes d'odeur agréable pour éviter les répétitions.

**Exemples :** *bouffée, bouquet, fragrance, parfum, senteur.*

**Bravo !**

**Vous avez réussi à décrire l'odeur d'une épice, ce qui n'est pas une chose aisée.**

## ÉTAPE 5 Écoutez, améliorez et auto-évualuez-vous

Tout en vous réécoutant, aidez-vous de la grille d'auto-évaluation pour voir ce qui peut être amélioré.

| Mes critères de réussite | J'ai respecté ce critère |
|---|---|
| J'ai qualifié l'odeur de mon épice en utilisant chaque colonne du tableau de l'étape 1. | 🙂 😐 🙁 |
| J'ai dit à quoi elle me fait penser. | 🙂 😐 🙁 |
| J'ai associé l'odeur à une couleur. | 🙂 😐 🙁 |
| J'ai utilisé une comparaison pour mieux décrire l'odeur. | 🙂 😐 🙁 |
| J'ai varié les phrases de lancement. | 🙂 😐 🙁 |
| **Ma mission :** j'ai décrit une odeur. | 🙂 😐 🙁 |

HISTOIRE DES ARTS

# La recherche de l'Eldorado dans *Les Indes fourbes*

## Vos objectifs

- Découvrir le mythe de l'Eldorado à travers des extraits d'une bande dessinée.
- Analyser et comprendre une planche de bande dessinée.

## Les artistes

### Alain Ayroles

**né en 1968**

Scénariste français de bande dessinée, il est notamment l'auteur de la série *De Cape et de Crocs*.

### Juanjo Guarnido

**né en 1967**

Dessinateur de bandes dessinées espagnol. Son œuvre la plus connue est la série *Blacksad*. Il travaille également pour les studios Walt Disney.

Pablos de Ségovie est un aventurier sans le sou et sans trop de scrupules qui s'embarque pour le Nouveau Monde en espérant y trouver de meilleures conditions de vie. Il y croise un vieux fou qui lui remet une carte indiquant le chemin pour découvrir l'Eldorado.

**Ayroles** et **Guarnido**, *Les Indes fourbes*, Delcourt, 2019.

1. Que nous permet de découvrir la première case ?
2. Que représentent les trois personnages des cases suivantes ?
3. D'après l'expression de leur visage, que pensent-ils de la carte ?
4. Pourquoi ne veulent-ils pas se lancer à la recherche de l'Eldorado ?

Finalement, Pablos part lui-même à la recherche de l'Eldorado qu'il finit par découvrir après un voyage difficile et dangereux dans la jungle péruvienne.

**Ayroles** et **Guarnido**, *Les Indes fourbes*, Delcourt, 2019.

**La boîte à mots** Le mot Eldorado vient de l'espagnol *el dorado* qui signifie « le doré ». C'est un pays imaginaire d'Amérique du Sud qui regorge d'or. De nombreux explorateurs se sont lancés dans cette chasse au trésor.

1 Décrivez ce que vous voyez : au premier plan, au second plan et à l'arrière-plan de cette planche.

2 Quelles hypothèses peut-on faire sur cet endroit ?

3 Les oiseaux dessinés sur cette page vous font-ils penser à un texte lu dans la séquence ? Lequel ? Expliquez pourquoi.

# Faisons le bilan

**Votre exploration est terminée. Il est temps de faire le bilan de vos lectures et de ce qu'elles vous ont apporté.**

## Les récits de voyage

**Du XIII^e au XVIII^e siècle**
- Les avancées techniques permettent des voyages plus longs.
- Des Européens partent alors à la découverte du monde, motivés par des raisons économiques et religieuses, mais aussi par la curiosité.

**Des explorateurs célèbres**
- pour leurs découvertes et leurs récits de voyage

➦ Pouvez-vous nommer des explorateurs et voyageurs de cette séquence ?

**Les thèmes abordés**
- les découvertes étonnantes
- les dangers du voyage
- le regard porté sur les indigènes
- la soif de richesses (or, épices…)

**Des sentiments différents**
- des textes qui montrent l'émerveillement comme la surprise devant ce qui est découvert
- des textes qui dénoncent le comportement des conquérants

➦ Comment s'appelle cet endroit mythique où tout est en or ?

## Les genres littéraires

**Journal de bord, témoignages réels**
- textes écrits à la 1^re personne
- dates qui marquent la chronologie des événements

**Romans, récits fictifs, biographies, contes philosophiques, bandes dessinées**
- textes écrits à la 1^re ou à la 3^e personne

**Le récit de voyage**
Source d'inspiration importante et toujours d'actualité, autant pour les écrivains que pour les peintres et les artistes.

➦ Quel document iconographique vous donne envie de voyager dans cette séquence ?

↪ **Qu'avez-vous retenu de la séquence ?**
Vérifiez en faisant quelques exercices interactifs :

(Exercices interactifs)
hachette-clic.fr/21mf5013
hachette-clic.fr/21mf5014
genially

**Et vous, dans tout ça ?**

**Parmi les voyages décrits dans cette séquence, lequel souhaiteriez-vous vivre ? Pourquoi ?**

1. Préparez vos réponses à l'écrit en distinguant les points positifs et les points négatifs de ces voyages.
2. Rédigez des réponses complètes et justifiées.
3. Partagez vos réponses avec la classe.

↪ **Avez-vous complété votre carnet de lecture ?**

# AUTO-ÉVALUATION

## *Le Devisement du monde*

(texte à écouter)
hachette-clic.fr/21mf5015

Marco Polo passe par l'île de Çipingu, qui correspond au Japon.

Çipingu est une île au Levant, qui est en haute mer, à mille cinq cents milles[1] des terres. Elle est grandissime. Les gens sont blancs, de belles manières et beaux. Ils sont idolâtres[2] et se gouvernent eux-mêmes, et ne sont sous la seigneurie[3] de nuls autres hommes, sinon d'eux-mêmes.

Et je vous dis aussi qu'ils ont or en grandissime abondance, parce qu'on en trouve outre mesure en ce pays. Et vous dis qu'aucun homme n'emporte d'or hors de cette île, parce que nul marchand, ni autre homme, n'y va depuis la terre ferme. Car elle est trop lointaine, et d'ailleurs, des vaisseaux y vont rarement d'autres pays, parce qu'elle abonde en toutes choses. Et vous dis donc qu'ils ont tant d'or que c'est chose merveilleuse, comme je vous l'ai dit, et qu'ils ne savent qu'en faire. Aussi vous conterai une grande merveille d'un palais du seigneur de cette île, selon ce que disent les hommes qui connaissent le pays. Je vous dis tout vraiment qu'il a un grandissime palais tout couvert de plaques d'or fin. Tout comme nous couvrons notre maison de plomb, et notre église, de même ce palais est couvert d'or fin. Ce qui vaut tant qu'à peine ne pourrait compter, et qu'il n'est personne dans le monde qui le pourrait racheter. Et encore vous dis que tout le pavage[4] des chambres, dont il y a bon nombre, est lui aussi d'or fin épais de bien plus de deux doigts. Et toutes les autres parties de palais et des salles, et les fenêtres, sont aussi ornées d'or.

**Marco Polo**, *Le Devisement du monde* (1298), traduit par Louis Hambis, Klincksieck, 1955 dans *Les Récits de voyage, Anthologie*, Hatier, 2007.

**Marco Polo**
1254-1324
Marchand italien qui voyage en Chine au XIIIe siècle. Il décrit ce qu'il découvre lors de son long périple de seize ans dans *Le Devisement du monde*.

1 **Mille cinq cents milles :** environ 2 200 kilomètres.
2 **Idolâtres :** qui vénèrent des statues des dieux, sont superstitieux.
3 **Ne sont sous la seigneurie :** ne sont pas sous le pouvoir d'un seigneur.
4 **Pavage :** revêtement des sols.

1 Où se trouve l'île de Çipingu ? Quelles sont les caractéristiques de ses habitants ?

2 Reformulez les raisons qui font que les voyageurs ne se rendent pas sur l'île.

3 À qui appartient le palais décrit ?

4 Relevez un adjectif utilisé plusieurs fois dans le texte. Que pensez-vous de la description de Çipingu ?

5 Comment comprenez-vous cette expression : « selon ce que disent les hommes qui connaissent le pays » (l. 14-15) ? Peut-on croire complètement Marco Polo ?

6 « Conterai » (l. 13), « pourrait » (l. 18 et 19). À quel temps ces verbes sont-ils conjugués ? Pourquoi ?

7 À quel thème de la séquence pouvez-vous rattacher la description de cette île ?

| Mes critères de réussite | Mon auto-évaluation |
|---|---|
| Je comprends ce que raconte et décrit le texte. | |
| Je comprends le point de vue de l'auteur. | |
| Je sais m'appuyer sur le vocabulaire du texte pour répondre. | |

# 2 Voyages immobiles ?

## Vos objectifs

- Découvrir le voyage immobile, l'évasion à partir de la poésie et de la chanson.
- Étudier différentes formes poétiques : poésie en prose, poésie en vers, chanson.
- Comprendre l'importance d'évoquer des sensations dans les textes poétiques.
- Reconnaître des figures de style poétiques et comprendre leur effet.

**Salvador Dalí**, *Le Navire*, 1943, gouache sur chromolithographie, Salvador Dalì Museum, Saint-Petersburg, États-Unis.

*« À quoi bon bouger, quand on peut voyager si magnifiquement dans une chaise ? »*

Joris-Karl Huysmans (écrivain et critique d'art français, 1848-1907), *À rebours*, 1884.

# À LA DÉCOUVERTE...

## 1 Rêver de voyages

**« Les voiles »**

Quand j'étais jeune et fier et que j'ouvrais mes ailes,
Les ailes de mon âme à tous les vents des mers,
Les voiles emportaient ma pensée avec elles,
Et mes rêves flottaient sur tous les flots amers. [...]

**Alphonse de Lamartine**, *Œuvre posthume*, 1873.

1. Lisez ce texte. Quels éléments vous permettent de dire que c'est un extrait de poème ?
2. Quel champ lexical est présent ici ?
3. Selon vous, que signifie le troisième vers ?

## 2 Chanter le départ

Je pars, parti pour la vie
Je pars, viens avec moi si t'as envie
Je pars, pour la saison des pluies
Je pars, hier, demain et aujourd'hui
Je pars, parti pour la vie
Je pars, viens avec moi si t'as envie.

**Gaël Faye**, « Je pars », paroles de Gaël Faye et Edgar Sekloka, *Pili pili sur un croissant au beurre*, Guillaume Poncelet, Motown France, 2013.

Pochette de l'album de **Gaël Faye**, *Pili pili sur un croissant au beurre*, 2013.

1. Lisez et observez le refrain de la chanson « Je pars ».
2. Quels points communs repérez-vous entre l'écriture d'une chanson et l'écriture d'un poème ?
3. Selon vous, pour quelles raisons peut-on partir ?

## 3 Voyager en peinture

**Giorgio De Chirico**, *Le Retour d'Ulysse*, 1968.

1. Observez ce tableau et décrivez-le.
2. Le trouvez-vous surprenant ? Pourquoi ?
3. Selon vous, quel est le rapport entre ce que représente ce tableau et le thème de la séquence ?

# Quelques repères

## L'étymologie et la définition du mot « poésie »

**Poésie** vient du mot grec *poieïn* qui signifie « créer », « faire ». Le poète est celui qui crée, fabrique des poèmes avec des mots. Son art est le langage.

## La musique et la poésie : jamais l'une sans l'autre !

- Orphée, héros de la mythologie grecque, chantait ses vers, accompagné de sa lyre. On le considère comme le premier poète.
- Au Moyen Âge, les troubadours ou trouvères, poètes, compositeurs et musiciens, allaient dans les châteaux chanter leurs poèmes. De nos jours, le slam a hérité de cette tradition.
- La musicalité d'un poème n'est pas seulement liée à la voix mais aussi aux jeux de sonorités (rimes, figures de style) et de rythmes des mots choisis.

*Orphée charmant les animaux*, IIIe siècle après J.-C., mosaïque romaine, Palerme.

## Les différentes formes poétiques

**Le sonnet**

Le mot « sonnet » vient du latin *sonare* signifiant sonner. Apparu au XVIe siècle, c'est un poème composé de 14 vers. Il est formé de deux quatrains (strophes de quatre vers) et de deux tercets (strophes de trois vers). Il contient des rimes, et ses vers ont le même nombre de syllabes.

▸ **Dans votre séquence :** « Le buffet » (p. 44), « Parfum exotique » (p. 50)

**Le poème en vers libres**

Poème dont les vers n'ont pas forcément le même nombre de syllabes. Il n'y a pas toujours de strophe ou de ponctuation. Les rimes ne sont pas obligatoires.

▸ **Dans votre séquence :** « En sortant de l'école » (p. 46), « L'écolier » (p. 48), « Tu dis » (p. 49), « La vie voyage » (p. 52), « Évasion » (p. 53)

**Le poème en prose**

Poème qui n'est pas disposé en vers. Il est écrit comme un texte en prose mais il contient des images poétiques et des jeux de sonorités.

▸ **Dans votre séquence :** « Un hémisphère dans une chevelure » (p. 50)

**La chanson**

Texte accompagné d'une mélodie. La chanson réunit la littérature et la musique.

▸ **Dans votre séquence :** « Ah les voyages » (p. 60), « Les voyages » (p. 61)

Lecture

# 1 Comment s'évader à partir du quotidien ?

## Vos objectifs

- Découvrir le regard du poète sur notre quotidien.
- Comprendre comment la poésie permet de voyager sans bouger.
- Découvrir deux formes poétiques : le sonnet et la chanson.

## 1 « Le buffet »

texte à écouter
hachette-clic.fr/21mf5016

**Arthur Rimbaud** ▸ 1854-1891
Jeune poète français qui a marqué le XIXe siècle par son œuvre brève mais intense.

C'est un large buffet sculpté ; le chêne sombre,
Très vieux, a pris cet air si bon des vieilles gens ;
Le buffet est ouvert, et verse dans son ombre
Comme un flot de vin vieux, des parfums engageants[1] ;

Tout plein, c'est un fouillis[2] de vieilles vieilleries,
De linges odorants et jaunes, de chiffons
De femmes ou d'enfants, de dentelles flétries[3],
De fichus de grand'mère où sont peints des griffons ;

– C'est là qu'on trouverait les médaillons, les mèches
De cheveux blancs ou blonds, les portraits, les fleurs sèches
Dont le parfum se mêle à des parfums de fruits.

– Ô buffet du vieux temps, tu sais bien des histoires,
Et tu voudrais conter tes contes, et tu bruis[4]
Quand s'ouvrent lentement tes grandes portes noires.

**Arthur Rimbaud**, *Cahiers de Douai*, 1895.

**Avec du style !**
La **personnification** est une figure de style qui donne des caractéristiques humaines à un objet.
**Ici, quel objet est personnifié ?**

1 **Engageants** : attirants.
2 **Fouillis** : désordre.
3 **Flétries** : usées.
4 **Bruis** : produis un bruit léger, murmure.

**La boîte à mots** Le **griffon** est un animal imaginaire qui a la tête et les ailes d'un aigle sur un corps de lion.

Griffon trouvé à Saqqarah (Égypte), environ 500 av. J.-C.

1 Quels indices montrent que ce poème est un sonnet ?

p. 56 > La versification

2 Quel est l'aspect du buffet ? Citez au moins trois adjectifs qui pemettent de le qualifier.

3 Que contient le buffet ? Relevez les vers qui vous permettent de répondre.

4 Quelles répétitions de sons pouvez-vous relever dans le poème ? Qu'apportent-elles au poème ?

5 Montrez en quoi le poète fait un voyage dans le temps grâce au buffet. Appuyez-vous sur des mots du poème.

**À L'ORAL** À votre tour d'ouvrir votre buffet, ou un autre meuble de votre choix ! Prenez des notes puis, à l'oral, décrivez à vos camarades ce qu'il contient en exprimant les sensations que vous éprouvez en redécouvrant son contenu.

## 2 « Une noix »

(chanson à écouter)
hachette-clic.fr/21mf5017

**Charles Trenet** ▸ 1913-2001

Auteur-compositeur-interprète français, surnommé le « Fou chantant ». Il est l'auteur de près de mille chansons.

Une noix
Qu'y a-t-il à l'intérieur d'une noix ?
Qu'est-ce qu'on y voit ?
Quand elle est fermée
On y voit la nuit en rond
Et les plaines et les monts
Les rivières et les vallons
On y voit
Toute une armée
De soldats bardés de fer
Qui joyeux partent pour la guerre
Et fuyant l'orage des bois
On voit les chevaux du roi
Près de la rivière

Une noix
Qu'y a-t-il à l'intérieur d'une noix ?
Qu'est-ce qu'on y voit ?
Quand elle est fermée
On y voit mille soleils
Tous à tes yeux bleus pareils
On y voit briller la mer
Et dans l'espace d'un éclair
Un voilier noir
Qui chavire
On y voit les écoliers
Qui dévorent leurs tabliers
Des abbés à bicyclette
Le Quatorze Juillet en fête
Et ta robe au vent du soir
On y voit des reposoirs
Qui s'apprêtent

Une noix
Qu'y a-t-il à l'intérieur d'une noix ?
Qu'est-ce qu'on y voit ?
Quand elle est ouverte
On n'a pas le temps d'y voir
On la croque et puis bonsoir
On n'a pas le temps d'y voir
On la croque et puis bonsoir
Les découvertes.

**Charles Trenet** (paroles et musique),
**Albert Lasry** (musique), « Une noix »,
Raoul Breton, 1947.

### L'anecdote

En 1943, Trenet a écrit une chanson restée très célèbre : « La mer ». Le poète y raconte son voyage en train le long de la côte méditerranéenne. En réalité, il s'est inspiré de l'étang littoral de Thau et non pas de la mer ! Le regard du poète est bien celui qui transforme la réalité !

**La boîte à mots** **Reposoir** (l. 30) : dans le culte catholique, il s'agit d'une table sur laquelle on expose temporairement l'hostie.

1. Quels éléments permettent de comprendre que ce texte est une chanson ?
2. Quels univers le poète parcourt-il ? Relevez les champs lexicaux qui permettent de répondre.
3. Grâce à quoi le poète s'est-il évadé ? Est-ce un vrai voyage ? Expliquez.
4. Quel type de phrase revient à plusieurs reprises dans la chanson ? Quel est l'effet produit sur le lecteur ?
5. Selon vous, pourquoi le poète voit-il plus de choses dans la noix lorsqu'elle est fermée ?
6. En quoi cette noix est-elle importante pour le poète ?

**À L'ÉCRIT** Et vous, qu'imaginez-vous en voyant une noix fermée ? Complétez la chanson de Charles Trenet avec quelques vers commençant par « On y voit… ». Votre texte pourra être en prose ou en vers.

### Votre bilan

▸ Comment les objets font-ils voyager les poètes ? En quoi ces poèmes permettent-ils de voyager sans bouger ?

Lecture 2

# Comment imaginer d'autres mondes ?

## Vos objectifs

- Comprendre le pouvoir de l'imagination dans un poème surréaliste.
- Analyser les univers créés par le poète qui permettent de s'évader.
- Redécouvrir la fantaisie d'un poème mis en chanson dans un court-métrage.

**Jacques Prévert**
1900-1977
Poète surréaliste français, il est connu pour la fantaisie de ses poèmes souvent inspirés de l'univers des enfants. Il a également écrit des sketchs, des dialogues pour le théâtre ou pour le cinéma.

### Coup de pouce

Dans un poème surréaliste, le poète se libère des contraintes du monde réel ou de la logique pour laisser libre cours à son imagination. En jouant avec les mots et les images, il crée un univers plein de fantaisie.

## 1 « En sortant de l'école »

texte à écouter
hachette-clic.fr/21mf5018

En sortant de l'école
nous avons rencontré
un grand chemin de fer[1]
qui nous a emmenés
tout autour de la terre
dans un wagon doré

Tout autour de la terre
nous avons rencontré
la mer qui se promenait
avec tous ses coquillages
ses îles parfumées
et puis ses beaux naufrages
et ses saumons fumés

Au-dessus de la mer
nous avons rencontré
la lune et les étoiles
sur un bateau à voiles
partant pour le Japon
et les trois mousquetaires
des cinq doigts de la main
tournant la manivelle
d'un petit sous-marin
plongeant au fond des mers
pour chercher des oursins

Revenant sur la terre
nous avons rencontré
sur la voie de chemin de fer
une maison qui fuyait
fuyait tout autour de la terre
fuyait tout autour de la mer
fuyait devant l'hiver
qui voulait l'attraper

Mais nous sur notre chemin de fer
on s'est mis à rouler
rouler derrière l'hiver
et on l'a écrasé
et la maison s'est arrêtée
et le printemps nous a salués

C'était lui le garde-barrière
et il nous a bien remerciés
et toutes les fleurs de toute la terre
soudain se sont mises à pousser
pousser à tort et à travers
sur la voie du chemin de fer
qui ne voulait plus avancer
de peur de les abîmer

Alors on est revenu à pied
à pied tout autour de la terre
à pied tout autour de la mer
tout autour du soleil
de la lune et des étoiles
À pied à cheval en voiture
et en bateau à voiles.

**Jacques Prévert**, *Histoires*, Gallimard Jeunesse/Fatras/Succession Jacques Prévert, 1963.

1 Chemin de fer : rails sur lesquels les trains circulent.

1 Grâce à quels moyens de locomotion se déplacent les personnages de ce poème ? Citez le texte.

2 Où vont-ils et qui rencontrent-ils lors de ce voyage ?

3 Observez les rimes et la ponctuation. Que remarquez-vous ?

4 Ce voyage vous semble-t-il réalisable ? Expliquez votre réponse en citant le texte.

5 En quoi ce poème est-il surréaliste ? Aidez-vous du Coup de pouce pour répondre.

**À L'ÉCRIT** En sortant du collège, que voyez-vous ? Imaginez un univers fantaisiste à la manière de Jacques Prévert en quelques vers, en commençant par : « En sortant du collège, nous avons rencontré… ».

Photogrammes du court-métrage de **Lila Peuscet**, 2014.

(vidéo à regarder)
hachette-clic.fr/21mf5019

Ces photogrammes sont extraits d'un court-métrage réalisé par Lila Peuscet en 2014. Il propose une adaptation du poème de Jacques Prévert mis en chanson par Renan Luce. Ce film d'animation utilise du papier de couleur animé grâce à la technique du *stop motion* : on prend des photos, que l'on assemble les unes après les autres pour en faire un film en mouvement.

**POUR COMMENCER** Regardez l'adaptation du poème de Jacques Prévert en film d'animation.

1 Est-ce que cette adaptation respecte l'univers fantaisiste du poète ? Pourquoi ?

2 Qu'apporte la mise en chanson au texte ?

**À L'ORAL** Si vous étiez dans le train, à quel moment souhaiteriez-vous en descendre pour visiter un des univers imaginés par le poète ? Que pensez-vous découvrir pendant cette visite ?

## Votre bilan

- Comment la poésie, la chanson et l'animation transforment-elles un moment ordinaire, la sortie de l'école, en voyage fantaisiste ?

Lecture 3

# Comment partir à l'aventure grâce à l'écriture ?

## Vos objectifs

- Comprendre le pouvoir des mots pour créer des univers et voyager à travers l'écriture.
- Étudier des poèmes en vers libres.
- Analyser le rythme et les rimes des poèmes.

**La boîte à mots** La **parabole** est un court récit qui s'appuie sur des événements du quotidien pour transmettre un enseignement. On en trouve beaucoup dans les textes religieux. Dans les Évangiles, Jésus s'exprime par des paraboles pour faire comprendre son message.

## 1 « L'écolier »

(texte à écouter)
hachette-clic.fr/21mf5020

**Raymond Queneau** ▸ 1903 -1976

Poète français, il a aussi écrit des pièces de théâtre. Son roman le plus célèbre est *Zazie dans le métro* (1959), l'histoire d'une petite fille qui découvre Paris.

J'écrirai le jeudi j'écrirai le dimanche
Quand je n'irai pas à l'école
J'écrirai des nouvelles j'écrirai des romans
Et même des paraboles
Je parlerai de mon village je parlerai de mes parents
De mes aïeux de mes aïeules[1]
Je décrirai les prés je décrirai les champs
Les broutilles[2] et les bestioles[3]
Puis je voyagerai j'irai jusqu'en Iran[4]
Au Tibet[5] ou bien au Népal[6]
Et ce qui est beaucoup plus intéressant
Du côté de Sirius ou d'Algol[7]
Où tout me paraîtra tellement étonnant
Que revenu dans mon école
Je mettrai l'orthographe mélancoliquement[8].

**Raymond Queneau**, *Battre la campagne*, Gallimard, 1968.

1 **Aïeux, aïeules** : grands-parents, ancêtres.
2 **Broutilles** : choses sans importance.
3 **Bestioles** : terme familier désignant des petites bêtes.
4 **Iran** : pays d'Asie.
5 **Tibet** : région d'Asie dominée par la Chine.
6 **Népal** : pays d'Asie voisin du Tibet.
7 **Sirius et Algol** : noms d'étoiles.
8 **Mélancoliquement** : tristement.

**L'anecdote**

Jusqu'en 1972, le jeudi était, pour les écoliers français, le jour du repos et du catéchisme (apprentissage de la religion chrétienne). Mais ils allaient à l'école toute la journée le mercredi ainsi que le samedi.

1. Sur quels thèmes veut écrire l'écolier ? Relevez les champs lexicaux pour vous aider.
2. Comment voyez-vous que ce voyage n'est pas réalisé ? Observez le temps verbal utilisé pour répondre.

➜ p. 56 > Le futur de l'indicatif et ses valeurs

3. Quelles destinations intéressent le plus l'écolier ? Sont-elles accessibles ?
4. Que représente l'écriture pour l'écolier ? Que lui permet-elle ?
5. Pourquoi l'écolier sera mélancolique une fois revenu à l'école ?
6. Comptez le nombre de syllabes dans chaque vers. Est-il toujours le même ? Les rimes sont-elles régulières ?
7. Comment appelle-t-on cette forme poétique ?

➜ p. 43 > Quelques repères

**À L'ORAL** Et vous, quel type de texte écririez-vous ? Pourquoi ?

# 2 « Tu dis »

( texte à écouter )
hachette-clic.fr/21mf5021

**Joseph Paul Schneider**
▸ 1940-1998
Poète français, il a aussi été professeur et metteur en scène pour le théâtre. Certains de ses poèmes ont été mis en musique.

Tu dis sable
Et déjà,
La mer est à tes pieds.

Tu dis forêt
Et déjà,
Les arbres te tendent leurs bras.

Tu dis colline
Et déjà,
Le sentier court avec toi vers le sommet.

Tu dis nuage
Et déjà,
Un cumulus[1] t'offre la promesse d'un voyage.

Tu dis poème
Et déjà,
Les mots volent et dansent
Comme étincelles dans la cheminée.

**Joseph Paul Schneider**, *Entre l'arbre et l'écorce*, Grassin, 1965.

1 Cumulus : gros nuage.

**Avec du style !**
L'**anaphore** consiste à répéter des mots en début ou fin de vers. C'est une figure de répétition. Elle produit un effet d'insistance et donne au poème du rythme et de la musicalité.

1 Identifiez un champ lexical important dans ce poème. Citez le texte pour justifier votre réponse.

2 Observez le début de chaque strophe. Comment s'appelle cette figure de style ?

3 De combien de vers sont composées les strophes ? Comment appelle-t-on ce type de strophe ?

4 En quoi la dernière strophe est-elle différente des autres ? Que signifie-t-elle ?

5 Reformulez l'idée générale que le poète souhaite exprimer dans ce poème. Êtes-vous d'accord avec lui ? Pourquoi ?

6 Observez l'illustration. Décrivez-la et expliquez ce qu'elle symbolise.

**À L'ÉCRIT** Inventez quelques tercets commençant par « Tu dis … ».

**Si vous avez aimé, vous aimerez**
*La grammaire est une chanson douce* d'Erik Orsenna, Stock, 2001.

## Votre bilan

▸ En quoi peut-on dire que l'écriture poétique et la lecture sont des moyens de voyager sans bouger ?

Lecture en GROUPE 4

# Peut-on voyager à travers les sensations ?

**Vos objectifs**

- Étudier l'évocation des sens dans différentes formes poétiques.
- Comprendre en quoi l'évocation des sens en poésie est un moyen de s'évader.
- Identifier les jeux de sonorités et analyser leurs effets.

**Charles Baudelaire** ▸ 1821-1867

Poète français. *Les Fleurs du mal* (1857) est le recueil qui l'a rendu célèbre. Il a également écrit un recueil de poèmes en prose : *Le Spleen de Paris*. Le voyage et l'exotisme sont des thèmes importants dans son œuvre alors qu'il n'a fait qu'un seul grand voyage pour découvrir les Indes.

## 1 « Parfum exotique »

(texte à écouter) hachette-clic.fr/21mf5022

Quand, les deux yeux fermés, en un soir chaud d'automne,
Je respire l'odeur de ton sein chaleureux,
Je vois se dérouler des rivages[1] heureux
Qu'éblouissent les feux d'un soleil monotone[2] ;

Une île paresseuse où la nature donne
Des arbres singuliers et des fruits savoureux[3] ;
Des hommes dont le corps est mince et vigoureux[4],
Et des femmes dont l'œil par sa franchise étonne.

Guidé par ton odeur vers de charmants climats,
Je vois un port rempli de voiles et de mâts[5]
Encor tout fatigués par la vague marine,

Pendant que le parfum des verts tamariniers[6],
Qui circule dans l'air et m'enfle[7] la narine,
Se mêle dans mon âme au chant des mariniers[8].

**Charles Baudelaire**, *Les Fleurs du mal*, 1857.

1 **Rivages** : bandes de terre qui bordent une étendue d'eau.
2 **Monotone** : régulier, constant.
3 **Savoureux** : délicieux.
4 **Vigoureux** : fort.
5 **Mât** : poteau qui porte les voiles sur le pont d'un navire.
6 **Tamariniers** : arbres des régions tropicales.
7 **Enfle** : gonfle.
8 **Mariniers** : marins de profession.

**Coup de pouce**

Repérez les différents sens évoqués.

## 2 « Un hémisphère dans une chevelure »

(texte à écouter) hachette-clic.fr/21mf5023

[…] Si tu pouvais savoir tout ce que je vois ! tout ce que je sens ! tout ce que j'entends dans tes cheveux ! Mon âme voyage sur le parfum comme l'âme des autres hommes sur la musique.

Tes cheveux contiennent tout un rêve, plein de voilures et de mâtures ; ils contiennent de grandes mers dont les moussons[1] me portent vers de charmants climats, où l'espace est plus bleu et plus profond, où l'atmosphère est parfumée par les fruits, par les feuilles et par la peau humaine.

Dans l'océan de ta chevelure, j'entrevois un port fourmillant[2] de chants mélancoliques, d'hommes vigoureux de toutes nations[3] et de navires de toutes formes découpant leurs architectures fines et compliquées sur un ciel immense où se prélasse[4] l'éternelle chaleur. […]

**Charles Baudelaire**, *Le Spleen de Paris*, 1869.

1 **Moussons** : vents tropicaux.
2 **Fourmillant** : s'agitant en grand nombre.
3 **Nations** : pays.
4 **Se prélasse** : se détend, se repose.

**Coup de pouce**

Relevez les éléments qui rendent ce texte poétique (sonorités, répétitions…).

# 3 « L'Invitation au voyage »

texte à écouter
hachette-clic.fr/21mf5024

Mon enfant, ma sœur,
Songe à la douceur
D'aller là-bas vivre ensemble !
Aimer à loisir,
Aimer et mourir
Au pays qui te ressemble !
Les soleils mouillés
De ces ciels brouillés
Pour mon esprit ont les charmes
Si mystérieux
De tes traîtres yeux,
Brillant à travers leurs larmes.

Là, tout n'est qu'ordre et beauté,
Luxe, calme et volupté[1].

Des meubles luisants,
Polis par les ans,
Décoreraient notre chambre ;
Les plus rares fleurs
Mêlant leurs odeurs
Aux vagues senteurs de l'ambre,
Les riches plafonds,
Les miroirs profonds,
La splendeur orientale,
Tout y parlerait
À l'âme en secret
Sa douce langue natale.

Là, tout n'est qu'ordre et beauté,
Luxe, calme et volupté.

Vois sur ces canaux
Dormir ces vaisseaux[2]
Dont l'humeur est vagabonde[3] ;
C'est pour assouvir[4]
Ton moindre désir
Qu'ils viennent du bout du monde.
– Les soleils couchants
Revêtent les champs,
Les canaux, la ville entière,
D'hyacinthe[5] et d'or ;
Le monde s'endort
Dans une chaude lumière.

Là, tout n'est qu'ordre et beauté,
Luxe, calme et volupté.

**Charles Baudelaire**, *Les Fleurs du mal*, 1857.

1 Volupté : plaisir des sens.
2 Vaisseaux : bateaux.
3 Vagabonde : qui se déplace sans cesse.
4 Assouvir : satisfaire.
5 Hyacinthe : pierre fine jaune rougeâtre.

## Coup de pouce

Observez les éléments du poème qui peuvent faire penser à une chanson.

## Avec du style !

• La répétition d'un même son « consonne » est une **allitération** : « Tic-tac tic-tac / Ta Katie t'a quitté » (Boby Lapointe).
• La répétition d'un son « voyelle » est une **assonance** : « Tout luit, tout bleuit, tout bruit » (Anna de Noailles, « Chaleur »).

## EN GROUPE

**1 Formez des groupes !** Chaque groupe lit un texte et répond aux questions suivantes :

a. Identifiez la forme du poème (strophes, vers…).
b. Quel(s) élément(s) déclenche(nt) le voyage du poète ?
c. Quels sens sont évoqués ? Quels rôles jouent-ils ?
d. Relisez le poème à haute voix et trouvez au moins un son qui revient à plusieurs reprises. Quel est l'effet produit ?

**2** Recopiez et remplissez ce tableau de synthèse.

| Texte | Forme du poème | Élément(s) déclencheur(s) du voyage | Sens évoqués | Jeux de sonorités |
|---|---|---|---|---|
| 1 | | | | |
| 2 | | | | |
| 3 | | | | |

## TOUS ENSEMBLE

**3** Présentez votre texte aux groupes qui ne l'ont pas lu.

**4** Choisissez le poème que vous préférez et faites-en une lecture expressive.

## Votre bilan

▸ Parmi ces trois poèmes de Baudelaire, lequel vous fait le plus voyager ? Pourquoi ?

# Lecture 5 Comment voyager en soi-même ?

**Vos objectifs**

- Découvrir des poèmes dans lesquels les souvenirs sont des sources d'inspiration qui font voyager.
- Comprendre le message caché dans un poème.
- Identifier des métaphores.

**Andrée Chedid**
1920-2011
Femme de lettres française, elle a surtout écrit des poèmes mais aussi des romans, des nouvelles et des pièces de théâtre. Elle a également écrit des chansons pour son fils, et pour son petit-fils, le chanteur -M-.

**La boîte à mots** Le mot **vaisseaux** (l. 4) est polysémique : il a plusieurs sens. Dans le corps des êtres vivants, les vaisseaux sont des veines et artères dans lesquelles le sang circule (les vaisseaux sanguins). Dans le monde de la marine, ce sont de grands bateaux.
**À votre avis, dans quel sens le mot est-il utilisé dans ce poème ?**

## 1 « La vie voyage »

(texte à écouter) hachette-clic.fr/21mf5025

Aucune marche
Aucune navigation
N'égalent celles de la vie
S'actionnant dans tes vaisseaux
Se centrant dans l'îlot[1] du cœur
Se déplaçant d'âge en âge

Aucune exploration

Aucune géologie[2]

Ne se comparent aux circuits du sang

Aux alluvions[3] du corps

Aux éruptions de l'âme

Aucune ascension[4]
Aucun sommet
Ne dominent l'instant
Où t'octroyant[5] forme
La vie te prêta vie
Les versants[6] du monde
Et les ressources du jour

Aucun pays

Aucun périple[7]

Ne rivalisent[8] avec ce bref parcours

Voyage très singulier
De la vie
Devenue
Toi.

**Andrée Chedid**, *Poèmes pour un texte* (1991), Gallimard, 2020.

1 **Îlot** : très petite île.
2 **Géologie** : étude des roches.
3 **Alluvions** : terres laissées par le courant des fleuves.
4 **Ascension** : montée.
5 **T'octroyant** : te donnant.
6 **Versants** : pentes d'une montagne.
7 **Périple** : expédition.
8 **Ne rivalisent** : n'égalent.

1 Vers 1 à 6 : relevez les mots associés aux champs lexicaux de la vie et du voyage.

2 Quel mot est souvent répété dans le poème ? Comment appelle-t-on cette figure de style ?

3 Vers 12 à 18 : quel moment important de la vie d'une femme est évoqué ici ? Citez les mots qui vous ont permis de répondre.

4 À qui s'adresse-t-elle, selon vous ?

5 Vers 21 à 23 : qu'est-ce que désigne le « bref parcours » ?

6 Pour la poétesse, quel voyage est le plus important ?

**À L'ORAL** Quels moments ou étapes de votre vie aimeriez-vous mettre en poésie ? Pourquoi ?

## 2 « Évasion »

(texte à écouter)
hachette-clic.fr/21mf5026

**Esther Granek** ▸ 1927-2016

Poétesse belge francophone. Pendant la Seconde Guerre mondiale (1939-1945), elle a été détenue dans un camp de concentration parce qu'elle était juive. Elle est parvenue à s'échapper avec ses parents alors qu'elle avait 14 ans.

Et je serai face à la mer
qui viendra baigner les galets.
Caresses d'eau, de vent et d'air.
Et de lumière. D'immensité.
Et en moi sera le désert.
N'y entrera que ciel léger.

Et je serai face à la mer
qui viendra battre les rochers.
Giflant. Cinglant[1]. Usant la pierre.
Frappant. S'infiltrant. Déchaînée.
Et en moi sera le désert.
N'y entrera ciel tourmenté.

Et je serai face à la mer,

Statue de chair et cœur de bois.
Et me ferai désert en moi.
Qu'importera l'heure. Sombre ou claire…

**Esther Granek**, *De la pensée aux mots* (1997), FeniXX réédition numérique, 2016.

1 Cinglant : fouettant.

*Atlantic* (2013), **Alexey Chernigin**, huile sur toile, 70 × 90 cm.

**Avec du style !**

La **métaphore** est une comparaison qui n'utilise pas d'outil de comparaison. Au vers 14, « Statue de chair » est une métaphore.

Trouvez une autre métaphore dans ce poème.

1 Où souhaite aller la poétesse ? À quels endroits du poème est-ce précisé ?

2 Quelle figure de style identifiez-vous ? Sur quelle idée insiste-t-elle ?

3 Relevez le champ lexical de la violence dans la deuxième strophe. Quelle image donne-t-il du paysage ?

4 Quelle atmosphère se dégage de la dernière strophe ? Citez les mots du texte pour justifier votre réponse.

5 Ce voyage est-il réel ? Pour répondre, observez les temps des verbes.

p. 56 > Le futur de l'indicatif et ses valeurs

6 Cherchez les différents sens du mot « évasion ». Pourquoi, selon vous, le poème s'intitule-t-il « Évasion » ?

**À L'ÉCRIT** Quel lieu vous procure le plus grand sentiment d'évasion ? Décrivez-le et expliquez pourquoi il vous permet de vous évader.

### Votre bilan

▸ Selon vous, pourquoi les souvenirs sont-ils déclencheurs de voyages immobiles et intérieurs ?

# À VOS MARQUE-PAGES !

**Vos objectifs** ▸ Lire en autonomie et partager ses lectures.

**De la Lune aux quatre coins du monde, arpentez les territoires poétiques avec cette sélection. C'est à vous de choisir vos titres en fonction de vos goûts et de votre appétit de lecture.**

**→ À vos marque-pages, prêts ? Lisez !**

**Petit appétit de lecture**

## Moi j'irai dans la lune et autres innocentines

jeux de mots • poèmes • classique

**René de Obaldia** et **Emmanuelle Houdart**

Un recueil de seize « poèmes pour enfants et quelques adultes » devenu un classique de la poésie du quotidien. Drôlerie et rêverie sont au rendez-vous de ces textes, pour s'imaginer visiter la Lune et faire d'autres voyages fantaisistes en poésie.

Grasset Jeunesse, 2017.

**Deux raisons d'aimer**

- Les illustrations d'Emmanuelle Houdart sont très belles.
- Depuis 1969, ce recueil a toujours autant de succès.

Rue du Monde, 2020.

## Mon premier album de poèmes du monde

collectif • diversité des cultures • poèmes

**Collectif d'auteurs**

Un album de poèmes, « illustré par quinze artistes d'ici, d'ailleurs ou voyageurs ». Son collectif de poètes et d'illustrateurs cosmopolites met à l'honneur le voyage, la tolérance et le caractère universel de la poésie.

**Deux raisons d'aimer**

- C'est l'occasion de découvrir d'autres cultures.
- Il y a quinze illustrateurs différents !

Gallimard Jeunesse, 2013.

## Promenade de Quentin Blake au pays de la poésie française

poésie française • illustrations • vagabondage

**Quentin Blake** (illustrations) et **collectif d'auteurs**

Quand un célèbre illustrateur britannique rend hommage à ses poèmes favoris de la langue française, ça donne une anthologie très variée et superbement illustrée. De La Fontaine à Prévert en passant par Brassens et Queneau, les poètes qui l'inspirent sont très divers.

**Deux raisons d'aimer**

- Les dessins sont de Quentin Blake, illustrateur fétiche de Roald Dahl.
- Ce recueil propose aussi des chansons !

**Défi** Quentin Blake est célèbre pour ses illustrations des textes de Roald Dahl. Faites une recherche sur ses créations pour *Le Bon Gros Géant*, entre autres.

## Gros appétit de lecture

Motus, 2018.

### Les moutons de la mer

**François David** et **Catherine Louis**

vacances estivales • imagination • fantaisie

Une ode poétique à la saison estivale, et aux douceurs des vacances. À travers une vision enfantine insouciante et pleine d'imagination, les auteurs célèbrent la découverte, la liberté, l'inventivité.

**Deux raisons d'aimer**

- Ce livre fait revivre la douceur des vacances d'été !
- Les auteurs utilisent de belles et nombreuses métaphores.

L'iroli, 2020.

### Les 24 saisons de Nanako

**Pascale Moteki**

haïkus • nature • Japon

Nanako habite au Japon. Elle tient un journal dans lequel elle note ses idées et ses questions sur la vie, sur la nature, à travers les 24 saisons du calendrier luni-solaire japonais.

**Deux raisons d'aimer**

- La forme poétique des haïkus est mise en valeur par des illustrations.
- On y découvre la culture nippone.

### J'ai vu Sisyphe heureux

**Katerina Apostolopoulou**

bilingue • mer • poèmes

Dans ce recueil bilingue français-grec sont contés trois destins liés par la mer et le courage. Les héros mènent des vies simples, célébrant la fierté et la générosité du peuple grec.

Éditions Bruno Doucey, 2020.

**Deux raisons d'aimer**

- Titre lauréat des Pépites de la fiction ado au Salon du livre et de la presse jeunesse de Montreuil 2020.
- Une plongée dans la culture grecque.

**Partagez vos lectures !** Faites la promotion d'un livre

Rédigez une restitution de lecture en moins de 280 caractères. Ajoutez-y des *#hashtags* pour les mots-clés principaux.

↪ Avez-vous complété votre carnet de lecture ?

Grammaire et conjugaison

## Le futur de l'indicatif et ses valeurs

Mon objectif > **apprendre à reconnaître et à utiliser le futur**

### J'observe

1 Dans ces phrases, relevez les verbes au futur. Précisez le pronom avec lequel ils sont conjugués, leur infinitif et leur groupe.

2 Rappelez les terminaisons du futur. C'est facile car elles sont identiques pour tous les groupes de verbes !

3 Pourquoi le futur est-il utilisé dans chaque phrase ?

**1** Je mettrai l'orthographe mélancoliquement.

**Raymond Queneau**, « L'écolier » dans *Battre la campagne*, Gallimard, 1968.

**2** Et je serai face à la mer
qui viendra battre les rochers.

**Esther Granek**, « Évasion » dans *De la pensée aux mots* (1997), FeniXX réédition numérique, 2016.

**3** Première bruine –
j'aurai pour nom
« le voyageur »

**Matsuo Bashō**, *Haïku. Anthologie du poème court japonais*, traduit du japonais par Corinne Atlan et Zéno Bianu, Gallimard, 2002.

### Je m'entraîne

4 Conjuguez les verbes entre parenthèses au futur.

a. Dans un mois, je ...... (lire) de nombreux poèmes.
b. Les rimes et les vers ...... (étinceler) dans la cheminée.
c. La lune ...... (jouer) avec le soleil.
d. Tu ...... (voir), tu ...... (aimer) la poésie !
e. Demain, nous ...... (écrire) des haïkus.
f. Il ...... (boire) les mots comme un doux nectar.
g. Quand ...... (voyager)-vous de nouveau ?

### J'écris

5 Imaginez que demain vous plongerez dans ce tableau. Décrivez ce que vous verrez, entendrez, sentirez…

**Défi** Utilisez au moins cinq verbes conjugués au futur.

**Vincent Van Gogh**, *Sous-bois avec deux personnages*, 1890.

## La versification

Mon objectif > **étudier la versification**

**Prose et vers**

Les poèmes sont soit en prose, soit en vers.
Les vers forment des strophes.

**Les différents types de vers**

Les vers les plus courants en poésie sont formés d'un nombre pair de syllabes :
*six syllabes = hexasyllabe • huit = octosyllabe • dix = décasyllabe • douze = alexandrin ou dodécasyllabe.*

**Les rimes**

Il existe différentes dispositions des rimes : les rimes croisées (ABAB), les rimes embrassées (ABBA), les rimes suivies ou plates (AABB).

### Je m'entraîne

1 Comptez le nombre de syllabes qui composent les vers suivants.

**1** De linges odorants et jaunes, de chiffons

**Arthur Rimbaud**, « Le buffet », *Cahiers de Douai*, 1895.

**2** La nuit, le bleu, le blanc, le noir
J'exercerai mon doux savoir

**Jeanne Moreau**, « Les voyages », 1969.

**3** Nous avons rencontré / un grand chemin de fer

**Jacques Prévert**, « En sortant de l'école », *Histoires*, Gallimard Jeunesse/Fatras/Succession Jacques Prévert, 1963.

2 Identifiez les types de rimes dans ces quatrains.

**1** Mon cœur, comme un oiseau, voltigeait tout joyeux
Et planait librement à l'entour des cordages ;
Le navire roulait sous un ciel sans nuages,
Comme un ange enivré d'un soleil radieux.

**Charles Baudelaire**, « Un voyage à Cythère », *Les Fleurs du mal*, 1857.

**2** — Regardez, compagnons, un navire s'avance.
La mer, qui l'emporta, le rapporte en cadence,
En écumant sous lui, comme un hardi coursier,
Qui, tout en se cabrant, sent son vieux cavalier.

**Alfred de Musset**, « Retour », *Œuvres posthumes*, 1888.

**3** Pour l'enfant, amoureux de cartes et d'estampes,
L'univers est égal à son vaste appétit.
Ah ! que le monde est grand à la clarté des lampes !
Aux yeux du souvenir que le monde est petit !

**Charles Baudelaire**, « Le Voyage », *Les Fleurs du mal*, 1861.

## Je lis

**Le poème : jeux de sonorités**

L'allitération est la répétition d'un son « consonne ».
L'exemple le plus connu est un vers de Racine :
*Pour qui sont ces serpents qui sifflent sur vos têtes.*
→ Le son [s] est répété pour évoquer le son du sifflement du serpent.
L'assonance est la répétition d'un son « voyelle ».

3 Lisez ces vers. Quel son revient le plus ?

**1** Le buffet est ouvert, et verse dans son ombre
Comme un flot de vin vieux, des parfums [engageants

**Arthur Rimbaud**, « Le buffet », *Cahiers de Douai*, 1895.

**2** Mes étoiles au ciel avaient un doux frou-frou

**Arthur Rimbaud**, « Ma bohème », *Poésies*, 1895.

**3** à pied tout autour de la terre

**Jacques Prévert**, « En sortant de l'école », *Histoires*, Gallimard Jeunesse/Fatras/Succession Jacques Prévert, 1963.

**4** Un bruit sourd frappe les sourds échos

**Victor Hugo**, « Clair de Lune », *Les Orientales*, 1829.

4 **Défi** Lisez à haute voix ces virelangues en articulant. Puis recommencez plus rapidement !

**1** Les vers verts levèrent le verre vert vers le ver vert.

**2** En aval du fleuve, la lave avale les flammes et ravive l'effluve.

**3** Quand la montagne lui fait signe, il en gagne les cimes.

## Dictée préparée

Mon objectif > **préparer une dictée**

(texte à écouter)
hachette-clic.fr/21mf5027

**Orthographe**

1 Copiez une première fois le texte de cette dictée. Vous pouvez écouter l'enregistrement du texte pour vous entraîner.

2 Soulignez les adjectifs et expliquez leur accord.

3 Soulignez les verbes conjugués au futur, soyez attentifs à leur terminaison.

4 Expliquez la formation de l'adjectif « hargneuses ».

5 Cherchez dans le dictionnaire les mots inconnus pour connaître leur sens.

6 Recopiez plusieurs fois les mots qui vous semblent difficiles.

**« Rêvé pour l'hiver »**

L'hiver, nous irons dans un petit wagon rose
Avec des coussins bleus.
Nous serons bien. Un nid de baisers fous repose
Dans chaque coin moelleux.

Tu fermeras l'œil, pour ne point voir, par la glace,
Grimacer les ombres des soirs,
Ces monstruosités hargneuses, populace
De démons noirs et de loups noirs.

Puis tu te sentiras la joue égratignée…
Un petit baiser, comme une folle araignée,
Te courra par le cou… […]

**Arthur Rimbaud**, « Rêvé pour l'hiver » (1870), *Cahiers de Douai*, 1895.

ATELIER ÉCRIT

# Voyager avec les haïkus

Katsushika Hokusai, *Le Fuji depuis Gotenyama à Ghinagawa sur le Tokaido*, 1832.

**1** Ce printemps dans ma cabane –
absolument rien
absolument tout !
**Yamaguchi Sodō (1642-1716)**

**2** Dans mon dos passe un train –
j'arrache les mauvaises herbes
sans lever la tête
**Ozaki Hōsai (1885-1926)**

**3** Première bruine –
j'aurai pour nom
« le voyageur »
**Matsuo Bashō (1644-1694)**

*Haïku. Anthologie du poème court japonais*, traduit du japonais par Corinne Atlan et Zéno Bianu, Gallimard, 2002.

## VOTRE MISSION

Lisez ces haïkus et devenez haïkiste ! Le haïku est un genre de poème court d'origine japonaise. Il est composé de dix-sept syllabes réparties en trois vers. Il saisit un instant, comme une photo !

### ÉTAPE 1 Repérez les caractéristiques du haïku

**Coup de pouce**

Lisez les haïkus à voix haute pour mieux entendre leur rythme.

**1.** Quels sont les thèmes abordés dans chacun d'entre eux ?

**2.** Quelle est leur forme ? Quel est leur rythme ?

**3.** Observez comment ils commencent et comment ils se terminent.

### ÉTAPE 2 Cherchez des idées au brouillon

**1.** Trouvez le thème de votre haïku.

**Exemples :** *le voyage, la nature, une saison, un objet du quotidien, un fruit, une fleur, un moment de votre journée, la météo, un bruit, un son…*

**2.** Identifiez au moins une sensation à évoquer dans votre haïku (vue, ouïe, odorat, toucher, goût).

**3.** Votre haïku doit contenir un *kigo*, c'est-à-dire un mot ou une expression que l'on peut tout de suite associer à un moment de la journée ou à une saison.

**Exemples :**
- *Hiver : neige, froid, gel, luge…*
- *Printemps : fleurs, muguet, bourgeons, hirondelle, cerisier…*
- *Été : soleil, chaleur, verdure…*
- *Automne : feuilles mortes, pluie, nuage…*

**Coup de pouce**

Vous pouvez choisir votre saison préférée si elle vous inspire davantage que les autres.

4. Déterminez l'atmosphère de votre haïku.

**Exemples :** *gaie, triste, sombre, lumineuse, mystérieuse, nostalgique…*

5. Une fois votre thème choisi, faites la liste de toutes les images et idées qui vous viennent à l'esprit avant de rédiger. Vous pouvez vous inspirer de photos, de peintures ou d'estampes comme celles de Hokusai.

## ÉTAPE 3 Rédigez votre haïku

1. Choisissez le temps que vous allez utiliser.
Remarque : les haïkus sont souvent au présent mais les verbes peuvent aussi être au futur ou même à l'infinitif.

p. 56 > Le futur de l'indicatif et ses valeurs

2. Rédigez votre texte en trois vers.
3. Choisissez la disposition de ces trois vers : les espaces ont du sens et peuvent mettre un vers en valeur.
4. Vous pouvez utiliser de la ponctuation ou ne pas en utiliser du tout. Dans les deux cas, il faut que votre choix ait du sens.

**Exemples de ponctuation utilisés dans les haïkus :** … / – / ? / ! /

**Défi** Le plus souvent, le haïku est composé de trois vers, de cinq, sept et cinq syllabes… essayez !

**Coup de pouce**
Souvent, les deux premiers vers présentent un lieu ou un fait, et le dernier comporte un élément inattendu, qui étonne.

## ÉTAPE 4 Vérifiez la correction de la langue

Vérifiez :
- l'orthographe des mots dont vous n'êtes pas certain(e) ;
- les accords du sujet et du verbe ;
- les accords dans les groupes nominaux (accord de l'adjectif qualificatif avec le nom auquel il se rapporte par exemple) ;
- la conjugaison des verbes ;
- la précision du vocabulaire des sensations.

## ÉTAPE 5 Auto-évaluez-vous grâce aux critères de réussite

| Mes critères de réussite | J'ai respecté ce critère | | |
|---|---|---|---|
| Mon haïku évoque une saison et/ou un moment de la journée. | 🙂 | 😐 | ☹️ |
| J'ai exprimé une ou plusieurs sensations. | 🙂 | 😐 | ☹️ |
| Mon haïku comporte un *kigo*. | 🙂 | 😐 | ☹️ |
| Mon texte est composé de trois vers. | 🙂 | 😐 | ☹️ |
| J'ai vérifié la correction de la langue. | 🙂 | 😐 | ☹️ |
| **Ma mission :** J'ai écrit un haïku qui fait voyager. | 🙂 | 😐 | ☹️ |

**Bravo !**
**Votre haïku est terminé.**

HISTOIRE DES ARTS

# Voyages en chansons

### Vos objectifs

- Étudier deux chansons sur le thème du voyage.
- Découvrir qu'un voyage immobile peut aussi se faire en chanson.

**Les artistes**

**Raymond Lévesque**
Auteur-compositeur et poète québécois.
**né en 1928**

**Barbara**
Chanteuse et interprète de cette chanson.
**1930-1997**

## 1 « Ah les voyages ! »

(chanson à écouter) hachette-clic.fr/21mf5028

Ah les voyages !
Aux rivages lointains, aux rêves incertains
Que c'est beau les voyages!
Qui effacent au loin nos larmes et nos chagrins
Mon Dieu, ah les voyages!
Comme vous fûtes sages
De nous donner ces images...
Car les voyages,
C'est la vie que l'on fait, le destin qu'on refait
Que c'est beau les voyages!
Et le monde nouveau qui s'ouvre à nos
cerveaux,
Nous fait voir autrement
Et nous chante comment
La vie vaut bien le coup, malgré tout
Ah jeunes gens !
Sachez bien profiter de vos 20 ans !
Le monde est là,
Ne craignez rien, il n'est pas méchant
Il vous guidera...

Les voyages...
Qui mûrissent nos cœurs, qui nous ouvrent au bonheur
Mais que c'est beau les voyages...
Et lorsque l'on retourne chez soi
Rien n'est comme autrefois
Car nos yeux ont changé, et nous sommes étonnés
De voir comme nos soucis étaient simples et petits...
Car les voyages... tournent une page...
Ah les voyages...

**Raymond Lévesque**, « Les voyages », 1959.

## Écouter et analyser des chansons

**1** Que ressentez-vous après cette première écoute ?

**2** Quels instruments reconnaissez-vous ? Quel effet produisent-ils sur la chanson ?

**3** Comment est le tempo ? Est-il toujours le même ?

**Coup de pouce**
Tempo vient de l'italien *tempo* signifiant « temps ». C'est la vitesse d'exécution de la musique. Il peut être très lent, lent, modéré, rapide, très rapide.

**4** Quelles sont les raisons du voyage dans ces deux textes ? Justifiez votre réponse en citant les paroles.

**5** Quels sont les points communs et les différences entre ces deux chansons ? Comparez les paroles, la mélodie, la musique et l'atmosphère qui s'en dégage.

**6** En quoi ces chansons permettent-elles de s'évader sans bouger ?

## L'artiste

**Jeanne Moreau**
Chanteuse, actrice et réalisatrice française.

1928 -2017

## BONUS

**Menez l'enquête !**
De nombreux poèmes sont devenus des chansons. Faites quelques recherches sur Internet, et choisissez-en une pour la faire écouter à la classe.

# 2 « Les voyages »

(chanson à écouter)
hachette-clic.fr/21mf5029

**Refrain :**
Pour danser avec le plaisir,
Le soleil, les orages,
Pour échapper aux souvenirs,
Dangereux marécages :
Les voyages, les voyages

Les voyages, les voyages
Je sais comment passer le temps
Hasard et dépaysement
Je sais marcher légèrement
Sables dorés et coquillages
Murmure endormeur du feuillage
Le vent efface mon sillage

**[Refrain]**

Je veux des fruits mûrs,
Des fruits verts,
Des fleurs charnues
Calices ouverts,
Des parfums fous, légers,
Pervers, la mer s'offre chaude,
Profonde, caressante,
Calme et féconde
Fais-moi douce, petite et ronde

**[Refrain]**

Je vois de grands ciels bousculés
La place des étoiles a changé
L'horizon, les îles ont bougé
La nuit, le bleu, le blanc, le noir
J'exercerai mon doux savoir

Je vais dormir mais au revoir
Je vais dormir mais au revoir
Je vais dormir mais au revoir

**Jeanne Moreau**, « Les voyages », 1969.

**André Derain**, *Bateaux dans le port de Collioure*, 1905, huile sur toile, collection Merzbacher Kunststiftung, Künsacht.

## Exprimer son ressenti

1. Caractérisez chacune des chansons à l'aide d'un adjectif.
   **Exemples :** *amusante, dynamique, mélancolique, rythmée, sombre, apaisante, joyeuse, rayonnante…*
2. Vos impressions ont-elles changé après avoir analysé et compris les deux chansons ?
3. Quelle interprétation musicale préférez-vous ? Pourquoi ?
4. Ces chansons vous font-elles penser à certains poèmes étudiés dans la séquence ? Expliquez votre réponse.

## À votre tour maintenant !

**Illustrez une chanson par une autre œuvre :** trouvez une œuvre (peinture, photographie, dessin, sculpture, film…) qui illustrerait l'une de ces deux chansons.

# Faisons le bilan

**Votre voyage immobile et poétique s'achève. Il est temps de faire le point sur vos lectures et sur ce qu'elles vous ont apporté.**

## Poésie et chanson

**La musicalité**

Le rythme et les jeux de sonorités créent la musicalité d'un poème et d'une chanson, grâce :
- aux rimes et à la ponctuation
- aux différentes longueurs de vers (alexandrin, octosyllabe…)
- aux figures de style (anaphore assonance, allitération…)

**Les types de rimes**
- suivies : A-A-B-B
- embrassées : A-B-B-A
- croisées : A-B-A-B
- les rimes internes (à l'intérieur des vers)

**Les formes poétiques**
- le sonnet
- le poème en prose
- le vers libre
- le haïku
- la chanson

➦ Quelle forme poétique préférez-vous ? Pourquoi ?

## La poésie du voyage immobile

**Des figures de style qui créent des images poétiques**
- la personnification
- l'allégorie
- la métaphore

➦ Quelle image vous a le plus marqué ?

**Un monde de sensations**

Le poète fait appel à ses sensations pour trouver l'inspiration poétique et pour transmettre des émotions au lecteur en évoquant les cinq sens (vue, ouïe, toucher, goût, odorat).

➦ Pour vous, quel est l'intérêt de la poésie ?

**La poésie permet de :**
- s'évader du quotidien
- transformer le monde qui nous entoure
- dépasser les contraintes du réel (surréalisme)
- créer des univers fantaisistes
- parler de la vie autrement

➥ **Qu'avez-vous retenu de la séquence ?**
Vérifiez en faisant quelques exercices interactifs :

(Exercices interactifs)
hachette-clic.fr/21mf5030
hachette-clic.fr/21mf5031
genially

**Et vous, dans tout ça ?**

**Avez-vous été touché(e) par un poème ou une chanson ? Quel voyage poétique immobile avez-vous préféré ? Pourquoi ?**

1. Individuellement, préparez vos réponses et vos justifications.
2. En groupe, enregistrez-vous sous la forme d'une interview.
3. Mutualisez vos travaux en partageant vos enregistrements.

➥ **Avez-vous complété votre carnet de lecture ?**

# AUTO-ÉVALUATION

**Arthur Rimbaud**

▸ 1854-1891

Poète français qui a commencé son œuvre poétique à l'âge de quinze ans.

## « Sensation »

(texte à écouter) hachette-clic.fr/21mf5032

Par les soirs bleus d'été, j'irai dans les sentiers,
Picoté par les blés, fouler l'herbe menue :
Rêveur, j'en sentirai la fraîcheur à mes pieds.
Je laisserai le vent baigner ma tête nue.

Je ne parlerai pas, je ne penserai rien :
Mais l'amour infini me montera dans l'âme,
Et j'irai loin, bien loin, comme un bohémien,
Par la Nature, – heureux comme avec une femme.

**Arthur Rimbaud**, *Cahiers de Douai*, 1895.

1. Où le jeune poète désire-t-il aller ? Justifiez votre réponse en citant le poème.
2. Quels sentiments éprouvera-t-il ? Identifiez au moins deux sentiments et citez le texte.
3. Comment comprenez-vous que ce voyage est un projet ? Relevez les verbes qui permettent de répondre.
4. Précisez à quel temps sont conjugués ces verbes.
5. Comment appelle-t-on les strophes, les vers et les rimes utilisés dans ce poème ?

| Mes critères de réussite | Mon auto-évaluation |
|---|---|
| Je comprends ce qui est exprimé dans le poème. | 🙂 😐 🙁 |
| J'identifie l'expression de sensations et de sentiments. | 🙂 😐 🙁 |
| Je sais identifier le temps verbal utilisé. | 🙂 😐 🙁 |
| Je reconnais les types de strophes, de vers et de rimes utilisés. | 🙂 😐 🙁 |
| J'identifie les caractéristiques du langage poétique. | 🙂 😐 🙁 |

# 3 Le Comte de Monte-Cristo

## Un roman d'aventures d'Alexandre Dumas

Alexandre Dumas, *Le Comte de Monte-Cristo*, Le Livre de poche Jeunesse, 2015.

### Parcours d'œuvre

**Vos objectifs**

- Découvrir un roman d'aventures du XIXe siècle.
- Identifier les caractéristiques du genre du roman d'aventures.
- Comprendre les différentes péripéties, les relations entre les personnages et leur évolution.
- Étudier un héros complexe en analysant son caractère et ses actions.

# À LA DÉCOUVERTE...

## 1 L'auteur

**Alexandre Dumas** ▸ 1802-1870

- Écrivain français. Son père, né à Haïti, est général pendant la Révolution et sous Napoléon I^er^. Sa mère tient une auberge. Alexandre Dumas est d'abord coursier pour un notaire.
- Dès sa jeunesse, il écrit des romans d'aventures sous forme de feuilletons dans les journaux. Ses plus grands romans sont *Le Comte de Monte-Cristo* (1844-1846), *Les Trois Mousquetaires* (1844) et *La Reine Margot* (1845), qui ont été de grands succès populaires.
- En 2002, ses cendres sont transférées au Panthéon.

## 2 Les personnages du roman

**Edmond Dantès** Personnage qui apparaît sous trois identités : Edmond Dantès, le comte de Monte-Cristo et l'abbé Busoni. Edmond Dantès est un jeune et honnête marin de 19 ans qui navigue sur le *Pharaon* et qui est amoureux de Mercédès.

**Le comte de Monte-Cristo** Personnage très riche et très fascinant.

**L'abbé Busoni** Prêtre italien, il s'agit d'un des déguisements du comte de Monte-Cristo.

**Danglars** Intendant du *Pharaon*, il devient un richissime baron en faisant fortune en tant que banquier.

**Fernand Mondego** Pêcheur catalan, cousin de Mercédès et amoureux de celle-ci. Après avoir fait fortune en Espagne, il change de nom et devient le comte de Morcerf.

**Mercédès** Fiancée d'Edmond Dantès au début du roman, elle devient comtesse de Morcerf en épousant Fernand.

**Gaspard Caderousse** Voisin d'Edmond, il devient aubergiste.

**Gérard de Villefort** Substitut du procureur à Marseille, puis procureur du roi à Paris.

**L'abbé Faria** Prisonnier dans le Château d'If, il révèle à Edmond l'emplacement d'un fabuleux trésor.

Lecture

## Votre objectif

- Faire la connaissance du personnage principal.

Extrait

# 1 L'arrivée au port

(texte à écouter)
hachette-clic.fr/21mf5033

### Que s'est-il passé ?

Le 24 février 1815, le navire le *Pharaon* entre au port de Marseille. Le jeune marin Edmond Dantès apprend à l'armateur M. Morrel la mort de son capitaine. Avant de mourir, le capitaine a demandé à Edmond de faire escale sur l'île d'Elbe, où l'empereur Napoléon Bonaparte a été exilé, pour remettre une lettre à l'un de ses proches. En échange, on lui a confié une lettre à remettre à Paris.

– Dans trois mois, il faudra que vous soyez là. Le *Pharaon*[1], continua l'armateur, en frappant sur l'épaule du jeune marin, ne pourrait pas repartir sans son capitaine.

– Sans son capitaine ! s'écria Dantès les yeux brillants de joie. Votre intention serait-elle de me nommer capitaine du *Pharaon* ?

– Si j'étais seul, je vous tendrais la main, mon cher Dantès, et je vous dirais : « C'est fait » ; mais j'ai un associé, et vous savez le proverbe italien « *Che a compagne a padrone*[2] ». Mais la moitié de la besogne[3] est faite au moins, puisque sur deux voix vous en avez déjà une.

– Oh ! monsieur Morrel, s'écria le jeune marin saisissant les mains de l'armateur, monsieur Morrel, je vous remercie au nom de mon père et de Mercédès. [...]

– Avez-vous été content de [Danglars] pendant le voyage ?

– C'est selon le sens que vous attachez à cette question, monsieur : si c'est comme bon camarade, non ; car je crois qu'il ne m'aime pas depuis le jour où j'ai eu la bêtise, à la suite d'une petite querelle que nous avions eue ensemble, de lui proposer de nous arrêter dix minutes à l'île de Monte-Cristo pour vider cette querelle[4] ; proposition que j'ai eu tort de lui faire, et qu'il a eu, lui, raison de refuser. Si c'est comme comptable que vous me faites cette question, je crois qu'il n'y a rien à dire et que vous serez content de la façon dont sa besogne est faite. [...]

Le jeune marin sauta dans le canot, alla s'asseoir à la poupe[5] et donna l'ordre d'aborder à la Canebière[6].

En se retournant, l'armateur[7] vit derrière lui Danglars, qui, en apparence, semblait attendre ses ordres, mais qui, en réalité, suivait comme lui le jeune marin du regard.

Seulement il y avait une grande différence dans l'expression de ce double regard qui suivait le même homme.

**Alexandre Dumas**, *Le Comte de Monte-Cristo*, Le Livre de poche Jeunesse, 2015, chapitre 1, « Marseille – L'arrivée », pages 11-13.

1 **Le *Pharaon*** : c'est le nom du bateau d'Edmond Dantès. 2 ***Che a compagne a padrone*** : proverbe italien qui signifie « Qui a un compagnon a un maître ». 3 **Besogne** : travail. 4 **Vider cette querelle** : la régler. 5 **Poupe** : arrière du bateau. 6 **La Canebière** : quartier de Marseille. 7 **Armateur** : propriétaire du bateau.

1 Quelle grande nouvelle M. Morrel apprend-il à Edmond Dantès ?

2 Relevez les mots qui montrent la réaction d'Edmond. Que pouvez-vous en déduire sur son caractère ?

3 Quelles sont les relations entre Edmond et Danglars ?

4 Quel indice l'expression « double regard » (l. 40) nous donne-t-elle sur la suite de l'intrigue ?

**À L'ORAL** En groupe, faites une lecture expressive de ce passage en vous répartissant les personnages.

## Votre bilan

- Quels éléments de l'intrigue identifiez-vous dans ce début de roman ?

## Votre objectif

▸ Comprendre la mise en place de l'intrigue.

Extrait

# 2 Le piège

(texte à écouter)
hachette-clic.fr/21mf5034

### Que s'est-il passé ?

Danglars, Fernand et Caderousse ont tous les trois de bonnes raisons de jalouser Edmond Dantès. Ils se retrouvent à la taverne et décident de lui tendre un piège.

– Eh bien ! je disais donc, par exemple, reprit Danglars, que si, après un voyage comme celui que vient de faire Dantès, et dans lequel il a touché à Naples et à l'île d'Elbe, quelqu'un le dénonçait au procureur du roi comme agent bonapartiste[1]...

Et Danglars, joignant l'exemple au précepte[2], écrivit de la main gauche et d'une écriture renversée, qui n'avait aucune analogie[3] avec son écriture habituelle, les lignes suivantes, qu'il passa à Fernand, et que Fernand lut à demi-voix :

– *M. le procureur du roi est prévenu, par un ami du trône et de la religion, que le nommé Edmond Dantès, second*[4] *du navire le* Pharaon, *arrivé ce matin de Smyrne*[5] *après avoir touché à Naples et à Porto-Ferrajo*[6], *a été chargé, par Murat*[7], *d'une lettre pour l'usurpateur*[8], *et, par l'usurpateur, d'une lettre pour le comité bonapartiste de Paris.*

« On aura la preuve de son crime en l'arrêtant ; car on trouvera cette lettre ou sur lui, ou chez son père, ou dans sa cabine à bord du *Pharaon*.

– À la bonne heure ! continua Danglars ; ainsi votre vengeance aurait le sens commun, car, d'aucune façon alors, elle ne pourrait retomber sur vous, et la chose irait toute seule ; il n'y aurait plus qu'à plier cette lettre, comme je le fais, et à écrire dessus : « *À M. le procureur du roi.* » Tout serait dit.

Chapitre 4, « Complot », pages 26-27.

1 **Agent bonapartiste** : dans ce contexte, traître. 2 **Précepte** : idée. 3 **Analogie** : ressemblance.
4 **Second** : adjoint du capitaine sur un bateau. 5 **Smyrne** : actuellement, Izmir, ville turque.
6 **Porto-Ferrajo** : ville italienne. 7 **Murat** : espion bonapartiste. 8 **L'usurpateur** : ici, Napoléon.

1 Quel est le piège imaginé par les trois ennemis d'Edmond ?

2 Comment Danglars s'arrange-t-il pour qu'on ne sache pas qu'il est l'auteur de la lettre ?

3 Quel est le mode utilisé dans la dernière parole de Danglars ? Pourquoi ?

**À L'ÉCRIT** Imaginez la lettre que vous pourriez écrire à Edmond pour le prévenir du piège que ses ennemis ont préparé.

## Votre bilan

▸ Que pouvez-vous dire des caractères des personnages présentés dans ce début de roman ?

Lecture

## Vos objectifs

- Découvrir la relation entre deux personnages.
- Percevoir ce qui crée le suspense dans un roman d'aventures.

Extrait

# 3 Le tunnel du château d'If

(texte à écouter) hachette-clic.fr/21mf5035

### Que s'est-il passé ?

Arrêté et emprisonné injustement au château d'If sur ordre du magistrat Villefort, Edmond Dantès creuse toutes les nuits un tunnel avec le manche d'une casserole.

Toute la journée, il travailla sans relâche ; le soir, il avait, grâce à son nouvel instrument, tiré à la muraille plus de dix poignées de débris de moellons[1], de plâtre et de ciment. Il continua de travailler toute la nuit ; mais, après deux ou trois heures de labeur[2], il rencontra un obstacle.

Le fer ne mordait plus et glissait sur une surface plane.

Dantès toucha l'obstacle avec ses mains et reconnut qu'il avait atteint une poutre.

Maintenant, il fallait creuser dessus ou dessous.

– Oh ! mon Dieu, mon Dieu ! s'écria-t-il, je Vous avais cependant tant prié, que j'espérais que Vous m'aviez entendu.

– Qui parle de Dieu ? articula une voix qui semblait venir de dessous terre et qui, assourdie par l'opacité[3], parvenait au jeune homme avec un accent sépulcral[4].

Edmond sentit se dresser ses cheveux sur sa tête, et il recula sur les genoux.

Chapitre 8, « Le numéro 34 et le numéro 27 », page 51.

1 **Moellons** : pierres qui servent à construire des murs. 2 **Labeur** : travail. 3 **Opacité** : épaisseur.
4 **Sépulcral** : comme si la voix provenait d'une tombe.

**1** Montrez comment l'auteur parvient à créer du suspense. Relevez et expliquez :

a. les indications temporelles (comment progressent-elles ?) ;

b. le groupe nominal désignant la personne qui répond à Edmond Dantès ;

c. les sentiments ressentis par Edmond Dantès.

**À L'ORAL** En groupe, lisez ce texte à voix haute de façon à bien montrer le suspense et les sentiments des personnages.

## Votre bilan

- Que ressent le lecteur à la lecture de ce passage ?

## Votre objectif

- Comprendre la transformation du héros.

# Extrait 4 L'enseignement de l'abbé Faria

(texte à écouter) hachette-clic.fr/21mf5036

### Que s'est-il passé ?

C'est ainsi que Dantès fait la connaissance de l'abbé Faria, un autre prisonnier qui essaie lui aussi de s'évader. Les deux hommes deviennent amis. L'abbé Faria aide Edmond à comprendre pourquoi il a été emprisonné au château d'If.

– Je suis fâché de vous avoir aidé dans vos recherches, et de vous avoir dit ce que je vous ai dit, fit-il.

– Pourquoi cela ? demanda Dantès.

– Parce que je vous ai infiltré dans le cœur un sentiment qui n'y était point, la vengeance.

Dantès sourit.

– Parlons d'autre chose, dit-il.

L'abbé le regarda encore un instant et hocha tristement la tête ; puis, comme l'en avait prié Dantès, il parla d'autre chose.

Le vieux prisonnier était un de ces hommes dont la conversation, comme celle des gens qui ont beaucoup souffert, contient des enseignements nombreux et renferme un intérêt soutenu. Dantès comprit le bonheur qu'il y aurait pour une organisation intelligente à suivre cet esprit élevé sur les hauteurs morales, philosophiques ou sociales sur lesquelles il avait l'habitude de se jouer[1].

– Vous devriez m'apprendre un peu de ce que vous savez, dit Dantès, ne fût-ce que pour ne pas vous ennuyer avec moi. Il me semble maintenant que vous devez préférer la solitude à un compagnon sans éducation et sans portée[2] comme moi.

L'abbé sourit.

– Hélas ! mon enfant, dit-il, la science humaine est bien bornée[3], et quand je vous aurai appris les mathématiques, la physique, l'histoire et les trois ou quatre langues vivantes que je parle, vous saurez ce que je sais ; or, toute cette science, je serai deux ans à peine à la verser de mon esprit dans le vôtre.

– Deux ans ! dit Dantès : vous croyez que je pourrais apprendre toutes ces choses en deux ans ? [...]

En effet, dès le soir, les deux prisonniers arrêtèrent[4] un plan d'éducation qui commença de s'exécuter le lendemain. Dantès avait une mémoire prodigieuse, une facilité de conception extrême. Au bout d'un an, c'était un autre homme.

Chapitre 10, « La chambre de l'abbé », pages 67-68.

1 **De se jouer** : d'évoluer. 2 **Sans portée** : qui n'a pas d'importance. 3 **Bornée** : délimitée. 4 **Arrêtèrent** : firent (du verbe *faire*).

1 Quel est le projet d'Edmond Dantès ? Appuyez-vous sur le texte.

2 Que demande Edmond à l'abbé ? Pourquoi et en quoi peut-il lui être utile ?

3 Quelle opinion Edmond a-t-il de lui-même ? A-t-il raison ? Justifiez en citant le texte.

4 Expliquez pourquoi Edmond Dantès devient « un autre homme ».

**À L'ÉCRIT** Imaginez le récit que l'abbé Faria fait dans son journal de sa rencontre avec Edmond Dantès : il explique ce qu'il pense du jeune homme et raconte comment se déroulent les leçons.

## Votre bilan

- Expliquez en quoi l'abbé Faria a complètement transformé Edmond Dantès.
- En groupe, échangez vos arguments à l'oral. Rédigez votre réponse et comparez-la aux réponses des autres groupes.

Lecture

## Votre objectif

▸ Comprendre les éléments qui créent le suspense dans un roman d'aventures.

Extrait

# 5 La place du mort

(texte à écouter)
hachette-clic.fr/21mf5037

### Que s'est-il passé ?

L'abbé Faria meurt. Son corps est placé dans un sac. Edmond Dantès prend sa place pour s'évader, après quatorze ans de détention.

Et, comme pour ne pas donner à la pensée le temps de détruire cette résolution[1] désespérée, il se pencha vers le sac hideux[2], l'ouvrit avec le couteau que Faria avait fait, retira le cadavre du sac, l'emporta chez lui, le coucha dans son lit, le coiffa du lambeau[3] de linge dont il avait l'habitude de se coiffer lui-même, le couvrit de sa couverture, baisa une dernière fois ce front glacé, tourna la tête le long du mur, afin que le geôlier, en apportant son repas du soir, crût qu'il était couché comme c'était souvent son habitude, rentra dans la galerie, tira le lit contre la muraille, rentra dans l'autre chambre, prit dans l'armoire l'aiguille, le fil, jeta ses haillons pour qu'on sentît bien sous la toile les chairs nues, se glissa dans le sac éventré, se plaça dans la situation où était le cadavre, et referma la couture en dedans. [...]

La civière[4] soulevée reprit son chemin.

On fit cinquante pas à peu près, puis on s'arrêta pour ouvrir une porte ; puis on se remit en route. Le bruit des flots se brisant contre les rochers, sur lesquels était bâti le château, arrivait plus distinctement à l'oreille de Dantès à mesure qu'on avançait.

– Mauvais temps ! dit un des porteurs. Il ne fera pas bon d'être en mer cette nuit.

– Oui, l'abbé court grand risque d'être mouillé, dit l'autre ; et ils éclatèrent de rire.

On fit encore quatre ou cinq pas en montant toujours, puis Dantès sentit qu'on le prenait par la tête et par les pieds, et qu'on le balançait.

– Une, dirent les fossoyeurs[4].

– Deux.

– Trois !

En même temps Dantès se sentit lancé en effet dans un vide énorme, traversant les airs comme un oiseau blessé, tombant, tombant toujours avec une épouvante qui lui glaçait le cœur. Quoique tiré en bas par quelque chose de pesant qui précipitait son vol rapide, il lui sembla que cette chute durait un siècle. Enfin, avec un bruit épouvantable, il entra comme une flèche dans une eau glacée, qui lui fit pousser un cri étouffé à l'instant même par l'immersion.

Dantès avait été lancé dans la mer, au fond de laquelle l'entraînait un boulet de trente-six attaché à ses pieds.

La mer est le cimetière du château d'If.

Chapitre 12, « Le troisième accès », pages 78-80.

1 **Résolution** : décision. 2 **Hideux** : horrible. 3 **Lambeau** : morceau. 4 **Civière** : brancard. 5 **Fossoyeurs** : croque-morts.

1 Où s'arrête la première phrase du texte ? Pourquoi est-elle surprenante ?

2 Que désigne l'expression « résolution désespérée » à la deuxième ligne ?

3 Par quel pronom personnel les fossoyeurs sont-ils désignés ? Pourquoi ?

4 Quelles sensations et quels sentiments Edmond Dantès ressent-il quand le sac est lancé ?

5 Expliquez le sens de la dernière phrase.

6 Qu'imaginez-vous à la fin du texte ?

**À L'ORAL** À la manière du premier paragraphe, imaginez une longue phrase pour raconter comment Dantès parvient à s'extraire du sac et ce qui lui arrive ensuite. Lisez cette phrase à voix haute. Quel sera le rythme de votre lecture ? Pourquoi ?

## Votre bilan

▸ Comment l'auteur parvient-il à créer du suspense et maintenir le lecteur en haleine ?

## Votre objectif

- Découvrir un thème important du roman d'aventures.

Extrait

# 6 À la recherche du trésor

texte à écouter
hachette-clic.fr/21mf5038

### Que s'est-il passé ?

En prison, l'abbé Faria a révélé à Edmond Dantès l'emplacement d'un trésor fabuleux enfoui sur l'île de Monte-Cristo. Une fois libre, Dantès se fait déposer par des contrebandiers sur l'île. Il fait semblant de s'être blessé pour rester seul quelques jours et explorer les lieux, à la recherche du trésor.

À l'aide de sa pioche, Dantès creusa, entre le rocher supérieur et celui sur lequel il était posé, un conduit de mine[1], puis il le bourra de poudre ; puis, effilant son mouchoir et le roulant dans le salpêtre[2], il en fit une mèche.

Le feu mis à cette mèche, Dantès s'éloigna.

L'explosion ne se fit pas attendre : le rocher supérieur fut en un instant soulevé par l'incalculable force, le rocher inférieur vola en éclats ; par la petite ouverture qu'avait d'abord pratiquée Dantès, s'échappa tout un monde d'insectes frémissants, et une couleuvre énorme, gardienne de ce chemin mystérieux, roula sur ses volutes[3] bleuâtres et disparut. […]

Dantès introduisit le côté tranchant de sa pioche entre le coffre et le couvercle, pesa sur le manche de sa pioche, et le couvercle après avoir crié éclata.

Une fièvre vertigineuse[4] s'empara de Dantès ; il ferma les yeux, comme font les enfants, pour apercevoir, dans la nuit étincelante de leur imagination, plus d'étoiles qu'ils n'en peuvent compter dans un ciel encore éclairé, puis il les rouvrit et demeura ébloui.

Trois compartiments scindaient[5] le coffre.

Dans le premier brillaient de rutilants[6] écus d'or aux fauves reflets.

Dans le second, des lingots mal polis[7], mais rangés en bon ordre, et qui n'avaient de l'or que le poids et la valeur.

Dans le troisième enfin, à demi plein, Edmond remua à poignées les diamants, les perles, les rubis, qui, cascade étincelante, faisaient, en retombant les uns sur les autres, le bruit de la grêle sur les vitres.

Chapitre 15, « L'île de Monte-Cristo », pages 92-95.

1 Conduit de mine : trou vertical dans la roche. 2 Salpêtre : substance inflammable. 3 Volutes : enroulements.
4 Fièvre vertigineuse : fièvre importante qui donne le vertige. 5 Scindaient : découpaient, fractionnaient.
6 Rutilants : éblouissants. 7 Polis : lissés.

1 Le trésor est-il facile à trouver ? Justifiez.

2 Relevez les mots et expressions décrivant les réactions d'Edmond Dantès. Que pensez-vous de la comparaison (l. 20) ?

3 De quoi le trésor est-il constitué ?

4 Relevez une métaphore dans le dernier paragraphe.

À L'ORAL Lisez la fin du texte à voix haute de façon à faire exprimer la « fièvre » qui s'empare d'Edmond Dantès à la vue du trésor.

## Votre bilan

- Pourquoi les chasses au trésor sont-elles des éléments importants des romans d'aventures ?

Lecture

**Votre objectif**

▸ Découvrir le personnage du comte de Monte-Cristo.

Extrait

## 7 La première apparition du comte de Monte-Cristo

(texte à écouter) hachette-clic.fr/21mf5039

### Que s'est-il passé ?

Neuf ans après son évasion, Edmond Dantès arrive à Paris sous l'identité du comte de Monte-Cristo. Danglars et Fernand ont fait fortune. Il est invité chez Albert de Morcerf, le fils de Mercédès et de Fernand. Albert veut le remercier de l'avoir sauvé de brigands en Italie.

Le comte parut sur le seuil, vêtu avec la plus grande simplicité ; mais le *lion*[1] le plus exigeant n'eût rien trouvé à reprendre à sa toilette. Tout était d'un goût exquis[2], tout sortait des mains des plus élégants fournisseurs, habits, chapeau et linge.

[…]

– Messieurs, dit le comte en s'asseyant, permettez-moi un aveu qui sera mon excuse pour toutes les inconvenances que je pourrais faire : je suis étranger, mais étranger à tel point, que c'est la première fois que je viens à Paris. La vie française m'est donc parfaitement inconnue, et je n'ai guère jusqu'à présent pratiqué que la vie orientale, la plus antipathique[3] aux bonnes traditions parisiennes. Je vous prie donc de m'excuser si vous trouvez en moi quelque chose de trop turc, de trop napolitain[4] ou de trop arabe. Cela dit, messieurs, déjeunons.

Chapitre 19, « Le déjeuner », pages 121-122.

1 *Lion* : homme élégant. 2 Exquis : charmant, délicat. 3 Antipathique : désagréable. 4 Napolitain : qui vient de Naples, en Italie.

1 À quoi voit-on que le comte est un homme riche ?

2 Quel pronom est répété dans le premier paragraphe ? Pourquoi ?

3 Comment le comte se présente-t-il ? Qu'en pensez-vous ?

À L'ÉCRIT Imaginez le récit qu'Albert pourrait faire du repas. Racontez l'entrée du comte et les impressions du jeune homme.

**Votre bilan**

▸ Quel rôle le trésor joue-t-il dans le projet d'Edmond Dantès ?

## Vos objectifs

- Comprendre les mécanismes de la vengeance du comte de Monte-Cristo.
- Identifier les différents rebondissements de l'intrigue.

Extrait

# 8 La chambre rouge

(texte à écouter) hachette-clic.fr/21mf5040

### Que s'est-il passé ?

Quelques semaines plus tard, à l'occasion d'un dîner qu'il organise chez lui à Auteuil, près de Paris, le comte de Monte-Cristo fait visiter à Mme Danglars et Villefort, le procureur du roi qui l'a envoyé en prison, une mystérieuse chambre où deux personnages ont vécu autrefois une aventure tragique.

Villefort et Mme Danglars demeurèrent un instant comme cloués à leur place ; ils s'interrogeaient des yeux, froids, muets et glacés. [...]

[La chambre] n'avait rien de particulier, si ce n'est que, quoique le jour tombât, elle n'était point éclairée, et qu'elle était dans la vétusté[1], quand toutes les autres chambres avaient revêtu une parure[2] neuve.

Ces deux causes suffisaient en effet pour lui donner une teinte lugubre[3].

– Hou ! s'écria Mme de Villefort, c'est effrayant, en effet.

– N'est-ce pas ? dit Monte-Cristo. Voyez donc comme ce lit est bizarrement placé, quelle sombre et sanglante tenture ; et ces deux portraits au pastel que l'humidité a fait pâlir, ne semblent-ils pas dire avec leurs lèvres blêmes et leurs yeux effarés : « J'ai vu ! »

Villefort devint livide ; Mme Danglars tomba sur une chaise longue placée près de la cheminée. [...]

– En vérité, madame, lui dit-il, est-ce que je vous ai fort effrayée ?

– Non, monsieur ; mais vous savez, les choses nous impressionnent selon la disposition d'esprit où nous nous trouvons.

Villefort s'efforça de rire.

– Et alors vous comprenez, dit-il, il suffit d'une supposition, d'une chimère...

– Eh bien ! dit Monte-Cristo, vous m'en croirez si vous voulez, j'ai la conviction qu'un crime a été commis dans cette maison. [...]

Monte-Cristo prit le bras de Villefort, et en même temps qu'il serrait sous le sien celui de Mme Danglars, il traîna le procureur du roi jusque sous le platane[4] où l'ombre était la plus épaisse.

Tous les autres convives[5] suivaient.

– Tenez, dit Monte-Cristo, ici, à cette place même (et il frappait la terre du pied), ici, pour rajeunir ces arbres déjà vieux, j'ai fait creuser et mettre du terreau ; et bien ! mes travailleurs, en creusant, ont déterré un coffre ou plutôt des ferrures de coffre au milieu desquelles était le squelette d'un enfant nouveau-né.

Monte-Cristo sentit se raidir le bras de Mme Danglars et frissonner le poignet de Villefort.

Chapitre 31, « Le dîner », pages 201-205.

1 **Vétusté** : qui est usé par le temps. 2 **Parure** : décor. 3 **Lugubre** : très triste. 4 **Platane** : arbre. 5 **Convives** : invités.

1 Relevez les éléments de description de cette chambre. Quelle impression donne-t-elle ?

2 Comment réagissent Villefort et Mme Danglars en entrant dans cette chambre ?

3 Que veut leur faire comprendre Monte-Cristo quand il attire leur attention sur les deux portraits ?

4 En regroupant tous les indices de cet extrait, devinez ce qu'il s'est passé dans cette chambre.

5 Comment Monte-Cristo exerce-t-il sa vengeance contre Villefort ?

**À L'ORAL** Par groupes de trois, mettez en scène et jouez cet extrait.

### Votre bilan

- Reformulez les éléments de la vengeance du comte.

Lecture

## Votre objectif

- Découvrir la fin de la vengeance du comte de Monte-Cristo.

Extrait

# 9 La ruine de Danglars

(texte à écouter) hachette-clic.fr/21mf5041

### Que s'est-il passé ?

Pour échapper à une dette et à la prison, Danglars s'est sauvé en Italie, abandonnant en France sa femme et sa fille. Il a été capturé par des brigands, dont le chef n'est autre que Monte-Cristo qui lui a tendu un piège.

– À boire, dit le prisonnier.

– Excellence, dit Peppino[1], vous savez que le vin est hors de prix dans les environs de Rome.

– Quel prix ?

– Vingt-cinq mille francs[2] la bouteille.

– Dites, s'écria Danglars, dites que vous voulez me dépouiller, ce sera plutôt fait que de me dévorer ainsi lambeau par lambeau.

– Il est possible, dit Peppino, que ce soit là le projet du maître.

– Faites que je le voie.

– C'est facile.

L'instant d'après, Luigi Vampa était devant Danglars.

– Vous m'appelez ? demanda-t-il au prisonnier.

– C'est vous, monsieur, qui êtes le chef des personnes qui m'ont amené ici ?

– Oui, Excellence ; après ?

– Que désirez-vous de moi pour rançon ? parlez.

– Mais tout simplement les cinq millions[3] que vous portez sur vous.

Danglars sentit un effroyable spasme lui broyer le cœur.

– Je n'ai que cela au monde, monsieur, et c'est le reste d'une immense fortune ; si vous me l'ôtez, ôtez-moi la vie.

– Il nous est défendu de verser votre sang, Excellence. […]

Sa résolution de ne pas signer dura deux jours, après quoi il demanda des aliments et offrit un million.

Chapitre 66, « Le pardon », pages 399-400.

1 **Peppino** : nom d'un brigand. 2 **Vingt-cinq mille francs** : environ 80000 euros. 3 **Cinq millions** : environ 16 millions d'euros.

1. Qui parle dans ce dialogue ?
2. Quelle vengeance Monte-Cristo a-t-il prévue contre Danglars ?
3. À votre avis, qui est Luigi Vampa ?
4. Pourquoi Danglars accepte-t-il finalement de payer ?

**À L'ORAL** Faites une lecture expressive de cet extrait.

## Votre bilan

- Que pensez-vous des vengeances du comte de Monte-Cristo ? Y a-t-il un rapport entre les vies de ces personnages et la vengeance imaginée par Monte-Cristo ? Justifiez.

**Votre objectif**

- Comprendre la complexité du personnage et son évolution au fil du roman.

Extrait

## 10 Les doutes de Monte-Cristo

(texte à écouter) hachette-clic.fr/21mf5042

### Que s'est-il passé ?

Conseillé par Monte-Cristo, Mme de Villefort a empoisonné différents membres de la famille de Villefort pour que son fils Édouard hérite seul de sa fortune. Démasquée, elle se donne la mort après avoir empoisonné son fils. Villefort les découvre, horrifié. Il découvre également l'abbé Busoni, qui n'est autre que le comte de Monte-Cristo.

– Je viens vous dire que vous m'avez payé votre dette, et qu'à partir de ce moment, je vais prier Dieu qu'Il se contente comme moi.

– Mon Dieu ! fit Villefort en reculant, l'épouvante sur le front, cette voix, ce n'est pas celle de l'abbé Busoni !

– Non. […]

– Tiens ! Edmond Dantès, dit-il en montrant au comte le cadavre de sa femme et le corps de son fils ; tiens ! regarde, es-tu bien vengé ?...

Monte-Cristo pâlit à cet effroyable spectacle ; il comprit qu'il venait d'outrepasser[1] les droits de la vengeance ; il comprit qu'il ne pouvait plus dire : « Dieu est pour moi et avec moi. » […]

Un quart d'heure après, la chambre de Valentine[2] se rouvrit, et le comte de Monte-Cristo reparut.

Pâle, l'œil morne[3], la poitrine oppressée, tous les traits de cette figure ordinairement si calme et si noble étaient bouleversés par la douleur.

Il tenait dans ses bras l'enfant, auquel aucun secours n'avait pu rendre la vie. […]

Monte-Cristo descendit le perron, s'avança vers l'endroit désigné, et vit, au milieu de ses serviteurs, faisant cercle autour de lui, Villefort, une bêche à la main, et fouillant la terre avec une espèce de rage.

– Ce n'est pas encore ici, disait-il, ce n'est pas encore ici !

Et il fouillait plus loin.

Monte-Cristo s'approcha de lui, et, tout bas :

– Monsieur, lui dit-il d'un ton presque humble[4], vous avez perdu un fils ; mais…

Villefort l'interrompit ; il n'avait ni écouté, ni entendu.

– Oh ! je le retrouverai, dit-il ; vous avez beau prétendre qu'il n'y est pas, je le retrouverai, dussé-je chercher jusqu'au jour du dernier jugement.

Monte-Cristo recula avec terreur.

– Oh ! dit-il, il est fou !

Et, comme s'il eût craint que les murs de la maison maudite ne s'écroulassent sur lui, il s'élança dans la rue, doutant pour la première fois qu'il eût le droit de faire ce qu'il avait fait.

Chapitre 63 « Expiation », pages 384-386.

1 **Outrepasser** : dépasser. 2 **Valentine** : fille de Villefort. 3 **Morne** : sans émotion. 4 **Humble** : modeste.

1. Quelles sont les conséquences de la vengeance de Monte-Cristo ?
2. Relevez les mots qui montrent les émotions du comte de Monte-Cristo. Comment réagit-il ?
3. Que fait Villefort ? Pourquoi agit-il ainsi ?
4. Quels doutes envahissent Monte-Cristo ?

**À L'ÉCRIT** Imaginez ce que le comte de Monte-Cristo pourrait écrire dans son journal intime. Vous insisterez sur l'expression de ses remords et de ses doutes.

**Votre bilan**

- À votre avis, le comte de Monte-Cristo est-il satisfait une fois sa vengeance accomplie ? En groupe, échangez vos arguments à l'oral. Rédigez votre réponse et comparez-la aux réponses des autres groupes.

Lecture INTÉGRALE EN GROUPE

### Votre objectif

▸ Construire les caractéristiques du roman d'aventures.

## GROUPE 1

### Les personnages du roman ✱

**VOTRE MISSION Identifiez les ennemis et les amis d'Edmond Dantès.**

**EN GROUPE**

1 Recopiez et complétez le tableau.

**Coup de pouce**

Aidez-vous de la présentation des personnages p. 65.

| Les amis | Les ennemis |
| --- | --- |
| ...... | ...... |

## GROUPE 2

### Les lieux du roman d'aventures ✱✱

**VOTRE MISSION Décrivez des lieux marquants du roman d'aventures.**

**EN GROUPE**

1 En feuilletant le roman, retrouvez les chapitres correspondant aux lieux de l'aventure.

2 Recopiez et complétez le tableau.

| Lieu | Chapitre(s) | Description | Aventure qui s'y joue |
| --- | --- | --- | --- |
| La prison | ...... | ...... | ...... |
| L'île de Monte-Cristo | ...... | ...... | ...... |
| La grotte | ...... | ...... | ...... |
| La maison d'Auteuil | ...... | ...... | ...... |

## GROUPE 3

### De nombreux travestissements ✱✱✱

**VOTRE MISSION Retrouvez les personnages déguisés du roman.**

**EN GROUPE**

1 Étudiez les différents déguisements d'Edmond Dantès.

2 Recopiez et complétez le tableau.

| Page(s) du roman | Personnage déguisé | Description du déguisement |
| --- | --- | --- |
| p. 277 | ...... | ...... |
| p. 325-326 | ...... | ...... |
| p. 401-402 | ...... | ...... |

## GROUPE 4

### Les rebondissements de l'intrigue ✱✱✱

**VOTRE MISSION Étudiez des rebondissements dans l'intrigue.**

**EN GROUPE**

1 Recopiez et complétez le tableau.

| Chapitres du roman | Résumé du rebondissement | Effets sur le lecteur |
| --- | --- | --- |
| Chap. 17-18 | ...... | ...... |
| Chap. 20-48 | ...... | ...... |
| Chap. 22, 29, 40, 43 | ...... | ...... |
| Chap. 55-56 | ...... | ...... |

**TOUS ENSEMBLE**

**Présentez votre travail à l'oral en le justifiant.**

**Votre bilan**

(fiche à télécharger) hachette-clic.fr/21mf5043

À partir des différentes interventions, complétez la carte mentale du roman d'aventures.

# Pour vous aider à lire et écrire

Grammaire et conjugaison

## Le passé simple

Mon objectif > connaître la conjugaison du passé simple et savoir justifier son emploi

1 Donnez l'infinitif des verbes soulignés.

2 Relevez les autres verbes. Expliquez la valeur des temps présents dans le texte.

> Quelqu'un s'approcha du lit et effleura les rideaux.
> Valentine entendit le bruit presque insensible d'une liqueur tombant dans le verre qu'elle venait de vider.
> Alors elle osa, sous le rempart de son bras étendu, entrouvrir sa paupière.
> Elle vit alors une femme en peignoir blanc qui vidait dans son verre une liqueur préparée d'avance dans une fiole.
> Pendant un bref instant, Valentine retint peut-être sa respiration, ou fit sans doute quelque mouvement, car la femme, inquiète, s'arrêta et se pencha sur son lit pour mieux voir si elle dormait réellement [...].
>
> Chapitre 55, « L'apparition », p. 346.

3 Imaginez la fin de ces phrases en utilisant le passé simple.

a. Sur l'île de Monte-Cristo, Edmond...

b. Lorsqu'ils le virent arriver, les gens de la bonne société...

c. Alors qu'il avait décidé de se venger, ...

d. Les prisonniers du château d'If...

Vocabulaire

## La colère et la vengeance

Mon objectif > enrichir son vocabulaire

1 Recherchez le sens des expressions suivantes et rédigez une phrase pour mettre ce sens en évidence.

a. Crier vengeance.

b. Tirer vengeance (de quelqu'un ou de quelque chose).

c. La vengeance est un plat qui se mange froid.

2 Classez les mots selon qu'ils sont des synonymes du nom « vengeance » ou du nom « colère ». Aidez-vous d'un dictionnaire.

emportement • ire • fureur • punition • revanche • vendetta • rage • représailles • courroux

| Synonymes de « vengeance » | Synonymes de « colère » |
| --- | --- |
| ...... | ...... |

Orthographe

## Les homophones grammaticaux

Mon objectif > faire des choix orthographiques et les justifier

**Les mots soulignés dans le texte sont mal orthographiés. Il faut les corriger.**

1 En groupe, proposez une correction. Vous pouvez utiliser vos cours et les leçons du manuel (p. 332).

2 Expliquez votre correction, à l'écrit ou en vous enregistrant à l'oral.

> Tous les romans d'Alexandre Dumas me plaisent mais *Le Comte de Monte-Cristo* ma passionnée. Les rebondissements son vraiment extraordinaires. Il ce passe toujours quelque chose est jamais ont ne s'ennuie. Valentine et Maximilien sont m'est personnages préférés, il leurs arrive des aventures incroyables. J'aimerais qu'on lise tout le temps des romans d'aventures !

ATELIER ORAL

# Faites entrer l'accusé

EN GROUPE

Edmond Dantès, appelé aussi le comte de Monte-Cristo ou l'abbé Busoni, est accusé d'avoir causé directement ou indirectement la mort de Danglars, la folie de M. de Villefort et le suicide du comte de Morcerf.

## VOTRE MISSION

Par groupes de 5 ou 6, préparez et jouez le procès d'Edmond Dantès.

### ÉTAPE 1 Répartissez-vous les rôles

Chaque élève choisit un rôle. Il peut jouer le rôle d'un personnage masculin ou féminin.

le/la juge • le/la procureur(e) • l'avocat(e) de la défense • l'accusé lui-même • les témoins • le jury

**Coup de pouce**

Aidez-vous des textes lus et étudiés dans la séquence.

### ÉTAPE 2 Préparez vos arguments

Appuyez-vous sur différents chapitres du roman.

Aidez-vous des questions proposées dans la fiche à télécharger.

(fiche à télécharger)
hachette-clic.fr/21mf5044

### ÉTAPE 3 Organisez votre propos

Que vous soyez procureur(e), avocat(e), témoin ou accusé(e), présentez votre point de vue et essayez de convaincre en quelques minutes. Utilisez des connecteurs logiques.

**Coup de pouce**

- Ajouter des idées : *ensuite, enfin*
- Illustrer une idée : *par exemple, c'est-à-dire*
- Opposer des idées : *mais, par contre*
- Admettre des arguments opposés : *certes, je reconnais que*
- Conclure : *ainsi, en résumé*

### ÉTAPE 4 Jouez le procès

Disposez trois tables en forme de U.

N'hésitez pas à entrer dans votre rôle et à parler avec dynamisme.

Vous devez convaincre !

### ÉTAPE 5 Auto-évaluez-vous grâce aux critères de réussite

| Mes critères de réussite | J'ai respecté ce critère | | |
|---|---|---|---|
| J'ai exprimé au moins un argument et/ou un exemple tiré du roman. | 🙂 | 😐 | ☹️ |
| J'ai organisé mon propos en utilisant des connecteurs logiques. | 🙂 | 😐 | ☹️ |
| J'ai joué mon rôle. | 🙂 | 😐 | ☹️ |
| Je m'exprime à l'oral avec fluidité et clarté. | 🙂 | 😐 | ☹️ |
| **Ma mission :** Interpréter mon rôle. | 🙂 | 😐 | ☹️ |

**Le verdict !**

**C'est maintenant au jury de condamner ou d'acquitter Edmond Dantès. Allez-vous le renvoyer au château d'If ? Organisez un vote secret ou à main levée.**

# Faisons le bilan

**Que d'aventures ! Il est temps de faire le bilan de votre lecture et de ce qu'elle vous a apporté.**

## Les caractéristiques du roman d'aventures

- un héros souvent jeune, optimiste
- il subit des transformations et évolue tout au long du roman
- il vit de nombreuses aventures et doit surmonter des obstacles

- des personnages bons et mauvais qui s'opposent
- des personnages qui se travestissent pour mettre en œuvre leurs plans

- des lieux dépaysants, exotiques, parfois mystérieux et inquiétants
- de nombreuses actions, des rebondissements et du suspense
- une histoire d'amour impossible

➦ Edmond Dantès reste-t-il un personnage « positif » tout au long du roman ? Justifiez.

**↪ Qu'avez-vous retenu de la séquence ?**

Vérifiez en faisant quelques exercices interactifs :

(Exercices interactifs)
hachette-clic.fr/21mf5045
hachette-clic.fr/21mf5046
genially

## Et vous, dans tout ça ?

**1** Relevez dans le roman deux passages et trois citations qui vous ont intéressé(e) ou marqué(e). Pourquoi les avez-vous choisis ?

**2** Relevez des mots que vous avez découverts ou que vous avez aimés. Notez leur définition et expliquez pourquoi vous les avez aimés.

**3** Illustrez votre carnet. Que pourriez-vous représenter ? Un objet important, un personnage, un lieu, un événement… ? Si vous en avez envie, dessinez. Vous pouvez aussi faire un collage !

**4** Quelle(s) impression(s) ce roman vous laisse-t-il ? Avez-vous ressenti des émotions particulières en lisant certains passages ?

**5** Vous êtes-vous identifié(e) à un personnage ? Lequel ? Pourquoi ?

**6** Combien d'étoiles mettriez-vous au roman ? Justifiez votre classement avec des critères bien précis !

**↪ Avez-vous complété votre carnet de lecture ?**

| Mes critères de réussite | J'ai respecté ce critère |
|---|---|
| Je peux restituer la chronologie des événements du roman. | |
| J'ai compris les intentions d'Edmond Dantès et les raisons de sa colère. | |
| Je sais décrire les caractéristiques du roman d'aventures. | |

# 4 L'Amour médecin

## Une satire de la médecine par Molière

### Parcours d'œuvre

**Vos objectifs**

- Étudier une comédie-ballet.
- Analyser la satire de la médecine.
- Identifier les différents types de comique.
- Découvrir le travail de la mise en scène d'une pièce de théâtre.

**Molière**, *Le Médecin volant* suivi de *L'Amour médecin*, Hachette Éducation, 2015.

**Sganarelle**, père de Lucinde.

**Lucinde**, fille de Sganarelle.

**Lisette**, suivante de Lucinde et servante au service de la famille.

**Clitandre**, amant de Lucinde (amoureux et qui en est aimé).

# À LA DÉCOUVERTE…

## 1 L'auteur

(vidéo à regarder)
hachette-clic.fr/21mf5047

**Nicolas Mignard** (attribué à), *Molière dans le rôle de César*, 1658.

**1.** Regardez la vidéo sur la biographie de Molière.

**2.** Recopiez et complétez ce texte.

..... est un pseudonyme. En réalité, il se nomme ..... .
Né en ..... à ....., fils d'un ....., il est donc promis à exercer le même métier que son père. Mais il souhaite devenir ..... . Il crée la troupe ..... avec la famille ..... en ....., et part en tournée en ..... où il rencontre le ..... . De retour à Paris, en 1658, la troupe joue devant le roi ..... et devient célèbre à Paris aussi.
Molière est ainsi un homme aux multiples talents : ....., ....., ....., ....., …
En ....., il meurt à la fin d'une représentation du ....., sa dernière pièce.

## 2 La médecine au temps de Molière

- À l'époque de Molière, les connaissances médicales restent limitées et les maladies font des ravages : plusieurs membres de sa famille, comme lui, sont morts de la tuberculose.
- Des personnages de médecins sont représentés dans de nombreuses pièces de Molière : *Le Médecin volant* (1645), *L'Amour médecin* (1665), *Le Médecin malgré lui* (1666), *Le Malade imaginaire* (1674), etc.
- Molière fait **la satire** des médecins : il les ridiculise en se moquant de leur impuissance face à la maladie, des mots compliqués qu'ils utilisent pour se donner de grands airs, ainsi que de leur accoutrement (de grandes robes noires, des fraises et des chapeaux pointus).

**Anonyme espagnol**, *L'Homme à la seringue*, XVII^e^ siècle.

## 3 Le vocabulaire du théâtre

- Trouvez le nom correspondant à chaque définition.
Téléchargez la grille de mots croisés puis remplissez-la.

**HORIZONTAL**

**2.** Longue réplique prononcée sans interruption par un comédien.
**4.** Paroles que le comédien dit à part, pour lui-même.
**6.** On en change à chaque entrée et sortie des personnages sur scène.
**8.** Erreur qui fait prendre une chose, une parole ou une personne pour une autre.
**9.** Dialogue au théâtre.

**VERTICAL**

**1.** Indication de mise en scène non prononcée (soupir, rire…).
**3.** Premières scènes qui présentent la situation et les personnages.
**5.** Grande partie du texte théâtral, au cours de laquelle le rideau ne peut être fermé.
**7.** Tirade prononcée par un comédien seul sur scène.

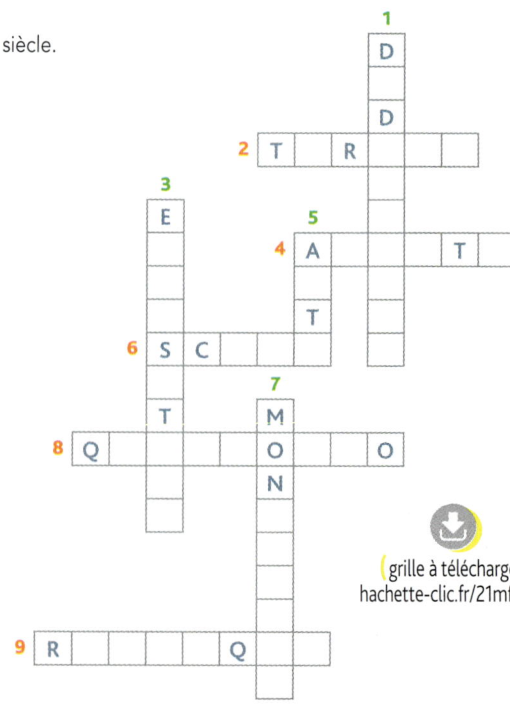


(grille à télécharger)
hachette-clic.fr/21mf5048

Lecture

# 1 Le prologue en musique

scène à regarder
hachette-clic.fr/21mf5049

## Vos objectifs

- Découvrir une comédie-ballet.
- Comprendre l'utilité du prologue.
- Identifier une allégorie.

**Jean-Marie Villégier**, mise en scène de *L'Amour médecin* de Molière, Comédie-Française, 2005.

**Comme au théâtre** Observez les costumes des personnages. Comment le metteur en scène parvient-il à faire comprendre l'identité de chacun ?

**Avec du style !**

La **personnification** est une figure de style qui consiste à faire parler et agir un animal ou un objet comme s'il était un être humain. L'**allégorie** donne vie à une idée abstraite car elle la représente de façon imagée.

### Prologue

LA COMÉDIE, LA MUSIQUE ET LE BALLET

LA COMÉDIE

*Quittons, quittons notre vaine querelle[1],*
*Ne nous disputons point nos talents tour à tour.*
*Et d'une gloire plus belle,*
*Piquons-nous[2] en ce jour.*
*Unissons-nous tous trois d'une ardeur sans seconde,*
*Pour donner du plaisir au plus grand roi du monde.*

TOUS TROIS

*Unissons-nous…*

LA COMÉDIE

*De ses travaux, plus grands qu'on ne peut croire,*
*Il se vient quelquefois délasser[3] parmi nous.*
*Est-il de plus grande gloire*
*Est-il bonheur plus doux ?*
*Unissons-nous tous trois…*

TOUS TROIS

*Unissons-nous…*

**Molière**, *L'Amour médecin* (1665), Hachette Éducation, 2015, prologue, page 49.

1 **Querelle** : dispute.
2 **Piquons-nous** : mettons-nous en avant.
3 **Se délasser** : se détendre, se reposer.

**POUR COMMENCER** *L'Amour médecin* : comment comprenez-vous ce titre ? Selon vous, qu'est-ce qu'une comédie-ballet ?

1. Qui sont les personnages ?
2. Comment s'appelle cette figure de style qui permet de faire parler des idées comme des personnes ?
3. Observez la didascalie des personnages présents sur scène. Quelles disciplines artistiques sont réunies dans cette comédie-ballet ?
4. Quel est le sujet de la dispute des personnages ?
5. Qui est le roi évoqué au vers 7 ?
6. Que vient-il faire au théâtre ?

## Votre bilan

- D'après vous, à quoi sert le prologue dans cette comédie-ballet ?

# Lecture 2 Un père égoïste

(scène à regarder) hachette-clic.fr/21mf5050
(fiche d'analyse) hachette-clic.fr/21mf5051

## Vos objectifs

- Identifier les sentiments et les besoins des personnages.
- Analyser le caractère des personnages.
- Comprendre les relations entre les personnages.

### Que s'est-il passé ?

Sganarelle est un veuf dont la fille est mélancolique. Dans la scène 1, il explique à ses voisins : « [...] ce n'est pas mon dessein, comme on sait, de marier ma fille avec qui que ce soit, et j'ai mes raisons pour cela ». Dans la scène 2, il promet à sa fille : « Oui, tu n'as qu'à me dire le sujet de ta tristesse, je t'assure ici, et te fais serment, qu'il n'y a rien que je ne fasse pour te satisfaire. »

### L'anecdote

Molière a créé le personnage de **Sganarelle**, qu'il incarne lui-même sur scène. On le retrouve dans plusieurs pièces : *Sganarelle ou le cocu imaginaire* (1660), *Dom Juan ou le festin de Pierre* (1665) et *Le Médecin malgré lui* (1666).

## ACTE I, scène 3

LISETTE, SGANARELLE, LUCINDE

LISETTE. – Hé bien, Monsieur, vous venez d'entretenir[1] votre fille. Avez-vous su la cause de sa mélancolie ?

SGANARELLE. – Non, c'est une coquine qui me fait enrager.

LISETTE. – Monsieur, laissez-moi faire, je m'en vais la sonder un peu.

SGANARELLE. – Il n'est pas nécessaire, et puisqu'elle veut être de cette humeur, je suis d'avis qu'on l'y laisse.

LISETTE. – Laissez-moi faire, vous dis-je, peut-être qu'elle se découvrira plus librement à moi qu'à vous. Quoi, Madame[2], vous ne nous direz point ce que vous avez, et vous voulez affliger[3] ainsi tout le monde ? Il me semble qu'on n'agit point comme vous faites, et que si vous avez quelque répugnance[4] à vous expliquer à un père, vous n'en devez avoir aucune à me découvrir votre cœur. Dites-moi, souhaitez-vous quelque chose de lui ? Il nous a dit plus d'une fois qu'il n'épargnerait rien pour vous contenter. Est-ce qu'il ne vous donne pas toute la liberté que vous souhaiteriez, et les promenades et les cadeaux ne tenteraient-ils point votre âme ? Heu. Avez-vous reçu quelque déplaisir de quelqu'un ? Heu. N'auriez-vous point quelque secrète inclination[5], avec qui vous souhaiteriez que votre père vous mariât ? Ah, je vous entends[6]. Voilà l'affaire. Que diable ? Pourquoi tant de façons ? Monsieur, le mystère est découvert ; et...

SGANARELLE, *l'interrompant.* – Va, fille ingrate[7], je ne te veux plus parler, et je te laisse dans ton obstination.

LUCINDE. – Mon père, puisque vous voulez que je vous dise la chose...

SGANARELLE. – Oui, je perds toute l'amitié[8] que j'avais pour toi.

LISETTE. – Monsieur, sa tristesse...

SGANARELLE. – C'est une coquine qui me veut faire mourir.

LUCINDE. – Mon père, je veux bien...

SGANARELLE. – Ce n'est pas la récompense de t'avoir élevée comme j'ai fait.

LISETTE. – Mais, Monsieur...

SGANARELLE. – Non, je suis contre elle, dans une colère épouvantable.

LUCINDE. – Mais, mon père...

SGANARELLE. – Je n'ai plus aucune tendresse pour toi.

LISETTE. – Mais...

1 **Entretenir** : avoir une conversation avec.
2 **Madame** : titre honorifique donné aux femmes de rang élevé.
3 **Affliger** : attrister.
4 **Si vous avez quelque répugnance** : s'il vous est difficile.
5 **Inclination** : ici, personne aimée.
6 **Entends** : comprends.
7 **Ingrate** : qui ne se montre pas reconnaissante.
8 **Amitié** : affection.
9 **Renonce** : renie.

**Avec du style !**

Le **comique de mots** (appelé aussi comique de langage), repose sur des jeux de mots, du langage familier, un défaut de prononciation… **Relevez des répétitions dans les répliques de Sganarelle, Lucinde et Lisette.**

**Comme au théâtre** Mettez en voix les répliques des trois personnages (l. 22-50). Comment varier le ton de la réplique répétée par Lisette : « Un mari. » ? Comment lui donner du rythme ?

SGANARELLE. – C'est une friponne.

LUCINDE. – Mais…

SGANARELLE. – Une ingrate.

LISETTE. – Mais…

SGANARELLE. – Une coquine, qui ne me veut pas dire ce qu'elle a.

LISETTE. – C'est un mari qu'elle veut.

SGANARELLE, *faisant semblant de ne pas entendre*. – Je l'abandonne.

LISETTE. – Un mari.

SGANARELLE. – Je la déteste.

LISETTE. – Un mari.

SGANARELLE. – Et la renonce[9] pour ma fille.

LISETTE. – Un mari.

SGANARELLE. – Non, ne m'en parlez point.

LISETTE. – Un mari.

SGANARELLE. – Ne m'en parlez point.

LISETTE. – Un mari.

SGANARELLE. – Ne m'en parlez point.

LISETTE. – Un mari, un mari, un mari.

Acte I, scène 3, pages 54-56.

© Nicolas Zwickel, Théâtre de La Garenne.

**1** Relevez les indices qui montrent que Sganarelle ne veut laisser parler ni sa fille, ni Lisette.

**2** Pourquoi ne veut-il pas entendre parler d'un mari ?

**3** Quel personnage parle le plus et prononce le dernier mot dans cette scène ?

**4** Que pouvez-vous en déduire sur le rôle de ce personnage ?

**5** **a.** Relevez les noms et adjectifs employés par Sganarelle pour qualifier sa fille.

**b.** D'après vous, pourquoi utilise-t-il des mots aussi durs ?

**À L'ÉCRIT** Écrivez la didascalie expliquant le geste fait par Lucinde avant que Lisette dise : « Ah, je vous entends. » (l. 18). Imaginez ensuite comment jouer cette didascalie sur scène.

## Votre bilan

- En quoi Sganarelle est-il égoïste ? Comment Molière choisit-il de représenter ce trait de caractère ?

# Une autorité défiée

scène à regarder
hachette-clic.fr/21mf5052

fiche d'analyse
hachette-clic.fr/21mf5053

## Vos objectifs

- Analyser les sentiments des personnages.
- Comprendre la relation entre Lucinde et Lisette.

### ACTE I, scène 4

LISETTE, LUCINDE

LISETTE. – On dit bien vrai : qu'il n'y a point de pires sourds, que ceux qui ne veulent pas entendre.

LUCINDE. – Hé bien, Lisette, j'avais tort de cacher mon déplaisir, et je n'avais qu'à parler, pour avoir tout ce que je souhaitais de mon père : tu le vois.

LISETTE. – Par ma foi, voilà un vilain homme, et je vous avoue que j'aurais un plaisir extrême à lui jouer quelque tour. Mais d'où vient donc, Madame, que jusqu'ici vous m'avez caché votre mal ?

LUCINDE. – Hélas, de quoi m'aurait servi de te le découvrir plus tôt ? et n'aurais-je pas autant gagné à le tenir caché toute ma vie ? Crois-tu que je n'aie pas bien prévu tout ce que tu vois maintenant, que je ne susse pas à fond tous les sentiments de mon père, et que le refus qu'il a fait porter à celui qui m'a demandée par un ami n'ait pas étouffé dans mon âme toute sorte d'espoir ?

LISETTE. – Quoi, c'est cet inconnu qui vous a fait demander, pour qui vous…

LUCINDE. – Peut-être n'est-il pas honnête[1] à une fille de s'expliquer si librement[2] ; mais enfin, je t'avoue que s'il m'était permis de vouloir quelque chose, ce serait lui que je voudrais. […]

LISETTE. – Allez, laissez-moi faire. Quelque sujet que j'aie de me plaindre de vous du secret que vous m'avez fait[3], je ne veux pas laisser[4] de servir votre amour ; et pourvu que vous ayez assez de résolution…

LUCINDE. – Mais que veux-tu que je fasse contre l'autorité d'un père ? Et s'il est inexorable[5] à mes vœux…

LISETTE. – Allez, allez, il ne faut pas se laisser mener comme un oison ; et pourvu que l'honneur n'y soit pas offensé[6], on peut se libérer un peu de la tyrannie d'un père. Que prétend-il que vous fassiez ? N'êtes-vous pas en âge d'être mariée ? et croit-il que vous soyez de marbre[7] ? Allez, encore un coup, je veux servir votre passion, je prends dès à présent sur moi tout le soin de ses intérêts, et vous verrez que je sais des détours[8]… Mais je vois votre père. Rentrons, et me laissez agir.

Acte I, scène 4, pages 57-58.

1 **Honnête** : convenable.
2 **Librement** : franchement.
3 **Quelque sujet […] fait** : bien que j'aie des raisons de me plaindre du fait que vous ne m'avez pas confié ce secret plus tôt.
4 **Laisser** : manquer.
5 **Inexorable** : intransigeant.
6 **Que l'honneur n'y soit pas offensé** : que vous ne fassiez rien de déshonorant.
7 **De marbre** : insensible.
8 **Détours** : ruses.

**Comme au théâtre**

**1.** Par groupe de trois, répartissez-vous les rôles : Lisette, Lucinde et le metteur en scène. Décidez de votre manière de jouer la scène, des déplacements des personnages, du ton de voix…

**2.** Regardez la mise en scène : quelles sont les différences avec votre mise en scène ? Imaginez-vous d'autres manières de jouer ?

**1** **a.** Rappelez-vous qui fait la sourde oreille dans la scène précédente.
**b.** Expliquez la première réplique de Lisette.

**2** Que souhaite Lucinde ? Pourquoi n'en parle-t-elle pas, même à Lisette ?

**3** Que souhaite Lisette dans cette scène ?

**4** Quelle figure de style relevez-vous dans l'expression : « se laisser mener comme un oison » (l. 25) ? Reformulez-la.

## Votre bilan

- D'après vous, de quel personnage l'autorité va-t-elle être défiée ? Comment ? Aidez-vous de l'état de Lucinde décrit dans la scène d'exposition et du titre de la pièce.

Lecture

# 4 Une autorité rejetée

scène à regarder
hachette-clic.fr/21mf5054

fiche d'analyse
hachette-clic.fr/21mf5055

### Vos objectifs

- Analyser le caractère de Lisette.
- Découvrir la satire de la médecine.
- Observer la crédulité de Sganarelle.

### Que s'est-il passé ?

Dans un monologue, Sganarelle révèle aux spectateurs : « je veux garder mon bien et ma fille pour moi ». Ayant appris par Lisette que Lucinde est malade, il a envoyé chercher quatre médecins qui arrivent en dansant pendant le premier entracte.

© Nicolas Zwickel, Théâtre de La Garenne.

## ACTE II, scène 1

SGANARELLE, LISETTE

LISETTE. – Que voulez-vous donc faire, Monsieur, de quatre médecins ? N'est-ce pas assez d'un pour tuer une personne ?

SGANARELLE. – Taisez-vous. Quatre conseils valent mieux qu'un.

LISETTE. – Est-ce que votre fille ne peut pas bien mourir, sans le secours de ces messieurs-là ?

SGANARELLE. – Est-ce que les médecins font mourir ?

LISETTE. – Sans doute ; et j'ai connu un homme qui prouvait, par bonnes raisons, qu'il ne faut jamais dire : « Une telle personne est morte d'une fièvre et d'une fluxion sur la poitrine[1] » ; mais : « Elle est morte de quatre médecins, et de deux apothicaires[2]. »

SGANARELLE. – Chut ! n'offensez pas ces messieurs-là.

LISETTE. – Ma foi, Monsieur, notre chat est réchappé depuis peu, d'un saut qu'il fit du haut de la maison dans la rue, et il fut trois jours sans manger, et sans pouvoir remuer ni pied ni patte ; mais il est bien heureux de ce qu'il n'y a point de chats médecins, car ses affaires étaient faites[3], et ils n'auraient pas manqué de le purger[4] et de le saigner[4].

SGANARELLE. – Voulez-vous vous taire ? vous dis-je. Mais voyez quelle impertinence[5] ! Les voici.

LISETTE. – Prenez garde, vous allez être bien édifié[6] : ils vous diront en latin que votre fille est malade.

Acte II, scène 1, pages 65-66.

1 Fluxion sur la poitrine : pneumonie.
2 Apothicaires : pharmaciens.
3 Ses affaires étaient faites : il était mort.
4 Purger et saigner : deux pratiques courantes à l'époque censées débarrasser le corps des mauvaises humeurs.
5 Impertinence : insolence.
6 Édifié : instruit.

**Comme au théâtre** Choisissez une chanson que vous aimez bien et chantez les répliques de Lisette sur cet air. Vous pouvez aussi chanter les répliques de Sganarelle.

1 Que pense Lisette des médecins ?

2 Quels sont les sentiments de Sganarelle à l'égard des médecins ?

3 a. Relevez le champ lexical de la médecine et celui de la mort.
b. Que savent faire les médecins, selon Lisette ? Citez quatre actions.

4 Est-il normal de parler ainsi à son maître ? Et à des médecins ? Pourquoi ?

5 Que concluez-vous sur le caractère de Lisette ?

**À L'ÉCRIT** Inventez la tirade de Lisette expliquant à Lucinde pourquoi elle se méfie des médecins. Vous insérerez deux didascalies.

### Votre bilan

- Comment qualifier le caractère de Lisette et de Sganarelle ? Pourquoi cette scène est-elle une satire de la médecine ?

# Lecture 5 Un père abusé

(scène à regarder) hachette-clic.fr/21mf5056

(fiche d'analyse) hachette-clic.fr/21mf5057

## Vos objectifs

- Observer la mise en place du quiproquo.
- Analyser la naïveté de Sganarelle.

## Que s'est-il passé ?

Les cinq médecins ayant chacun proposé un diagnostic différent, Sganarelle décide d'en rencontrer un dernier recommandé par Lisette, qui n'est autre que Clitandre, déguisé en médecin.

**La boîte à mots** Le **quiproquo** est un malentendu. Il s'agit d'une erreur qui consiste à prendre une personne ou une chose pour une autre.

### ACTE III, scène 6

LUCINDE, LISETTE, SGANARELLE, CLITANDRE

LISETTE. – Tenez, Monsieur, voilà une chaise auprès d'elle. Allons, laissez-les là tous deux.

SGANARELLE. – Pourquoi ? Je veux demeurer là.

LISETTE. – Vous moquez-vous ? Il faut s'éloigner : un médecin a cent choses à demander, qu'il n'est pas honnête qu'un homme entende.

CLITANDRE, *parlant à Lucinde à part*. – Ah ! Madame, que le ravissement[1] où je me trouve est grand ! et que je sais peu par où vous commencer mon discours ! Tant que je ne vous ai parlé que des yeux, j'avais, ce me semblait, cent choses à vous dire ; et maintenant que j'ai la liberté de vous parler de la façon que je souhaitais, je demeure interdit[2] ; et la grande joie où je suis étouffe toutes mes paroles.

LUCINDE. – Je puis vous dire la même chose, et je sens comme vous des mouvements de joie qui m'empêchent de pouvoir parler.

CLITANDRE. – Ah, Madame ! que je serais heureux s'il était vrai que vous sentissiez tout ce que je sens, et qu'il me fût permis de juger de votre âme par la mienne ! Mais, Madame, puis-je au moins croire que ce soit à vous à qui je doive la pensée[3] de cet heureux stratagème, qui me fait jouir de votre présence ?

LUCINDE. – Si vous ne m'en devez pas la pensée, vous m'êtes redevable[4], au moins, d'en avoir approuvé la proposition avec beaucoup de joie.

SGANARELLE, *à Lisette*. – Il me semble qu'il lui parle de bien près.

LISETTE, *à Sganarelle*. – C'est qu'il observe sa physionomie[5], et tous les traits de son visage.

CLITANDRE, *à Lucinde*. – Serez-vous constante, Madame, dans ces bontés que vous me témoignez ?

LUCINDE. – Mais vous, serez-vous ferme dans les résolutions que vous avez montrées ?

CLITANDRE. – Ah ! Madame, jusqu'à la mort. Je n'ai point de plus forte envie que d'être à vous, et je vais le faire paraître dans ce que vous m'allez voir faire.

SGANARELLE. – Hé bien ! notre malade, elle me semble un peu plus gaie.

CLITANDRE. – C'est que j'ai déjà fait agir sur elle un de ces remèdes que mon art m'enseigne. Comme l'esprit a grand empire sur le corps, et que c'est de lui bien souvent que procèdent les maladies, ma coutume est de courir à guérir les esprits, avant que de venir au corps. J'ai donc

1 **Ravissement** : profonde joie.
2 **Interdit** : incapable d'agir.
3 **Pensée** : élaboration.
4 **Vous m'êtes redevable** : vous me devez.
5 **Physionomie** : aspect de son visage.

© Nicolas Zwickel, Théâtre de La Garenne.

observé ses regards, les traits de son visage, et les lignes de ses deux mains ; et par la science que le Ciel m'a donnée, j'ai reconnu que c'était de l'esprit qu'elle était malade, et que tout son mal ne venait que d'une imagination déréglée, d'un désir dépravé[6] de vouloir être mariée. Pour moi, je ne vois rien de plus extravagant et de plus ridicule, que cette envie qu'on a du mariage.

SGANARELLE. – Voilà un habile homme !

CLITANDRE. – Et j'ai eu, et aurai pour lui, toute ma vie, une aversion[7] effroyable.

SGANARELLE. – Voilà un grand médecin.

CLITANDRE. – Mais, comme il faut flatter l'imagination[8] des malades, et que j'ai vu en elle de l'aliénation d'esprit[9], et même, qu'il y avait du péril à ne lui pas donner un prompt[10] secours, je l'ai prise par son faible, et lui ai dit que j'étais venu ici pour vous la demander en mariage. Soudain son visage a changé, son teint s'est éclairci, ses yeux se sont animés ; et si vous voulez pour quelques jours l'entretenir dans cette erreur, vous verrez que nous la tirerons d'où elle est.

SGANARELLE. – Oui-da, je le veux bien.

CLITANDRE. – Après nous ferons agir d'autres remèdes pour la guérir entièrement de cette fantaisie.

SGANARELLE. – Oui, cela est le mieux du monde. Hé bien ! ma fille, voilà Monsieur qui a envie de t'épouser, et je lui ai dit que je le voulais bien.

LUCINDE. – Hélas ! est-il possible ?

SGANARELLE. – Oui.

LUCINDE. – Mais tout de bon ?

SGANARELLE. – Oui, oui.

LUCINDE. – Quoi ? vous êtes dans les sentiments[11] d'être mon mari ?

CLITANDRE. – Oui, Madame.

LUCINDE. – Et mon père y consent ?

SGANARELLE. – Oui, ma fille.

LUCINDE. – Ah ! que je suis heureuse, si cela est véritable !

CLITANDRE. – N'en doutez point, Madame. Ce n'est pas d'aujourd'hui que je vous aime, et que je brûle de me voir votre mari. Je ne suis

**Avec du style !**
Le **comique de situation** repose sur une situation improbable et drôle. Les personnages se trouvent dans des circonstances inhabituelles, riches en malentendus ou en retournements de situation. Ici, le quiproquo nous montre un décalage d'interprétation : il s'agit de théâtre dans le théâtre.

6 **Dépravé** : déplacé.
7 **Aversion** : haine, dégoût.
8 **Flatter l'imagination** : la bercer d'illusions, lui faire croire ce qu'elle a envie d'entendre.
9 **Aliénation d'esprit** : dérangement de l'esprit.
10 **Prompt** : rapide.
11 **Vous êtes dans les sentiments de** : vos sentiments vous poussent à.

# Lecture 5 Un père abusé

© Nicolas Zwickel, Théâtre de La Garenne.

venu ici que pour cela ; et si vous voulez que je vous dise nettement les choses comme elles sont, cet habit n'est qu'un pur prétexte inventé, et je n'ai fait le médecin que pour m'approcher de vous et obtenir ce que je souhaite.

LUCINDE. – C'est me donner des marques d'un amour bien tendre, et j'y suis sensible autant que je puis.

SGANARELLE. – Oh ! la folle ! Oh ! la folle ! Oh ! la folle !

LUCINDE. – Vous voulez donc bien, mon père, me donner Monsieur pour époux ?

SGANARELLE. – Oui. Çà, donne-moi ta main. Donnez-moi un peu aussi la vôtre, pour voir.

CLITANDRE. – Mais, Monsieur…

SGANARELLE, *s'étouffant de rire.* – Non, non : c'est pour… pour lui contenter l'esprit. Touchez là. Voilà qui est fait.

CLITANDRE. – Acceptez, pour gage de ma foi[12], cet anneau que je vous donne. C'est un anneau constellé, qui guérit les égarements d'esprit.

LUCINDE. – Faisons donc le contrat[13], afin que rien n'y manque.

CLITANDRE. – Hélas ! Je le veux bien, Madame. (*À Sganarelle.*) Je vais faire monter l'homme qui écrit mes remèdes, et lui faire croire que c'est un notaire.

SGANARELLE. – Fort bien.

CLITANDRE. – Holà ! faites monter le notaire que j'ai amené avec moi.

LUCINDE. – Quoi ? vous aviez amené un notaire ?

CLITANDRE. – Oui, Madame.

LUCINDE. – J'en suis ravie.

SGANARELLE. – Oh ! la folle ! Oh ! la folle !

Acte III, scène 6, pages 83-87.

12 **Pour gage de ma foi** : en signe de ma fidélité.

13 **Contrat** : contrat de mariage, acte juridique sur lequel est noté l'arrangement financier entre les deux époux.

**Comme au théâtre** Imaginez comment jouer les apartés de cette scène : en vous déplaçant ? En tournant le dos aux autres personnages ? En fixant le public ?

**Making-of** Découvrez les choix du metteur en scène.

(vidéo à regarder) hachette-clic.fr/21mf5058

**1** Relevez les didascalies montrant que les paroles des deux amants ne sont pas entendues de Sganarelle.

**2** Quel est le remède proposé par le nouveau médecin ?

**3** a. Ligne 46, qu'explique Clitandre à Sganarelle ?

b. En réalité, de qui flatte-t-il l'imagination ?

c. Comment justifie-t-il ses gestes tendres et amoureux lors de la fausse auscultation ?

**4** Relevez les compliments faits par Sganarelle à Clitandre.

**5** Expliquez alors en quoi cette scène constitue une critique des médecins.

**À L'ORAL** Imaginez comment jouer les indications de mise en scène relevées dans la question 1.

### Votre bilan

▸ Qui est, finalement, le personnage le plus naïf de la pièce ? Expliquez pourquoi.

Lecture

# 6 Un père désabusé

(scène à regarder) hachette-clic.fr/21mf5059

(fiche d'analyse) hachette-clic.fr/21mf5060

## Vos objectifs

- Analyser le dénouement de la pièce.
- Découvrir la réaction de Sganarelle.
- Observer comment la comédie-ballet se termine en spectacle.

**Avec du style !**

Le **comique de caractère** s'appuie sur le trait de personnalité d'un personnage, un défaut, une idée fixe. Comme dans une caricature, en forçant les traits, le dramaturge tourne en ridicule le personnage ; ici Sganarelle est trop naïf.

### ACTE III, scène dernière

LA COMÉDIE, LE BALLET ET LA MUSIQUE, CLITANDRE, SGANARELLE, LUCINDE, LISETTE

LA COMÉDIE, LE BALLET ET LA MUSIQUE, *tous trois ensemble.*

*Sans nous tous les hommes*
*Deviendraient mal sains*[1] *;*
*Et c'est nous qui sommes*
*Leurs grands médecins.*

LA COMÉDIE

*Veut-on qu'on rabatte*
*Par des moyens doux,*
*Les vapeurs de rate*[2]
*Qui vous minent tous,*
*Qu'on laisse Hippocrate*[3]*,*
*Et qu'on vienne à nous.*

TOUS TROIS ensemble.

*Sans nous…*

*Durant qu'ils chantent, et que les Jeux, les Ris*[4]*, et les Plaisirs dansent, Clitandre emmène Lucinde.*

SGANARELLE. – Voilà une plaisante façon de guérir. Où est donc ma fille et le médecin ?

LISETTE. – Ils sont allés achever le reste du mariage.

SGANARELLE. – Comment, le mariage ?

LISETTE. – Ma foi, Monsieur, la bécasse est bridée[5], et vous avez cru faire un jeu, qui demeure une vérité.

SGANARELLE (*Les danseurs le retiennent et veulent le faire danser de force.*) – Comment, diable ! Laissez-moi aller, laissez-moi aller, vous dis-je. Encore ? Peste des gens !

Acte III, scène dernière, pages 90-91.

1 **Mal sains :** en mauvaise santé.
2 **Rate :** organe qui joue un rôle important dans la production du sang.
3 **Hippocrate :** médecin grec de l'Antiquité considéré comme le père de la médecine.
4 **Les Ris :** les rires ; ici, ce sont des danseurs qui incarnent « les Jeux, les Ris et les Plaisirs ».
5 **La bécasse est bridée :** formule populaire pour dire que Sganarelle s'est laissé piéger.

1. Selon Molière, quel est le rôle des distractions proposées dans la comédie-ballet ?
2. Quels sont les derniers personnages seuls sur scène ?
3. Qui révèle la vérité à Sganarelle ?
4. Dans quel état d'esprit se trouve chaque personnage à la fin ? Justifiez votre réponse.
5. Observez les didascalies. Que cherchent à faire faire les danseurs à Sganarelle ?
6. Pourquoi peut-on dire de ce personnage qu'il est le trompeur trompé ?

**Comme au théâtre**

**1.** Récrivez cette dernière scène en langage courant. N'hésitez pas à ajouter vos propres mots pour vous approprier le texte.

**2. a.** Quelle émotion Sganarelle ressent-il dans sa réplique finale ? Imaginez un accessoire permettant de la représenter.
**b.** Comment jouer cette émotion ? Pensez aux mimiques, aux gestes mais aussi au ton de la voix.

## Votre bilan

- Quels défauts Molière dénonce-t-il dans cette pièce ? Comment ? Expliquez les différents procédés.

# Pour écrire un dialogue théâtral

## Comment respecter la présentation d'un texte théâtral ?

**MÉTHODE**

- Écrivez le nom des personnages en majuscules avant chaque réplique. Allez à la ligne à chaque réplique.
- Variez les types de répliques : tirade, monologue, aparté.
- Pensez à ajouter des didascalies qui serviront à renseigner les comédiens et le lecteur :
  - sur les gestes, les expressions (grimaces), les réactions (rires, pleurs, soupirs) des personnages, mais aussi sur le ton de voix utilisé ;
  - sur d'autres éléments de mise en scène : les déplacements, les éléments de décors, l'entrée ou la sortie d'un personnage de scène, etc.

**1** Récrivez cet extrait en respectant la présentation d'un texte théâtral.

Scène 12 SGANARELLE, GORGIBUS. SGANARELLE : Il faut avouer que quand les malades ne veulent pas suivre l'avis du médecin, et qu'ils s'abandonnent à la débauche, que… GORGIBUS : Monsieur le médecin, votre très humble serviteur. Je vous demande une grâce. SGANARELLE : Qu'y a-t-il, Monsieur ? Est-il question de vous rendre service ? GORGIBUS : Monsieur, je viens de rencontrer Monsieur votre frère, qui est tout à fait fâché de… SGANARELLE : C'est un coquin, Monsieur Gorgibus. GORGIBUS : Je vous réponds qu'il est tellement contrit de vous avoir mis en colère…

**Molière**, *Le Médecin volant*, acte I, scène 12, 1665.

**2** Complétez ce dialogue en inventant les répliques de Monsieur Robert, venu porter secours à sa voisine qui se fait battre par son mari. Celle-ci, mécontente de cette intrusion, prend le bâton pour battre son voisin.

MONSIEUR ROBERT (*Il passe ensuite vers le mari, qui, pareillement, lui parle toujours, en le faisant reculer, le frappe avec le même bâton, et le met en fuite, il dit à la fin.*) – ……
SGANARELLE. – Il ne me plaît pas, moi.
MONSIEUR ROBERT. – ……
SGANARELLE. – Je la veux battre, si je le veux : et ne la veux pas battre, si je ne le veux pas.
MONSIEUR ROBERT. – ……
SGANARELLE. – C'est ma femme, et non pas la vôtre.
MONSIEUR ROBERT. – ……
SGANARELLE. – Vous n'avez rien à me commander.
MONSIEUR ROBERT. – ……
SGANARELLE. – Je n'ai que faire de votre aide.
MONSIEUR ROBERT. – ……

**Molière**, *Le Médecin malgré lui*, acte I, scène 2, 1666.

## Comment écrire une didascalie ?

**MÉTHODE**

- Utilisez le participe présent ou le présent de l'indicatif.
- Écrivez-les en italique entre parenthèses.
- Soyez précis pour écrire des didascalies courtes et efficaces.

**1** Transformez les phrases suivantes selon le modèle pour écrire des didascalies.

**Exemple :** *Il porte sa main à son cœur* **>** *Portant sa main à son cœur.*

1. Il tâte le pouls de Sganarelle. **>** ……
2. Elle hausse le ton. **>** ……
3. Elle tourne le dos au public. **>** ……

**2** Insérez une didascalie à chaque réplique. Prenez la première réplique comme modèle.

SGANARELLE, *faisant semblant de ne pas entendre.* – Je l'abandonne.
LISETTE. – Un mari.
SGANARELLE. – Je la déteste.
LISETTE. – Un mari.
SGANARELLE. – Et la renonce pour ma fille.
LISETTE. – Un mari.
SGANARELLE. – Non, ne m'en parlez point.

**Molière**, *L'Amour médecin*, acte I, scène 3, 1665.

Lecture INTÉGRALE

**Votre objectif**

▸ Approfondissez l'étude de l'œuvre.

## Les personnages

**1 a.** Téléchargez et complétez le tableau en classant les personnages.

(tableau à télécharger) hachette-clic.fr/21mf5061

| Personnages | Caractéristique | | | |
|---|---|---|---|---|
| | Lien familial | Métier | Lien affectif | Personnification |
| | | | | |

**b.** Quelle caractéristique est la plus représentée ? À votre avis, pourquoi ?

**2 a.** Comptez le nombre d'hommes et de femmes.

**b.** Quelle remarque pouvez-vous faire ?

## L'intrigue

**L'exposition** (Acte I)

**1** Qu'apprend-on de la situation des personnages et du problème à résoudre ?

**2** Quel personnage prend très vite les choses en main et devient le moteur de l'action ?

**3** En quoi cela peut-il surprendre ?

**La pause médicinale** (Acte II)

**4** Combien de médecins viennent au chevet de Lucinde ?

**5** Quel est le dernier personnage présent dans l'acte II ?

**Le dénouement** (Acte III)

**6** Quel quiproquo, organisé par Lisette, permet de dénouer l'intrigue ?

**7** Quel personnage ne comprend rien jusqu'à la fin de la pièce ?

## Le comique

**Le comique de mots**

**1** Acte II, scène 5 : quelles sont les particularités du langage des deux médecins ? En quoi est-ce amusant ?

**Le comique de caractère**

**2** Quels aspects du caractère de Sganarelle et des médecins sont exagérés ?

**3** Quel personnage vous paraît le plus ridicule ? Pourquoi ?

**Le comique de situation**

**4** Acte I, scène 6 : de quelle manière Lisette se joue-t-elle de son maître ?

**5** Acte III, scène 3 : qu'est-ce qui rend la situation de cette scène amusante ?

**Le comique de gestes**

**6** Acte I, scène 3 : quelle réplique est une indication de gestes ? Pourquoi est-elle amusante ?

**7** Comment Sganarelle est-il ridiculisé à la fin ?

## La satire de la médecine et des médecins

**1** Comment les médecins apparaissent-ils sur scène dans l'intermède qui précède l'acte II ?

**2 a.** Acte II, scène 4 : quels sont les différents traitements prescrits par les médecins ?

**b.** Observez le champ lexical de la mort : que pouvez-vous en déduire sur le rôle de la médecine ?

**3** En désespoir de cause, vers qui Sganarelle se tourne-t-il ?

**4** Acte III, scène 1 : quels défauts Molière critique-t-il chez les médecins dans les paroles de Filerin ?

**5 a.** Finalement, quel médecin parvient à soigner Lucinde ?

**b.** Sganarelle parvient-il à le différencier des autres médecins et à le démasquer ?

## Votre bilan

**1** En quoi *L'Amour médecin* permet-il à Molière de « donner du plaisir au plus grand roi du monde » (Prologue) ?

**2** Sachant que les cinq médecins sont inspirés de réels médecins contemporains de Molière, comment le public a-t-il pu réagir en les découvrant ainsi caricaturés ?

↪ **Avez-vous complété votre carnet de lecture ?**

ATELIER ÉCRIT & ORAL

# Écrire et jouer la scène de réconciliation

EN GROUPE

**VOTRE MISSION**

Imaginez le retour de Clitandre et Lucinde auprès de Sganarelle. Les jeunes gens ne souhaitent pas rester fâchés avec lui et veulent expliquer les raisons de leur stratagème. Respectez l'histoire de *L'Amour médecin* et créez une nouvelle scène : acte IV, scène 1. Puis imaginez sa mise en scène et jouez-la.

Pour remplir cette mission, utilisez la méthode « pense, paire, carré ».

## ÉTAPE 1 Cherchez les arguments

Pense = tout seul

1. Au brouillon, cherchez les arguments de Clitandre et Lucinde.
2. Selon vous, combien de raisons doivent-ils exposer à Sganarelle pour justifier leur comportement ?

## ÉTAPE 2 Écrivez la scène

Paire = à deux

1. Confrontez vos arguments et ne retenez que les trois plus pertinents. Attention, il faut vous mettre d'accord en discutant et en argumentant.
2. Écrivez cette nouvelle scène en respectant la présentation du texte théâtral.

## ÉTAPE 3 Améliorez votre brouillon

Carré = à quatre

1. Réunissez les deux scènes écrites en une seule.
2. Ajoutez des didascalies pour préciser le jeu des personnages.
   **Exemples :** *le suppliant, baissant les yeux, en se mettant à genoux, détournant le regard…*
3. Décrivez les sentiments et les émotions des personnages.
   **Exemples :** *se sentir désespéré, ne voir aucune issue, se sentir pris au piège…*
4. Variez les types de phrase pour exprimer les émotions et rendre votre dialogue plus réaliste.

## ÉTAPE 4 Répartissez-vous les rôles

Répartissez-vous les rôles : Sganarelle, Lucinde, Clitandre et… le metteur en scène !

## ÉTAPE 5 Travaillez la mise en scène

1. Réfléchissez à l'enchaînement des répliques, aux gestes et expressions des personnages.
2. Prévoyez un accessoire chacun, spécifique au personnage joué.

## ÉTAPE 6 Répétez la pièce

1. Faites une répétition sous la direction du metteur en scène.
2. Essayez plusieurs propositions, puis mettez-vous d'accord sur la meilleure.

## ÉTAPE 7 À vous de jouer !

Jouez la scène préparée devant vos camarades ou filmez-vous pour pouvoir la montrer à votre enseignant et à qui vous voulez !

## ÉTAPE 8 Auto-évaluez-vous

| Mes critères de réussite | J'ai respecté ce critère |
|---|---|
| J'ai gardé la cohérence avec le reste de la pièce. | 🙂 😐 🙁 |
| J'ai inséré des didascalies. | 🙂 😐 🙁 |
| J'ai exprimé les émotions et sentiments des personnages. | 🙂 😐 🙁 |
| J'ai varié les types de phrase. | 🙂 😐 🙁 |
| **Ma mission :** J'ai écrit et joué la scène de réconciliation. | 🙂 😐 🙁 |

# Faisons le bilan

**Le livre est refermé, le rideau est baissé et la pièce est terminée. Il est temps de faire le point sur ce que cette lecture vous a apporté.**

## Molière

**Molière parle de son temps**
- des jeunes gens sans aucun droit
- des filles obéissant à leur père
- des valets souvent maltraités

**Molière dénonce l'incompétence des médecins de son époque**
- égoïstes
- profiteurs
- intéressés
- négligents
- irresponsables
- présomptueux

**Molière attribue des vertus à la comédie**
- faire rire
- faire réfléchir
- corriger les défauts

## La comédie

**La comédie-ballet**
- pour satisfaire Louis XIV
- musique + ballet + comédie

**Les types de comique**
- comique de mots
- comique de gestes
- comique de situation
- comique de caractère

**Les ressorts de la comédie**
- personnages du peuple (valets, paysans)
- personnages de la bourgeoisie
- personnages de la petite noblesse
- contrariété amoureuse
- dénouement heureux (ex. : mariage)
- effets comiques
- réactions amusées du public

## *L'Amour médecin*

**Des personnages en rébellion**

- **Contre l'autorité du père** : LUCINDE, CLITANDRE
- **Contre l'autorité du maître** : LISETTE
- **Contre l'autorité du savant** : LISETTE
- **Contre l'autorité des « anciens »** : LISETTE, LUCILE, CLITANDRE
- **Contre l'autorité masculine** : LISETTE, LUCINDE

**Qu'avez-vous retenu de la séquence ?**
Vérifiez en faisant quelques exercices interactifs :

(Exercices interactifs)
hachette-clic.fr/21mf5062
hachette-clic.fr/21mf5063
genially

**Et vous, dans tout ça ?**

1. Quel personnage préférez-vous dans la pièce ? Pourquoi ?
2. Expliquez quel choix de mise en scène vous a particulièrement plu.
3. Quel métier du spectacle vous attire le plus ? Expliquez.

**Avez-vous complété votre carnet de lecture ?**

# 5 La famille dans tous ses états

## Vos objectifs

- Découvrir plusieurs représentations de la famille dans des récits d'enfance et d'adolescence.
- Étudier les caractéristiques du portrait à travers divers types de textes.
- Identifier l'expression des sentiments dans le portrait d'un personnage.
- Comprendre la complexité et la diversité des relations familiales.

*Malcolm*, série télévisée américaine, 2000.

« *Chacun est prisonnier de sa famille, de son milieu, de son métier, de son temps.* »

Jean d'Ormesson (écrivain français et académicien, 1925-2017), *Voyez comme on danse*, 2001.

« *Soyez toujours ainsi ! l'amour d'une famille,*
*Le centre autour duquel tout gravite et tout brille.* »

Victor Hugo (écrivain, poète et romancier français, 1802-1885), « Poème à Mademoiselle Louise B. »,
*Les Chants du crépuscule*, 1835.

# À LA DÉCOUVERTE…

## 1 Vivre en famille

*Les Cahiers d'Esther* racontent le quotidien d'une collégienne parisienne. Le personnage est inspiré d'une vraie petite fille dont le prénom a été modifié. Elle est en fait la fille d'un couple d'amis de l'auteur, Riad Sattouf, qui met en bande dessinée ce qu'elle lui raconte de sa vie.

**Riad Sattouf**, *Les Cahiers d'Esther, Histoires de mes 10 ans*, Allary Éditions, 2016.

1. Décrivez les actions et les expressions des personnages dans cette vignette.
2. Quel élément ou personnage retient le plus votre attention ? Pourquoi ?
3. Qu'est-ce qui vous étonne dans cette famille ? p. 103 > Retrouvez Esther en Lecture 2

## 2 Rapper en famille

chanson à écouter
hachette-clic.fr/21mf5064
clip à regarder
hachette-clic.fr/21mf5065

À cause d'elle je stresse de traverser la route
J'ai peur de faire le moindre faux pas
À cause d'elle moi je remets tout en doute
Je culpabilise même de boire du soda
Je fais comme elle je garde tout pour moi
Et je m'isole quand j'ai le cafard
À cause d'elle je suis fan de Cabrel
Je connais tous les albums de Bénabar
Je chanterai tes berceuses à mes gosses
Quand je ferai un gâteau, je leur donnerai la cuillère à la fin
Je leur apprendrai ta technique pour mettre le drap dans la couette
Celle qui se termine par un câlin
Les mots sur le frigo avant de partir
Courage mon fils pour les mathématiques
Têtu et pudique dans la famille
C'est plus simple de dire je t'aime sur des post-it

**Bigflo & Oli**, début des paroles de la chanson « Maman », *La Vie de rêve*, 2018.

1. Écoutez la chanson « Maman » et visionnez le clip de « Papa ».
2. Quelles caractéristiques du père ou de la mère retiennent le plus votre attention ?
3. Repérez quelques phrases que vous auriez pu utiliser dans un rap dédié à un membre de votre famille.

# Quelques repères

## L'histoire du mot famille

**Famille** vient du latin *familia* (« domesticité, maisonnée ») dérivé de *famulus*, *famul* (« serviteur, esclave »). En français, le sens du terme « famille » s'est enrichi au fil des siècles, il a eu plusieurs définitions :

- personnes habitant sous le même toit (sens apparu vers 1337) ;
- ensemble des personnes vivant sous le même toit, et unies par les liens du sang (vers 1580) ;
- succession de personnes qui ont une même origine (vers 1611) ;
- ensemble de personnes, d'êtres ou de choses présentant des caractères communs (seconde moitié du XVII^e siècle).

**Parmi ces définitions, laquelle définit le mieux pour vous la famille ? Pourquoi ?**

## L'arbre généalogique de la famille

— relation conjugale
— relation filiale
— relation fraternelle

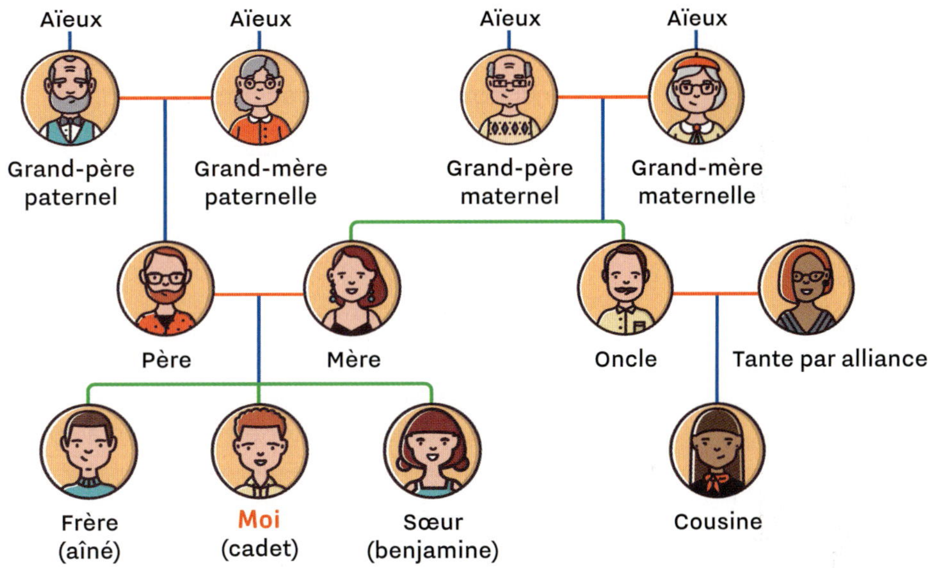


## L'importance de la famille dans l'art et la culture populaire

**Élisabeth Vigée Le Brun**, *Autoportrait de Madame Le Brun tenant sa fille Julie*, 1786, huile sur toile.

**Victor Hugo**, célèbre écrivain du XIX^e siècle, a entièrement dédié un recueil de poèmes à Georges et Jeanne, ses petits-enfants.

*Les Simpson*, série télévisée américaine créée en 1987 par **Matt Groening**.

Lecture

# 1 Quels sont les liens entre une mère et son enfant ?

**Vos objectifs**

- Étudier la relation mère-enfant dans une lettre et un dialogue.
- Analyser les relations entre les personnages.
- S'interroger sur l'expression de l'amour maternel.

## 1 Lettre de George Sand à sa fille

(texte à écouter) hachette-clic.fr/21mf5066

**George Sand** ▸ 1804-1876

Autrice française très célèbre. Son vrai nom est Aurore Dupin. Elle utilisait un pseudonyme afin de publier ses livres car pour une femme, il était rare et difficile d'être autrice à l'époque. Elle a eu deux enfants : Solange et Maurice.

Portrait de Solange Dudevant.

Dans cette lettre, George Sand s'adresse à sa fille Solange, âgée de huit ans. Elle est alors dans un internat dirigé par les sœurs Martin, où elle restera deux années.

**Paris, novembre (ou décembre) 1836.**

Ma chère enfant, j'espère que tu as réfléchi à tes torts[1], et que tu es décidée à te mieux conduire avec moi et avec ton frère à l'avenir. Tu as un bon cœur, mais beaucoup trop de violence dans le caractère. Tu as de l'intelligence, et tu deviens grande. Il est temps de travailler toi-même à te corriger. Je sais que Mesdames Martin ne sont pas très contentes de toi. Je t'avertis que tu ne sortiras le samedi qu'autant que ces dames me rendront bon compte de ta conduite de la semaine. Je ne peux plus te traiter en enfant, ma chère fille. Ce serait un mauvais service à te rendre. Fais un effort sur toi-même, sois bonne, sois laborieuse, et, quand tu seras contente de toi, quand tu auras donné de la joie à ceux qui t'aiment, tu seras heureuse et le bon Dieu te bénira. Tu m'as dit avant-hier que tu le priais tous les jours de bien bon cœur. Prie-le de t'aider à vaincre tes défauts, et pense souvent à lui. Pense bien aussi que quand je te punis je souffre plus que toi, et que c'est bien mal de faire souffrir sa mère. Adieu, j'irai te voir dans la semaine. Réponds-moi deux mots et promets-moi de réparer tes torts. Tu le veux, n'est-ce pas ?

*Mère et fille : Correspondances de Mme de Sévigné, George Sand, Sido et Colette*, Folioplus classiques, 2007.

1 **Tes torts** : il s'agit de ce que Solange a fait de mal selon sa mère.

**La boîte à mots** L'adjectif **laborieux(se)** (l. 10) vient du latin *laboriosus* et signifiait « qui demande du travail, de la peine ». Aujourd'hui il signifie que l'on doit fournir des efforts, du travail pour atteindre un but.

1 De quel genre de texte s'agit-il ? Relevez les indices qui le prouvent.

2 Dans quel but George Sand écrit-elle à sa fille ?

3 « fais – sois – prie – réponds-moi – promets-moi – pense ». Quel est le mode de ces verbes ? Que montre l'emploi de ce mode ?

p. 112 > L'impératif et ses valeurs

4 « quand je te punis je souffre plus que toi » (l. 14) : Qu'est-ce que la mère souhaite exprimer ici ? Pouvez-vous reformuler son propos ?

5 Selon vous, cette lettre est-elle agréable ou désagréable à lire pour Solange ? Justifiez votre réponse en relevant des mots et des expressions du texte.

**À L'ÉCRIT** Imaginez la réponse de Solange à sa mère. Puis écrivez la lettre qu'elle pourrait lui envoyer.

## 2 La Promesse de l'aube

**Romain Gary** ▸ 1914-1980

Romancier français d'origine russe, il a été élevé par sa mère et a commencé à écrire à l'adolescence. Dans *La Promesse de l'aube*, il raconte son enfance et sa jeunesse ainsi que le lien très fort qui l'unissait à sa mère.

(texte à écouter) hachette-clic.fr/21mf5067

Dans ce passage situé au début du roman, le narrateur, Romain, a treize ans.

– Tu as écrit, aujourd'hui ?

Depuis plus d'un an, « j'écrivais ». J'avais déjà noirci de mes poèmes plusieurs cahiers d'écolier. Pour me donner l'illusion d'être publié, je les recopiais lettre par lettre en caractères d'imprimerie.

– Oui. J'ai commencé un grand poème philosophique sur la réincarnation et la migration des âmes.

Elle fit « bien » de la tête.

– Et au lycée ?

– J'ai eu un zéro en math.

Ma mère réfléchit.

– Ils ne te comprennent pas, dit-elle.

J'étais assez de son avis. L'obstination[1] avec laquelle mes professeurs de sciences me donnaient des zéros me faisait l'effet d'une ignorance crasse[2] de leur part.

– Ils le regretteront, dit ma mère. Ils seront confondus[3]. Ton nom sera un jour gravé en lettres d'or sur les murs du lycée. Je vais aller les voir demain et leur dire...

Je frémis.

– Maman, je te le défends[4] ! Tu vas encore me ridiculiser.

– Je vais leur lire tes derniers poèmes. [...] Tu seras Victor Hugo, prix Nobel[5] !

– Maman, je te défends d'aller leur parler.

Elle ne m'écoutait pas. Son regard se perdit dans l'espace et un sourire heureux vint à ses lèvres, naïf et confiant à la fois, comme si ses yeux, perçant les brumes de l'avenir, avaient soudain vu son fils, à l'âge d'homme, monter lentement les marches du Panthéon[6], en grande tenue, couvert de gloire, de succès et d'honneurs.

**Romain Gary**, *La Promesse de l'aube*, Gallimard, 1960.

**Joan Sfar**, illustration pour *La Promesse de l'aube* de Romain Gary, Futuropolis/Gallimard, 2014.

1 **Obstination** : entêtement.
2 **Ignorance crasse** : très grande ignorance.
3 **Confondus** : surpris.
4 **Défendre** : interdire.
5 **Prix Nobel** : le prix Nobel de littérature récompense chaque année une autrice ou un auteur pour l'ensemble de son œuvre.
6 **Panthéon** : monument parisien où se trouvent des tombeaux de personnalités qui ont beaucoup compté pour la France.

**1** Quelles sont les réactions des deux personnages à propos de la note obtenue par Romain ? Pourquoi est-ce surprenant ?

**2** Pourquoi Romain refuse-t-il que sa mère aille voir ses professeurs ?

**3** Que ressent la mère pour son fils dans ce passage ? Justifiez votre réponse en citant le texte.

**4** Relevez deux phrases montrant l'intérêt de la mère pour son fils. Quels types de phrases sont utilisés ?

p. 112 > Les types et les formes de phrases

**5** Relisez la biographie de l'auteur et le texte puis expliquez ce que représente l'illustration de Joan Sfar.

**À L'ORAL** À deux, entraînez-vous à lire le dialogue entre Romain et sa mère. Attention à utiliser les bonnes intonations !

### Votre bilan

▸ Comment l'amour maternel s'exprime-t-il dans ces deux textes ?

Lecture 2

# Comment représenter la figure paternelle ?

## Vos objectifs

- Étudier la relation père-enfant dans une chanson et une bande dessinée.
- S'interroger sur les sentiments exprimés par l'enfant vis-à-vis du père.

## 1 « Papaoutai »

(clip à regarder)
hachette-clic.fr/21mf5068

**Stromae** ▸ né en 1985

Auteur, compositeur et interprète, son pseudonyme Stromae est le mot *maestro* en verlan. Il est né en Belgique d'un père rwandais et d'une mère belge qui l'élève seule. Son père meurt au Rwanda quand il a neuf ans, ce qu'il apprend à l'âge de douze ans.

Dans cette chanson, Stromae évoque le secret de famille sur la mort de son père, qui a pesé sur son enfance.

Dites-moi d'où il vient
Enfin je saurai où je vais
Maman dit que lorsqu'on cherche bien
On finit toujours par trouver
Elle dit qu'il n'est jamais très loin
Qu'il part très souvent travailler
Maman dit « Travailler c'est bien »
Bien mieux qu'être mal accompagné !
Pas vrai ?

Où est ton papa ?
Dis-moi, où est ton papa ?
Sans même devoir lui parler
Il sait ce qui ne va pas
Un sacré papa
Dis-moi où es-tu caché ?
Ça doit faire au moins mille fois
Que j'ai compté mes doigts
Hé

**[Refrain]**
Où t'es ? Papa où t'es ? (x 10)

Quoi, qu'on y croie ou pas
Il y aura bien un jour où on n'y croira plus
Un jour ou l'autre on sera tous papas
Et d'un jour à l'autre, on aura disparu
Serons-nous détestables ?
Serons-nous admirables ?
Des géniteurs ou des génies
Dites-nous qui donne naissance aux irresponsables ?
Ah, dites-nous qui, tiens
Tout le monde sait comment on fait des bébés
Mais personne ne sait comment on fait des papas
Monsieur je-sais-tout en aurait hérité, c'est ça ?
Il faut le sucer de son pouce ou quoi ?
Dites-nous où c'est caché ?
Ça doit faire au moins mille fois
Qu'on a bouffé nos doigts […]

**Stromae** et **Angel Haze**, *Racine carrée*, 2013.

**La boîte à mots** Le mot **géniteur** (l. 27) vient du latin *genitor* qui signifie « engendrer ». Il désigne donc le père biologique. Le féminin est « génitrice ». **Trouvez des mots de la même famille en vous aidant d'un dictionnaire.**

1 Quels indices vous montrent que ce texte est une chanson ?

2 Quel type de phrase est très présent ? Pourquoi ?

➜ p. 112 > Les types et les formes de phrases

3 Selon vous, à qui s'adresse Stromae ? Citez des mots ou expressions pour vous justifier.

4 Regardez le clip. Quels sont les sentiments exprimés par Stromae dans son interprétation ?

5 Quel est le rythme de cette chanson ? Êtes-vous surpris ? Pourquoi ?

**À L'ORAL** Sélectionnez une image du clip de Stromae pour illustrer une phrase de la chanson qui vous a marqué(e). Expliquez votre choix.

# 2 *Les Cahiers d'Esther, Histoires de mes 10 ans*

(texte à écouter)
hachette-clic.fr/21mf5069

**Riad Sattouf** ▸ né en 1978

Auteur français de bandes dessinées, il est également réalisateur. Né à Paris, d'un père syrien et d'une mère française, il passe son enfance en Libye et en Syrie. Il revient en France à douze ans.

*Les Cahiers d'Esther* est une série d'albums de bande dessinée. Riad Sattouf y raconte la vie quotidienne d'Esther qui vit avec ses parents et son frère.

## Le film

[...]

**Riad Sattouf**, *Les Cahiers d'Esther, Histoires de mes 10 ans*, Allary Éditions, 2016.

1 Quels mots vous viennent à l'esprit pour qualifier les relations entre Esther et son père ?

2 Quel niveau de langue est utilisé par les personnages ? Relevez des mots pour justifier votre réponse.

3 Comment comprenez-vous l'utilisation de la couleur dans cet extrait ?

4 À votre avis, pourquoi Esther a-t-elle aimé ce film ? Expliquez sa réaction dans la dernière vignette.

À L'ÉCRIT Quel autre titre donneriez-vous à cet extrait de planche de bande dessinée ? Pourquoi ?

**Si vous avez aimé, vous aimerez**

L'adaptation en série animée de cette bande dessinée de Riad Sattouf.

### Votre bilan

▸ Comment la figure paternelle est-elle représentée dans ces deux textes ?

Lecture

# 3 Comment se construire dans une famille hors norme ?

**Vos objectifs**

- Découvrir des familles hors norme dans un roman et un roman graphique.
- Étudier des scènes familiales.
- Comprendre la situation des personnages.

(texte à écouter)
hachette-clic.fr/21mf5070

## 1 *En attendant Bojangles*

**Olivier Bourdeaut** ▸ né en 1980

Romancier français. *En attendant Bojangles* est son premier roman pour lequel il a reçu de nombreux prix littéraires.

Le narrateur raconte son enfance et l'éducation que ses parents lui ont donnée quand ils ont décidé de le retirer de l'école.

Après m'avoir retiré de l'école, mes parents me disaient souvent qu'ils m'avaient offert une belle retraite anticipée.

– Tu es certainement le retraité le plus jeune du monde ! disait mon père avec ce rire d'enfant qu'ont parfois les grands, du moins mes parents.

Ils avaient l'air enchanté de m'avoir à leurs côtés. [...] Afin de m'instruire, mes parents ne manquaient pas d'idées. Pour les mathématiques, ils me déguisaient avec des bracelets, des colliers, des bagues, qu'ils me faisaient compter pour les additions, et après ils me faisaient tout enlever jusqu'au caleçon pour les soustractions. Ils appelaient cela le « chiffre-tease », c'était d'un tordant[1]. Pour les problèmes, Papa me mettait en situation, disait-il. Il remplissait la baignoire, enlevait des litres, avec une bouteille, une demi-bouteille et me posait une foultitude[2] de questions techniques. À chaque mauvaise réponse il me vidait la bouteille sur la tête. C'était souvent une grande fête aquatique ces cours de mathématiques. Ils avaient inventé un répertoire de chansons pour la conjugaison, avec une gestuelle pour les pronoms personnels, et j'apprenais ma leçon sur le bout des doigts, en dansant de bon cœur la chorégraphie[3] du passé composé. Le soir, j'allais leur lire les histoires qu'on avait inventées et couchées sur le papier dans la journée ou faire les résumés des histoires déjà écrites par les grands classiques[4].

**Olivier Bourdeaut**, *En attendant Bojangles*, éditions Finitude, 2016.

1 Tordant : très amusant.
2 Foultitude : (familier) grande quantité.
3 Chorégraphie : danse.
4 Les grands classiques : auteurs célèbres et reconnus de la littérature.

POUR COMMENCER Selon vous, que signifie « hors norme » ?

1 Comment le narrateur apprend-il les mathématiques et le français ?

2 Est-ce que le narrateur aime cette façon d'apprendre ? Relevez des mots et expressions pour justifier votre réponse.

3 Quelles sont les qualités des parents ? Citez le texte.

4 Quel temps est le plus utilisé dans ce texte ? Pourquoi, à votre avis ?

5 Aimeriez-vous être dans la même situation pour apprendre vos leçons ? Pourquoi ?

À L'ÉCRIT Écrivez une scène familiale qui raconte une façon amusante d'apprendre.

## 2 *Joséphine Baker*

**José-Louis Bocquet** ▸ né en 1962
Romancier français, journaliste et scénariste de bandes dessinées.

**Catel Muller** ▸ née en 1964
Autrice de bandes dessinées et illustratrice française.

Joséphine Baker (1906-1975) est une chanteuse, danseuse et actrice française d'origine américaine. Dans les années 1950, elle adopte douze enfants de nationalités différentes. Ce roman graphique retrace la vie de cette femme qui était une véritable star à son époque.

**Catel** et **José-Louis Bocquet**, *Joséphine Baker*, Casterman Écritures, 2016.

**La boîte à mots** Un **roman graphique** est une bande dessinée longue où la place du texte est très importante, et où les dessins ne sont plus forcément dans des vignettes.

**POUR COMMENCER** Que voyez-vous au premier plan ? Au second plan ? À l'arrière-plan ?

➜ p. 266 > 5. Comment lire et décrire une image ?

**1** Quel type de document observez-vous ?

**2** Quels éléments permettent de comprendre que cette famille est célèbre ?

**3** Comment comprenez-vous l'expression « tribu ARC-EN-CIEL » ?

**4** Que symbolisent ces adoptions d'enfants pour Joséphine Baker ? Qu'en pensez-vous ?

**À L'ORAL** Quels peuvent être les avantages de faire partie de cette « tribu arc-en-ciel » ? Discutez-en ensemble pour échanger vos arguments.

### Votre bilan

▸ En quoi ces deux familles sont-elles hors norme ? En quoi leur situation familiale est-elle surprenante ?

Lecture en GROUPE

# 4 Quels portraits les écrivains font-ils de leurs grands-parents ?

**Vos objectifs**

- Étudier un portrait littéraire.
- Comprendre les relations entre les personnages.
- Analyser l'expression des sentiments dans un portrait.

## 1 *Le Roman d'un enfant*

(texte à écouter) hachette-clic.fr/21mf5071

**Pierre Loti**
1850-1923
Écrivain français, il a aussi été officier de marine et a parcouru le monde. Il s'est inspiré de ses voyages dans la plupart de ses œuvres. Dans *Le Roman d'un enfant*, il raconte sa jeunesse.

**Coup de pouce**
Repérez les adjectifs qui qualifient la grand-mère.

Le narrateur se souvient d'un personnage qui a marqué son enfance : sa grand-mère.

Vers ses quatre-vingts ans (qui n'étaient pas loin de sonner quand je vins au monde) l'enfance sénile[1] avait tout à coup terrassé[2] son intelligence ; je ne l'ai guère connue qu'ainsi, les idées perdues, l'âme absente. Elle s'arrêtait longuement devant certaine glace, pour causer, sur le ton le plus aimable avec son propre reflet qu'elle appelait « ma bonne voisine » ou « mon cher voisin ». [...] Je m'amusais beaucoup à l'écouter, souvent j'en riais, bien que sans moquerie irrévérencieuse[3], et jamais elle ne me faisait peur, parce qu'elle était restée absolument jolie : des traits fins et réguliers, le regard bien doux, de magnifiques cheveux à peine blancs, et, aux joues, ces délicates couleurs de rose séchée que les vieillards de sa génération avaient souvent le privilège de conserver.

**Pierre Loti**, *Le Roman d'un enfant*, 1890.

1 **Sénile** : propre à la vieillesse. 2 **Terrassé** : détruit. 3 **Irrévérencieuse** : irrespectueuse.

## 2 *Les Mots*

(texte à écouter) hachette-clic.fr/21mf5072

**Jean-Paul Sartre**
1905-1980
Écrivain français et professeur de philosophie, célèbre intellectuel français.

**Coup de pouce**
Relevez les verbes dont le sujet est le narrateur pour mieux identifier ses émotions.

Orphelin de père à quinze mois, le jeune Jean-Paul s'installe avec sa mère chez ses grands-parents maternels. Charles Schweitzer, son grand-père, se charge de son éducation jusqu'à ses dix ans.

Le soir, quand nous allions l'attendre sur la route, nous le reconnaissions bientôt, dans la foule des voyageurs qui sortaient du funiculaire[1], à sa haute taille, à sa démarche de maître de menuet[2]. Du plus loin qu'il nous voyait, il se « plaçait », pour obéir aux injonctions[3] d'un photographe invisible : la barbe au vent, le corps droit, les pieds en équerre, la poitrine bombée, les bras largement ouverts. À ce signal je m'immobilisais, je me penchais en avant, j'étais le coureur qui prend le départ, le petit oiseau qui va sortir de l'appareil ; [...] je m'élançais, chargé de fruits et de fleurs, du bonheur de mon grand-père, j'allais buter contre ses genoux avec un essoufflement feint[4], il m'enlevait de terre, me portait aux nues[5], à bout de bras, me rabattait sur son cœur en murmurant : « Mon trésor ! ».

**Jean-Paul Sartre**, *Les Mots*, Gallimard, 1964.

1 **Funiculaire** : remontée mécanique. 2 **Maître de menuet** : maître de danse.
3 **Injonctions** : ordres. 4 **Feint** : faux, simulé. 5 **Aux nues** : au ciel, en hauteur.

**Dany Laferrière**

‣ né en 1953

Écrivain, journaliste, réalisateur et membre de l'Académie française, il a la double nationalité : canadienne et haïtienne.

**Coup de pouce**

Prêtez attention au comportement de la grand-mère.

## 3 *L'Odeur du café*

(texte à écouter) hachette-clic.fr/21mf5073

**D**a me racontera toutes sortes d'histoires de zombies, de loups-garous et de diablesses jusqu'à ce que je m'endorme. Je me réveille, toujours étonné d'être dans mon lit. J'adore m'endormir ainsi, la tête sur les genoux de Da qui me raconte ses histoires terrifiantes. Un soir, Da m'a demandé de rentrer me coucher un peu plus tôt que d'habitude. Elle voulait être seule. Moi, je sais toujours quand Da veut être seule. Je voulais être avec elle, alors j'ai fait semblant de rentrer pour revenir ensuite sur la galerie[1]. Je me suis couché dans un coin sombre, près de l'ancienne balance à café. Da ne m'a pas vu. Je la regardais dans le noir. Ses yeux brillaient et elle regardait le ciel. On dirait qu'elle essayait de compter les étoiles. Finalement, je me suis endormi.

**Dany Laferrière**, *L'Odeur du café* (1991), Motifs Poche, 2001

1 **Galerie** : ici, pièce située à l'extérieur.

« La vieille dame, c'est ma grand-mère. », illustration de **Francesc Rovira**, *L'Odeur du café*, Dany Laferrière, Soulières éditeur, 2014.

**Avec du style !**

Il existe différents **types de portraits** :
- le portrait **physique** décrit l'apparence du personnage ;
- le portrait **moral** définit le caractère du personnage.

Parfois, les deux se complètent.

### EN GROUPE

**1 Formez des groupes !** Chaque groupe lit un texte et répond aux questions suivantes :

a. Relevez les mots ou expressions qui permettent de faire le portrait du personnage.

b. Quels aspects de la personnalité du grand-parent l'auteur met-il en valeur ?

c. Donnez un adjectif pour qualifier le personnage décrit.

d. Comment s'expriment les sentiments du narrateur à travers le portrait ? Citez le texte.

e. Que pensez-vous de ce portrait ? De quel type de portrait s'agit-il ?

**2** Recopiez et remplissez votre tableau de synthèse.

| Texte | Description du grand-parent | Sentiments du narrateur | Type de portrait |
|---|---|---|---|
| 1 | | | |
| 2 | | | |
| 1 | | | |

### TOUS ENSEMBLE

**3** Présentez votre texte aux autres groupes qui ne l'ont pas lu.

**4** Parmi les trois portraits de grands-parents, lequel préférez-vous ? Pourquoi ?

**Votre bilan**

‣ Selon vous, en quoi ces textes sont-ils des portraits ? Expliquez.

Lecture 5

# Frères et sœurs : une famille dans la famille ?

(texte à écouter) hachette-clic.fr/21mf5074

**Vos objectifs**

- Étudier les caractéristiques des personnages.
- Comprendre les relations entre les personnages dans un dialogue.
- Analyser la répartition des rôles entre les membres d'une fratrie.

## 1 *Les Quatre filles du docteur March*

**Louisa May Alcott** ▸ 1832-1888

Romancière américaine, deuxième d'une fratrie de quatre filles, elle s'inspire beaucoup de son enfance et de ses sœurs pour écrire un livre qui deviendra culte : *Les Quatre filles du docteur March*.

Meg, Jo, Beth et Amy March sont quatre sœurs âgées de onze à seize ans. Elles aident leur mère à assumer les tâches quotidiennes car leur père est parti à la guerre de Sécession qui se déroule de 1861 à 1865 aux États-Unis.

Jo se redressa aussitôt, glissa les mains dans ses poches et se mit à siffler.

– Arrête Jo ! On dirait un garçon !

– C'est bien pour ça que je le fais.

– Je déteste les filles négligées[1] et mal élevées.

– Et moi, j'ai horreur des pimbêches[2] !

– Les oisillons s'entendent bien dans leur petit nid, entonna[3] Beth, toujours prête à arrondir les angles.

Elle faisait une si drôle de tête que les voix acerbes[4] se muèrent[5] en rires, ce qui mit pour cette fois un terme à leur prise de bec.

– Décidément, il n'y en a pas une pour racheter l'autre, les sermonna[6] Meg, en endossant[7] son rôle de grande sœur. Joséphine, tu as passé l'âge de jouer au garçon manqué. Ce n'était pas trop grave quand tu étais petite, mais maintenant que tu as tellement grandi et que tu relèves tes cheveux, tu dois te souvenir que tu es une demoiselle.

– C'est pas vrai ! Et si mon chignon fait de moi une demoiselle, je recommencerai à me faire des nattes jusqu'à mes vingt ans, s'écria Jo en arrachant le filet qui retenait sa longue crinière châtain. L'idée de devoir grandir, me conduire en Mlle March, porter des robes longues et d'être aussi guindée[8] qu'une reine-marguerite me fait horreur. C'est déjà bien assez pénible d'être une fille alors que moi, ce que j'aime c'est les jeux, les occupations et les manières d'être des garçons. J'ai toujours regretté de ne pas en être un, et c'est dix fois pire à présent, parce que je meurs d'envie d'aller me battre aux côtés de papa. Au lieu de quoi, je suis obligée de rester à la maison, à tricoter comme une vieille empotée[9].

Là-dessus, Jo secoua tant et si bien son ouvrage, une chaussette du bleu de l'armée, que les aiguilles claquèrent comme des castagnettes et que sa pelote roula à l'autre bout de la pièce.

– Pauvre Jo, c'est terrible ! Cela dit, on n'y peut rien, contente-toi donc de prendre un nom de garçon et de jouer au frère que nous

***L'anecdote***

À l'époque où Louisa May Alcott écrit son livre, il était mal vu pour une fille de porter des pantalons ou de vouloir jouer à l'extérieur « comme un garçon ». Il y avait des occupations réservées aux filles, comme le tricot et les tâches ménagères.

1 **Négligées** : mal habillées.
2 **Pimbêches** : filles prétentieuses.
3 **Entonna** : commença à chanter (ici : à parler).
4 **Acerbes** : agressives.
5 **Se muèrent** : se changèrent.
6 **Sermonna** : adressa des reproches.
7 **Endossant** : prenant.
8 **Guindée** : raide.
9 **Empotée** : très maladroite.

n'avons pas, déclara Beth en caressant la tête ébouriffée de sa sœur d'une main dont aucune tâche domestique au monde ne parvenait à gommer la douceur.

– Quant à toi, Amy, enchaîna Meg, tu es à la fois trop tatillonne[10] et trop collet monté[11]. Tes grands airs peuvent encore faire rire, mais tu risques de devenir une petite dinde poseuse[12] si tu n'y prends pas garde. J'apprécie tes bonnes manières et ta jolie façon de t'exprimer quand tu n'essaies pas de paraître distinguée, en revanche tes mots ridicules ne valent pas mieux que le langage relâché de Jo.

– Si Jo est un garçon manqué et Amy une dinde, qu'est-ce que je suis, moi, s'il te plaît ? demanda Beth, prête à recevoir sa part de sermon.

– Toi, tu es un amour, un point c'est tout, répondit Meg avec chaleur, et personne ne la contredit car la « Petite Souris » était la chouchoute de la famille.

**Louisa May Alcott**, *Les Quatre filles du docteur March* (1868), traduit de l'anglais par Nathalie Zimmermann, éditions 12-21, 2020.

**10.** **Tatillonne** : très minutieuse.
**11.** **Collet monté** : sévère.
**12.** **Poseuse** : qui prend des poses, prétentieuse.

Image du film *Les Quatre filles du Docteur March*, réalisé par **Greta Gerwig**, 2019.

**1** Quels sont les prénoms des deux sœurs qui se disputent ?

**2** Sur quel ton se parlent-elles ? Observez le vocabulaire et la ponctuation pour justifier votre réponse.

**3** Quelles sont les réactions de Beth face à ce conflit ? Qualifiez ce personnage à l'aide de deux adjectifs et justifiez ce choix.

**4** Quel est le rôle de Meg ? Avec vos propres mots, reformulez ce qu'elle dit aux sœurs qui se disputent.

**5** Quels éléments permettent de repérer du dialogue dans ce texte ?

**6** Laquelle des trois sœurs aimeriez-vous avoir comme amie ? Pourquoi ?

**7** À partir du texte, pouvez-vous identifier chaque sœur sur l'image du film ?

**À L'ORAL** Jouez cette scène en mettant en scène le dialogue entre les quatre filles du docteur March.

## Votre bilan

- Ce dialogue permet-il de comprendre les relations entre les différents personnages ? En quoi cet extrait montre qu'une fratrie est comme une famille dans la famille ?

# À VOS MARQUE-PAGES !

**Vos objectifs** ▸ Lire en autonomie et partager ses lectures.

**Rencontrez de nouvelles familles avec cette sélection de lectures. C'est à vous de choisir vos titres en fonction de vos goûts et de votre appétit de lecture.**

→ **À vos marque-pages, prêts ? Lisez !**

## Petit appétit de lecture

### Y a pas de héros dans ma famille !

**Jo Witek**

tolérance • classes sociales • amour filial

Quand il la compare à celle de ses amis, la famille de Mo lui fait honte. Il envie celle des autres, aux ancêtres célèbres et respectés. Mais un album photo va peut-être le faire changer d'avis.

Actes Sud junior, 2017.

**Défi** Décrivez des photos de vos parents à votre âge.

**Deux raisons d'aimer**

- Mo devient Maurice le bon élève en classe.
- Vous découvrirez une famille déjantée et pleine d'amour.

Éditions Dupuis, 2020.

### Dad

**Tome 1 : Filles à papa**

**Nob**

famille recomposée • père célibataire • humour

Les aventures familiales d'une famille recomposée. Dad gère seul le quotidien, avec de la maladresse mais un grand cœur. Un père comédien et ses quatre filles, c'est des gags et de l'amour tous les jours !

**Deux raisons d'aimer**

- Une série lancée par le magazine *Spirou*.
- Impossible de résister à ce papa drôle et attachant.

### Des vacances d'Apache

**Alexandre Chardin**

grand-père • jeux vidéo • fantaisie douce

Ses parents l'ont décidé : cet été, Oscar va faire la connaissance de son grand-père excentrique. L'idée ne l'enchante pas. Mais ils vont apprendre à se connaître. À ses côtés, les vacances seront surprenantes.

Magnard Jeunesse, 2017.

**Deux raisons d'aimer**

- Des sujets graves sont évoqués avec délicatesse.
- Ce grand-père farfelu ne manque pas de panache.

## Gros appétit de lecture

Rageot, 2017.

### Le Garçon qui ne voulait plus de frère
**Sophie Rigal-Goulard**

Dans son journal intime, Hugo dévoile sa difficulté à s'occuper de Sasha, son frère handicapé mental. La charge est trop lourde pour lui, il cache même son existence pour tenter de s'intégrer à tout prix. Mais un jour, Sasha fugue.

handicap • fratrie • fugue

**Deux raisons d'aimer**
- Hugo est prêt à tout pour se faire accepter.
- Un roman sensible sur les liens entre frères.

Gallimard Jeunesse, 2017.

### L'aube sera grandiose
**Anne-Laure Bondoux**

L'excentrique Titania surprend sa fille en l'emmenant dans une cabane perdue au bord d'un lac. Le temps d'une nuit, Nine va y écouter sa mère lui faire d'incroyables révélations sur son histoire familiale.

secrets de famille • nuit • relations mère-fille

**Deux raisons d'aimer**
- Il a reçu le prix Vendredi de littérature ado 2017.
- Comme Nine, vous imaginerez la vie de vos parents avant vous.

### Les faits et gestes de la famille Papillon
**Florence Hinckel**

Les familles Papillon et Avalanche sont ennemies de longue date. Eva découvre ses pouvoirs et s'engage dans cet affrontement du Bien et du Mal. Saura-t-elle poursuivre cet héritage ?

humour • famille déjantée • dons

Casterman, 2019.

**Défi** Construisez l'arbre généalogique de votre famille.

**Deux raisons d'aimer**
- Des photos anciennes pimentent l'histoire.
- Cette saga loufoque est irrésistible.

**Partagez vos lectures !** Réalisez un *book trailer*

Faites un mini-film pour présenter votre livre : contexte, héros et intrigue. Vous pouvez utiliser des logiciels comme Powtoon, Moovly, Adobe Spark, Animoto ou autres. Du dynamisme, des phrases accrocheuses, des images et de l'audio, vous allez donner envie de lire !

Moteur et action !

↪ **Avez-vous complété votre carnet de lecture ?**

# Pour vous aider à lire et écrire

Grammaire et conjugaison

## L'impératif et ses valeurs

Mon objectif > apprendre à reconnaître et à utiliser l'impératif présent

### J'observe

1 Dans ces phrases, relevez les verbes à l'impératif présent. Précisez :
- à quelle personne ils sont conjugués ;
- leur infinitif ;
- leur groupe.

2 Rappelez les terminaisons de l'impératif présent. Attention, elles ne sont pas identiques pour tous les groupes de verbes.

3 Expliquez pourquoi l'impératif est utilisé dans chaque phrase.

1 Réponds-moi deux mots et promets-moi de réparer tes torts.

**George Sand**, Lettre de George Sand à sa fille, 1836.

2 Dites-moi d'où il vient

**Stromae**, « Papaoutai », 2013.

3 Arrête Jo ! On dirait un garçon !

**Louisa May Alcott**, *Les Quatre filles du docteur March*, 1868.

### Je m'entraîne

4 Conjuguez les verbes entre parenthèses à l'impératif présent. À quoi devez-vous faire attention lorsque vous conjuguez ?

a. …… à reconnaître tes torts ! (penser, 2e personne du singulier)
b. …… à ta mère ! (écrire, 1re personne du pluriel)
c. …… dans les bras de grand-père ! (courir, 1re personne du pluriel)
d. …… que Romain Gary était aussi un officier ! (savoir, 2e personne du singulier)
e. …… sages ! (être, 2e personne du pluriel)
f. …… un peu de courage ! (avoir, 2e personne du pluriel)

### J'écris

5 Mettez-vous dans la peau d'un parent qui parle à son enfant qui ne veut pas se lever le matin pour aller à l'école. Utilisez l'impératif présent.

**Défi** Exprimez au moins cinq ordres.

## Les types et les formes de phrases

Mon objectif > identifier et utiliser les différents types de phrases

### J'observe

1 Identifiez les différents types et formes de phrases.

– Quelle heure est-il, Da ?
– La voiture de Devieux vient de passer, il doit être midi.
– Donc, il y a une heure, il était onze heures.
– Ah ça ! Je ne sais pas.
– Merci quand même Da.

**Dany Laferrière**, *L'Odeur du café* (1991), Motifs, 2001.

2 Recopiez et complétez le tableau avec chaque phrase du texte. Aidez-vous de l'exemple pour continuer à remplir le tableau.

| Phrase | Type de phrase | Forme de phrase |
|---|---|---|
| Da et moi, on se met à rire. | Phrase déclarative | Forme affirmative |

3 Quel type de phrase ne figure pas dans le texte ? Imaginez et complétez le dialogue avec une phrase de ce type.

### Je m'entraîne

4 Réécrivez ces phrases à la forme négative. Attention, il y a parfois plusieurs solutions !

a. Les histoires de famille sont toujours originales.
b. Jo a-t-elle déjà lu tous les livres de la bibliothèque de la famille ?
c. La mère de Romain veut que son fils devienne écrivain.
d. Tout le monde apprécie les histoires d'Esther !

e. Solange écrivait souvent à sa mère et elle reconnaissait toujours ses torts.

5 Quel est le type des phrases suivantes ? Réécrivez-les à un type différent.

a. Da raconte souvent à son petit garçon des histoires de zombies.

b. George Sand a-t-elle écrit des lettres à son fils ?

c. Esther aime plus que tout regarder des films qui ne sont pas de son âge !

d. Il faut que Amy obéisse à Meg et Jo.

e. Est-ce que Romain a obtenu de bonnes notes au lycée ?

### J'écris

6 Mettez-vous dans la peau de l'enfant qui refuse de se lever. Il défend sa décision en utilisant les différents types et formes de phrases étudiés.

Vocabulaire

## L'expression des sentiments

Mon objectif > choisir le vocabulaire adapté pour exprimer des sentiments

1 Classez ces mots et expressions selon le sentiment qu'ils expriment.

félicité • abattement • tendresse • rage • être aux anges • s'emporter • attachement • fureur • morosité • baigner dans l'allégresse • agacement • engouement • affliction • s'énerver • être au septième ciel • irritation • vénération • euphorie • mélancolie • adoration • se fâcher

| Joie | Tristesse | Amour | Colère |
| --- | --- | --- | --- |
| | | | |

**Défi** Meg, Jo, Beth et Amy aperçoivent derrière la fenêtre leur vieille tante arriver. Mettez-vous dans la peau de l'une des quatre sœurs et imaginez ce qu'elle ressent. Votre texte sera à la première personne du singulier. Utilisez le vocabulaire des sentiments.

*Les Quatre filles du Docteur March*, **Greta Gerwig**, 2019.

Orthographe

## Dictée préparée

Mon objectif > préparer une dictée

1 Copiez une première fois le texte de cette dictée. Vous pouvez écouter l'enregistrement du texte pour vous entraîner.

2 Relevez les différents types de phrases.

3 Entourez les verbes conjugués et reliez chaque verbe conjugué à son sujet. Attention aux verbes conjugués à l'impératif présent.

4 Expliquez l'expression « éclairez-moi de vos lumières ».

5 Cherchez dans le dictionnaire les mots inconnus pour connaître leur sens.

6 Recopiez plusieurs fois les mots qui vous semblent difficiles.

(texte à écouter) hachette-clic.fr/21mf5075

Dites-moi, Georges, éclairez-moi de vos lumières… J'ai peur de ne pas comprendre… Joséphine Baker n'était pas à Paris pendant la guerre… Par conséquent, vous ne pouvez l'avoir rencontrée naguère ! Pourquoi m'avoir fait croire toutes ces balivernes ? Vous ne pouvez pas être mon grand-père. C'est écrit noir sur blanc dans cette biographie, il y a un problème de dates dans ce récit, ou alors c'est un tissu de menteries ! Tout ça est impossible, impossible ! C'était impossible, vous m'entendez, strictement impossible ! Je n'ai déjà pas de prénom, mais ce livre vient de m'enlever ma filiation. Qui me dit que vous êtes vraiment mon mari ?

**Olivier Bourdeaut**, *En attendant Bojangles*, éditions Finitude, 2016.

# ATELIER ÉCRIT

# Dialogues de famille

Photogramme du film *La Promesse de l'aube* réalisé par **Éric Barbier**, 2017.

Photogramme du film *Les Souvenirs* réalisé par **Jean-Paul Rouve**, 2014.

## VOTRE MISSION

Imaginez et écrivez un dialogue entre les membres de ces familles en vous inspirant de l'image de votre choix. Vous devez écrire votre texte en respectant la forme du dialogue.

## ÉTAPE 1 Identifiez la situation et les personnages

**1.** Regardez attentivement ces images. Identifiez la situation familiale dans laquelle se trouvent les personnages dans les deux cas.

**2.** Choisissez l'image qui vous inspire le plus pour écrire le dialogue de la situation représentée sur cette image.

**3.** Définissez qui sont les personnages les uns par rapport aux autres et les sentiments qu'ils semblent exprimer.

**Exemples :** *triste, heureux, surpris, préoccupé, intéressé, joyeux, sévère, attentif, amusé, enthousiaste, captivé, craintif…*

**Coup de pouce**

Observez les attitudes et les gestes des personnages.

## ÉTAPE 2 Écrivez une première version de votre dialogue

**1.** Imaginez le thème du dialogue. De quoi parlent les membres de la famille, selon vous ?

**2.** Utilisez les verbes de parole pour rendre le dialogue vivant.

**Exemples :** *questionner, répondre, rétorquer, s'exclamer, murmurer…*

**3.** Utilisez le mode de l'impératif dans certaines répliques de votre dialogue.

**Exemples :** *écoute-moi, répondez, viens ici, dis-moi…*

p. 112 > L'impératif et ses valeurs

**Coup de pouce**

Variez les verbes de parole pour rendre votre dialogue réaliste.

## ÉTAPE 3 Améliorez votre première version

**1.** Donnez du rythme à votre dialogue en variant les types de phrases.

➜ p. 112 > Les types et les formes de phrases

**2.** Vérifiez la mise en forme de votre dialogue :
- ouvrez les guillemets quand un personnage prend la parole ;
- allez à la ligne et mettez un tiret lorsqu'un autre personnage parle ;
- fermez les guillemets à la fin du discours.

**3.** Pensez à intégrer le vocabulaire des sentiments pour rendre vos personnages plus vivants.

➜ p. 113 > L'expression des sentiments

**Exemples :** *fou de joie, heureux, béat, révolté, colérique, attristé, déprimé…*

**4.** Précisez le ton du dialogue.

**Exemples :** *chaleureux, agressif, autoritaire, calme, animé, posé, serein…*

## ÉTAPE 4 Vérifiez la correction de la langue

Vérifiez :
- L'orthographe des mots dont vous n'êtes pas certain(e) à l'aide d'un dictionnaire ;
- Les accords entre les sujets et les verbes conjugués ;
- La ponctuation des différents types de phrases ;
- La ponctuation du dialogue et sa cohérence.

**Bravo !**

**Votre dialogue est terminé.**

## ÉTAPE 5 Auto-évaluez-vous grâce aux critères de réussite

| Mes critères de réussite | J'ai respecté ce critère |
|---|---|
| J'ai identifié une situation et des personnages. | 🙂 😐 ☹️ |
| J'ai trouvé un thème à la discussion familiale. | 🙂 😐 ☹️ |
| J'ai varié les types de phrases. | 🙂 😐 ☹️ |
| J'ai utilisé l'impératif présent dans le dialogue. | 🙂 😐 ☹️ |
| J'ai exprimé les sentiments de mes personnages. | 🙂 😐 ☹️ |
| J'ai donné un ton à mon dialogue. | 🙂 😐 ☹️ |
| J'ai organisé mon dialogue en respectant sa mise en forme. | 🙂 😐 ☹️ |
| J'ai vérifié la correction de la langue. | 🙂 😐 ☹️ |
| **Ma mission :** J'ai écrit un dialogue entre les membres d'une famille. | 🙂 😐 ☹️ |

HISTOIRE DES ARTS

# Le repas en famille

## Les artistes

### François Boucher

1703-1770

Peintre, dessinateur et graveur français, il a aussi créé des décors de théâtre. Il a été le premier peintre du roi Louis XV. Il est connu pour ses peintures raffinées, avec de nombreux détails, des formes et des couleurs délicates.

### Claude Monet

1840-1926

Peintre impressionniste français. Il a souvent représenté sa famille. Fasciné par les couleurs et la lumière, il a peint de nombreux paysages, des fleurs et des jardins.

### Nora Dumas

1890-1979

Photographe hongroise. Elle a consacré une grande partie de son œuvre à photographier le quotidien des paysans français.

### Pablo Picasso

1881-1973

Artiste mondialement connu pour ses peintures, sculptures et dessins. Il a souvent peint ses enfants.

**Pablo Picasso**, *Le Repas des enfants*, 1953, huile sur toile.

**François Boucher**, *Le Déjeuner*, 1739, huile sur toile, musée du Louvre, Paris.

## Regardez, observez, analysez des œuvres

1. Quelle est la nature de chaque œuvre ?
2. Observez ces quatre œuvres et décrivez-les.
3. Quels sont les points communs et les différences entre ces familles ?
4. Quelle atmosphère se dégage de chaque œuvre ?
5. Quelle œuvre préférez-vous ? Pourquoi ?

**Claude Monet**, *Le Déjeuner*, vers 1873-1874, huile sur toile, 160 x 201 cm, musée d'Orsay, Paris.

**Nora Dumas**, *Repas-paysans-chien*, 1925-1950, musée Nicéphore Niépce, Chalon-sur-Saône.

## Les mouvements artistiques

❶ Lisez les définitions de chaque mouvement artistique.

❷ Indiquez à quel mouvement appartient chaque artiste de cette double page.

- **Le style rococo** est né en Europe au XVIIIe siècle, il concerne la peinture mais aussi la musique et l'architecture. Les peintres de ce style reproduisent minutieusement les plus petits détails, en particulier ceux de la décoration qui est très raffinée. La lumière et les couleurs utilisées sont douces.
- **L'impressionnisme** s'est développé en France après 1850. Les impressionnistes peignent par petites touches de couleurs pures qu'ils juxtaposent sur la toile. Leur but est de rendre compte de l'éclat de la lumière, et de l'impression laissée par l'instant qu'ils représentent.
- **La photographie humaniste** naît à Paris, au début du XXe siècle. Ce mouvement photographique réunit des artistes qui photographient les êtres humains dans leur vie quotidienne.
- **Le cubisme** apparaît au début du XXe siècle. Les cubistes représentent les objets et les corps en les décomposant en formes géométriques. Les sujets sont souvent représentés sous plusieurs angles de vue.

## À votre tour maintenant !

**Choisissez une autre œuvre d'art (peinture, photographie, sculpture) sur le thème d'un moment passé en famille (vacances, sorties, fêtes) et présentez-la à la classe.**

p. 266 > 5. Comment lire et décrire une image ?

### Coup de pouce

Un **mouvement artistique** est un groupe d'artistes qui partagent les mêmes idées, les mêmes goûts, et des techniques qui se ressemblent.

# Faisons le bilan

**Après avoir rencontré toutes ces familles, faisons le point sur vos lectures et sur ce qu'elles vous ont apporté.**

## La représentation de la famille dans la littérature

**Les types de textes de la séquence**

- roman, lettre, bande dessinée, roman graphique, chanson
- plusieurs manières de raconter ce que le narrateur et les personnages ressentent dans une famille
- les auteurs s'inspirent parfois de leur propre vie (textes autobiographiques)

**Le dialogue**

- permet de représenter des scènes familiales
- contient des verbes de parole
- contient différents types de phrases pour donner du rythme :
  - ce qui rend le texte vivant
  - ce qui permet d'exprimer des sentiments

**La complexité et la diversité des relations familiales**

- des mères face à leur enfant
- des parents admiratifs, absents, adorés, adoptifs, hors norme...
- l'importance du rôle des grands-parents
- la fratrie : une équipe

➜ Associez chaque relation familiale à un document de la séquence.

## Le portrait

**Étymologie**

Vient de l'ancien français *portraire* qui signifiait « dessiner ».

**Définition**

En langage courant, le portrait est une représentation de quelqu'un par la peinture, la photographie ou le dessin. En littérature, c'est la description physique ou morale d'un personnage.

**Intérêt**

Le portrait donne des détails ou des caractéristiques sur un personnage. Ce qui permet au lecteur d'imaginer ce personnage, voire de s'identifier à lui et d'exprimer des sentiments à son égard.

- Le portrait physique décrit des parties du corps, la corpulence, la taille ou encore la carrure.
- Le portrait moral décrit le caractère d'un personnage.

➜ **Qu'avez-vous retenu de la séquence ?**

Vérifiez en faisant quelques exercices interactifs :

(Exercices interactifs)
hachette-clic.fr/21mf5076
hachette-clic.fr/21mf5077
genially

**Et vous, dans tout ça ?**

**Quelle famille avez-vous préférée ? Pourquoi ?**

1. Individuellement, préparez vos réponses et vos justifications.
2. En groupe, enregistrez-vous sous la forme d'une interview.
3. Mutualisez vos travaux en partageant vos enregistrements.

➜ **Avez-vous complété votre carnet de lecture ?**

# AUTO-ÉVALUATION

(texte à écouter)
hachette-clic.fr/21mf5078

## Les Souvenirs

**David Foenkinos** ▸ né en 1974

Romancier, dramaturge et scénariste français. Il est aussi réalisateur de films. Dans *Les Souvenirs*, son dixième roman, il s'est beaucoup inspiré de sa propre vie.

Ce roman raconte l'histoire de la famille du narrateur, en particulier celle de son grand-père.

Il venait me chercher à l'école, et ça me rendait heureux. Il était capable de m'emmener au café et j'avais beau sentir la cigarette le soir, face à ma mère il niait l'évidence[1]. Personne ne le croyait, et pourtant il avait ce charme énervant de ceux à qui l'on ne reproche jamais rien. Toute mon enfance, j'ai été émerveillé par ce personnage joyeux et facétieux[2]. On ne savait pas très bien ce qu'il faisait, il changeait de métier tout le temps, et ressemblait plus à un acteur qu'à un homme ordinaire. Il avait été tour à tour boulanger, mécanicien, fleuriste, peut-être même psychothérapeute[3]. Après l'enterrement, ceux de ses amis qui avaient fait le déplacement m'ont raconté de nombreuses anecdotes, et j'ai compris qu'on ne connaît jamais vraiment la vie d'un homme. Mes grands-parents se sont rencontrés dans un bal. À l'époque, c'était commun. Il y avait des carnets de bal[4], et celui de ma grand-mère était bien rempli. Mon grand-père l'avait repérée, ils avaient dansé [...]. Leur évidence se transforma en mariage. Dans mon imaginaire, c'était un mariage figé, car il n'existe de ce jour qu'une seule photo.

**David Foenkinos**, *Les Souvenirs*, Gallimard, 2011.

1 **Il niait l'évidence** : il disait que c'était faux.
2 **Facétieux** : qui aime plaisanter.
3 **Psychothérapeute** : psychologue.
4 **Carnets de bal** : au XIXe siècle, dans les bals publics, les femmes tiennent la liste des partenaires qui les ont invitées à danser sur un carnet de bal pour noter le programme de leur soirée.

1. Quel est le thème du texte ?
2. Quelles sont les caractéristiques physiques et morales du grand-père ? Relevez les mots du texte qui vous permettent de répondre.
3. Quels sentiments le narrateur exprime-t-il pour son grand-père ?
4. Relisez la deuxième phrase du texte. Est-elle à la forme négative ou affirmative ? Justifiez votre réponse.
5. En quoi ce texte est-il un portrait ? De quel type de portrait s'agit-il ?

| Mes critères de réussite | Mon auto-évaluation |
| --- | --- |
| Je comprends l'action principale du récit. | 🙂 😐 ☹️ |
| J'ai identifié et interprété les éléments du portrait. | 🙂 😐 ☹️ |
| Je sais reconnaître un type de portrait. | 🙂 😐 ☹️ |
| Je sais relever le vocabulaire des sentiments. | 🙂 😐 ☹️ |

# 6 « Tous beaux, tous laids, tous égaux »

## Projets

**VOTRE MISSION**

Pour démontrer à l'ensemble de vos camarades, à vos amis, votre famille… que malgré nos différences, nous sommes tous semblables et que nous méritons tous d'être acceptés, réalisez quatre projets autour des thématiques du **harcèlement** et de la **tolérance**.

## Vos projets

# Projet 1 Réaliser une affiche pour dire NON au harcèlement EMI

EN GROUPE

## Vos objectifs

- Chercher des informations sur un thème en utilisant les bons outils.
- Prélever les informations, les traiter, les organiser dans une affiche.

### Coup de pouce

Répartissez-vous les recherches pour être plus efficaces en groupe.

(podcast à écouter) hachette-clic.fr/21mf5079

(site à consulter) hachette-clic.fr/21mf5080

## ÉTAPE 1 Choisissez votre sujet

**1.** Formez des groupes de trois ou quatre élèves.

**2.** Recherchez dans un dictionnaire la définition du mot « harcèlement ».

**3.** Choisissez un motif de harcèlement à dénoncer : un critère physique (couleur de peau ou de cheveux…) ou moins visible (bégaiement…).

**4.** Échangez et argumentez en groupe : Que savez-vous du sujet ? Pourquoi avez-vous choisi ce motif ?

## ÉTAPE 2 Faites des recherches documentaires

- Au CDI, consultez des documents sur le sujet choisi :

– un livre documentaire ;
– une émission de radio en podcast ;
– un site Internet.

Nora Fraisse, *Stop au harcèlement !*, éditions Calmann-Lévy, 2015.

## ÉTAPE 3 Préparez votre affiche

**1.** Sélectionnez des informations dans les documents consultés : elles doivent être à la fois pertinentes et courtes.

**2.** Trouvez un titre accrocheur, soyez inventifs !

**3.** Pour illustrer votre sujet, recherchez une image de grande taille.

**4.** Citez trois à quatre extraits des informations sélectionnées, ou bien formulez vos propres phrases.

**5.** Disposez les différents éléments sur une feuille A3. Faites une mise en page lisible et aérée.

**6.** Collez les éléments de votre affiche. Vous pouvez aussi écrire directement sur la feuille.

### Coup de pouce

Commencez par le titre de l'affiche.

## ÉTAPE 4 Auto-évaluez-vous grâce aux critères de réussite

| Nos critères de réussite | Nous avons respecté ce critère | | |
|---|---|---|---|
| Nous avons cherché des informations sur un thème en utilisant les bons outils. | 🙂 | 😐 | 🙁 |
| Nous avons prélevé et organisé des informations pertinentes pour réaliser une affiche. | 🙂 | 😐 | 🙁 |
| Nous avons travaillé en équipe. | 🙂 | 😐 | 🙁 |

# Projet 2 Lire un livre sur le thème du harcèlement et réaliser un nuage de mots

### Vos objectifs

- Lire un livre en autonomie.
- Lister les mots clés pour faire le bilan de votre lecture.
- Utiliser un outil numérique pour construire un nuage de mots.
- Présenter votre travail à l'oral.

## ÉTAPE 1 Choisissez un livre sur le thème du harcèlement

• Choisissez un livre dans la rubrique **À VOS MARQUE-PAGES !** ou suivez le coup de cœur de la professeure documentaliste page 123. Vous pouvez aussi faire des recherches au CDI, à la médiathèque, en librairie ou sur Internet.

### À VOS MARQUE-PAGES !

Il existe beaucoup de livres sur le harcèlement : des romans, des bandes dessinées, des livres documentaires… C'est un sujet important qui concerne tout le monde !

#### De la rage dans mon cartable

**Noémya Grohan**

Le témoignage de Noémya, victime de harcèlement scolaire. Un texte poignant.

Le Livre de poche, 2017.

#### Je me défends du harcèlement

**Emmanuelle Piquet**

Quinze situations de harcèlement vécues par des enfants et des adolescents qui trouvent des solutions pour se sortir de cette spirale infernale.

Albin Michel Jeunesse, 2016.

#### Seule à la récré

**Ana** et **Bloz**

Clarisse fait vivre un véritable enfer à Emma qui n'ose rien dire, ni à ses parents, ni aux enseignants.

Bamboo Édition, 2017.

## ÉTAPE 2 Lisez votre livre en prenant des notes

p. 262 > 2. Comment lire seul un texte ?
p. 263 > 3. Comment tenir un carnet de lecture ?
p. 264 > 4. Comment organiser un répertoire lexical ?

1. Faites une liste de mots clés sur les thèmes importants du livre au fur et à mesure de votre lecture.
2. Construisez un répertoire lexical dans lequel vous réunirez les mots clés de votre lecture.

## ÉTAPE 3 Produisez un nuage de mots numérique

1. Classez vos mots clés par ordre d'importance : quels mots reflètent le mieux le contenu du livre que vous avez lu ?
2. Choisissez un site pour créer votre nuage de mots numérique.
3. Mettez en forme votre nuage de mots : sa forme, ses couleurs…
4. Enregistrez et imprimez votre nuage de mots.

### Coup de pouce

Écrivez les mots clés les plus importants plus gros que les autres.

p. 270 > 7. Comment présenter un travail à l'oral ?

## ÉTAPE 4 Présentez votre lecture à l'oral et exposez votre travail

1. Donnez le titre du livre et l'auteur, puis expliquez à vos camarades si vous avez aimé le livre ou non, et pourquoi.
2. Exposez votre nuage de mots, par exemple au CDI.

Avez-vous complété votre carnet de lecture ?

## ÉTAPE 5 Auto-évaluez-vous grâce aux critères de réussite

| Mes critères de réussite | J'ai respecté ce critère |
|---|---|
| J'ai lu en autonomie un livre sur le thème du harcèlement. | 🙂 😐 🙁 |
| J'ai utilisé un outil numérique en ligne. | 🙂 😐 🙁 |
| J'ai réalisé un nuage de mots pour faire le bilan de ma lecture. | 🙂 😐 🙁 |
| J'ai présenté mon travail à l'oral. | 🙂 😐 🙁 |

## La lecture coup de ♡ de la professeure documentaliste

### Les Petites Reines
**Clémentine Beauvais**

Ce roman raconte l'histoire de Mireille, Astrid et Hakima, que des camarades mal intentionnés ont élues « Boudins de l'année » sur Facebook.
Loin de se laisser abattre, les trois jeunes filles vont enfourcher leurs vélos pour relever un défi : s'inviter à l'Élysée !

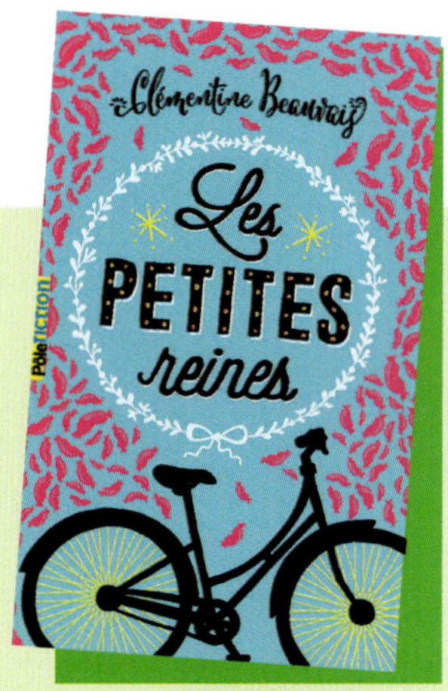


Sarbacane, 2015.

**▶ Découvrez le début du roman**

« Ça y est, les résultats sont tombés sur Facebook : je suis Boudin de Bronze. Perplexité. Après deux ans à être élue Boudin d'Or, moi qui me croyais indéboulonnable, j'avais tort. »

1. À votre avis, qui est la narratrice ?
2. Que récompensent ces titres de Boudin d'Or ou de Bronze ?

**▶ Écoutez une interview de Clémentine Beauvais**

1. Clémentine Beauvais vous a-t-elle donné envie de lire *Les Petites Reines* ? Pourquoi ?
2. A-t-elle été victime de harcèlement ? Quelles solutions a-t-elle trouvées pour s'en sortir ?
3. Quel regard porte-t-elle sur la différence aujourd'hui ?
4. Et vous, pensez-vous appartenir à un groupe ? Lequel ?

interview à écouter
hachette-clic.fr/21mf5081

### L'autrice

**Clémentine Beauvais**

**née en 1989**

Autrice pour la littérature jeunesse, elle est aussi traductrice littéraire (elle vient de traduire en français *L'Ickabog*, le dernier roman de J.K. Rowling !) et professeure à l'Université d'York, en Grande-Bretagne.

### Deux raisons d'aimer

♡ Ce roman évoque un sujet grave mais sur le ton de l'humour : on rit beaucoup !
♡ Ce roman a reçu de nombreux prix littéraires.

# Projet 3 Analyser le film *Little Miss Sunshine* pour réfléchir à la notion de différence

## Vos objectifs

- Analyser une affiche de film.
- Analyser une bande-annonce et un extrait de film.
- Donner et justifier votre point de vue à l'oral.

**POUR COMMENCER** Dans *Little Miss Sunshine*, réalisé par Jonathan Dayton et Valerie Faris en 2006, le personnage principal, Olive, participe à un concours de beauté pour enfants.

### ÉTAPE 1 Analysez l'affiche

1. Quels éléments repérez-vous ?
2. Combien y a-t-il de personnages sous le titre du film ? Que font-ils ?
3. À quel film vous attendez-vous ? Justifiez votre réponse.

(vidéo à regarder)
hachette-clic.fr/21mf5082

### ÉTAPE 2 Visionnez la bande-annonce

1. Qui sont les personnages du film ?
2. Pourquoi et comment voyagent-ils ?
3. Quelle est leur destination ? À votre avis, est-ce loin de chez eux ? Justifiez votre réponse.

(extrait à regarder)
hachette-clic.fr/21mf5083

### ÉTAPE 3 Analysez un extrait du film

1. Où l'extrait se situe-t-il ?
2. Pourquoi le père fait-il une remarque à Olive sur sa commande ?
3. Comment Olive réagit-elle ? Comment les autres personnages réagissent-ils ?
4. Qu'auriez-vous fait à la place d'Olive ?

Le personnage d'Olive dans le film *Little Miss Sunshine*.

### ÉTAPE 4 Donnez et justifiez votre point de vue à l'oral

1. La bande-annonce et l'extrait du film vous ont-ils plu ? Pourquoi ?
2. Comment le thème de la différence est-il traité ?

### ÉTAPE 5 Auto-évaluez-vous grâce aux critères de réussite

| Mes critères de réussite | J'ai respecté ce critère |
|---|---|
| J'ai analysé une affiche de film. | |
| J'ai analysé une bande-annonce et un extrait de film. | |
| J'ai participé à l'oral et j'ai justifié mon point de vue. | |

# Projet 4 Monter sur scène pour dénoncer le harcèlement

EN GROUPE

## Vos objectifs

- Imaginer, écrire et jouer une courte scène de théâtre sur le thème du harcèlement.
- Être acteur d'un échange oral.

### ÉTAPE 1 Choisissez une situation de harcèlement

**1.** Formez des groupes de quatre élèves.

**2.** Mettez-vous d'accord sur une situation en discutant ensemble et en argumentant.

### ÉTAPE 2 Rédigez votre scène

**1.** Écrivez les répliques des trois personnages (harceleur, harcelé et témoin) en respectant la présentation d'un texte théâtral.

**2.** Variez les types de phrases pour exprimer les émotions et rendre votre dialogue plus réaliste et plus vivant.

**3.** Trouvez une fin réaliste et optimiste où la victime se sort de la situation.

**4.** Ajoutez des didascalies pour préciser le jeu des personnages ou décrire leurs sentiments et leurs émotions.

**Exemples :** *le bousculant, intimidé, agressif, violent...*

### ÉTAPE 3 Préparez la mise en scène et jouez

**1.** Répartissez-vous les rôles : harceleur, harcelé, témoin et... metteur en scène !

**2.** Réfléchissez à l'enchaînement des répliques, aux gestes et expressions des personnages.

p. 92 > Pour écrire un dialogue théâtral

**3.** Faites une répétition sous la direction du metteur en scène.

**4.** Échangez les rôles pour que chacun joue le harceleur, le harcelé, le témoin et être le metteur en scène.

**5.** Jouez la scène préparée devant vos camarades ou filmez-vous pour pouvoir la montrer à votre enseignant et à qui vous voulez !

**Coup de pouce**

Pour bien lire à voix haute.

p. 270 > 7. Comment présenter un travail à l'oral ?

### ÉTAPE 4 Échangez à l'oral

**1.** Avant de discuter, préparez vos arguments : quel rôle avez-vous préféré jouer ? Pourquoi ?

**2.** Comment vous sentez-vous dans la peau de ces personnages ?

**3.** Échangez avec vos camarades à partir de la fiche bilan.

fiche bilan
hachette-clic.fr/21mf5084

### ÉTAPE 5 Auto-évaluez-vous grâce aux critères de réussite

| Nos critères de réussite | Nous avons respecté ce critère |
|---|---|
| Nous avons imaginé, écrit, mis en scène et joué une courte scène de théâtre en respectant un sujet imposé. | 🙂 😐 🙁 |
| Nous avons participé à un échange oral sur notre projet avec respect. | 🙂 😐 🙁 |

# 7 Vivre ses rêves, corps et âme !

## *L'Oiseau bleu*, un conte merveilleux de Mme d'Aulnoy

**Mme d'Aulnoy**, *La Belle aux cheveux d'or* suivi du *Nain jaune* et de *L'Oiseau bleu*, Librio, 2017.

### Parcours d'œuvre

**Vos objectifs**

- Étudier les caractéristiques du conte merveilleux.
- Découvrir les différentes clés de lecture du conte.
- Comprendre comment ce conte dénonce le mariage forcé.
- S'affronter dans un match d'improvisation théâtrale.

Illustration de **Caroline Taconet**, 2021.

> *« Oiseau Bleu, couleur du temps,*
> *Vole à moi promptement. »*

**Mme d'Aulnoy,** *L'Oiseau bleu*, 1697.

# À LA DÉCOUVERTE...

## ① L'autrice

Marie-Catherine d'Aulnoy
▸ 1651-1705

- Née en 1651 en Normandie, elle est issue d'une famille de la petite noblesse. À l'âge de 15 ans, elle est mariée au baron d'Aulnoy, qui a alors vingt ans de plus qu'elle.
- Son mari est alcoolique et difficile à vivre : elle monte un complot contre lui. Mais tout est découvert et, face au scandale, elle part à l'étranger en 1669.
- Son exil dure seize années, durant lesquelles on lui attribue des activités d'espionne. De retour à Paris, elle tient un salon où elle brille par son inventivité littéraire. Ses contes concurrencent ceux de Charles Perrault.

**Anonyme**, *Salon littéraire de Madeleine de Scudéry en 1650*, 1860-1861, gravure colorisée.

**1.** Quelles sont les informations qui vous étonnent dans la biographie de l'autrice ? Pourquoi ?

**2.** Regardez cette vidéo sur les *Contes de fées* écrits par Mme d'Aulnoy. Dans une carte mentale, notez ce que vous avez appris d'intéressant sur l'autrice et sur son œuvre.

(vidéo à regarder)
hachette-clic.fr/21mf5085

## ② Les sources d'inspiration de *L'Oiseau bleu*

- Dans son conte *L'Oiseau bleu*, Mme d'Aulnoy s'inspire de « Yonec », un des lais de Marie de France, conte merveilleux du XII<sup>e</sup> siècle. On y retrouve le prince métamorphosé en oiseau, la jeune fille enfermée dans une tour et la fenêtre comme seule ouverture sur le monde extérieur. p. 188 > Séquence 10

Quant ele ot fait sa pleinte issi,
l'umbre d'un grant oisel choisi
par mi une estreite fenestre.
Ele ne set que ceo puet estre.
En la chambre volant entra.

« Yonec », *Lais*, **Marie de France**, XIIe siècle.

Après avoir donné libre cours à ses plaintes,
elle aperçoit l'ombre d'un grand oiseau
à travers une étroite fenêtre.
Elle ne peut deviner ce que ce put être.
Celui-ci entra dans la chambre en volant.

**1.** Lisez à haute voix ces vers de Marie de France en ancien français.

**2.** Pour chaque mot souligné, citez un mot de la même famille en français.

**3.** Expliquez l'évolution de l'orthographe du mot *fenestre* et du verbe *estre*.

# Quelques repères

## Les origines du conte merveilleux

- De tradition orale, le conte merveilleux devient à partir du XVI$^{e}$ siècle un genre littéraire grâce aux contes de Charles Perrault, des frères Grimm ou de Andersen.
- Le conte se nourrit de traditions littéraires antiques et médiévales : mythologie grecque et romaine, épopée, roman de chevalerie, poésie courtoise, chanson de geste.

## Le conte merveilleux

- Dans le conte de fées, ou conte merveilleux, l'imagination est reine pourvu que le lecteur y trouve à se distraire et à s'instruire.
- Les univers extraordinaires qu'il permet d'explorer contiennent des clés pour comprendre nos rêves ou notre monde.
- L'issue, toujours heureuse, donne une leçon qui mène parfois jusqu'à la morale philosophique.

## Les personnages principaux de *L'Oiseau bleu*

**Florine**

15 ans, « huitième merveille du monde », « fraîche, jeune et belle ». Son prénom vient de Flore, la déesse des fleurs, des jardins, du printemps et de la fécondité.

**Charmant**

Prince galant, spirituel et magnifique. Il porte bien son nom !

**L'Oiseau Bleu**

Métamorphose animale de Charmant.

**Truitonne**

Niaise et soumise à sa mère, « son visage avait autant de taches de rousseur qu'une truite, ses cheveux noirs étaient gras et crasseux, sa peau jaune distillait de l'huile ».

**La reine**

Rusée, malfaisante et sans honte. Elle épouse le roi en secondes noces. Son seul objectif : marier sa fille Truitonne.

**La fée Soussio**

Marraine de Truitonne, elle fait tout ce qui est en son pouvoir pour l'aider.

Lecture

**Votre objectif**

- Étudier une scène de rencontre.

(texte à écouter)
hachette-clic.fr/21mf5086

Extrait

# 1 Une rencontre extraordinaire

## Que s'est-il passé ?

La princesse Florine a 14 ans lorsque sa mère décède. La nouvelle reine méprise la beauté et l'intelligence de Florine. Elle n'a qu'une idée en tête : trouver le meilleur parti pour sa propre fille, laide et bête, surnommée Truitonne.

À quelque temps de là, on apprit que le roi Charmant devait arriver. Jamais prince n'avait porté plus loin la galanterie et la magnificence[1] ; son esprit et sa personne n'avaient rien qui ne répondît à son nom. Quand la reine sut ces nouvelles, elle employa tous les brodeurs[2], tous les tailleurs et tous les ouvriers à faire des ajustements à Truitonne. Elle pria le roi que Florine n'eût rien de neuf, et, ayant gagné ses femmes, elle lui fit voler tous ses habits, toutes ses coiffures et toutes ses pierreries le jour même que Charmant arriva, de sorte que, lorsqu'elle se voulut parer[3], elle ne trouva pas un ruban. […] Elle demeura donc avec une petite robe fort crasseuse, et sa honte était si grande, qu'elle se mit dans le coin de la salle lorsque le roi Charmant arriva.

La reine le reçut avec de grandes cérémonies : elle lui présenta sa fille, plus brillante que le soleil et plus laide par toutes ses parures qu'elle ne l'était ordinairement. Le roi en détourna ses yeux […]. Il demanda s'il n'y avait pas encore une autre princesse appelée Florine. « Oui, dit Truitonne en la montrant avec le doigt ; la voilà qui se cache, parce qu'elle n'est pas brave. »

Florine rougit, et devint si belle, si belle, que le roi Charmant demeura comme un homme ébloui. Il se leva promptement, et fit une profonde révérence à la princesse : « Madame, lui dit-il, votre incomparable beauté vous pare trop pour que vous ayez besoin d'aucun secours étranger.

– Seigneur, répliqua-t-elle, je vous avoue que je suis peu accoutumée à porter un habit aussi malpropre que l'est celui-ci ; et vous m'auriez fait plaisir de ne vous pas apercevoir de moi.

– Il serait impossible, s'écria Charmant, qu'une si merveilleuse princesse pût être en quelque lieu, et que l'on eût des yeux pour d'autres que pour elle.

– […] Croyez-moi, seigneur, Florine est déjà assez coquette, et elle n'a pas besoin qu'on lui dise tant de galanteries.

Le roi Charmant démêla aussitôt les motifs[4] qui faisaient ainsi parler la reine ; mais, comme il n'était pas de condition à se contraindre, il laissa paraître toute son admiration pour Florine, et l'entretint trois heures de suite.

**Mme d'Aulnoy**, *L'Oiseau bleu*, Librio, 2017, pages 57-59.

1 **Magnificence :** éclat, splendeur, beauté.
2 **Brodeurs :** artisans qui décorent des tissus à l'aiguille.
3 **Parer :** orner, embellir. 4 **Motifs :** causes, raisons.

1 Quels sont les points communs entre Florine et Charmant ?

2 Relevez des adverbes d'intensité. À quoi servent-ils ici ?

3 Quelles ruses la reine et Truitonne utilisent-elles pour empêcher Florine de rencontrer le prince ?

4 Le stratagème a-t-il fonctionné ? Justifiez.

**À L'ORAL** Avez-vous lu ou vu d'autres scènes de coup de foudre à la première rencontre ? Racontez-en une en expliquant pourquoi elle est marquante.

**Avec du style !**

Pour exprimer le plus haut degré d'une qualité, d'un défaut ou pour insister sur le caractère exceptionnel d'une situation, on utilise des **adverbes d'intensité** (très, si, trop, fort). Lorsqu'il y en a beaucoup, cela produit une exagération : on parle d'**hyperbole**.

**Votre bilan**

- En quoi cette rencontre est-elle extraordinaire ?

## Vos objectifs

- Identifier les caractéristiques du conte merveilleux.
- Comprendre les mécanismes de la ruse.

(texte à écouter) hachette-clic.fr/21mf5087

Extrait

# 2 Un plan machiavélique

### Que s'est-il passé ?

Déterminée à marier Truitonne au roi Charmant, la reine obtient que Florine soit enfermée dans une tour du château. La reine fait semblant d'accepter un rendez-vous entre Charmant et Florine. Elle dit à Truitonne de se faire passer pour Florine.

La nuit était si noire, qu'il aurait été impossible au roi[1] de s'apercevoir de la tromperie qu'on lui faisait, quand même il n'aurait pas été aussi prévenu qu'il l'était de sorte qu'il s'approcha de la fenêtre avec des transports de joie inexprimables. Il dit à Truitonne tout ce qu'il aurait dit à Florine pour la persuader de sa passion. Truitonne, profitant de la conjoncture, lui dit qu'elle se trouvait la plus malheureuse personne du monde d'avoir une belle-mère si cruelle, et qu'elle aurait toujours à souffrir jusqu'à ce que sa fille fût mariée. Le roi l'assura que, si elle le voulait pour son époux, il serait ravi de partager avec elle sa couronne et son cœur. Là-dessus, il tira sa bague de son doigt ; et, la mettant au doigt de Truitonne, il ajouta que c'était un gage éternel de sa foi, et qu'elle n'avait qu'à prendre l'heure pour partir en diligence[2]. [...] Il ne la quitta qu'à la condition de revenir le lendemain à pareille heure ce qu'elle lui promit de tout son cœur.

La reine ayant su l'heureux succès de cette entrevue, elle s'en promit tout. Et, en effet, le jour étant concerté[3], le roi vint la prendre dans une chaise volante, traînée par des grenouilles ailées : un enchanteur de ses amis lui avait fait ce présent. La nuit était fort noire ; Truitonne sortit mystérieusement par une petite porte, et le roi, qui l'attendait, la reçut dans ses bras et lui jura cent fois une fidélité éternelle. Mais comme il n'était pas d'humeur à voler longtemps dans sa chaise volante sans épouser la princesse qu'il aimait, il lui demanda où elle voulait que les noces se fissent. Elle lui dit qu'elle avait pour marraine une fée qu'on appelait Soussio, qui était fort célèbre ; qu'elle était d'avis d'aller au château. Quoique le roi ne sût pas le chemin, il n'eut qu'à dire à ses grosses grenouilles de l'y conduire ; elles connaissaient la carte générale de l'univers et en peu de temps elles rendirent le roi et Truitonne chez Soussio.

Pages 63-64.

1 **Roi** : il s'agit ici de Charmant. 2 **Partir en diligence** : avec empressement. 3 **Concerté** : convenu ensemble.

1. La laideur de Truitonne est-elle seulement physique ? Justifiez votre réponse.
2. Quels gestes de Charmant symbolisent son engagement ?
3. Pourquoi Charmant est-il si pressé ? A-t-il raison ? Pourquoi ?
4. Relevez les éléments merveilleux et expliquez leur fonction.
5. Qu'est-ce qui vous étonne le plus dans le dernier paragraphe (l. 22-41) ?

**À L'ÉCRIT** Charmant exprime la flamme de sa passion à celle qu'il croit être Florine : écrivez le dialogue.

### Votre bilan

- Comment caractériser chacun des personnages présents dans ces deux extraits ?

Lecture

**Votre objectif**

- Étudier une scène de métamorphose.

texte à écouter
hachette-clic.fr/21mf5088

Extrait

## 3 La métamorphose

### Que s'est-il passé ?

Lorsqu'ils arrivent au château, le roi Charmant comprend que ce n'est pas à Florine qu'il a fait sa promesse d'amour. La fée Soussio, marraine de Truitonne, exige malgré tout qu'il honore sa parole.

« Quand vous me lapideriez, lui dit le roi, quand vous m'écorcheriez, je ne serais point à une autre qu'à Florine ; j'y suis résolu, et vous pouvez après cela user de votre pouvoir à votre gré. »

Soussio employa la douceur, les menaces, les promesses, les prières. Truitonne pleura, cria, gémit, se fâcha, s'apaisa. […]

Il se passa ainsi vingt jours et vingt nuits, sans qu'elles cessassent de parler, sans manger, sans dormir et sans s'asseoir. Enfin Soussio, à bout et fatiguée, dit au roi : « Eh bien, vous êtes un opiniâtre qui ne voulez pas entendre raison ; choisissez, ou d'être sept ans en pénitence, pour avoir donné votre parole sans la tenir, ou d'épouser ma filleule. »

Le roi, qui avait gardé un profond silence, s'écria tout d'un coup : « Faites de moi tout ce que vous voudrez, pourvu que je sois délivré de cette maussade[1].

– Maussade vous-même, dit Truitonne en colère : je vous trouve un plaisant roitelet[2], avec votre équipage marécageux[3], de venir jusqu'en mon pays pour me dire des injures et manquer à votre parole : si vous aviez quatre deniers d'honneur, en useriez-vous ainsi ?

– Voilà des reproches touchants, dit le roi d'un ton railleur[4]. Voyez-vous, qu'on a tort de ne pas prendre une aussi belle personne pour sa femme !

– Non, non, elle ne le sera pas, s'écria Soussio en colère. Tu n'as qu'à t'envoler par cette fenêtre, si tu veux, car tu seras sept ans Oiseau Bleu. »

En même temps le roi change de figure : ses bras se couvrent de plumes et forment des ailes ; ses jambes et ses pieds deviennent noirs et menus ; il lui croît des ongles crochus ; son corps s'apetisse, il est tout garni de longues plumes fines et mêlées de bleu céleste ; ses yeux s'arrondissent et brillent comme des soleils ; son nez n'est plus qu'un bec d'ivoire ; il s'élève sur sa tête une aigrette blanche, qui forme une couronne ; il chante à ravir, et parle de même. En cet état il jette un cri douloureux de se voir ainsi métamorphosé, et s'envole à tire-d'aile pour fuir le funeste palais de Soussio.

Pages 66-67.

1 **Maussade :** qui n'est pas aimable.
2 **Roitelet :** petit oiseau. Ici : roi de petite importance.
3 **Marécageux :** d'une zone humide de marais.
4 **Railleur :** moqueur, ironique.

1 Dans la première phrase, relevez les verbes conjugués au conditionnel présent. Donnez leur infinitif.

2 Que vous indique l'emploi du conditionnel sur les intentions de Charmant ?

3 Comment la fée Soussio et Truitonne réagissent-elles ? Comment tentent-elles d'influencer Charmant ?

4 Quelle est l'alternative soumise à Charmant ? A-t-il le choix ? Justifiez.

**La boîte à mots** La couleur bleue est un symbole de pureté, d'innocence et de fraîcheur, lié à l'idéal et à l'infini.
**Cette couleur convient-elle à Charmant ? Pourquoi ?**

**À L'ÉCRIT** Récrivez la métamorphose de Charmant pour lui faire prendre la forme de l'animal que vous souhaitez.

**Votre bilan**

- Quels sont les aspects positifs de la métamorphose de Charmant en Oiseau Bleu ?

## Votre objectif

- Étudier une scène de retrouvailles.

(texte à écouter)
hachette-clic.fr/21mf5089

Extrait

# 4 L'apparition de l'Oiseau Bleu

### Que s'est-il passé ?

Truitonne fait croire à Florine qu'elle a épousé Charmant. Désespérée, celle-ci s'effondre et demeure enfermée dans sa tour, avec une seule fenêtre comme regard sur le monde.

Il y avait vis-à-vis de la fenêtre où Florine se mettait, un cyprès d'une hauteur prodigieuse : l'Oiseau Bleu vint s'y percher. Il y fut à peine, qu'il entendit une personne qui se plaignait : « Souffrirai-je encore longtemps ? disait-elle ; la mort ne viendra-t-elle point à mon secours ? Ceux qui la craignent ne la voient que trop tôt ; je la désire et la cruelle me fuit. Ah ! barbare reine, que t'ai-je fait, pour me retenir dans une captivité si affreuse ? N'as-tu pas assez d'autres endroits pour me désoler ? Tu n'as qu'à me rendre témoin du bonheur que ton indigne fille goûte avec le roi Charmant ! » […]

L'oiseau curieux ne manqua pas de revenir la nuit suivante : il faisait clair de lune. Il vit une fille à la fenêtre de la tour, qui commençait ses regrets : « Fortune, disait-elle, toi qui me flattais de régner, toi qui m'avais rendu l'amour de mon père, que t'ai-je fait pour me plonger tout d'un coup dans les plus amères douleurs ? Est-ce dans un âge aussi tendre que le mien qu'on doit commencer à ressentir ton inconstance ? Reviens, barbare, s'il est possible ; je te demande, pour toutes faveurs, de terminer ma fatale destinée. »

L'Oiseau Bleu écoutait ; et plus il écoutait, plus il se persuadait que c'était son aimable princesse qui se plaignait. Il lui dit : « Adorable Florine, merveille de nos jours, pourquoi voulez-vous finir si promptement[1] les vôtres ? vos maux ne sont point sans remède.

– Hé ! qui me parle, s'écria-t-elle, d'une manière si consolante ?

– Un roi malheureux, reprit l'Oiseau, qui vous aime et n'aimera jamais que vous.

– Un roi qui m'aime ! ajouta-t-elle : est-ce ici un piège que me tend mon ennemie ? Mais, au fond, qu'y gagnera-t-elle ? Si elle cherche à découvrir mes sentiments, je suis prête à lui en faire l'aveu.

– Non, ma princesse, répondit-il : l'amant qui vous parle n'est point capable de vous trahir. »

En achevant ces mots, il vola sur la fenêtre. Florine eut d'abord grande peur d'un oiseau si extraordinaire, qui parlait avec autant d'esprit que s'il avait été homme, quoiqu'il conservât le petit son de voix d'un rossignol ; mais la beauté de son plumage et ce qu'il lui dit la rassurèrent.

Pages 69-71.

1 Promptement : rapidement.

1 Quelle est la situation de Florine ? Quels regrets exprime-t-elle ?

2 Quels sont les deux types de phrases qu'elle utilise ? Qu'est-ce que cela révèle de ses sentiments ?

3 Quelle est sa réaction lorsque l'oiseau se pose à sa fenêtre ?

4 L'illustration de la page 127 permet-elle de deviner la suite du conte ? Justifiez.

À L'ORAL Faites une lecture expressive de cet extrait.

**Avec du style !**

Le **registre tragique** exprime la plainte, la peine, le désarroi ou l'angoisse d'un personnage, souvent par des phrases exclamatives et interrogatives.
Trouvez un exemple dans le texte.

## Votre bilan

- Quels sont les signes d'espoir pour Florine et Charmant ?

Lecture

## Vos objectifs

- Étudier la fonction initiatique des épreuves.
- Identifier la satire sociale.

(texte à écouter)
hachette-clic.fr/21mf5090

Extrait

# 5 Le miroir magique

### Que s'est-il passé ?

Les pièges tendus par la reine ont blessé l'Oiseau Bleu, que tout le monde croit mort. Florine part alors à sa recherche et rencontre une fée qui lui offre quatre œufs magiques pour surmonter les obstacles.

Après avoir marché huit jours et huit nuits sans s'arrêter, elle arrive au pied d'une montagne prodigieuse par sa hauteur, toute d'ivoire, et si droite que l'on n'y pouvait mettre les pieds sans tomber. Elle fit mille tentatives inutiles ; elle glissait, elle se fatiguait, et, désespérée d'un obstacle si insurmontable, elle se coucha au pied de la montagne, résolue de s'y laisser mourir, quand elle se souvint des œufs que la fée lui avait donnés. Elle en prit un : « Voyons, dit-elle, si elle ne s'est point moquée de moi en me promettant les secours dont j'aurais besoin. » Dès qu'elle l'eut cassé, elle y trouva de petits crampons d'or, qu'elle mit à ses pieds et à ses mains. Quand elle les eut, elle monta la montagne d'ivoire sans aucune peine, car les crampons entraient dedans et l'empêchaient de glisser. Lorsqu'elle fut tout en haut, elle eut de nouvelles peines pour descendre : toute la vallée était d'une seule glace de miroir. Il y avait autour plus de soixante mille femmes qui s'y miraient avec un plaisir extrême, car ce miroir avait bien deux lieues[1] de large et six de haut. Chacune s'y voyait selon ce qu'elle voulait être : la rouge y paraissait blonde, la brune avait les cheveux noirs, la vieille croyait être jeune, la jeune n'y vieillissait point ; enfin, tous les défauts y étaient si bien cachés, que l'on y venait des quatre coins du monde. Il y avait de quoi mourir de rire, de voir les grimaces et les minauderies[2] que la plupart de ces coquettes faisaient. Cette circonstance n'y attirait pas moins d'hommes ; le miroir leur plaisait aussi. Il faisait paraître aux uns de beaux cheveux, aux autres la taille plus haute et mieux prise, l'air martial, et meilleure mine. Les femmes, dont ils se moquaient, ne se moquaient pas moins d'eux ; de sorte que l'on appelait cette montagne de mille noms différents. Personne n'était jamais parvenu jusqu'au sommet […].

Pages 90-91.

1 **Lieue** : unité de longueur. En 1697, 1 lieue = 3,248 km.
2 **Minauderies** : mines, poses pour séduire.

**Avec du style !**
La **satire** est un écrit qui s'attaque à quelque chose ou à quelqu'un en se moquant.

1 Relevez une hyperbole et une accumulation : sur quels éléments insistent-elles ?

2 Expliquez comment fonctionne le miroir magique. En quoi peut-on le comparer au conte lui-même ?

3 De qui le narrateur se moque-t-il ici ? Pourquoi est-ce plaisant dans ce conte écrit par Mme d'Aulnoy ?

4 Selon vous, pourquoi personne n'est-il « parvenu jusqu'au sommet » (l. 39-40) de cette montagne ?

**À L'ÉCRIT** Si une fée vous donnait quatre œufs magiques, qu'en feriez-vous ? Imaginez et écrivez vos aventures.

## Votre bilan

- Quels éléments magiques permettent à Florine de surmonter les obstacles ?

## Votre objectif

▸ Étudier une scène de retrouvailles.

(texte à écouter)
hachette-clic.fr/21mf5091

Extrait

# 6 Les retrouvailles

### Que s'est-il passé ?

Florine parvient à surmonter tous les obstacles qui la séparent du palais de Charmant. Celui-ci a repris forme humaine en acceptant de fixer la date de ses noces avec Truitonne. Florine se travestit en Mie-Souillon pour s'introduire dans le palais sans attirer l'attention. Durant la nuit, Charmant la surprend dans le cabinet des Échos.

Il la trouva avec une légère robe de taffetas[1] blanc, qu'elle portait sous ses vilains habits ; ses beaux cheveux couvraient ses épaules ; elle était couchée sur un lit de repos, et une lampe un peu éloignée ne rendait qu'une lumière sombre. Le roi entra tout d'un coup ; et, son amour l'emportant sur son ressentiment, dès qu'il la reconnut il vint se jeter à ses pieds, il mouilla ses mains de ses larmes et pensa mourir de joie, de douleur et de mille pensées différentes qui lui passèrent en même temps dans l'esprit.

La reine ne demeura pas moins troublée ; son cœur se serra, elle pouvait à peine soupirer. Elle regardait fixement le roi sans lui rien dire ; et, quand elle eut la force de lui parler, elle n'eut pas celle de lui faire des reproches ; le plaisir de le revoir lui fit oublier pour quelque temps les sujets de plainte qu'elle croyait avoir. Enfin, ils s'éclaircirent, ils se justifièrent ; leur tendresse se réveilla ; et tout ce qui les embarrassait, c'était la fée Soussio.

Mais dans ce moment, l'enchanteur, qui aimait le roi, arriva avec une fée fameuse : c'était justement celle qui donna les quatre œufs à Florine. Après les premiers compliments, l'enchanteur et la fée déclarèrent que, leur pouvoir étant uni en faveur du roi et de la reine, Soussio ne pouvait rien contre eux, et qu'ainsi leur mariage ne recevrait aucun retardement.

Il est aisé de se figurer[2] la joie de ces deux jeunes amants : dès qu'il fut jour, on la publia dans tout le palais, et chacun était ravi de voir Florine. Ces nouvelles allèrent jusqu'à Truitonne ; elle accourut chez le roi ; quelle surprise d'y trouver sa belle rivale ! Dès qu'elle voulut ouvrir la bouche pour lui dire des injures, l'enchanteur et la fée parurent, qui la métamorphosèrent en truie, afin qu'il lui restât au moins une partie de son nom et de son naturel grondeur. Elle s'enfuit toujours grognant jusque dans la basse-cour[3], où de longs éclats de rire que l'on fit sur elle achevèrent de la désespérer.

Pages 99-100.

1 **Taffetas** : étoffe en soie. 2 **Se figurer** : se représenter, imaginer. 3 **Basse-cour** : zone basse d'un château où on élevait les animaux.

1 À quel autre moment du conte les retrouvailles de Florine et Charmant vous font-elles penser ?

2 Florine et Charmant ont d'abord du ressentiment l'un envers l'autre. Pourquoi ?

3 Quelles sont les manifestations physiques de l'émotion des jeunes amants ?

4 Qu'arrive-t-il à Truitonne ? Son prénom prend-il une autre signification ? Laquelle ?

**À L'ORAL** Pensez-vous que justice soit rendue à la fin de ce conte ? Organisez un débat en groupes.

**La boîte à mots** Le terme **fameux** (l. 24) vient du latin *fama* qui signifie « la renommée ». Il permet de désigner quelqu'un qui a une grande réputation, un grand renom.
**À quel personnage ce terme est-il associé dans le texte ? Pourquoi ?**

## Votre bilan

▸ Pourquoi ces retrouvailles sont-elles émouvantes ?

Lecture

## Vos objectifs

- Comprendre l'universalité du message contenu dans le conte.
- Identifier la critique sociale.

(texte à écouter) hachette-clic.fr/21mf5092

Extrait

# 7 La morale du conte

### Que s'est-il passé ?

Après avoir surmonté tous les obstacles à leur amour, Charmant et Florine peuvent enfin célébrer leur union.

*Quand Truitonne aspirait à l'hymen de Charmant,*
*Et que, sans avoir pu lui plaire,*
*Elle voulait former ce triste engagement*
*Que la mort seule peut défaire,*
*Qu'elle était imprudente, hélas !*
*Sans doute elle ignorait qu'un pareil mariage*
*Devient un funeste[1] esclavage,*
*Si l'amour ne le forme pas.*
*Je trouve que Charmant fut sage.*
*À mon sens, il vaut beaucoup mieux*
*Être Oiseau Bleu, corbeau, devenir hibou même,*
*Que d'éprouver la peine extrême*
*D'avoir ce que l'on hait toujours devant les yeux,*
*En ces sortes d'hymens notre siècle est fertile[2] :*
*Les hymens seraient plus heureux,*
*Si l'on trouvait encore quelque enchanteur[3] habile*
*Qui voulût s'opposer à ces coupables nœuds,*
*Et ne jamais souffrir que l'hyménée unisse,*
*Par intérêt ou par caprice,*
*Deux cœurs infortunés[4], s'ils ne s'aiment tous deux.*

Pages 100-101.

1 **Funeste** : qui cause ou qui annonce la mort.
2 **Fertile** : qui produit beaucoup d'exemples.
3 **Enchanteur** : personnage doué de pouvoirs surnaturels et magiques, comme la fée.
4 **Infortunés** : malheureux.

**La boîte à mots** Synonymes de noces ou d'union, les termes **hymen** (l. 1) et **hyménée** (l. 18) viennent du latin *hymenæus* signifiant « chant nuptial ». C'est aussi le nom du dieu latin du mariage.

1 Qui dit « je » (l. 9) ?

2 Pour quels personnages le dénouement du conte est-il heureux ? Qui est puni à la fin du conte ?

3 Combien de parties identifiez-vous dans cet extrait ? Proposez un titre pour chaque partie.

4 Avec quel mot rime le mot « mariage » ? Pourquoi, à votre avis ?

5 Qui pourrait être cet « enchanteur habile » ?

6 Quelle forme littéraire prend la fin du conte ?

7 Qui est directement visé dans cette morale ?

8 Quels points de vue sont exprimés ici sur le mariage ? Partagez-vous ce regard ?

**À L'ORAL** Apprenez puis récitez ce poème à la classe.

## Votre bilan

- Selon vous, à qui cette morale s'adresse-t-elle ? Quel est le double objectif de la fin du conte ?

Lecture INTÉGRALE

## Vos objectifs

- Rendre compte de sa lecture autonome.
- S'interroger sur les caractéristiques du conte merveilleux.

### ÉTAPE 1

De la page 55 à la page 67 « [...] se laisser mourir. »

1 Citez tous les stratagèmes utilisés par la mère de Truitonne pour parvenir à ses fins.

2 Quel est le rôle donné aux serviteurs et aux courtisans ? Donnez deux exemples.

3 Page 67 : identifiez un passage qui contient une succession de phrases interrogatives. Expliquez leur emploi.

### ÉTAPE 2

De la page 67 « D'un autre côté... » à la page 73 « [...] à causer, comme s'était passée l'autre. »

1 Que fait-on croire à Florine ?

2 Combien d'apparitions de l'Oiseau Bleu relevez-vous ? Comment évoluent-elles ?

3 Page 72 : quelles sont les craintes de Florine quant à l'Oiseau Bleu ?

4 Page 73 : quels gages de son amour l'Oiseau Bleu donne-t-il à Florine ?

### ÉTAPE 3

De la page 73 « Le lendemain... » à la page 81 « [...] *vole à moi promptement.* »

1 Citez les présents que l'Oiseau Bleu offre à Florine en gage de son amour.

2 Pourquoi l'Oiseau Bleu est-il en sécurité dans la forêt ?

3 Que découvre-t-on dans la chambre de Florine ?

4 De quels complots Florine est-elle soupçonnée par la reine ?

5 Quel est le code secret entre Florine et l'Oiseau Bleu indiquant que la voie est libre ?

### ÉTAPE 4

De la page 82 à la page 85 « [...] sujets de haïr. »

1 Comment la reine s'y prend-elle pour tenter de tuer l'Oiseau Bleu ?

2 Qui l'Oiseau Bleu accuse-t-il d'avoir tendu ce piège ? Pourquoi ?

3 Face à l'absence soudaine de l'Oiseau Bleu, quels sont les doutes qui tourmentent Florine ?

### ÉTAPE 5

De la page 86 à la page 88 « [...] lui avait donné pour épouser Truitonne. »

1 En quoi ce passage constitue-t-il un tournant dans l'histoire ?

2 L'enchanteur rencontre la fée Soussio : qu'obtient-il ?

3 Comment Florine s'y prend-elle pour ne pas attirer l'attention lors de son voyage ?

### ÉTAPE 6

De la page 88 « Cependant la reine Florine... » à la fin.

1 Comment Florine utilise-t-elle les quatre œufs ?

2 Quelles ruses Florine emploie-t-elle pour parvenir à se faire entendre de Charmant ?

3 Pourquoi Charmant n'entend-il pas Florine durant ses premières nuits ?

4 À quoi ont servi toutes ces péripéties ?

## Votre bilan

1 Florine était emprisonnée dans une tour. Mais les autres personnages du conte n'étaient-ils pas « prisonniers » eux aussi ? Expliquez.

2 Avez-vous lu d'autres textes dans lesquels des animaux sont doués de parole ? Quelles différences remarquez-vous avec ce conte ?

3 Récrivez la morale de *L'Oiseau bleu* avec vos propres mots.

**Avez-vous complété votre carnet de lecture ?**

ATELIER ORAL

# Match d'improvisation théâtrale

EN GROUPE

## VOTRE MISSION

Composez votre troupe et défiez les autres dans un match d'improvisation autour de *L'Oiseau bleu* ! Un simple mot, une citation et le spectacle commence !

## ÉTAPE 1 Préparez le match

**1.** Formez des troupes (maximum 6 élèves).

**2.** Chaque troupe tire au sort une Carte situation, qui précise les règles à respecter pour son improvisation.

> Exemple de **CARTE SITUATION**
> - **Thème :** devant le miroir, « chacun s'y voyait selon ce qu'il voulait être ».
> - **Type d'improvisation :** improvisation mimée.
> - **Registre :** registre comique.
> - **Indications de mise en scène :** les personnages arrivent l'un après l'autre sur scène et se contemplent un temps dans le miroir, face à la classe.
> - **Durée :** 5 minutes.

**Coup de pouce**

Vous pouvez rédiger des Cartes situation d'après cet exemple, ou bien en télécharger déjà complétées :

(cartes à télécharger)
hachette-clic.fr/21mf5093

**3.** Chaque membre de la troupe tire au sort une Carte personnage : Florine, Charmant, la fée Soussio, Truitonne, la reine, le roi, etc.

**4.** Lisez bien vos cartes pour être sûrs de respecter vos instructions : thème, type d'improvisation, registre, indications scénique et durée.

**5.** Pendant quelques secondes, concertez-vous pour anticiper l'improvisation : imaginez l'humeur ou l'attitude d'un personnage, un rebondissement.

## ÉTAPE 2 Improvisez

Chaque troupe joue devant la classe. Ayez confiance en vous : le registre merveilleux, la personnalité des héros, les multiples rebondissements du conte doivent vous inspirer ! Faites preuve de créativité et de spontanéité !

**Coup de pouce**

Restez attentifs à vos partenaires : observez leurs déplacements et leurs gestes, écoutez leurs paroles et leurs intonations, devinez leurs intentions.

## ÉTAPE 3 Découvrez le vote du public

**1.** À la fin du match, chacun vote pour l'improvisation qu'il a préférée.

**2.** L'arbitre compte un point par vote… et que les meilleurs gagnent !

| Nos critères de réussite | Nous avons respecté ce critère | | |
|---|---|---|---|
| Nous avons respecté tous les critères des cartes. | 🙂 | 😐 | 🙁 |
| Nous avons pris plaisir à jouer en respectant nos camarades et les règles du jeu. | 🙂 | 😐 | 🙁 |
| Ma mission : Notre troupe a remporté des points. | 🙂 | 😐 | 🙁 |

# Faisons le bilan

**Votre parcours aux côtés des héroïnes et des héros de ce conte merveilleux est terminé. Il est temps de faire le point sur vos lectures et sur ce qu'elles vous ont apporté.**

## Le conte merveilleux : mensonge ou vérité ?

**Un parcours à travers le temps et les civilisations…**
- des sources orales
- une tradition écrite qui se perpétue
- des thèmes universels et mythologiques
- un récit structuré mais imaginatif
- des personnages typiques du conte mais réinventés

**… pour se distraire…**
- une réalité où l'invraisemblable est accepté
- des animaux surnaturels
- des personnages exceptionnels
- de nombreux rebondissements inattendus
- des épreuves terribles
- des ruses cruelles
- une fin heureuse

**… et pour s'instruire.**
- des clés pour comprendre notre monde
- des combats à arbitrer
- des valeurs héroïques à défendre
- des comportements à interroger
- des leçons à tirer (morale du conte)

## *L'Oiseau bleu* de Mme d'Aulnoy

**Des héros qui nous montrent…**
- une princesse parfois résignée mais courageuse et intrépide
- un prince prêt à renoncer à tout par amour
- des fées, des enchanteurs et des créatures merveilleuses

**… comment échapper aux obstacles…**
- des métamorphoses
- des objets magiques
- des pouvoirs surnaturels
- des héros au grand cœur
- un oiseau symbolique

**… et devenir soi-même.**
- un passage de l'enfance à l'âge adulte
- un voyage initiatique à la rencontre de l'autre
- une satire des salons littéraires et des mondains
- l'autodérision de l'autrice

**↪ Qu'avez-vous retenu de la séquence ?**
Vérifiez en faisant quelques exercices interactifs :

(Exercices interactifs)
hachette-clic.fr/21mf5094
hachette-clic.fr/21mf5095
genially

**Et vous, dans tout ça ?**

1 De quel personnage vous sentez-vous le plus proche ? Pourquoi ?
2 Si vous deviez écrire un conte, quelle morale choisiriez-vous d'illustrer ?
3 Selon vous, pourquoi le titre de la séquence est-il « Vivre ses rêves, corps et âme ! » ? Imaginez un autre titre.

**↪ Avez-vous complété votre carnet de lecture ?**

# 8 Bienvenue en terres imaginaires

## Vos objectifs

- Découvrir des genres littéraires de la littérature de l'imaginaire.
- Comprendre le rôle de la description dans les récits merveilleux.
- Découvrir et comprendre en groupe la notion d'utopie.
- S'interroger sur ce que l'imaginaire peut apporter à notre perception de la réalité.

Illustration de **Armel Gaulme** pour l'affiche de l'édition 2020 du festival *Imaginales* à Épinal.

*« Le monde n'est pas dans tes livres ou dans tes cartes, il est dehors. »*

C'est par cette déclaration solennelle que le magicien Gandalf convainc Bilbo de quitter la Comté pour un pays lointain. (J. R. R. Tolkien, *Bilbo le Hobbit*)

# À LA DÉCOUVERTE...

## 1 Des cartes imaginaires

Carte extraite du jeu vidéo *Minecraft*, 2011.

Version colorisée de la carte d'*Utopia* imaginée par l'écrivain Thomas More, 1516.

Terre du Milieu dessinée par l'écrivain J.R.R. Tolkien pour *Le Seigneur des anneaux*, 1954.

**1.** Quelle carte trouvez-vous la plus imaginaire ? Pourquoi ?

**2.** Quels points communs et quelles différences repérez-vous entre ces cartes et celles que vous étudiez en géographie ?

**3.** Cherchez dans un dictionnaire la définition du mot « utopie ». Quel est le rapport avec le thème de la séquence ?

## 2 Le monde merveilleux du manga *One Piece*

Photogramme de l'adaptation animée du manga *One Piece* de **Eiichirō Oda**.

Luffy, le héros du manga *One Piece*, obtient des super-pouvoirs en mangeant les « fruits du démon ». Mais il devient incapable de nager, ce qui peut poser un problème quand on voyage en mer…

**1.** Décrivez le « fruit du démon ». Expliquez pourquoi il est peut paraître tentant d'y goûter, mais pourquoi cela est risqué.

**2.** Et vous, connaissez-vous d'autres fruits, fleurs ou légumes imaginaires ?

# Quelques repères

## La définition du « merveilleux »

**Merveilleux** vient du latin *mirabilia* qui signifie « choses étonnantes, admirables ». Un récit merveilleux se déroule dans un autre monde que le nôtre. D'étranges créatures y vivent.

## Les genres de la littérature de l'imaginaire

### Le conte merveilleux

- Les contes merveilleux se situent généralement dans un pays et une époque lointaines. Les personnages y explorent des terres imaginaires, ressemblant parfois à notre monde mais avec leurs propres lois.
- Ces récits que l'on se racontait à l'oral ont été transcrits à l'écrit à partir du XVII^e siècle.

▸ **Dans votre séquence :** *L'Écume des jours* (p. 145), *Les Mille et Une Nuits* (p. 146), *Alice au pays des merveilles* (p. 150)

### Le conte philosophique

- Ce genre apparaît au XVI^e siècle avec le mouvement intellectuel humaniste. On le retrouve au XVIII^e siècle, avec les philosophes des Lumières.
- À travers les aventures de personnages qui déambulent dans des mondes imaginaires, ces écrivains philosophes mettent en scène des idées qui pourraient rendre le monde meilleur. Ils inventent par exemple des utopies, c'est-à-dire des mondes idéaux.

▸ **Dans votre séquence :** *L'Utopie* (p. 148), *Candide* (p. 149)

### Le récit fantaisiste *(fantasy, heroic fantasy)*

- Les romans de J.R.R. Tolkien, comme *Le Seigneur des anneaux*, sont des références de ce genre contemporain qui apparaît au XX^e siècle.
- Il s'agit généralement de récits héroïques se déroulant dans un monde merveilleux, souvent empli de magie et habité par des créatures légendaires : des elfes, des trolls, des dragons…

▸ **Dans votre séquence :** *Bilbo le Hobbit* (p. 144), *La Passe-miroir* (p. 152)

# 1 Des maisons idéales ?

## Vos objectifs

- Découvrir la description d'un lieu imaginaire.
- Identifier les temps utilisés dans la description.

**J. R. R. Tolkien**
▸ 1892-1973
Écrivain anglais, spécialiste des langues, il est connu pour ses romans *Bilbo le Hobbit* et *Le Seigneur des anneaux*, qui ont été adaptés au cinéma par Peter Jackson.

## 1 *Bilbo le Hobbit*

texte à écouter
hachette-clic.fr/21mf5096

Voici le début du roman.

Dans un trou vivait un hobbit. Ce n'était pas un trou déplaisant, sale et humide, rempli de bouts de vers et d'une atmosphère suintante[1], non plus qu'un trou sec, nu, sablonneux, sans rien pour s'asseoir ni sur quoi manger : c'était un trou de hobbit, ce qui implique le confort.

Il avait une porte tout à fait ronde comme un hublot, peinte en vert, avec un bouton de cuivre[2] jaune bien brillant, exactement au centre. Cette porte ouvrait sur un vestibule[3] en forme de tube, comme un tunnel, un tunnel très confortable, sans fumée, aux murs lambrissés[4], au sol dallé et garni de tapis ; il était meublé de chaises cirées et de quantité de patères[5] pour les chapeaux et les manteaux – le Hobbit aimait les visites. Le tunnel s'enfonçait assez loin, mais pas tout à fait en droite ligne, dans le flanc de la colline – La Colline, comme tout le monde l'appelait à des lieues alentour – et l'on y voyait maintes[6] petites portes rondes, d'abord sur un côté, puis sur un autre. Le Hobbit n'avait pas d'étages à grimper : chambres, salles de bains, caves, dépendances (celles-ci nombreuses), penderies (il avait des pièces entières consacrées aux vêtements), cuisines, salles à manger, tout était de plain-pied[7] et, en fait, dans le même couloir. Les meilleures chambres se trouvaient toutes sur la gauche (en entrant), car elles étaient les seules à avoir des fenêtres, des fenêtres circulaires et profondes, donnant sur le jardin et les prairies qui descendaient au-delà jusqu'à la rivière.

**J. R. R. Tolkien**, *Bilbo le Hobbit* (1937), traduit de l'anglais par Francis Ledoux, Le Livre de poche, 2002.

1 **Suintante** : humide.
2 **Bouton de cuivre** : Il s'agit de la poignée de la porte.
3 **Vestibule** : entrée.
4 **Lambrissés** : avec des lattes de bois.
5 **Patères** : porte-manteaux.
6 **Maintes** : de nombreuses.
7 **De plain-pied** : sans étage.

### *L'anecdote*

Pour *Le Seigneur des anneaux*, Tolkien a créé une langue : le haut-elfique. Certains fans l'apprennent et la parlent comme une vraie langue. Écoutez cet enregistrement de l'auteur lisant, en 1952, le poème « Namárië » en langue elfique.

hachette-clic.fr/21mf5097

Photogramme du film *Le Seigneur des anneaux*, réalisé par **Peter Jackson**, 2001.

1 De quoi parle le texte ?

2 Comment est aménagé le « trou » ? À quel champ lexical appartiennent les mots qui le décrivent ?

3 Qu'est-ce que cette description dévoile de la façon de vivre des hobbits ?

4 Observez le photogramme. L'intérieur de la maison correspond-il à l'illustration de l'extérieur ? En quoi cela est-il étonnant ?

**À L'ÉCRIT** Pour un site de location de vacances pour hobbits, rédigez l'annonce immobilière décrivant cette habitation.

## 2 L'Écume des jours

**Boris Vian** ▸ 1920-1959

Écrivain, poète, parolier, chanteur, critique musical, musicien de jazz français. Il a 26 ans quand il écrit *L'Écume des jours* qui ne connaît aucun succès de son vivant. Son roman est redécouvert dans les années 1960 puis devient un classique de la littérature.

(texte à écouter) hachette-clic.fr/21mf5098

Colin est un jeune homme qui vit dans une maison où les choses les plus étranges ne semblent pas l'étonner.

Il vida son bain en perçant un trou dans le fond de la baignoire. Le sol de la salle de bain, dallé[1] de grès cérame[2] jaune clair, était en pente et orientait l'eau vers un orifice[3] situé juste au-dessus du bureau du locataire de l'étage inférieur. Depuis peu, sans prévenir Colin, ce dernier avait changé son bureau de pièce. Maintenant, l'eau tombait sur son garde-manger[4]. […]

Le couloir de la cuisine était clair, vitré des deux côtés, et un soleil brillait de chaque côté car Colin aimait la lumière. Il y avait des robinets de laiton[5] soigneusement astiqués un peu partout. Les jeux des soleils sur les robinets produisaient des effets féeriques. Les souris de la cuisine aimaient danser au son des chocs des rayons de soleil sur les robinets, et couraient après les petites boules que formaient les rayons en achevant de se pulvériser sur le sol, comme des jets de mercure jaune. Colin caressa une des souris en passant – elle avait de très longues moustaches noires, elle était grise et mince et lustrée à miracle –, le cuisinier les nourrissait très bien sans les laisser grossir trop. […]

Colin poussa la porte émaillée[6] de la cuisine. Le cuisinier surveillait son tableau de bord. Il était assis devant un pupitre, également émaillé de jaune clair et qui portait des cadrans correspondant aux divers appareils culinaires alignés le long des murs. L'aiguille du four électrique, réglé pour la dinde rôtie, oscillait entre « presque » et « à point ». Il allait être temps de la retirer. Nicolas[7] pressa un bouton vert, ce qui déclencha le palpeur sensitif. Celui-ci pénétra sans rencontrer de résistance, et l'aiguille atteignait « à point » à ce moment.

**Boris Vian**, *L'Écume des jours*, 1947.

1 **Dallé** : avec des dalles.
2 **Grès cérame** : matériau utilisé pour les carrelages.
3 **Orifice** : trou.
4 **Garde-manger** : endroit où l'on conserve la nourriture.
5 **Laiton** : matériau jaune.
6 **Émaillée** : qui est couverte d'émail, un matériau.
7 **Nicolas** : le cuisinier de Colin.

**La boîte à mots** Définitions de **féerique** (ligne 10) :
- Qui appartient au monde des fées.
- D'une beauté extraordinaire.
- Qui suscite la féerie.

**1.** Quel est le sens du mot dans le texte ?
**2.** Recherchez des synonymes et des antonymes de « féerique ».

**1** Quelles sont vos impressions sur cette maison ?

**2** Relevez les éléments de description qui vous étonnent.

**3** Quel est le temps verbal utilisé ? Pourquoi ?

p. 158 > L'imparfait et ses valeurs

**4** « Les souris de la cuisine aimaient danser au son des chocs des rayons de soleil sur les robinets ». Quels sont les sens sollicités ici ? En quoi est-ce étonnant ?

**À L'ORAL** Préparez une lecture fluide de ce texte.
- Repérez les mots difficiles et lisez-les une ou deux fois.
- Entraînez-vous à lire le texte paragraphe par paragraphe.
- N'oubliez pas de baisser la voix à la fin de la phrase.

### Votre bilan

▸ Comment les auteurs nous aident-ils à imaginer les habitations qu'ils inventent ? Cela est-il efficace ? Justifiez votre réponse.

Lecture 2

# Comment imaginer un jardin merveilleux ?

**Vos objectifs**

- Comprendre l'organisation d'un lieu merveilleux d'après sa description.
- Identifier les éléments qui enrichissent une description.

**Avec du style !**

L'**accumulation** est une figure de style qui juxtapose plusieurs mots de même nature ou de même fonction. C'est une figure d'amplification.

## 1 *Les Mille et Une Nuits*

(texte à écouter) hachette-clic.fr/21mf5099

Schéhérazade raconte l'histoire d'Agib, le fils d'un roi qui, après un naufrage, est recueilli par dix seigneurs borgnes. Ils le conduisent dans un château somptueux, habité par quarante belles dames.

J'ouvris la première porte, et j'entrai dans un jardin fruitier, auquel je crois que dans l'univers il n'y en a point qui soit comparable. Je ne pense pas même que celui que notre religion nous promet après la mort puisse le surpasser. La symétrie, la propreté, la disposition admirable des arbres, l'abondance et la diversité des fruits de mille espèces inconnues, leur fraîcheur, leur beauté, tout ravissait ma vue. Je ne dois pas négliger, Madame, de vous faire remarquer que ce jardin délicieux était arrosé d'une manière fort singulière[1] : des rigoles[2] creusées avec art et proportion portaient de l'eau abondamment à la racine des arbres qui en avaient besoin pour pousser leurs premières feuilles et leurs fleurs ; d'autres en portaient moins à ceux dont les fruits étaient déjà noués ; d'autres encore moins à ceux où ils grossissaient ; d'autres n'en portaient que ce qu'il fallait précisément à ceux dont le fruit avait acquis la grosseur convenable et n'attendait plus que sa maturité ; mais cette grosseur surpassait de beaucoup celle des fruits ordinaires de nos jardins. Les autres rigoles, enfin, qui aboutissaient aux arbres dont le fruit était mûr, n'avaient d'humidité que ce qui était nécessaire pour le conserver dans le même état sans le corrompre. Je ne pouvais me lasser d'examiner et d'admirer un si beau lieu ; et je n'en serais jamais sorti, si je n'eusse pas conçu dès lors une plus grande idée des autres choses que je n'avais point vues. J'en sortis l'esprit rempli de ces merveilles ; je fermai la porte et ouvris celle qui suivit.

*Les Mille et Une Nuits* (IX$^{e}$ siècle), traduit de l'arabe par Antoine Galland, Flammarion, 2004.

1 Singulière : unique.
2 Rigoles : conduits, canalisations.

**L'anecdote**

Le sultan Schahriar exécute chaque matin une de ses épouses. L'une d'elles, Schéhérazade, échappe à la mort en lui racontant chaque soir une nouvelle histoire.

1 Que trouve Agib dans le jardin ? Relevez les éléments qui le composent.

2 Que ressent le personnage à la découverte de ce jardin ? Justifiez votre réponse en citant le texte.

3 Relevez une accumulation dans le texte. Que met-elle en avant ?

4 Dessinez un plan de ce jardin pour mieux comprendre son organisation.

5 a. Quel temps est utilisé à la ligne 1 et aux lignes 21 à 23 ?
b. Quel autre temps est majoritairement employé ? Pourquoi ?

**À L'ÉCRIT** Imaginez la suite du texte. Agib pousse la porte suivante et découvre un nouveau jardin. Décrivez-le, en vous inspirant du modèle du texte.

« Damas était un lieu enfoui au milieu des jardins », illustration de **Léon Carré** pour « L'Histoire du bossu », *Les Mille et Une Nuits*, édition d'art H. Piazza, 1926-1932.

1 Quels points communs trouvez-vous entre cette image et le texte ?

2 Observez les couleurs. Quelle ambiance donnent-elles à la scène représentée ?

3 Décrivez l'image en utilisant une accumulation.

4 À quoi voit-on que la nature est maîtrisée par l'homme ?

**À L'ORAL** « Dans le jardin de mes rêves, il y a… ». En groupe, complétez la phrase chacun votre tour en décrivant un élément du jardin.

p. 158 > Les expansions du nom

## Votre bilan

- Comment cette description d'un jardin crée-t-elle l'étonnement et l'admiration ?

Lecture en GROUPE

# 3 Qu'est-ce qu'une utopie ?

**Vos objectifs**

- Étudier des textes décrivant des utopies.
- S'interroger sur notre société.

**Thomas More**
1478-1535
Écrivain humaniste anglais, il place la personne humaine et son bonheur au centre de ses réflexions.

## 1 *L'Utopie*

(texte à écouter) hachette-clic.fr/21mf5100

En imaginant Utopia, Thomas More invente une nouvelle façon de vivre.

Les Utopiens[1] divisent l'intervalle d'un jour et d'une nuit en vingt-quatre heures égales. Six heures sont employées aux travaux matériels, en voici la distribution : trois heures de travail avant midi, puis dîner. Après-midi, deux heures de repos, trois heures de travail, puis souper[2].

Ils comptent une heure où nous comptons midi, se couchent à neuf heures, et en donnent neuf au sommeil.

Le temps compris entre le travail, les repas et le sommeil, chacun est libre de l'employer à sa guise[3]. Loin d'abuser de ces heures de loisir, en s'abandonnant au luxe et à la paresse, ils se reposent en variant leurs occupations et leurs travaux. Ils peuvent le faire avec succès, grâce à cette institution[4] vraiment admirable.

Tous les matins, des cours publics sont ouverts avant le lever du soleil. Les seuls individus spécialement destinés aux lettres[5] sont obligés de suivre ces cours; mais tout le monde a droit d'y assister, les femmes comme les hommes, quelles que soient leurs professions. Le peuple y accourt en foule; et chacun s'attache à la branche d'enseignement qui est le plus en rapport avec son industrie[6] et ses goûts.

**Thomas More**, *L'Utopie* (1516), traduit du latin par G. Navaud, Gallimard, 2012.

1 **Utopiens** : habitants d'Utopia. 2 **Souper** : repas du soir. 3 **À sa guise** : selon ses envies. 4 **Institution** : organisation. 5 **Lettres** : étude de la littérature. 6 **Industrie** : travail.

**Coup de pouce**
Pour vous aider, indiquez sur une frise chronologique le déroulement d'une journée d'un Utopien.

**François Rabelais**
1483-1553
Écrivain humaniste français de la Renaissance, il est aussi moine et médecin.

## 2 *Gargantua*

(texte à écouter) hachette-clic.fr/21mf5101

À la fin du roman, le géant Gargantua découvre l'abbaye de Thélème.

Toute leur vie était organisée non par des lois, des statuts[1] ou des règles, mais selon leur vouloir et libre arbitre[2]. Ils se levaient du lit quand bon leur semblait; buvaient, mangeaient, travaillaient, dormaient quand le désir leur en venait. Nul ne les éveillait, nul ne les forçait ni à boire ni à manger, ni à faire quoi que ce fût d'autre. Gargantua l'avait ainsi établi. Leur règle tenait en cette unique clause[3] : « Fais ce que voudras. » [...] Par cette liberté, ils rivalisèrent de louable émulation[4] pour faire, tous, ce qu'ils voyaient plaire à un seul. Si quelqu'un ou quelqu'une disait : « Buvons », tous buvaient. Si l'un disait : « Jouons », tous jouaient. Si un autre disait : « Allons nous batifoler[5] dans les champs », tous y allaient. [...] Ils étaient tous si noblement instruits, qu'il n'y en avait aucun parmi eux qui ne sache l'art de lire, d'écrire, de chanter, de jouer d'harmonieux instruments, de parler cinq ou six langues. Tous savaient en chaque langue composer des vers ou des textes en prose.

**François Rabelais**, *Gargantua* (1534), traduit par M. Marrache-Gouraud, Flammarion, 2016.

1 **Statut** : texte qui fixe les lois. 2 **Libre arbitre** : liberté personnelle. 3 **Clause** : règle particulière. 4 **Émulation** : enthousiasme. 5 **Batifoler** : s'amuser.

**Coup de pouce**
Identifiez bien la règle principale que suivent les habitants de l'abbaye de Thélème.

Voltaire

▸ 1694-1778

Écrivain et philosophe français emblématique du mouvement des Lumières.

## 3 Candide

(texte à écouter)
hachette-clic.fr/21mf5102

*Candide* est un conte philosophique. Chassé de chez lui, Candide vit de nombreuses aventures avec son ami Cacambo et découvre le pays de l'Eldorado.

Quand ils approchèrent de la salle du trône, Cacambo demanda à un grand officier comment il fallait s'y prendre pour saluer Sa Majesté ; si on se jetait à genoux ou ventre à terre ; si on mettait les mains sur la tête ou sur le derrière ; si on léchait la poussière de la salle ; en un mot, quelle était la cérémonie. « L'usage, dit le grand officier, est d'embrasser le roi et de le baiser des deux côtés. » Candide et Cacambo sautèrent au cou de Sa Majesté, qui les reçut avec toute la grâce imaginable et qui les pria poliment à souper.

En attendant, on leur fit voir la ville, les édifices[1] publics élevés jusqu'aux nues[2], les marchés ornés de mille colonnes, les fontaines d'eau pure, les fontaines d'eau rose, celles de liqueurs de canne de sucre, qui coulaient continuellement dans de grandes places, pavées d'une espèce de pierreries qui répandaient une odeur semblable à celle du gérofle et de la cannelle[3]. Candide demanda à voir la cour de justice, le parlement ; on lui dit qu'il n'y en avait point, et qu'on ne plaidait jamais. Il s'informa s'il y avait des prisons, et on lui dit que non.

**Voltaire**, *Candide ou l'Optimisme*, 1759.

1 **Édifices** : bâtiments. 2 **Nues** : nuages. 3 **Gérofle et cannelle** : épices.

### Coup de pouce

Aidez-vous des éléments de description et du champ lexical utilisé pour savoir à quoi ressemble l'Eldorado.

### La boîte à mots

Le mot **utopie** est constitué du mot grec *topos* qui signifie « le lieu » et du préfixe « u » qui signifie « sans lieu ».

**1.** Recherchez le sens du mot « utopie ».

**2.** Expliquez pourquoi on peut utiliser ce mot pour parler des trois textes.

## EN GROUPE

**1 Formez des groupes !** Chaque groupe lit un texte et répond aux questions suivantes :

a. Comment s'organise la vie des habitants ?

b. Quelle est la place de l'éducation ? Comment s'instruit-on ?

c. Quels sont les loisirs des habitants ?

d. Qu'est-ce qui est surprenant ?

e. Caractérisez cette société à l'aide de mots-clés.

**2** Recopiez et remplissez votre tableau de synthèse.

| Texte | Les règles de vie | L'éducation | Les loisirs | Les mots-clés |
|---|---|---|---|---|
| 1 | | | | |
| 2 | | | | |
| 3 | | | | |

## TOUS ENSEMBLE

**3** Présentez votre texte aux autres groupes qui ne l'ont pas lu.

**4** Expliquez quelle utopie votre texte décrit.

### Votre bilan

▸ Parmi ces trois utopies, laquelle préférez-vous ? Pourquoi ? Selon vous, en quoi ces textes nous permettent-ils de réfléchir sur notre société ?

Lecture 4

# Tout est-il permis au pays de l'imagination ?

**Vos objectifs**

- Comprendre une scène se déroulant dans un univers fantaisiste.
- Identifier les éléments surprenants dans la description d'un univers imaginaire.

**Lewis Carroll**
1832-1898

Romancier anglais, il était également professeur de mathématiques dans la prestigieuse université d'Oxford et passionné de photographie. Il est célèbre pour avoir écrit *Les Aventures d'Alice au pays des merveilles* et *De l'autre côté du miroir.*

## 1 *Alice au pays des merveilles*

(texte à écouter)
hachette-clic.fr/21mf5103

La jeune Alice est entrée dans le pays des merveilles en suivant un lapin blanc dans un terrier. Après avoir rencontré une série de personnages plus farfelus les uns que les autres, elle pénètre dans un jardin où se trouvent des gardes à l'allure de cartes à jouer. C'est à ce moment-là qu'arrivent le Roi et la Reine de Cœur.

« À vos places ! » cria, d'une voix de stentor, la Reine, et les joueurs se mirent à courir dans toutes les directions, en se cognant les uns contre les autres ; néanmoins, au bout d'une ou deux minutes, chacun se trouvait à son poste et la partie commençait.

Alice se dit qu'elle n'avait, de sa vie, vu un aussi bizarre terrain de croquet : il n'était constitué que de creux et de bosses ; les boules, c'étaient des hérissons vivants, et les maillets, des flamants vivants. Les soldats devaient se plier en deux, pieds et mains appuyés au sol, pour former les arceaux[1].

La principale difficulté, dès le début, pour Alice, eut trait au maniement[2] de son flamant ; elle réussissait assez aisément[3] à le tenir à bras-le-corps, les pattes pendantes, mais, en général, au moment précis où, ayant obtenu un raidissement satisfaisant du cou de l'oiseau, elle s'apprêtait à lui faire frapper de la tête le hérisson, comme par un fait exprès, le flamant se retournait pour la regarder dans les yeux d'un air si intrigué qu'elle ne pouvait s'empêcher d'éclater de rire ; et quand elle lui avait fait baisser la tête et s'apprêtait à recommencer, il était exaspérant[4] de constater que le hérisson s'était déroulé et qu'il s'éloignait de son allure traînarde ; en outre, il se trouvait presque toujours un creux ou une bosse sur la trajectoire qu'elle voulait imprimer au hérisson ; et comme, de plus, les soldats pliés en deux ne cessaient de se redresser pour s'aller placer en d'autres secteurs du terrain, Alice en arriva vite à conclure que c'était là, vraiment, un jeu très difficile.

Les joueurs jouaient tous en même temps, sans attendre leur tour ; ils ne cessaient de se quereller, et de se disputer les hérissons ; au bout d'un très court laps de temps, la Reine entra dans une furieuse colère et se mit à arpenter[5] le terrain en trépignant[6] et en criant à peu près une fois par minute : « Que l'on tranche la tête à celui-ci ! Que l'on tranche la tête à celle-là ! »

**Lewis Carroll**, *Alice au pays des merveilles* (1865), traduit de l'anglais par Henri Parisot, éditions Soleil, 2015.

1 **Arceaux** : dans le jeu de croquet, petite porte en métal sous laquelle les boules doivent passer.
2 **Maniement** : manipulation.
3 **Aisément** : facilement.
4 **Exaspérant** : agaçant.
5 **Arpenter** : parcourir.
6 **Trépignant** : tapant du pied.

**La boîte à mots** Une voix de **stentor** (ligne 1) est une voix forte et puissante. Cette expression vient d'un personnage de *L'Iliade* d'Homère : Stentor était le crieur de l'armée grecque. Homère dit de lui qu'il avait une « voix de bronze, aussi forte que celle de cinquante hommes ».

**Lewis Carroll**, *Alice au pays des merveilles*, traduit de l'anglais par Henri Parisot, illustré par Benjamin Lacombe, éditions Soleil, 2015.

*L'anecdote*

Alice a vraiment existé. C'est lors d'une promenade en barque avec cette petite fille que Lewis Carroll commence à raconter une histoire qui deviendra celle d'*Alice au pays des merveilles*.

**BONUS**

Alice a inspiré de nombreux artistes. Cherchez d'autres représentations de ce personnage dans des BD ou au cinéma. Choisissez votre préférée. Justifiez bien votre choix.

**POUR COMMENCER** Avez-vous déjà joué au croquet ? Renseignez-vous sur ce jeu avant de lire le texte.

1. Donnez deux mots qui vous viennent à l'esprit en lisant ce texte.
2. « Alice se dit qu'elle n'avait, de sa vie, vu un aussi bizarre terrain de croquet ». Expliquez cette citation en vous appuyant sur le texte.
3. Alice arrive-t-elle à manipuler le flamant pour jouer ? Aidez-vous du texte et de l'illustration pour justifier votre réponse.
4. Selon vous, pourquoi le monde imaginé par l'auteur s'appelle le « pays des merveilles » ?
5. Cet endroit est-il effrayant ou amusant ?
6. Cette illustration est-elle surprenante ? Pourquoi ?

**À L'ÉCRIT** Devenez auteur et emmenez Alice jouer à un autre jeu. Pour plaire aux personnages du pays des merveilles :

- détournez les objets utilisés pour jouer ;
- changez les règles ;
- commencez votre texte par « Alice se dit qu'elle n'avait jamais vu un(e) aussi bizarre… »

## Votre bilan

▸ Parvenez-vous à imaginer la scène et le comportement des personnages de cet univers fantaisiste ? Expliquez.

Lecture 4

# Tout est-il permis au pays de l'imagination ?

## Vos objectifs

- Analyser le début d'un roman.
- Identifier les éléments surprenants dans la description d'un univers imaginaire.

## 2 *La Passe-miroir*

(texte à écouter) hachette-clic.fr/21mf5104

**Christelle Dabos** ▸ née en 1980

Romancière française, autrice de la série à succès *La Passe-miroir* qui se déploie en quatre tomes et a été traduite en plus de dix langues.

Voici le début du roman.

On dit souvent des vieilles demeures qu'elles ont une âme. Sur Anima, l'arche où les objets prennent vie, les vieilles demeures ont surtout tendance à développer un épouvantable caractère.

Le bâtiment des Archives familiales, par exemple, était continuellement de mauvaise humeur. Il passait ses journées à craqueler, à grincer, à fuir et à souffler pour exprimer son mécontentement. Il n'aimait pas les courants d'air qui faisaient claquer les portes mal fermées en été. Il n'aimait pas les pluies qui encrassaient sa gouttière en automne. Il n'aimait pas l'humidité qui infiltrait ses murs en hiver. Il n'aimait pas les mauvaises herbes qui revenaient envahir sa cour chaque printemps.

Mais, par-dessus tout, le bâtiment des Archives n'aimait pas les visiteurs qui ne respectaient pas les horaires d'ouverture.

C'est sans doute pourquoi, en ce petit matin de septembre, le bâtiment craquelait, grinçait, fuyait et soufflait encore plus que d'habitude. Il sentait venir quelqu'un alors qu'il était encore beaucoup trop tôt pour consulter les archives. Ce visiteur-là ne se tenait même pas devant la porte d'entrée, sur le perron[1], en visiteur respectable. Non, il pénétrait dans les lieux comme un voleur, directement par le vestiaire des Archives.

Un nez était en train de pousser au beau milieu d'une armoire à glace.

Le nez allait en avançant. Il émergea bientôt à sa suite une paire de lunettes, une arcade sourcilière, un front, une bouche, un menton, des joues, des yeux, des cheveux, un cou et des oreilles. Suspendu au milieu du miroir jusqu'aux épaules, le visage regarda à droite, puis à gauche. La pliure d'un genou affleura à son tour, un peu plus bas, et remorqua un corps qui s'arracha tout entier de l'armoire à glace, comme il l'aurait fait d'une baignoire. Une fois sortie du miroir, la silhouette ne se résumait plus qu'à un vieux manteau usé, une paire de lunettes grises, une longue écharpe tricolore.

Et sous ces épaisseurs, il y avait Ophélie.

### *L'anecdote*

Christelle Dabos a commencé à écrire sur la plate-forme en ligne « Plume d'argent », sur laquelle des internautes lisent et commentent leurs textes. Grâce à cette communauté d'auteurs, elle a envoyé *La Passe-miroir* à l'éditeur Gallimard et a remporté le concours du premier roman jeunesse.

1 Perron : petit escalier devant l'entrée d'un bâtiment.

### Avec du style !

Le texte donne vie au bâtiment, aux objets. Il s'agit d'une **personnification**.

Autour d'Ophélie, le vestiaire protestait maintenant de toutes ses armoires, furieux de cette intrusion qui bafouait[2] le règlement des Archives. Les meubles grinçaient des gonds et tapaient des pieds. Les cintres s'entrechoquaient bruyamment comme si un esprit frappeur les poussait les uns contre les autres.

Cette démonstration de colère n'intimida pas Ophélie le moins du monde. Elle était habituée à la susceptibilité des Archives.

– Tout doux, murmura-t-elle. Tout doux…

Aussitôt, les meubles se calmèrent et les cintres se turent. Le bâtiment des Archives l'avait reconnue.

Ophélie sortit du vestiaire et referma la porte.

[…]

Elle se dirigea à pas lents vers la loge de l'archiviste. L'appartement privé était protégé par un simple rideau. Malgré l'heure matinale, il s'en dégageait déjà un puissant arôme de café. Ophélie toussa dans son écharpe pour s'annoncer, mais un vieil air d'opéra en recouvrit le bruit. Elle se glissa alors par le rideau. Elle n'eut pas à chercher loin l'archiviste, la pièce faisant à la fois office de cuisine, de séjour, de chambre et de cabinet de lecture[3] : il était assis sur son lit, le nez dans une gazette[4].

**Christelle Dabos**, *La Passe-miroir*, tome 1 : *Les fiancés de l'hiver*, Gallimard Jeunesse, 2013.

2 **Qui bafouait** : qui allait contre.
3 **Cabinet de lecture** : salle de lecture.
4 **Gazette** : journal.

Couverture du livre *La Passe-miroir* (tome 1) de Christelle Dabos.

**La boîte à mots** Une **arche** est un lieu qui sert de refuge. L'arche la plus célèbre est celle construite par Noé dans la Bible.

**POUR COMMENCER** Sur la couverture du livre, retrouvez le titre du livre, de la série, le nom de l'auteur. Quelle histoire pourriez-vous imaginer à partir de cette couverture ?

**1** Quelles sont les différentes parties du texte ? Donnez un titre à chacune d'elles.

**2** Montrez que le bâtiment des Archives a un « épouvantable caractère ». Appuyez-vous sur une répétition présente dans le passage et le vocabulaire employé.

**3** Quels objets prennent vie dans le bâtiment ? Sont-ils de bonne humeur ? Pourquoi ?

**4** Comment l'autrice introduit-elle son héroïne Ophélie dans le roman ? Pourquoi est-ce surprenant ?

**À L'ORAL** Choisissez une ou deux phrases dans le texte que vous lirez à un(e) ami(e) pour lui donner envie de découvrir le roman.

## Votre bilan

- Les deux textes de la Lecture 4 vous ont-ils fait rêver de la même façon ? Préféreriez-vous voyager au pays des merveilles ou sur Anima ? Expliquez pourquoi.

# Lecture 5 La Lune, lieu de tous les possibles ?

**Vos objectifs**

- Découvrir la description de créatures et de villes imaginaires.
- Analyser la tonalité d'un texte.
- S'entraîner à la mise en voix d'un texte.

**Baron de Münchhausen**

Le Baron a vécu en Allemagne au XVIIIe siècle. Un de ses invités réguliers met par écrit les histoires du Baron. Elles seront ensuite reprises et retravaillées par d'autres auteurs.

(texte à écouter) hachette-clic.fr/21mf5105

## 1 Aventures du Baron de Münchhausen

Le Baron aime raconter des histoires surprenantes : il a accompli des exploits militaires, a échappé à des animaux sauvages et a même été avalé par un poisson ! Il a également voyagé sur la Lune…

Dans la Lune – car c'était là l'île étincelante où nous venions d'aborder –, nous vîmes de grands êtres montés sur des vautours, dont chacun avait trois têtes. Pour vous donner une idée de la dimension de ces oiseaux, je vous dirais que la distance mesurée de l'extrémité d'une de leurs ailes à l'autre est six fois plus grande que la plus longue de nos vergues[1]. Au lieu de monter à cheval, comme nous autres habitants de la Terre, les gens de la Lune montent ces sortes d'oiseaux. […]

Lorsque les gens de la Lune deviennent vieux, ils ne meurent pas, mais ils se dissolvent dans l'air et s'évanouissent en fumée.

Ils n'éprouvent pas le besoin de boire, n'étant asservis à aucune excrétion[2]. Ils n'ont à chaque main qu'un seul doigt avec lequel ils exécutent tout beaucoup mieux que nous ne le faisons avec notre pouce et ses quatre aides.

Ils portent leur tête sous le bras droit, et, lorsqu'ils vont en voyage ou qu'ils sont à exécuter quelque travail qui exige beaucoup de mouvement, ils la laissent habituellement à la maison ; car ils peuvent lui demander conseil à n'importe quelle distance.

Les hauts personnages de la Lune, lorsqu'ils veulent savoir ce que font les gens du peuple, n'ont pas coutume d'aller les trouver ; ils restent à la maison, c'est-à-dire que leur corps reste chez eux, et qu'ils envoient leur tête dans la rue pour voir incognito ce qui s'y passe. Une fois les renseignements recueillis, elle revient dès que le maître la rappelle. […]

Je conviens, messieurs, que tout cela doit vous paraître étrange ; mais je prie ceux qui douteraient de ma sincérité de se rendre eux-mêmes dans la Lune, pour se convaincre que je suis resté plus fidèle à la vérité qu'aucun autre voyageur.

*Aventures du Baron de Münchhausen* (1785), traduit de l'anglais par Théophile Gautier fils, Flammarion, 2016.

1 **Vergues** : pièces de bois, placées en travers d'un mât, pour fixer et orienter les voiles.

2 **Excrétion** : évacuation des déchets par l'organisme : sueur, urine…

**La boîte à mots** Un **Sélénite** est un habitant imaginaire de la lune. En grec ancien, Σελήνη / Séléné signifie « lune ». Les poètes ont souvent assimilé Séléné, Artémis, Diane et la Lune.

1 Écoutez les enregistrements audio du texte. Quelle version exprime le mieux la tonalité du texte ? Pourquoi ?

2 Quelles sont les particularités des habitants de la Lune ?

3 Est-il possible de croire à la « sincérité » du Baron ? Pourquoi ?

**À L'ÉCRIT** Et si un **Sélénite** venait sur la Terre, quelle description ferait-il en rentrant chez lui ? Rédigez à la manière du Baron, avec de la personnalité !

## 2 *De Cape et de Crocs*, « Luna incognita »

(texte à écouter)
hachette-clic.fr/21mf5106

Des aventuriers partent à la recherche de la civilisation lunaire. Sortie du néant, dans un bruit fracassant, une ville entière surgit.

**Ayroles et Masbou**, *De Cape et de Crocs*, tome 6 : *Luna incognita*, Delcourt, 2004.

1 Où l'histoire se passe-t-elle ? Comment le comprenez-vous ?

2 Comment la ville s'appelle-t-elle ? Est-ce une ville comme les autres ? Expliquez.

3 Quel niveau de langue est employé par les personnages ? Relevez des mots pour justifier votre réponse.

À L'ORAL Entraînez-vous à lire les répliques de la bande dessinée à l'oral. Attention à utiliser les bonnes intonations !

**Si vous avez aimé, vous aimerez**

*Le Baron* de Jean-Luc Masbou, Delcourt, 2020.

### Votre bilan

- Est-ce ainsi que vous imaginiez les Sélénites ? Rédigez votre propre description ou dessinez un habitant de la Lune et son habitat.

# À VOS MARQUE-PAGES !

**Vos objectifs** ▸ Lire en autonomie et partager ses lectures.

**Poursuivez votre voyage en terres imaginaires en lisant d'autres livres. C'est à vous de choisir vos titres en fonction de vos goûts et de votre appétit de lecture.**

## → À vos marque-pages, prêts ? Lisez !

### Petit appétit de lecture

### La Quête d'Ewilan

pouvoirs • *heroic fantasy* • BD

**Tome 1 : D'un monde à l'autre**

**Lylian & Baldetti**, d'après Pierre Bottero

Camille découvre qu'elle vient d'un autre univers, et s'appelle en réalité Ewilan. Elle possède le don du dessin, pour matérialiser son imagination. Avec son meilleur ami Salim et d'autres compagnons, elle va devoir réaliser son incroyable destin : sauver Gwendalavir.

Éditions Glénat, 2013.

**Défi** Développez votre talent de dessinateur comme Ewilan ! Trouvez des tutos, entraînez-vous et vous épaterez vos amis !

**Deux raisons d'aimer**

- Grâce à cette adaptation en BD, vous plongerez dans une incroyable saga.
- L'action et l'humour se mêlent sans cesse.

Éditions Courtes et Longues, 2019.

### Bienvenue à Oswald !

légendes • monde onirique • amitié

**Célia Garino**

Pendant une ennuyeuse visite avec ses parents, Chiméri tombe dans un fantastique monde parallèle : Oswald. Elle y fait de mystérieuses rencontres, mais doit échapper à un terrible chancelier décidé à l'éliminer. Pour rejoindre sa réalité, l'aventure sera grandiose.

**Deux raisons d'aimer**

- Si vous aimez les contes et la mythologie, vous serez servis.
- Une lecture accessible, pour découvrir la *fantasy*.

### Un ticket pour la Lune

voyage lunaire • relation père-fils • humour

**Frank Cottrell Boyce**

Liam a 12 ans, un amour immodéré des parcs d'attractions et du jeu *World of Warcraft*, une amie qui peut parfois passer pour sa fille et un certain aplomb. Il va gagner un ticket pour une fusée révolutionnaire, et se faire passer pour son père afin de voyager vers la Lune !

Folio junior, Gallimard Jeunesse, 2012.

**Deux raisons d'aimer**

- Vous allez mourir de rire avec cette aventure loufoque.
- Les notions d'astrophysique deviennent compréhensibles.

## Gros appétit de lecture

Éditions Sarbacane, 2019.

### Violette Hurlevent et le Jardin Sauvage

**Paul Martin**, illustrations de **Jean-Baptiste Bourgois**

Pour échapper à un danger, Violette se réfugie dans le Jardin Sauvage. Cet univers extraordinaire est peuplé de personnages fantastiques. Accompagnée de son fidèle chien Pavel, la jeune fille va y affronter de nombreux dangers, et découvrir d'étranges vérités sur sa propre histoire.

quête initiatique • dangers • jardin magique

**Deux raisons d'aimer**

- Les illustrations qui accompagnent le texte sont magnifiques.
- Le temps s'écoule différemment dans le Jardin Sauvage.

Éditions Sarbacane, 2020.

### Bordeterre

**Julia Thévenot**

Inès et son frère autiste, Tristan, basculent dans un univers parallèle, à Bordeterre. Dans cette ville étrange dirigée par des châtelains décadents, la population est exploitée et souffre. Inès et Tristan devront se battre pour la liberté de tous.

autisme • mondes parallèles • révolution

**Deux raisons d'aimer**

- Vous vous accrocherez à vos souvenirs avant qu'ils ne s'effacent.
- Le chant y est un pouvoir.

### À la croisée des mondes

**Tome 1 : Les Royaumes du Nord**
**Philip Pullman**

Dans ce premier tome de la trilogie, on découvre Lyra. Accompagnée de son fidèle animal-dæmon, elle s'inquiète d'enlèvements d'enfants. Dans le Grand Nord, aux côtés d'ours en armures, de sorcières et de gitans, elle va percer le mystère de la Poussière et de ses propres pouvoirs.

adapté au cinéma • passages entre les mondes • magie

Folio junior, Gallimard Jeunesse, 2018.

**Défi** Trouvez l'animal-totem qui correspond le mieux à votre personnalité.

**Deux raisons d'aimer**

- Vous voudrez avoir vous aussi un animal-dæmon.
- Un deuxième héros apparaît dans le deuxième tome.

### Partagez vos lectures ! ▸ Le casting des personnages

Imaginez que le livre dont vous souhaitez parler est adapté au cinéma. Comment présenteriez-vous l'intrigue en quelques phrases accrocheuses ? Et surtout, quels acteurs et actrices choisiriez-vous pour incarner les héros ? Vous pouvez présenter ce casting sur une affiche ou sur un support numérique.

Moteur et action !

↪ **Avez-vous complété votre carnet de lecture ?**

Grammaire et conjugaison

## L'imparfait et ses valeurs

Mon objectif > reconnaître et utiliser l'imparfait

### J'observe

1 Dans ces textes, relevez les verbes conjugués à l'imparfait de l'indicatif. Quel est leur infinitif ?

2 Rappelez les terminaisons de l'imparfait.

3 Pourquoi utilise-t-on l'imparfait dans chaque extrait ?

1 Le bâtiment des Archives familiales, par exemple, était continuellement de mauvaise humeur. Il passait ses journées à craqueler, à grincer, à fuir et à souffler.

2 Un nez était en train de pousser au beau milieu d'une armoire à glace. Le nez allait en avançant.

3 C'était un vieil homme avec des cheveux blancs en bataille. [...] Il portait des gants ainsi qu'une chemise blanche mal repassée sous son veston.

**Christelle Dabos**, *La Passe-miroir*, tome 1 : *Les fiancés de l'hiver*, Gallimard Jeunesse, 2013.

### Je m'entraîne

4 Conjuguez les verbes entre parenthèses à l'imparfait. À quoi devez-vous faire attention lorsque vous conjuguez à l'imparfait ?

a. La disposition idéale de la Comté ...... (protéger) les hobbits des dangers.

b. Nous ...... (avancer) dans le plus bel endroit que nous avions jamais vu.

c. Lorsque vous ...... (être) dans la forêt, ......-vous (crier) pour vous retrouver ?

d. Bilbo et toi ...... (avoir) peur des orques.

e. Nous ...... (envoyer) souvent les elfes en reconnaissance.

f. Les récits de Gandalf ...... (enchanter) petits et grands.

### J'écris

5 Écriture d'invention : Transformez votre salle de classe en lieu merveilleux. Rédigez votre texte à l'imparfait.

Défi Évitez d'utiliser la tournure « il y avait » : variez les sujets et utilisez au moins cinq verbes différents.

## Les expansions du nom

Mon objectif > utiliser les expansions du nom pour enrichir une description

### J'observe

1 Recopiez le texte et soulignez les noms communs.

Dans un trou vivait un hobbit. Ce n'était pas un trou déplaisant, sale et humide, rempli de bouts de vers et d'une atmosphère suintante, non plus qu'un trou sec, nu, sablonneux, sans rien pour s'asseoir ni sur quoi manger : c'était un trou de hobbit, ce qui implique le confort.

**J. R. R. Tolkien**, *Bilbo le Hobbit*, Le Livre de poche, 2002.

2 Relevez les expansions des noms, classez-les dans le tableau après l'avoir recopié.

| Adjectif qualificatif épithète | Complément du nom |
| --- | --- |
| ...... | ...... |

3 Lisez le texte en supprimant toutes les expansions du nom. Le texte a-t-il encore un sens ? Quelle conclusion pouvez-vous faire sur le rôle des expansions ?

### Je m'entraîne

4 Relevez les expansions du nom dans ces phrases. Indiquez leur nature et leur fonction grammaticale.

a. Le palais somptueux se dressait tout en haut d'une montagne escarpée.

b. Dans la salle de réception, le roi était assis sur un gigantesque siège en or.

c. La garde du roi l'entourait. Les chevaliers portaient des armures brillantes en métal précieux.

d. Les hommes d'aujourd'hui peinent à se représenter ce spectacle incroyable.

e. Les palais à défendre tout en haut des montagnes ont disparu.

## J'écris

**5** Décrivez Cochonville, la ville imaginée par les dessinateurs Joann Sfar, Lewis Trondheim et Arnaud Moragues.

**Défi** Dans cette description, utilisez au moins deux adjectifs, deux compléments du nom et deux propositions subordonnées relatives.

**Joan Sfar**, *Donjon*, tome 1 : *Clefs en mains*, Delcourt, 2016.

Vocabulaire

## L'expression du merveilleux

Mon objectif > **reconnaître un récit merveilleux**

**1** **a.** Identifiez les mots qui appartiennent au registre du merveilleux.

- **Les personnages** : génie, gnome, suspect, mutant, enchanteur, victime, robot, sorcière, ogre, fantôme, extraterrestre, diable.
- **Les repères temporels** : en l'an 3224, autrefois, aujourd'hui, au V$^{e}$ millénaire, un jour, en 1975, il y a longtemps, à minuit.
- **Les objets** : une cape enchantée, un revolver, une baguette magique, un vaisseau spatial, une épée laser, un philtre d'amour, un poignard, une loupe, un ordinateur.

**b.** Rédigez votre propre définition du merveilleux et confrontez-la à celles de vos camarades.

**2** **Défi** Dans les trois textes, identifiez le plus rapidement possible une personnification et deux comparaisons. À quoi servent-elles ?

**1** Le bâtiment des Archives familiales, par exemple, était continuellement de mauvaise humeur.

**Christelle Dabos**, *La Passe-miroir.*

**2** Il avait une porte tout à fait ronde comme un hublot, peinte en vert, avec un bouton de cuivre jaune bien brillant, exactement au centre. Cette porte ouvrait sur un vestibule en forme de tube, comme un tunnel, un tunnel très confortable, sans fumée, aux murs lambrissés, au sol dallé et garni de tapis.

**J. R. R. Tolkien**, *Bilbo le Hobbit.*

**3** Ce visiteur-là ne se tenait même pas devant la porte d'entrée, sur le perron, en visiteur respectable. Non, il pénétrait dans les lieux comme un voleur, directement par le vestiaire des Archives.

**Christelle Dabos**, *La Passe-miroir.*

Orthographe

## Dictée préparée

Mon objectif > **préparer une dictée**

(texte à écouter)
hachette-clic.fr/21mf5107

**1** Copiez une première fois le texte de cette dictée. Vous pouvez écouter l'enregistrement du texte pour vous entraîner.

**2** Soulignez les groupes nominaux, observez les chaînes d'accords.

**3** Soulignez le sujet du verbe « coule ». Expliquez l'accord.

**4** Expliquez la formation du mot « inaccessibles ».

**5** Cherchez dans le dictionnaire les mots inconnus pour connaître leur sens.

**6** Recopiez cinq fois les mots difficiles.

Il y a dessus des lignes en zigzag, juste comme sur une feuille de température, et ces lignes sont probablement les routes de l'île, car le Pays Imaginaire est toujours plus ou moins une île, avec d'étonnantes taches de couleurs ici et là, des récifs de corail, un bateau peu rassurant au large, des repaires sauvages et inaccessibles, des gnomes qui sont surtout des tailleurs, des grottes où coule une rivière, des princes avec six grands frères, une hutte sur le point de s'écrouler et une toute petite et très vieille femme au nez crochu.

**J. M. Barrie**, *Peter Pan* (1911), traduit de l'anglais par M. Laporte, Le Livre de poche Jeunesse, 2014.

ATELIER ÉCRIT

# En route pour de merveilleuses cités d'or

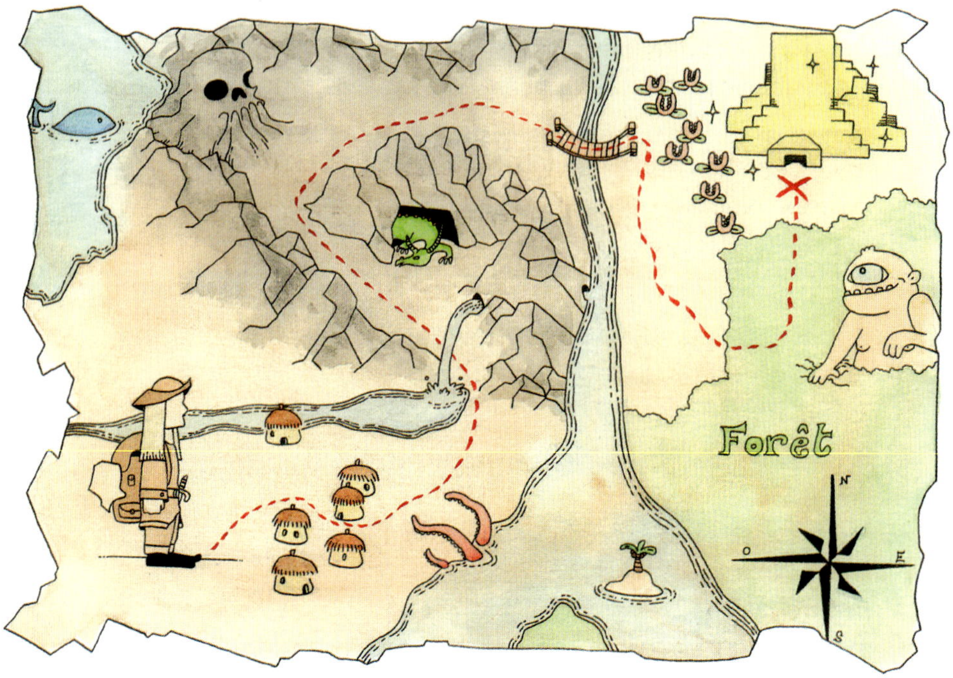


## VOTRE MISSION

Cette carte indique l'itinéraire secret pour parvenir aux merveilleuses cités d'or. Dans votre carnet d'expédition, vous racontez jour après jour le périple de votre personnage sur ces terres inconnues et imaginaires. Vous devez écrire ce récit à la 1re personne du singulier : « je ».

### ÉTAPE 1 Repérez et nommez les étapes du périple

Sur la carte, repérez les différents lieux à traverser.
Combien d'étapes prévoyez-vous ?

**Coup de pouce**

Vous êtes prêts ? Lancez-vous dans l'aventure et suivez la carte !

### ÉTAPE 2 Écrivez une première version du récit

**1.** Présentez votre personnage : son nom, le but de son voyage, etc.

**2.** Choisissez les temps du récit que vous allez utiliser : vous pouvez raconter votre récit à l'imparfait et au passé simple.

p. 158 > L'imparfait et ses valeurs

**3.** Racontez dans votre journal chaque jour de votre expédition. N'oubliez pas de dater votre récit.

**Coup de pouce**

Notez les verbes d'action (ex. : *contourner, gravir, traverser, franchir, pénétrer*…).

### ÉTAPE 3 Améliorez votre première version

**1.** Ajoutez des indices de temps et de lieu pour structurer votre récit.
**Exemples :** *au lever du jour, le matin suivant, au pied de la montagne, à l'orée de la forêt…*

**2.** Ajoutez des adjectifs qualificatifs ou d'autres expansions du nom à certains lieux que vous citez. p. 158 > Les expansions du nom

**Exemples :** *village désert, montagnes enneigées, grotte sombre, pont en bois, forêt de sapins…*

**3.** Associez une atmosphère à chaque lieu.

**Exemples :** *lugubre, inquiétant, accueillant, paisible…*

**4.** Décrivez les sensations, les sentiments et les pensées de votre personnage face à chacun de ces lieux. Vous pouvez solliciter différents sens.

**Exemples :**

- **La vue :** *apercevoir, contempler, observer…*
- **L'ouïe :** *entendre, percevoir, bruissement, hurlement, sifflement, souffle, craquement, strident…*
- **L'odorat :** *effluve, parfum, senteur, pestilentiel, sentir, respirer, se répandre, empester…*
- **Le toucher :** *ressentir, piquer, gratter, brûler, doux, lisse, rugueux…*

## ÉTAPE 4 Vérifiez la correction de la langue

**Coup de pouce**

Utilisez un dictionnaire et reportez-vous aux tableaux de conjugaison à la fin du manuel.

Vérifiez :

- l'orthographe des mots dont vous n'êtes pas certain(e)s ;
- les accords du sujet et du verbe ;
- les accords dans les groupes nominaux et plus particulièrement l'accord de l'adjectif avec le nom qu'il caractérise ;
- la cohérence des temps dans le texte : vous avez utilisé l'imparfait et le passé simple.

**Bravo !**

**Votre texte est terminé.**

## ÉTAPE 5 Auto-évaluez-vous grâce aux critères de réussite

| Mes critères de réussite | J'ai respecté ce critère |
|---|---|
| J'ai écrit à la première personne du singulier. | 🙂 😐 🙁 |
| J'ai gardé la cohérence des temps. | 🙂 😐 🙁 |
| Mon personnage suit l'itinéraire proposé. | 🙂 😐 🙁 |
| J'ai utilisé des indices de temps et de lieu pour structurer mon récit. | 🙂 😐 🙁 |
| J'ai utilisé des expansions du nom pour qualifier mes éléments de description. | 🙂 😐 🙁 |
| J'ai exprimé les sentiments, les sensations et les pensées du personnage. | 🙂 😐 🙁 |
| J'ai vérifié la correction de la langue. | 🙂 😐 🙁 |
| **Ma mission :** J'ai raconté le périple de mon personnage jusqu'aux cités d'or. | 🙂 😐 🙁 |

AU CINÉMA

# Les terres imaginaires de Miyazaki

## L'artiste

**Hayao Miyazaki** (né en 1941) est un dessinateur, réalisateur et producteur de films d'animation japonais. Ses thèmes préférés sont les liens entre les hommes et la nature, la paix et la guerre. Ses héros et héroïnes sont souvent de jeunes gens qui vivent dans des mondes imaginaires remplis de créatures étranges. Ses œuvres sont tout aussi accessibles aux enfants qu'aux adultes.

Hayao Miyazaki lors de la sortie de *Le vent se lève*, 2013.

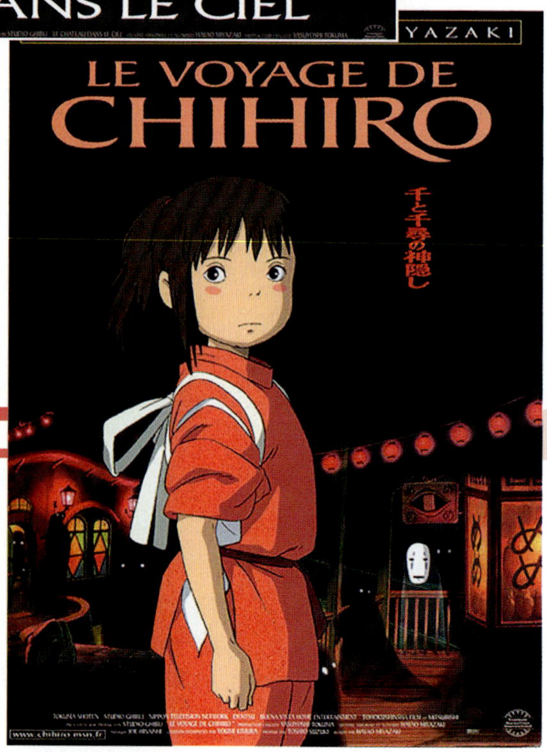


## Observer des affiches de film

1. Les affiches de ces trois films de Miyazaki vous donnent-elles envie de les voir ou de les revoir ? Pourquoi ?
2. Quelles informations repérez-vous sur les affiches ? Comment ces dernières sont-elles construites ?
3. Imaginez l'histoire d'un de ces films.

## Regarder des bandes-annonces

### ***Nausicaä de la Vallée du Vent*** (1984)

hachette-clic.fr/21mf5108

1. À quoi reconnaît-on qu'il s'agit d'une terre imaginaire ?
2. Que pouvez-vous dire sur la faune et la flore ?
3. La « Vallée du Vent » porte-t-elle bien son nom ? Pourquoi ?

### ***Le Château dans le ciel*** (1986)

hachette-clic.fr/21mf5109

1. Reconnaissez-vous une terre imaginaire dans cette bande-annonce ? Décrivez-la.
2. À quelles autres terres imaginaires vous fait-elle penser ?
3. Avez-vous envie de découvrir cette terre imaginaire ? Pourquoi ?

### ***Le Voyage de Chihiro*** (2001)

hachette-clic.fr/21mf5110

1. Comment arrive-t-on dans ce monde imaginaire ?
2. Ce monde vous paraît-il attirant ou effrayant ? Expliquez pourquoi.

**Quel film avez-vous le plus envie de découvrir ? Justifiez votre réponse.**

### La musique

La plupart des musiques des films de Miyazaki ont été composées par Joe Hisaishi.

- Prêtez l'oreille aux musiques des bandes-annonces. Que ressentez-vous en écoutant ces musiques ?
- Qu'apportent-elles à l'image ?

## Découvrir un bestiaire de créatures imaginaires

**Les films de Miyazaki donnent vie à de très nombreuses créatures étranges, dotées de sentiments et de personnalité.**

1. Associez chaque créature des images à son nom : le chat-bus • le renard écureuil • les noiraudes • Calcifer • Totoro • les esprits de la forêt
2. Dans quels films apparaissent ces créatures ? Pour vous aider, faites quelques recherches sur Internet.
3. Quelle créature aimeriez-vous rencontrer ou adopter ?

## À votre tour maintenant !

**Regardez un autre film de Miyazaki et présentez-le à la classe en quelques minutes.**

N'oubliez pas de :

- ✔ présenter les personnages ;
- ✔ résumer l'histoire sans dévoiler la fin ;
- ✔ donner votre avis en disant ce que vous avez aimé (ou pas aimé).

### BONUS

Gorō Miyazaki, le fils d'Hayao Miyazaki, a créé un musée consacré au studio d'animation Ghibli. Faites une visite en ligne sur le site Internet du musée Ghibli !

hachette-clic.fr/21mf5111

# Faisons le bilan

**Votre voyage est terminé. Il est temps de faire le bilan de vos lectures et de ce qu'elles vous ont apporté.**

## La littérature de l'imaginaire

**Le registre merveilleux**
- un monde différent du nôtre
- des créatures étranges
- des éléments surnaturels mais pas inquiétants

➦ Lequel des éléments merveilleux rencontrés dans les lectures vous a le plus marqué(e) ?

**Les genres de récits**
- contes
- *fantasy*
- récits mythologiques

**L'importance de la description**
- pour imaginer des univers nouveaux et dépaysants
- outils de la description : expansions du nom, figures de style (personnification, accumulation)...

➦ Pouvez-vous retrouver un exemple de description dans la séquence ?

## L'utopie

**Étymologie**

Terme inventé au XVI^e^ siècle par Thomas More à partir de la langue grecque : *utopia* désigne un lieu qui n'existe pas du tout ou pas encore.

**Définition**

En langage courant, une utopie est la représentation imaginaire d'un monde parfait, une société idéale où tous les hommes seraient heureux.

Au sens figuré, on utilise aussi le terme « utopique » pour désigner une chose ou un but irréalisable, impossible.

**Exemple :** Il est utopique de penser que toutes les guerres cesseront du jour au lendemain.

**Intérêt**

Grâce aux utopies, la littérature permet de réfléchir à l'organisation de notre propre société.

➦ Quelle est l'utopie que vous avez préférée ? Celle dans laquelle vous voudriez vivre ?

↪ **Qu'avez-vous retenu de la séquence ?**

Vérifiez en faisant quelques exercices interactifs :

(Exercices interactifs)
hachette-clic.fr/21mf5112
hachette-clic.fr/21mf5113
genially

**Et vous, dans tout ça ?**

**Avez-vous été touché(e) par un texte particulier ?**
**Quelle terre imaginaire avez-vous préférée ? Pourquoi ?**

1. Individuellement, préparez vos réponses et vos justifications.
2. En groupe, enregistrez-vous sous la forme d'une interview.
3. Mutualisez vos travaux en partageant vos enregistrements.

↪ **Avez-vous complété votre carnet de lecture ?**

# AUTO-ÉVALUATION

## *Vingt Mille Lieues sous les mers*

(texte à écouter)
hachette-clic.fr/21mf5114

Dans ce roman, le capitaine Nemo sillonne les mers à bord de son sous-marin *Le Nautilus*. Après avoir sauvé le savant Aronnax, à la suite d'un naufrage, il lui fait découvrir des merveilles sous-marines, dont l'Atlantide, une cité grecque mythique engloutie par les eaux.

**Jules Verne**
▸ 1828-1905
Écrivain français. Il est surtout connu pour ses romans d'aventures et sa passion pour les découvertes scientifiques du XIXe siècle.

Mes regards s'étendaient au loin et embrassaient un vaste espace éclairé par une fulguration[1] violente. En effet, c'était un volcan que cette montagne. À cinquante pieds[2] au-dessous du pic, au milieu d'une pluie de pierres et de scories[3], un large cratère vomissait des torrents de lave, qui se dispersaient en cascade de feu au sein de la masse liquide. Ainsi posé, ce volcan, comme un immense flambeau, éclairait la plaine inférieure jusqu'aux dernières limites de l'horizon. […]

En effet, là, sous mes yeux, ruinée, abîmée, jetée bas, apparaissait une ville détruite, ses toits effondrés, ses temples abattus, ses arcs disloqués[4], ses colonnes gisant à terre, où l'on sentait encore les solides proportions d'une sorte d'architecture toscane[5] ; plus loin, quelques restes d'un gigantesque aqueduc ; ici l'exhaussement empâté[6] d'une acropole, avec les formes flottantes d'un Parthénon[7] ; là, des vestiges de quai, comme si quelque antique port eût abrité jadis sur les bords d'un océan disparu les vaisseaux marchands et les trirèmes[8] de guerre ; plus loin encore, de longues lignes de murailles écroulées, de larges rues désertes, toute une Pompéi[9] enfouie sous les eaux, que le capitaine Nemo ressuscitait à mes regards !

Où étais-je ? Où étais-je ? Je voulais le savoir à tout prix, je voulais parler, je voulais arracher la sphère de cuivre qui emprisonnait ma tête.

Mais le capitaine Nemo vint à moi et m'arrêta d'un geste. Puis, ramassant un morceau de pierre crayeuse[10], il s'avança vers un roc de basalte[11] noire et traça ce seul mot : ATLANTIDE.

**Jules Verne**, *Vingt Mille Lieues sous les mers*, 1869-1870.

1 **Fulguration** : éclair.
2 **Pieds** : unité de mesure (cinquante pieds équivalent à environ à 15 m).
3 **Scories** : ici, pierres volcaniques.
4 **Disloqués** : séparés violemment.
5 **Toscane** : de la région du centre de l'Italie, la Toscane.
6 **Exhaussement empâté** : surélévation épaisse.
7 **Parthénon** : temple grec antique.
8 **Trirèmes** : bateaux de guerre antiques.
9 **Pompéi** : ville d'Italie ensevelie sous les cendres du Vésuve à la suite de l'éruption du volcan en 79 de notre ère.
10 **Crayeuse** : de la couleur de la craie.
11 **Basalte** : roche volcanique.

1 Décrivez le paysage découvert par Aronnax le narrateur et le capitaine Nemo.

2 Ce lieu est-il dangereux ? Justifiez votre réponse.

3 En quoi est-ce une terre imaginaire ?

4 Quel sentiment éprouve le narrateur à la découverte de cette cité sous-marine ?

| Mes critères de réussite | Mon auto-évaluation |
|---|---|
| Je comprends l'action principale du récit. | |
| Je sais relever un champ lexical et en dégager le thème du texte. | |
| Je reconnais les caractéristiques d'une terre imaginaire. | |

# 9 Science-fiction : espoirs ou angoisses ?

## Vos objectifs

- Découvrir des œuvres de science-fiction.
- Étudier les thèmes privilégiés de la science-fiction.
- S'interroger sur ce que ces textes et images apportent à notre perception de la réalité.

Extrait de la bande dessinée *Shangri-La* de **Mathieu Bablet**, Ankama, 2016.

*« En fait, la science-fiction est le genre littéraire qui, plus qu'aucun autre, aborde les trois questions essentielles : d'où venons-nous ? qui sommes-nous ? où allons-nous ? »*

**Bernard Werber** (né en 1961, auteur français de récits de science-fiction et de contes philosophiques), préface de *20 récits d'anticipation et de science-fiction*, Magnard, 2016.

À LA DÉCOUVERTE...

## 1 La science-fiction par l'image

Affiche du film *Retour vers le futur*, réalisé par **Robert Zemeckis**, 1985.

Affiche de la série *The Madalorian* (saison 2), Disney+, 2020.

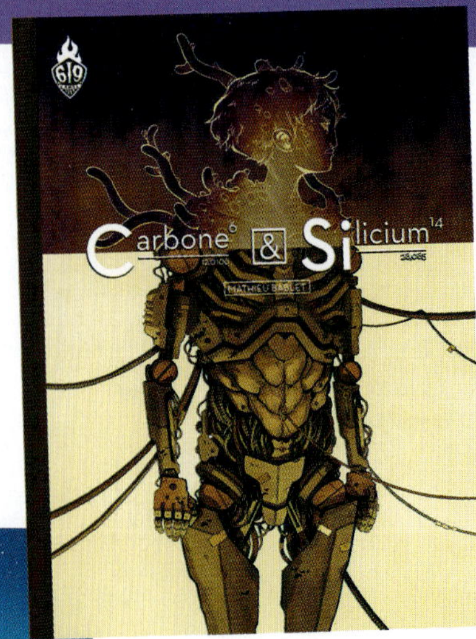


Couverture de la bande dessinée *Carbone & Silicium*, **Mathieu Bablet**, Ankama, 2020.

**1.** Observez les documents. Donnez un titre à chacun d'eux.

**2.** Quels sont les thèmes de ces illustrations ?

**3.** Connaissez-vous des œuvres (films, séries, livres) de science-fiction ?

**4.** Identifiez-vous une créature de science-fiction ? En connaissez-vous d'autres ?

## 2 Imaginer une nouvelle humanité

Le vaisseau spatial d'un équipage d'explorateurs s'écrase sur une planète inconnue. Ils y ont rencontré d'autres humains.

**Bajram**, **Mangin** et **Rochebrune**, *Inhumain*, Dupuis, 2020.

**1.** Observez cet extrait de bande dessinée.

**2.** Que disent les personnages des descendants des Terriens ?

**3.** Et vous, comment imaginez-vous les humains de demain ?

# Quelques repères

## La définition de « science-fiction »

**Science-fiction** est composé des deux mots « science » et « fiction ». Pour abréger, on parle souvent de « SF ».

- Ce genre littéraire apparaît en 1818 avec le roman *Frankenstein* de Mary Shelley (▸ p. 174). Il s'agit de fictions représentant des découvertes ou inventions scientifiques et technologiques. Souvent, les auteurs de SF imaginent le futur pour poser des questions qui nous concernent et nous inquiètent aujourd'hui.
- La science-fiction inspire de nombreux auteurs de bande dessinée ainsi que des réalisateurs de cinéma.

## Les principaux genres de la SF

### Le *space opera*

- C'est une épopée qui se passe sur d'autres planètes, dans une autre galaxie ou un autre monde, mettant en scène des formes de vie extraterrestres, comme dans la saga *Star Wars*.

▸ **Dans votre séquence :** *Dune* (p. 172)

Photogramme du film *Dune* réalisé par **Denis Villeneuve**, Warner Bros., 2021.

### Le récit d'anticipation

- L'intrigue se déroule dans un futur proche, représentant le monde de demain : systèmes politiques, modes de vie, état de l'environnement. Elle dénonce souvent la pollution et l'exploitation de la nature qui annoncent un avenir bien sombre pour les humains.
- Les sociétés décrites sont généralement des dystopies. Ce terme a été inventé à partir de la langue grecque. Composé de *dys* (mauvais) et de *topos* (le lieu), c'est le contraire de l'utopie.

▸ **Dans votre séquence :**
*La Mort de la Terre* (p. 172), *La Dernière Pluie* (p. 173), « Bas les masques » (p. 176)

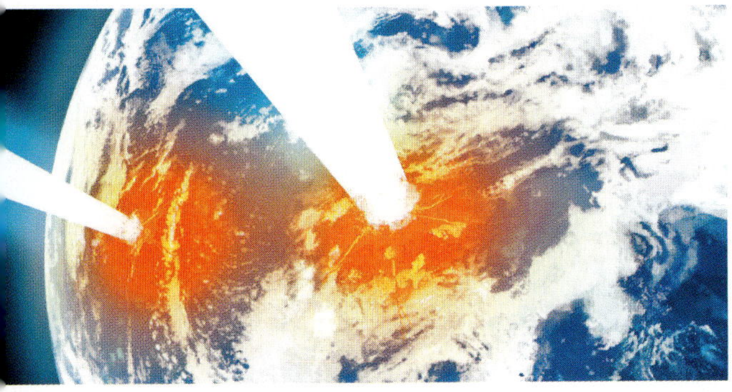

**Mathieu Bablet**, *Shangri-La*, Ankama, 2016.

### Le récit post-apocalyptique

- Le terme « post-apocalyptique » est composé de deux mots latins, *post* (après) et *apocalypsis* (révélation). L'histoire se déroule après une immense catastrophe qui a forcé l'humanité à changer son mode de vie, voire à quitter la planète Terre.

▸ **Dans votre séquence :** *Shangri-La* (p. 177)

Lecture

# 1 Jusqu'où irons-nous ?

## Vos objectifs

- Étudier un thème important de la science-fiction : le voyage.
- Comprendre la nature et les enjeux du voyage.

**Lucien de Samosate**
125-192 après J.-C.
Écrivain grec d'origine syrienne du IIe siècle. Il a beaucoup voyagé : en Gaule, en Asie, en Italie puis en Grèce.

## 1 Histoire vraie

(texte à écouter) hachette-clic.fr/21mf5115

Après avoir fait escale au pays du vin, Lucien et son équipage naviguent vers le soleil couchant.

Le lendemain, au point du jour, nous remettons à la voile avec une brise légère ; mais, sur le midi, quand nous étions hors de la vue de l'île, une bourrasque[1] soudaine vient nous assaillir avec une telle violence, qu'après avoir fait tournoyer notre vaisseau elle le soulève en l'air à plus de trois mille stades[2] et ne le laisse plus retomber sur la mer : la force du vent, engagé dans nos voiles, tient en suspens notre embarcation et l'emporte, de telle sorte que nous naviguons en l'air pendant sept jours et sept nuits.

Le huitième jour nous apercevons dans l'espace une grande terre, une espèce d'île brillante, de forme sphérique, et éclairée d'une vive lumière. Nous y abordons, nous débarquons, et, après avoir reconnu le pays, nous le trouvons habité et cultivé. Durant le jour, on ne put apercevoir de là aucun autre objet ; mais sitôt que la nuit fut venue, nous vîmes plusieurs autres îles voisines, les unes plus grandes, les autres plus petites, toutes couleur de feu ; au-dessus l'on voyait encore une autre terre, avec des villes, des fleuves, des mers, des forêts, des montagnes : il nous parut que c'était celle que nous habitons.

Nous étions décidés à pénétrer plus avant quand nous fûmes rencontrés et pris par des êtres qui se donnent le nom d'Hippogypes. Ces Hippogypes sont des hommes portés sur de grands vautours, dont ils se servent comme de chevaux ; ces vautours sont d'une grosseur énorme, et presque tous ont trois têtes : pour donner une idée de leur taille, je dirai que chacune de leurs plumes est plus longue et plus grosse que le mât d'un grand vaisseau de transport. Nos Hippogypes avaient l'ordre de faire le tour de leur île, et, s'ils rencontraient quelque étranger, de l'amener au roi. Ils nous prennent donc et nous conduisent à leur souverain. Celui-ci nous considère, et jugeant qui nous étions d'après nos vêtements : « Étrangers, nous dit-il, vous êtes Grecs ? » Nous répondons affirmativement. « Comment alors êtes-vous venus ici en traversant un si grand espace d'air ? »

**Lucien de Samosate**, *Histoire vraie* (IIe siècle après J.-C.), traduit du grec par Eugène Talbot, Hachette, 1912.

1 **Bourrasque** : coup de vent violent.
2 **Trois mille stades** : environ 1,5 km. Un stade est une unité de longueur antique correspondant à 157,5 mètres.

**La boîte à mots** Le terme **hippogypes** (l. 19) est un terme inventé à partir de *hippos* signifiant « cheval » en grec. Il désigne les cavaliers chevauchant les vautours à trois têtes.
**Connaissez-vous des créatures mythologiques qui leur ressemblent ?**

1 Qu'est-ce qui est responsable de la dérive du bateau ?

2 Combien de temps dure le trajet dans les airs ?

3 Décrivez la nouvelle terre que Lucien et son équipage découvrent. Où sont-ils ? Justifiez en citant le texte.

4 Quel est le moyen de transport des hommes qui vivent dans ce lieu ? Décrivez ses caractéristiques.

5 Quelle est la mission de ces hommes ?

**À L'ÉCRIT** Imaginez et rédigez la réponse de Lucien à la question du roi (l. 29-30).

## 2 *L'Expédition H.G. WELLS*

(texte à écouter)
hachette-clic.fr/21mf5116

**Polly Shulman**
Autrice et journaliste d'origine américaine. Ses genres préférés sont la science-fiction, le fantastique et elle aime traiter dans ses histoires des thèmes tels que le paranormal ou encore la magie.

Le personnage principal, Léo, un adolescent new-yorkais, reçoit un coffret noir bien mystérieux de la part du docteur Rust.

Je manipulai les boutons. Rien d'inhabituel ; on entendait juste différentes stations[1] défiler.

Mais la boîte noire avait forcément un rôle, sinon pourquoi le docteur Rust m'aurait-il demandé de l'utiliser ? Peut-être que, si je réglais la pendule…

Je reculai la grande aiguille d'une heure.

Oui ! La musique changea. Il s'agissait d'un tube de l'année précédente, qui parlait d'un gars qui croise une fille en descendant un escalator alors qu'elle monte sur celui d'à côté.

Bon, ce n'était pas particulièrement surprenant. Cette chanson passait encore très souvent à la radio. Néanmoins, tandis que je continuais à tourner les aiguilles de la pendule en sens inverse, les chansons devinrent de plus en plus anciennes. Après quelques tours de petite aiguille, nous entendîmes de vieux succès, puis du jazz, des disques de ragtime[2] éraillés[3] et de l'opéra.

Lorsque je reculai l'aiguille d'un nouveau tour complet du cadran, la musique cessa tout net. Il n'y avait plus que des parasites sur les ondes.

Se pouvait-il que… Non, ma supposition était démente. Était-ce vraiment… ? Non, impossible ! Quoique… En connectant le poste de radio à la pendule à l'aide du coupleur conceptuel[4], avais-je réellement fabriqué *un poste de radio à explorer le temps* ?

**Polly Shulman**, *L'Expédition H.G. WELLS*, traduit de l'américain par Karine Suhard-Guié, Bayard Jeunesse, 2015.

Le rocher d'Arzak, © Mœbius Production.

1 **Stations** : chaînes de radio.
2 **Ragtime** : genre musical apparu aux États-Unis à la fin du XIXe siècle.
3 **Éraillés** : abîmés, rayés, dissonants.
4 **Coupleur conceptuel** : appareil inventé qui permet de changer des codes.

1. Quel appareil Léo utilise-t-il pour son expérience ? Relevez les mots qui permettent de le décrire.
2. Que se passe-t-il lorsque Léo recule la grande aiguille de son appareil ?
3. Comment réagit-il ? Citez le texte.
4. Pourquoi n'entend-il plus rien à la fin ?

**À L'ORAL** Comme Léo, vous possédez un appareil qui vous permet de voyager dans le temps. Dites quelle époque vous choisiriez et pourquoi.

### Votre bilan

- En quoi ces deux voyages sont-ils des voyages de science-fiction ? Lequel des deux aimeriez-vous faire ? Pourquoi ?

Lecture en GROUPE 2

# L'eau, amie ou ennemie ?

## Votre objectif

- Comprendre comment la SF permet de s'interroger sur des problèmes écologiques actuels.

**Frank Herbert**
▸ 1920-1986
Auteur américain de science-fiction. Dans la saga *Dune*, il traite les questions de la survie de l'espèce humaine et de l'écologie.

### Coup de pouce

Aidez-vous des descriptions et du champ lexical utilisé pour identifier le climat de cette planète.

## 1 *Dune*

(texte à écouter) hachette-clic.fr/21mf5117

En 10091, le duc Leto a pris le pouvoir sur Arrakis, planète désertique appelée *Dune*. Dame Jessica en parle avec le docteur Wellington Yueh.

« L'eau ! L'eau ! Où que l'on se tourne ici, on entend parler du manque d'eau ! »

« C'est là le précieux mystère d'Arrakis », dit Yueh.

« Mais pourquoi y en a-t-il si peu ? La roche, ici, est volcanique. Et je pourrais vous citer une dizaine d'autres sources d'énergie. Il y a aussi la glace polaire. On dit qu'il est impossible de forer[1] dans le désert, que les tempêtes et les marées de sable détruisent le matériel plus vite qu'on ne peut l'installer, quand les vers de sable ne vous attrapent pas avant. De toute manière, nul n'a jamais trouvé la moindre trace d'eau. Mais le mystère, Wellington, le grand mystère ce sont les puits qui ont été creusés ici même. En avez-vous entendu parler ? »

« D'abord un filet d'eau, dit-il, puis, plus rien. »

« Le mystère est là, Wellington. Il y a de l'eau. Elle se tarit[2]. Et elle ne revient plus jamais. Un autre puits creusé à proximité donnera le même résultat : un filet d'eau qui disparaît ensuite. Et personne ne s'est inquiété de cela ? »

**Frank Herbert**, *Dune* (1965), traduit de l'américain par Michel Demuth, Robert Laffont, 2020.

1 Forer : creuser. 2 Tarit : sèche.

**J.-H. Rosny aîné**
▸ 1856-1940
Écrivain français d'origine belge, intéressé par la question de l'homme et de sa survie.

1 Radioactive : qui émet des rayonnements dangereux.
2 Volatilisée : disparue.
3 Firmament : ciel.

### Coup de pouce

Relevez les changements climatiques et géologiques qui ont eu lieu sur la Terre.

## 2 *La Mort de la Terre*

(texte à écouter) hachette-clic.fr/21mf5118

Dans un futur lointain, la planète Terre est devenue un immense désert. Tout y est desséché à cause des diverses activités humaines.

À des époques fort anciennes, aux premiers siècles de l'ère radioactive[1], on signale déjà la décroissance des eaux : maints savants prédisent que l'Humanité périra par la sécheresse. Mais quel effet ces prédictions pouvaient-elles produire sur des peuples qui voyaient des glaciers couvrir leurs montagnes, des rivières sans nombre arroser leurs sites, d'immenses mers battre leurs continents ? Pourtant, l'eau décroissait lentement, sûrement, absorbée par la terre et volatilisée[2] dans le firmament[3]. Puis, vinrent les fortes catastrophes. On vit d'extraordinaires remaniements du sol ; parfois, des tremblements de terre, en un seul jour, détruisaient dix ou vingt villes et des centaines de villages : de nouvelles chaînes de montagnes se formèrent, deux fois plus hautes que les antiques massifs des Alpes, des Andes ou de l'Himalaya ; l'eau tarissait de siècle en siècle. Ces énormes phénomènes s'aggravèrent encore.

**J.-H. Rosny aîné**, *La Mort de la Terre* (1910), dans *Bernard Werber présente 20 récits d'anticipation et de science-fiction*, Magnard, 2016.

**Jean-Pierre Andrevon**
▸ né en 1937
Écrivain français de science-fiction, il est aussi peintre, journaliste et militant écologiste.

## 3 *La Dernière pluie*

(texte à écouter) hachette-clic.fr/21mf5119

Dans un futur proche, au XXIe siècle, la Terre est ravagée par de fortes pluies qui engloutissent tout…

Alors Papa prit la parole :

– La Terre, vous le savez, est mal partie. Combien de temps cette pluie tropicale va-t-elle durer ? Un an ? Dix ans ? Cent ? Qui peut le dire ? En conséquence, de combien de mètres, ou de centaines de mètres, l'eau va-t-elle monter ? Cela non plus, personne ne peut le dire. Pas plus ce qui se passera quand les pluies cesseront. Il est possible que la Terre, isolée des rayons du soleil par le bouclier de nuages, finisse par se refroidir. Que toute cette eau gèle et que notre planète connaisse un nouvel âge glaciaire, ou en tout cas une longue période de froid, comme celle qui a succédé à l'extinction[1] des dinosaures après la chute d'une gigantesque météorite[2]. Mais il se peut aussi que, une fois l'atmosphère débarrassée des gaz à effet de serre[3], le cycle des saisons se remette en route. Je ne sais pas. Personne ne peut le savoir. Combien d'hommes survivront ? Beaucoup, je pense, notre espèce a la vie dure. Néanmoins, beaucoup mourront, et ceux qui survivront auront à affronter des conditions bien dures, dans un environnement entièrement nouveau…

**Jean-Pierre Andrevon**, *La Dernière pluie* (1994), dans *Demain la Terre*, Mango Jeunesse, 2003.

1 **Extinction** : disparition totale d'une espèce.
2 **Météorite** : pierre qui tombe de l'espace.
3 **Gaz à effet de serre** : gaz qui réchauffent la planète.

### Coup de pouce

Relevez ce que le personnage pense de l'avenir de cette planète.

### La boîte à mots

Le mot **écologie** est constitué des mots grecs *oikos* qui signifie « maison » et *logos* qui signifie « science », « connaissance ».

**Pouvez-vous en déduire le sens du mot « écologie » ?**

### EN GROUPE

**1 Formez des groupes !** Chacun lit un texte et répond aux questions suivantes :

a. Sur quelle planète l'histoire se passe-t-elle ?
b. Quelle est la situation climatique de cette planète ?
c. Quelles sont les causes de ce dérèglement climatique ?
d. Un espoir pour l'être humain vous semble-t-il possible ?

**2** Recopiez et remplissez votre tableau de synthèse.

| Texte | Planète concernée | Situation climatique | Causes du dérèglement climatique | Espoir ou désespoir ? |
|---|---|---|---|---|
| 1 | | | | |
| 2 | | | | |
| 3 | | | | |

**3** Expliquez en quoi il est question d'écologie.

### TOUS ENSEMBLE

**4** Présentez votre texte aux groupes qui ne l'ont pas lu.

**5** Dans quel environnement seriez-vous le plus inquiet ? Pourquoi ?

### Votre bilan

▸ La science-fiction nous permet-elle de réfléchir aux inquiétudes écologiques de notre société ? Pourquoi ?

# Lecture 3 L'homme : créateur ou savant fou ?

## Vos objectifs

- Étudier des descriptions de créatures inventées par l'homme.
- Réfléchir aux dangers des innovations scientifiques.

**Mary Shelley**
1797-1851

Femme de lettres anglaise, elle est surtout connue pour son roman *Frankenstein ou le Prométhée moderne*, un des premiers romans de science-fiction, dans lequel elle développe le thème du savant fou.

## 1 *Frankenstein*

(texte à écouter) hachette-clic.fr/21mf5120

Le jeune savant Victor Frankenstein a fabriqué une créature en assemblant des morceaux de cadavres trouvés dans des cimetières. En utilisant l'énergie électrique, il lui donne vie.

Ce fut par une lugubre[1] nuit de novembre que je contemplai mon œuvre terminée. Dans une anxiété proche de l'agonie[2], je rassemblai autour de moi les instruments qui devaient me permettre de faire passer l'étincelle de la vie dans la créature inerte[3] étendue à mes pieds. Il était déjà une heure du matin ; une pluie funèbre[4] martelait les vitres et ma bougie était presque consumée, lorsque, à la lueur de cette lumière à demi éteinte, je vis s'ouvrir l'œil jaune et terne[5] de cet être ; sa respiration pénible commença, et un mouvement convulsif[6] agita ses membres.

Comment décrire mes émotions en présence de cette catastrophe, ou dessiner le malheureux qu'avec un labeur[7] et des soins si infinis je m'étais forcé de former ? Ses membres étaient proportionnés entre eux, et j'avais choisi ses traits pour leur beauté ! Pour leur beauté ! Grand Dieu ! Sa peau jaune couvrait à peine le tissu des muscles et des artères, ses cheveux étaient d'un noir brillant, et abondants ; ses dents d'une blancheur de nacre ; mais ces merveilles ne produisaient qu'un contraste plus horrible avec les yeux transparents, qui semblaient presque de la même couleur que les orbites d'un blanc terne qui les encadraient, que son teint parcheminé[8] et ses lèvres droites et noires. [...] Depuis près de deux ans, j'avais travaillé sans relâche dans le seul but de communiquer la vie à un corps inanimé. Je m'étais privé de repos et d'hygiène. Mon désir avait été d'une ardeur immodérée[9], et maintenant qu'il se trouvait réalisé, la beauté du rêve s'évanouissait, une horreur et un dégoût sans bornes m'emplissaient l'âme.

**Mary Shelley**, *Frankenstein ou le Prométhée moderne* (1818), traduit de l'anglais par Germain d'Hangest, Flammarion, 1979.

1 **Lugubre** : inquiétante.
2 **Agonie** : mort.
3 **Inerte** : sans vie.
4 **Funèbre** : morbide.
5 **Terne** : sans éclat.
6 **Convulsif** : nerveux, saccadé.
7 **Labeur** : travail.
8 **Parcheminé** : flétri, fripé.
9 **Ardeur immodérée** : énergie sans limite.

**Avec du style !**
La **périphrase** est une figure de style qui remplace un mot par une expression. Elle permet d'éviter les répétitions et aussi d'apporter des précisions.

1 Quelle est l'atmosphère de la scène ? Justifiez votre réponse.

2 Quelles sont les caractéristiques physiques de la créature ?

3 Que ressent le narrateur face à sa créature éveillée ? Justifiez votre réponse en citant le texte sans oublier d'observer la ponctuation.

4 Relevez les périphrases par lesquelles le narrateur désigne sa créature. Que mettent-elles en avant ?

5 Selon vous, les affiches sont-elles fidèles à la description de la créature dans le texte ? Pourquoi ?

**À L'ÉCRIT** Racontez cette scène à l'oral en essayant de reproduire l'atmosphère du texte.

Affiche du film *Frankenstein*, réalisé par **James Whale**, 1931.

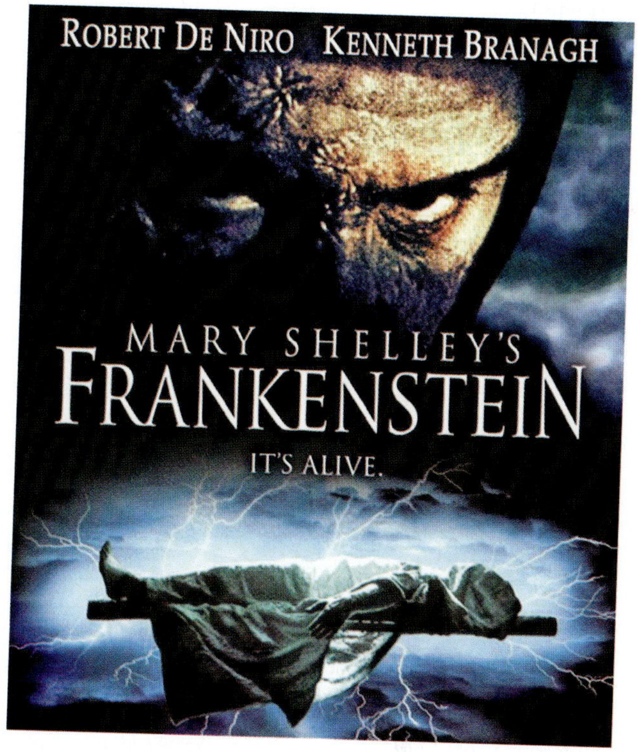


Affiche du film *Frankenstein*, réalisé par **Kenneth Branagh**, 1994.

1 Observez et décrivez ces deux affiches de film.

2 Quels sont leurs points communs ?

3 Observez les couleurs et les regards. Quelle est l'atmosphère de ces images ?

4 Quels points communs trouvez-vous entre ces deux affiches et l'atmosphère du texte ?

À L'ORAL Quelle affiche choisiriez-vous pour adapter le roman de Mary Shelley au cinéma ? Pourquoi ?

**Si vous avez aimé, vous aimerez**
*Frankenweenie*, un film réalisé par Tim Burton, 2012.

# Lecture 4 Quelle humanité pour demain ?

## Vos objectifs

- Découvrir une nouvelle d'anticipation et une bande dessinée de science-fiction post-apocalyptique.
- S'interroger sur l'impact des activités humaines sur la planète.
- Comprendre comment la science-fiction interroge le futur.

**Benoît Broyart**
né en 1973

Écrivain français. Il est auteur de romans, d'albums pour la jeunesse, de documentaires et de scénarios de bandes dessinées.

## 1 « Bas les masques »

(texte à écouter) hachette-clic.fr/21mf5121

Dans un avenir proche, M. Leroy, un militant écologiste, témoigne de son passé dans un cours d'histoire géographie.

« Excusez-moi. Je suis toujours très ému quand je repense à cette époque. Si nous avions pris les mesures nécessaires, nous n'en serions peut-être pas là. Il aurait fallu agir avant, de toute façon. De nombreux signes auraient dû nous alerter. Mais c'était chaque fois la même chose. Appliquer le principe de précaution[1] demandait trop d'efforts. Et les scientifiques tardaient à trouver des preuves. C'était possible que la forte émission de gaz à effet de serre soit responsable de la modification du climat mais difficile de le démontrer. La température a augmenté régulièrement et l'ozone[2] a fait les ravages qu'on sait dans les grandes villes. Nous sommes parvenus à une telle concentration qu'il est devenu impensable depuis longtemps de respirer sans masque.

Combien de visages connaissez-vous aujourd'hui ? Une dizaine, peut-être un peu plus. Disons une vingtaine. C'est dramatique de devoir s'isoler ainsi pour vivre, d'avoir vu finalement si peu de ses semblables ? Pas de visage, pas de corps. Rien ne doit dépasser sous peine de mort. C'est insoutenable[3] ! Et on pourrait multiplier les exemples. Avez-vous posé votre nez, ne serait-ce qu'une fois, sur une fleur pour respirer son parfum ? »

Il tousse et suffoque[4] après chaque mot. Cela devient difficile de saisir le sens de ses paroles. Il a fini par adopter un ton amer, comme s'il en voulait à la terre entière. J'aimerais lui dire que nous n'y sommes pour rien, que nous l'avons trouvée comme ça la Terre, et qu'il nous faut bien vivre avec. [...]

La prof a traversé la salle en courant dès qu'elle a vu M. Leroy plaquer ses deux mains sur son masque pour l'enlever mais elle n'a rien pu faire. Le vieil homme n'a pas voulu l'écouter. Il a utilisé ses dernières forces puis nous a regardés un moment sans rien dire. Je crois qu'il a essayé de sourire. Je m'étais trompé sur son compte. Il voulait nous offrir son visage.

**Benoît Broyart**, « Bas les masques », dans *Nouvelles vertes*, Éditions Thierry Magnier, 2005.

1 **Principe de précaution** : règles à suivre pour éviter tout risque sanitaire.
2 **Ozone** : gaz polluant.
3 **Insoutenable** : insupportable.
4 **Suffoque** : s'étouffe.

1 Quelle situation écologique dénonce M. Leroy ? Justifiez en citant le texte.

2 Pourquoi les gens portent-ils des masques ?

3 Quelles sont les conséquences du port du masque pour la nouvelle génération ?

4 En quoi ce texte est-il un récit d'anticipation ?

p. 169 > Quelques repères

**À L'ORAL** Que pensez-vous de l'acte de M. Leroy à la fin du texte ? Justifiez votre réponse avec des arguments.

## 2 *Shangri-La*

(texte à écouter) hachette-clic.fr/21mf5122

Dans un futur proche, les êtres humains vivent dans une immense station spatiale car une catastrophe a rendu la Terre inhabitable.

**Mathieu Bablet**
▸ né en 1987
Auteur français de bandes dessinées de science-fiction.

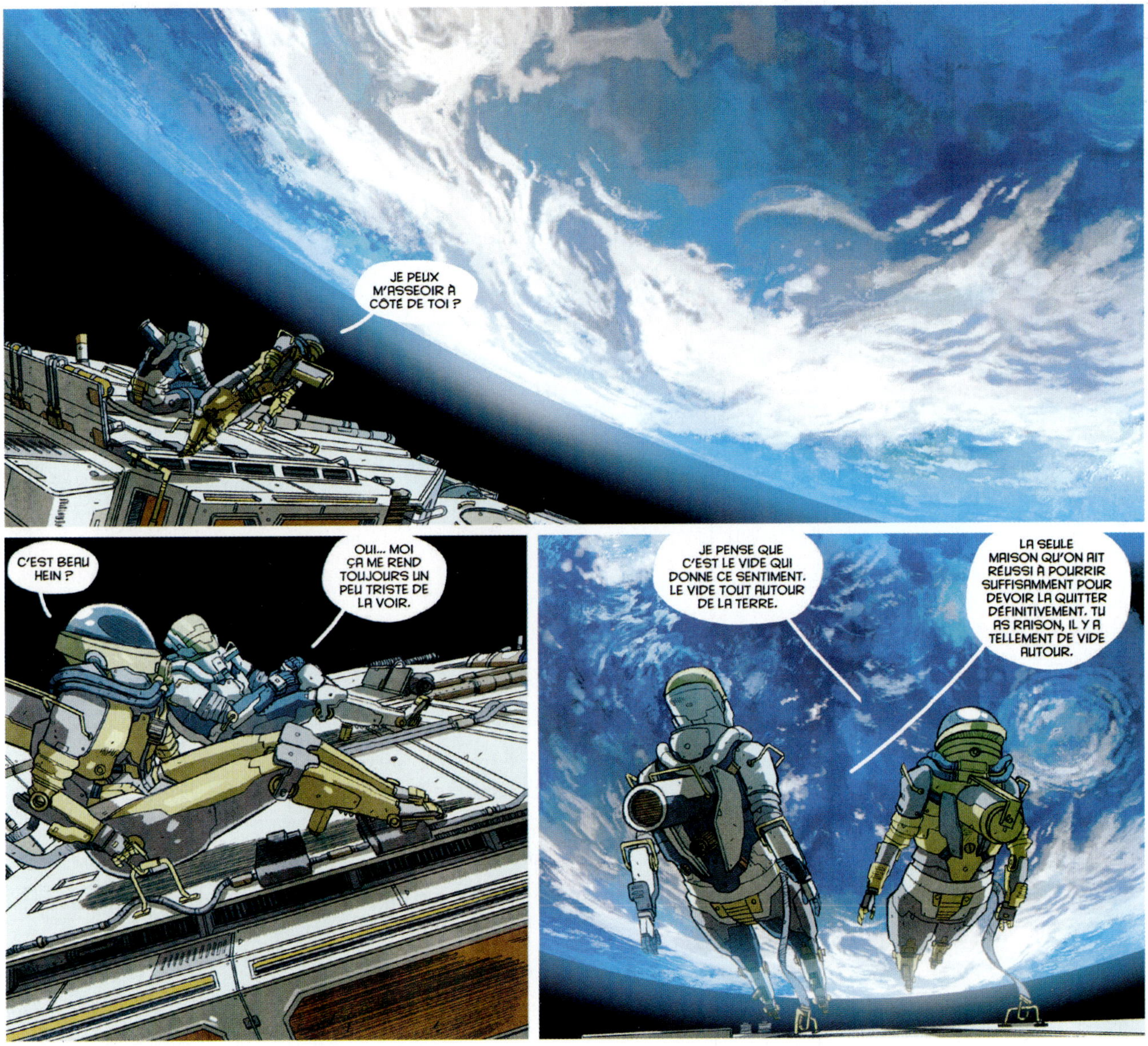


**Mathieu Bablet**, *Shangri-La*, Ankama, 2016.

1 Où se trouvent les personnages ? Quels indices vous permettent de répondre ?

2 Que ressentent-ils en voyant cette planète ?

3 Que nous apprend la dernière vignette ?

4 Pourquoi peut-on parler d'une bande dessinée post-apocalyptique ?

p. 169 > Quelques repères

**À L'ÉCRIT** Décrivez la catastrophe écologique qui a rendu la Terre invivable pour les êtres humains. Expliquez pourquoi ces derniers ont été obligés de quitter leur planète.

p. 180 > Le passé composé et ses valeurs

### Votre bilan

▸ Selon vous, en quoi ce texte et cette bande dessinée font-ils réfléchir à l'impact des activités humaines sur la planète ?

# À VOS MARQUE-PAGES !

**Vos objectifs** ▸ Lire en autonomie et partager ses lectures.

**Tremblez devant de sombres futurs proches ou lointains : ces récits invitent à réagir. C'est à vous de choisir vos titres en fonction de vos goûts et de votre appétit de lecture.**

→ **À vos marque-pages, prêts ? Lisez !**

## Petit appétit de lecture

### L'été du changement
**Sophie Adriansen**

consommation • impact écologique • amitié

Cléa et Mylan ne pensaient pas être concernés par l'urgence climatique. Mais ce mois de juillet caniculaire bouscule leurs consciences. D'une station de ski artificielle aux hôtels de Malaisie en passant par la Norvège, les deux ados vont changer de regard sur l'écologie. Et sur leur amitié !

Glénat, 2020.

**Défi** Vos actes du quotidien ont un impact sur la planète. Calculez votre empreinte écologique et décidez des changements à opérer !

**Deux raisons d'aimer**
- Parce que les héros réalisent la nécessité d'un changement rapide.
- Pour sa collaboration avec le mouvement #OnEstPrêt, engagé sur les questions environnementales et sociales.

Actes Sud, 2020.

### La Dernière Abeille
**Bren MacDibble**

dystopie • abeilles • biodiversité

Dans le monde où vit Pivoine, les abeilles ont été exterminées par les pesticides, et dans des fermes géantes ce sont les enfants qui sont chargés de la pollinisation à la main. Ailleurs, les élites s'isolent dans des ghettos, et le reste de l'humanité survit difficilement.

**Deux raisons d'aimer**
- Dans ce récit, ce sont les plus petits personnages qui peuvent changer les choses.
- L'entraide apporte de l'espoir.

### La Cité Saturne
**Hisae Iwaoka**

manga • écologie • espace

La Terre est devenue zone protégée, et les humains la contemplent depuis la cité Saturne, gigantesque anneau artificiel en verre. Les moins fortunés d'entre eux sont laveurs de carreaux de cette incroyable structure, comme Mitsu et son père, disparu depuis cinq ans.

Kana, 2009.

**Deux raisons d'aimer**
- Cet univers futuriste et poétique se décline en sept tomes.
- En enquêtant sur la disparition de son père, Mitsu perce un grand mystère.

**Gros appétit de lecture**

Syros, 2019.

## Lou après tout

### Tome 1 : Le Grand Effondrement

### Jérôme Leroy

post-apocalyptique • zombies • survie

Le Grand Effondrement a eu lieu. Bouleversement climatique, catastrophes humanitaires et épidémies ont eu raison de la civilisation. Dans le monde d'après, la jeune Lou survit farouchement aux côtés de Guillaume. Mais leurs jours sont comptés.

**Deux raisons d'aimer**

- Les flash-back de Guillaume permettent de comprendre les causes du Grand Effondrement.
- Ce récit d'anticipation mêle horreur et douceur.

Le Muscadier, 2019.

## L'Avertissement des abysses

### Arthur Ténor

pollution • océan • anticipation

Dans un futur proche, au cœur du triangle des Bermudes, un étrange rassemblement de baleines intrigue le monde. Jason, passionné par la faune marine, sera le jeune homme choisi par la nature pour délivrer un ultime avertissement sur le drame écologique.

**Défi** Sur les bords de plage ou près de chez vous, passez à l'action pendant la Journée mondiale du nettoyage ou avec des challenges comme le #FillTheBottle.

**Deux raisons d'aimer**

- Les plus grands mammifères marins de la planète donnent l'alerte.
- Cette plongée dans l'océan ne vous laissera pas indemne.

## RC 2722

### David Moitet

dystopie • survie • virus

Oliver est le réfugié climatique RC 2722. Il vit dans le monde souterrain où de rares survivants ont trouvé refuge après un cataclysme de sécheresse et d'épidémie sur Terre. Mais après la mort suspecte de son père et l'étrange disparition de son frère, il doit remonter à la surface.

Didier Jeunesse, 2020.

**Deux raisons d'aimer**

- La survie n'empêche pas les belles rencontres.
- Un implant va permettre à Oliver de découvrir quelques vérités.

**Partagez vos lectures !** Lettre de réclamation des personnages

Inventez une lettre dans laquelle un protagoniste du livre écrit à l'auteur ou à l'autrice pour lui faire part de ses revendications. Il pourrait se plaindre de l'intrigue, de ses propres caractéristiques, du caractère des autres personnages, etc.

➥ Avez-vous complété votre carnet de lecture ?

# Pour vous aider à lire et écrire

Grammaire et conjugaison

## Le passé composé et ses valeurs

Mon objectif > reconnaître et utiliser le passé composé

### J'observe

1 Dans les textes, relevez les verbes conjugués au passé composé. Quel est leur infinitif ?

2 Rappelez la formation du passé composé.

3 Pourquoi utilise-t-on le passé composé dans chaque extrait ?

**1** « Comment alors êtes-vous venus ici en traversant un si grand espace d'air ? »

**Lucien de Samosate**, *Histoire vraie* (IIe siècle après J.-C.), traduit du grec par Eugène Talbot, Hachette, 1912.

**2** La température a augmenté régulièrement et l'ozone a fait les ravages qu'on sait dans les grandes villes. Nous sommes parvenus à une telle concentration qu'il est devenu impensable depuis longtemps de respirer sans masque.

**Benoît Broyart**, « Bas les masques », dans *Nouvelles vertes*, Éditions Thierry Magnier, 2005.

### Je m'entraîne

4 Conjuguez les verbes entre parenthèses au passé composé. Faites attention à employer le bon auxiliaire et à faire l'accord du participe passé si besoin.

a. Nous ...... (voyager) jusqu'aux limites du temps et nous ...... (arriver) dans un autre univers.

b. Hier, vous ...... (trier) vos déchets et vous ...... (recycler) votre eau.

c. L'écologie ...... (être) l'enjeu décisif des années 2000, mais le climat ...... (se dégrader) ces dernières années.

d. Le docteur Frankenstein ...... (créer) un homme à partir de morceaux de cadavres.

e. Nous ...... (tomber) sur un article au sujet du 7e continent de plastique.

### J'écris

5 En 2800, vous rentrez d'un voyage spatial. Racontez au passé composé les dérèglements climatiques que vous avez vus en observant la Terre (hiver chaud, catastrophes naturelles...).

**Défi** Utilisez des verbes qui se construisent avec l'auxiliaire *avoir* et d'autres avec l'auxiliaire *être*. Attention aux accords !

## Les compléments d'objet du verbe

Mon objectif > reconnaître et utiliser les compléments d'objet du verbe

### J'observe

1 Recopiez le texte en soulignant les verbes.

Puis, vinrent les fortes catastrophes. On vit d'extraordinaires remaniements du sol ; parfois, des tremblements de terre, en un seul jour, détruisaient dix ou vingt villes et des centaines de villages : de nouvelles chaînes de montagnes se formèrent, deux fois plus hautes que les antiques massifs des Alpes, des Andes ou de l'Himalaya ; l'eau tarissait de siècle en siècle.

**J.-H. Rosny aîné**, *La Mort de la Terre* (1910), Robert Laffont, 2020.

2 Relevez les compléments d'objet du verbe en précisant s'ils sont COD ou COI.

3 Relisez le texte en supprimant tous les compléments d'objet du verbe. Le texte a-t-il encore du sens ?

4 Quelle conclusion pouvez-vous faire sur le rôle des compléments d'objet du verbe ?

## Je m'entraîne

**5** Relevez les compléments d'objet du verbe dans ces phrases.

a. Le docteur a offert une radio mystérieuse à Léo.

b. M. Leroy s'est souvenu de l'époque où l'on vivait sans masque.

c. Le duc a cherché toute trace d'eau sur Arrakis.

d. Victor Frankenstein a donné vie à sa créature.

e. La science-fiction montre l'importance de protéger notre planète.

## J'écris

**6** Vous trouvez un objet provenant du futur. Vous essayez de comprendre son fonctionnement et de le faire démarrer. Expliquez comment vous faites.

**Défi** Utilisez au moins cinq verbes transitifs avec des compléments d'objet directs et indirects.

Vocabulaire

# Le vocabulaire de l'environnement et de la SF

Mon objectif > identifier et utiliser le vocabulaire de l'environnement et de la SF

**1** Classez ces mots dans les colonnes du tableau :

créature • robot • radioactif • hippogypes • planète • ozone • post-apocalyptique • atmosphère • écologie, tarir • décroissance • météorite • gaz à effet de serre, extinction • anticipation.

| Vocabulaire de l'environnement | Vocabulaire de la SF |
|---|---|
| …… | …… |

**2** Le mot « sphère » vient du grec *sphaira*, en grec ancien σφαῖρα, qui signifie « ballon », « balle » ou « globe ». Trouvez des mots de la même famille que « sphère ».

**3** Identifiez dans le texte les mots qui appartiennent au vocabulaire de la science-fiction.

> Il y a bien longtemps, dans une galaxie très lointaine… La guerre civile fait rage entre l'Empire galactique et l'Alliance rebelle. Capturée par les troupes de choc de l'Empereur menées par le sombre et impitoyable Dark Vador, la princesse Leia Organa dissimule les plans de l'Étoile noire, une station spatiale invulnérable, en les confiant à son droïde R2-D2 qui devra les remettre au Jedi Obi-Wan Kenobi.
>
> Synopsis de *Star Wars épisode IV : Un nouvel espoir*, 1977.

Orthographe

# Dictée préparée

Mon objectif > préparer une dictée

(texte à écouter)
hachette-clic.fr/21mf5123

**1** Copiez une première fois le texte de cette dictée. Vous pouvez écouter l'enregistrement du texte pour vous entraîner.

**2** Soulignez les groupes nominaux, observez les chaînes d'accord.

**3** Soulignez les verbes conjugués au passé composé. Expliquez l'accord des participes passés.

**4** Expliquez la formation des adverbes « finalement » et « heureusement ».

**5** Cherchez dans le dictionnaire les mots inconnus pour connaître leur sens.

**6** Recopiez plusieurs fois les mots qui vous semblent difficiles.

> On connaît mal, finalement, la cause principale de la dégradation de l'air. Les facteurs déclenchants ont été si nombreux qu'il paraît difficile, encore aujourd'hui, de trouver un coupable unique. Disons pour faire court que l'activité humaine, en quelques dizaines d'années, a abîmé la planète au point de nous obliger à porter cet accoutrement. Chaque matin, avant de quitter votre lit, vous avez appris à passer en revue tous les éléments de votre panoplie. Rien ne vous échappe ; vos parents ont su vous enseigner très tôt les gestes indispensables, heureusement. C'est devenu pour vous une habitude.
>
> **Benoît Broyart**, « Bas les masques », dans *Nouvelles vertes*, Éditions Thierry Magnier, 2005.

ATELIER ÉCRIT

# Imaginer votre collège du futur

Affiches du festival Les Utopiales, éditions 2013 et 2019.

## VOTRE MISSION

Vous êtes en l'an 2100, et c'est le jour de la rentrée. Elle promet d'être bien différente des précédentes car vous découvrez un collège d'un nouveau genre : un collège à la pointe de l'écologie. À la fin de la journée, vous écrivez un e-mail à votre meilleure amie pour lui raconter le moment le plus étonnant de votre journée !

## ÉTAPE 1 Choisissez le moment que vous allez raconter

**1.** Listez les moments-clés d'une journée au collège.
**Exemples :** *un cours de français, de SVT, de mathématiques, d'histoire-géographie, un cours de sport, un cours de musique, la récréation, le repas au restaurant scolaire ou un moment de lecture au CDI…*

**2.** Choisissez le moment que vous souhaitez raconter à votre ami(e). N'oubliez pas que vous êtes dans un collège en 2100, beaucoup de choses auront changé ! Vous pouvez donc imaginer des moments ou des lieux qui n'existent pas dans les collèges d'aujourd'hui.
**Exemples :** *cours de jardinage, cours de cuisine, atelier zéro déchet…*

**Coup de pouce**

Demandez-vous comment, en 2100, se déroule le travail en classe, ce que l'on mange, les activités des élèves dans la cour de récréation…

## ÉTAPE 2 Écrivez une première version de votre récit

Racontez le moment de la journée choisi. Utilisez majoritairement le passé composé pour raconter votre journée.

p. 180 > Le passé composé et ses valeurs

## ÉTAPE 3 Améliorez votre première version

**1.** Ajoutez des précisions sur le lieu où se déroule le moment choisi.
**Exemples :** *arbre géant dans la cour, mur végétalisé, hall sphérique, lumière artificielle, salle de classe virtuelle, salle avec de l'oxygène pur, chaises volantes, cour de récréation sous verre, CDI dans une cabane perchée, potagers…*

**2.** Décrivez de quelle manière les cours et/ou les activités se déroulent.
**Exemples :** *cahiers virtuels, professeurs-robots, professeurs hologrammes, stylos automatiques, ordinateurs de nouvelle génération…*

**3.** Imaginez des objets ou des activités qui appartiennent à l'univers de la science-fiction, ou que vous voudriez connaître dans le futur.
**Exemples :** *courses de machines volantes, cache-cache avec téléportation, football avec ballon connecté, créature hybride, écran géant interactif sur plusieurs murs…*

p. 181 > Le vocabulaire de la SF

**4.** N'oubliez pas qu'il s'agit d'un collège de 2100 à la pointe de l'écologie.
**Exemples :** *jardinage, entretien des ruches, plantation d'arbres, cours de recyclage des déchets, cours de purification de l'eau…*

**Coup de pouce**

N'hésitez pas à vous inspirer des textes, images et films découverts au fil de la séquence !

## ÉTAPE 4 Vérifiez la correction de la langue

Vérifiez :

- l'orthographe des mots dont vous n'êtes pas certain(e) ;
- les accords du sujet et du verbe ;
- les accords dans les groupes nominaux ;
- la conjugaison du passé composé ;
- les accords des participes passés.

**Coup de pouce**

Utilisez un dictionnaire et reportez-vous aux tableaux de conjugaison à la fin du manuel.

## ÉTAPE 5 Auto-évaluez-vous grâce aux critères de réussite

| Mes critères de réussite | J'ai respecté ce critère |
|---|---|
| J'ai écrit mon texte à la première personne. | 🙂 😐 🙁 |
| J'ai utilisé le passé composé. | 🙂 😐 🙁 |
| J'ai décrit un lieu avec précision. | 🙂 😐 🙁 |
| J'ai raconté une activité du futur en rapport avec l'écologie. | 🙂 😐 🙁 |
| J'ai utilisé le vocabulaire de la science-fiction. | 🙂 😐 🙁 |
| J'ai vérifié la correction de la langue. | 🙂 😐 🙁 |
| **Ma mission :** J'ai raconté un moment de ma journée de rentrée dans un collège du futur. | 🙂 😐 🙁 |

**Bravo !**

**Votre texte est terminé.**

AU CINÉMA

# *WALL•E* : une fable écologique ?

## Observer l'affiche du film

1 Observez l'affiche du film. Comment est-elle construite ?

2 Quelles informations importantes repérez-vous sur l'affiche ?

3 En quoi la question sur l'affiche nous prouve-t-elle que *WALL•E* est un film de science-fiction ?

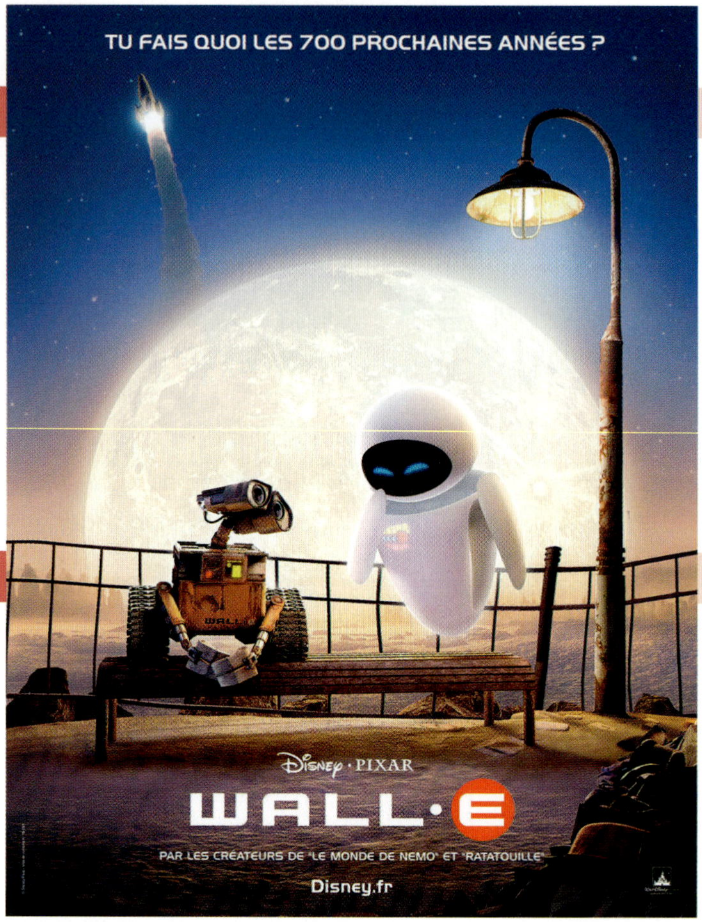


Affiche du film d'animation *WALL•E*, réalisé par **Andrew Stanton**, 2008.

## Regarder la bande-annonce

(vidéo à regarder)
hachette-clic.fr/21mf5124

1 Quels sont les « défauts techniques » de WALL•E ? Pourquoi est-ce étonnant ?

2 Quel événement va changer son quotidien ?

3 À votre avis, que va-t-il se passer ?

4 Quelle est la mission de chacun des deux robots ?

## Découvrir un duo étonnant : WALL·E et EVE

1 Donnez deux adjectifs pour définir chaque robot.

2 Regardez l'extrait du film. Quelle relation ont ces deux robots ?

3 Pourquoi WALL•E décide-t-il de suivre EVE ? Qu'auriez-vous fait à sa place ?

(extrait à regarder)
hachette-clic.fr/21mf5125

**L'anecdote**

Les réalisateurs du film se sont inspirés des films muets, comme ceux de Charlie Chaplin, pour exprimer les sentiments des deux robots qui ne parlent presque pas.

## Réfléchir à l'évolution de l'humanité

1 Regardez attentivement ce photogramme. Comment vivent les humains du futur dans ce film ?

2 Selon vous, que s'est-il passé pour que le mode de vie des humains ait évolué de cette manière ?

## Comprendre le message écologique du film

1 Comment la planète Terre est-elle représentée sur le photogramme 1 ?

2 Pourquoi la mission d'EVE est-elle si importante ?

3 Regardez l'extrait du film. Comment réagit le capitaine lorsqu'il découvre la trouvaille d'EVE ?

4 Selon vous, quelle est la morale du film ?

5 Imaginez des solutions concrètes pour que la Terre ne devienne jamais comme dans le film.

2

3

1

(extrait à regarder)
hachette-clic.fr/21mf5126

## À votre tour maintenant !

**Choisissez un photogramme des extraits du film qui vous a marqué et présentez-le à la classe en quelques minutes.**

N'oubliez pas de :
- ✔ situer le photogramme dans l'extrait ;
- ✔ expliquer pourquoi ce moment est important ;
- ✔ donner votre avis en disant ce que vous avez aimé ou pas dans ce photogramme.

p. 266 > 5. Comment lire et décrire une image ?

**BONUS**

Sur Internet, faites des recherches pour découvrir ce qu'est le « 7e continent de plastique ».

# Faisons le bilan

**Votre voyage dans le futur est terminé. Il est temps de faire le point sur vos lectures et sur ce qu'elles vous ont apporté.**

## La science-fiction

**Les thèmes**
- un univers lointain ou futuriste
- des voyages spatiotemporels
- des innovations technologiques
- des créatures hybrides
- une préoccupation écologique

**Les genres**
- le *space opera* : récit d'aventures et de voyages dans l'espace
- le récit et la BD post-apocalyptique : fiction représentant un monde futuriste où la planète Terre a subi une catastrophe qui l'a anéantie
- le récit d'anticipation : projection de notre monde dans un futur proche afin de réfléchir à notre présent

**Les réflexions qu'elle suscite**
- réfléchir sur notre présent à partir d'un futur imaginé comme une utopie ou une dystopie
- se questionner sur l'écologie et l'avenir de notre planète

➦ Retrouvez un texte de chaque genre dans la séquence.

## Miroir de nos espoirs et de nos angoisses ?

**La science-fiction nous fait réfléchir à…**
- l'écologie
- l'utilisation de la technologie
- l'impact des activités humaines sur la planète et ses ressources
- l'humanité dans le futur
- notre société actuelle

➦ Lequel de ces thèmes de réflexion vous a le plus intéressé(e) dans la séquence ?

↪ **Qu'avez-vous retenu de la séquence ?**
Vérifiez en faisant quelques exercices interactifs :

(Exercices interactifs)
hachette-clic.fr/21mf5127
hachette-clic.fr/21mf5128
genially

**Et vous, dans tout ça ?**

**Quel sous-genre de la science-fiction préférez-vous ? Pourquoi ?**
**Avez-vous été touché(e) par un texte ou une image ?**
**Quel voyage futuriste avez-vous préféré ? Pourquoi ?**

1. Individuellement, préparez vos réponses et vos justifications.
2. En groupe, enregistrez-vous sous la forme d'une interview.
3. Mutualisez vos travaux en partageant vos enregistrements.

↪ **Avez-vous complété votre carnet de lecture ?**

# AUTO-ÉVALUATION

(texte à écouter)
hachette-clic.fr/21mf5129

## *Les Oubliés de Vulcain*

Pour ses 15 ans, Charley reçoit un cadeau d'anniversaire bien particulier de la part de ses tuteurs, Clara et Jim.

Charley n'écoutait pas. Il avait les yeux rivés[1] sur le charat. Il écarta avec précaution le coton qui calait l'animal et, mettant ses mains en coupe, il le souleva doucement. Le petit corps était doux et chaud contre ses paumes. Il sentait le cœur battre la chamade[2] sous ses doigts.

« Il a peur, il tremble, constata-t-il, en approchant ses lèvres de la fourrure soyeuse[3] pour l'embrasser.

— Rien d'étonnant, expliqua Jim. On ne l'a sorti de la matrice[4] qu'hier.

— Il est viable[5] ? demanda l'un des invités.

— Bien sûr, dit Clara, il est même très solide. C'est non seulement un hybride[6] mais un amélioré.

— Il va encore grandir ? s'enquit[7] la jeune femme derrière Jim.

— Non, il a atteint sa taille définitive. Nous sortons les hybrides des matrices à maturité maintenant. […]

— C'est un charat, un mélange de chat et de rat.

— On peut difficilement trouver plus surprenant comme mélange ! dit Paul, un des techniciens. Je parie que vous allez nous fabriquer un homme-oiseau un de ces jours, ajouta-t-il à l'adresse de Clara.

— Si on buvait à la santé de Charley ? » coupa la jeune femme en se dirigeant vers le buffet.

Tout le monde la suivit.

Charley resta à l'écart. Il s'assit dans un fauteuil et, posant Odilon sur ses genoux, se mit à l'observer minutieusement[8]. À maintes[9] reprises il était allé regarder le charat à travers les parois de plasverre de la matrice artificielle[10]. Petit à petit, il avait vu l'étrange animal se développer.

Du chat, il avait gardé la fourrure soyeuse à poils longs ainsi que les petites oreilles pointues. Du rat, il avait la longue queue annelée et les pattes avant ressemblant étrangement à des mains à quatre doigts.

**Danielle Martinigol**, *Les Oubliés de Vulcain*, Hachette, 1995.

**Danielle Martinigol**
née en 1949
Romancière et nouvelliste française, elle a écrit de nombreux livres de science-fiction destinés aux adolescents.

1 **Rivés** : fixés.
2 **Battre la chamade** : battre à grands coups.
3 **Soyeuse** : douce.
4 **Matrice** : dans ce roman, machine qui donne vie.
5 **Viable** : qui est capable de vivre.
6 **Hybride** : qui provient de deux espèces différentes.
7 **S'enquit** : demanda.
8 **Minutieusement** : soigneusement.
9 **Maintes** : nombreuses.
10 **Artificielle** : fausse.

1 Quel sentiment éprouve Charley face au charat ? Relevez ses gestes et ses réactions.

2 Quand le charat a-t-il été sorti de la matrice artificielle ? Recopiez la phrase qui vous a permis de répondre. Quel est le temps utilisé ?

3 En quoi le charat est-il une créature hybride ?

4 Quels éléments vous permettent d'affirmer que ce texte appartient à la science-fiction ?

| Mes critères de réussite | Mon auto-évaluation |
| --- | --- |
| Je comprends l'action principale du récit. | 🙂 😐 ☹️ |
| Je sais relever un champ lexical et en dégager le thème du texte. | 🙂 😐 ☹️ |
| Je reconnais les caractéristiques d'un texte de science-fiction. | 🙂 😐 ☹️ |

# 10 Écoutez-donc, seigneurs...

## *Lais* de Marie de France

### Vos objectifs

- Découvrir un genre littéraire médiéval et ses caractéristiques : les lais.
- Interroger les valeurs, les forces et les faiblesses du héros de chevalerie.
- Étudier le rôle du merveilleux dans les récits du Moyen Âge.
- Exercer son jugement sur les actions des héros.

**Frederic William Burton**, *La Rencontre dans l'escalier de la tour entre Hellelil et Hildebrand*, 1864, aquarelle sur papier, National Gallery of Ireland, Dublin.

*« Écoutez-donc, seigneurs, les récits de Marie, qui tient sa place parmi les auteurs de son temps. »*

**Marie de France**, début du lai « Guigemar », *Lais*, XII$^{e}$ siècle.

# À LA DÉCOUVERTE...

Le Maître de Papeleu, enluminure représentant Marie de France, vers 1290.

## 1 Marie de France

Première femme connue à avoir écrit des poèmes en français, Marie de France a vécu au Moyen Âge (1154-1189) à la cour du roi d'Angleterre Henri II Plantagenêt et de la reine Aliénor d'Aquitaine. Elle est l'autrice de trois livres : un recueil de fables, un récit religieux et une série de récits merveilleux, des lais.

- Marie de France se présente ainsi en ancien français : « *Marie ai nom, si sui de France* ». Comment traduiriez-vous cette phrase ? Faites des recherches sur Internet si nécessaire.

Enluminure extraite du *Codex Buranus*, XIIIe siècle.

## 2 Les lais

- Les lais désignent d'abord le chant des poètes bretons et des trouvères. Ces contes d'aventures et d'amour sont des récits en octosyllabes qui s'inspirent de légendes celtiques où le merveilleux est très présent.
- Écrits en langue romane (ancien français) dans la seconde moitié du XIIe siècle, les douze lais de Marie de France ne sont plus chantés mais lus à haute voix devant le public raffiné des cours royales et seigneuriales du Moyen Âge.
- Comment appelez-vous les poètes, compositeurs, chanteurs et musiciens qui voyagent de cour en cour dans le nord de la France ? Aidez-vous du texte et de l'image pour répondre.

## 3 Le prologue des *Lais*

| Ancien français | Traduction |
|---|---|
| Pur ceo començai a penser | Voilà pourquoi j'ai d'abord eu l'idée |
| D'aucune bone estoire faire | De composer un bon récit |
| E **de latin en romaunz** traire ; | Que j'aurais traduit de ..... en français |
| Mais ne me fust guaires de pris : | Mais je n'en aurais pas tiré grande estime |
| Itant s'en sunt altre entremis. | Car tant d'autres l'ont déjà fait ! |
| Des **lais pensai, k'oïz** aveie. | J'ai donc pensé aux ..... que j'avais ..... |
| Ne dutai pas, **bien le saveie**, | Je ..... en toute certitude |
| Ke pur remambreance les firent | Que ceux qui avaient commencé à les écrire et à les répandre |
| **Des aventures k'il oïrent**, | Avaient voulu perpétuer le souvenir |
| Cil ki primes les comencierent | Des ..... qu'ils avaient entendues. |
| E ki avant les enveierent. | J'en connais moi-même beaucoup |
| Plusurs en ai oï conter, | et je ne veux pas les laisser sombrer dans l'..... |
| Nes voil laissier **ne oblier**. | J'en ai donc fait des contes en vers, |
| Rimé en ai e fait ditié, | qui m'ont demandé bien des heures de veille. |
| Soventes fiez en ai veillié | |

**Marie de France**, *Lais*, XIIe siècle, traduit de l'ancien français par Laurence Harf-Lancner, Le Livre de poche, 1998.

**1.** À partir de l'extrait du prologue en ancien français, retrouvez les mots qui manquent dans la traduction en français moderne.

**2.** Quelle raison pousse Marie de France à écrire ?

**3.** Qu'est-ce qu'un prologue ? À qui s'adresse-t-il ici ?

**4.** Marie de France a-t-elle inventé les « aventures » qu'elle met à l'écrit ? Expliquez.

# Quelques repères

## La matière de Bretagne

On appelle **matière de Bretagne** des récits et légendes celtiques dont s'inspirent les écrivains pour raconter les exploits du roi Arthur et de sa cour partis en quête du Graal. La Bretagne comportait la « petite Bretagne », qui est la pointe bretonne de la France, mais également le Pays de Galles, la Cornouailles, l'Irlande.

▸ **Dans votre séquence :** « Éliduc » (p. 192), « Le Chaitivel » (p. 194), « Lanval » (p. 196)

## Le chevalier

**William Davies**, *L'écuyer du roi*, série Netflix, 2020.

- Le chevalier est, à l'origine, un combattant à cheval.
- La cérémonie au cours de laquelle le jeune noble est fait chevalier s'appelle l'adoubement. En prêtant hommage à un seigneur, il entre à son service et devient son vassal en échange d'un fief (territoire).
- Dans la littérature médiévale, le personnage du chevalier est idéalisé : il doit être preux, c'est-à-dire courageux et fort, mais aussi fidèle à son seigneur et à l'Église.

▸ **Dans votre séquence :** « Éliduc » (p. 192), « Le Chaitivel » (p. 194), « Lanval » (p. 196)

Le prétendant utilise une arbalète pour envoyer un message à sa dame. Enluminure extraite du *Codex Manesse*, début du XIVe siècle.

## L'amour courtois

Cet amour idéalisé lie le chevalier à une dame qui lui semble inaccessible. Il est gouverné par des règles qui imitent celles de la relation entre le seigneur et son vassal. Le chevalier obéit aux désirs de sa dame et accomplit des exploits pour mériter son amour.

▸ **Dans votre séquence :** « Le Chaitivel » (p. 194), « Lanval » (p. 196), « Le Chèvrefeuille » (p. 198)

**J. Dufaux** et **P. Delaby**, *La Complainte des Landes perdues*, tome 7 : *La Fée Sanctus*, Dargaud, 2012.

## Le merveilleux médiéval

Le **merveilleux** (du latin *mirabilia* : « choses étonnantes, admirables ») appartient au surnaturel, au monde de la magie, de la féerie, des événements miraculeux. Dans les *Lais* de Marie de France, le héros fait des rencontres insolites qui le forcent à éprouver sa valeur : apparitions mystérieuses, enchantements, objets magiques, métamorphoses…

▸ **Dans votre séquence :** la fée dans « Lanval » (p. 196)

Lecture 1

# Comment le chevalier devient-il héroïque ?

(texte à écouter)
hachette-clic.fr/21mf5130

## Vos objectifs

- Étudier les prouesses du chevalier au combat.
- Montrer que le héros est exemplaire.
- Comprendre la relation qui unit le chevalier à son seigneur.

«Éliduc» est le dernier lai du recueil, c'est aussi le plus long. Après avoir été victime de calomnies en Bretagne, le chevalier Éliduc est contraint de s'exiler en Grande-Bretagne. Il se met au service d'un roi anglais qu'il doit délivrer de ses ennemis.

Le troisième jour de son séjour, le bruit courut dans la cité que les ennemis s'étaient répandus dans le pays, voulaient arriver jusqu'aux portes de la ville et la prendre d'assaut. Dès qu'ils entendirent le tumulte du peuple épouvanté, Éliduc et ses compagnons s'armèrent. Il n'y avait dans la ville que quatorze chevaliers pouvant prendre une monture (car plusieurs étaient blessés et beaucoup d'autres prisonniers). Voyant Éliduc monter à cheval, ils s'armèrent à leur tour, sans attendre d'ordre, et le suivirent. « Seigneur, lui dirent-ils, nous irons avec vous et nous ferons ce que vous ferez. »

Il leur répondit :

« Je vous en remercie. Y en a-t-il un parmi vous qui connaisse un passage difficile ou un défilé[1] où l'on puisse les surprendre ? Si nous les attendons ici, nous engagerons sans doute le combat, mais nous n'y aurons pas l'avantage. Mais peut-être quelqu'un a-t-il une autre tactique ? »

Ils le renseignèrent :

« Seigneur, près de ce bois, dans ce champ de lin, il y a un étroit chemin qu'ils doivent emprunter pour se replier : quand ils auront pris leur butin[2], ils reviendront par là. Si l'on accepte d'affronter le danger, on peut vite leur infliger de lourds dommages[3].

– Amis, leur répondit Éliduc, qui ne tente rien n'a rien. Vous êtes tous les vassaux du roi et vous lui devez fidélité. Suivez-moi et faites ce que je ferai. Je vous assure en toute bonne foi que vous n'échouerez pas tant que je pourrai vous aider. Si nous réussissons, cet exploit nous vaudra une belle réputation. »

Ils lui firent confiance et le conduisirent jusqu'au bois où ils s'embusquèrent près du chemin pour attendre le retour de l'ennemi. Éliduc leur expliqua avec précision comment ils allaient procéder. Quand leurs adversaires se furent engagés dans le défilé, Éliduc lança un cri de défi, appela tous ses compagnons et les exhorta à bien se battre. Ils frappèrent fort et n'épargnèrent personne. Pris par surprise, leurs ennemis furent vaincus en peu de temps. Éliduc et ses compagnons firent prisonniers leur connétable[4] et beaucoup d'autres chevaliers. Alors qu'ils n'étaient que vingt-cinq, ils capturèrent trente chevaliers du camp adverse, s'emparèrent d'un important matériel, firent un énorme butin et revinrent tout joyeux de leur succès. Du haut d'une tour, le roi les attendait, craignant fort pour ses hommes et critiquant vivement Éliduc. Il imaginait qu'il avait trahi ses chevaliers et les avait livrés à l'ennemi. Au contraire, ils arrivaient en belle troupe, chargés de leur butin. Ils étaient bien plus nombreux

### L'anecdote

Au cours de la cérémonie de l'hommage, le vassal vient devant son seigneur suzerain la tête nue et sans armes. Il met d'abord ses mains dans les mains du seigneur, puis lui promet fidélité en échange d'un fief.

1 **Défilé** : passage naturel, étroit et encaissé, qu'on ne peut traverser qu'en file.
2 **Butin** : ensemble des biens pris à l'ennemi au cours d'une guerre.
3 **Dommages** : dégât matériel causé aux choses ou aux personnes dans des faits de guerre.
4 **Connétable** : commandant en chef des armées royales.

au retour qu'à l'aller, et le roi ne les reconnut pas, plein de soupçons et de méfiance qu'il était. Il ordonna à ses gens de fermer les portes et de monter sur les remparts pour tirer sur ceux qui venaient. Mais la méprise[5] ne dura pas car les vainqueurs envoyèrent un écuyer[6] pour conter les exploits d'Éliduc.

Quand le roi apprit la nouvelle, il fut transporté de joie. Il descendit de sa tour et alla à la rencontre d'Éliduc pour le remercier. Le chevalier lui livra les prisonniers et partagea le butin avec ses compagnons, ne gardant pour lui que trois chevaux qui lui avaient été attribués. Après ces événements, le roi lui témoigna son estime et son affection. Il le retint une année entière avec ses compagnons, lui fit prêter serment de fidélité et fit de lui le gardien de ses terres.

5 **Méprise** : erreur, confusion.
6 **Écuyer** : jeune noble qui a pour charge d'accompagner le chevalier à la guerre, de porter son écu et de l'aider à se vêtir pour le combat.

**Marie de France**, « Éliduc », *Lais* (XIIe siècle), dans *Cinq histoires d'amour et de chevalerie*, traduit de l'ancien français par Alexandre Micha et adapté par Isabelle Perier, Flammarion, 2018.

Cérémonie de l'hommage rendu par un petit seigneur angevin à son suzerain René d'Anjou. Enluminure extraite de l'*Aveu rendu à René par Jean de Sainte Maure*, vers 1469, Archives nationales, Paris.

**La boîte à mots** Le terme **fidélité** (l. 20) vient du latin *fidelitas* signifiant « fidélité, constance » :
- qualité de quelqu'un qui est fidèle, dévoué, attaché à quelque chose, à quelqu'un ;
- qualité de quelqu'un qui ne manque pas à une promesse, qui ne trahit pas un serment ;
- souci de la foi donnée, respect des engagements pris.

**Que signifie « prêter serment de fidélité » au Moyen Âge ?**

1 Lequel des deux camps est le plus nombreux ? Pourquoi est-ce important ici ?

2 Dans les lignes 26 à 34, relevez les verbes d'action. Comment l'autrice parvient-elle à recréer le rythme rapide du combat ?

3 Quelle ruse Éliduc imagine-t-il pour vaincre les ennemis ?

4 Le roi anglais lui accorde-t-il en retour une confiance immédiate ? Pourquoi ?

5 Quelles qualités font d'Éliduc un héros exemplaire ? Citez le texte pour justifier votre réponse.

**À L'ORAL** Lisez à voix haute les passages qui prouvent qu'Éliduc est un héros exemplaire parce qu'il a une influence positive sur ses compagnons.

## Votre bilan

- Comment Marie de France rend-elle la bravoure des chevaliers exceptionnelle ? En quoi Éliduc est-il un héros exemplaire ?

# Lecture 2 L'amour courtois : une quête impossible pour le héros ?

(texte à écouter) hachette-clic.fr/21mf5131

## Vos objectifs

- Reconnaître les enjeux d'une scène de tournoi.
- Étudier le registre épique.
- Comprendre l'idéal courtois.

### L'anecdote

Au XIIe siècle, le tournoi est une simulation de la guerre : l'affrontement en plein champ de deux équipes avec des charges collectives à cheval. Dans plusieurs lais, Marie de France fait la description de tournois.

Dixième lai du recueil, « Le Chaitivel » est un des deux seuls lais à ne pas porter le prénom du héros. L'histoire se déroule à Nantes, où vit une dame fort belle, aimée et admirée de tous. Les chevaliers lui font la cour nuit et jour. Qui choisir entre quatre barons d'égale valeur ? Un tournoi a lieu pour la fête de Pâques.

Aux tournois, chacun voulait être le premier et plaire à la dame par ses exploits, s'il le pouvait. Tous les quatre la tenaient pour amie, arboraient[1] le gage d'amour qu'elle leur avait donné, anneau, manche ou banderole[2], et prenaient son nom comme cri de ralliement.

C'est ainsi qu'elle conserva l'amour de ses quatre chevaliers jusqu'à une année où, après Pâques, on annonça un tournoi devant la cité de Nantes. Pour rencontrer les quatre amants, on a vu venir des chevaliers d'autres régions : Français, Normands, Flamands[3], Brabançons[3], Boulonnais[4], Angevins[5], ainsi que les proches voisins : tous sont venus avec plaisir car ils attendaient depuis longtemps.

La veille du tournoi, pendant les engagements préliminaires, les coups pleuvent dru. Les quatre amants, en armes, sortent de la cité, suivis de leurs chevaliers ; mais ils portent à eux quatre tout le poids du combat. Les chevaliers du camp de dehors les ont reconnus à leurs bannières[6] et à leurs boucliers. Ils envoient contre eux quatre chevaliers, deux Flamands et deux Hennuyers[3], qui se préparent à charger avec ardeur. Les quatre amants les voient venir vers eux, ils n'ont pas envie de fuir. Lance baissée, éperonnant[7] sa monture, chacun repère son adversaire. Le choc est d'une telle violence que les quatre chevaliers du dehors tombent de cheval.

Mais les vainqueurs ne se soucient pas des chevaux, qu'ils abandonnent pour rester auprès des maîtres, dont les chevaliers viennent à la rescousse. Dans la mêlée, les coups d'épée se mettent à pleuvoir. La dame, en haut d'une tour, voit bien ceux de son camp et leurs adversaires. Elle assiste aux exploits de ses amants et ne sait qui estimer davantage. Alors le tournoi commence, les rangs des chevaliers s'allongent, la foule épaissit. Devant la porte, ce jour-là, les combats se multiplient. Les exploits des quatre amants leur valent d'être reconnus pour les meilleurs.

Mais à la tombée du jour, alors qu'on allait se séparer, ils s'exposent au danger, loin des leurs, avec trop d'imprudence, et le paient bien cher : trois d'entre eux trouvent la mort et le quatrième est grièvement blessé à la cuisse et au corps : la lance le transperce. Ils sont atteints au cours d'une attaque par le flanc et tous quatre désarçonnés. Les responsables, bien involontaires, de leur mort jettent leurs boucliers sur le terrain, en signe de deuil : de telles clameurs s'élèvent alors qu'on n'avait jamais entendu manifester pareille douleur. Les chevaliers

1 **Arboraient** : affichaient.
2 **Banderole** : sorte de drapeau terminé en double pointe.
3 **Flamands, Brabançons, Hennuyers** : originaires de diverses provinces de Flandre et de Belgique.
4 **Boulonnais** : qui habitent Boulogne-sur-Mer et sa région.
5 **Angevins** : propres à Angers, à l'Anjou ou à leurs habitants.
6 **Bannières** : drapeaux militaires que le seigneur avait le droit de porter à la guerre et sous lesquels se rangeaient ses vassaux.
7 **Éperonnant** : piquant les côtés du cheval avec des éperons, instruments métalliques munis de pointes qui s'adaptent aux talons du chevalier.

de la cité sortent sans crainte des combattants de l'autre camp ; dans la douleur qu'ils éprouvent de ces morts, ils sont deux mille à délacer leur casque, à s'arracher barbe et cheveux. Le deuil est le même dans les deux camps.

**Marie de France**, « Le Chaitivel ou le Malheureux », *Lais* (XIIe siècle), traduit de l'ancien français par Laurence Harf-Lancner, Le Livre de poche, 1998.

1 Comment les quatre personnages principaux sont-ils désignés ? Pourquoi ?

2 Que désirent les quatre chevaliers ?

3 Leur attitude vis-à-vis de la dame est-elle conforme à l'idéal courtois ? Justifiez.

4 Relevez et expliquez la métaphore de la ligne 23. Quel effet produit-elle ?

5 Quel est le rôle du tournoi dans cette scène ?

6 Dans les lignes 14 à 32, quels éléments donnent au lecteur l'impression d'assister à la scène ? Pourquoi peut-on parler d'un récit épique ? p. 191 > Quelques repères

7 Relisez le début et la fin de l'extrait. Quels sentiments vis-à-vis des quatre héros les autres chevaliers éprouvent-ils ? Expliquez.

**À L'ORAL** La dame souhaite intituler le lai « Les quatre douleurs » et le chevalier blessé, seul survivant, préfère le titre « Le Malheureux ». Quel titre convient le mieux, selon vous ? Pourquoi ?

**Barthélémy d'Eyck**, *Le Rassemblement des tournoyeurs*, enluminure extraite de **René Ier, duc d'Anjou**, *Traité de la forme et devis comme on peut faire les tournois*, XVe siècle, BnF, Paris.

8 Faites une recherche sur Internet ou au CDI pour savoir ce qu'est une enluminure.

9 Quels liens pouvez-vous établir entre le texte de Marie de France et l'image ?

10 À quel moment du tournoi cette image correspond-elle ? Citez un passage du texte qui peut y faire penser.

## Votre bilan

- Selon vous, qui est le vainqueur à la fin de l'extrait ? Expliquez.

Lecture 3

# Être un héros de chevalerie est-il un rôle enviable ?

(texte à écouter) hachette-clic.fr/21mf5132

## Vos objectifs

- Découvrir un héros en difficulté.
- Étudier l'intervention du merveilleux dans le texte.

Extrait 1

Cinquième lai du recueil, « Lanval » se déroule à la cour prestigieuse du roi Arthur. Le jour de la fête de la Pentecôte, à Carduel, Arthur distribue biens et richesses à ses vassaux. Parmi eux, il oublie Lanval. Celui-ci s'exile et erre dans la forêt, jusqu'à rencontrer une jeune fille mystérieuse.

**Anonyme**, « À mon seul désir », *La Dame à la licorne* (détail), vers 1500, tapisserie, musée de Cluny, Paris.

Le chevalier s'avance jusqu'au lit et la jeune fille lui dit : « Lanval, mon ami, c'est pour vous que j'ai quitté ma terre, je suis venue de loin pour vous chercher. Si vous vous montrez valeureux et courtois, ni empereur, ni comte, ni roi ne pourront prétendre à votre bonheur, car je vous aime plus que tout. » Il la contemple et la voit dans toute sa beauté : l'amour le pique alors d'une étincelle qui enflamme et embrase[1] son cœur. Il lui répond gracieusement : « Belle, s'il vous plaisait de m'aimer et si je pouvais avoir cette joie, je ferais tout ce que je pourrais pour vous obéir, sagesse ou folie. J'obéirai à vos ordres, j'abandonnerai tout le monde pour vous, je ne veux plus jamais vous quitter et ne désire plus rien au monde que votre présence ! » La jeune fille, en écoutant celui qui l'aime tant, lui accorde son cœur et son amour. Voilà Lanval bien heureux ! Puis elle lui fait un don : il aura désormais tout ce qu'il pourra désirer. Qu'il donne et dépense largement, elle lui procurera tout l'argent nécessaire. Voilà Lanval bien pourvu[2] ! Plus il se répandra en largesses[3], plus il aura d'or et d'argent ! « Ami, dit-elle, je vous mets en garde et je vous adresse à la fois un ordre et une prière : ne vous confiez à personne ! Je vais vous expliquer pourquoi : si l'on apprenait notre amour, vous me perdriez à jamais, vous ne pourriez plus jamais me voir ni me tenir dans vos bras ! » Lanval lui répond qu'il respectera scrupuleusement[4] ses ordres. Il se couche auprès d'elle dans le lit : voilà Lanval bien logé ! Il y est demeuré tout l'après-midi, jusqu'au soir, et serait bien resté plus longtemps s'il avait pu et si son amie le lui avait permis. « Ami, dit-elle, levez-vous ! Vous ne pouvez demeurer ici davantage. Allez-vous-en et laissez-moi. Mais je vais vous dire une chose : quand vous voudrez me parler, pourvu que vous ayez à l'esprit un lieu où l'on peut rencontrer son amie sans honte et sans scandale, j'y serai aussitôt, prête à répondre à votre désir. Vous serez le seul à me voir et à entendre mes paroles. »

**Marie de France**, « Lanval », *Lais* (XIIe siècle), traduit de l'ancien français par Laurence Harf-Lancner, Le Livre de poche, 1998.

1 **Embrase** : remplit le cœur d'une grande passion.
2 **Pourvu** : muni de ce qui est nécessaire ou utile, ici de l'argent.
3 **Largesses** : dons faits avec générosité.
4 **Scrupuleusement** : avec rigueur et exactitude.

1. En quoi l'apparition de la jeune fille est-elle surprenante ? Relevez les éléments appartenant au registre du merveilleux médiéval.
2. Qu'offre la jeune fille à Lanval ? À quelle condition ?
3. À votre avis, Lanval peut-il tenir sa promesse ?
4. Montrez que la rencontre de la jeune fille et de Lanval répond au modèle de l'amour courtois.

p. 191 > Quelques repères

5. Quels sont les points communs entre la jeune fille du texte et celle de la tapisserie de *La Dame à la licorne* ?

Extrait

**2** Un jour, en compagnie d'autres chevaliers de la Table ronde, Lanval croise Guenièvre, épouse d'Arthur, qui lui fait des avances qu'il refuse. Pour se justifier, il révèle son secret : il aime son amie, bien plus jolie qu'elle. Vexée, Guenièvre se plaint auprès de son mari et prétend que Lanval a cherché à la séduire.

(texte à écouter) hachette-clic.fr/21mf5133

Devant le roi, il reste triste et silencieux, présente tous les signes d'une profonde douleur. Le roi lui dit avec colère : « Vassal, vous m'avez fait grand tort ! Vous vous êtes lancé dans une bien vilaine affaire en voulant me déshonorer, m'avilir[1] et insulter la reine ! Vous vous êtes follement vanté ! Elle est bien noble, votre amie, si sa servante est plus belle et plus estimable que la reine ! »

Lanval se défend d'avoir voulu le déshonneur et la honte de son seigneur (en reprenant mot pour mot les paroles du roi), car il n'a pas sollicité l'amour de la reine. Mais en ce qui concerne ses propres paroles, il reconnaît qu'il s'est vanté de son amour : il le regrette bien car il a ainsi perdu son amie. Sur ce point il accepte d'avance toutes les décisions de la Cour. Le roi, furieux contre lui, convoque tous ses hommes pour qu'ils décident de la conduite à tenir : il ne veut pas encourir de reproches.

**Marie de France**, « Lanval », *Lais* (XIIe siècle), traduit de l'ancien français par Laurence Harf-Lancner, Le Livre de poche, 1998.

1 Avilir : dégrader, abaisser, faire perdre sa valeur.

### L'anecdote

Le roi Arthur est entouré des meilleurs chevaliers du royaume : Perceval, Gauvain, Lancelot, Galaad.
Ils se réunissent autour de la Table ronde.

Le roi Arthur dans le jeu vidéo *King of Avalon, the Legend of Excalibur*, Century Game, FunPlus Interactive, 2016.

**1** Quels sont les sentiments du roi Arthur dans cet extrait ?

**2** Quel double reproche fait-il à Lanval ?

**3** Quel champ lexical emploie-t-il pour montrer que Lanval n'a pas respecté les valeurs courtoises ?

p. 191 > Quelques repères

**4** La rencontre avec la jeune fille rend-elle la situation de Lanval enviable ? Pourquoi ?

**À L'ÉCRIT** Par groupes de trois, réalisez un Padlet pour émettre des hypothèses de lecture et imaginer la fin du récit de Marie de France.

### Votre bilan

- À votre avis, que peut faire Lanval pour se sortir de la situation dans laquelle il se trouve à la fin du deuxième extrait ?

Lecture

# 4 Comment devenir légendaire ?

(texte à écouter)
hachette-clic.fr/21mf5134

## Vos objectifs

- Découvrir le mythe de Tristan et Iseult.
- Comprendre que ce texte est une réflexion sur l'écriture.
- Identifier le sens symbolique d'un texte.

**La boîte à mots** Le mot **chèvrefeuille** vient du latin *caprifolium*, « feuille de chèvre », car les chèvres apprécient beaucoup le feuillage de cet arbuste grimpant. À cause de ses tiges qui se mêlent et s'entremêlent, le chèvrefeuille est depuis toujours l'emblème d'un amour durable.

**Jean Bourdichon**, *Chèvrefeuille*, vers 1500, enluminure extraite des *Grandes Heures d'Anne de Bretagne*, BNF, Paris.

« Le Chèvrefeuille » est le plus court des douze lais. Amoureux de la reine, Tristan revient secrètement en Cornouailles après en avoir été chassé par son oncle, le roi Marc. Ayant appris que la Cour doit se rendre à Tintagel, il décide de placer un signal sur le chemin du cortège de la reine pour l'avertir de sa présence.

Le jour du départ du roi, [Tristan] revient dans la forêt, sur le chemin que le cortège doit emprunter, il le sait. Il coupe par le milieu une baguette de noisetier qu'il taille pour l'équarrir[1]. Sur le bâton ainsi préparé, il grave son nom avec son couteau. La reine est très attentive à ce genre de signal : si elle aperçoit le bâton, elle y reconnaîtra bien aussitôt un message de son ami. Elle l'a déjà reconnu, un jour, de cette manière. Ce que disait le message écrit par Tristan, c'était qu'il attendait depuis longtemps dans la forêt à épier[2] et à guetter le moyen de la voir car il ne pouvait pas vivre sans elle. Ils étaient tous deux comme le chèvrefeuille qui s'enroule autour du noisetier : quand il s'y est enlacé et qu'il entoure la tige, ils peuvent ainsi continuer à vivre longtemps. Mais si l'on veut ensuite les séparer, le noisetier a tôt fait de mourir, tout comme le chèvrefeuille :

*« Belle amie, ainsi en va-t-il de nous : ni vous sans moi, ni moi sans vous ! »*

La reine s'avance à cheval, regardant devant elle. Elle aperçoit le bâton et en reconnaît toutes les lettres. Elle donne l'ordre de s'arrêter aux chevaliers de son escorte, qui font route avec elle : elle veut descendre de cheval et se reposer. On lui obéit et elle s'éloigne de sa suite, appelant près d'elle Brangien, sa loyale suivante. S'écartant un peu du chemin, elle découvre dans la forêt l'être qu'elle aime le plus au monde. Ils ont enfin la joie de se retrouver ! Il peut lui parler à son aise et elle, lui dire tout ce qu'elle veut. Puis elle lui explique comment se réconcilier avec le roi : elle a bien souffert de le voir ainsi congédié[3], mais c'est qu'on l'avait accusé auprès du roi. Puis il lui faut partir, laisser son ami : au moment de se séparer, ils se mettent à pleurer. Tristan regagne le Pays de Galles en attendant d'être rappelé par son oncle.

Pour la joie qu'il avait eue de retrouver son amie, et pour préserver le souvenir du message qu'il avait écrit et des paroles échangées, Tristan, qui était bon joueur de harpe, composa, à la demande de la reine, un nouveau lai. D'un seul mot je vous le nommerai : les Anglais l'appellent *Goatleaf* et les Français *Chèvrefeuille*. Vous venez d'entendre la véritable histoire du lai que je vous ai raconté.

**Marie de France**, « Le Chèvrefeuille », *Lais* (XIIe siècle), traduit de l'ancien français par Laurence Harf-Lancner, Le Livre de poche, 1998.

1 **Équarrir** : tailler un morceau de bois de façon à le rendre carré.
2 **Épier** : observer attentivement en restant caché.
3 **Congédié** : renvoyé en rompant les liens avec lui.

**La boîte à mots** En ancien français, le message de Tristan (l. 14-15) s'écrit ainsi :

*Bele amie, si est de nus :*
*Ne vus sanz mei,*
*Ne mei sans vus !*

1. Quels mots reconnaît-on malgré une orthographe différente ?
2. Quelles transformations ces mots ont-ils subi au niveau de l'orthographe ?

La légende veut qu'une ronce ait réuni Tristan et Iseult dans la mort.
**Rogelio de Egusquiza**, *Tristan et Iseult*, 1910, huile sur toile, 160 × 240 cm, musée des Beaux-Arts, Bilbao.

**POUR COMMENCER** Faites une recherche sur Internet ou au CDI sur la légende de Tristan et Iseult.

1 Quel épisode de la légende de Tristan et Iseult est raconté dans cet extrait ?

2 À votre avis, pourquoi Marie de France fait-elle le choix de ne jamais nommer Iseult autrement que par le groupe nominal « la reine » ?

3 Quelle devise figure sur la baguette de noisetier ? Comment cette phrase est-elle construite ?

4 Que représente l'union entre le chèvrefeuille et le noisetier dans le passage ? Quels liens peut-on établir avec le tableau ?

5 Qui désigne le pronom « je » dans le dernier paragraphe ? À qui s'adresse-t-il ?

**Avec du style !**

Le **chiasme** est une figure d'opposition qui consiste à opposer deux couples de mots en créant un effet de miroir grâce à la structure AB/BA :

*ni vous sans moi,*
*ni moi sans vous !*

6 Quel rôle surprenant le héros endosse-t-il à deux reprises dans ce lai ? Expliquez.

**À L'ÉCRIT** Composez un court poème en vers ou en prose dont le refrain sera la déclaration de Tristan à Iseult : « Ni vous sans moi, ni moi sans vous ! »

## Votre bilan

- En quoi Tristan semble-t-il être un héros parfait qui participe à l'écriture de sa propre légende ?

ATELIER ORAL

EN GROUPE

# En scène, chevaliers !

Magno Coronel, Pexels.com.

## VOTRE MISSION

- Transformez un extrait des *Lais* de Marie de France en texte théâtral pour le jouer devant vos camarades.
- En groupes de trois ou quatre élèves, choisissez un passage d'une quinzaine de lignes dans les textes de la séquence.

**Exemples :** *dialogue entre Lanval et la jeune fille dans « Lanval »* (p. 196), *dialogue entre Éliduc et ses chevaliers dans « Éliduc »* (p. 192).

**Coup de pouce**

Faites un remue-méninges : débattez avec les élèves de votre groupe pour choisir un extrait à adapter.

## ÉTAPE 1 Identifiez les adaptations à faire sur le texte

1. Notez les éléments essentiels du texte : lieu, moment, personnages, action, intrigue, passages de dialogue, passages de récit.
2. Répartissez-vous les rôles (personnages et narrateur).
3. Interrogez-vous sur ce que vous allez modifier :
- quelles paroles échangées entre les personnages des *Lais* peuvent devenir des répliques de théâtre ? Que conservez-vous ?
- quels éléments du récit peuvent être dits par le narrateur ?

## ÉTAPE 2 Rédigez votre dialogue

1. Construisez le personnage que vous avez choisi : quel est son caractère ? Sa manière de se comporter, de se déplacer ?
2. Respectez quelques règles de présentation du dialogue :
- indiquez le nom du personnage en majuscules devant chaque réplique ;
- revenez à la ligne à chaque fois qu'un personnage parle.

p. 92 > Pour écrire un dialogue théâtral

**Coup de pouce**

Pensez à avoir chacun une version du texte terminé. Surlignez les répliques des personnages avec des couleurs différentes.

## ÉTAPE 3 Améliorez votre texte

**1.** Lisez une première fois votre texte, puis une seconde fois de façon plus expressive en restant assis à votre place. Le but est d'identifier ce qui peut être amélioré dans votre texte.

**2.** Écrivez des didascalies pour préciser les déplacements, les intonations, les expressions ou encore les gestes des personnages.

**Exemples :** *fort, en chuchotant, se penchant vers, se détournant, en soupirant…*

p. 202 > Les emplois des formes en *-ant*

## ÉTAPE 4 Élaborez votre mise en scène

**1.** Trouvez un extrait de musique médiévale qui pourra servir d'ouverture et/ou de fermeture.

**2.** Choisissez un accessoire pour symboliser votre fonction ou votre rôle.

**Exemples :** *un objet qui ressemble à une épée pour un chevalier, un objet qui ressemble à une baguette magique pour une fée…*

**3.** Faites une répétition en respectant les didascalies.

## ÉTAPE 5 Présentez votre mise en scène à la classe

En scène ! Les groupes passent tour à tour. Quand vous ne jouez pas, vous êtes des spectateurs attentifs et bienveillants.

**Coup de pouce**

Pensez à faire un effort pour bien articuler et pour parler assez fort. Gérez votre respiration, les pauses, le débit de votre voix.

## ÉTAPE 6 Auto-évaluez-vous grâce aux critères de réussite

| Nos critères de réussite | Nous avons respecté ce critère |
| --- | --- |
| Nous avons respecté le contexte et les personnages dans le passage du lai qui a été choisi. | 🙂 😐 🙁 |
| Nous avons respecté les règles d'écriture d'un texte théâtral. | 🙂 😐 🙁 |
| Nous avons fait un effort d'interprétation (volume, intonation, gestuelle, déplacements). | 🙂 😐 🙁 |
| Nous avons proposé une mise en scène originale (ambiance sonore, accessoires…). | 🙂 😐 🙁 |
| **Ma mission :** Nous avons réécrit un passage des *Lais* de Marie de France et nous avons joué face à un public. | 🙂 😐 🙁 |

**Bravo !**

**Vous avez interprété votre travail devant un public !**

Grammaire et orthographe

## Les emplois des formes en *-ant*

Mon objectif > savoir distinguer, identifier et utiliser les formes en *-ant*

### J'observe

1 Quel est l'infinitif des verbes dans les trois formes soulignées ?

1 La Dame, franchissant la porte de la grande salle du palais, s'adressa à Lanval.

2 Guigemar se rue sur son adversaire en éperonnant sa monture.

3 Il entre dans la forêt par un sentier verdoyant.

D'après **Marie de France**, *Lais*, XIIe siècle.

2 Quelle est la terminaison commune à ces trois formes verbales ?

3 Si vous remplacez « la Dame » par « les Dames » dans la première phrase, la forme verbale soulignée change-t-elle ? Pourquoi ?

4 Dans la deuxième phrase, quelle est la nature du mot qui précède la forme verbale soulignée ? Comment appelle-t-on cette forme verbale ?

5 Dans la troisième phrase, si vous remplacez « un sentier » par « une route », que remarquez-vous ? Donnez la classe grammaticale de la forme verbale.

### Je m'entraîne

6 Récrivez chaque verbe au participe présent puis comme adjectif verbal. Attention, certains verbes peuvent avoir deux formes différentes.

**Exemple** : négliger > négligeant (participe présent) / négligent (adjectif verbal)

exceller • finir • intriguer • étinceler • adhérer • suffoquer • convaincre • obéir

7 Dans les didascalies suivantes, relevez les formes en *-ant*. Puis classez-les dans le tableau après l'avoir recopié.

GUENIÈVRE – *(En dévoilant ses sentiments.)*
LA DAME – *(Le priant avec tendresse.)*
MILON – *( Enlevant la lettre du cou du cygne.)*
LE CHEVALIER – *(Tout suppliant.)*
LA DAME – *(En lui remettant l'anneau.)*

| Participe présent | Gérondif | Adjectif verbal |
|---|---|---|
| …… | …… | …… |

### J'écris

8 Récrivez les didascalies de ce dialogue théâtral en utilisant des participes présents et des gérondifs.

*Guigemar est un chevalier qui se désintéresse de l'amour jusqu'au jour où il tombe amoureux d'une dame retenue prisonnière par son mari. Guigemar et elle ont alors une relation cachée mais finissent par être découverts. Ils se séparent en se jurant fidélité.*

GUIGEMAR – (*Il s'approche d'elle.*) Dame, ne parlez pas de la sorte ! (*Il pose un genou à terre.*) Que je n'éprouve plus jamais ni joie ni paix si jamais je me tourne vers une autre femme ! N'ayez aucune crainte à ce propos !

LA DAME – Ami, donnez-moi un gage ! Remettez-moi votre tunique. Avec le pan de dessous, je ferai un nœud. (*Elle lui prend la main et le regarde fixement.*) Je vous donne la permission, ou que ce soit, d'aimer celle qui défera ce nœud et qui saura le défaire.

D'après **Marie de France**, « Guigemar », *Lais*, XIIe siècle.

# Faisons le bilan

**Votre voyage au temps des chevaliers est terminé. Il est temps de faire le bilan de vos lectures et de ce qu'elles vous ont apporté.**

## Le chevalier dans les *Lais*, un héros complexe

En plus de ses qualités physiques, il cherche à incarner certaines valeurs (vaillance, bravoure, prouesse, largesse…).

➦ Quelles qualités chacun des lais met-il en avant ?

Il doit faire face aux ingratitudes et aux trahisons.

Amoureux d'une dame, il est très souvent mis à l'épreuve de l'amour. Il doit faire face aux obstacles qui empêchent la réunion des amants : le mari (jaloux) ou le père.

➦ Tous les lais se terminent-ils de façon positive pour le héros ? Expliquez.

Il doit être fidèle à son seigneur et être fidèle en amour, ce qui est parfois contradictoire.

## L'expression d'un amour sincère et généreux

Tous les lais racontent une histoire d'amour.

La naissance de l'amour prend souvent l'allure d'un coup de foudre.

Les chevaliers sont aussi des amants ou des jeunes gens qui découvrent l'amour.

Les héros ne s'interrogent généralement pas sur ce qui leur arrive. L'amour leur permet d'aboutir à leur quête du bonheur.

Dans les lais, l'amour est sincère, constant, loyal et fidèle. Il doit être préservé de la destruction et de l'oubli.

➦ Quel lai fait de l'amour un symbole éternel et absolu ? Pourquoi ?

**➥ Qu'avez-vous retenu de la séquence ?**
Vérifiez en faisant quelques exercices interactifs :

(Exercices interactifs)
hachette-clic.fr/21mf5135
hachette-clic.fr/21mf5136
genially

## Et vous, dans tout ça ?

**Avez-vous été touché(e) par un texte en particulier ? Quel lai avez-vous préféré ? Pour quelles raisons ?**

1. Individuellement, préparez vos réponses et vos justifications.
2. En groupe, enregistrez-vous sous la forme d'une interview.
3. Mutualisez vos travaux en partageant vos enregistrements.

**➥ Avez-vous complété votre carnet de lecture ?**

# 11 Faites place aux héroïnes épiques !

## Vos objectifs

- Découvrir des œuvres épiques.
- Reconnaître les caractéristiques du registre épique.
- Étudier des figures d'héroïnes : interroger leur diversité et l'intérêt qu'elles suscitent.
- Comprendre le caractère d'exemplarité des figures héroïques.

**Jean-Jacques Scherrer**, *Entrée de Jeanne d'Arc à Orléans*, 1887, huile sur toile, 5 x 3,74 m, musée des Beaux-Arts, Orléans.

« *Il faut vivre sa vie en essayant d'en faire un modèle pour les autres.* »

Rosa Parks (1913-2005), femme afro-américaine engagée dans la lutte contre la ségrégation raciale aux États-Unis.

# À LA DÉCOUVERTE...

## 1 Les Amazones

Johann H. W. Tischbein, *Le Départ des Amazones*, 1788, huile sur toile.

**1.** Que remarquez-vous à propos des personnages représentés ?

**2.** Quels accessoires portent ces personnages ?

**3.** À partir de ces observations, comment définiriez-vous les Amazones ?

**4.** Recherchez l'étymologie du terme « Amazone » dans un dictionnaire ou sur Internet. Ce terme convient-il pour décrire les personnages du tableau ? Pourquoi ?

## 2 Une héroïne de l'Empire du Milieu

En 1998, le dessin animé *Mulan* met en scène une jeune héroïne chinoise confrontée à un choix difficile lorsque le pays est attaqué par les Huns. En 2020, Disney propose une nouvelle version en film de cette histoire, inspirée d'une légende chinoise.

(vidéo à regarder)
hachette-clic.fr/21mf5137

**1.** Regardez la bande-annonce du dessin animé. Quel choix Mulan fait-elle ?

**2.** Observez les affiches des deux films. Comment ce choix est-il rendu visuellement ?

**3.** Laquelle de ces deux affiches préférez-vous ? Pourquoi ?

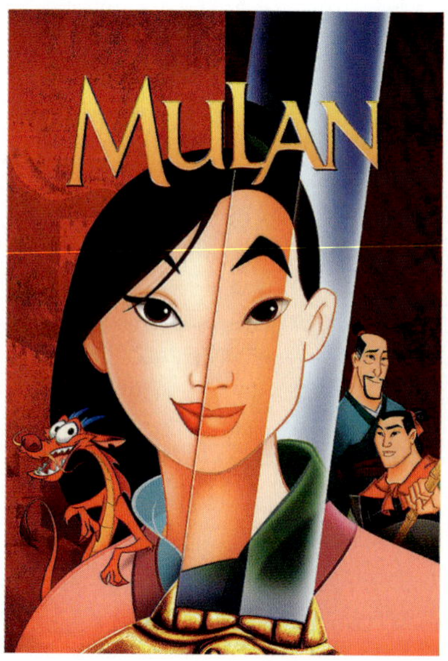


Affiche du dessin animé *Mulan*, Disney, 1998.

Affiche du film *Mulan*, Disney, 2020.

# Quelques repères

## La définition du mot « héros »

**Héros** vient du grec et signifie à l'origine « demi-dieu » ou « tout homme élevé au rang de demi-dieu ». Le féminin existe lui aussi, dès l'Antiquité grecque, et désigne une « demi-déesse ». Une femme et un homme peuvent être qualifiés de héros quand ils incarnent des valeurs, un idéal et qu'ils réalisent des exploits prodigieux.

## Les genres de la littérature épique

### L'épopée

- Les premiers héros de la littérature apparaissent dans des épopées (longs poèmes ou longs récits en prose) racontant les exploits d'un héros historique ou légendaire.

▸ **Dans votre séquence :** *Énéide* (p. 208)

**Pierre Paul Rubens**, *Achille vainqueur d'Hector*, 1630, huile sur bois.

Lancelot passant le pont de l'épée, vers 1475, enluminure d'un manuscrit.

### Le roman de chevalerie

Deux genres littéraires du Moyen Âge représentent des héros :

- Le **roman courtois** dont l'intrigue porte sur les aventures amoureuses des personnages.
- La **chanson de geste**, plutôt écrite en vers, qui raconte les exploits guerriers d'un personnage.

▸ **Dans votre séquence :** *L'Âge d'or* (p. 213), *Le Chevalier inexistant* (p. 214)

### Le roman précieux

- Dans ce genre du XVII^e siècle, tous les personnages sont remarquables et suscitent l'admiration.

▸ **Dans votre séquence :** *Clélie, histoire romaine* (p. 210)

**Laurent Tirard**, *Molière*, 2007, photogramme du film.

**Jacques-Louis David**, *Le Serment des Horaces*, 1785, huile sur toile.

### La tragédie

- Ce genre théâtral représente des héros nobles qui subissent la fatalité de leur destin.

▸ **Dans votre séquence :** *Iphigénie* (p. 211)

Lecture 1

# Comment représenter une héroïne dans une scène de combat ?

**Vos objectifs**

- Étudier une figure féminine épique.
- Comprendre l'action et la description d'une scène de combat.
- Identifier le champ lexical du registre épique.

**La boîte à mots** Diane (l. 5) est une déesse de l'Olympe associée à la chasse et à la Lune. Elle est souvent représentée avec un arc, un carquois et des flèches.

*Diane chasseresse*, copie romaine (IIe siècle apr. J.-C.) d'un original grec (IVe siècle av. J.-C.), marbre, 2 m, musée du Louvre, Paris.

(texte à écouter) hachette-clic.fr/21mf5138

## 1 Énéide

**Virgile** ▸ 70 avant J.-C. – 19 avant J.-C.

Poète latin connu pour ses œuvres poétiques et considéré comme un modèle littéraire, notamment au XVIIe siècle.

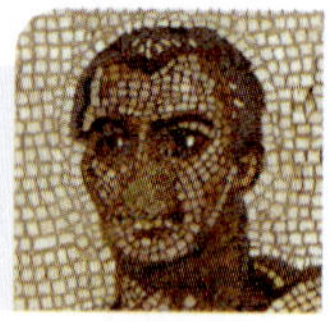

La déesse Diane raconte à Opis, l'une de ses nymphes, le combat de l'Amazone Camille, en guerre contre les Phrygiens, peuple du nord de la Grèce.

Au milieu du carnage bondit l'Amazone Camille, un carquois sur l'épaule, un sein nu pour le combat : tantôt elle lance coup sur coup avec la main des javelots pliants ; tantôt elle fait voltiger d'un bras infatigable la pesante hache ; sur son épaule résonnent son arc d'or et les armes de Diane. Quelquefois repoussée et forcée de fuir, elle se retourne, et tout en fuyant décoche ses flèches meurtrières.

À ses côtés combattent ses compagnes d'élite, Larina, Tulla et Tarpeïa, qui brandit une hache d'airain[1] ; toutes trois Italiennes, escorte brillante de la divine Camille, ses conseils dans la paix, ses vaillants soutiens dans la guerre. Ainsi les Amazones de Thrace frappent du bruit de leurs armes peintes les bords ensanglantés du Thermodon[2], soit qu'elles se pressent autour de leur reine Hippolyte, soit que la belliqueuse Penthésilée[3] se porte sur son char à travers les batailles ; leur troupe guerrière hurle et bondit en tumulte[4], agitant ses boucliers en forme de croissant.

Quel est le premier, quel est le dernier, ô vierge terrible, que tu abats sous tes coups ? Qui compterait tous ceux que tu étends morts sur l'arène ? Le premier qu'elle immole[5] est Eunée, fils de Clytius ; il venait contre elle, quand de sa longue lance elle traverse sa poitrine découverte ; Eunée tombe en vomissant des ruisseaux de sang, mord la terre ensanglantée, et se roule en mourant sur sa blessure. Elle fond sur Liris et sur Pagase ; tandis que l'un, déjà culbuté, ramasse les rênes de son coursier[6] percé sous le flanc, et que l'autre vient à son aide et lui tend pour le soutenir une main désarmée, ils sont entraînés tous deux et tombent ensemble. À côté d'eux elle jette sur la poussière Amastre, fils d'Hippotas ; et de loin, penchée sur sa lance, elle poursuit et atteint Térée, Harpalyce, Démophon et Chromis. Autant partent de traits lancés par la main de la vierge, autant tombent de guerriers phrygiens. Elle voit Ornyte, chasseur fameux, que distingue au loin son armure

1 Airain : bronze.
2 Thermodon : fleuve du nord de l'actuelle Turquie. Selon la légende, les Amazones vivaient sur les rives du Thermodon.
3 Penthésilée : dans la mythologie grecque, reine des Amazones.
4 Tumulte : désordre, mouvement de foule.
5 Immole : fait de quelqu'un une victime, sacrifie.
6 Coursier : cheval rapide et fort.

Exékias, *Achille tuant Penthésilée, reine des Amazones*, VIe siècle av. J.-C., céramique peinte, 42 cm, British Museum, Londres.

inconnue, et qu'emporte un cheval apulien[7] : la peau d'un taureau sauvage couvre ses vastes épaules ; il a pour cimier[8] la tête énorme d'un loup, avec sa gueule et ses dents blanches. Sa main est armée d'un épieu agreste[9] ; il s'agite au milieu des escadrons[10], et dépasse de la tête tous les autres cavaliers. Camille l'atteint aisément, son bataillon étant rompu, le perce de son dard, et le cœur plein de colère :

« As-tu cru, lui dit-elle, féroce Tyrrhénien, lancer ici les bêtes de tes forêts ? Le jour est venu où le bras d'une femme devait confondre tes insolents discours : cependant tu pourras raconter aux mânes[11] de tes pères (et ce n'est pas peu de gloire pour toi) que tu es tombé sous le trait de Camille. »

**Virgile**, *Énéide* (19 av. J.-C.), traduit du latin par A.-M. Boxus et J. Poucet, Bibliotheca Classica Selecta (Université de Louvain), 1998-2001.

7 **Apulien** : qui vient de la région italienne des Pouilles.
8 **Cimier** : ornement qui forme la partie supérieure d'un casque.
9 **Agreste** : qui a gardé son aspect primitif, non travaillé, brut.
10 **Escadrons** : troupes de cavaliers armés.
11 **Mânes** : esprits des morts.

**POUR COMMENCER** Pour vous, que signifie se battre « comme une fille » ?

**1** Comment imaginez-vous le personnage de Camille à la lecture de l'extrait ? Utilisez des adjectifs qualifiant à la fois son physique et son caractère.

p. 220 > Les adjectifs et leur fonction

**2** Relevez les termes appartenant au champ lexical des armes.

**3** Relevez les verbes d'action dont Camille est le sujet. Comment l'auteur parvient-il, selon vous, à donner une impression de rapidité à son texte ?

**4** Quel type de discours rapporté est utilisé à la fin du texte ? Justifiez. Qu'est-ce qui vous donne l'impression que Camille savoure sa victoire ?

p. 220 > Les discours rapportés

**5** Comment avez-vous reconnu les personnages qui sont représentés sur le vase ?

**6** Que révèle leur posture sur la situation ?

**À L'ÉCRIT** À la fin du texte, Camille dit à son ennemi qu'il pourra raconter aux mânes de sa famille qu'il a été battu par une femme. Arrivé aux portes des Enfers, ce personnage doit expliquer les raisons de sa venue. Imaginez, en une dizaine de lignes, le récit du personnage après sa défaite face à Camille.

## Votre bilan

- Pourquoi ces scènes de combat appartiennent-elles au registre épique ?

Lecture en GROUPE

# 2 L'héroïsme féminin déclenche-t-il l'admiration ?

**Vos objectifs**

- Comprendre les notions d'exemplarité et de valeur héroïque.
- Découvrir la mode de la « femme illustre » au XVIIe siècle.

**Madeleine de Scudéry**
▸ 1607-1701

Femme de lettres française, elle est connue pour ses romans de genre précieux mettant en scène des personnages nobles, dont elle aime analyser les sentiments.

## 1 *Clélie, histoire romaine*

(texte à écouter) hachette-clic.fr/21mf5139

En 509 avant J.-C., le roi Tarquin est chassé de Rome. Il tente de reconquérir le trône et prend en otage des jeunes femmes, dont Clélie. Pour prendre la fuite, elles doivent traverser une rivière.

« Non, non, dit-elle, mes compagnes, ne vous mettez point en peine qui sera celle qui n'aura rien à se soutenir sur l'eau, mon courage m'y soutiendra, et les dieux m'assisteront. Ne perdons point de temps, ajouta cette courageuse fille, et les moments sont précieux, ce vaillant soldat que vous voyez aidera aux plus faibles, et je suis enfin si persuadée que le ciel nous aidera, que je ne doute point du tout que nous n'arrivions toutes à Rome heureusement. Le dieu du Tibre[1] sauva bien Horace[2] lorsqu'il se jeta dedans tout armé, il nous sauvera peut-être aussi bien que lui. »

Après cela Clélie ayant invoqué le dieu du fleuve, sans attendre la réponse de ses compagnes se jeta courageusement dans l'eau, et se tournant vers elles, « Si vous aimez la gloire, vous me suivrez », leur dit-elle. Ensuite de quoi s'abandonnant au courant du fleuve qui allait vers Rome, elle s'éloigna du bord. Mais à peine fut-elle dans l'eau, que toutes ses compagnes firent la même chose ; il est vrai que le soldat qui les servait leur donna aux unes des planches, aux autres des claies[3] et des fascines[3], qu'il attacha si adroitement, qu'elles ne pouvaient se noyer, et puis se jetant dans l'eau après elles, il aidait tantôt l'une et tantôt l'autre ; leurs robes leur servirent aussi beaucoup en cette occasion à les soutenir sur l'eau ; mais ce qu'il y eut de remarquable, fut que Clélie qui de temps en temps tournait la tête pour voir si ses compagnes la suivaient, trouva au milieu du fleuve, un cheval qui s'était échappé comme on le menait boire, si bien que cette courageuse fille lui prenant la bride, fit si bien qu'elle monta dessus. Ainsi s'élevant au-dessus de l'eau, et le jour étant augmenté, les soldats qui les avaient escortés, furent bien surpris de la voir, et de voir à l'entour d'elle toutes ses compagnes.

**Madeleine de Scudéry**, *Clélie, histoire romaine*, 1654-1660.

**Coup de pouce**

Observez le comportement de Clélie. Quel adjectif la caractériserait parfaitement, selon vous ?

1 Tibre : fleuve d'Italie.
2 Horace : héros légendaire romain, célèbre pour avoir défendu les ponts devant Rome face aux Étrusques.
3 Claies et fascines : assemblages de branchages.

### EN GROUPE

**1 Formez des groupes !** Chaque groupe lit un texte et répond aux questions suivantes :

a. Pourquoi l'héroïne prend-elle la parole ? Quel est son objectif ?
b. À qui s'adresse l'héroïne dans le texte ?
c. L'héroïne du texte est-elle courageuse ? Pourquoi ?
d. Pour quels personnages l'héroïne décide-t-elle d'agir ?
e. Décrivez chaque scène en vous aidant des mots-clés suivants : héroïsme, courage, noblesse, grandeur d'âme, sacrifice, modèle, exemplaire, valeur.
f. En quoi l'héroïne de votre texte est-elle un personnage héroïque ?

**Jean Racine**

1639-1699

Dramaturge français, célèbre pour ses tragédies, il est aussi devenu historien au service du roi Louis XIV.

## 2 *Iphigénie*

(texte à écouter) hachette-clic.fr/21mf5140

Les oracles ont ordonné à Agamemnon de sacrifier sa fille unique, Iphigénie. Ici, elle fait ses adieux à son amant, Achille.

IPHIGÉNIE
Allez ; et dans ses murs vides de citoyens,
Faites pleurer ma mort aux veuves des Troyens.
Je meurs, dans cet espoir, satisfaite et tranquille.
Si je n'ai pas vécu la compagne d'Achille,
J'espère que du moins un heureux avenir
À vos faits immortels joindra mon souvenir ;
Et qu'un jour mon trépas[1], source de votre gloire
Ouvrira le récit d'une si belle histoire.
Adieu, prince ; vivez, digne race des dieux.

ACHILLE
Non, je ne reçois point vos funestes[2] adieux.
En vain, par ce discours, votre cruelle adresse
Veut servir votre père, et tromper ma tendresse.
En vain vous prétendez, obstinée à mourir,
Intéresser ma gloire à vous laisser périr :
Ces moissons de lauriers, ces honneurs, ces conquêtes,
Ma main, en vous servant, les trouve toutes prêtes.
Et qui de ma faveur se voudrait honorer,
Si mon hymen[3] prochain ne peut vous assurer ?
Ma gloire, mon amour, vous ordonnent de vivre :
Venez, madame ; il faut les en croire, et me suivre.

IPHIGÉNIE
Qui ? moi ? que, contre un père osant me révolter,
Je mérite la mort que j'irais éviter ?
Où serait le respect et ce devoir suprême…

**Jean Racine**, *Iphigénie*, acte V, scène 2, 1674.

1 Trépas : mort.
2 Funestes : qui causent, qui apportent la mort.
3 Hymen : mariage, union.

**Coup de pouce**

Observez la façon dont Iphigénie s'adresse à Achille.

**La boîte à mots** Être « illustre » signifie attirer la lumière par ses qualités hors du commun (du latin *illustris* : éclatant, brillant).
En quoi peut-on dire que Clélie et Iphigénie sont des personnages illustres ?

**2** Recopiez et remplissez votre tableau de synthèse.

| Héroïnes | Objectif de la parole | Destinataires de la parole | Critères de l'héroïsme |
|---|---|---|---|
| Clélie | | | |
| Iphigénie | | | |

**TOUS ENSEMBLE**

**3** Présentez votre texte aux autres groupes.

### Votre bilan

- De ces deux héroïnes, laquelle préférez-vous ? Pourquoi ? Pouvez-vous expliquer quelles sont leurs valeurs héroïques ?

# Lecture 3 Comment les héroïnes épiques défendent-elles leur pouvoir ?

**Vos objectifs**

- Comprendre le rapport entre héroïsme et pouvoir.
- Découvrir le lexique des qualités et des vertus.
- Reconnaître l'efficacité et l'influence d'un discours.

(texte à écouter) hachette-clic.fr/21mf5141

## 1 *Femmes illustres, ou les harangues héroïques*

Cette œuvre est consacrée aux femmes fortes. Voici un extrait du discours que Zénobie, reine de Palmyrénie, tient à ses filles en évoquant son combat face à l'armée de l'empereur romain Aurélien.

J'ai toujours cru, mes Filles, que toutes les vertus ne pouvaient être incompatibles[1] : qu'il était possible qu'une même personne les possédât toutes, que celles des hommes pouvaient être pratiquées par des femmes, que la véritable vertu n'avait point de sexe affecté, qu'on pouvait être chaste et vaillante tout ensemble, témoigner de la grandeur, de courage en une occasion, et de l'humilité en l'autre, être sévère et clémente en diverses rencontres, pouvoir commander et obéir, et savoir porter des fers et une couronne, avec un même visage. C'est par ce sentiment, ô mes Filles, que j'ai fait des choses si différentes en apparence, quoi que j'aie toujours été la même que je suis aujourd'hui. […] Vous savez que je défendis les murailles de Palmyrénie[2], avec autant de courage que de conduite. […] Au reste, j'ai su depuis que je suis à Rome, que la postérité[3] saura, que je n'ai pas abandonné le trône qui vous appartenait, sans le défendre : Aurélien[4] ayant écrit de sa main à Mucapor, son ami, « qu'il était vrai qu'il faisait la guerre à une femme, mais à une femme qui avait plus d'archers à sa solde que si c'eût été un homme. À une femme qui avait de la prudence dans le péril et qui par sa prévoyance avait fait un si grand appareil de guerre[5], pour s'opposer à ses conquêtes, qu'il était impossible de s'imaginer le nombre prodigieux de dards et de pierres dont elle avait fait provision ».

**Georges de Scudéry**, *Femmes illustres, ou les harangues héroïques*, 1644.

**Georges de Scudéry**
1601-1667

Frère de Madeleine de Scudéry, c'est un homme de lettres. Romancier, dramaturge et poète, il écrit des œuvres héroïques et sentimentales.

1 **Incompatibles** : qui ne peuvent coexister.
2 **Palmyrénie** : région de Palmyre, cité antique de Syrie.
3 **Postérité** : ensemble des générations qui vont suivre.
4 **Aurélien** : empereur romain antique.
5 **Grand appareil de guerre** : armée et matériel de guerre.

***L'anecdote***

Madeleine de Scudéry signe parfois ses œuvres du nom de son frère pour éviter les critiques car, au XVII^e siècle, être une femme et écrire des romans est mal vu. Elle participe souvent à la rédaction des œuvres de Georges, comme ici pour le recueil des *Harangues héroïques*.

1 Quel est le statut social de Zénobie ? Quels indices le montrent dans le texte ?

2 À quelles valeurs Zénobie semble-t-elle attachée ?

3 Cherchez dans le dictionnaire le sens du mot « vertu », son étymologie ainsi que ses antonymes.

4 Selon Zénobie, en quoi un homme et une femme peuvent-ils être vertueux de la même façon ?

**À L'ORAL** Les filles de Zénobie se retirent après le discours de leur mère. Dans leur chambre, elles discutent et disent ce qu'elles pensent de leur mère. Imaginez ce dialogue et mettez-le en scène face à la classe.

## 2 *L'Âge d'or*

(texte à écouter)
hachette-clic.fr/21mf5142

**Cyril Pedrosa** et **Roxanne Moreil**, *L'Âge d'or*, volume 2, Dupuis, 2020.

La princesse Tilda est victime d'un complot qui l'écarte du trône au profit de son petit frère. Elle décide de reconquérir son royaume pour le réformer et soulager son peuple. Dans cet extrait, la princesse assiège le château occupé par son frère avec l'aide de ses compagnons fidèles.

**Cyril Pedrosa**
▸ né en 1972
Auteur français de bande dessinée.

**Roxanne Moreil**
▸ née en 1987
Autrice française de bande dessinée. Elle est aussi libraire.

1 Quel rôle joue la princesse Tilda au sein du groupe ?

2 Que vous indique l'expression de son visage ?

3 Comment est-elle habillée ? Cela vous semble-t-il approprié ?

4 Analysez sa façon de parler : quel champ lexical utilise-t-elle ? Qu'en déduisez-vous sur sa connaissance de la guerre ?

**À L'ÉCRIT** Après une journée de combat, Tilda écrit dans son journal intime. Elle y évoque son discours aux soldats, les difficultés du combat, ses motivations. Rédigez ce texte en exprimant ses sentiments et ses pensées.

### Votre bilan

▸ Quelles sont les qualités et les vertus de ces héroïnes ? Comment arrivent-elles à être des héroïnes épiques tout en assumant leur rôle de femme de pouvoir ?

# Lecture 4 Qui se cache sous l'armure ?

## Vos objectifs

- Comparer la représentation d'une figure héroïque dans un texte et dans une image.
- Percevoir l'aspect comique d'un texte.
- Enrichir le lexique du costume de chevalier.

**Italo Calvino**
1923-1985

Écrivain italien, il est l'auteur d'une trilogie comique, *Nos ancêtres* (1952-1959). Il a aussi écrit des scénarios pour le cinéma.

## 1 *Le Chevalier inexistant*

(texte à écouter) hachette-clic.fr/21mf5143

Sauvé par un mystérieux chevalier, Raimbaut se décide à le suivre pour le remercier…

Il parvint au bord de l'eau, passa la tête à travers les herbes, le guerrier était là. La tête et le torse étaient encore emprisonnés dans la cuirasse et le heaume[1] impénétrables, comme un crustacé ; mais il avait retiré cuissards, genouillères et grèves[2], si bien qu'il était nu de la ceinture jusqu'en bas ; et, dans cet équipage, les pieds nus, il gambadait parmi les rochers du torrent.

Raimbaut n'en croyait pas ses yeux. C'était une nudité de femme : un ventre lisse duveté d'or, des fesses potelées comme pétales de rose, et de longues, minces jambes de demoiselle. Cette moitié de femme (et l'autre, la moitié crustacée, avait maintenant une encore plus absurde et inhumaine apparence) tourna sur elle-même, chercha l'endroit propice, jeta un pied de chaque côté d'un filet d'eau, plia un peu les genoux, y appuya ses bras chargés des cubitières[3] d'acier, poussa la tête en avant, la croupe[4] en arrière et, en toute tranquillité et majesté, se mit à faire pipi. C'était une donzelle[5] aux lunes harmonieuses, au duvet tendre et à l'humeur limpide. Raimbaut en fut tout de suite amoureux.

La jeune guerrière descendit vers le torrent, fit une rapide ablution[6] en frissonnant un peu, et remonta en sautillant sur ses pieds nus tout roses. C'est alors qu'elle surprit Raimbaut qui l'épiait à travers les joncs.

– Schweine Hund[7] ! s'écria-t-elle.

Et, tirant son poignard de sa ceinture, elle le lança contre lui : non pas d'un geste sûr de la femme parfaitement exercée au maniement des armes qu'elle était, mais dans le mouvement de colère d'une femelle enragée qui balance à la tête de l'homme ce qui lui tombe sous la main, assiette, brosse, n'importe quoi.

N'empêche qu'il s'en fallut d'un cheveu qu'elle n'atteignît Raimbaut au front. Le garçon, mortifié, battit en retraite. Mais, un instant plus tard, il brûlait déjà de l'envie de se présenter à elle, de lui révéler, d'une manière ou d'une autre, sa passion.

**Italo Calvino**, *Le Chevalier inexistant*, traduit de l'italien par Maurice Javion et revu par Mario Fusco, Gallimard, 1959.

1 **Heaume** : casque des guerriers médiévaux.
2 **Grèves** : parties de l'armure protégeant les jambes.
3 **Cubitières** : parties de l'armure qui protègent les coudes.
4 **Croupe** : partie du corps qui comprend les hanches et les fesses.
5 **Donzelle** : jeune fille.
6 **Ablution** : action de se laver le corps ou une partie du corps.
7 **Schweine Hund !** : expression allemande insultante.

**Avec du style !**
L'**énumération** est une figure de style qui consiste à faire la liste de divers éléments pour donner une impression d'ensemble.
Relevez-en une dans le texte.

1 Décrivez ou dessinez le chevalier que poursuit Raimbaut. Qu'est-ce qui vous surprend ?

2 Qu'est-ce qui appartient au registre épique dans ce texte ?

3 Certains passages peuvent vous faire sourire. Lesquels ? Pourquoi ?

**À L'ÉCRIT** Raimbaut écrit une lettre à son père évoquant son coup de foudre. Rédigez cette lettre en mettant en avant les sentiments du jeune chevalier et en résumant la rencontre avec la jeune femme.

Lamia est une créature mythologique maléfique qui attire, grâce à ses charmes, les jeunes hommes afin de causer leur mort. Elle peut également se transformer en serpent.

**John William Waterhouse**
‣ 1849-1917
Peintre britannique appartenant au mouvement des préraphaélites.
Ses tableaux sont souvent inspirés de la mythologie et de la littérature.

**John William Waterhouse**, *Lamia et le chevalier*, 1905, huile sur toile, collection particulière.

**1** Observez le tableau. Que vous indiquent la posture et le regard des personnages sur leur relation ?

p. 266 > 5. Comment lire et décrire une image ?

**2** Qui semble être le héros dans ce tableau ? Pourquoi ?

**3** Lisez la présentation du tableau. Que pensez-vous de l'attitude du personnage féminin ? Votre regard sur lui a-t-il changé ?

**À L'ORAL** Pourquoi le texte d'Italo Calvino semble-t-il proposer une vision originale du héros ?

## Votre bilan

‣ Quels éléments du texte et du tableau créent la surprise ? Comment l'auteur a-t-il réussi à vous surprendre ?

Lecture

# 5 La vengeance est-elle digne d'une héroïne ?

**Vos objectifs**

- Se questionner sur les ambiguïtés de l'héroïne.
- Exprimer son jugement sur un personnage de roman.

(texte à écouter) hachette-clic.fr/21mf5144

## 1 *Salina, les trois exils*

**Laurent Gaudé** ▸ né en 1972

Écrivain français, auteur de romans, de pièces de théâtre, et lauréat de plusieurs prix prestigieux comme le prix Goncourt des lycéens pour *La Mort du roi Tsongor* (2002) et le prix Goncourt pour *Le Soleil des Scorta* (2004).

Salina a été mariée de force à Saro, un homme brutal, alors qu'elle aimait le frère de celui-ci, Kano. Le jour où la guerre éclate, elle craint que l'homme qu'elle aime ne soit blessé et se précipite alors sur le champ de bataille.

Cette idée la torture, l'image de Kano à genoux dans la poussière… Elle n'y tient plus, elle doit voir, savoir, alors elle fait fi de la règle ancestrale[1] qui veut que les femmes attendent les guerriers au village et elle court vers le champ de bataille.

Elle court, et les mètres n'ont plus d'importance, ni la chaleur non plus. Si aujourd'hui est le jour de sa libération, elle peut courir jusqu'aux confins[2] du désert. Bientôt la colline des pierres est devant elle. Elle sait que le champ de bataille est de l'autre côté, elle le sent à l'odeur. Les oiseaux ont déjà commencé à tourner. Elle monte comme elle peut, s'aidant des mains, agrippant les pierres, et monte et, une fois arrivée sur la crête, elle voit le grand mouroir de la guerre : une succession laide de corps cassés, gémissant. […]

Elle observe les visages, prend le temps de retourner un cadavre parfois, plus rien ne lui fait peur, « Faites qu'il soit là », et soudain elle se fige. À une dizaine de mètres devant elle, sur le dos, la tête vers la pente, elle le reconnaît tout de suite : le corps de Saro. D'abord, elle n'ose plus bouger, n'en croit pas ses yeux, puis elle s'approche, timidement, redoutant de découvrir qu'elle s'est trompée, mais plus elle approche et plus elle reconnaît les détails de sa cuirasse, de ses molletières[3], jusqu'à apercevoir maintenant le visage. Bouche ouverte, râlant[4], les yeux grands ouverts sur les oiseaux qui tournent, une plaie béante au ventre, c'est lui : Saro. Aujourd'hui est un jour de sang. Elle s'approche encore, tout près, jusqu'à ce qu'il puisse la voir. Elle ne se penche pas sur lui, elle reste droite. L'ombre portée le fait soudain cligner des yeux. Il tourne légèrement la tête. « Tu me vois, Saro ? demande-t-elle avec avidité[5]. Regarde. Je ne bouge pas. » Elle reste bien droite. « Je souris. Il me suffit de ne rien faire pour que tu meures. Regarde, Saro, je te laisse à ce que tu as toujours préféré : la guerre, le sang et les coups. Tu me vois ? Oui, je sais

**La boîte à mots** Le terme **mouroir** (l. 11) est un nom commun dérivé du verbe « mourir ». Au XIXe siècle, il désigne un lieu où l'on recueille les mourants.

1 **Ancestrale** : qui appartient ou qui remonte aux ancêtres, très ancien.
2 **Confins** : parties extrêmes d'un territoire, se situant à la frontière extérieure.
3 **Molletières** : jambières de cuir ou de drap, couvrant la jambe, du pied jusqu'au mollet.
4 **Râlant** : qui respire en faisant un bruit anormal.
5 **Avidité** : désir ardent, envie.

que tu me vois, une grimace est passée sur ton visage. Je vais te survivre, Saro, je vais m'éloigner de ta brutalité. Ta volonté n'aura plus d'effet sur ma vie. Tu meurs, Saro, et le dernier visage que tu verras sera le mien mais tu le reconnais à peine parce qu'il est libéré de ce que tu fus. »

**Laurent Gaudé**, *Salina, les trois exils*, Actes Sud, 2003.

1 Dans quel état Salina trouve-t-elle son mari sur le champ de bataille ?

2 Que ressent-elle en le découvrant ? Relevez une phrase pour justifier votre réponse.

3 Quel est le temps le plus utilisé dans cet extrait ? Relevez deux phrases pour justifier votre réponse.

4 Quel type de discours rapporté est utilisé à la fin du texte ? p. 220 > Les discours rapportés

5 Salina a-t-elle envie de sauver son époux ? Pourquoi, à votre avis ?

**À L'ORAL** Avec votre voisin, analysez le comportement de Salina. L'un d'entre vous essaiera de la défendre, tandis que l'autre l'accusera. Vous proposerez deux arguments chacun. Appuyez-vous sur le texte pour consolider votre argumentation.

**Vincent Goethals**, mise en scène de *Salina, les trois exils* de Laurent Gaudé, Théâtre du Nord, Lille, 2006.

1 Observez cette photographie d'une adaptation théâtrale de *Salina, les trois exilés* : où se situe le personnage de Salina, à votre avis ?

2 Qu'est-ce qui distingue Salina des autres personnages présents sur scène ?

3 À quoi le décor peut-il faire penser ?

**À L'ÉCRIT** Après la guerre, les habitants du village décident de proposer à Salina de devenir chef de tribu en raison de sa force de caractère. Acceptera-t-elle ? Rédigez le discours qu'elle leur tient en proposant deux arguments différents.

## Votre bilan

- En quoi Salina est-elle différente des autres héroïnes de la séquence ?

# À VOS MARQUE-PAGES !

**Vos objectifs** ▸ Lire en autonomie et partager ses lectures.

**Découvrez d'autres figures épiques en faisant la connaissance de courageuses héroïnes. C'est à vous de choisir vos titres en fonction de vos goûts et de votre appétit de lecture.**

## → À vos marque-pages, prêts ? Lisez !

**Petit appétit de lecture**

### De l'autre côté du mythe : Penthesileia
**Flora Boukri**

mythologie • guerre de Troie • Amazones

Gulf Stream, 2020.

Les grands récits de la mythologie ont oublié le rôle des femmes, figures restées dans l'ombre. Penthesileia, reine des Amazones, raconte son incroyable destin à la tête d'une communauté de femmes. Elle évoque aussi sa participation à la guerre de Troie aux côtés d'Achille.

**Défi** Saurez-vous réparer les oublis de la mythologie ? Ariane, Phèdre, Pasiphaé et d'autres n'attendent que vos recherches pour sortir de l'ombre !

**Deux raisons d'aimer**
- Pour découvrir la mythologie grâce aux figures féminines.
- Raconté à la première personne, le récit est prenant comme un journal intime.

### Les Aventures du chevalier Silence
**Fabien Clavel**

combat • secret • chevalerie

Flammarion, 2019.

Au XIIIe siècle en Angleterre, les filles ne peuvent hériter. Un couple décide alors de faire passer leur fille pour un garçon et la prénomme Silence. Elle s'illustre au combat et révèle de nombreuses qualités dignes des preux chevaliers. Mais son secret est difficile à garder.

**Deux raisons d'aimer**
- C'est l'adaptation d'un roman classique du Moyen Âge.
- Les exploits chevaleresques n'y sont pas réservés qu'aux garçons !

### Histoires du soir pour filles rebelles
### 100 femmes françaises extraordinaires
**Alice Babin**

documentaire • féminisme • biographies

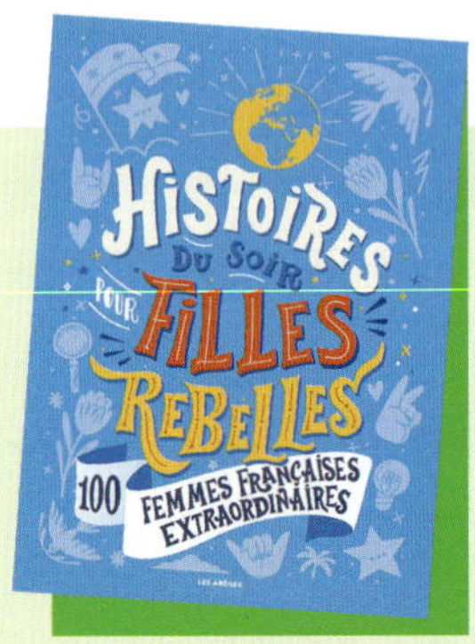

Les Arènes, 2020.

Des portraits de femmes françaises, célèbres ou anonymes, d'hier et d'aujourd'hui. Elles sont héroïnes du quotidien, expertes dans leurs domaines, engagées et courageuses. Cent femmes ont dépassé les stéréotypes et bravé les interdictions pour s'affirmer et réaliser leurs ambitions.

**Deux raisons d'aimer**
- Chaque portrait est illustré en pleine page et accompagné d'une citation.
- Les domaines représentés sont variés, allant du climat aux jeux vidéo.

**Gros appétit de lecture**

Talents hauts, 2020, coll. « Les Héroïques ».

## Sœurs de guerre

**Catherine Cuenca**

Seconde Guerre mondiale • tireuses d'élite • solidarité

En URSS, en 1942, l'Armée rouge compte un corps de tireuses d'élite. Ziba, jeune Tzigane et Anya, fille de cadres du Parti, doivent coopérer au sein de cette unité pour prouver leur légitimité. Elles luttent à la fois contre l'ennemi et contre les préjugés de leur propre camp.

**Deux raisons d'aimer**

- Cette collection « Les Héroïques » met en avant des héroïnes.
- Pour découvrir des faits historiques peu connus.

Gulf Stream, 2020.

## L'Ordre du Cygne

**Tome 1 : Les Chevaliers de camelote**

**Virginie Salobir**

*fantasy* médiévale • magie • chevaliers

Dans la lutte qui a opposé les royaumes des Lacs d'Argent et celui de Malebrume, les chevaliers de l'Ordre du Cygne se sont sacrifiés pour le Bien. Un nouvel ordre est formé, exigeant la parité. Ses membres apprennent à vivre et à combattre ensemble pour espérer égaler leurs célèbres aînés.

**Défi** À la manière des chevaliers, imaginez-vous une devise et un blason qui représentent vos valeurs.

**Deux raisons d'aimer**

- Les duos chevaliers-apprentis vivent des situations cocasses ou émouvantes.
- Les héros apprennent le respect et l'importance de la parité.

## Les Enquêtes d'Enola Holmes

**Tome 1 : La double disparition**

**Nancy Springer**

femme détective • mystère • condition féminine

La mère d'Enola disparaît soudainement. La jeune fille se lance à sa recherche, faisant preuve d'autant d'ingéniosité et d'intelligence que ses célèbres frères Mycroft et Sherlock Holmes. Elle devra aussi échapper à de sombres personnages, et aider un jeune lord en cavale.

**Deux raisons d'aimer**

- C'est le roman à l'origine d'une série sur Netflix.
- Enquête policière et roman d'aventures à la fois.

Nathan, 2020.

**Partagez vos lectures !** ▸ **Faites la promotion d'un livre**

Pour donner envie à d'autres de découvrir le livre que vous avez préféré, réalisez des affiches, banderoles, marque-pages et autres *goodies* visuels pour accompagner la promotion de votre lecture. Travaillez les codes graphiques, les mots-clés et slogans pour accrocher les regards.

↪ **Avez-vous complété votre carnet de lecture ?**

Grammaire et conjugaison

## Les adjectifs et leur fonction au sein du groupe nominal

Mon objectif > apprendre à accorder et à utiliser les adjectifs

### J'observe

1 Dans les extraits suivants, relevez les adjectifs et indiquez leur genre et leur nombre. Soulignez le nom associé.

2 Ces adjectifs sont-ils épithètes ou attributs ?

3 Servent-ils à mettre en valeur le nom ou à en dresser un portrait négatif ?

1 Ne perdons point de temps, ajouta cette courageuse fille, et les moments sont précieux, ce vaillant soldat que vous voyez aidera aux plus faibles.

**Madeleine de Scudéry**, *Clélie, histoire romaine*, 1654-1660.

2 C'était une nudité de femme : un ventre lisse duveté d'or, des fesses potelées comme pétales de rose, et de longues, minces jambes de demoiselle.

**Italo Calvino**, *Le Chevalier inexistant*, traduit de l'italien par Maurice Javion et revu par Mario Fusco, Gallimard, 1959.

### Je m'entraîne

4 Accordez en genre et en nombre les adjectifs entre parenthèses. À quoi devez-vous faire attention ?

a. L'Amazone Camille est une guerrière très ........ (vaillant).

b. Lorsqu'il s'agit de traverser le fleuve, Clélie demande à ses compagnes d'être ...... (courageux).

c. (Attentif) ...... au discours de leur mère, les filles de Zénobie comprennent que les femmes et les hommes peuvent être ...... (vertueux).

d. Sous une ...... (épaisse) et ...... (étincelant) armure, se cache la ...... (beau) Bradamante.

e. Sur le champ de bataille, les soldats ...... (blessé) tombent sous les coups ...... (rageur) de Camille.

### J'écris

5 Choisissez une situation dans laquelle votre meilleure amie vous est apparue en héroïne d'un récit épique. Décrivez son apparence physique ainsi que ses traits de caractère.

Défi Évitez d'utiliser la tournure « elle avait » et l'adjectif « belle ». Essayez de varier les adjectifs.

## Les discours rapportés

Mon objectif > identifier les passages au discours direct et ceux au discours indirect

### J'observe

1 Dans les extraits suivants, relevez les indices qui montrent qu'une parole est rapportée.

2 Lequel vous semble le plus vivant ?

1 As-tu cru, lui dit-elle, féroce Tyrrhénien, lancer ici les bêtes de tes forêts ?

**Virgile**, *Énéide* (19 av. J.-C.), traduit du latin par A.-M. Boxus et J. Poucet, Bibliotheca Classica Selecta (Université de Louvain), 1998-2001.

2 Zénobie déclare que la vertu et l'héroïsme sont des qualités présentes à la fois chez les hommes et les femmes.

**Georges de Scudéry**, *Femmes illustres*, 1644.

### Je m'entraîne

3 Transformez les phrases suivantes en discours direct. À quoi devez-vous faire attention ?

a. Camille rétorque à Ornyte qu'il peut aller raconter aux morts qu'il s'est fait battre par une femme.

b. Clélie dit à ses compagnes de la suivre si elles aiment la gloire.

c. Face à son mari agonisant, Salina affirme que sa volonté n'aura plus d'effet sur elle, qu'elle est enfin libre.

d. Iphigénie déclare à Achille, son amant, qu'elle est heureuse et sereine à l'idée de mourir.

e. Achille lui ordonne de renoncer à ce sacrifice et lui dit qu'il l'aime.

## J'écris

4 Vous avez participé à un exploit sportif. De retour au collège le lendemain, vous le racontez à vos camarades : la veille, vous étiez capitaine de votre équipe, menée 3-0 à la mi-temps, et vous deviez remonter le moral du groupe. Rédigez le discours que vous avez prononcé face à l'équipe.

**Défi** Utilisez des marques de l'oralité : les apostrophes aux différents joueurs, les exclamations, les questions… Exprimez également les sentiments que le capitaine de l'équipe ressent.

**Vocabulaire**

## Le registre épique

Mon objectif > **reconnaître un récit épique**

1 a. Aidez-vous des listes suivantes pour identifier, dans les trois extraits, les mots qui appartiennent au lexique épique.

- **Les personnages** : soldat, criminel, guerrière, chevalier, fugitif, combattant, démon.
- **Les sentiments** : courage, bravoure, crainte, cupidité, tendresse, colère, haine, joie.
- **Les objets** : armure, épée, heaume, javelot, hache, carquois, harpe, robe, genouillères.
- **Le corps** : la force, le sang, la douleur, les coups, le bras, l'annulaire, le nez, la blessure.

b. Rédigez votre propre définition du récit épique et comparez-la à celle de votre professeur.

2 **Défi** Dans les extraits, identifiez le plus rapidement possible deux métaphores et une comparaison.

**1** Il venait contre elle, quand de sa longue lance elle traverse sa poitrine découverte ; Eunée tombe en vomissant des ruisseaux de sang, mord la terre ensanglantée, et se roule en mourant sur sa blessure.

**Virgile**, *Énéide*, 19 av. J.-C.

**2** La tête et le torse étaient encore emprisonnés dans la cuirasse et le heaume impénétrables, comme un crustacé.

**Italo Calvino**, *Le Chevalier inexistant*, 1959.

**3** Ces moissons de lauriers, ces honneurs, ces conquêtes,
Ma main, en vous servant, les trouve toutes prêtes.

**Jean Racine**, *Iphigénie*, 1674.

**Orthographe**

## Dictée préparée

Mon objectif > **préparer une dictée**

(texte à écouter)
hachette-clic.fr/21mf5145

1 Copiez une première fois le texte de cette dictée. Vous pouvez écouter l'enregistrement du texte pour vous entraîner.

2 Soulignez les adjectifs et identifiez leur genre et leur nombre.

3 Mettez entre crochets les paroles rapportées.

4 Expliquez la formation du verbe « dégarnir ».

5 Cherchez dans le dictionnaire le sens des mots inconnus.

6 Recopiez plusieurs fois les mots qui vous semblent difficiles.

Je n'ai pas plus peur de ce pont ni de cette eau que de cette terre dure, et je vais risquer la traversée et m'y préparer. Plutôt mourir que de faire demi-tour !

[…] [Lancelot] fait de son mieux pour se préparer à traverser le gouffre. Pour cela, il prend d'étranges dispositions, car il dégarnit ses pieds et ses mains de leur armure : il n'arrivera pas indemne ni en bon état de l'autre côté ! Mais ainsi, il se tiendra bien sur l'épée plus tranchante qu'une faux, de ses mains nues, et débarrassé de ce qui aurait pu gêner ses pieds : souliers, chausses et avant-pieds. Il ne se laissait guère émouvoir par les blessures qu'il pourrait se faire aux mains et aux pieds.

**Chrétien de Troyes**, *Lancelot ou le Chevalier de la Charrette* (vers 1180), traduit de l'ancien français par Daniel Poirion, Gallimard, 1996.

ATELIER ORAL

# Dans la peau d'un troubadour

Bradamante est un personnage créé par Boiardo au XV^e siècle et repris par Italo Calvino dans *Le Chevalier inexistant*. Avant de commencer l'atelier, découvrez la présentation de cette guerrière d'exception dans cet extrait.

> Sa journée commençait au moment de revêtir la cuirasse et de monter en selle. De fait, sitôt qu'elle avait endossé son armure, elle n'était plus la même ; elle étincelait de la cime du heaume jusqu'aux jambières, montrait avec ostentation l'équipement le plus perfectionné et le plus élégant du monde [...]. Elle s'exerçait au tir à l'arc, sur le terrain, devant sa tente.
>
> **Italo Calvino**, *Le Chevalier inexistant*, traduit de l'italien par Maurice Javion et revu par Mario Fusco, Gallimard, 1959.

**Henry Justice Ford**, *Roger emporté loin de Bradamante*, XIX^e siècle, gravure.

## VOTRE MISSION

Vous êtes un troubadour et vous décidez de suivre Bradamante toute une journée. Rédigez la trame de cette aventure. Vous la conterez, de manière épique, à d'autres chevaliers et dames de bonne compagnie.

### ÉTAPE 1 Choisissez le lieu et les péripéties de votre récit

1. Imaginez le lieu où pourraient se dérouler ses aventures.
   **Exemples :** *une épaisse forêt, un vaste champ de bataille, une fontaine perdue dans une vallée, un château…*
2. Imaginez deux obstacles différents.
   **Exemples :** *des créatures légendaires comme des dragons, des ennemis ou des imprévus dramatiques (une épée qui casse, un bouclier qui se fend, un casque qui disparaît dans les eaux)…*
3. Imaginez les circonstances de la victoire de Bradamante.

### Coup de pouce

Commencez votre récit par cette expression : « Oyez l'histoire de la vaillante Bradamante… »

### ÉTAPE 2 Écrivez une première version du récit

1. Décrivez l'apparence de votre personnage : ses caractéristiques physiques, ses vêtements, son armure. N'oubliez pas de décrire sa monture.
   - **Lexique lié à l'armure :** *cuirasse, gants, plastron, casque, heaume, bouclier, lance, épée, jambières…*
   - **Lexique lié à la monture :** *cheval, destrier, équidé, fidèle compagnon…*
2. En fonction des péripéties que vous avez décidé de raconter, f aites une liste de verbes d'action utiles pour écrire les aventures de Bradamante.
3. En tant que troubadour, vous devez rendre Bradamante admirable et faire d'elle une héroïne dont les générations futures se souviendront.

Utilisez des figures de style marquantes.

**Exemples :** *métaphore, comparaison, hyperbole, accumulation.*

**4.** Précisez les différents moments de la journée.

## ÉTAPE 3 Améliorez votre première version

**1.** Faites parler Bradamante au discours direct : rencontre-t-elle un ami ou un ennemi ? Que lui dit-elle ?

**Exemples :** *une sorcière, un mage, un chevalier, un dragon, un prince, une princesse, un mendiant, un enfant, une licorne.*

**2.** Décrivez davantage les lieux qu'elle traverse. Imaginez l'atmosphère des lieux : évoquez la végétation, l'architecture, les sons, les couleurs.

**Exemples :** *une forêt enchantée, un château fort en ruine, un pont en pierres, un village en fête, un champ de bataille dévasté…*

**3.** Décrivez ce que ressent Bradamante.

- **Lexique des sentiments et des sensations corporelles :** *faim, peur, froid, chaud, douleur, courage, détermination…*
- **Lexique des sens :** *la vue, l'odorat, l'ouïe, le toucher, le goût.*

**4.** Vous vous adressez à un public friand d'aventures, apostrophez-le de temps en temps pour stimuler son attention.

**Exemples :** *« Dames, n'ayez crainte et tendez l'oreille », « Jouvenceaux, jouvencelles, vous n'avez encore rien entendu… »*

**Coup de pouce**

Utilisez le discours direct pour rapporter ses paroles.

p. 220 > Les discours rapportés

## ÉTAPE 4 Vérifiez la correction de la langue

Vérifiez :

- l'accord des adjectifs ;
- l'accord des sujets et des verbes ;
- la cohérence des temps ;
- l'orthographe des mots dont vous n'êtes pas certain(e).

## ÉTAPE 5 Auto-évaluez-vous grâce aux critères de réussite

**Bravo !**

**Votre récit est terminé.**

| Mes critères de réussite | J'ai respecté ce critère | | |
|---|---|---|---|
| J'ai imaginé différents lieux. | 🙂 | 😐 | 🙁 |
| J'ai imaginé deux obstacles différents. | 🙂 | 😐 | 🙁 |
| J'ai décrit Bradamante avec des adjectifs variés. | 🙂 | 😐 | 🙁 |
| J'ai eu recours à des figures de style. | 🙂 | 😐 | 🙁 |
| J'ai utilisé le discours direct pour rapporter les propos des personnages. | 🙂 | 😐 | 🙁 |
| J'ai exprimé les sentiments, les sensations du personnage. | 🙂 | 😐 | 🙁 |
| J'ai vérifié la correction de la langue. | 🙂 | 😐 | 🙁 |
| **Ma mission :** J'ai raconté de manière épique les aventures de Bradamante. | 🙂 | 😐 | 🙁 |

HISTOIRE DES ARTS

# Les Walkyries

**Figures légendaires de la mythologie nordique, les Walkyries ont nourri l'imaginaire de bien des artistes : peintres, musiciens, écrivains ou encore réalisateurs de films. Les filles du dieu Odin sont des créatures féminines chargées de recueillir les soldats morts au combat, et de les accompagner jusqu'au « paradis », appelé le *Walhalla*.**

L'artiste

**Richard Wagner**

1813-1883

Compositeur, chef d'orchestre et écrivain allemand du XIX^e siècle. Il a écrit des opéras monumentaux comme *Le Vaisseau fantôme*, *Tristan et Isolde* ou *Parsifal*. Il a transformé l'opéra en redonnant plus d'importance à l'orchestre par rapport aux chanteurs. Il a fait construire une salle d'opéra à Bayreuth afin d'y représenter ses œuvres.

## *La Walkyrie*, un opéra de Richard Wagner

*L'Anneau du Nibelung* est un cycle de quatre opéras épiques (*L'Or du Rhin*, *La Walkyrie*, *Siegfried* et *Le Crépuscule des dieux*) dont l'intrigue est centrée sur un anneau d'or magique, capable de soumettre les hommes. Siegfried, le héros, tente de récupérer l'anneau des mains de créatures maléfiques.

**1** Écoutez, en fermant les yeux, l'air de la « chevauchée des Walkyries » que l'on entend dans l'opéra *La Walkyrie* (1870). Notez vos premières émotions et impressions à l'écoute de cette musique.

(musique à écouter) hachette-clic.fr/21mf5146

**a.** Quelles images surgissent ?
**b.** Quels instruments entendez-vous ?
**c.** Quels sentiments vous fait ressentir cette musique ?
**d.** Quels indices sonores vous permettent de dire que cet air est épique ?

**2** Regardez cette mise en scène de l'opéra.

(vidéo à regarder) hachette-clic.fr/21mf5147

**a.** À leur apparition, que font les Walkyries ?
**b.** Observez le costume confectionné pour les chanteuses. Le trouvez-vous adapté pour des héroïnes guerrières ?
**c.** Ce que vous voyez correspond-il à ce que vous vous étiez imaginé en écoutant la musique ? Pourquoi ?

**Stéphane Braunschweig**, mise en scène de *La Walkyrie*, de Richard Wagner, 2009.

## La représentation traditionnelle de la Walkyrie

**L'artiste**

**1867-1939**

**Arthur Rackham**

Artiste britannique, connu pour la dimension fantastique et merveilleuse de ses illustrations.

1. Quels accessoires la Walkyrie porte-t-elle sur cette illustration ?
2. Quelle attitude adopte-t-elle ?
3. En quoi cette représentation est-elle différente de celle imaginée dans la mise en scène de l'opéra ?

**Arthur Rackham**, *The Rhinegold and the Valkyrie*, 1911.

## Les Walkyries au cinéma

Les Walkyries sont aussi représentées dans des films qui s'inspirent de la mythologie nordique pour créer des super-héros, comme dans le film *Thor 3 : Ragnarok* (2017).

1. Regardez la bande-annonce et identifiez le moment où les Walkyries apparaissent.

hachette-clic.fr/21mf5148

2. Comment sont-elles représentées ?
3. Écrivez le combat de l'une d'entre elles face à la déesse de la mort présente dans ce film. Inspirez-vous de ce que vous avez appris sur le registre épique et la représentation de l'héroïne épique.

**Taika Waititi**, *Thor 3 : Ragnarok*, 2017, photogramme du film.

# Faisons le bilan

**Votre parcours auprès des grandes héroïnes épiques s'achève ici. Il est temps de faire le bilan de vos lectures et de ce qu'elles vous ont apporté.**

## La littérature héroïque

**L'épopée**
- un héros/une héroïne hors du commun qualifié(e) par des adjectifs valorisants
- un combat contre des adversaires divers
- des valeurs positives (courage, altruisme, persévérance)

➦ De quelle valeur évoquée dans les lectures vous sentez-vous proche ?

**Certains genres de romans**
- le roman de chevalerie mêlant chevaliers et amour
- le roman précieux suscitant l'admiration du lecteur

**La tragédie**
- un genre théâtral représentant des héros antiques
- des personnages nobles prêts au sacrifice

**L'expression des sentiments**
- le lexique du courage et de la bravoure
- des adjectifs qualificatifs pour caractériser les personnages

➦ Quelle héroïne de la séquence est, à vos yeux, la plus exemplaire ?

## Les valeurs du héros et de l'héroïne épique

**Le courage face au danger**
Dérivé du mot « cœur », le « courage » désigne la noblesse de cœur des personnages.

**L'altruisme**
Valeur héroïque : le héros pense aux autres avant de penser à lui-même.

**L'attrait de la gloire**
Le désir de marquer l'histoire : le héros veut être un modèle pour les générations futures.

➦ À quelle héroïne de la séquence pouvez-vous associer chacune de ces valeurs ?

**↪ Qu'avez-vous retenu de la séquence ?**
Vérifiez en faisant quelques exercices interactifs :

(Exercices interactifs)
hachette-clic.fr/21mf5149
hachette-clic.fr/21mf5150
genially

**Et vous, dans tout ça ?**

**Avez-vous été touché(e) par un texte particulier ?**
**Quelle héroïne avez-vous préférée ? Pourquoi ?**

1. Individuellement, préparez vos réponses et vos justifications.
2. En groupe, enregistrez-vous sous la forme d'une interview.
3. Mutualisez vos travaux en partageant vos enregistrements.

**↪ Avez-vous complété votre carnet de lecture ?**

# AUTO-ÉVALUATION

(texte à écouter)
hachette-clic.fr/21mf5151

## Alanna

**Tamora Pierce**
née en 1954
Autrice américaine connue pour ses livres de *fantasy*. Elle doit son succès à sa première série en quatre tomes, *Alanna*, qui raconte les aventures d'Alanna, une fille voulant devenir chevalier.

Alanna est devenue un chevalier et, accompagnée de Coram, son fidèle ami, elle décide d'aller vivre chez les Bazhir, une peuplade du désert. En chemin, les dangers sont multiples.

– Attention, chevalier ! l'avertit Coram, qui se battait avec trois hommes à la fois.

Une entaille portée à son bras droit lui arracha un cri de douleur. Il lâcha un juron et batailla de plus belle, après avoir jeté son bouclier pour prendre l'épée de sa main gauche.

Grâce à cette mise en garde, Alanna fit volte-face à temps pour se retrouver face à un homme des collines gigantesque, un colosse[1] grimaçant, aux cheveux roux et aux moustaches tressées. Il guidait sa monture hirsute[2] avec ses genoux afin de garder les mains libres. Il tenait fermement une épée munie d'une étrange lame de cristal. Alanna évalua son tranchant, aussi acéré que la lame d'un rasoir, et déglutit[3], la gorge serrée. Elle esquiva le premier coup. Lorsqu'il revint à la charge, elle réussit *in extremis*[4] à parer, en gémissant de douleur face à la violence de l'impact. Elle riposta, mais Éclair de Feu[5] ne rencontra que du vide : son adversaire avait filé comme une flèche.

Elle décida de ne pas le suivre ; ainsi, elle n'aurait pas à se battre dans des conditions qu'elle n'avait pas choisies. Mieux valait se protéger avec son bouclier décoré d'une lionne et attendre.

Méfiant, le géant virevolta[6] et se mit à tourner autour d'elle. Son cheval chargea ; Clair de Lune[7] se cabra encore pour l'effrayer, ses sabots prêts à frapper. Les vibrations du cristal sur son bouclier se répercutèrent dans tout le corps d'Alanna.

**Tamora Pierce**, *Alanna*, tome 3 : *Chaman du désert*, traduit de l'anglais par Florence Bellot, Hachette Jeunesse, 2010.

1 **Colosse** : homme d'une taille et d'une force exceptionnelles.
2 **Hirsute** : couvert de poils fournis, hérissés.
3 **Déglutit** : avala avec difficulté.
4 ***In extremis*** : de justesse.
5 **Éclair de Feu** : nom donné à l'épée d'Alanna.
6 **Virevolta** : se retourna, tourna rapidement sur lui-même.
7 **Clair de Lune** : nom donné au cheval d'Alanna.

1. En quoi Alanna est-elle une héroïne épique ?
2. Que lui arrive-t-il ? Citez les extraits qui vous l'indiquent.
3. Relevez le champ lexical du combat.
4. Décrivez l'adversaire que rencontre Alanna. Pourquoi semble-t-il impressionnant ? Citez le texte pour justifier votre réponse.
5. Quels sentiments peuvent éprouver les lecteurs vis-à-vis d'Alanna ?

| Mes critères de réussite | Mon auto-évaluation |
|---|---|
| Je comprends l'action principale du récit épique. | |
| Je sais relever un champ lexical et identifier un thème. | |
| Je reconnais les caractéristiques du registre épique. | |

# 12 Céleste, ma planète

## Un roman poétique et écologique de Timothée de Fombelle

**Timothée de Fombelle**, *Céleste, ma planète*, illustrations de Julie Ricossé, Gallimard Jeunesse, 2009.

### Parcours d'œuvre

**Vos objectifs**

- S'interroger sur les responsabilités de l'homme dans les problèmes écologiques de notre planète.
- Comprendre le rôle des procédés poétiques mis en œuvre par l'auteur pour transmettre un message écologique.

# À LA DÉCOUVERTE...

## 1 La couverture du livre

À partir de la couverture du livre *Céleste, ma planète*, que pouvez-vous imaginer du roman sur :

a. les personnages principaux et leur relation ?

b. l'intrigue ?

c. les lieux où se déroule l'histoire ?

d. le thème du livre ?

## 2 L'auteur

**Timothée de Fombelle** ▸ né en 1973

- Auteur français de romans et de pièces de théâtre. Après avoir été professeur de français, il devient un romancier reconnu avec la parution d'un roman de *fantasy* en deux volumes, *Tobie Lolness* (2006).
- Dans ces deux livres, racontant les aventures d'un héros miniature, l'auteur souligne la nécessité de préserver la planète. C'est un thème important dans son œuvre, que l'on retrouve également dans son court roman *Céleste, ma planète*, publié en 2009.
- La poésie, l'imaginaire, l'émotion et l'enfance sont aussi très présents dans tous ses livres.
- Timothée de Fombelle est décoré de la Légion d'honneur le 1er janvier 2021.

## 3 Le héros de l'histoire

- **Identité :** Nom inconnu (il n'est pas nommé dans le livre), il est le narrateur de l'histoire.
- **Sexe :** Masculin.
- **Âge :** 14 ans.
- **Famille :** Une mère absente, accaparée par son travail, qui lui fait livrer chaque semaine huit caisses de nourriture.
- **Meilleur ami :** Briss, qui se charge de dévorer ces huit caisses de nourriture, est très doué en informatique.
- **Loisirs :** Il aime dessiner des cartes du monde sur les murs de sa chambre et jouer du piano.

Lecture

## Vos objectifs

- Étudier une scène de rencontre sans dialogue.
- Analyser l'expression des sentiments d'un personnage.

(texte à écouter) hachette-clic.fr/21mf5152

Extrait

# 1 Une rencontre ordinaire pour le héros ?

### Que s'est-il passé ?

À l'âge de dix ans, le narrateur a décidé de ne plus jamais tomber amoureux…

Pourtant, le jour de mes quatorze ans, elle est apparue.

On ne savait pas trop d'où elle venait.

Elle vivait avec ses parents au sommet du 330.

Le 330, c'est la tour parking du quartier de verre.

On y range les voitures verticalement comme des livres dans une bibliothèque.

Il y a des grues qui font ça.

Aujourd'hui quand j'y repense, je trouve cette idée complètement débile. Trois cent trente étages de voitures. Autant accrocher des assiettes à des cintres. Mais je me souviens bien qu'à l'époque, ça me paraissait normal, et même assez malin.

C'est peut-être ce qui m'impressionne le plus. Que j'aie trouvé ce monde normal, et même assez malin.

Céleste.

Elle est apparue un matin dans l'ascenseur.

On a monté cent quinze étages en silence. Le plus extraordinaire, c'est que personne n'ait interrompu cet envol hors du temps, tous les deux dans l'ascenseur.

Elle avait le parfum de la terre chaude, Céleste.

J'ai cru qu'on allait monter indéfiniment, entrer dans les nuages, frôler la Lune par la face sombre.

Le plus extraordinaire, c'est qu'elle se soit arrêtée au cent quinzième, comme moi. Et qu'elle soit entrée dans l'école, comme moi.

Je l'ai perdue de vue dans les couloirs.

Mais juste avant la récréation, le directeur est entré dans la classe.

– Elle s'appelle Céleste. Vous pouvez l'accueillir.

[…] Elle est venue s'asseoir à côté de moi.

Quand j'étais tout petit, avec mon père, je suis allé au cirque, dans le sous-sol d'*Intencity*, le centre commercial. Le dompteur a fait s'asseoir une panthère noire sur la chaise tout près de moi. Je garde un peu la même impression de cet instant où Céleste s'est posée sur le petit bureau d'à côté. « Elle s'appelle Céleste. Vous pouvez l'accueillir. » J'avais compris « vous pouvez la cueillir », et je n'arrivais pas à comprendre comment le directeur avait pu prononcer une telle phrase. Je la cherchais du regard sur la terrasse de l'école. Elle était restée dans la classe pour remplir une fiche. Moi, penché au parapet de la terrasse de verre, je me répétais : « Ne tombe pas, ne tombe pas, ne tombe pas. »

J'avais peur de tomber amoureux.

À l'heure du déjeuner, elle est partie.

Elle n'a jamais remis les pieds au collège.

**Timothée de Fombelle**, *Céleste, ma planète*, Gallimard Jeunesse, 2009, Chapitre 1, pages 15-18.

1. Où et quand la rencontre a-t-elle lieu entre le narrateur et Céleste ? Que se disent-ils ?
2. Quels sont les sentiments du narrateur ? Comment sont-ils exprimés ?
3. Relevez les éléments du texte qui montrent que cette rencontre est importante pour le narrateur.
4. Selon vous, que va-t-il se passer dans la suite de l'histoire ?

**Avec du style !**

L'**hyperbole** est une figure de style qui consiste à exagérer une idée, un sentiment.

**Cherchez des hyperboles dans le texte.**

**À L'ÉCRIT** Racontez la rencontre du point de vue de Céleste. Exprimez les impressions et les sentiments de la jeune fille.

## Votre bilan

- En quoi cette scène de rencontre est-elle particulière ?

## Vos objectifs

- Étudier la description d'une ville futuriste.
- Identifier les procédés utilisés par l'auteur pour dénoncer l'organisation de la société.

(texte à écouter)
hachette-clic.fr/21mf5153

Extrait

# 2 Une ville où il fait bon vivre ?

### Que s'est-il passé ?

Après quelques semaines, le narrateur décide de se lancer à la recherche de Céleste. Il doit pour cela traverser tout le quartier de verre.

Le 330 est à l'autre bout du quartier de verre. Il faut traverser une dizaine de tours. La circulation en plein air est réservée aux voitures. Ça donne des voies rapides, des tunnels et des bretelles d'autoroutes qui se mélangent comme un plat de spaghetti. J'ai donc emprunté les passages couverts et les galeries commerciales.

C'était un samedi. Il devait y avoir un monde fou. Je ne me souviens de presque rien. Je marchais dans la foule vers le 330, les yeux baissés. Même le sol de ces galeries est couvert d'écrans qui diffusent de la publicité. Ma vue était troublée. J'essayais de me rappeler le visage de Céleste. Je ne savais pas son nom de famille. Je n'avais jamais entendu résonner sa voix.

J'ai pris un dernier ascenseur dans la tour *!ntencity*. Il descendait assez lentement pour laisser aux gens le temps de faire des achats. C'est un ascenseur de verre qui contient une épicerie, un bar et un marchand de chaussures.

*!ntencity* est le plus gros centre commercial de la ville. Quand on est dans l'ascenseur de verre, on voit, de l'autre côté, le 330 au milieu de son nuage de fumée. J'ai levé les yeux vers le sommet de la tour parking. Céleste était peut-être là-haut, dans cette vapeur grise.

Puis l'ascenseur est descendu en sous-sol. Une vingtaine d'étages en dessous de zéro. Beaucoup de gens sont sortis avec moi tout en bas. Ils allaient récupérer leurs voitures. Je suivais le flot des piétons qui portaient tous des grappes de sacs en plastique. Je savais que, dans ces sacs, il y avait d'autres sacs, avec d'autres sacs plus petits à l'intérieur, et d'autres encore. Les gens adorent les sacs. [...] J'ai poussé la porte en métal. Elle n'était pas fermée à clef. Je me suis engouffré dans le passage. Un minuscule ascenseur s'ouvrait là. J'ai tapé 330 sur le clavier et la cabine s'est mise en marche.

L'ascenseur grimpait bruyamment. Il allait vite. [...]

Même s'il ne fallait que quelques secondes pour franchir chaque niveau, j'ai dû mettre un bon quart d'heure pour arriver tout en haut.

Illustration de **Julie Ricossé**, page 24.

Lecture

Des voitures entassées sur un kilomètre de hauteur… J'y repense avec un nœud dans l'estomac. Quand la porte de l'ascenseur s'est ouverte, j'ai senti une vague de fumée m'envelopper. La chaleur des moteurs de milliers de voitures, sur une centaine d'étages, remontait par là, comme une colonne bleutée.

En quelques enjambées, j'ai grimpé vers la terrasse. J'avais mis ma main sur ma bouche pour filtrer les gaz d'échappement. Je croyais que l'air extérieur serait plus respirable mais, en débouchant sur la terrasse on entrait dans une nappe nuageuse qui stationnait au sommet de la tour et concentrait la pollution. D'énormes ventilateurs installés là ne suffisaient pas à mettre l'air en mouvement.

Chapitre 2, pages 23-28.

Photographie du trafic routier de la ville de Shanghai.

1 Comment la circulation des voitures et des piétons est-elle organisée ?

2 Sur quels aspects de la tour parking l'auteur veut-il insister ? Citez le texte pour justifier votre réponse.

3 Que pensez-vous de l'activité commerciale dans la tour *!ntencity* ?

4 Relevez une métaphore et une accumulation entre les lignes 29 et 36. Quel problème écologique est dénoncé ici ?

5 Observez la photographie de la ville de Shanghai. Le quartier de verre imaginé par l'auteur vous semble-t-il futuriste ? Justifiez votre réponse.

**Avec du style !**

L'**accumulation** est une figure de style qui juxtapose plusieurs termes de même nature ou de même fonction. C'est une figure d'amplification.

**À L'ORAL** Par groupe de quatre, imaginez votre ville idéale du futur. Dessinez un plan pour expliquer à vos camarades son organisation et justifier vos choix. Vous utiliserez les figures de style identifiées dans l'extrait pour décrire les aspects principaux de votre ville.

## Votre bilan

- Que dénonce l'auteur dans la description de cette ville futuriste ? Comment ?

## Vos objectifs

- Comprendre la dimension poétique du roman.
- Identifier les catastrophes écologiques évoquées dans le texte.
- Analyser les procédés montrant la responsabilité de l'homme.

(texte à écouter)
hachette-clic.fr/21mf5154

Extrait

# 3 De quelle maladie Céleste souffre-t-elle ?

### Que s'est-il passé ?

Céleste est atteinte d'une mystérieuse maladie qui lui donne des taches brunes. Pour la soigner, le narrateur appelle sa mère qui travaille dans la tour *!ndustry*. L'hôpital, qui occupe les dix derniers étages de cette tour, prend alors Céleste en charge. Mais, quand le narrateur lui rend visite, Céleste a disparu. Il récupère juste une enveloppe contenant des photographies des taches de Céleste.

Je suis reparti. J'avais mal à la tête.

Le dimanche soir, les galeries commerciales de la ville ferment enfin pendant quelques heures. Il y a moins de sacs en plastique qui se promènent. Quelqu'un jouait de la clarinette. Je me suis arrêté pour l'écouter. Il était devant un kiosque à journaux.

La musique me déchirait le cœur. Ma mère avait raison. J'étais fatigué.

J'allais rentrer chez moi me coucher. Oublier un moment ce cauchemar. Je repensais à la maladie, à l'hélicoptère, aux sourires des médecins, au sauvetage de Céleste… Tout cela ne ressemblait pas au réel. C'était trop dur et trop beau à la fois.

Et Céleste ? Comment croire dans ce monde qu'une Céleste existait ?

Je devais dormir. Le lendemain, j'aurais les idées plus claires. Je reprendrais ma vie là où je l'avais laissée. Le matin d'avant Céleste.

Mais au moment d'abandonner mon clarinettiste, une image a attiré mon regard.

Là sur le kiosque…

J'ai cessé de respirer.

Une forme noire sur l'affiche d'un journal épinglée sur le mur. Comme une grosse tache d'encre. La forme d'un cœur un peu grignoté. J'ai fermé les yeux et je les ai rouverts. La tache noire était toujours là.

Céleste.

C'était exactement la forme que j'avais vue sur le front de Céleste.

J'ai à nouveau cligné des yeux. La musique s'était arrêtée. Je me suis approché de l'affiche. Il y avait un sous-titre sous la tache.

AMAZONIE. L'ADIEU

J'ai pris une grande inspiration. J'avais déjà vu cette image. Le dernier hectare de la forêt d'Amazonie. Pas plus grand qu'un petit bois. Vu du ciel, il n'y avait plus que ce cœur rogné. On avait entouré de barbelé ce dernier coin de la forêt.

Le musicien a dit dans mon dos :

– Le pire, c'est que si c'était une personne, on trouverait le moyen de la sauver.

Je me suis brusquement retourné.

– De qui parlez-vous ?

Il a laissé passer un instant avant de répondre en montrant l'affiche :

– De la planète. Si c'était une personne, on ferait tout pour la sauver.

Il y a des phrases toutes simples qui changent des vies.

J'ai serré le musicien dans mes bras et je me suis mis à courir.

Je n'avais jamais couru aussi vite. Quand j'ai ouvert la porte de l'appartement et que la lumière a jailli, j'ai immédiatement tourné les yeux vers le sac de toile que j'avais laissé tombé là en entrant le matin.

J'ai ramassé le sac et je l'ai ouvert. J'ai sorti l'atlas que je voulais offrir à Céleste. C'était mon atlas préféré. Un petit livre pas cher d'une centaine de pages. Il s'appelait *Atlas d'un monde fragile*. À l'intérieur, il y avait une enveloppe que m'avait confiée la surveillante. C'était ça que je cherchais. Cette enveloppe noire. Je savais que j'avais oublié de la rendre.

En vidant l'enveloppe sur la table, j'ai découvert des photos. Une dizaine de photos. Elles montraient la peau de Céleste. Son bras, son cou, ses jambes… Il y avait des taches un peu partout. Sur cette peau si fine, si douce, des taches sombres se dessinaient. La peau était rongée.

Il y avait aussi une photo de son visage en entier. Elle était magnifique. Elle souriait au médecin qui la photographiait.

J'ai trouvé le gros plan de son front. J'avais raison. C'était exactement la forme de l'Amazonie décimée.

Une autre photo a attiré mon attention. C'était l'épaule de Céleste, la peau paraissait pelée et dessinait nettement les contours de…

J'ai ouvert l'atlas et tourné fiévreusement ses pages.

L'Arctique !

D'un coup d'œil, j'ai comparé la photo et l'atlas.

Ma main tremblait.

Sur l'épaule de Céleste, on observait la fonte de la banquise de l'Arctique…

Dans les minutes qui ont suivi, j'ai tout compris. La désertification de l'Afrique, l'immersion des côtes indiennes, toutes les catastrophes écologiques du monde apparaissaient sur le corps de Céleste.

Chaque coup porté à notre Terre était reçu par Céleste.

Céleste ne souffrait de rien d'autre que de la maladie de notre planète.

Elle allait mourir à petit feu.

Son sang devait être pollué comme les mers, les rivières, et ses poumons comme le plafond de fumée de nos villes.

J'ai pris ma tête dans mes mains.

La lumière se faisait d'un coup dans mon esprit. Au fil des analyses et des radiographies, les médecins du groupe *!ndustry* avaient fait la même découverte que moi.

Ils avaient compris les conséquences de cette découverte. Si quelqu'un apprenait qu'une fille de quatorze ans vivait chaque instant ce que l'on afflige à notre planète, si cette nouvelle se répandait, si le monde en était informé, plus rien ne serait comme avant.

Et la première victime de cette prise de conscience serait cette immense société qui pollue le monde entier et dont le nom clignotait en haut de la tour : *!ndustry*.

Révéler la maladie de Céleste, c'était signer l'arrêt de mort de l'entreprise.

Il ne leur resterait qu'une seule issue : faire disparaître Céleste.

« Si c'était une personne, m'avait dit le musicien, on trouverait le moyen de la sauver. » Pour moi ce n'était pas seulement une personne, c'était la fille que j'aimais.

Alors j'allais trouver.

Chapitre 4, pages 57-63.

**La boîte à mots** La **déforestation** est la destruction massive des forêts par l'homme. Ce mot est composé du préfixe « dé- », du radical « forest » et du suffixe « -ation ». **Cherchez d'autres mots construits sur le même modèle.**

1 Que découvre le narrateur ? Qui a également fait cette découverte avant lui ?

2 Relevez deux comparaisons faites par le narrateur pour décrire Céleste.

3 Comment a-t-il eu cette révélation ?

4 « Si c'était une personne, on ferait tout pour la sauver. » (l. 49-50). Relevez d'autres verbes conjugués au conditionnel présent. Pourquoi ce mode est-il employé dans cet extrait ?

**ACTIVITÉ EMI** En groupe, choisissez l'une des catastrophes écologiques listées par l'auteur, faites des recherches sur ses causes et sur ses conséquences. Réalisez un panneau ou un diaporama pour rendre compte de votre travail à l'oral.

## Votre bilan

- L'auteur parle des problèmes écologiques actuels de notre planète à travers cette histoire. Pourquoi ? Est-ce une bonne façon de transmettre son message ?

## Vos objectifs

- Observer comment l'auteur donne de l'importance à ce moment de l'histoire.
- Comprendre le message écologique contenu dans le texte.

(texte à écouter) hachette-clic.fr/21mf5155

# Extrait 4 Comment guérir Céleste ?

### Que s'est-il passé ?

Le narrateur demande à Briss, expert en informatique, d'envoyer un mail à tous les habitants de la Terre, et il lui confie les clichés du corps de Céleste. Il demande ensuite de l'aide au père de Briss pour se hisser, à bord d'une nacelle, le long de la tour *!Industry* afin de sauver Céleste.

Je me souviens de tout. Je me souviens de cette grande chaleur qui m'a envahi, de ces larmes qui affluaient vers mes yeux, de cette force qui venait à mon secours.

Elle était là.

Elle ne m'avait pas vu.

Elle était appuyée sur des oreillers, dans un lit en métal posé au milieu d'une pièce vide. Il n'y avait aucun appareil médical, aucun médicament. Rien.

On savait que sa santé ne dépendait pas des soins qu'on lui porterait. Elle dépendait de tous les actes de la vie quotidienne, de tous les choix faits par les pays, les sociétés, et par chacun sur tous les continents. Sa vie n'était pas suspendue à l'attention d'un médecin mais à celle de milliards d'humains.

Ensemble, ils pouvaient la guérir.

Oui. J'ai compris à ce moment-là que Céleste était la seule malade au monde qu'on pouvait sauver à coup sûr si on le décidait.

Chapitre 5, pages 71-72.

Illustration de **Julie Ricossé**, page 73.

1. Relevez les anaphores et l'accumulation au début du texte. Que montrent ces figures de style ?
2. Pourquoi Céleste n'est-elle reliée à aucun appareil médical ?
3. Comment peut-elle guérir ?
4. Comment l'auteur montre-t-il que la solution se trouve dans l'effort collectif ?
5. Relevez les mots exprimant la négation entre les lignes 9 et 12.

**À L'ÉCRIT** Écrivez, sous la forme d'un dialogue d'une quinzaine de lignes, le rendez-vous de la Terre malade chez son médecin. La Terre devra exposer ses symptômes et le médecin lui proposera des remèdes pour la soigner.

### Votre bilan

- Comment l'auteur donne-t-il de l'intensité à ce moment de l'histoire ? Pourquoi ? Et vous, que seriez-vous prêt à faire pour guérir Céleste ?

## Vos objectifs

- Analyser l'opposition de deux lieux.
- Interpréter les indices du texte pour deviner la fin de l'histoire.

(texte à écouter) hachette-clic.fr/21mf5156

Extrait

# 5 Un dénouement heureux ?

### Que s'est-il passé ?

Dans le dernier chapitre du roman, l'auteur donne à lire le cahier dans lequel le narrateur raconte l'histoire de Céleste.

Illustration de **Julie Ricossé**, page 85.

Je n'irai pas au bout de ce chapitre dans lequel j'aurais aimé parler d'elle qui se repose en ce moment près de moi.

Ici, l'hiver dure toute l'année. La cabane s'appuie contre deux arbres. La forêt est tout autour.

Je ne me lasse pas de la blancheur de ce monde. J'aime la neige et le givre. J'aime le manteau blanc des forêts. Le bruit des flocons qui tombent sur le sol. J'aime le froid qui saisit ma main et l'engourdit. Je ne crains pas le combat de la survie dans un monde difficile, glacé, mais qui au moins ne nous veut pas de mal.

Les premiers mois passés dans ce bout du monde, j'ai surveillé Céleste comme les semis de lentilles de mon enfance. Je redoutais que sa maladie ne progresse. Je guettais la surface de sa peau comme si l'ennemi avait pu surgir dans cet horizon blanc.

Je savais que Briss avait échoué. Mon message n'avait pu être envoyé au monde. Je m'attendais donc à voir se creuser encore sur le corps de Céleste l'aggravation de l'état de la planète.

Un œil sur elle, j'ai bâti notre cabane, organisé le rythme de la vie.

Céleste m'aidait. Elle sortait de plus en plus pour marcher dans la neige. Ses joues se coloraient de rose.

Il me semblait qu'elle allait mieux. J'aurais voulu arrêter le temps, profiter de ce miracle fragile. Comment aurais-je pu croire que le temps, au contraire, travaillait pour nous ?

Un matin, en la regardant de près, j'ai pensé que la tache de son front s'était réduite. Le mois suivant, je n'avais plus beaucoup de doutes. Mais il me fallut près d'un an pour le croire vraiment.

Je l'écris aujourd'hui en bas de cette dernière page : Lentement, Céleste est en train de guérir.

Une seule question monte en moi dans ce désert humain où je vis : Et le monde ? Où en est le monde si Céleste va mieux ?

Sur une des photos à jamais perdues, j'avais juste écrit au feutre rouge comme un message pour l'humanité : « Voici Céleste, ma planète. »

J'essaie de penser à demain. Peut-être qu'ils finiront par nous trouver. Peut-être qu'ils nous élimineront comme ils le veulent depuis si longtemps. Peut être aussi qu'une tempête nous recouvrira un jour. Ici, tout peut arriver. Je demande alors seulement que celui qui retrouvera ces pages les porte aux parents de Céleste.

*Fin du cahier blanc*

Chapitre 6, pages 83-86.

1 Où se trouvent Céleste et le narrateur ?

2 En quoi ce lieu s'oppose-t-il au quartier de verre ?

3 Comment le narrateur se sent-il dans ce lieu ? Quelles images poétiques le narrateur utilise-t-il pour le décrire ?

4 À votre avis, pourquoi Céleste va-t-elle de mieux en mieux ?

**À L'ORAL** Lisez de façon expressive la fin de l'extrait (à partir de la ligne 38) en faisant ressortir les interrogations et les sentiments du narrateur.

## Votre bilan

- En lisant cet extrait, pensez-vous que la fin de l'histoire sera heureuse ?

Lecture INTÉGRALE

## Vos objectifs

- Lire le roman en entier.
- Comprendre le message poétique et écologique.

### CHAPITRE 1

1 Lisez la première page puis répondez à ces questions :

a. « La première fois qu'elle m'a embrassée… j'écris son nom. » (p. 7) : de qui le narrateur parle-t-il ?

b. Rédigez au moins deux questions que vous vous posez une fois que vous avez fini la première page.

2 Comment se comporte le narrateur quand il rencontre Céleste ? Justifiez.

3 Cherchez le sens du mot « céleste ».

### CHAPITRE 2

1 Relevez au moins trois informations sur le monde dans lequel vit le narrateur.

2 Aimeriez-vous vivre dans ce monde ? Justifiez.

3 Résumez en quelques phrases comment se déroule la recherche de Céleste.

### CHAPITRE 3

1 Donnez deux caractéristiques de la mère du narrateur et justifiez.

2 Selon vous, que peut signifier le point d'exclamation qui remplace la lettre « i » dans le nom de l'entreprise *!ndustry*, ainsi que dans le nom donné aux autres tours ?

3 Quelle demande le narrateur fait-il à sa mère ?

4 Rédigez un récit de trois phrases minimum pour expliquer l'illustration de la page 43.

5 Relevez dans la fin du chapitre au moins deux éléments qui nous laissent à penser que le sauvetage était une erreur.

### CHAPITRE 4

1 « Est-ce que j'avais rêvé ? Se pouvait-il que mon bonheur n'ait jamais existé ? » (p. 57) : dans quel état est le narrateur ? Pourquoi ?

2 Quelle phrase bouleverse le narrateur ? Pourquoi ?

3 Qui est Céleste ? À quoi correspondent les taches qui recouvrent son corps ?

### CHAPITRE 5

1 Donnez un titre à ce chapitre en justifiant de manière développée (au moins quatre phrases).

2 Pourquoi le narrateur a-t-il dit au père de Céleste que sa fille est une voleuse ?

3 À la fin du chapitre, le narrateur pense-t-il pouvoir sauver la jeune fille ? Justifiez.

### CHAPITRE 6

1 Où se trouvent le narrateur et Céleste ?

2 Dans ce chapitre, il est question d'un cahier. De quel cahier s'agit-il ? Que contient-il ?

3 L'histoire se termine-t-elle bien ou mal ? Justifiez.

## Votre bilan

1 Choisissez un passage du livre contenant du suspens.

2 Selon vous, dans quel but l'auteur a-t-il écrit ce livre ?

3 Relevez dans le livre quatre actions concrètes pour préserver la planète.

4 Quel passage du livre avez-vous préféré ? Pourquoi ?

**Avez-vous complété votre carnet de lecture ?**

ATELIER ÉCRIT

# Créer la charte de l'éco-collégien

EN GROUPE

## VOTRE MISSION

Par groupes de deux, rédigez et illustrez une charte de l'éco-collégien pour le site du collège.

**Coup de pouce**

Une charte est un écrit contenant des règles devant être respectées par tous les membres d'une collectivité. Vous pouvez relire la charte de la laïcité de votre collège.

## ÉTAPE 1 Notez vos idées

Au brouillon, listez un maximum de gestes à adopter au quotidien au collège, pour préserver l'environnement. Mettez les verbes à l'infinitif.

**Exemple :** *Respecter le tri des déchets à la cantine.*

## ÉTAPE 2 Classez vos idées

Classez ces gestes écologiques selon différentes rubriques.

**Exemples :** *déchets, ressources (eau, électricité, papier), déplacements, non à la surconsommation…*

## ÉTAPE 3 Rédigez votre charte

1. Choisissez un titre et expliquez l'objectif de votre charte.
2. Rédigez une formule pour introduire vos rubriques.

   **Exemples :** *Le collégien s'engage à... En tant qu'éco-collégiens, nous veillerons à...*

## ÉTAPE 4 Créez votre charte sur support numérique

p. 274 > 11. Comment mettre en page un texte ?

1. Saisissez votre charte avec un logiciel de traitement de texte.
2. Relisez-vous pour corriger les éventuelles erreurs d'orthographe.
3. Trouvez sur Internet des illustrations ou des photographies pour accompagner vos différentes rubriques. N'oubliez pas de citer vos sources !
4. Organisez votre mise en page : elle doit faire apparaître clairement les différents éléments qui composent votre charte.

## ÉTAPE 5 Auto-évaluez-vous grâce aux critères de réussite

| Mes critères de réussite | J'ai respecté ce critère |
|---|---|
| J'ai clairement exposé des gestes écologiques à adopter au collège. | 🙂 😐 🙁 |
| J'ai bien mis en page et illustré la charte. | 🙂 😐 🙁 |
| J'ai vérifié la correction de la langue. | 🙂 😐 🙁 |
| **Ma mission :** J'ai créé une charte dans le but de préserver l'environnement au sein de mon collège. | 🙂 😐 🙁 |

**Bravo !**

**Votre charte est terminée !**

# Faisons le bilan

**Céleste est guérie, la planète va mieux ! Il est temps de faire le point sur ce que cette lecture vous a apporté.**

## *Céleste, ma planète* : poésie et engagement écologique

**Un roman**
- un court récit visant à transmettre un message
- peu de personnages
- une intrigue simple et rythmée
- un enchaînement rapide des actions

**Un style poétique**
- la planète personnifiée sous les traits d'une jeune fille : Céleste
- de nombreuses figures de style utilisées par l'auteur pour donner plus de force à son propos

**Une visée écologique**
- alerter le lecteur sur l'avenir menacé de la planète
- dénoncer la responsabilité de l'homme
- faire réfléchir le lecteur sur son comportement éco-citoyen

## Les moments importants de l'intrigue

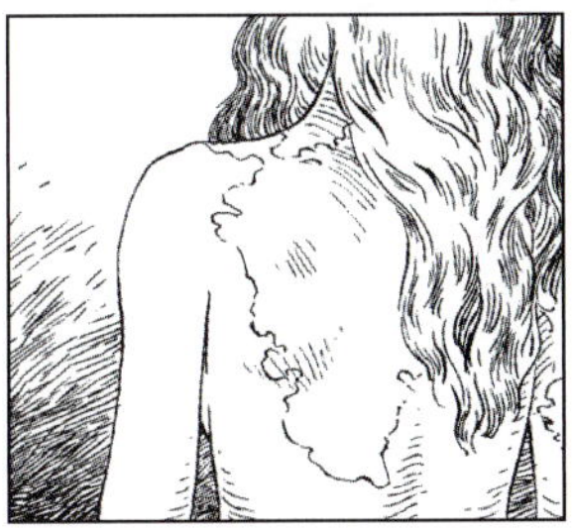

1 Classez ces illustrations dans l'ordre qui respecte le déroulement de l'histoire.

2 Quels passages du livre ces images illustrent-elles ? Soyez précis.

**Qu'avez-vous retenu de la séquence ?**
Vérifiez en faisant quelques exercices interactifs :

(Exercices interactifs)
hachette-clic.fr/21mf5157
hachette-clic.fr/21mf5158
genially

**Et vous, dans tout ça ?**

**Quels gestes du quotidien devez-vous faire pour être un(e) éco-citoyen(ne) ?**
**Si vous aviez le pouvoir, quelles mesures prendriez-vous pour sauver la planète ?**

**Avez-vous complété votre carnet de lecture ?**

# 13 Sur la piste des Indiens

**Vos objectifs**

- Comprendre en quoi le monde sauvage et le monde civilisé s'opposent.
- Comprendre la difficulté de vivre ensemble et d'accepter une autre culture.
- Analyser l'organisation d'un portrait physique et moral.
- Reconnaître une description méliorative ou péjorative.

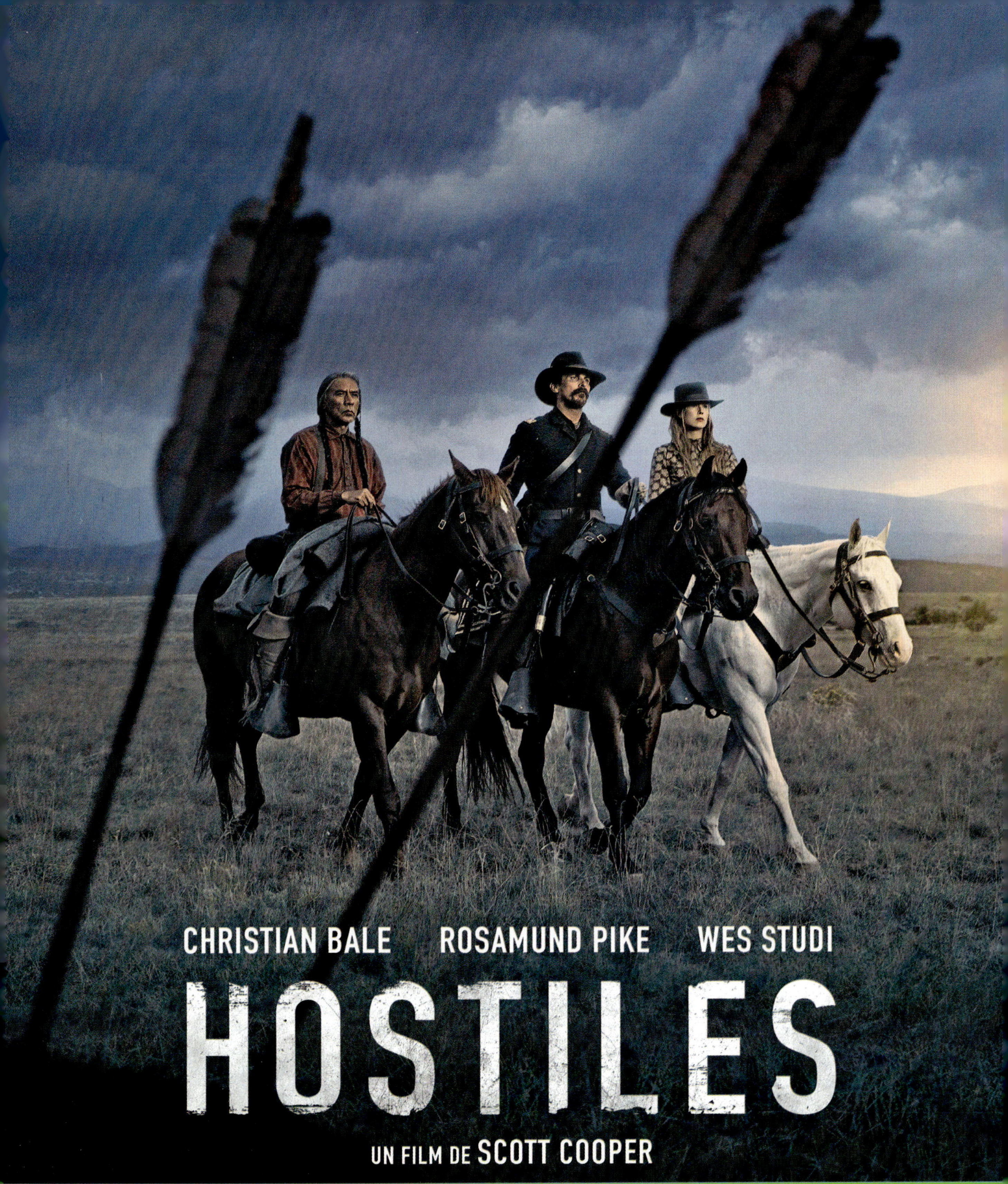


Affiche du film *Hostiles*, réalisé par **Scott Cooper**, 2017.

*« Ô, Grand Esprit, aide-moi à ne jamais juger un autre avant d'avoir chaussé ses mocassins pendant au moins trois lunes. »*

Proverbe amérindien

## À LA DÉCOUVERTE…

### 1 Le western en musique

(musique à écouter) hachette-clic.fr/21mf5159

« Addio a Cheyenne » d'Ennio Morricone est une musique composée pour le film de western *Il était une fois dans l'Ouest* (1969), de Sergio Leone. Écoutez-en un extrait.

1. Que vous évoquent les percussions ?
2. Quelles images utiliseriez-vous pour illustrer ce thème musical ?

### 2 Les Indiens dans la bande dessinée

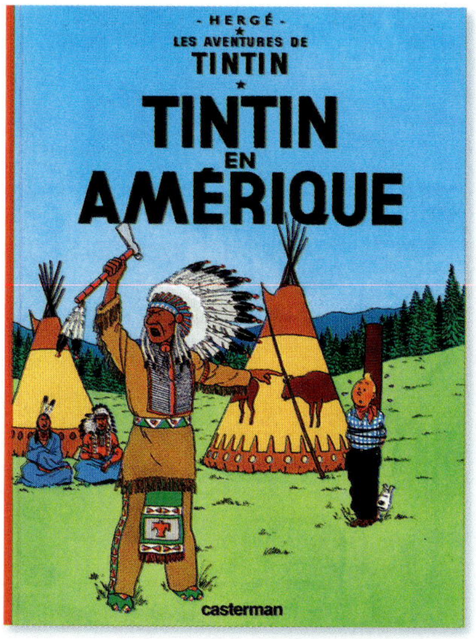

**Hergé**, *Tintin en Amérique*, Casterman, 1930.

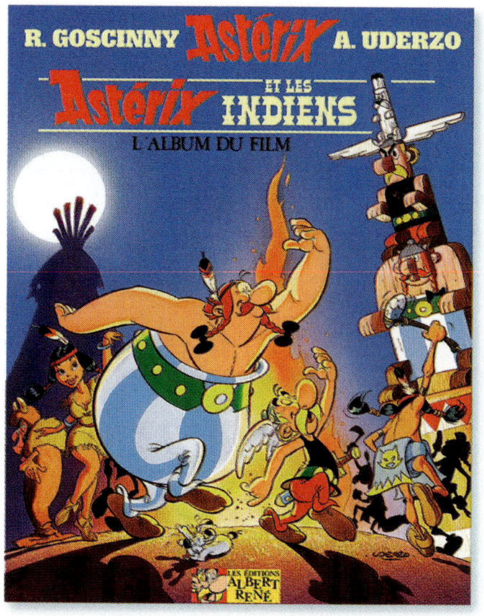

**R. Goscinny** et **A. Uderzo**, *Astérix et les Indiens*, Les Éditions Albert René, 1995.

**R. Goscinny** et **Morris**, *Lucky Luke*, tome 37 : *Canyon Apache*, Dargaud, 1971.

1. Observez les Indiens représentés sur ces couvertures de BD : quels sont les points communs dans les costumes ?
2. Quels éléments du décor sont repris dans chaque dessin ?
3. À la vue de ces couvertures, quelles relations imaginez-vous entre les Indiens et les autres personnages de ces bandes dessinées ?
4. Laquelle de ces bandes dessinées avez-vous envie de lire ? Pourquoi ?

**Derib** et **Job**, *Yakari*, tome 16 : *Le premier galop*, Casterman, 1990.

# Quelques repères

## La définition du mot « Indien »

Le nom **indien** a été donné aux premiers habitants du continent américain par les explorateurs européens, qui croyaient avoir atteint l'Inde !
Pour éviter les confusions, on utilise désormais le terme « Amérindien », ou encore « peuple natif ». Au Canada, c'est le mot « autochtone » qui est préféré.

## La Conquête de l'Ouest

- À partir de la fin du XVII^e siècle, les migrants européens s'installent sur la côte est des États-Unis en Nouvelle-Angleterre.
- Au fil du XIX^e siècle, ils avancent vers l'ouest, et entrent souvent en conflit avec les tribus indiennes vivant sur ce territoire. Les Indiens sont sans cesse repoussés vers la « Frontière », c'est-à-dire la limite entre leurs terres et celles des colons.
- À la fin du XIX^e siècle, ils se résignent finalement à vivre dans des réserves, pour mettre fin à des années de guerre.

(frise interactive)
hachette-clic.fr/21mf5160

## La visite d'un village indien

1 **Le tipi :** tente de forme conique en peau de bison.
2 **Le travois :** sorte de traîneau qui permet aux Indiens de déménager.
3 **La squaw :** nom donné aux femmes indiennes.
4 **Les papoose :** nom donné aux enfants indiens.
5 **La tanneuse :** prépare les peaux de bison pour en faire du cuir.
6 Un **carquois** et des **flèches** de chasseur.

# Lecture 1 S'émerveiller face au Nouveau Monde ?

**Vos objectifs**

- Étudier la description d'une nature vierge de la présence humaine.
- S'interroger sur la disparition des Indiens dans cette nature.

**François-René de Chateaubriand**
1768-1848

Écrivain français, il est connu pour ses *Mémoires d'outre-tombe*. Plusieurs de ses œuvres s'inspirent de ses voyages en Amérique.

## 1 *Atala*

(texte à écouter)
hachette-clic.fr/21mf5161

René, un voyageur français, explore la nature américaine alors qu'il se rend chez les Indiens Natchez.

Une multitude d'animaux placés dans ces retraites[1] par la main du Créateur, y répandent l'enchantement et la vie. De l'extrémité des avenues, on aperçoit des ours enivrés de raisins, qui chancellent[2] sur les branches des ormeaux ; des caribous se baignent dans un lac ; des écureuils noirs se jouent dans l'épaisseur des feuillages ; des oiseaux moqueurs, des colombes de Virginie[3] de la grosseur d'un passereau[4], descendent sur les gazons rougis par les fraises ; des perroquets verts à tête jaune, des piverts empourprés[5], des cardinaux[4] de feu, grimpent en circulant au haut des cyprès ; des colibris étincellent sur le jasmin des Florides, et des serpents-oiseleurs sifflent suspendus aux dômes des bois, en s'y balançant comme des lianes.

Si tout est silence et repos dans les savanes de l'autre côté du fleuve, tout ici, au contraire, est mouvement et murmure : des coups de bec contre le tronc des chênes, des froissements d'animaux qui marchent, broutent ou broient entre leurs dents les noyaux des fruits, des bruissements d'ondes, de faibles gémissements, de sourds meuglements, de doux roucoulements, remplissent ces déserts d'une tendre et sauvage harmonie. Mais quand une brise vient à animer ces solitudes, à balancer ces corps flottants, à confondre ces masses de blanc, d'azur, de vert, de rose, à mêler toutes les couleurs, à réunir tous les murmures ; alors il sort de tels bruits du fond des forêts, il se passe de telles choses aux yeux, que j'essaierais en vain de les décrire à ceux qui n'ont point parcouru ces champs primitifs de la nature.

**François-René de Chateaubriand**, *Atala* (1801), Le Livre de poche, 2007.

1 **Retraites** : lieux où l'on se cache pour être tranquille.
2 **Chancellent** : menacent de tomber.
3 **Virginie** : État du sud-est des États-Unis.
4 **Passereau, cardinaux** : petits oiseaux.
5 **Empourprés** : rouges.

**Johann Wenzel Peter**, *Adam et Ève au Paradis terrestre*, 1800-1829, huile sur toile, 247 x 336 cm, musée du Vatican.

1. À quel lieu sacré vous fait penser ce paysage ? Justifiez votre réponse.
2. Quelles sont les couleurs dominantes dans cet extrait ? Quel est l'effet produit ?
3. Relevez les mots du champ lexical du bruit. Quelle impression cela donne-t-il ?
4. Quelle est la place de l'homme dans cette nature ? Justifiez en citant le texte.
5. Quels liens faites-vous entre le tableau et le texte de Chateaubriand ?

**À L'ÉCRIT** Imaginez un peuple vivant en harmonie avec un tel milieu naturel. Décrivez son mode de vie et ses coutumes.

## 2 *Quinze jours au désert*

(texte à écouter)
hachette-clic.fr/21mf5162

**Alexis de Tocqueville** ▸ 1805-1859

Écrivain et philosophe français, il voyage aux États-Unis pour étudier les prisons américaines. Après ce séjour, il publie *De la démocratie en Amérique* qui le rend célèbre.

Tocqueville se rend aux États-Unis dans le but de rencontrer la tribu chippewa. Avançant vers l'ouest, il s'interroge sur la place des Indiens alors que les colons sont en train de conquérir leurs territoires.

À partir de New York, et à mesure que nous avancions vers le nord-ouest, le but de notre voyage semblait fuir devant nous. Nous parcourions des lieux célèbres dans l'histoire des Indiens, nous rencontrions des vallées qu'ils ont nommées, nous traversions des fleuves qui portent encore le nom de leurs tribus ; mais partout la hutte du sauvage avait fait place à la maison de l'homme civilisé, les bois étaient tombés, la solitude prenait une vie.

Cependant nous semblions marcher sur les traces des indigènes[1]. Il y a dix ans, nous disait-on, ils étaient ici ; là, cinq ans ; là, deux ans. Au lieu où vous voyez la plus belle église du village, nous racontait celui-ci, j'ai abattu le premier arbre de la forêt. Ici, nous racontait un autre, se tenait le grand conseil de la confédération[2] des Iroquois[3]. – Et que sont devenus les Indiens ? disais-je. – Les Indiens, reprenait notre hôte, ils ont été je ne sais pas trop où, par-delà les grands lacs ; c'est une race qui s'éteint ; ils ne sont pas faits pour la civilisation, elle les tue.

**Alexis de Tocqueville**, *Quinze jours au désert* (1831), Gallimard, 2012.

1 **Indigènes** : ceux qui sont originaires du pays où ils vivent. Ici, les Indiens.
2 **Confédération** : association d'États.
3 **Iroquois** : tribu d'Amérique du Nord.

**La boîte à mots** Le terme **hôte** (l. 14), du latin *hospes*, est un mot polysémique, qui désigne aussi bien une personne qui reçoit quelqu'un chez lui, que l'invité dans une demeure. Il faut donc prendre en compte le contexte pour comprendre le sens.
**Connaissez-vous le nom d'un métier de la même famille que le mot « hôte » ?**

1 D'où part le personnage et où se rend-il ? Quel est son but ?

2 D'après le texte, que reste-t-il des Indiens ? Justifiez votre réponse.

3 Cherchez les termes désignant les Indiens, et classez-les selon leur sens (neutre, mélioratif ou péjoratif).

4 Quelle est la place de la nature dans le paysage ?

5 Qui a modifié le paysage ? Expliquez la personnification de la dernière ligne.

6 En quoi le paysage contemplé par Tocqueville est-il source de déception ? A-t-il atteint son but ? Justifiez votre réponse.

**À L'ORAL** Le narrateur souhaite rencontrer les Indiens et demande des conseils à son hôte pour pouvoir découvrir leur mode de vie. Écrivez et jouez ce dialogue.

### Votre bilan

▸ En comparant les deux textes, comment qualifieriez-vous la nature représentée ? Selon vous, pourquoi les Indiens ont-ils disparu de cette nature ?

Lecture en GROUPE 2

# Comment décrire une rencontre ?

### Vos objectifs

- Comprendre les interactions entre les personnages.
- Étudier des portraits.

**Voltaire**
1694-1778
Écrivain et philosophe français emblématique du mouvement des Lumières.

## 1 *L'Ingénu*

(texte à écouter) hachette-clic.fr/21mf5163

Ce conte philosophique du XVIIIe siècle raconte les aventures d'un jeune Huron en France. Le voici qui pose le pied en Europe.

Il n'en fut pas de même d'un jeune homme très bien fait qui s'élança d'un saut par-dessus la tête de ses compagnons, et se trouva vis-à-vis de mademoiselle. Il lui fit un signe de tête, n'étant pas dans l'usage de faire la révérence. Sa figure et son ajustement[1] attirèrent les regards du frère et de la sœur. Il était nu-tête et nu-jambes, les pieds chaussés de petites sandales, le chef orné de longs cheveux en tresses, un petit pourpoint qui serrait une taille fine et dégagée ; l'air martial[2] et doux. Il tenait dans sa main une petite bouteille d'eau des Barbades[3], et dans l'autre une espèce de bourse[4] dans laquelle était un gobelet et de très bon biscuit de mer. Il parlait français fort intelligiblement. Il présenta de son eau des Barbades à Mlle de Kerkabon et à monsieur son frère ; il en but avec eux ; il leur en fit reboire encore, et tout cela d'un air si simple et si naturel que le frère et la sœur en furent charmés. Ils lui offrirent leurs services, en lui demandant qui il était et où il allait. Le jeune homme leur répondit qu'il n'en savait rien, qu'il était curieux, qu'il avait voulu voir comment les côtes de France étaient faites, qu'il était venu, et allait s'en retourner.

**Voltaire**, *L'Ingénu*, 1767.

### Coup de pouce

À travers les yeux de quels personnages le Huron est-il vu ? Que pensent-ils de lui ?

1 **Ajustement** : façon dont les vêtements sont portés.
2 **martial** : militaire.
3 **Barbades** : État et île situés en mer des Caraïbes.
4 **Bourse** : petit sac souple.

**Fenimore Cooper**
1789-1851
Écrivain américain, il bâtit son œuvre sur les récits des Indiens du Nord.

## 2 *Le Dernier des Mohicans*

(texte à écouter) hachette-clic.fr/21mf5164

Duncan et deux jeunes Anglaises ont été secourus par plusieurs Indiens mohicans. Ils observent l'un d'eux, Uncas, lors d'une halte.

Les voyageurs regardèrent avec intérêt la taille droite et souple du jeune Mohican, dont toutes les attitudes et tous les mouvements avaient une grâce naturelle. Son corps était plus couvert qu'à l'ordinaire par un vêtement de chasse, mais on voyait briller son œil noir, fier et intrépide[1], quoique doux et calme. Ses traits bien dessinés offraient le teint rouge de sa nation dans toute sa pureté ; son front élevé était plein de dignité, et sa tête noble ne présentait à la vue que cette touffe de cheveux que les sauvages conservent par bravoure, et comme pour défier leurs ennemis de la leur enlever.

C'était la première fois que Duncan Heyward et ses compagnes avaient eu le loisir[2] d'examiner les traits prononcés de l'un des deux Indiens qu'ils avaient rencontrés si à propos, et ils se sentirent soulagés du poids accablant[3] de leur inquiétude en voyant l'expression fière et déterminée, mais franche et ouverte, de la physionomie[4] du jeune Mohican. Ils sentirent qu'ils pouvaient avoir devant les yeux un être plongé dans la nuit de l'ignorance, mais non un perfide[5] plein de ruses se consacrant volontairement à la trahison.

**Fenimore Cooper**, *Le Dernier des Mohicans* (1826), traduit de l'américain par Auguste-Jean-Baptiste Defauconpret, Œuvres, 1839.

### Coup de pouce

Soyez attentifs aux adjectifs qui qualifient le jeune Indien.

1 **Intrépide** : qui n'a peur de rien.
2 **Le loisir** : l'occasion, la possibilité.
3 **Accablant** : écrasant.
4 **Physionomie** : apparence, allure générale.
5 **Perfide** : sournois, fourbe.

Laura Ingalls Wilder 

▸ 1867-1957

Autrice américaine, elle écrit une série de romans inspirés de sa propre enfance au sein d'une famille de pionniers américains de la fin du XIXe siècle.

**Coup de pouce**

Observez bien l'ordre dans lequel le portrait est écrit : quel trajet suit le regard de l'observateur ?

**Avec du style !**

Un personnage peut être décrit selon différents points de vue. Le point de vue est **omniscient** quand le narrateur sait tout des personnages. Il est **externe** si le narrateur n'est qu'un témoin. Il est **interne** lorsque le narrateur ne raconte que ce que voit et ressent un personnage.

## 3 La Petite Maison dans la prairie

(texte à écouter) hachette-clic.fr/21mf5165

La famille Ingalls s'est installée au Kansas pour cultiver des terres sur le Territoire indien. Un jour, tandis que le père part à la chasse, deux Indiens se présentent devant la cabane. Sa fille Laura les observe.

[Laura] risqua un œil au dehors et aperçut les sauvages.

Elle découvrit tout d'abord leurs mocassins[1] de cuir. Puis leurs jambes brun-rouge, musclées et nues, jusqu'au haut de la cuisse. Chacun des Indiens s'était ceint la taille d'une lanière de cuir pour retenir la fourrure d'un petit animal qui lui pendait au bas du ventre. Comme cette fourrure était noire à bandes blanches, Laura comprit d'où provenait l'odeur nauséabonde. C'était une peau fraîche de moufette[2].

Un couteau, semblable au couteau de chasse de Papa, et une hachette comme la sienne étaient glissés dans la ceinture de chacun de ces pagnes de fourrure.

Les côtes des Indiens se dessinaient en relief sur leurs torses nus. Leurs bras étaient croisés sur la poitrine. Laura, enfin, jeta un nouveau coup d'œil sur leurs visages, puis elle se cacha vivement derrière la planche.

Leurs visages étaient hardis[3], farouches[4], terrifiants. Leurs yeux noirs étincelaient. Très en arrière de la ligne du front et loin au-dessus des oreilles, ces sauvages n'avaient pas de cheveux, là où poussent d'ordinaire les cheveux. Mais sur le sommet du crâne, ils portaient une touffe de cheveux qui se tenait toute droite. Elle était entourée d'une cordelette, dans laquelle des plumes avaient été piquées.

**Laura Ingalls Wilder**, *La Petite Maison dans la prairie* (1932), Flammarion, traduit de l'américain par Hélène Seyrès, 2010.

1 Mocassins : chaussures traditionnelles des Indiens d'Amérique du Nord.
2 Moufette : petit mammifère d'Amérique au pelage doux.
3 Hardis : courageux.
4 Farouches : sauvages, cruels, barbares.

### EN GROUPE

**1** **Formez des groupes !** Chaque groupe lit un texte et répond aux questions suivantes :

a. Qui sont les personnages présents ?

b. Comment les Indiens sont-ils habillés et armés ?

c. Faites la description physique de l'Indien. Montrez qu'elle illustre ses qualités ou ses défauts moraux.

d. Les termes relevés sont-ils mélioratifs ou péjoratifs ?

e. Quel est le point de vue adopté dans la description ? Que ressent l'observateur ?

**2** Recopiez et remplissez votre tableau de synthèse.

| Texte | Personnages | Armements et habits | Description physique et morale | Point de vue |
|---|---|---|---|---|
| 1 | | | | |
| 2 | | | | |
| 3 | | | | |

### TOUS ENSEMBLE

**3** Présentez votre texte en expliquant quelle image de l'Indien donne l'auteur.

**Votre bilan**

▸ Quel Indien souhaiteriez-vous rencontrer ? Donnez vos raisons.

Lecture

# 3 Comment représenter une scène d'affrontement ?

**Vos objectifs**

- Étudier une scène d'affrontement dans un texte et dans un tableau.
- Identifier les outils permettant de décrire une scène d'action.
- Analyser la mise en scène de la violence.

**Christel Mouchard**
née en 1954
Écrivaine et journaliste française, ses récits de voyage et d'exploration donnent aux femmes une place centrale.

**Avec du style !**
La **synecdoque** permet de désigner un tout par une partie. Ici, l'expression « Visage pâle » (l. 9) désigne un homme blanc.

## 1 *L'Apache aux yeux bleus*

(texte à écouter)
hachette-clic.fr/21mf5166

Le jeune Herman a été enlevé et adopté par des Apaches. Rebaptisé En Da, il devient lui-même un guerrier au bout de plusieurs années, et il affronte les hommes blancs.

Au loin, le nuage de poussière avait grossi, et l'écho des sabots sur la terre sèche résonnait dans le calme d'une journée sans vent. Bientôt, on distingua les hommes, leurs grands chapeaux, leurs hautes bottes, les éperons à molette et les fusils tout neufs. Ils avançaient groupés, comme une seule grosse bête menaçante.

Chiwat[1] obliqua sur la gauche. Il n'y avait plus un seul Indien face à l'ennemi, qui se trouva lentement encerclé par le mouvement tournant des guerriers.

Les Visages pâles n'avaient pas encore vu que les Apaches attaquaient. Quand les premières flèches volèrent, ils furent si surpris que leurs chevaux se cabrèrent. Les Indiens en profitèrent pour bander leurs arcs et recharger leurs fusils, puis resserrèrent le cercle en tirant à nouveau... En Da, imitant Chiwat, tirait ses flèches tout en galopant, habile à rester en selle sans même toucher les rênes. Il avait conscience du spectacle impressionnant qu'ils devaient offrir, eux tous, à tournoyer sur leurs montures déchaînées.

Mais l'émissaire[2] comanche avait raison : les Texas Rangers[3] n'étaient pas des ennemis comme les autres. Non seulement ils avaient des fusils neufs, mais ils savaient s'en servir avec autant d'adresse que les Indiens de leurs arcs. En Da les vit descendre de cheval, regrouper leurs montures au centre, se mettre en position de viser calmement, bien calés sur leurs pieds. Puis ils disparurent dans un nuage opaque[4]. On ne voyait plus rien, ni Indiens, ni Visages pâles.

– Chiwat ? cria En Da.

« Suis-moi », avait dit son ami. Comment ? La terre sèche et fine volant de sous les sabots avait produit un brouillard jaune rempli de poussière et de poudre, et le vacarme des fusils couvrait la voix.

Le jeune guerrier continua à galoper à l'aveuglette, l'arc bandé, mais où viser ? Et pendant ce temps, les fusils des Visages pâles tiraient toujours... Le Comanche les avait avertis : ces armes diaboliques n'avaient pas besoin d'être rechargées.

La confusion grandit encore. Les chevaux se cabraient en hennissant, les flèches sifflaient dans tous les sens. Cela ressemblait aux tornades qui ruaient dans la plaine en arrachant les buissons sur leur passage.

**Christel Mouchard**, *L'Apache aux yeux bleus*, Flammarion, 2015.

1 **Chiwat** : nom d'un Apache d'une autre tribu.
2 **Émissaire** : un envoyé, quelqu'un qui représente un groupe.
3 **Texas Rangers** : policiers du Texas.
4 **Opaque** : qui n'est pas transparent.

1 Dans le premier paragraphe, comptez les verbes d'action. À quel rythme ces actions s'enchaînent-elles ?

2 Comment les Indiens et les Texas Rangers manient-ils leurs armes ? Pour répondre, utilisez deux compléments circonstanciels de manière.

p. 254 > Les compléments circonstanciels

3 Quelle est la stratégie des Blancs ? Relevez le champ lexical de la vue.

4 Quel est l'avantage des armes des Blancs sur celles des Indiens ? Justifiez à l'aide du texte.

5 Pourquoi peut-on dire que le combat est perdu d'avance pour les Indiens ?

À L'ÉCRIT En Da se retrouve face à un Texas Ranger à la fin de la bataille. Racontez leur affrontement en utilisant le passé simple.

**Charles Marion Russell**, *The Attack*, 1897, huile sur toile.

1 Observez la composition de l'image et les divers plans : qui est mis en valeur et par quel moyen ?

p. 266 > 5. Comment lire et décrire l'image ?

2 Quelles sont les couleurs dominantes ? Quel type de paysage évoquent-elles ?

3 Comment l'impression de vitesse est-elle donnée ?

4 Où se dirigent les Indiens ?

5 Que va-t-il se passer, à votre avis ? Pourquoi ?

À L'ORAL En quoi ce tableau pourrait-il illustrer le texte de *L'Apache aux yeux bleus* ?

**Votre bilan**

- Comment la violence du combat est-elle mise en scène dans le texte et dans l'image ?

# Lecture 4 Adopter une autre culture ?

## Vos objectifs

- Étudier la représentation de la cohabitation entre les Blancs et les Indiens.
- Comprendre la portée symbolique d'un texte.

**Michael Blake**
1945-2015
Écrivain américain, il est principalement connu pour son roman *Danse avec les loups*, publié en 1988.

## 1 *Danse avec les loups*

(texte à écouter) hachette-clic.fr/21mf5167

Le lieutenant de l'armée américaine John Dunbar a été envoyé garder un fort sur la Frontière indienne. Il a découvert les Comanches et est devenu leur ami, adoptant peu à peu leurs coutumes et mode de vie.

En revenant au fort suivant un rythme semi-régulier, il conservait une discipline là où il n'y en avait plus besoin, et ce faisant, il préservait l'idée du Lieutenant John J. Dunbar, USA. [...]

Invariablement il descendait jusqu'à la rivière, en général avec Deux Bottes[1] sur les talons. Le loup avait été son premier véritable contact, et le lieutenant était toujours heureux de le voir.

Les moments silencieux qu'ils passaient ensemble étaient quelque chose qu'il chérissait.

Il s'arrêtait quelques minutes au bord de la rivière, regardant passer l'eau. Si la lumière était bonne, il pouvait se voir comme dans un miroir. Ses cheveux avaient poussé au-delà de ses épaules. Le soleil constant et le vent avaient bruni son visage. Il se tournait d'un côté et de l'autre, comme un mannequin, admirant le pectoral[2] qu'il portait maintenant comme un uniforme. À l'exception de Cisco[3], il ne possédait rien de plus précieux.

Quelquefois son reflet sur l'eau le faisait frissonner de confusion. Il leur ressemblait tellement à présent ! Quand cela se produisait, il se mettait bizarrement sur un pied et levait l'autre suffisamment haut pour que l'eau lui renvoie l'image du pantalon avec la bande jaune et de hautes bottes noires de cavalerie.

Parfois il pensait à s'en débarrasser pour adopter les jambières et les mocassins, mais le reflet lui disait toujours qu'ils faisaient partie de sa personnalité. D'une certaine façon, ils symbolisaient également la discipline. Il porterait le pantalon et les bottes jusqu'à ce qu'ils se désintègrent. Ensuite il verrait.

**Michael Blake**, *Danse avec les loups* (1988), traduit de l'anglais par Gilles Bergal, Flammarion, 1992.

1 Deux Bottes : nom du loup apprivoisé de Dunbar.
2 Pectoral : très grand bijou couvrant la poitrine.
3 Cisco : nom du cheval de Dunbar.

*Danse avec les loups*, réalisé par **Kevin Costner**, 1990.

**POUR COMMENCER** En quoi ce photogramme illustre-t-il la cohabitation entre les Blancs et les Indiens ?

1 Comment Dunbar se comporte-t-il d'abord dans le fort, puis près de la rivière ?

2 Quels éléments de la description montrent que Dunbar ressemble à un Indien ?

3 Que symbolisent les bottes et le pantalon de Dunbar ?

4 Quel est le temps dominant utilisé dans ce texte ? Quelle est sa valeur ?

**À L'ÉCRIT** « Ensuite, il verrait. » Quelles décisions Dunbar pourrait-il être amené à prendre ? Utilisez le présent du conditionnel dans votre réponse.

p. 254 > Le conditionnel présent

## 2 « Le gros monde »

Dans ce poème, Picard-Sioui parle du « gros monde ». Il s'agit d'une métaphore pour désigner la société de consommation nord-américaine.

**Louis-Karl Picard-Sioui**
▸ né en 1976
Écrivain et poète québécois, il participe activement à la valorisation du peuple huron et de ses coutumes.

**Avec du style !**
L'**anaphore** est la répétition en début de vers des mêmes mots.

(texte à écouter) hachette-clic.fr/21mf5168

### Le gros monde

Le gros monde veut me vendre une église
Des habits neufs
De beaux chapeaux

Le gros monde veut me border
De fleurs, de lampadaires
De taxes foncières[1]

Le gros monde dit connaître le Danseur
Il souhaite qu'il jongle
Qu'il amuse, qu'il performe[2]

Le gros monde hait ce qu'il est :
Sa race, sa foi, son histoire
Tout ce que tu représentes

Le gros monde a des plans :
Il veut oublier, effacer
Tout ce qu'il ne peut vendre

Mais au cœur de la vallée gronde
La colère de la vérité :

« Rappelle-toi,
L'odeur de la terre
Lorsque chantent les femmes »

« Rappelle-toi,
Le chant du tonnerre
Lorsque frappe le printemps »

« Rappelle-toi,
Tatoué sur des poings de sang :
Tu es la hache de ton père »

**Louis-Karl Picard-Sioui**, « Le gros monde », *De la paix en jachère*, Éditions Hannenorak, 2012.

1 Taxes foncières : impôts.
2 Qu'il performe : qu'il soit particulièrement efficace dans les arts du spectacle.

1 Quelles sont les deux parties distinctes de ce poème ? Donnez un titre à chacune d'elles.

2 Recopiez et complétez le tableau.

| Le gros monde | Mots-clés dans le poème |
|---|---|
| Ses occupations | |
| Ses lieux de vie | |
| Ses apparences | |

3 Que souhaite « oublier, effacer » le « gros monde » ?

4 Qui parle dans les trois dernières strophes ? À qui ?

5 Relevez l'anaphore. Quel effet produit-elle ?

6 Qu'est-ce que le poète cherche à dénoncer dans ce poème ?

**À L'ORAL** Mémorisez le poème et faites-en une récitation expressive à plusieurs voix.

➔ p. 270 > 7. Comment présenter un travail à l'oral ?

### Votre bilan

▸ Dans quel texte le personnage adopte-t-il la culture de l'autre ? Dans quel texte la subit-il ? Justifiez votre réponse.

# À VOS MARQUE-PAGES !

**Vos objectifs** ▸ Lire en autonomie et partager ses lectures.

**Plongez-vous dans la culture amérindienne ! C'est à vous de choisir vos titres en fonction de vos goûts et de votre appétit de lecture.**

## → À vos marque-pages, prêts ? Lisez !

### Petit appétit de lecture

documentaire • tribus • histoire

Quelle Histoire, 2020.

### Les Amérindiens : à la rencontre des tribus d'Amérique

**Clémentine V. Baron**

Un documentaire court et attractif sur l'histoire des Amérindiens, des premiers peuples autochtones jusqu'aux tribus encore existantes. Avec des entrées thématiques et historiques, et une galerie de portraits de personnalités amérindiennes.

**Deux raisons d'aimer**
- Il y a des jeux bonus, des quizs, des anecdotes.
- Une version audio lue par des comédiens est accessible !

Rageot, 2018.

roman historique • conquête de l'Ouest • destins parallèles

### Louise et Hetseni : dans les plaines sauvages

**Sophie Rigal-Goulard**

À notre époque, Louise s'intéresse au roman écrit par son père, et surtout à son personnage principal Jonas, enlevé par les Cheyennes. La jeune fille se passionne pour l'histoire de ce jeune colon devenu Hetseni dans sa nouvelle tribu.

**Deux raisons d'aimer**
- Un roman dans le roman, l'intrigue est originale.
- Les deux époques se superposent et réunissent les héros.

manga • samouraï • western

Casterman, 2009.

### Sky Hawk

**Jirô Taniguchi**

Dans le Far-West se nouent parfois d'improbables amitiés. Deux samouraïs exilés sur les terres des Indiens Crow s'intègrent à la tribu. Ils partagent leurs méthodes de combat et luttent ensemble pour défendre la terre sacrée des Blacks Hills.

**Défi** Comme le héros du Soleil levant qui s'est trouvé un nom de guerrier indien « Sky Hawk », imaginez-vous un nom à la manière des tribus amérindiennes.

**Deux raisons d'aimer**
- Un style autant apprécié par les fans de mangas que par les fans de bandes dessinées.
- Les samouraïs et les Amérindiens partagent ici le même code d'honneur.

## Gros appétit de lecture

Thierry Magnier, 2019.

### Le Dernier sur la plaine
**Nathalie Bernard**

comanche • résistance • héritage

Ce roman évoque la vie de Quanah Parker, fils du grand chef Peta Nocona. De son enfance libre à son engagement pour la sauvegarde et la reconnaissance du peuple comanche, son incroyable destin est fascinant.

**Défi** Cherchez une image du projet du mémorial Crazy Horse, en hommage au célèbre chef sioux, symbolisant la lutte pour la reconnaissance de l'histoire amérindienne.

**Deux raisons d'aimer**
- Son autrice s'est inspirée d'une histoire vraie !
- L'autrice devient chanteuse dans un album créé à partir de ce roman.

L'École des loisirs, 2016.

### Les Petits Orages
**Marie Chartres**

amitié • réserve • handicap

Moses garde en lui une rage sourde depuis son accident. Il rencontre un Indien, Ratso, qui débarque au lycée et lui demande de l'accompagner voir sa sœur dans la réserve de Pine Ridge. Pendant ce road trip, l'amitié va leur permettre d'affronter leurs blessures intimes.

**Deux raisons d'aimer**
- L'humour et la sensibilité se mélangent dans ce texte.
- Pour porter un regard tolérant sur les différences.

### Lune indienne
**Antje Babendererde**

déracinement • préjugés • famille recomposée

La mère d'Olivier se remarie avec un Indien, et l'adolescent doit alors partir vivre en plein Ouest américain dans une réserve indienne. L'intégration est très difficile, Olivier a du mal à trouver sa place. Mais des rencontres vont tout changer, et lui faire mieux connaître cette nouvelle culture.

**Deux raisons d'aimer**
- Ce roman dénonce les préjugés et le racisme.
- Les différences culturelles sont aussi instructives que sources d'humour pour le héros.

Bayard Jeunesse, 2020.

**Partagez vos lectures !** Lettre critique à l'auteur ou l'autrice

Rédigez une lettre pour lui signifier les points positifs mais aussi négatifs de son œuvre. Vous auriez même peut-être des suggestions à lui faire pour une suite, ou une autre fin. Soyez inventifs !

↪ Avez-vous complété votre carnet de lecture ?

## Les compléments circonstanciels de moyen, de manière et de but

Mon objectif > reconnaître les compléments circonstanciels de moyen, de manière et de but pour enrichir une scène d'action

### J'observe

Chacun des Indiens s'était ceint la taille d'une lanière de cuir pour retenir la fourrure d'un petit animal qui lui pendait au bas du ventre.

[...] elle se cacha vivement derrière la planche.

**Laura Ingalls Wilder**, *La Petite Maison dans la prairie* (1932), Flammarion, traduit de l'américain par Hélène Seyrès, 2010.

1 À l'aide de quoi l'Indien se serre-t-il la taille ? Dans quel but ?

2 Repérez l'adverbe en *-ment* : exprime-t-il une façon d'agir, ou un objet concret qu'on peut toucher ? Pouvez-vous supprimer et déplacer ces éléments de réponse ?

3 Comment s'appellent ces fonctions grammaticales ?

4 Nommez les circonstances exprimées.

### Je m'entraîne

5 Remplacez chaque adverbe par un groupe nominal complément circonstanciel.

L'Indien Chien-de-Feu se déplace silencieusement et prudemment. Mais, les sens en alerte, il se fige brusquement : d'où vient ce grondement dans la prairie ? Courageusement, il se faufile entre les hautes herbes, et découvre, dans un éblouissement, un troupeau de bisons courant bruyamment.

### J'écris

6 Décrivez le tableau.

**Défi** Utilisez deux compléments circonstanciels de but, de manière et de moyen.

**Alfred Jacob Miller**, *Crow Encampment*, (détail), 1837, aquarelle, États-Unis.

## Le conditionnel présent

Mon objectif > savoir conjuguer et utiliser le présent du conditionnel

### J'observe

Pour décrire un nouveau peuple, l'auteur peut être amené à formuler des hypothèses, des suppositions. Dans ce cas, il peut utiliser le conditionnel présent.

1 Recopiez et complétez le tableau de conjugaison suivant.

| | | |
|---|---|---|
| **Partir** | Je | ...... |
| **Découvrir** | Tu | ...... |
| **S'aventurer** | Il | ...... |
| **S'émerveiller** | Nous | ...... |
| **Se méfier** | Vous | ...... |
| **Grandir** | Elles | ...... |

### Je m'entraîne

2 Complétez le texte suivant avec les verbes suivants, que vous conjuguerez au conditionnel présent :

être • pouvoir • craindre • préférer • apporter • fumer • galoper • chasser.

Chien-de-Feu s'assit devant le feu et réfléchit : quelle ...... sa journée demain ? Il ...... aller se baigner dans la rivière, car il ne ...... pas la fraîcheur des eaux. ...... -il consulter le vieil homme-médecine de la tribu ? Il ...... son calumet et le ...... dans la loge du chamane. Puis Chien-de-Feu se décida : non, il ...... dans la prairie, puis ...... le bison pour nourrir sa famille.

## J'écris

**3** Et vous, si vous étiez un Indien ou une Indienne, que feriez-vous de votre journée ? Utilisez la formule suivante et complétez-la autant de fois que nécessaire : *Si je vivais avec les Indiens, je...*

Vocabulaire

# Autour des Indiens

Mon objectif > **acquérir du vocabulaire autour des Indiens**

**1** Le lexique français s'est enrichi de plusieurs expressions en relation avec les Indiens. Retrouvez la signification de chaque expression.

| Expression | Signification |
|---|---|
| être sur le sentier de la guerre | arrêter les hostilités |
| une ruse de Sioux | à la queue leu leu |
| fumer le calumet de la paix | être prêt à partir en guerre |
| enterrer la hache de guerre | mettre fin à la malchance |
| en file indienne | arriver à point nommé |
| vaincre le signe indien | plan particulièrement ingénieux et discret |
| la cavalerie arrive toujours à temps | se réconcilier |
| une crête à l'iroquoise | style de coiffure |

(Exercice interactif) > hachette-clic.fr/21mf5169

**2** Complétez le texte avec les mots suivants : bisons • chamane • Comanche • manitou • mocassin • pagne • papoose • squaw • tipi • totem • travois • tomahawk.

Le jeune ...... qu'on nommait Chien-de-Feu ajusta son ...... sur ses hanches, chaussa ses ...... et sortit de son confortable ...... . La tribu suivait la piste des ......, et il était l'heure de se mettre en chasse. L'Indien sourit aux ...... turbulents qui jouaient autour des tentes, tandis que les ...... rassemblaient les ...... sur lesquels les biens de chacun seraient regroupés pour le transport. Chien-de-Feu croisa le ......, qui considérait le ...... de la tribu tout en marmonnant des invocations. En son for intérieur, le jeune homme pria le grand ...... : que son arc, ses flèches et son ...... puissent frapper fort et juste pour nourrir les siens.

**Défi** « Chien-de-feu » est un nom d'Indien. Quel serait votre nom d'Indien ? Expliquez-le à vos camarades.

Orthographe

# Dictée préparée

Mon objectif > **préparer une dictée**

(texte à écouter) hachette-clic.fr/21mf5170

**1** Soyez attentifs aux homophones : quelle est la différence entre *et/est* ? *mais/mes* ? *ou/où* ?

**2** Quel est le sujet des verbes « dressaient », « faisaient » et « parlaient » dans le deuxième paragraphe ?

**3** Qui est « épuisé » ? Qui est « étourdi » ? Justifiez l'accord de ces adjectifs.

**4** Mémorisez les mots difficiles : « ravisseur », « bivouac », « langage », « connaissance ».

(Exercice interactif) > hachette-clic.fr/21mf5171

Le soleil était presque couché, maintenant, et le ciel était rouge. Les Apaches s'arrêtèrent enfin.
Mais ils ne dressaient pas de tente, ne faisaient pas de feu, ne parlaient pas. Ils ne voulaient pas attirer l'attention, bien sûr.
Son ravisseur attrapa Herman, le glissa sous son bras comme un paquet, et s'en alla le jeter au pied d'un arbre. Puis il s'éloigna du bivouac et disparut. Où allait-il ?
Le temps passait... Les Indiens chuchotaient entre eux dans un drôle de langage sans même regarder le prisonnier. Épuisé, étourdi par la faim, Herman perdit à nouveau connaissance.

**Christel Mouchard**, *L'Apache aux yeux bleus*, Flammarion, 2015.

ATELIER ÉCRIT

# S'élancer sur la piste des Indiens

Photogramme de *La Prisonnière du désert*, réalisé par **John Ford**, 1956.

## VOTRE MISSION

Vous êtes un colon en quête d'aventures, et vous décidez d'émigrer sur un nouveau continent : l'Amérique du Nord. Racontez votre périple et votre rencontre avec les Indiens.

### Coup de pouce

Selon le dictionnaire Littré, un **cabinet de curiosité** est « un lieu où l'on expose des objets d'étude et de curiosité », ou encore un meuble dans lequel on entrepose des objets dignes d'attention.

## ÉTAPE 1 Constituez votre collection de mots

Vous allez construire un cabinet de curiosités lexicales, qui servira de support à l'écriture. Il sera le reflet de vos connaissances sur les coutumes indiennes, les paysages rencontrés, les sentiments éprouvés.

**1.** Constituez une collection de mots, sélectionnés dans les textes de la séquence pour leur intérêt lexical.

p. 265 > 4. Comment organiser un répertoire lexical ?

## ÉTAPE 2 Établissez le plan de votre texte

**1.** Qui êtes-vous ? D'où venez-vous ?

**2.** Quel personnage choisissez-vous d'incarner ?
**Exemples :** *soldat, colon, trappeur, éleveur, commerçant, chercheur d'or…*

**3.** Quelles sont les raisons qui vous poussent à quitter l'Europe ? Que pensez-vous trouver en émigrant ? Formulez vos rêves : utilisez le présent du conditionnel.

p. 254 > Le présent du conditionnel

**4.** Quelle est votre première impression en débarquant en Amérique ? Êtes-vous face à la nature ou à la civilisation ?

**5.** Quelle tribu rencontrez-vous ? Quelles sont vos réactions ?
**Exemples :** *peur, fascination, envie, pitié, méfiance, admiration…*

**6.** Décrivez votre nouveau mode de vie et ce que vous apprennent les Indiens.

**7.** Quelles seront vos relations avec ce peuple : amicales ? Indifférentes ? Hostiles ? Pour quelles raisons ?

## ÉTAPE 3 Rédigez un brouillon

**Coup de pouce**

Observez les photogrammes de la page « Au cinéma » (p. 258) pour vous aider à construire vos descriptions.

**1.** Utilisez les deux premières étapes pour raconter votre histoire.

**2.** Écrivez votre récit à la première personne. N'oubliez pas d'exprimer vos sentiments !

**3.** Votre texte doit donner à voir : consacrez un paragraphe à la description d'un paysage de l'Ouest américain, et un autre au portrait d'un Indien.

**Exemples :** *coyote, cactus, prairies, lacs, plaines, verdoyant, aride, désertique, explorer, arpenter, découvrir, s'émerveiller, s'égarer…*

**4.** Insérez une scène d'action pour créer du suspense.

**5.** Enrichissez votre travail à l'aide de compléments circonstanciels.

p. 254 > Les compléments circonstanciels

## ÉTAPE 4 Relisez, corrigez et enrichissez votre brouillon

**Coup de pouce**

Rendez-vous p. 308 pour relire la leçon sur les expansions du nom.

**1.** Vérifiez que vous ne faites pas trop de répétitions.

**2.** Veillez à utiliser des termes expressifs. Évitez les expressions « il y a », « il dit », ainsi que l'utilisation trop fréquente du verbe d'état « être ».

**Exemples :** *pour varier, utilisez les verbes dominer, surplomber, s'élever, se dresser, barrer l'horizon, se découper, se déployer, s'étendre…*

**3.** Ne commencez pas votre histoire au présent pour la terminer au passé simple ! Choisissez le système du présent ou du passé, et n'en changez pas.

**4.** Vérifiez que vous avez bien utilisé les mots listés dans l'étape 1. Enrichissez vos groupes nominaux d'expansions.

## ÉTAPE 5 Mettez en forme votre texte

**1.** Pour rendre votre récit attractif, mettez-le en forme dans un traitement de texte.

p. 274 > 11. Comment mettre en page un texte ?

**2.** Utilisez le correcteur d'orthographe pour les dernières vérifications.

## ÉTAPE 6 Auto-évaluez-vous grâce aux critères de réussite

**Bravo !**

**Votre texte est terminé.**

| Mes critères de réussite | J'ai respecté ce critère |
|---|---|
| J'ai décrit un paysage. | |
| J'ai dressé un portrait. | |
| J'ai exprimé des sensations et des émotions. | |
| Mon vocabulaire est riche et varié. | |
| Je n'ai pas fait de fautes d'orthographe ni de conjugaison. | |
| Mon texte est correctement mis en page. | |
| **Ma mission :** J'ai raconté ma découverte de l'Amérique et de son peuple autochtone. | |

AU CINÉMA

# Cow-boys et Indiens

## Qu'est-ce qu'un western ?

À l'origine, le western met en scène des personnages-types : une famille de pionniers, des Indiens cruels, un hors-la-loi recherché par un shérif courageux… L'action se déroule à la fin du XIX$^{e}$ siècle, dans l'Ouest américain, territoire de conquêtes, mais aussi de combats entre les soldats et les tribus indiennes. Les décors sont souvent grandioses et sauvages, comme la Monument Valley. John Ford et Clint Eastwood sont de célèbres réalisateurs de westerns.

*Josey Wales hors-la-loi*, réalisé par **Clint Eastwood**, 1976.

## Observez les photogrammes

1. Dans quel environnement les personnages sont-ils représentés ? Décrivez les décors.
2. Quel est le personnage principal sur ces images ? Comment l'avez-vous reconnu ?
3. Lequel de ces films avez-vous envie de regarder ? Pourquoi ?

*Les Cheyennes*, réalisé par **John Ford**, 1964.

*Le Dernier des Mohicans*, réalisé par **Michael Mann**, 1992.

*Danse avec les loups*, réalisé par **Kevin Costner**, 1990.

## Regarder des extraits de films

### *La Prisonnière du désert* (1956)

**Ce western raconte la quête de deux hommes recherchant une enfant enlevée par les Indiens.**

(extrait à regarder) hachette-clic.fr/21mf5172

1. Qu'entend le père de famille qui provoque son inquiétude ?
2. Que va-t-il « chasser » en réalité ?
3. Pourquoi la mère de famille ne veut-elle pas de lumière dans sa maison ?
4. Pourquoi Lucy hurle-t-elle ? Observez le mouvement de la caméra sur elle : quel est l'effet produit ?
5. Où la petite fille se réfugie-t-elle ? En quoi est-ce symbolique ?

*La Prisonnière du désert*, réalisé par **John Ford**, 1956.

*Danse avec les loups*, réalisé par **Kevin Costner**, 1990.

### *Danse avec les loups* (1990)

**Le lieutenant Dunbar est affecté à la Frontière, avec pour seul voisin une tribu indienne qu'il apprend à connaître et à respecter.**

(extrait à regarder) hachette-clic.fr/21mf5173

1. Quels éléments visuels et sonores évoquent un tremblement de terre ?
2. Pourquoi ne distingue-t-on pas les bisons ?
3. Pourquoi Dunbar est-il mal accueilli par la tribu sioux ?
4. Qu'est-ce qui provoque un changement dans leur attitude ?
5. Quel élément fait l'admiration de John en fin d'extrait ? Soyez attentif à la voix off.

*Hostiles*, réalisé par **Scott Cooper**, 2017.

### *Hostiles* (2017)

**Un soldat ayant combattu pendant les guerres indiennes est chargé par son commandement d'escorter un Indien mourant sur la terre de ses ancêtres.**

(extrait à regarder) hachette-clic.fr/21mf5174

1. Par quel son le film commence-t-il ? Peut-on identifier sa provenance ?
2. Observez le décor : où l'action se déroule-t-elle ?
3. Qui sont les personnages présents ?
4. Quels sont les termes utilisés pour nommer l'Indien ?
5. Montrez que l'Indien est traité comme un animal.

### À votre tour maintenant !

1. Imaginez la suite d'un des extraits que vous avez visionnés.
2. Présentez-la à la classe à l'oral.

# Faisons le bilan

**Vous avez été guidés dans la prairie, au sein d'un troupeau de bisons, ou dans les chariots des colons. Il est temps de faire le point sur vos lectures et sur ce qu'elles vous ont apporté.**

## Le western

**L'étymologie**
- mot d'origine anglo-saxonne
- signifie « de l'Ouest »

**Les formes**
- la littérature
- la bande dessinée
- le cinéma
- la peinture
- les séries télévisées

**Les lieux emblématiques**
- la prairie et ses bisons
- les forêts de la Nouvelle-Angleterre
- le désert et ses canyons
- la ville du Far-West
- la Frontière et les forts militaires
- le campement indien

## La description de l'autre et d'un nouveau monde

**L'organisation d'une description**

**Pour un portrait**
- d'abord la silhouette, puis les détails
- de haut en bas, ou de bas en haut
- insistance sur le visage
- les traits physiques reflètent des défauts ou qualités morales

**Pour un paysage**
- de droite à gauche, ou de gauche à droite
- du premier plan à l'arrière-plan, et vice versa
- depuis un point de vue statique
- en suivant un personnage en mouvement

**Les termes appréciatifs**
- neutres : on ne donne pas son avis
- mélioratifs : les expressions sont positives
- péjoratifs : les expressions insistent sur les éléments négatifs

**Deux mondes, deux cultures**
- qui s'opposent
- qui essaient de se comprendre
- qui acceptent de vivre ensemble
- qui apprennent l'un de l'autre

**↪ Qu'avez-vous retenu de la séquence ?**

Vérifiez en faisant quelques exercices interactifs :

(Exercices interactifs)
hachette-clic.fr/21mf5175
hachette-clic.fr/21mf5176
genially

**Et vous, dans tout ça ?**

**Avez-vous été touché(e) par un texte particulier ?**

Exprimez votre opinion sur votre texte préféré dans un paragraphe bien construit en suivant ce modèle :
*J'ai surtout été intéressé(e) par le texte… parce qu'il mettait en scène… Le personnage était confronté à… .*

**↪ Avez-vous complété votre carnet de lecture ?**

# AUTO-ÉVALUATION

(texte à écouter)
hachette-clic.fr/21mf5177

## La Treizième Colonie

**Romain Sardou**
▸ né en 1974
Écrivain français, il publie *La Treizième Colonie* en 2010. Il a également rédigé une série d'albums pour les enfants, *Ben super-héros*, et des contes de Noël.

Dans son adolescence, Thomas Lamar a été marié à une jeune Indienne pour servir les intérêts de son père. La jeune femme a quitté les siens pour le suivre. Devenu adulte, Lamar et sa famille s'établissent sur une île, non loin de la tribu de son épouse.

D'autres Indiens vinrent à bord d'une pirogue[1]. À l'approche de l'île, l'un d'eux libéra deux flèches et les lança de la main dans la direction du Blanc.

L'une possédait une extrémité taillée dans du cuivre, l'autre n'avait pas de pointe. Était-il pour la guerre ou pour la paix ?

L'homme rompit la flèche aiguisée et conserva l'autre. De son côté, il déposa son mousquet à terre et versa le contenu de sa poche à munitions au-dessus de l'eau.

Le cérémonial[2] du pacte de non-agression était accompli.

Les Indiens de la pirogue et de la rive disparurent. […]

Une deuxième délégation[3] d'Indiens fut dépêchée au bout d'une semaine auprès du nouveau locataire de l'île de Tomoguichi. Un Indien majestueux se tenait debout sur une longue pirogue dotée d'une estrade.

Le grand chef mit le pied sur l'île, progressant entre les deux haies de sa garde. Sa chevelure était ornée de plumes blanches et d'une queue de petit daim ; nul n'avait le torse aussi tatoué que lui, il portait sur les épaules une peau d'ours avec les griffes, des colliers de porcelaine au cou et des bracelets étincelants sur les avant-bras.

Le premier geste du Blanc fut de remettre à ses pieds une bonne part de la viande boucanée[4] de son bœuf.

L'Indien, satisfait de l'hommage immédiat de l'inconnu, s'exprima dans un anglais très approximatif :

– Je suis Taori, le chef de Yeohs du Savannah.

Ce à quoi l'Anglais répondit, usant d'un muskogee parfait :

– Le Grand-Esprit te protège, noble Taori. Je suis Thomas Lamar.

**Romain Sardou**, *La Treizième Colonie*, Éditions de la Loupe, 2010.

1 **Pirogue** : bateau léger propulsé à la pagaie.
2 **Cérémonial** : ensemble des règles qui président aux cérémonies.
3 **Délégation** : groupe de personnes chargées de représenter une tribu, par exemple.
4 **Viande boucanée** : viande exposée à la fumée pour la conserver en la faisant sécher.

1 Où se situe l'action ? Relevez deux éléments de réponse en citant les lignes.

2 Quels sont les personnages présents au début du texte ? Quel est leur rôle, à votre avis ?

3 Expliquez la symbolique de la flèche et du fusil dans la scène du pacte de non-agression.

4 À quoi reconnaît-on le chef ? Relevez les éléments de son portrait physique.

5 Quels sont les signes de respect mutuel ?

| Mes critères de réussite | Mon auto-évaluation |
|---|---|
| Je comprends l'action principale. | |
| Je reconnais les éléments importants du texte. | |
| Je sais distinguer les personnages et reconnaître leurs caractéristiques physiques. | |
| Je comprends les éléments symboliques du texte. | |

# 1 Comment utiliser un dictionnaire ?

**Le dictionnaire est votre meilleur allié pour bien vous exprimer dans toutes les matières.**

## À quoi sert un dictionnaire ?

- Vérifier l'**orthographe** d'un mot.
- Connaître la **définition** d'un mot inconnu.
- Trouver les **différents sens** d'un mot.
  - Lorsqu'un mot possède plusieurs sens, ils sont numérotés et classés du sens courant et général au sens figuré. Il y a autant d'exemples que de sens différents.
- Éviter les répétitions grâce aux **synonymes**.
- Connaître la **nature grammaticale** d'un mot (verbe, nom, préposition…) et son **genre** (masculin ou féminin).
- Trouver les **antonymes** d'un mot.
- Découvrir l'**étymologie**, l'origine d'un mot.
- Vérifier le **niveau de langue** d'un mot (soutenu, courant, familier).

### ÉTAPE 1

Dans un dictionnaire, les mots sont classés par **ordre alphabétique**. Cherchez un mot par sa première lettre, puis sa deuxième, etc.

> Le verbe est toujours à l'infinitif, alors que le nom et l'adjectif qualificatif sont toujours au singulier.

### ÉTAPE 2

Aidez-vous des « **mots repères** » :
- Tout en haut à gauche, c'est le premier mot de la double page.
- Tout en haut à droite, c'est le dernier mot de la double page.

### Comment lire une définition ?

(Pour plus d'informations) hachette-clic.fr/21mf5178

**LOUP** [lu]
n. m. **1.** Mammifère carnivore sauvage de la famille des canidés. Voir *louve, louveteau. Les loups vivent en meutes.* – *Avoir une faim de loup*, une faim importante. **2.** Poisson argenté à la chair comestible qui vit dans la mer Méditerranée. Voir *bar.* **3.** Demi-masque de satin ou de velours noir que l'on porte sur les yeux, au bal masqué le plus souvent. **4.** Machine de guerre médiévale. **Étym.** latin *lupus*.

Légendes :
- Mot recherché → LOUP
- Prononciation en A.P.I. → [lu]
- Nature grammaticale → n. m.
- Exemple → Les loups vivent en meutes.
- Expression → Avoir une faim de loup
- Renvoi vers un autre mot → Voir bar.
- Un des sens du mot (ici, le troisième) → 3.
- Étymologie du mot → latin lupus

### Coup de pouce

Dans un dictionnaire, on trouve des abréviations. En voici quelques-unes :

| | |
|---|---|
| **n. f. :** nom féminin | **n. m. :** nom masculin |
| **inv. :** invariable | **syn. :** synonyme |
| **pl. :** pluriel | **fam. :** familier |

(Exercices interactifs) hachette-clic.fr/21mf5179
genially

# 2 Comment découvrir seul un texte ?

**Seul(e) face à un texte ? En faisant une première lecture efficace, vous prendrez plaisir à le lire.**

## ÉTAPE 1

Avant la lecture, **observez bien le paratexte** : c'est l'ensemble des informations qui se trouvent à côté du texte. Grâce à lui, vous pouvez faire des liens avec des textes que vous connaissez déjà.

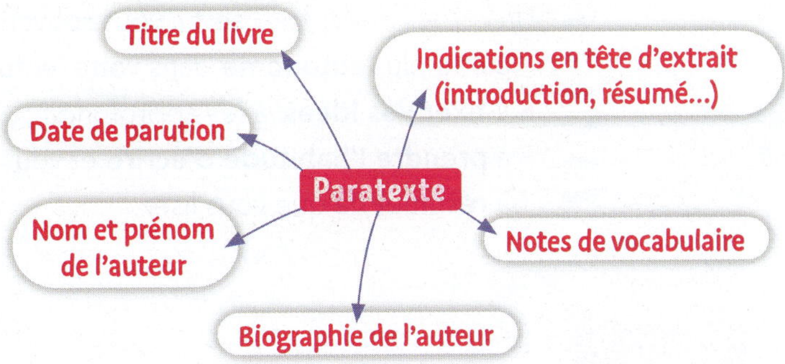


## ÉTAPE 2

Après avoir lu une première fois le texte, **cherchez les éléments essentiels** :
- Qui est le narrateur ? Qui sont les personnages ?
- Où et quand l'action se déroule-t-elle ?
- De quoi est-il question ?

## ÉTAPE 3

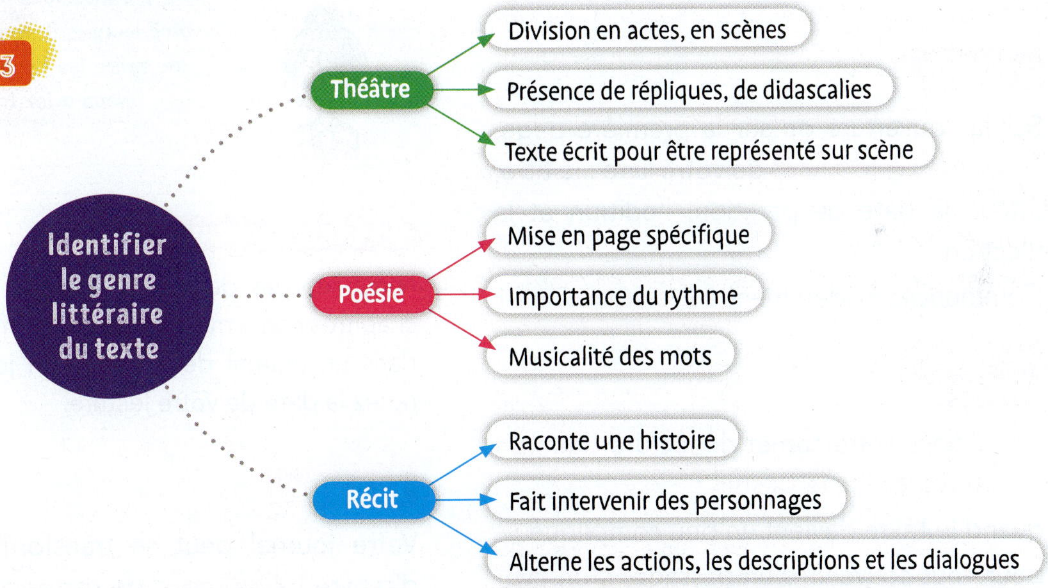


## ÉTAPE 4

**Proposez une interprétation** :
- Appuyez-vous sur les champs lexicaux (émotions, sensations…).
- Essayez de comprendre les relations entre les personnages.
- Établissez des liens avec le monde réel, avec d'autres œuvres.
- Racontez le texte avec vos propres mots.

## ÉTAPE 5

**Donnez votre avis** sur le texte :
- ce que vous aimez ou n'aimez pas dans le texte ;
- ce que vous comprenez, ou pas ;
- ce que vous ressentez à la lecture du texte (curiosité, joie, tristesse, colère, pitié, ennui…).

Exercices interactifs
hachette-clic.fr/21mf5180
genially

# 3 Comment tenir un carnet de lecture ?

**Quand vous lisez, vous oubliez ce que vous avez lu ?**
**Le carnet de lecture est LA solution !**

Un **carnet de lecture** sert à vous souvenir de ce que vous avez lu, mais aussi :
- à être plus **autonome** dans votre lecture ;
- à **fixer vos idées**, à les approfondir ;
- à **prendre l'habitude d'écrire** et vous sentir de plus en plus à l'aise ;
- à **résumer** ce que vous lisez.

## ÉTAPE 1

Faites l'acquisition d'un joli cahier, d'un carnet, ou de simples feuilles blanches. Vous pouvez même tenir un journal de lecture numérique en vous enregistrant ou en prenant des notes dans un traitement de texte.

## ÉTAPE 2

- Sur la couverture ou sur la première page, **indiquez les références** de votre livre : le titre, l'auteur, la date de parution, l'édition et la collection.
- Commencez évidemment à **lire votre livre** !

## ÉTAPE 3

**Écrivez** dans votre carnet de lecture **dès que vous en ressentez le besoin** :
- quand le texte devient un peu compliqué ;
- pour vous souvenir d'un passage, d'un événement important ou d'un personnage ;
- pour **noter vos impressions** de lecture ;
- pour **exprimer vos émotions**, vos idées ;
- pour **noter des questions** sur l'intrigue, sur un lieu ou un mot que vous ne connaissez pas. (Vous pourrez faire des recherches plus tard !) ;
- pour **faire un bilan** de ce qui a été lu ;
- pour **faire des hypothèses** sur la suite de l'histoire.

*Lorsque vous aurez fini votre lecture, il sera intéressant de relire les hypothèses que vous aviez faites !*

**Coup de pouce**

N'oubliez pas de mentionner les pages ou les chapitres concernés. Vous pouvez même, comme dans un journal de bord ou un journal intime, notez la date de votre lecture.

## ÉTAPE 4

Votre journal peut se transformer en chef-d'œuvre ! **Illustrez-le** de cartes mentales présentant vos personnages, mais aussi de cartes des lieux traversés, de dessins, de collages, de portraits de vos personnages…
Tout est permis !

> Consultez un exemple de carnet de lecture en ligne : (Pour plus d'informations) hachette-clic.fr/21mf5181

*Un seul cahier peut regrouper toutes vos lectures de l'année : un beau moyen de vous souvenir des ouvrages que vous avez lus !*

(Exercices interactifs) hachette-clic.fr/21mf5182
genially

# 4 Comment organiser un répertoire lexical ?

**Dès que vous lisez, vous apprenez de nouveaux mots qui enrichissent votre vocabulaire. Retenez-les pour pouvoir les réutiliser !**

### ÉTAPE 1

**Repérez les mots** que vous voulez mémoriser :
- mots nouveaux jamais rencontrés ;
- mots vieillis, anciens, dont le sens peut avoir changé.

### ÉTAPE 2

**Choisissez votre support** :
- votre cahier ;
- une feuille ;
- un répertoire alphabétique à compléter tout au long de vos années au collège.

### ÉTAPE 3

**Cherchez le mot.** Pour explorer tous ses aspects, utilisez un dictionnaire papier ou en ligne.

p. 262 > 1. Comment utiliser le dictionnaire ?

### ÉTAPE 4

**Présentez votre mot.** Utiliser une carte mentale permet :
- de voir en un regard tous les mots ;
- de mémoriser ;
- d'approfondir le vocabulaire.

**Pour dessiner une carte mentale** :
- prenez une double page dans votre cahier ou une feuille A3 ;
- notez le mot nouveau au centre de la page, puis ajoutez diverses informations (étymologie, classe grammaticale...) ;
- utilisez des couleurs pour mettre en valeur votre travail.

Ne vous contentez pas de faire des cartes à partir de noms, choisissez aussi des verbes, des adjectifs ou des adverbes.

Consultez votre carte mentale pour écrire un texte, afin de faciliter votre apprentissage et de soigner l'expression de vos rédactions !

## Un modèle de carte pour vous inspirer

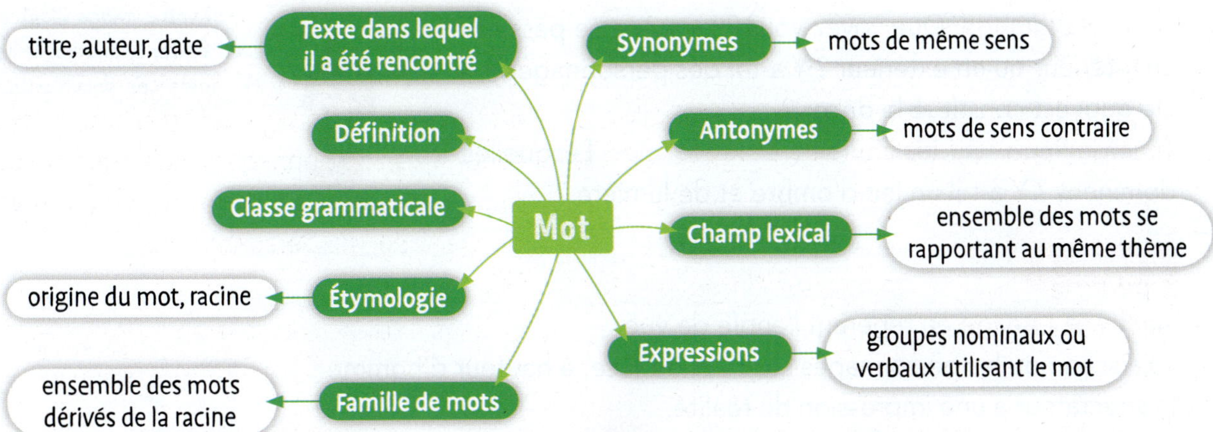


Servez-vous du dictionnaire pour trouver ces informations.

Exercices interactifs
hachette-clic.fr/21mf5183
genially

# 5 Comment lire et décrire une image ?

**Même si l'image est pleine de détails, on ne se laisse pas distraire ! Présenter une image se fait de manière précise et structurée.**

## ÉTAPE 1

**Identifiez l'image** en observant sa légende.
Exemple :

Giorgio De Chirico, *Le Retour d'Ulysse* (1968), huile sur toile, 60 x 80 cm, Fondation De Chirico, Rome, Italie.

- Giorgio De Chirico : Prénom et nom de l'artiste
- *Le Retour d'Ulysse* : Titre de l'image (en italique ou souligné)
- (1968) : Date de réalisation
- huile sur toile : Nature de l'image, technique utilisée et matériau
- 60 x 80 cm : Dimensions
- Fondation De Chirico, Rome, Italie : Lieu de conservation : musée, ville et pays

**Identifier une image**

- **Informations essentielles**
  - **Titre** de l'œuvre
  - **Prénom et nom de l'artiste**, sa nationalité, son métier, ses dates de naissance et de mort
  - **Date** de réalisation
- **Informations secondaires**
  - **Lieu de conservation** et/ou de création de l'œuvre (pays, ville, musée)
  - **Format de l'œuvre** (ex. : dimensions pour un tableau, durée pour un film)
- **Nature de l'image**
  - **Type :** tableau, mosaïque, affiche, bande dessinée, photographie, photogramme...
  - **Support :** verre, toile, papier, pierre, bois, numérique...
  - **Technique de réalisation :** gravure, peinture à l'huile, aquarelle, collage, impression...
- **Genre de l'image**
  - Portrait, paysage, nature morte, marine, scène de guerre, scène religieuse, scène de la vie quotidienne, caricature, photo de groupe...

> Mettez en pratique l'étape 1 en compagnie de la célèbre *Joconde* :

(Exercice interactif)
hachette-clic.fr/21mf5184

## ÉTAPE 2

**Décrivez l'image.** Que voyez-vous ? La scène se passe-t-elle en intérieur ou en extérieur ? Y a-t-il des personnages ? De quoi est constitué le décor ?
**Attardez-vous sur les couleurs et les formes.** Lesquelles dominent ? Y a-t-il un jeu d'ombre et de lumière ?

## ÉTAPE 3

**Analysez l'image** en repérant l'angle de vue.

- La scène ou les personnages sont vus de face, à hauteur d'homme : le spectateur a une impression de réalité.
- La scène est vue d'en haut : c'est la **plongée**, qui donne l'impression que le spectateur domine la scène.
- La scène est vue d'en bas : c'est la **contre-plongée**, qui donne l'impression au spectateur d'être dominé.

(Exercices interactifs)
hachette-clic.fr/21mf5185
genially

## ÉTAPE 4

**Faites attention à l'échelle des plans.** Au cinéma et en photographie, le choix du cadrage (ce qui rentre dans le cadre de la caméra) est déterminant.

- Le **plan général** représente toute une scène, un décor, vu de loin.
- Le **plan d'ensemble** situe un personnage dans le décor (comme dans l'exemple du photogramme).
- Le **plan moyen** montre la totalité d'un personnage, de la tête aux pieds.
- Le **plan américain** représente le personnage jusqu'à mi-cuisse.
- Le **plan rapproché** montre le personnage à hauteur de la taille ou de la poitrine.
- Le **gros plan** montre de très près un seul élément.

Photogramme du film *Danse avec les Loups*, réalisé par **Kevin Costner**, 1990.

## ÉTAPE 5

**Repérez la structure de l'image**, en cherchant les lignes (verticales, horizontales, diagonales) avec une règle, et les plans qui structurent l'image.

Il existe trois plans permettant à l'artiste de donner de la profondeur à une œuvre :

- le **premier plan** est constitué des éléments les plus proches du spectateur ;
- le **second plan** représente des éléments en retrait, qui donnent l'impression d'être plus éloignés ;
- l'**arrière-plan** est constitué des éléments et décors qui se trouvent au fond de l'image.

*1. Au premier plan, l'artiste représente la foule en liesse.*
*2. Au deuxième plan, au centre, il met en valeur l'héroïne : Jeanne d'Arc.*
*3. À l'arrière-plan, il peint les maisons du centre-ville d'Orléans.*

**Jean-Jacques Scherrer**, *Entrée de Jeanne d'Arc à Orléans* (1887), huile sur toile, 500 × 374 cm, musée des Beaux-Arts, Orléans.

> Pour analyser une BD, voir la **séquence Bonus** « Une BD numérique et un héros excentrique ».

## ÉTAPE 6

**Exprimez vos impressions.** Quelles émotions a voulu susciter l'artiste, selon vous ? **Proposez une interprétation.**

Par exemple : *Le tableau de J.-J. Scherrer m'impressionne : l'artiste a voulu glorifier l'héroïne en la peignant ainsi.*

Exercices interactifs
hachette-clic.fr/21mf5186
genially

# 6 Comment distinguer les genres littéraires ?

**Avec ce tableau, aucun texte du manuel ne pourra vous cacher son genre !**

| Genre | Sous-genre | Comment le reconnaître ? | Exemple dans le manuel |
|---|---|---|---|
| **THÉÂTRE**<br>• Présence de répliques, de didascalies<br>• Division en actes, en scènes<br>• Texte écrit pour être représenté sur scène | **Comédie**<br>(ballet, de mœurs...) | • Mise en scène de personnages ordinaires, d'activités quotidiennes<br>• Suscite le rire et la réflexion<br>• Critique les défauts des hommes et des femmes | *L'Amour médecin*, Molière<br>**> séquence 4** |
| | **Tragédie** | • Mise en scène de personnages nobles ou divins<br>• Provoque la pitié et la terreur<br>• Montre l'impossibilité d'échapper au destin | *Iphigénie*, Racine<br>**> séquence 11** |
| **POÉSIE**<br>• Mise en page spécifique<br>• Importance du rythme<br>• Musicalité des mots | **Sonnet** | • Alexandrins ou décasyllabes<br>• 14 vers : 2 quatrains (rimes embrassées) et 2 tercets (2 rimes plates, puis 4 rimes alternées) | « Le buffet », A. Rimbaud<br>**> séquence 2** |
| | **Poème en prose** | • Texte souvent court<br>• Effacement des rimes, des vers<br>• Présence de figures de style | « Un hémisphère dans une chevelure », Ch. Baudelaire<br>**> séquence 2** |
| | **Poème en vers libres** | • Longueur irrégulière des vers<br>• Possible absence de rimes<br>• Effet de rythme moins marqué | « L'écolier », R. Queneau<br>**> séquence 2** |
| | **Chanson** | • Texte poétique mis en musique<br>• Présence de couplets et d'un refrain<br>• Utilisation d'effets rythmiques et sonores | « Papaoutai », Stromae<br>**> séquence 5** |
| | **Lai** | • Octosyllabes<br>• Organisation en stances, formes particulières de strophes<br>• Permet de fixer à l'écrit des histoires mythiques, racontées traditionnellement à l'oral | *Lais*, M. de France<br>**> séquence 10** |
| | **Haïku** | • Poème de trois à cinq vers d'inspiration japonaise<br>• Importance des sensations<br>• Présence obligatoire des saisons | « Haïku », Bashô<br>**> séquence 2** |

| Genre | Sous-genre | Comment le reconnaître ? | Exemple dans le manuel |
|---|---|---|---|
| **RÉCIT**<br>• Raconte une histoire<br>• Fait intervenir des personnages<br>• Alterne les actions, les descriptions et les dialogues | **Roman**<br>(courtois, historique, d'aventures, de science-fiction...) | • Long récit de fiction, le plus souvent en prose<br>• Présence de descriptions, de dialogues<br>• Présence plus ou moins marquée d'un narrateur<br>• Donne souvent l'illusion de la réalité | *En attendant Bojangles*, O. Bourdeaut<br>**> séquence 5**<br>*Le Dernier des Mohicans*, F. Cooper<br>**> séquence 13** |
| | **Conte**<br>(merveilleux, philosophique...) | • Forme courte<br>• Relève de la fantaisie<br>• Présence de formules types comme « il était une fois... »<br>• Accompagné parfois d'une morale | *L'Oiseau bleu*, Madame d'Aulnoy<br>**> séquence 7**<br>*L'Ingénu*, Voltaire<br>**> séquence 13** |
| | **Autobiographie** | • Le narrateur, le personnage et l'auteur sont la même personne<br>• Récit de la vie de l'auteur<br>• Mélange le temps du souvenir et le temps de l'écriture<br>• Utilisation de la 1re personne du singulier | *La Promesse de l'aube*, R. Gary<br>*Les Mots*, J.-P. Sartre<br>**> séquence 5** |
| | **Épopée** | • Récit long d'actes héroïques<br>• Personnages nobles ou divins<br>• Présence de nombreux moments d'action<br>• Utilisation de nombreuses figures de style d'exagération | *Énéide*, Virgile<br>**> séquence 11** |
| | **Épistolaire** | • Correspondance, échange de lettres entre plusieurs personnes<br>• Présence d'un émetteur (1re personne du singulier) et d'un destinataire (2e personne du singulier ou du pluriel)<br>• Mise en page spécifique | « Lettre à sa fille Solange Dudevant », G. Sand<br>**> séquence 5** |
| | **Récit de voyage** | • Récit réel et non de fiction<br>• Rapporte la découverte d'autres lieux, d'autres coutumes à travers les yeux de l'auteur<br>• Importance des descriptions<br>• Utilisation de nombreuses figures de style de comparaison et d'amplification | *Journal de bord*, Ch. Colomb<br>*Le Devisement du Monde*, M. Polo<br>**> séquence 1** |

Soyez curieux ! Parcourez les textes du manuel pour tester vos connaissances des genres littéraires.

Exercices interactifs
hachette-clic.fr/21mf5187
genially

# 7 Comment présenter un travail à l'oral ?

**Savoir prendre la parole en public est une compétence dont vous vous servirez toute votre vie !**

Voici quelques situations où vous devrez prendre la parole, et des astuces pour réussir dans ce moment toujours un peu angoissant.

## PRÉSENTER UN LIVRE

- **Indiquez son titre**, le nom de l'auteur, éventuellement du traducteur, et son année d'édition. **Montrez sa couverture.**
- **Annoncez son genre** : roman d'aventures, de science-fiction…
- **Présentez le cadre** spatiotemporel, les personnages principaux, le début de l'intrigue. Ne dévoilez aucun élément crucial de l'histoire !
- Pour conclure, relevez un élément de l'histoire qui vous a plu, ou **lisez un extrait**.

## PRÉSENTER UNE RECHERCHE

L'exposé oral permet de **rendre compte à vos camarades de vos recherches** sur un sujet. Préparez-vous avec soin en utilisant les ressources du CDI.

- Avant l'exposé, **écrivez des notes** : organisez-les selon un plan. Ne les rédigez pas, notez des informations clés : dates, définitions…
- Le jour de l'oral, écrivez le titre et le plan de votre exposé au tableau.
- Ne lisez pas vos notes mais exposez-les à votre public. **Parlez d'une voix forte** et claire, soignez votre niveau de langue.
- Utilisez des illustrations en notant leur source. Si vous préparez un diaporama, n'écrivez pas tout ce que vous allez dire.
- **Répondez aux questions** de votre public.

## LIRE UN TEXTE À VOIX HAUTE

- **Faites une première lecture silencieuse** du texte pour bien le comprendre.
- **Prenez votre temps** et respirez ! Faites des pauses en vous appuyant sur la ponctuation.
- **Variez le rythme** et le ton en repérant les tournants narratifs (*soudain, alors…*) et les changements d'énonciation (dialogues, parties narratives). Une lecture expressive permet de susciter l'émotion chez votre public.

## DONNER VOTRE AVIS

**Pour convaincre, structurez votre propos**

- **Assumez votre opinion**
  - je crois que
  - je suppose que
  - pour moi
- **Exprimez votre accord**
  - je suis d'accord avec
  - je suis absolument du même avis que
  - personnellement, je partage l'idée de
- **Si vous n'êtes pas convaincu(e), exprimez vos doutes**
  - je ne pense pas que
  - je ne trouve pas que
  - je ne suis pas sûr(e) que
- **Manifestez votre désaccord**
  - je ne suis pas d'accord avec
  - je suis contre

Justifiez votre opinion par des éléments qui aideront vos camarades à vous comprendre, en les introduisant par « car », « parce que » ou encore « en effet ».

Exercices interactifs
hachette-clic.fr/21mf5188
genially

# 8 Comment développer l'écoute active d'un document audio ?

**Lorsqu'on écoute un texte, on a tendance à se laisser porter… Voici comment en rendre compte de manière efficace !**

## ÉTAPE 1

**Avant l'écoute, repérez les informations** que vous avez à disposition :

- le **titre** du document, qui renseigne sur son thème ;
- le **nom** de celui qui parle ou de l'auteur.

Essayez d'en déduire le **genre** du document : podcast, émission de radio, texte lu par des comédiens, chanson, extrait de film… **Notez ces indices sur votre brouillon** : ils vous permettent de récapituler ce que vous savez déjà.

## ÉTAPE 2

**Lors de la première écoute, ne prenez pas de notes.** Écoutez le document en entier pour le découvrir.

- **Vérifiez votre hypothèse** sur le genre du document. Si le document est enregistré à la radio, s'agit-il d'une interview, d'un reportage, d'un débat ? Si vous écoutez un texte littéraire, est-ce de la poésie, un récit, du théâtre ?
- **Comptez le nombre de voix** différentes, et essayez de les identifier : narrateur, personnages, journalistes…
- Prenez en compte l'environnement sonore, s'il existe : musique, bruitages…

## ÉTAPE 3

**Lors de la deuxième écoute, prenez des notes.**
Essayez de répondre aux questions suivantes :

- Où et quand se déroule l'histoire ?
- Qui sont les personnages (nom, description physique, caractère, liens familiaux…) ?
- Quels sont les événements racontés ?

## ÉTAPE 4

**Lors de la troisième écoute, complétez vos notes.** Ajoutez les détails que vous avez manqués, notez vos impressions personnelles. Si vous n'avez pas tout compris, notez les mots ou les passages qui vous interrogent.

## ÉTAPE 5

**Après les écoutes, relisez vos notes.**
Pour rendre compte du document :

- **triez vos idées**, organisez-les pour leur donner un ordre logique, compréhensible pour votre lecteur ;
- **allez à l'essentiel**, ne vous perdez pas dans les détails et soignez votre expression ;
- si vous devez présenter votre travail à l'oral, rendez-vous à la fiche méthode 7.

### Organiser sa prise de notes

**Méthode A**

- Notez les éléments repérés en sautant des lignes.
- À chaque écoute, changez de couleur et complétez votre relevé.

**Méthode B**

- Tracez trois colonnes.
- Dans la première, écrivez les éléments repérés avant l'écoute.
- Dans les deux autres colonnes, notez les mots-clés que vous entendez lors des deux écoutes suivantes.

**Méthode C**

- D'après les thèmes repérés en première écoute, concevez une carte mentale.
- Complétez-la avec les éléments des deuxième et troisième écoutes.

⚠ Attention, ne rédigez pas des phrases, mais notez seulement des mots clés.

Exercices interactifs
hachette-clic.fr/21mf5189
genially

# 9 Comment réviser une dictée ?

**On ne s'y prend pas au dernier moment ! Une dictée se révise pendant plusieurs jours.**

## ÉTAPE 1

**Lisez la dictée attentivement**, puis reformulez l'histoire avec vos propres mots : il est plus facile d'écrire un texte qu'on comprend bien.

## ÉTAPE 2

- **Recopiez le texte** pour effectuer un certain nombre de repérages. Pour cela, utilisez des couleurs différentes, des flèches, tout ce qui permet de justifier l'orthographe utilisée. Transformez votre page en œuvre d'art !

Je vous trouve à propos, mon oncle, pour vous apprendre une bonne nouvelle. Je vous amène le plus habile médecin du monde, un homme qui vient des pays étrangers, qui sait les plus beaux secrets, et qui sans doute guérira ma cousine. On me l'a indiqué par bonheur, et je vous l'amène. Il est si savant, que je voudrais de bon cœur être malade.

Molière, *Le Médecin volant*, acte I, scène 4, 1645.

- Réactivez vos connaissances en matière de **règles de grammaire et d'orthographe**.

Pensez avant toute chose à repérer :

- les accords dans le groupe nominal : singulier/pluriel, masculin/féminin ;
- les accords sujet-verbe ;
- les homophones.

- **Surlignez les mots inconnus**, et appliquez-vous à les épeler pour mémoriser plus facilement. Mettez en valeur les doubles consonnes.

## ÉTAPE 3

**Écoutez le texte** de la dictée pour pouvoir l'**écrire sur une feuille**. Utilisez le texte enregistré dans le manuel, ou demandez à quelqu'un de vous le lire. Vous pouvez aussi utiliser votre smartphone pour vous enregistrer ! Pensez à **sauter des lignes** pour favoriser la correction.

## ÉTAPE 4

Soyez capable de **faire une relecture active**, en vous posant les bonnes questions.

> Voici un exemple avec cette vidéo :

(vidéo à regarder) hachette-clic.fr/21mf5190

## ÉTAPE 5

- Reprenez et corrigez le texte d'origine, **vérifiez tous les mots et tous les accords**.
- Sur la ligne sautée, réécrivez les mots corrigés d'une autre couleur.
- Si vous vous rendez compte que vous faites toujours le même type d'erreur, **relisez la leçon** qui lui est associée dans la partie **Étude de la langue** de votre manuel (par exemple les accents, un temps particulier, les majuscules, les doubles consonnes, les adverbes en *-ment*...).

## ÉTAPE 6

Ce n'est pas terminé ! **Reprenez l'étape 5 le lendemain**, repérez les passages qui vous ont posé problème. Procédez à une nouvelle dictée, avec relecture active et correction avec le texte d'origine.

**Coup de pouce**

Surtout, soignez votre écriture : un **p** doit être différent d'un **g**.

(Exercices interactifs) hachette-clic.fr/21mf5191

genially

# 10 Comment préparer un texte ?

**Vous n'écrivez pas pour vous, mais pour un lecteur : veillez à faciliter sa lecture et sa compréhension.**

## ÉTAPE 1

**Étudiez et analysez le sujet** d'expression écrite qui vous est proposé.

**Analysez le sujet**

- **Repérez les éléments importants** → • Surlignez les mots-clés.
- **Quel type de texte devez-vous rédiger ?** → • Une scène de théâtre, un récit d'aventures, un poème, un récit de chevalerie…
- **Quel est le sujet de votre travail ?** → • Une description, une scène épique, de rencontre, de découverte…
- **Quels sont les personnages qui doivent intervenir ?** → • Des chevaliers, des Indiens, des enfants et leurs parents…
- **Quelles sont les étapes imposées par le sujet ?** → • *Dans le 1er paragraphe… / Dans le 2e paragraphe…* • *Vous décrirez… puis vous rédigerez une scène…*

## ÉTAPE 2

• Au brouillon, **notez vos idées** sous forme de liste en utilisant des tirets.

• Utilisez un code couleur pour regrouper celles qui s'associent logiquement, et rayez celles qui finalement ne conviendraient pas.

• **Faites un résumé** de ce que vous souhaitez raconter, et **proposez un plan** qui guidera votre rédaction.

## ÉTAPE 3

• **Rédigez votre premier jet** au brouillon : regroupez vos idées en faisant des paragraphes (un paragraphe = une idée).

• **Reliez-les** en utilisant des connecteurs :
– temporels (*hier, ce jour-là, le lendemain…*) ;
– spatiaux (*en bas, plus loin, au dernier plan…*) ;
– logiques (*d'abord, en effet, de plus…*).

• **Donnez du rythme** en rédigeant des phrases courtes et claires, bien ponctuées.

## ÉTAPE 4

• **Améliorez ce premier jet :** utilisez des synonymes et remplacez les noms par les pronoms qui leur correspondent (*les Indiens : ils / ceux-ci…*) pour éviter les répétitions.

• **Corrigez l'orthographe et la conjugaison.**

• **Aérez votre texte :** marquez chaque paragraphe par un alinéa. Lettre ? Dialogue de théâtre ? Récit ? La mise en page n'est pas la même !

## ÉTAPE 5

Recopiez au propre, lisiblement et en sautant des lignes, et **relisez-vous**.

*Ayez les bons outils sous la main ! Un brouillon se travaille en utilisant un dictionnaire (orthographe, vocabulaire) et un livre de conjugaison.*

(Exercices interactifs)
hachette-clic.fr/21mf5192
genially

# 11 Comment mettre en page un texte ?

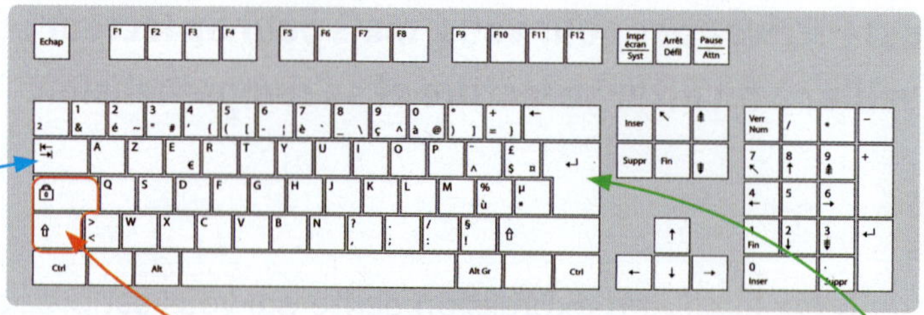

Le début du paragraphe est marqué par un retrait qu'on nomme **alinéa**. Pour créer un alinéa, appuyez sur la touche **tabulation**, à gauche de votre clavier.

La **majuscule** après un signe de ponctuation fort est une obligation. Faites apparaître une majuscule en utilisant les touches **maj** et **verr maj** sur votre clavier.

**La Chantegreil**

Un moment, il lui vint l'idée de leur serrer la main à tous, comme un garçon. Mais son cœur trouva mieux. À côté d'elle se tenait debout l'insurgé qui portait le drapeau. Elle toucha la hampe du drapeau et, pour tout remerciement, elle dit d'une voix suppliante :

– Donnez-le-moi, je le porterai.

Les ouvriers, simples d'esprit, comprirent le côté naïvement sublime de ce remerciement.

– C'est cela, crièrent-ils, la Chantegreil portera le drapeau.

Un bûcheron fit remarquer qu'elle se fatiguerait vite, qu'elle ne pourrait aller loin.

**Émile Zola**, *La Fortune des Rougon*, 1871.

Un texte narratif est généralement organisé en **paragraphes**. Pour faire un nouveau paragraphe, allez à la ligne en utilisant la touche **entrée**, et non en appuyant plusieurs fois sur la barre d'espace !

Le **tiret** en début de paragraphe indique qu'un personnage prend la parole.

Pour **centrer** un texte, l'**aligner** à droite ou à gauche, utilisez ces fonctions dans votre logiciel de traitement de texte :

Pour mettre en **gras**, en **italique** ou **souligner**, cliquez sur les symboles suivants dans votre traitement de texte : **G** *I* S

## Coup de pouce

Respectez les règles typographiques pour la ponctuation :

| | | |
|---|---|---|
| Pas d'espace avant | . (point)<br>, (virgule) | Un espace après |
| Un espace avant | : (deux-points)<br>; (point-virgule)<br>! (point d'exclamation)<br>? (point d'interrogation)<br>« » (guillemets)<br>( ) (parenthèses)<br>[ ] (crochets) | |

La police 12 est suffisante.
Si vos caractères vous semblent trop petits pour lire sur l'écran, utilisez le ZOOM en bas à droite du logiciel.

Exercices interactifs
hachette-clic.fr/21mf5193
genially

# 12 Comment écrire une suite de texte ?

**On ne se précipite pas, gare au hors-sujet !
C'est un exercice qui demande de la méthode.**

## ÉTAPE 1

**Lisez attentivement et plusieurs fois le texte.** Si vous ne l'avez pas étudié en cours, utilisez la fiche.

p. 263 > 2. Comment découvrir seul un texte ?

## ÉTAPE 2

**Analysez le texte** en faisant quelques repérages. Notez ces indices sur votre brouillon ou soulignez-les de différentes couleurs sur votre texte si cela est possible.

- Déterminez son **genre** : théâtre, roman, conte, poésie, policier…
- Analysez la **situation d'énonciation** (voir fiche 4, p. 286). Faites attention aux pronoms personnels dominants : le texte est-il à la 1re ou à la 3e personne ? Le narrateur est-il un personnage ?
- Observez les principaux **temps verbaux** : le texte d'origine est-il écrit aux temps du passé ou du présent ?
- Définissez le **registre** : comique, fantastique, réaliste, épique, merveilleux...

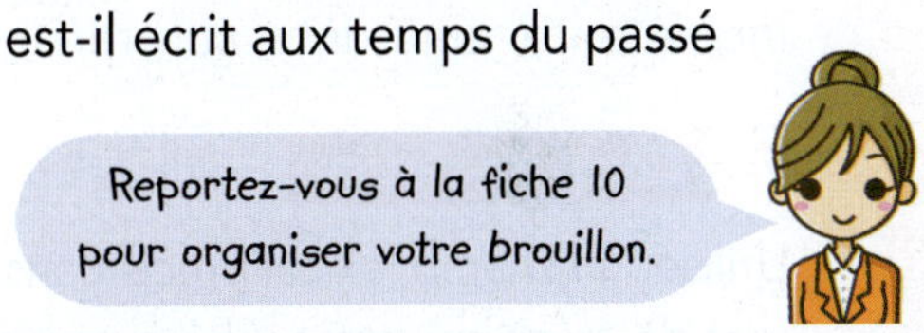


## ÉTAPE 3

Sur votre brouillon, **écrivez vos idées sous forme de notes.**

**Quand vous rédigez**

- Respectez les caractéristiques des personnages →
  - Mêmes noms, descriptions, caractères...
  - Même niveau de langue
  - Pas trop de nouveaux personnages
- Conserver le cadre spatiotemporel →
  - Attention aux anachronismes : pas d'Internet au XVIIIe siècle !
  - Soyez cohérents : peu de chance de trouver un désert de sable en Alaska...
- Ne vous contentez pas d'écrire des actions →
  - Utilisez des descriptions
  - Mettez en scène les personnages dans un dialogue
  - Évoquez des sentiments, des sensations
- Utilisez des effets de rythme →
  - Effet de sommaire
  - Accumulation, anaphore, énumération
- Variez les connecteurs en début de paragraphe

## ÉTAPE 4

- Sur votre copie ou dans votre traitement de texte, **commencez par recopier la dernière phrase** de l'extrait, sans guillemets.
- À la suite, écrivez votre propre texte. **Organisez-le** en paragraphes : utilisez des retours à la ligne pour marquer chaque péripétie.
- Votre texte est fini ? **Relisez-le** pour vérifier la cohérence et corriger les fautes d'orthographe.

### Coup de pouce

Vous pouvez terminer votre texte par un effet de suspense, tant que votre travail reste cohérent avec le texte d'origine.

Exercices interactifs
hachette-clic.fr/21mf5194
genially

# 13 Comment écrire une description ?

**Que d'action dans votre texte ! C'est peut-être le moment de faire une pause dans le récit.**

### ÉTAPE 1

- **Choisissez ce que vous allez décrire** : un personnage, un lieu, un objet ?
- **Réfléchissez ensuite à la place de cette description** dans votre texte.

### ÉTAPE 2

**Notez au brouillon** les éléments importants. Pensez également à l'atmosphère que vous souhaitez donner à votre description : sera-t-elle inquiétante, amusante, surprenante ?

**Coup de pouce**

Utiliser un champ lexical précis dans un texte permet de créer une atmosphère particulière.

### ÉTAPE 3

- **Choisissez l'organisation de la description.**

Le portrait de votre personnage peut être :
– **fixe**, votre personnage ne bouge pas : vous le présentez de haut en bas ou de bas en haut, d'un détail à l'ensemble ou l'inverse ;
– **en mouvement**, vous le présentez en train d'agir : comment se déplace-t-il ? quel est son comportement ?

- **Utilisez des connecteurs** spatiaux :

– **adverbes :** *ici, derrière, dessus, partout* ;
– **prépositions :** *à, dans, par, vers, sur, sous* ;
– **groupes prépositionnels :** *en dessous de, en haut de, à travers, en face de…, près de…*

### ÉTAPE 4

**Déterminez le temps verbal** que vous devez utiliser : dans un récit au passé, la description se fait à **l'imparfait** (le passé simple, lui, sert à évoquer les actions). Dans un récit au présent, elle se fait au **présent**.

### ÉTAPE 5

**Rédigez votre description.**

- Utilisez un vocabulaire précis : détails architecturaux, anatomiques, vestimentaires…
- Enrichissez vos groupes nominaux à l'aide d'expansions du nom (**voir la fiche 15, p. 308**).
- Employez des verbes de perception (*voir, distinguer, entendre, remarquer…*), de sentiment (*aimer, apprécier, être surpris par…*), et faites appel aux cinq sens de votre lecteur.
- Insérez des compléments circonstanciels, des comparaisons et des métaphores.

**Coup de pouce**

Évitez la tournure « il y a » et l'emploi des verbes *être* et *avoir* : cela vous forcera à enrichir votre description par d'autres formulations !

## Exemple de description

Expression qui introduit le portrait — Connecteur spatial/verbe de perception ou de sentiment — Partie du corps — Expansion — Phrase qui récapitule

L'Indien était effrayant : au sommet de sa tête ornée de long cheveux tressés, des plumes se balançaient. Son buste était nu et musclé. Du coin de l'œil, j'apercevais ses pieds poussiéreux, chaussés de sandales de cuir. Toute sa physionomie imposait le respect.

(Exercices interactifs) hachette-clic.fr/21mf5195

genially

# 14 Comment écrire une lettre ?

**Une lettre est un message adressé à quelqu'un.**
**Pour un exercice, on peut vous demander d'en inventer une.**

## ÉTAPE 1

**Identifiez le but** de la lettre :
- **communiquer** des informations ;
- **raconter** des événements, donner des nouvelles (elle est alors surtout narrative) ;
- **exposer des idées**, voire convaincre ;
- **exprimer des sentiments**.

## ÉTAPE 2

- **Rédigez un brouillon** pour clarifier vos idées.
- **Identifiez bien votre destinataire** pour adapter votre niveau de langue. Tutoyez les personnes que vous connaissez bien, sinon préférez le vouvoiement.

**Coup de pouce**
- **Émetteur / Expéditeur :** celui qui écrit la lettre.
- **Destinataire :** celui qui reçoit la lettre, son lecteur.

## ÉTAPE 3

Pour **mettre en page le texte d'une lettre**, respectez ce modèle :

**En-tête :** lieu et date d'écriture de la lettre, alignés sur la marge de droite.

Paris, novembre 1836

**Formule d'appel :** adresse au destinataire, alignée à gauche.

Ma chère enfant,

**Corps de la lettre :** organisé en paragraphes.

J'espère que tu as réfléchi à tes torts, et que tu es décidée à te mieux conduire avec moi et avec ton frère à l'avenir.

Tu as un bon cœur, mais beaucoup trop de violence dans le caractère. Tu as de l'intelligence, et tu deviens grande.

Je ne peux plus te traiter en enfant, ma chère fille. Ce serait un mauvais service à te rendre. Fais un effort sur toi-même.

**Formule finale :** phrase pour prendre congé du destinataire.

Adieu, j'irai te voir dans la semaine.

**Signature :** identifie l'émetteur de la lettre.

Ta Maman

**Post-scriptum :** ajout en fin de lettre, après la signature.

P.S. : Réponds-moi deux mots et promets-moi de réparer tes torts. Tu le veux, n'est-ce pas ?

D'après une lettre de George Sand à sa fille > p. 100.

## ÉTAPE 4

Pour **terminer une lettre**, choisissez la **bonne formule de politesse**.
- Pour écrire à quelqu'un que vous aimez, vous pourrez conclure par :
  *Affectueusement / Je t'embrasse / À très bientôt…*
- Pour écrire à quelqu'un que vous connaissez bien, vous pourrez terminer par :
  *Recevez mon amical souvenir / Amitiés / Amicalement / Bien cordialement…*
- Pour vous adresser à quelqu'un que vous ne connaissez pas, vous écrirez par exemple :
  *Veuillez agréer, Monsieur, l'assurance de ma considération. / Je vous prie d'agréer, Madame, l'expression de mes sentiments dévoués…*

Exercices interactifs
hachette-clic.fr/21mf5196
genially

# 15 Comment apprendre une leçon ?

**Une leçon ne s'apprend pas au dernier moment ! Suivez bien en cours et activez régulièrement votre mémoire.**

Savez-vous que 24 h après le cours, le cerveau n'a retenu que 50 % des informations, et une semaine après, seulement 20 % ?

Le temps de concentration moyen est de 15 minutes. Divisez le temps d'apprentissage sur plusieurs jours, pour une mémorisation efficace.

## ÉTAPE 1

- **Placez-vous dans une ambiance calme** et propice à la concentration : difficile d'apprendre au milieu du bruit et de l'agitation !
- **Concentrez-vous** sur une seule tâche à fois.

## ÉTAPE 2

Cahier fermé, **essayez de vous rappeler** le contenu de la leçon. Ouvrez votre cahier et **lisez plusieurs fois la leçon** à voix haute.

## ÉTAPE 3

Sur un brouillon ou une fiche de révision, **notez les éléments essentiels** : la règle à retenir, les terminaisons s'il s'agit de conjugaison, les exceptions…

- Vous pouvez aussi **créer une carte mentale** de la notion à apprendre, noter la définition des mots difficiles, faire des dessins explicatifs…
- **Enregistrez-vous** en train de lire la leçon pour la réécouter.
- **Accédez aux contenus numériques** de votre manuel ou cherchez sur Internet des vidéos pédagogiques qui abordent la leçon sous un autre angle.

## ÉTAPE 4

Pour apprendre par cœur, une poésie ou une scène de théâtre par exemple, mémorisez vers par vers, réplique par réplique : **fractionnez le travail**. Chantez votre poésie ou votre conjugaison pour mieux la retenir !

## ÉTAPE 5

- **Posez-vous des questions** ou demandez à quelqu'un de vous interroger. Sinon, prenez une feuille et notez tout ce que vous avez retenu de la leçon.
- **Reformulez avec vos propres mots**, expliquez à un camarade ou à un adulte la leçon comme si c'était vous le professeur.

### Coup de pouce

Pour des définitions ou des traductions, utilisez des cartes de mémorisation : sur de petites fiches, inscrivez au recto une question sur le cours, et au dos sa réponse. Servez-vous de ces cartes pour vous tester régulièrement.

*Qui est l'émetteur d'une lettre ?*

*C'est celui qui écrit la lettre.*

## ÉTAPE 6

**Faites des exercices** d'application ou refaites les exercices réalisés en classe.

Savoir réciter un poème, c'est être capable de le faire sans aucune aide. Si on vous souffle le début d'un vers et que vous récitez la fin, alors vous avez mal mémorisé le texte !

Exercices interactifs
hachette-clic.fr/21mf5197
genially

# 16 Comment maîtriser le vocabulaire des consignes ?

| | Verbes de consignes | Ce qu'on attend de vous | Exemples |
|---|---|---|---|
| LIRE | Observer, relire | Lire avec attention. | ***Observez*** *les rimes et la ponctuation. Que remarquez-vous ?* |
| | Encadrer, souligner, surligner, entourer | Faire un repère directement dans le texte. | ***Soulignez*** *les adjectifs qualificatifs.* |
| | Citer, énumérer, trouver, relever, repérer, retrouver | Recopier des éléments du texte sur votre copie. Utiliser les guillemets. Noter également la ligne et la page de la citation. | *Que contient le buffet ?* ***Relevez*** *les vers qui vous permettent de répondre.* |
| | Associer, relier, réunir | Mettre ensemble des éléments, les rapprocher pour les écrire ensuite sur la copie. | ***Associez*** *chaque aliment à sa définition.* |
| | Classer, grouper, trier, ordonner, ranger | Mettre des éléments ensemble, mais en les ordonnant, en créant des catégories. | ***Classez*** *dans un tableau les mots qui désignent les conquérants et ceux qui désignent les indigènes.* |
| | Comparer, distinguer, rapprocher | Montrer les points communs et/ou les différences. | ***Distinguez*** *les noms qui évoquent des sons doux ou des sons assourdissants.* |
| | Identifier, indiquer, nommer, désigner, préciser, appeler | Donner le nom, le terme précis. | *Savez-vous* ***nommer*** *les éléments du décor ?* |
| | Expliquer, définir, chercher | Donner le sens d'un mot, d'une expression. | ***Cherchez*** *les différents sens du mot « évasion ».* |
| | Illustrer | Donner un exemple. | ***Illustrez*** *les défauts suivants par des titres de pièces de Molière.* |
| | Caractériser, décrire, faire le portrait, présenter, qualifier | Donner tous les détails sur une personne ou sur une chose. | ***Caractérisez*** *chacune des chansons à l'aide d'un adjectif.* |
| | Expliquer, interpréter, justifier, prouver, montrer | Donner des preuves pour montrer qu'on a raison. | *Grâce à quoi le poète s'évade-t-il ?* ***Expliquez****.* |
| | Analyser, commenter, montrer, ressentir, évoquer | Donner son avis sur un élément du texte, sur la façon dont il est écrit. | ***Analysez*** *ses paroles : quel champ lexical est utilisé ?* |
| ÉCRIRE | Conclure, constater, remarquer | Tirer une conclusion. | *Quels temps sont utilisés dans le texte ? Que* ***remarquez****-vous ?* |
| | Créer, imaginer, inventer, raconter, rédiger, conter, décrire | Écrire un texte. | ***Écrivez*** *une page de journal dans laquelle vous* ***raconterez*** *les espoirs d'un marin.* |
| | Réécrire, reformuler, transformer, remplacer, modifier | Changer le texte. | ***Reformulez*** *l'idée que le poète souhaite exprimer.* |

Certains verbes changent de sens selon les matières ! Ne faites pas un dessin si on vous demande d'« illustrer » ou de « faire le portrait » : réservez cela à vos cours d'arts plastiques.

(Exercices interactifs)
hachette-clic.fr/21mf5198
genially

# 1 Comment accorder sa langue et sa plume ?

## Je comprends ma mission

(texte à écouter) hachette-clic.fr/21mf5199

Nadia est éco-déléguée : elle travaille sur les gestes qui favorisent le développement durable au collège. Elle a questionné ses camarades Paul et Inès et enregistré leurs réponses. Elle doit maintenant retranscrire ces interviews sous la forme d'un bref article pour le journal du collège.

**Votre mission** **Aidez Nadia à retranscrire ses interviews !**

## J'apprends la leçon

### Par la syntaxe

- Les **phrases déclaratives** deviennent interrogatives ou injonctives. Il est parti ? Tu sors !
- Les **phrases nominales** sont plus nombreuses : l'intonation de la voix fournit des informations supplémentaires. La porte !
- Le **mot interrogatif** est rejeté à la fin. Tu pars quand ? T'habites où ?
- Des **tournures particulières** apparaissent : répétition, détachement, adverbe d'intensité, forme emphatique… Olivier, c'est bien lui qu'tu connais ?
- Le pronom démonstratif ***ça*** et le pronom personnel ***on*** sont plus fréquents. Ça, on peut pas dire !
- On observe la disparition :
  – du *ne* dans la négation : Non, j'ai pas peur.
  – de *il* pour *y* : Y a pas à s'en faire ! Y pleut ! Y m'énerve !
  – de *que* dans *qu'est-ce que* devant une consonne : Qu'est-ce tu fais ?

**Le saviez-vous ?**
Le dictionnaire *Le Petit Robert* contient 60 000 mots. Une étude montre qu'à 14 ans, on connaît environ 3 275 mots mais on en utilise seulement 300 à l'oral.

### Comment repérer les marques d'oralité ?

### Par la prononciation

On ne prononce pas :
- le **e** des monosyllabes devant une consonne (*je, me, te, ce, le*) : J'dois partir. Tu m'fais rire !
- le **u** de *tu* : T'es contente ?
- le ***i*** de *qui* devant une voyelle : C'est toi qu'as parlé ?

### Par le lexique

- Les **niveaux de langue** varient en fonction des situations de communication.
  p. 284 > Les niveaux de langue
- Le **vocabulaire** est en évolution constante et rapide (apport des langues étrangères, d'Internet…) : liker, tweeter, taguer, googler…
- Autres caractéristiques :
  – emploi d'**interjections** : hein, quoi ? hé !
  – marques d'**hésitation** : euh, bah, ben...
  – **mots abrégés** : Y march' pu ton ordi ?

(Carte mentale interactive) hachette-clic.fr/21mf5200 genially

# Les écarts entre l'oral et l'écrit

## Je m'entraîne

### Je relève

**1 Écoutez ces interviews et relevez les marques d'oralité.**

(texte à écouter) hachette-clic.fr/21mf5201
(texte à écouter) hachette-clic.fr/21mf5202

**2 Écoutez cette chanson et relevez les marques d'oralité.**

(texte à écouter) hachette-clic.fr/21mf5203

**3 Écoutez les phrases suivantes et relevez les marques d'oralité.**

(texte à écouter) hachette-clic.fr/21mf5204

**4 Lisez ce texte à voix haute. Relevez trois marques d'oralité. Laquelle est la plus fréquente ?**

Doukipudonktan, se demanda Gabriel excédé. Pas possible, ils se nettoient jamais. Dans le journal, on dit qu'il y a pas onze pour cent des appartements à Paris qui ont des salles de bains, ça m'étonne pas, mais on peut se laver sans. Tous ceux-là qui m'entourent, ils doivent pas faire de grands efforts. […] Y a pas de raison. C'est le hasard qui les a réunis. On peut pas supposer que les gens qu'attendent à la gare d'Austerlitz sentent plus mauvais que ceux qu'attendent à la gare de Lyon. Non vraiment, y a pas de raison.

**Raymond Queneau**, *Zazie dans le métro*, Gallimard, 1959.

### Je manipule

**5 Dans quelle situation pouvez-vous employer ces phrases à l'oral ? Justifiez.**

dans la cour du collège – à la maison – dans le bureau du ou de la principal(e)

a. Je vous prie d'excuser mon retard.
b. Excuse, chuis pas dans les temps !
c. Désolé, je n'ai pas vu l'heure.

**6 a. Associez les phrases suivantes à un contexte possible.**

un constat – une demande – un ordre – un conseil

a. Hé, tu peux m'passer l'sac ?
b. Rest' pas là, ça va tomber !
c. Moi, j'irais pas dans c't'état là !
d. Fait pas chaud !

**b. À l'oral, imaginez une situation et intégrez ces phrases dans une brève conversation. Jouez la scène à deux.**

### J'approfondis

**7 Écoutez les phrases suivantes et transcrivez-les à l'écrit : a. en conservant les marques d'oralité ; b. en supprimant les marques d'oralité.**

(texte à écouter) hachette-clic.fr/21mf5205

**Coup de pouce**

Transcrite à l'écrit, la graphie de l'oral n'est pas toujours fixée et elle peut surprendre à la lecture !

## J'accomplis ma mission

**Aidez Nadia à retranscrire les interviews pour rédiger son article.**

**À VOUS LA PAROLE !**

Sélectionnez les mots-clefs de l'article de Nadia pour en faire un bref exposé oral.

### Je m'autoévalue

| | 🙂 | 😐 | ☹️ |
|---|---|---|---|
| Je sais reconnaître les principales différences entre l'oral et l'écrit. | | | |
| Je sais transposer des paroles à l'écrit en conservant ou en effaçant les marques d'oralité. | | | |
| Je sais adapter ma prise de parole à la situation de communication. | | | |

(Exercices interactifs) Plus de 🙂 > hachette-clic.fr/21mf5206 • Plus de 😐 > hachette-clic.fr/21mf5207 • Plus de ☹️ > hachette-clic.fr/21mf5208

# 2 Comment écrire un dialogue ?

## Je comprends ma mission

Tom découvre cet extrait de bande dessinée. Son professeur lui demande de récrire ce que disent les personnages dans les bulles au discours direct.

**Zidrou** et **Jordi Lafebre**, tome 1 : *Les Beaux Étés*, Dargaud, 2015.

**Votre mission** **Aidez Tom à transposer ce dialogue de bande dessinée sous forme de texte en utilisant le discours direct !**

## J'apprends la leçon

**Le discours direct**
**retranscrit les paroles avec plusieurs outils**

Les marques de l'oral sont conservées.
p. 280 > Les écarts entre l'oral et l'écrit

### La ponctuation

- **Les guillemets** encadrent la parole isolée d'un personnage dans un récit. Ils peuvent également encadrer un dialogue.
- **Les tirets** indiquent qu'un personnage différent prend la parole.
  « Qui est là ? demanda ma mère.
  – C'est moi, » lui répondis-je.
- **Les deux points** introduisent le discours direct quand le verbe de parole est placé en début de phrase.
  Il prit alors la parole : « Mes chers amis, je vous ai réunis aujourd'hui pour une raison précise. »

### Les verbes de parole

- Ils servent à indiquer qui parle et sur quel ton. Ils permettent d'éviter de répéter le verbe *dire* et d'exprimer davantage de **nuances** :
  – l'intensité de la voix : crier, chuchoter…
  – la prononciation : zozoter, bégayer…
  – l'expression d'un sentiment : s'enthousiasmer, gémir, se lamenter…
  – la poursuite du discours : interrompre, continuer…
- Quand le verbe de parole apparaît entre virgules, à l'intérieur de la parole rapportée, on dit qu'il est en **incise**.
  « Si le beau temps se maintient, **dit-il**, nous partirons en excursion demain. »

(Carte mentale interactive) hachette-clic.fr/21mf5209 genially

# Le discours direct

## Je m'entraîne

### Je relève

**1 Relevez les paroles au discours direct.**

– Eh bien, bravo ! s'écrie Effie Trinket. C'est l'esprit des Jeux ! (Elle semble heureuse d'avoir enfin un district où il se passe quelque chose.) Comment t'appelles-tu ?

J'avale ma salive.

– Katniss Everdeen.

– Je parie qu'il s'agissait de ta petite sœur. Tu ne voulais pas te laisser voler la vedette, hein ? Allez, tout le monde ! Je vous demande d'applaudir bien fort notre nouveau tribut !

Mais – et j'en serai éternellement reconnaissante aux gens du district Douze – personne n'applaudit. Pas même parmi ceux qui prennent les paris, ceux qui, d'ordinaire, se moquent bien de ce genre de choses.

**Suzanne Collins**, *Hunger Games*, Pocket Jeunesse, 2009.

### Je manipule

**2 Récrivez l'échange suivant sous forme de dialogue. Attention à la ponctuation !**

Pourquoi vous et les vôtres avez-vous essayé par trois fois d'attaquer mes gens au cours de leurs réjouissances ? demanda le roi. Nous ne les avons pas attaqués, répondit Thorïn ; nous étions venus mendier, parce que nous étions affamés. Où sont vos amis à présent, et que font-ils ? Je n'en sais rien, mais je pense qu'ils crèvent de faim dans la forêt. Que faisiez-vous dans la forêt ? Nous cherchions de quoi boire et manger parce que nous étions affamés. Mais qu'est-ce qui vous avait amenés là, de toute façon ? demanda le roi avec colère.

**J. R. R. Tolkien**, *Bilbo le Hobbit* (1937), Le Livre de Poche, 1978.

**3 a. Classez ces verbes de parole dans le tableau.**

poursuivre – chantonner – chuchoter – reprendre – demander – gémir – ironiser – bafouiller – murmurer – interrompre – s'inquiéter – bredouiller – bougonner – marmonner – se réjouir – ajouter – protester – répondre – zozoter – hurler – continuer – crier – bégayer – s'écrier

| | |
|---|---|
| **Intensité de la voix** | ...... |
| **Prononciation** | ...... |
| **Expression d'un sentiment** | ...... |
| **Poursuite du discours** | ...... |

**b. Dans les phrases suivantes, remplacez le verbe *dire* en choisissant des verbes du tableau.**

a. Comment vas-tu ? dit-elle.
b. C'est inadmissible, dit-il.
c. Je suis absolument contre cela, dis-je.
d. Suis-moi sans faire de bruit, lui dit-il.
e. Est-ce que ça va encore durer longtemps ? dit-elle.

### J'approfondis

**4 Lisez le texte suivant et transposez la conversation entre les personnages sous forme de dialogue.**

Mrs Aouda remercia ses sauveurs avec effusion, par ses larmes plus que par ses paroles. Ses beaux yeux, plus que ses lèvres, furent les interprètes de sa reconnaissance. […] Phileas Fogg comprit ce qui se passait dans l'esprit de Mrs Aouda, et, pour la rassurer, il lui offrit, très froidement d'ailleurs, de la conduire à Hong Kong, où elle demeurerait jusqu'à ce que cette affaire fût assoupie. Mrs Aouda accepta l'offre avec reconnaissance.

**Jules Verne**, *Le Tour du monde en quatre-vingts jours* (1872), Le Livre de Poche Jeunesse, Hachette, 2012.

## J'accomplis ma mission

**Aidez Tom à transposer l'extrait de BD sous forme de texte en utilisant le discours direct.**

### Je m'autoévalue

| | 🙂 | 😐 | ☹️ |
|---|---|---|---|
| Je sais respecter la disposition et la ponctuation du dialogue. | | | |
| Je sais indiquer qui parle. | | | |
| Je sais varier les verbes de parole. | | | |

(Exercices interactifs) Plus de 🙂 > hachette-clic.fr/21mf5210 • Plus de 😐 > hachette-clic.fr/21mf5211 • Plus de ☹️ > hachette-clic.fr/21mf5212

# 3 Comment adapter ses paroles à la situation ?

## Je comprends ma mission

Inès cherche un petit travail pour cet été.
Elle a donc rédigé une lettre de motivation.

> Salut,
>
> Je cherche un petit boulot pour cet été. J'ai déjà vendu l'année dernière des bombecs sur la plage et au cinoche du centre.
>
> C'est un pote qui m'a parlé de votre boîte et qui m'a dit que l'ambiance était cool.
>
> Je suis dispo tout de suite.
> Appelez-moi.
>
> Inès

**Votre mission** **Aidez Inès à rédiger sa lettre de motivation dans le niveau de langue approprié !**

## J'apprends la leçon

### Les niveaux de langue

On trouve des synonymes adaptés à chaque niveau de langue.
une baraque – une maison – une demeure

#### Le langage familier

On le parle avec **ses proches, ses amis, sa famille.**
Attention : ce n'est pas un langage vulgaire !
Les marques d'oralité sont nombreuses.

Moi, c'est Théo.

p. 280 >Les écarts entre l'oral et l'écrit

#### Le langage courant

On le parle avec **des personnes qu'on ne connaît pas intimement** (ses professeurs) **ou pas du tout** (un inconnu dans la rue).
C'est le langage utilisé dans **les situations de communication du quotidien** (les journaux, les médias).

Je m'appelle Claude.

#### Le langage soutenu

On l'utilise surtout dans **des écrits littéraires.**
On peut aussi l'utiliser à l'oral dans **des discours officiels.**

Il avait le jugement assez droit, avec l'esprit le plus simple ; c'est, je crois, pour cette raison qu'on le nommait Candide.

Carte mentale interactive hachette-clic.fr/21mf5213 genially

# Les niveaux de langue

## Je m'entraîne

### Je relève

**1 Identifiez le niveau de langue utilisé dans chacun de ces textes. Justifiez votre réponse.**

**Texte 1**

Comme d'habitude, Mme Klara emmena son petit garçon, cinq ans, au jardin public, au bord du fleuve. Il était environ trois heures. La saison n'était ni belle ni mauvaise, le soleil jouait à cache-cache et le vent soufflait de temps à autre, porté par le fleuve.

**Dino Buzzati**, *Le K* (1966), Pocket, Laffont, 1992.

**Texte 2**

C'était exactement le genre de gars qui ne se retirait pas de votre lumière quand on lui demandait. Il finirait par le faire, mais comme on le lui demandait ça durait plus longtemps. Il a dit « C'est quoi que tu lis ? – Un foutu bouquin. »

**J. D. Salinger**, *L'Attrape-cœurs* (1951), Pocket, Robert Laffont, 1986.

**Texte 3**

Il semble toutefois que mon âme troublée
Refuse cette joie, et s'en trouve accablée :
Un moment donne au sort des visages divers,
Et dans ce grand bonheur je crains un grand revers.

**Corneille**, *Le Cid* (1637), Classiques Bordas, 2003.

### Je manipule

**2 Recopiez et complétez le tableau suivant.**

| Niveau familier | Niveau courant | Niveau soutenu |
|---|---|---|
| trouille | ...... | ...... |
| ...... | ...... | demeure |
| ...... | vêtements | ...... |
| ...... | livre | ...... |
| ...... | ...... | véhicule |

**3 Récrivez ces phrases dans le niveau de langue indiqué entre parenthèses.**

a. Tu vas au boulot en bagnole ? (courant)
b. Je kiffe son dernier bouquin. (soutenu)
c. J'ai revu mes amis d'enfance avec une grande joie. (familier)
d. Un mec m'a filé ce fric pour toi. (courant)
e. Il a retapé toute sa baraque tout seul. (courant)

### J'approfondis

**4 Que signifient ces expressions familières ?**

a. Y'a pas le feu au lac.
b. Être charrette.
c. Être mal barré.
d. Être à côté de ses pompes.

**5 a. Quel est le niveau de langue utilisé dans ce dialogue extrait de la série *Kaamelott* ? Quel est le ton de ce texte ? b. Récrivez-le en langage courant.**

**Léodagan :** Vous faites des tartes, vous, maintenant ?
**Séli :** Ben alors, c'est pas permis ?
**Arthur :** La vache ! Ça vous rend pas aimable en tout cas, hein !
**Léodagan :** Il doit y avoir quatre-vingts larbins au château et c'est vous qui vous tapez la tambouille ?
**Séli :** Ça me détend. Ouais, ben qu'est-ce que vous attendez pour la couper ? Qu'il fasse nuit ? Vous ne dites rien.
**Léodagan**, *qui mastique laborieusement* : Faudrait pouvoir, hein !
**Guenièvre :** Non, le fruit est bon, hein…
**Séli :** C'est pas la peine de faire des ronds de jambe, si c'est pas bon, vous n'avez qu'à le dire !
**Arthur :** C'est pas bon.

**Alexandre Astier**, *Kaamelott*, Livre I, 2005.

## J'accomplis ma mission

**Récrivez la lettre d'Inès dans le niveau de langue approprié.**

### Je m'autoévalue

| | 🙂 | 😐 | ☹️ |
|---|---|---|---|
| Je sais identifier et utiliser les différents niveaux de langue. | | | |

Exercices interactifs Plus de 🙂 > hachette-clic.fr/21mf5214 • Plus de 😐 > hachette-clic.fr/21mf5215 • Plus de ☹️ > hachette-clic.fr/21mf5216

# 4 Qui parle ?

## Je comprends ma mission

Nadia et Paul entendent à la radio la chanson de Renaud « Tu vas au bal ».
Ils ont du mal à comprendre qui parle, qui va au bal et qui n'y va pas…

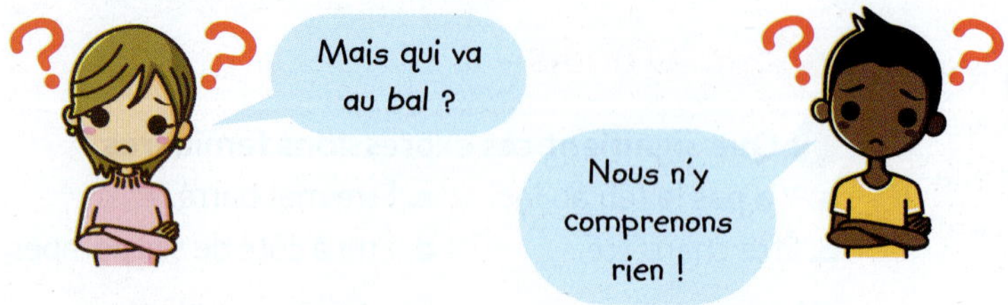


Tu vas au bal ? Qu'y m'dit
J'lui dis, qui ? Y m'dit toi
J'lui dis, moi ? Y m'dit oui
J'lui dis, non, je peux pas
C'est trop loin y m'dit bon

Et toi, t'y vas ? Qu'j'lui dis
Y m'dit qui ? J'lui dis toi
Y m'dit moi ? J'lui dis oui
Y m'dit non, j'y vais pas
J'ai un rhume et j'ai froid

D'après **Renaud**, *Tu vas au bal*, Album *Mistral gagnant*, 1985.

**Votre mission** **Aidez Nadia et Paul à identifier la situation d'énonciation !**

## J'apprends la leçon

- L'**énonciation**, c'est : qui parle à qui ? Quand et où ?
- L'**énonciateur**, c'est celui qui produit le discours.
  Paul demanda à Tristan de lui donner son écharpe.
  (C'est Paul qui est l'énonciateur.)
- Le **destinataire**, c'est celui qui reçoit le discours.
  Paul demanda à Pascal de lui donner son écharpe.
  (C'est Pascal qui est le destinataire.)

### La situation d'énonciation

#### Les situations d'énonciation

**Il y a deux types d'énoncés.**

- Un énoncé **ancré dans la situation d'énonciation**, c'est-à-dire qui a besoin du contexte pour être compris, comme un discours oral ou une lettre.
  Je t'écris pour te dire que je viendrai demain chez toi.
- Un énoncé **coupé de la situation d'énonciation**. La phrase donne toutes les informations nécessaires pour comprendre qui parle à qui.
  Jules écrivit à Suzanne qu'il viendrait la voir le 23 janvier.

#### Les marques de l'énonciation

- **Les personnes** (noms, prénoms, pronoms personnels) permettent d'identifier qui s'adresse à qui.
  Jules dit à **Suzanne** : « Je viendrai **te** voir cet après-midi. »
- **Les marques de lieu et de temps** permettent de savoir où et quand l'énoncé est produit.
  **Marques de lieu :** ici / là-bas, en haut / en bas, à droite / à gauche, devant / derrière, près / loin…
  **Marques de temps :** aujourd'hui / ce jour-là, hier / la veille, demain / le lendemain, la semaine dernière / la semaine précédente…
  Ces marques changent selon la situation d'énonciation.
  **Hier**, le 26 décembre, c'était l'anniversaire de ma sœur.
  (L'énoncé est dit le 27 décembre.)
  **La semaine dernière**, le 26 décembre, c'était l'anniversaire de **ma** sœur.
  (L'énoncé est dit le 3 janvier.)
  **La semaine dernière**, c'était l'anniversaire de **sa** sœur. (C'est quelqu'un d'autre qui rapporte l'information.)

Carte mentale interactive hachette-clic.fr/21mf5217 genially

# La situation d'énonciation

## Je m'entraîne

### Je relève

**1 Pour comprendre la situation d'énonciation de ce texte, identifiez : a. à qui renvoient les pronoms personnels en gras ; b. où et quand se passe l'action.**

*Le narrateur est un pilote d'avion qui est tombé en panne dans le désert.*

**J'**ai vécu seul, sans personne avec qui parler véritablement, jusqu'à une panne dans le désert du Sahara, il y a six ans. Quelque chose s'était cassé dans mon moteur. […] Le premier soir, **je** me suis donc endormi sur le sable à mille milles de toute terre habitée. **J'**étais bien plus isolé qu'un naufragé sur un radeau au milieu de l'océan. Alors **vous** imaginez ma surprise, au lever du jour, quand une drôle de petite voix m'a réveillé. **Elle** disait :

« S'il **vous** plaît… dessine-moi un mouton !

– Hein !

– Dessine-moi un mouton… »

J'ai sauté sur mes pieds comme si j'avais été frappé par la foudre. J'ai bien frotté mes yeux. J'ai bien regardé. Et j'ai vu un petit bonhomme tout à fait extraordinaire qui **me** considérait gravement.

**Antoine de Saint-Exupéry,** *Le Petit Prince* (1943), Folio Junior, 1997.

### Je manipule

**2 Imaginez pour chaque énoncé qui s'adresse à qui et dans quel contexte.**

a. Vos papiers, s'il vous plaît !
b. C'est encore toi ?
c. À qui le tour ?
d. Tu me le rendras la semaine prochaine.
e. Joyeux Noël à tous !

**3 Récrivez le texte suivant en imaginant que l'énonciateur raconte cette histoire un mois plus tard.**

Ce matin, j'ai reçu un appel téléphonique de mon ami d'enfance pour me prévenir qu'il arriverait dans la soirée. Il m'a prévenu qu'il resterait jusqu'à demain.

**4 Choisissez dans les phrases suivantes les marques d'énonciation qui conviennent.**

a. Elle partit de chez elle à la même heure que la veille / hier.
b. Il alla voir son médecin pour lui demander son avis le lendemain / demain.
c. Reviens ici / là-bas tout de suite.
d. Il n'oublierait jamais cette nuit / cette nuit-là.
e. C'est le grand jour. Aujourd'hui / Ce jour-là, je pars en vacances.

### J'approfondis

**5 Transposez ce discours en récit, en respectant les éléments de la situation d'énonciation.**

Mes chers collègues, chers amis, je vous remercie d'avoir fait l'effort de vous joindre à moi pour fêter dignement ce dernier jour de travail avant une retraite bien méritée. J'ai pris plaisir à travailler à vos côtés durant toutes ces années et j'espère que je ne vous serai pas trop indispensable les prochains jours.

## J'accomplis ma mission

**Identifiez qui dit quoi dans la chanson de Renaud.**

### Je m'autoévalue

| | 🙂 | 😐 | ☹️ |
|---|---|---|---|
| Je sais identifier les éléments d'une situation d'énonciation. | | | |
| Je sais écrire et adapter un texte selon la situation d'énonciation. | | | |

(Exercices interactifs) Plus de 🙂 > hachette-clic.fr/21mf5218 • Plus de 😐 > hachette-clic.fr/21mf5219 • Plus de ☹️ > hachette-clic.fr/21mf5220

# 5 Voyage au pays des mots

## DÉCOUVREZ VOTRE VOYAGE

**Nadia, Inès, Paul et Tom ont décidé d'explorer les origines de la langue française : pour cela, ils ont emprunté une machine à voyager dans le temps ! Montez avec eux pour un fantastique voyage !**

Oups… vous êtes remontés trop loin dans le temps ! Il n'y a pas de texte écrit au temps des dinosaures, ni à la préhistoire ! Remontez dans la machine, direction : l'Antiquité. Et oui, vous avez appris en 6e que la préhistoire s'arrête justement avec les débuts de l'écriture !

ÉTAPE 2

### L'ANTIQUITÉ

Deux langues anciennes ont précédé le français : le grec et le latin. On retrouve encore des traces de ces deux langues anciennes dans le français que nous parlons aujourd'hui : saurez-vous les retrouver ?

**GREC**

**Associez chacun de ces dieux grecs à son nom écrit en grec ancien.**

| | |
|---|---|
| ZEUS | Ποσειδῶν |
| POSÉIDON | Ἀφροδίτη |
| ATHÉNA | Ἀθηνᾶ |
| APHRODITE | Ζεύς |

### DÉFI DE NADIA

**LATIN**

**Certains mots sont passés tels quels du latin au français : complète la grille à partir des définitions.**

1. Utile pour se laver les mains.
2. Vous y notez vos devoirs.
3. Dernier recours.
4. Points en plus pour votre moyenne.
5. On peut en visionner de nombreuses sur Internet.
6. Lieu d'échanges.
7. Le contraire de *verso*.
8. À plumes, à poils, avec des écailles…

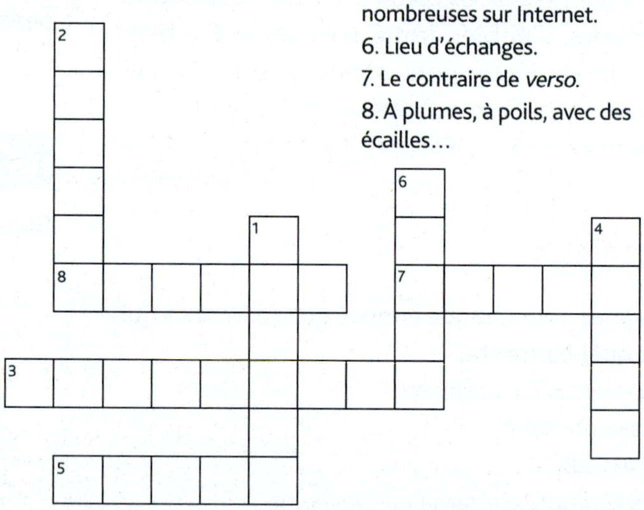

ÉTAPE 3

### LE MOYEN ÂGE

Au fil du temps, le latin classique n'est plus compris que par les gens cultivés. La langue romane, plus simple, est parlée par le peuple et les romans de chevalerie rencontrent beaucoup de succès.

**Au Moyen Âge, la langue populaire utilisée s'appelle :**

❑ le vieux français.
❑ l'ancien français.
❑ le patois.
❑ le français archaïque.

### DÉFI DE PAUL

**Traduis le texte en t'aidant de la traduction des mots suivants.**

*tens* = saison – *ot tenue* = avait tenu – *li* = le – *cort* = cour

*Un jor de Pasque, au tens novel,*
*A Caradigant son chastel*
*Ot li rois Artus cort tenue.*

**Chrétien de Troyes**, *Érec et Énide*, XIIe siècle.

## L'ÉPOQUE CLASSIQUE

À l'époque du roi Louis XIV et de La Fontaine, on parle français, mais ce n'est pas tout à fait le français d'aujourd'hui !

### DÉFI D'INÈS

**Dans cet extrait de la fable *Le Loup et l'Agneau*, repère une différence avec la langue actuelle : regarde bien l'ordre des mots !**

La raison du plus fort est toujours la meilleure :

Nous l'allons montrer tout à l'heure.

**Jean de la Fontaine**, *Fables*, 1668.

## LE FRANÇAIS D'AUJOURD'HUI ET LA FRANCOPHONIE

La langue française est en constante évolution : de nombreux mots sont empruntés à des langues étrangères.

**Associez chaque mot de la liste à sa langue d'origine.**

| | |
|---|---|
| shopping • | • russe |
| chiffre • | • anglais |
| pastille • | • portugais |
| judo • | • arabe |
| ananas • | • espagnol |
| tsar • | • japonais |

**Trouvez l'équivalent des expressions suivantes en français métropolitain.**

| | |
|---|---|
| a. Caïmanter. (Afrique) | 1. Assieds-toi, prends une chaise. |
| b. C'est caillou. (Afrique) | 2. C'est difficile. |
| c. Tanzantan. (créole) | 3. De temps en temps. |
| d. Tire-toi une bûche. (Québec) | 4. Donner un cadeau. |
| e. Cadonner. (Afrique) | 5. Travailler intensément. |

### DÉFI DE NADIA

**Mais le français n'est pas seulement parlé en France !**

**Cite trois pays étrangers où le français est aussi la langue officielle !**

## VERS LE FUTUR !

Un néologisme est un nouveau mot.
En 2021, ces nouveaux mots sont entrés dans le dictionnaire : *story, dal, mangaka, mytho.*

**Recherchez quatre autres nouveaux mots qui viennent d'entrer dans les dictionnaires. Pensez aux récentes découvertes scientifiques, aux nouvelles technologies, etc.**

(Exercice interactif) hachette-clic.fr/21mf5221 genially

### DÉFI DE TOM

**À ton tour d'imaginer des mots nouveaux :**

– pour nommer une invention révolutionnaire ;

– pour nommer la dernière étoile découverte.

# 6 Comment former des mots ?

## Je comprends ma mission

Nadia a été retenue pour faire partie de l'équipe d'orthographe du collège et elle doit s'entraîner pour le concours « La Fabrique de mots » : l'objectif est de former un maximum de mots en moins de deux minutes. Pour s'entraîner, son professeur lui propose de travailler avec des pièces de puzzle pour apprendre à utiliser les préfixes et les suffixes.

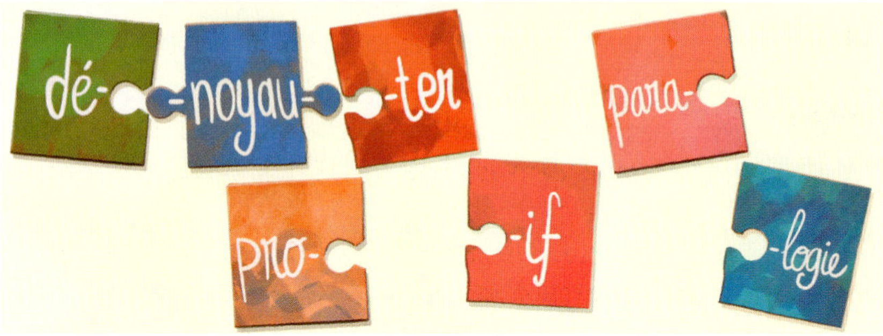

**Votre mission** **Aidez Nadia à former des mots en utilisant les préfixes et les suffixes !**

## J'apprends la leçon

Une **famille de mots** regroupe un ensemble de mots qui ont le même **radical**.
chanson – chanter – déchanter – chansonnette

### Comment former des mots ?

#### Les mots dérivés

La dérivation consiste à ajouter un ou deux élément(s) à un **radical** portant le sens principal.
in-tolér-able

On peut ajouter un élément devant le radical.
**Un préfixe** : importer

On peut ajouter un élément après le radical.
**Un suffixe** : présidentiel

#### Les mots composés

Ils sont formés de deux ou plusieurs mots qui peuvent être graphiquement :
- **soudés** : portefeuille
- **reliés par un trait d'union** : rouge-gorge
- **séparés par un blanc** : pomme de terre

Carte mentale interactive hachette-clic.fr/21mf5222 genially

# Les mots dérivés et les mots composés

## Je m'entraîne

### Je relève

**1** **a. Identifiez le radical des mots. b. Que remarquez-vous ? Ces mots appartiennent-ils à la même famille ? Justifiez.**
pays – paysage – dépaysé – paysan – paysagiste

**2** **Trouvez l'intrus qui ne fait pas partie de la même famille de mots.**
a. art – artisanat – artistique – artiste – armement
b. atterrir – attrister – terrestre – terre – terrassement
c. sauter – sceau – sursauter – sautiller – sauteuse – saut
d. jet – jeter – jeu – rejeter – rejet

**3** **Recopiez les mots en séparant le radical, le préfixe et/ou le suffixe.**
accourir – défaire – apporter – approximatif – gigantesque – anormal – irrévérencieux

**4** **Classez les mots composés dans le tableau.**
portemanteau – porte-clés – bienfait – millefeuille – arc-en-ciel – boule de neige – sous-entendre

| Mots soudés | Mots reliés par un trait d'union | Mots séparés par des blancs |
|---|---|---|
| ...... | ...... | ...... |

### Je manipule

**5** **Trouvez au moins cinq mots : a. avec le préfixe *trans-* ; b. avec le suffixe *-able*.**

**6** **Formez une famille de mots avec :**
**– les préfixes *pré-, dé-, re-* ;**
**– le radical *-lav-* ;**
**– les suffixes *-age, -eur, -eux, -able, -ant, -é*.**

**7** **À partir de cette image, inventez une brève histoire en utilisant des mots dérivés.**

**8** **Formez des mots composés en associant un mot de chaque liste. Attention à bien les orthographier (soudés, trait d'union ou séparés par un blanc).**

bande – croque – centre – garde – photo – extra

manger – ville – terrestre – copie – monsieur – dessinée

### J'approfondis

**9** **Relevez dans le texte deux mots simples, deux mots dérivés et deux mots composés. Justifiez vos choix.**
La première demi-heure est centrée sur les évènements antérieurs à l'arène : la Moisson, le trajet en chariot à travers le capitole, nos scores à l'entraînement, les interviews. La bande-son guillerette rend ce spectacle encore plus horrible, parce que, bien sûr, la plupart de ceux que nous voyons à l'écran sont morts…

**Suzanne Collins**, *Hunger Games* (2008),
traduit de l'anglais par Guillaume Fournier,
Éditions Pocket Jeunesse, 2015.

## J'accomplis ma mission

**C'est l'heure du concours ! Formez deux équipes. Proposez, chacun votre tour, un maximum de mots formés à partir des préfixes et suffixes suivants :**
– les préfixes : *re- / in- / télé-* ;
– les suffixes : *-ible / -iste / -logie*.

### Je m'autoévalue

| | 🙂 | 😐 | ☹️ |
|---|---|---|---|
| Je sais identifier des mots dérivés et des mots composés. | | | |
| Je sais former des mots par dérivation. | | | |
| Je sais construire une famille de mots en utilisant les préfixes et les suffixes. | | | |

(Exercices interactifs) Plus de 🙂 > hachette-clic.fr/21mf5223 • Plus de 😐 > hachette-clic.fr/21mf5224 • Plus de ☹️ > hachette-clic.fr/21mf5225

# 7 Comment comprendre un mot inconnu ?

## Je comprends ma mission

Le professeur d'arts plastiques a lancé un défi à la classe de Tom :
« Si vous n'êtes pas arachnophobe, dessinez un incroyable monstre omnivore, polydactyle, macrocéphale et télépathe ! »
Mais Tom ignore tous ces mots et n'a aucune idée de ce qu'ils signifient…

**Votre mission** **Aidez Tom à comprendre ces mots et devenez un(e) expert(e) en étymologie !**

## J'apprends la leçon

**Rappel :** un mot peut être formé par **dérivation** à partir d'un radical auquel on ajoute un préfixe et/ou un suffixe.

**Étymologie**
Science qui étudie l'origine et l'histoire des mots

80 % de mots français viennent du latin et 10 % du grec.

### Les préfixes modifient le sens du mot.

- **Préfixes grecs :**

*a-*, préfixe négatif :
**a**phone
*anti- (ant-)*, « contre » :
**anti**pathie
*auto-*, « soi-même » :
**auto**biographie
*hyper-*, « au-dessus de » :
**hyper**marché
*ortho-*, « droit » : **ortho**graphe
*poly-*, « plusieurs » : **poly**gone
*télé-*, « loin de » : **télé**vision

- **Préfixes latins :**

*ad- (a-, ac-, ag-, ap-, at-)*, « vers » :
**ad**mettre – **ac**courir – **ac**cueillir
*co- (col-, com-, con-, cor-)*, « avec » :
**co**équipier – **co**pain – **com**parer
*dé-, dés-, dis-*, « séparation » ou « contraire » :
**dé**terrer – **dés**armer
*ex-, extra-*, « hors de » :
**ex**porter – **extra**ordinaire
*in- (il-, im-, ir-)*, « dans » ou « le contraire de » :
**in**fini – **im**porter – **im**possible

### Les radicaux forment le noyau du mot.

**Radicaux grecs :**

*-graph-*, « écrire » :
ortho**graph**e – **graph**ologie
*-logie-*, « étude » : bio**logie**
*-phil-*, « qui aime » :
**phil**osophie – ciné**phil**e
*-phob-*, « peur » : **phob**ie – aqua**phob**ie

- **Radicaux latins :**

*-aqua-*, « eau » : **aqua**tique
*-bio-*, « vie » : **bio**graphie
*-chrono-*, « temps » :
**chrono**phage
*-duc-*, « conduire » :
gazo**duc**

### Les suffixes modifient la nature du mot.

- **Suffixes latins :**

*-eur* : chal**eur** – froid**eur**
*-té* : liber**té** – san**té**
*-ion, -ation, -ition, -otion, -ution* : product**ion** – dél**ation** – part**ition** – ém**otion** – révol**ution**

Carte mentale interactive hachette-clic.fr/21mf5226 genially

# L'étymologie : préfixes, suffixes et étymons

## Je m'entraîne

### Je relève

**1 Classez ces mots selon le sens du préfixe *in-* (*im-*, *il-*, *ir-*).**

irréel – insérer – incorporer – illisible – incomparable – impatient – inonder – incarcérer

| « dans » | « le contraire de » |
|---|---|
| ...... | ...... |

**2 Trouvez l'intrus parmi ces mots ayant la même étymologie.**

a. patrie – paternelle – patron – rapatrié – s'expatrier – patrouille – apatride

b. majorité – majuscule – magie – majorette – majeur

c. homicide – hominidé – humanitaire – homologuer – humanoïde – humaine

d. orthographe – horticulture – orthodontie – orthophonie – orthopédie

### Je manipule

**3 Formez le contraire des adjectifs suivants à l'aide d'un préfixe.**

fatigable – croyable – réalisable – pair – mobile – patient – admissible – possible – normal

**4 À partir des adjectifs suivants, formez des noms en utilisant les suffixes *-eur* ou *-té*.**

cher – maigre – froid – dense – majeur – doux – clair – raide

**5 Reliez chaque phobie à sa définition.**

| | |
|---|---|
| arachnophobie • | • peur des médicaments |
| algophobie • | • peur de la mort |
| thanatophobie • | • peur de l'eau |
| aquaphobie • | • peur des araignées |
| pharmacophobie • | • peur de la douleur |

**6 À l'aide des suffixes *-ion*, *-ation*, *-ition*, *-ution*, formez les noms correspondant à ces radicaux.**

interdict...... – résol...... – adapt...... – product...... – expéd ...... – opin ...... – perfect......

**7 À l'aide de préfixes, formez les contraires des mots suivants.**

nouer – confirmer – concordance – union – accord

**8 Formez le plus de mots possible en associant un préfixe et un radical.**

Préfixes : hyper-, poly-, péri-, para-.

Radicaux : -gone, -morphe, -mètre, -phérie, -valent, -bole.

### J'approfondis

**9 À partir de son étymologie et de sa définition, retrouvez le mot français correspondant.**

Racines grecques :

a. *bios*, « vie » ; *graphein*, « écrire » – récit d'une vie

b. *anti*, « contre » ; *algos*, « douleur » – qui calme la douleur

c. *polys*, « plusieurs » ; *glotta*, « langue » – qui parle plusieurs langues

Racines latines :

d. *Venus*, déesse de l'amour ; *dies*, « jour » – sixième jour de la semaine

e. *decem*, « dix » – faire périr en grand nombre (un homme sur dix)

f. *de*, marquant la séparation ; *vastus*, « vide » – ravager, ruiner

**10 Expliquez le sens des mots suivants par l'étymologie.**

télévision – hypertension – biologie – polymorphe – paratonnerre – antivirus

## J'accomplis ma mission

**En vous aidant de l'étymologie, décryptez la consigne du professeur de Tom puis dessinez le monstre.**

### Je m'autoévalue

| | 🙂 | 😐 | 🙁 |
|---|---|---|---|
| Je connais le sens des principaux préfixes et suffixes latins et grecs. | | | |
| Je connais quelques étymons. | | | |
| Je sais analyser le sens d'un mot en utilisant son étymologie. | | | |

(Exercices interactifs) Plus de 🙂 > hachette-clic.fr/21mf5227 • Plus de 😐 > hachette-clic.fr/21mf5228 • Plus de 🙁 > hachette-clic.fr/21mf5229

# 8 Comment écrire les mots formés par dérivation ?

## Je comprends ma mission

Inès a décrit un super-vilain, mais elle s'interroge sur l'orthographe des mots formés par dérivation…

Le malfaiteur utilise son pouvoir d'invisibilité pour comettre / commettre des actes inlégaux / ilégaux / illégaux.
Le super-vilain fait preuve de cruauté(e) !

Le contraire de « visible », c'est « invisible », mais le contraire de « légal », c'est « inlégal », « ilégal » ou « illégal » ? Et « la cruauté », c'est un nom féminin : il faudrait ajouter un « e » ?

Quand tu ajoutes un préfixe ou un suffixe, ça peut avoir des conséquences sur le radical !

**Votre mission** **Aidez Inès à faire le portrait de son super-héros et de son super-vilain, en utilisant des mots formés par dérivation !**

## J'apprends la leçon

### Comment écrire les mots formés par dérivation ?

**-radical-**

#### Le préfixe *in-*

Il s'ajoute au radical.

- Sans changer d'orthographe : inutile.
- Il devient *im-* devant *m*, *b*, *p* : immobile – imbuvable – impossible.
- Il double la consonne : illégal – irréel.

#### Les préfixes *ad-* et *co(m)-*

Ils doublent souvent la consonne : apporter – collaborer.

#### Le suffixe *-té* / *-tié*

- Il s'écrit **-té** pour les noms féminins : la solidi**té** – l'ami**tié**. Sauf : *dictée*, *montée*, *jetée*, *portée*, *pâtée*.
- Il s'écrit **-tée** pour les contenus : une pelle**tée**.

#### Le suffixe *-ment*

- Il s'ajoute au féminin de l'adjectif : curieuse**ment**.
- Il double la consonne pour les adjectifs en *-ant* et *-ent* : suffisa**mment** – intellige**mment**.

(Carte mentale interactive) hachette-clic.fr/21mf5230 genially

# L'orthographe des mots dérivés

## Je m'entraîne

### Je relève

**1 a. Dans les mots suivants, identifiez les préfixes.**
**b. Dites si le préfixe *in-* a été modifié au contact du radical et, si oui, expliquez comment.**
impossible – inattendu – imbattable – invisible – irresponsable – immoral – inutile – irréaliste – inacceptable – illogique – impatient – irréfléchi

**2 a. Dans les mots suivants, identifiez les préfixes.**
**b. Relevez les différentes formes que peut prendre le préfixe *mal-*.**
une mésaventure – malveillant – médire – maudire – une malfaçon – malpropre – une malédiction – malfaisant

### Je manipule

**3 a. Formez les antonymes des mots suivants en ajoutant un préfixe correctement orthographié.**
**b. Trouvez l'intrus.**
responsable – honnête – limité – mortel – réaliste – discret – mettable

**4 Retrouvez l'adjectif qui correspond aux définitions suivantes.**
a. (un air) qu'on ne peut pas respirer
b. (une écriture) qu'on ne peut pas lire
c. (un plat) qu'on ne peut pas manger
d. (une eau) qu'on ne peut pas boire
e. (un paysage) qu'on ne peut pas décrire
f. (des ennemis) qu'on ne peut pas réconcilier
g. (une personne) qui ne fait pas preuve de respect
h. (un ami) qu'on ne peut pas remplacer

**5 Écrivez correctement ces mots formés sur le préfixe *ad-*.**
a......rondir – a......faiblir – a......clamer – a......sourdir – a......souplir – a......racher – a......tacher

**6 Formez des noms féminins à partir des adjectifs suivants pour retrouver des qualités (liste 1) puis des défauts (liste 2). Attention : il faut parfois modifier le radical !**
**Liste 1 :** beau, bon, loyal, fidèle, généreux, honnête.
**Liste 2 :** méchant, cruel, brutal, instable.

### J'approfondis

**7 Saurez-vous écrire le contenu…**
a. d'une fourchette ?
b. d'une cuillère ?
c. d'une assiette ?
d. d'une brouette ?
e. de la gorge ?
f. des bras ?

**8 Complétez le texte suivant avec des adverbes en *-ment* formés à partir des indications données.**
a. Les deux ennemis s'affrontent (de manière violente).
b. Le Joker est tombé (de manière accidentelle) dans une cuve d'acide.
c. Batman blesse (de manière sévère) le Joker : il lui brise (de manière partielle) la nuque.
d. (De manière étonnante), le Joker a survécu.
e. Il recommencera (de manière certaine) ses méfaits.
f. Batman se comporte (de manière intelligente).
g. Les deux adversaires se sont revus (de manière fréquente).

## J'accomplis ma mission

**Rédigez les portraits du super-héros et du super-vilain d'Inès, en utilisant des préfixes et des suffixes.**

**Coup de pouce**
- Utilisez le suffixe *-té* pour les qualités du super-héros et les défauts du super-vilain.
- Utilisez les préfixes pour former des antonymes : *un crime qu'on ne peut pas pardonner, des actes qui ne respectent pas la loi, un ennemi qu'on ne voit pas, un pouvoir qui n'a pas de limites…*
- Formez des adverbes en *-ment*.

### Je m'autoévalue

| | 🙂 | 😐 | ☹️ |
|---|---|---|---|
| Je sais écrire les mots formés avec les préfixes *-in*, *ad-* et *co(m)-*. | | | |
| Je sais écrire les noms féminins en *-té* et *-tié*. | | | |
| Je sais écrire les adverbes en *-ment*. | | | |
| Je suis capable de modifier le radical pour former des mots dérivés. | | | |

(Exercices interactifs) Plus de 🙂 > hachette-clic.fr/21mf5231 • Plus de 😐 > hachette-clic.fr/21mf5232 • Plus de ☹️ > hachette-clic.fr/21mf5233

# 9 Comment développer un champ lexical ?

## Je comprends ma mission

Paul est éco-délégué dans son collège et doit prononcer un discours sur l'urgence climatique.
Il a trouvé le titre, « À tous les héros écolos », mais il bloque sur la suite…
Pour l'aider, son professeur lui conseille de développer les champs lexicaux de la nature et de l'héroïsme.

**Votre mission** **Aidez Paul à trouver les bons mots pour préparer son discours sur l'urgence climatique !**

## J'apprends la leçon

### Le champ lexical

#### Définition

Un champ lexical regroupe un ensemble de mots qui se rapportent à un même thème.

**Champ lexical de la mer :**
une île – débarquer – une mer d'huile – un requin – une jetée – s'échouer – un récif – voguer – houleuse – une crique – une ancre – les flots – un coquillage – être un vieux loup de mer – un rivage – larguer – une vague

#### Rôle

Un champ lexical permet de **développer un thème**, dans un texte.

#### Identifier un champ lexical

Pour identifier un champ lexical, on peut relever :

- **des mots de la même famille :** marin – maritime
- **des synonymes :** océan – plage – mer
- **des antonymes :** aérien – terrestre

*Plusieurs natures de mots sont possibles et préférables.*

*Combien de mots relever pour repérer un champ lexical ? Au moins cinq…*

Carte mentale interactive hachette-clic.fr/21mf5234 genially

# Le champ lexical

## Je m'entraîne

### Je relève

**1 Identifiez les champs lexicaux de ces listes de mots.**

a. terrain – chasubles – courir – ballon d'or
b. bitume – citadin – périphérique – grouiller – asphalte
c. slam – son – bruyant – instruments – notes
d. saveur – sucré – déguster – amertume – corsé

**2 Dans chaque liste de mots : a. trouvez l'intrus ; b. identifiez le champ lexical.**

a. chérir – affection – galant – ennemi – passion – ardent
b. hostilité – idylle – troupe – blessure – conflit
c. paniqué – angoisse – appréhender – phobie – craintif – atermoiement
d. cacophonie – suave – aigu – vrombir – clameur – assourdissant

### Je manipule

**3 a. À partir de l'image suivante, identifiez un champ lexical. b. Complétez ce champ lexical en variant les mots.**

**4 Dans le texte suivant, relevez le champ lexical dominant.**

Le 330 est à l'autre bout du quartier de verre. Il faut traverser une dizaine de tours. La circulation en plein air est réservée aux voitures. Ça donne des voies rapides, des tunnels et des bretelles d'autoroutes qui se mélangent comme un plat de spaghetti. J'ai donc emprunté les passages couverts et les galeries commerciales. […] J'ai pris un dernier ascenseur dans la tour *!ntencity*.

**Timothée de Fombelle**, *Céleste, ma planète*, éditions Gallimard Jeunesse, Folio Junior, 2009.

**5 Racontez une histoire en utilisant obligatoirement et dans l'ordre déterminé les mots suivants.**

horizon – contempler – vallonné – forêt – montagne

### J'approfondis

**6 a. Dans le texte suivant, relevez le champ lexical dominant. b. Quel est l'effet recherché ?**

Un bruit semblable à celui de l'eau venait des hauteurs : c'était celui du vent dans les forêts. Enfin, chose plus étonnante, j'entendis le vrai bruit de l'eau coulant dans un bassin. Je vis qu'on avait fait une fontaine, qu'elle était abondante et, ce qui me toucha le plus, on avait planté près d'elle un tilleul qui pouvait déjà avoir dans les quatre ans, déjà gras, symbole incontestable d'une résurrection. […] Les maisons neuves, crépies de frais, étaient entourées de jardins potagers où poussaient, mélangés mais alignés, les légumes et les fleurs, les choux et les rosiers, les poireaux et les gueules-de-loup, les céleris et les anémones.

**Jean Giono**, *L'Homme qui plantait des arbres* (1953), éditions Gallimard, 1983.

## J'accomplis ma mission

**Il est temps pour Paul de finaliser son discours : aidez-le à trouver, trier et ranger ses mots en lien avec les champs lexicaux de la nature et de l'héroïsme.**

Toi aussi, écris un discours sur le thème de l'écologie. Utilise au moins dix mots du champ lexical de la nature. Prononce ton discours à l'oral et enregistre-toi !

### Je m'autoévalue

| | | | |
|---|---|---|---|
| Je sais identifier un champ lexical. | | | |
| Je sais construire un champ lexical en variant les natures de mots. | | | |
| Je comprends l'utilité du champ lexical pour enrichir la qualité de mes travaux écrits et oraux. | | | |

(Exercices interactifs) Plus de > hachette-clic.fr/21mf5235 • Plus de > hachette-clic.fr/21mf5236 • Plus de > hachette-clic.fr/21mf5237

## VOTRE MISSION

**Votre équipe doit traverser la Grande Forêt des Mots, mais de nombreux dangers vous attendent… En route, jetez le dé !**

### QUESTIONS VERTES

**1** Nommez le contraire de *régulier*.

**3** Formez un nom féminin à partir de l'adjectif *fidèle*.

**6** Nommez le contenu d'une cuillère.

**9** Une personne qu'on ne peut pas remplacer est…

**13** Un acte qu'on ne peut pas accepter est…

**16** Citez trois mots du champ lexical de la mer.

**20** Citez trois mots de la famille de *placer*.

**24** Quelle langue est à l'origine du français ?

**28** « Tu es prêt à te lancer dans l'aventure? » À quel discours appartient cette phrase ?

**32** Dans un discours, comment appelle-t-on celui qui parle ?

Exercice interactif hachette-clic.fr/21mf5238 genially

**DÉFI DE PAUL**
Énoncez le plus de mots possible contenant la racine *logie*. Vous avez une minute !

**DÉFI D'INÈS**
Citez le plus de mots possible contenant la racine *géo*.

**DÉFI DE TOM**
Citez le plus de mots possible appartenant au champ lexical de la montagne.

**DÉFI DE NADIA** Inventez une histoire en utilisant les mots suivants : *merveilleuse, héroïne, dragon, courageuse, combattre*. Insérez un dialogue !

## QUESTIONS JAUNES

**2** Épelez l'antonyme de *possible*.
**4** Nommez le contenu d'une pelle.
**7** Un air qu'on ne peut pas respirer est…
**14** Citez quatre mots du champ lexical de la forêt.
**18** Citez trois mots de la famille de *ranger*.
**21** Formez trois mots avec le préfixe *para-*.
**25** Citez deux signes de ponctuation caractéristiques du discours direct.
**30** Donnez un synonyme de *bagnole* en langage courant.
**34** Citez les trois niveaux de langue.
**36** Dans un discours, comment appelle-t-on celui qui reçoit le message ?

## QUESTIONS ORANGE

**5** Épelez l'antonyme de *limité*.
**11** Formez un nom féminin à partir de l'adjectif *loyal* et épelez-le.
**15** Nommez le contenu d'une brouette.
**19** Citez deux verbes de parole exprimant l'intensité de la voix et la façon de prononcer.
**22** Une preuve qu'on ne peut pas réfuter est…
**26** Citez cinq mots du champ lexical de la ville.
**31** Citez trois mots de la famille de *vaincre*.
**35** Expliquez l'étymologie de *télévision*.
**38** Donnez sans hésiter le niveau de langue : *bouquin, se restaurer, palabrer, chance, costard, véhicule*.
**40** « Viens ici, je te le donnerai à ce moment-là. » S'agit-il d'un énoncé ancré ou coupé de la situation d'énonciation ?

# 11 Comment reconnaître la nature des mots ?

**Vrai ou faux ?**

**a.** La nature d'un mot est aussi appelée « classe grammaticale ».
**b.** La nature d'un mot correspond à son rôle dans la phrase.

## Je comprends ma mission

Nadia doit classer des mots en les rangeant dans les bons bocaux.

**Votre mission** Aidez Nadia à faire le tri entre les différents mots et à les classer correctement !

## J'apprends la leçon

- La **nature** d'un mot correspond à sa classe grammaticale, à ce qu'il est.
- La **fonction** correspond à son rôle dans la phrase.

Aidez-vous du dictionnaire !

### Les classes grammaticales

**Mots variables**

- **Nom** propre ou commun : Paris, Marianne, tulipe
- **Verbe** : chanter, jouer, être
- **Déterminant** : une, le, mes, deux, certains, ce
- **Adjectif** : rouge, gentil, merveilleux
- **Pronom** : je, lui, leur, personne

**Mots invariables**

- **Adverbe** : hier, vite, doucement
- **Préposition** : à, de, dans, par, pour, vers
- **Conjonction**
  - de coordination : mais, ou, et, donc, or, ni, car
  - subordination : que, quand, comme...

Carte mentale interactive hachette-clic.fr/21mf5239 genially

# Les classes grammaticales

## Je m'entraîne

### Je relève

**1 Repérez dans cet extrait les mots invariables.**

Un soir, le dernier avant son départ, Alcmène et Iolaos le [Héraclès] pressèrent de raconter ses exploits. On disait tant de choses, ils voulaient entendre la vérité de sa bouche. Il sourit et se mit à raconter.

**Isabelle Pandazopoulos**, *Les Douze Travaux d'Hercule*, Folio Junior, Gallimard Jeunesse, 2013.

**2 Identifiez le déterminant de chacun des noms en couleur.**

En ces temps lointains vivaient en Bretagne deux sœurs qui n'avaient plus ni père, ni mère. En mourant, leurs parents leur avaient laissé de grands biens. La plus jeune en profitait pour mener une vie déréglée, mais l'aînée se comportait avec la plus grande sagesse.

**Anne-Marie Cadot-Colin**, *Merlin*, Le Livre de Poche, 2009.

**3 Dans chaque liste, retrouvez-le mot intrus qui n'a pas la même nature que les autres.**

a. offrir – manger – chat – prendre
b. jardin – chien – le – vase
c. toujours – vers – sur – à
d. joli – grand – coquet – majesté

**4 Parmi les mots en gras, lequel est un verbe et lequel est un nom ?**

a. Je **travaille** très dur cette année. J'espère que mon **travail** portera ses fruits.
b. Le jardinier **plante** une graine. Celle-ci se transformera en une magnifique **plante** cet été.
c. C'est un **fait** : cet élève **fait** peu d'efforts depuis la rentrée.

### Je manipule

**5 Classez en deux colonnes les mots variables et invariables des phrases suivantes.**

Demain, nous irons à la piscine. Il faut préparer nos affaires.

**6 Formez des phrases en respectant les formules suivantes :**

– nom propre + verbe conjugué + adverbe
– déterminant + nom + verbe conjugué + préposition + déterminant + nom commun
– nom propre + verbe conjugué + déterminant + adjectif + nom commun
– déterminant + adjectif + nom + verbe conjugué + conjonction de coordination + verbe conjugué + déterminant + nom

### J'approfondis

**7 Bingo des natures de mots : complétez la liste par un mot de chaque nature issu du texte.**

nom : ...... – verbe : ...... – déterminant : ...... – adjectif : ...... – pronom : ...... – adverbe : ...... – préposition : ...... – conjonction : ......

L'été commence à peine et Momo pense que ce sera le plus long été de sa vie. Quand l'été sera presque terminé, Momo retournera à l'école, enfin au collège maintenant, vu qu'il entre en sixième. Il ne l'a jamais dit à personne, mais Momo aime l'école. Il voudrait même y aller toute l'année, les samedis et dimanches aussi.

**Yaël Hassan**, *Momo, petit prince des Bleuets*, éditions Syros, 2013.

## J'accomplis ma mission

**Aidez Nadia à classer les mots.**

Grâce à ce que nous avons appris, aide-moi à mettre les mots dans les bons bocaux !

### Je m'autoévalue

| | 🙂 | 😐 | ☹️ |
|---|---|---|---|
| Je connais les noms des classes grammaticales. | | | |
| Je comprends la différence entre mots variables et invariables. | | | |
| Je sais identifier précisément la nature d'un mot. | | | |

Exercices interactifs | Plus de 🙂 > hachette-clic.fr/21mf5240 • Plus de 😐 > hachette-clic.fr/21mf5241 • Plus de ☹️ > hachette-clic.fr/21mf5242

# 12 Comment distinguer les constituants de la phrase ?

## Je comprends ma mission

Son professeur a demandé à Tom de décrire cette image avec des phrases correctes. Pour cela, il doit s'aider du programme suivant.

```
<Mission:décrire Persée tuant Méduse>
<P=GS+GV>
<P=[GS+GV] + GC>
```

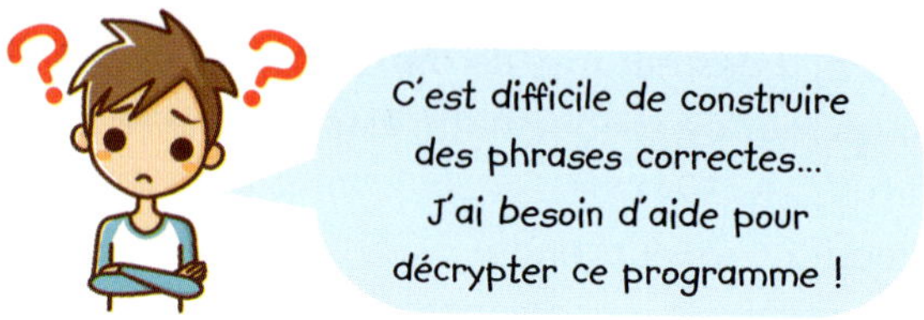

Benvenuto Cellini, *Persée*, 1545-1554.

**Votre mission** Aidez Tom à comprendre le programme pour rédiger sa description !

## J'apprends la leçon

**Les constituants de la phrase**

Une phrase type (P) est composée de deux éléments obligatoires :
**GS** = groupe sujet
**GV** = groupe verbal

La phrase peut également comporter un élément non obligatoire :
**GC** = groupe circonstanciel

Le facteur distribue le courrier.
- **P = GS + GV**
- **GS =** le facteur
- **GV =** distribue le courrier

Le facteur distribue le courrier **à huit heures.**
- **P = (GS + GV) (+ GC)**
- **GS =** le facteur
- **GV =** distribue le courrier
- **GC =** **à huit heures**

(Carte mentale interactive) hachette-clic.fr/21mf5243 genially

# Les principaux constituants de la phrase

## Je m'entraîne

### Je relève

**1 Recopiez le texte. Dans chaque phrase, soulignez en bleu le groupe sujet et en rouge le groupe verbal.**

Herman a une sœur et un frère. Il vit au Texas. Les Apaches l'enlevèrent devant chez lui. Il vécut avec eux quelque temps. Il devint un vrai Indien.

D'après **Christel Mouchard**, *L'Apache aux yeux bleus*, Éditions Flammarion Jeunesse, 2015.

**2 Repérez dans chaque phrase le groupe circonstanciel.**

a. Les enfants se baladent au milieu du bois.
b. Les vacanciers partirent dès les premières lueurs de l'aube.
c. Ce judoka remporta le tournoi grâce à sa technique et sa détermination.
d. Les Indiens attaquèrent le fort à la tombée de la nuit.

### Je manipule

**3 Remettez les groupes suivants dans l'ordre pour en faire des phrases correctes. Attention : une phrase commence par une majuscule, se termine par un point et a du sens !**

a. dans le bocal – le poisson rouge – sans cesse – tourne
b. tire un pénalty – l'attaquant – à la dernière minute du temps réglementaire
c. fut très froid – cette année-là – l'hiver
d. ce soir – doit parler à ma sœur – ma mère

**4 Ajoutez un groupe verbal aux sujets suivants afin de construire des phrases correctes.**

a. Le chevalier ......
b. Le professeur ......
c. Les skieurs ......
d. Les grands explorateurs ......
e. Les extraterrestres ......
f. Ce terrible monstre ......

**5 Ajoutez un groupe sujet aux groupes verbaux suivants afin de construire des phrases correctes.**

a. ...... me fit horriblement peur.
b. ...... révisèrent sérieusement leur leçon.
c. ...... sont des animaux nocturnes.
d. ...... aida Harry Potter à de multiples reprises.
e. ...... se déroulent en général sur deux semaines.

**6 Recopiez les phrases suivantes sans les groupes circonstanciels.**

a. Les soldats lancèrent l'assaut dès les premières heures du jour.
b. Mon frère mangea son dessert goulûment.
c. Le dragon cracha du feu tout autour du château.
d. La robe de la princesse brillait de mille feux au milieu de la nuit.
e. Le jardinier cultive ses légumes avec application.

### J'approfondis

**7 Choisissez des groupes de chaque liste afin de construire des phrases correctes. Conjuguez les verbes au présent et faites attention aux accords entre les sujets et les verbes.**

**GS :** les voyageurs – Achille – la jeune fille

**GV :** regarder ses photos de vacances – tuer le lion de Némée – attendre le train de 12 h 07

**8 Pour chaque phrase de l'exercice précédent, ajoutez un groupe circonstanciel.**

## J'accomplis ma mission

**Aidez Tom à décrire la scène représentée par la sculpture en suivant le programme.**

**Coup de pouce**

Le personnage est Persée, il tient dans sa main une épée. Le monstre décapité est Méduse.

### Je m'autoévalue

| | | | |
|---|---|---|---|
| Je connais les groupes obligatoires qui constituent une phrase type. | | | |
| Je sais repérer le groupe sujet et le groupe verbal. | | | |
| Je fais la différence entre groupes obligatoires et groupes facultatifs. | | | |

Exercices interactifs Plus de > hachette-clic.fr/21mf5244 • Plus de > hachette-clic.fr/21mf5245 • Plus de > hachette-clic.fr/21mf5246

# 13 Comment reconnaître le sujet ?

## Je comprends ma mission

Nadia relit sa dictée et elle s'interroge sur la terminaison des verbes.

Ses filles étaient très belles ; mais la cadette, surtout, se faisait admirer. Les deux aînées allaient tous les jours au bal, à la comédie, à la promenade, et se moquai... de leur cadette, qui employai... la plus grande partie de son temps à lire de bons livres.

**Votre mission** **Aidez Nadia à maîtriser l'accord sujet-verbe, même avec les sujets difficiles ou éloignés. Soyez prêt(e) pour la dictée et pour les rédactions !**

## J'apprends la leçon

Qui est-ce qui ?
Qu'est-ce qui ?
C'est elle qui lisait.

**Le sujet**

À l'impératif, le sujet n'est pas exprimé.
Viens !

### Sa place

- Il est souvent **avant le verbe.**
- Il peut être **après le verbe.**
  Dit-**il** ! Où vas-**tu** ?

### Sa nature

- **Nom** ou **GN**
  **La cadette** lisait.
- **Pronom**
  **Elle** lisait.
  La cadette, **qui** lisait de bons livres.
- **Infinitif**
  **Lire** est un plaisir.

Carte mentale interactive hachette-clic.fr/21mf5247 genially

# La fonction sujet

## Je m'entraîne

### Je relève

**1** **Dans les phrases suivantes : a. identifiez le sujet ; b. précisez sa nature.**

a. À la sonnerie, les élèves entrent en classe.
b. Achille est déterminé à venger son ami Patrocle.
c. Jouer à la console me détend.
d. Range ta chambre !
e. Cela m'intéresse vraiment !
f. Lire de bons livres est un réel plaisir.
g. Vous êtes très mal cachés : je vous ai vus !

**2** **Où se cache le sujet ? Observez dans le texte les verbes en gras et relevez les sujets inversés.**

Au loin **apparaissait** déjà le terrible Godzilla : à peine **était**-il sorti des eaux qu'il **marchait**, attiré par les lumières de la ville.
« Voici la créature dont **parlait** le général, **s'exclama** un journaliste.
– Combien mesure-t-il ? **reprit**-il, visiblement impressionné.
– Je **dirais** une cinquantaine de mètres de haut ! **répondit** le général qui **dirigeait** l'armée de terre.
– **Pensez**-vous pouvoir éloigner le monstre de la ville ? **demanda** le maire au général.
– Cela **sera** difficile, les armes conventionnelles ne nous **seront** d'aucun secours. Nous **allons** mobiliser toutes nos forces de frappe et rassembler notre armée. »

### Je manipule

**3** **a. Identifiez les sujets et justifiez l'accord des verbes. b. Remplacez les sujets par des pronoms personnels.**

a. Les vaches, dans les prés autour du village, paissent tranquillement.
b. Gauvain et Galaad ont répondu à l'appel du roi Arthur.
c. Un groupe de musiciens joue ce soir dans la salle municipale.
d. Les compagnons d'Ulysse, qui avaient été métamorphosés en cochons par Circé, purent retrouver une forme humaine.
e. Une partie des élèves a pu assister au spectacle.

**4** **a. Réduisez le sujet à un pronom personnel.**

**Exemple :** toutes mes copines de classe → *elles*

a. mes copains et moi
b. toute la classe
c. nos camarades de 5ᵉ C
d. ton équipe et toi

**b. Inventez un verbe qui convient à votre sujet et accordez-le.**

### J'approfondis

**5** **a. Recopiez les verbes conjugués. b. Relevez leur sujet. Quand le sujet est un GN, soulignez son noyau. c. Justifiez l'accord du verbe en précisant le genre et le nombre du sujet.**

La traversée de la prairie jusqu'à la piste leur prit une heure. Les herbes hautes entravaient leur marche et les nombreux terriers cachés gênaient leur progression. Cela ne les empêcha pas de remarquer avec émerveillement toutes les différences entre ce monde et le leur. D'énormes fleurs formaient des flaques de couleurs vives au milieu du vert de la prairie, d'étranges papillons virevoltaient autour de leurs corolles.

**Pierre Bottero**, *La Quête d'Ewilan, D'un monde à l'autre* (2003), Rageot, 2010.

## J'accomplis ma mission

**Préparez-vous pour la dictée : entraînez-vous à repérer le sujet et à accorder les verbes avec les exercices interactifs.**

**Les mots à connaître :**
les sœurs – l'aînée – la cadette – l'orgueil – la jalousie

### Je m'autoévalue

| | | | |
|---|---|---|---|
| Je suis capable de repérer le sujet et d'identifier sa nature, même lorsqu'il est éloigné du verbe. | | | |
| Je sais remplacer le sujet par un pronom. | | | |
| Je sais accorder le verbe avec le sujet. | | | |

Exercices interactifs Plus de > hachette-clic.fr/21mf5248 • Plus de > hachette-clic.fr/21mf5249 • Plus de > hachette-clic.fr/21mf5250

# 14 Comment enrichir le groupe verbal ?

## Je comprends ma mission

Le professeur d'Inès lui a demandé un compte-rendu sur son voyage de classe à Rome. Inès a noté ses activités dans un tableau, mais son professeur lui demande un texte rédigé, avec des phrases simples comprenant des compléments.

| Date | Programme | Activités |
|---|---|---|
| Mardi 15 mars | Visite du Colisée | Explication des jeux du cirque à mes camarades |
| Mercredi 16 mars | Visite du Capitole et du Forum | Prise de photos |
| Jeudi 17 mars | Trevi | Prêt de 3 € à Nadia pour acheter une glace |

**Votre mission** **Aidez Inès à rédiger son compte-rendu en utilisant des COD et COI !**

## J'apprends la leçon

**Le GV : COD et COI**

Rappel : Une phrase (P) type se compose ainsi : P = GS + GV (GS = groupe sujet, GV = groupe verbal)

**Qui ? Quoi ?**

### COD (complément d'objet direct)

Complément d'objet directement relié au verbe (sans préposition) :
GV = V + GN

Le facteur distribue **le courrier**.
GN COD de « distribue »

**À qui ? De qui ?**

### COI (complément d'objet indirect)

Complément d'objet introduit par une préposition : GV = V + GNP

Le facteur parle **à sa collègue**.
GNP COI de « parle »

### Autres GV

- GV = V + GN + GNP
  Le facteur distribue **le courrier** **à sa voisine**.
  le courrier : GN COD de « donne » ; à sa voisine : GNP COI de « donne »
- GV = V + GNP + GNP
  Le facteur parle **de ses vacances** **à sa collègue**.
  de ses vacances : GNP COI de « parle » ; à sa collègue : GNP COI de « parle »

**Autres natures possibles**

- Pronom — Le facteur **le** distribue. / Le facteur **lui** parle.
- Groupe infinitif — Elle souhaite **réussir sa vie**. / Elle parle **de réussir sa vie**.
- Propositions — Je sais **que vous avez raison**. / Je pense **à ce que vous m'avez dit**.

Carte mentale interactive hachette-clic.fr/21mf5251 genially

# Le COD et le COI

## Je m'entraîne

### Je relève

**1 Repérez les COD dans les phrases suivantes.**

a. Charlie adore le chocolat.

b. Il a gagné un ticket d'or lors de la loterie organisée par Willy Wonka.

c. Il visite la chocolaterie et découvre les drôles d'ouvriers de l'usine, les Oompa Loompas.

d. Les Oompa Loompas mangent des graines de cacao.

e. Willy Wonka craint tous les dentistes.

f. Charlie le remercie chaleureusement pour la visite, il est émerveillé.

**2 Repérez les COI dans les phrases suivantes.**

a. Pendant la récréation, les enfants jouent au ballon.

b. Lucas a manqué de prudence en se baignant alors que le drapeau était rouge.

c. Le professeur de SVT a prévenu ses élèves de l'évaluation prévue lors de la prochaine séance.

d. Ces cartes m'appartiennent, tu dois me les rendre.

e. Ce champion du cent mètres participera aux prochains Jeux olympiques.

f. Cette petite fille sourit à sa mère qui lui a offert une glace.

### Je manipule

**3 Remettez les groupes de mots dans l'ordre pour former des phrases correctes.**

a. la tarte aux cerises – Kenzo – goûte

b. sais – je – que tu es meilleur que moi aux échecs

c. avons discuté – de cet épisode de *Star Wars* – nous

d. me – le médecin – de rester chez moi – conseille

e. des fleurs – à sa grand-mère – pour sa fête – Simon – a acheté

**4 Inventez un COD ou un COI ou les deux pour compléter ces phrases.**

a. Le professeur prévient ......

b. Cet élève apprend ......

c. Le policier interroge ......

d. Rémus et Romulus ont observé ......

e. Perceval cherche ......

f. Le mécanicien répare ......

**5 a. Identifiez si les groupes de mots en gras sont des COD ou des COI. b. Remplacez-les par des pronoms.**

a. J'ai enfin trouvé **ce livre** à la bibliothèque.

b. Il parle **de la dernière série à son copain**.

c. Ce livre appartient **à Julie**.

d. Enzo commande **les pizzas** pour la soirée pyjama.

### J'approfondis

**6 Parmi les groupes soulignés, distinguez les COD des attributs du sujet.**

Léonard de Vinci est un artiste et savant italien. Il a peint de nombreux portraits et tableaux. Le plus célèbre est la Joconde. Il a aussi imaginé des engins et des machines. Très curieux, il a étudié des phénomènes naturels, la chimie et l'anatomie. Enfin, ses nombreux dessins et études sont restés célèbres.

**7 Parmi les groupes soulignés, repérez les COD et les COI. Attention aux pièges : certains groupes sont des intrus !**

En ouvrant les yeux, Robinson vit d'abord un visage penché sur lui. Vendredi lui soutenait la tête de la main gauche et essayait de lui faire boire de l'eau fraîche dans le creux de sa main droite. Mais Robinson serrait les dents, et l'eau coulait autour de sa bouche, dans sa barbe et sur sa poitrine.

**Michel Tournier**, *Vendredi ou la Vie sauvage*, Flammarion Jeunesse, 1971.

## J'accomplis ma mission

**Reprenez jour par jour les activités d'Inès et rédigez un texte d'une dizaine de lignes. Soulignez en rouge les COD et en bleu les COI.**

### Je m'autoévalue

| | 🙂 | 😐 | ☹️ |
|---|---|---|---|
| Je connais la composition d'un GV. | | | |
| Je reconnais et identifie un COD. | | | |
| Je reconnais et identifie un COI. | | | |

Exercices interactifs Plus de 🙂 > hachette-clic.fr/21mf5252 • Plus de 😐 > hachette-clic.fr/21mf5253 • Plus de ☹️ > hachette-clic.fr/21mf5254

# 15 Comment enrichir le groupe nominal ?

## Je comprends ma mission

Nadia a décrit la scène d'adoubement représentée sur ce tableau. Voici sa description annotée par son professeur.

C'est bien !

Développe encore !

Dans une pièce un chevalier est à genoux sur un coussin.
Il porte son équipement. Une demoiselle lui pose une épée
sur l'épaule. D'autres hommes regardent la scène.
L'un deux tient une lance. Un garçon porte un bouclier.
La fenêtre apporte de la lumière. Un rideau décore le mur.

Que penses-tu de mon texte ? Est-ce qu'il décrit bien la scène d'adoubement ?

Comment comprends-tu les annotations du professeur sur ma copie ? Qu'est-ce qu'il veut me conseiller ?

**Edmund Leighton**, *The Accolade*, 1901, huile sur toile.

**Votre mission** **Aidez Nadia à améliorer son texte à l'aide des expansions du nom !**

## J'apprends la leçon

**Pourquoi ?**
Les expansions du nom permettent :
– d'enrichir le nom noyau du GN ;
– de donner plus de précisions (notamment dans les portraits ou les descriptions).

### Les expansions du nom

#### Épithète

- **Adjectif qualificatif**
  Baptiste possède une maison **magnifique**.
- **Groupe adjectival**
  Il voit de **très beaux** paysages.
- **Nom ou groupe nominal**
  Il mange un steack **frites** et boit un café **crème**.

#### Complément du nom

- **Groupe nominal prépositionnel**
  Le palais **du roi** se trouve dans la forêt.
- **Groupe adverbial prépositionnel**
  Les histoires **d'autrefois** sont passionnantes.
- **Groupe infinitif prépositionnel**
  Rome : une ville **à visiter** absolument !
- **Groupe pronominal prépositionnel**
  Recycler est l'affaire **de tous**.
- **Proposition subordonnée relative**
  Le gâteau **qui sort du four** sent très bon.

Carte mentale interactive hachette-clic.fr/21mf5255 genially

# Les expansions du nom

## Je m'entraîne

### Je relève

**1 a. Dans les phrases suivantes, relevez les adjectifs qualificatifs. b. Quel nom chacun d'eux complète-t-il ?**

a. Alice est une petite fille curieuse et espiègle.

b. Fatigué, mon frère s'endormit profondément en rentrant de l'école.

c. Le gigantesque portail à l'entrée de la propriété empêchait les intrusions malveillantes.

d. Le père de mon meilleur ami est un incroyable cuisinier.

e. Les enfants jouaient et imaginaient des aventures passionnantes.

**2 a. Dans les phrases suivantes, relevez les compléments du nom. b. Quel nom chacun d'eux complète-t-il ?**

a. La tarte aux pommes est mon dessert préféré.

b. J'ai cassé les assiettes en porcelaine.

c. Cet album pour enfants plaît beaucoup à ses cousins.

d. Les élèves élisent leurs représentants au conseil de classe.

e. Nous avons décidé de faire une randonnée en forêt.

### Je manipule

**3 Transformez les compléments du nom de ces groupes nominaux en adjectifs de même sens.**

un jeu pour s'amuser – la maison de la famille – les bijoux en argent – une structure en métal – les couleurs du printemps

**4 Complétez les phrases avec des compléments du nom (CDN) ou des adjectifs épithètes. Attention aux accords !**

a. La classe ...... (CDN) rencontre un écrivain ...... (adj. épit.) aujourd'hui.

b. Le ...... (adj. épit.) chevalier attend la dame dans le jardin ...... (CDN).

c. Le dragon ...... (CDN) est une créature ...... (adj. épit.) disparue aujourd'hui.

d. Un vent ...... (adj. épit.) soufflait à travers les barreaux ...... (CDN).

**5 Donnez au moins deux synonymes pour chaque adjectif. Vous pouvez vous aider d'un dictionnaire des synonymes ou consulter le site Internet Lexilogos.**

a. Une infirmière courageuse.

b. Un plan parfait.

c. Un accident grave.

d. Une belle équipe.

### J'approfondis

**6 Lisez bien ce texte.**

Lentement, majestueusement, un vaisseau émergea alors de l'eau, dans le scintillement argenté du clair de lune. Il avait quelque chose d'étrangement spectral, telle une épave sauvée d'un naufrage, et les faibles lueurs qui brillaient derrière ses hublots, comme enveloppées de brume, ressemblaient à des yeux de fantôme. Enfin, dans un bruit de cascade, le vaisseau apparut entièrement, tanguant sur les eaux tumultueuses du lac, et glissa vers la rive.

*Harry Potter et la Coupe de feu*, J. K. Rowling, Folio Junior, 2000.

**a. Relevez les expansions des noms soulignés. Quelle impression produit l'apparition de ce bateau volant ?**

**b. Rédigez un paragraphe de 5 à 10 lignes et décrivez l'intérieur de ce bateau. Utilisez des expansions du nom.**

## J'accomplis ma mission

**Rédigez une version améliorée de la copie de Nadia en ajoutant des expansions.**

Grâce à ce que nous avons appris, aide-moi à améliorer mon texte.

### Je m'autoévalue

| | 🙂 | 😐 | 🙁 |
|---|---|---|---|
| Je sais reconnaître les expansions du nom. | | | |
| Je sais enrichir un GN avec des expansions. | | | |

Exercices interactifs Plus de 🙂 > hachette-clic.fr/21mf5256 • Plus de 😐 > hachette-clic.fr/21mf5257 • Plus de 🙁 > hachette-clic.fr/21mf5258

# 16 Comment enrichir une phrase ?

## Je comprends ma mission

Tom prépare un grand voyage dans l'espace, mais avant de partir explorer l'univers, son capitaine lui demande de compléter le journal de bord : un outil indispensable pour planifier et organiser cette exploration spatiale.

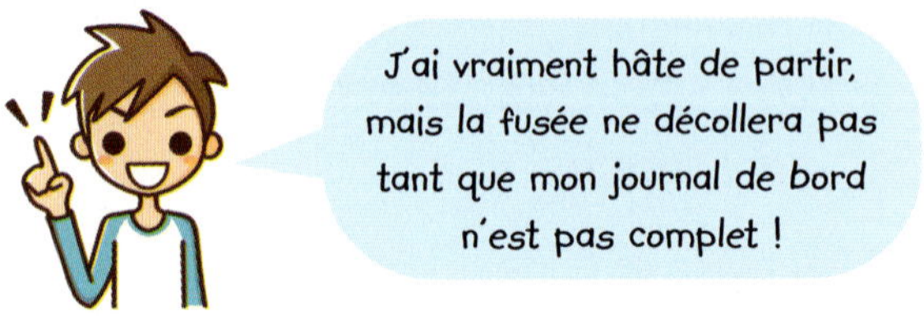


**Votre mission** **Aidez Tom à compléter son journal de bord !**

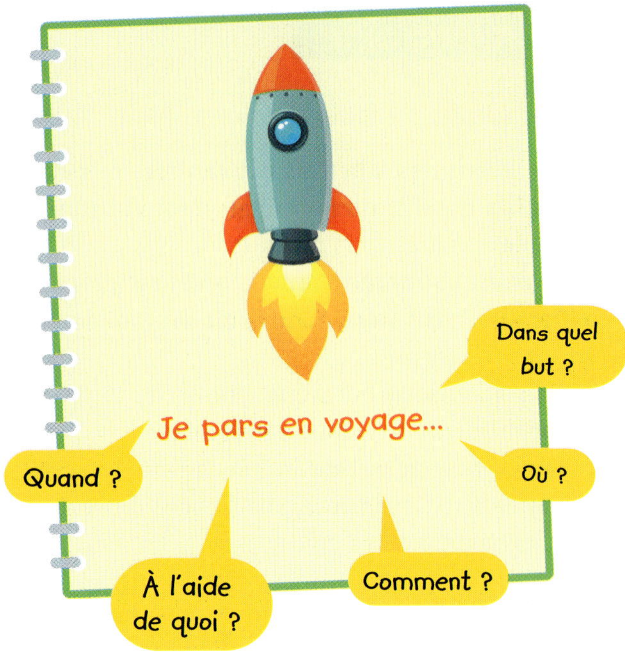


## J'apprends la leçon

### Les compléments circonstanciels (CC)

#### À quoi servent-ils ?

- Ils donnent **des informations complémentaires** au sujet de la phrase.
- On peut les **déplacer** ou les **supprimer.**

#### Quel sens ont-ils ?

- **CC de temps** (Quand ?) **:** après, avant, dans, de, depuis, en, pendant, avant de, au cours de, jusqu'à, au moment de, quand…
- **CC de lieu** (Où ?) **:** chez, dans, de, derrière, devant, entre, par, parmi, sous, sur, vers, autour de, à côté de, au-dessus de, en face de…
- **CC de manière** (Comment ?) **:** avec, sans, bruyamment, lentement, rapidement…
- **CC de moyen** (À l'aide de quoi ?) **:** au moyen de, à l'aide de, avec, sans, à…
- **CC de but** (Dans quel but ?) **:** pour, en vue de, de crainte de, pour que, afin que, de crainte que…
- **CC de cause** (Pour quelle raison ?) **:** à cause de, grâce à, en raison de…

#### On peut les construire avec :

- **un groupe nominal (GN)**
  **Ce matin**, le facteur distribue le courrier.
- **un groupe nominal introduit par une préposition (GNP)**
  Le facteur distribue le courrier **à huit heures**.
- **un adverbe**
  Le facteur distribue le courrier **aujourd'hui**.
- **une proposition subordonnée**
  Le facteur distribue le courrier **quand le jour se lève**.
- **un groupe infinitif prépositionnel**
  Le facteur distribue le courrier **avant de partir**.

Carte mentale interactive hachette-clic.fr/21mf5259 genially

# Les compléments circonstanciels

## Je m'entraîne

### Je relève

**1 a. Les groupes de mots soulignés sont-ils des compléments circonstanciels ? Justifiez votre réponse. b. Précisez la circonstance exprimée pour chaque CC identifié.**

a. Dans quelques jours, Tom ira visiter le stade de son équipe préférée.
b. Mon pneu est crevé, j'ai changé la roue avec le voisin.
c. Robin a économisé pendant plusieurs mois, en vue de faire le tour du monde.
d. Manuela et Claude voyageront dans toute l'Afrique.
e. Elle a quitté la pièce en claquant la porte.

**2 Pour chaque complément circonstanciel souligné : a. précisez la circonstance exprimée ; b. indiquez sa nature.**

**Exemple :** jusqu'à cet endroit → *CC de lieu, GNP.*

Depuis la petite fenêtre de son arrière boutique, il regardait souvent la vaste plaine où le blé de printemps se balançait avec grâce, semblable aux vagues de la mer. […] D'autres fois, très tôt, il allait marcher sur les chemins qui se perdaient dans la campagne, dans le bleu si tendre des champs de lin au petit jour, et cela lui arrachait le cœur de devoir rentrer à la maison.

**Jean-Claude Mourlevat**, *La Rivière à l'envers* (2000), Pocket Jeunesse, 2009.

### Je manipule

**3 a. Recopiez et complétez les phrases avec les mots *pour que, près de, à mesure que, avec, lentement*. b. Soulignez le complément circonstanciel et précisez la circonstance exprimée.**

a. Les élèves sortent de la classe ...... une étonnante rapidité.
b. On construit un puits ...... la population ait enfin un accès à l'eau potable.
c. ...... le soleil se lève, les astronautes sont émerveillés par ce spectacle saisissant.
d. Guillaume ouvrit ...... l'enveloppe contenant le mystérieux itinéraire.
e. Pendant de longues minutes, il le tint ...... son cœur.

**4 Récrivez les phrases en les enrichissant à l'aide de compléments circonstanciels.**

a. Nathan attend la fin de la journée. (CC de but, groupe infinitif prépositionnel)
b. Maeva voyage. (CC de moyen, GNP)
c. L'exploratrice se perd. (CC de manière, adverbe)
d. Le voyageur s'égara et arriva le soir. (CC de lieu, GNP)
e. Lauren et Lucas prépareront leurs valises. (CC de temps, proposition subordonnée)

### J'approfondis

**5 a. Relevez les compléments circonstanciels. b. Pour chacun, précisez la circonstance exprimée et indiquez sa nature.**

Dans la cour de l'école, dans le coin du fond, tous les yeux des présents fixaient obstinément et impatiemment la porte, espérant d'instant en instant l'arrivée de Tintin. Chacun savait déjà que Marie s'était chargée de faire elle-même les achats et que Tintin l'attendait derrière le lavoir, pour recevoir de ses mains le trésor qu'il allait bientôt présenter à leur contrôle. Enfin, il apparut, précédé de La Crique, et un ah ! général d'exclamation salua son entrée.

**Louis Pergaud**, *La Guerre des boutons* (1912), Le Livre de Poche Jeunesse, 2011.

## J'accomplis ma mission

**Complétez le journal de bord de Tom en utilisant le plus de compléments circonstanciels possible.**

### Je m'autoévalue

| | | | |
|---|---|---|---|
| Je sais reconnaître les différents compléments circonstanciels. | | | |
| Je comprends leur rôle dans la phrase. | | | |
| Je sais enrichir mes écrits avec des compléments circonstanciels. | | | |

Exercices interactifs Plus de > hachette-clic.fr/21mf5260 • Plus de > hachette-clic.fr/21mf5261 • Plus de > hachette-clic.fr/21mf5262

# 17 Comment donner une intention à une phrase ?

## Je comprends ma mission

Paul s'est inscrit à un atelier théâtre. Il a appris un texte de Molière. Après une première répétition, son metteur en scène lui a dit qu'il devait encore travailler.

Mon professeur me demande d'exprimer de l'intention dans mon texte… Que veut-il dire ?

*Harpagon, un vieil homme avare, vient de découvrir le vol de son argent, qu'il avait enterré dans le jardin.*

**Harpagon :** Au voleur ! Au voleur ! À l'assassin ! Au meurtrier ! Justice, juste ciel ! Je suis perdu, je suis assassiné ! On m'a coupé la gorge, on m'a dérobé mon argent ! […] Où est-il ? Où se cache-t-il ? Que ferai-je pour le trouver ? Où courir ? Où ne pas courir ? N'est-il point là ? N'est-il point ici ? Qui est-ce ? Arrête ! Rends-moi mon argent, coquin !… Ah ! c'est moi. Mon esprit est troublé, et j'ignore où je suis, qui je suis et ce que je fais. Hélas ! mon pauvre argent, mon pauvre argent, mon cher ami, on m'a privé de toi ! […] C'en est fait, je n'en puis plus, je me meurs, je suis mort, je suis enterré !

**Molière**, *L'Avare*, 1668.

**Votre mission** **Aidez Paul à comprendre les types de phrase afin de réaliser une belle prestation !**

## J'apprends la leçon

Toute phrase correspond à un type d'acte fondamental, à une intention : il en existe trois.

### Les types de phrase

À l'oral, l'intonation est importante pour exprimer son intention : la voix baisse en fin de phrase pour une déclarative ou une impérative, elle monte pour une interrogative.

#### Type déclaratif

Il correspond à **l'assertion**, c'est-à-dire au fait d'affirmer quelque chose comme vrai, de donner une information.

Cette chimiste travaille dans un laboratoire.

L'eau bout à cent degrés.

#### Type interrogatif

Il correspond à **l'interrogation**, au fait de poser une question, de demander une information.

Avez-vous terminé ?

Est-ce que vous avez terminé ?

Qui a parlé ?

#### Type impératif

Il correspond à **l'injonction**, au fait de donner un ordre.

Ouvrez la fenêtre !

Mets le livre dans la bibliothèque !

Qu'il sorte !

Carte mentale interactive hachette-clic.fr/21mf5263 genially

# Les types de phrase

## Je m'entraîne

### Je relève

**1 Dites à quel type appartiennent les phrases suivantes.**

a. Tous les matins, il promène son chien à 7 heures.
b. Quelle heure est-il ?
c. Attendez-moi pour aller au cinéma !
d. Pouvons-nous réserver une table pour ce soir ?
e. Le soleil est à son zénith.
f. Maintenant, tais-toi !

**2 Relevez chaque phrase et indiquez le type auquel elles appartiennent.**

« Et si la maison tombe ? Et si l'île coule ? demande Nani.
– Je ne sais pas. Faisons nos sacs et allons les voir, ma chérie. »

**Kochka**, *Frères d'exil*, Flammarion Jeunesse, 2016.

### Je manipule

**3 Rédigez des phrases impératives à partir des groupes verbaux suivants. N'hésitez pas à ajouter d'autres informations !**

a. Faire ses devoirs.
b. Ranger sa chambre.
c. Mettre la table.
d. Faire ses valises.
e. Marquer un but.
f. Éteindre les lumières.

**4 Transformez les phrases déclaratives suivantes en phrases interrogatives.**

a. Il a branché l'alarme avant de partir de chez lui.
b. Elle a acheté du lait.
c. L'opéra Garnier proposera *Le Lac des cygnes* cette année.
d. Le conseil de classe du premier trimestre aura lieu juste avant les vacances de Noël.
e. Elle préfère le chocolat noir au chocolat au lait.
f. Rafael Nadal a remporté le tournoi de Roland-Garros treize fois.

**5 Transformez les phrases déclaratives suivantes en phrases impératives.**

a. Les promeneurs n'ont pas le droit de marcher sur les pelouses du parc.
b. Tu t'es essuyé les pieds avant de rentrer.
c. Les élèves parlent à voix basse au CDI.
d. Il regarde où il met les pieds.
e. Les élèves éteignent leur portable en entrant dans le collège.
f. Ils trient leurs déchets en sortant du self.

**6 Rédigez des phrases interrogatives à partir des groupes nominaux suivants.**

a. le départ du prochain train
b. la date de la dernière victoire
c. la moyenne de l'évaluation de mathématiques
d. le solde de mon compte en banque
e. la superficie de la ville de Paris
f. le temps réglementaire d'un match de football

### J'approfondis

**7 Rédigez en une dizaine de lignes une recette pour cuisiner un plat particulièrement infect. Vous utiliserez des phrases impératives.**

**8 Mystère... Votre jeu vidéo préféré a disparu ! Vous demandez des explications à vos camarades et exprimez votre mécontentement. Rédigez la scène.**

Vous soulignerez dans votre texte les phrases déclaratives en bleu, les phrases interrogatives en rouge et les phrases impératives en vert.

## J'accomplis ma mission

**Aidez Paul à préparer sa prestation théâtrale. Reprenez le texte de Molière : analysez le type de chaque phrase et travaillez l'intonation adéquate.**

J'ai hâte de monter sur scène !

### Je m'autoévalue

| | 🙂 | 😐 | ☹️ |
|---|---|---|---|
| Je sais identifier les différents types de phrase. | | | |
| Je connais les caractéristiques de chaque type de phrase. | | | |
| Je connais les emplois de chaque type de phrase. | | | |

(Exercices interactifs) Plus de 🙂 > hachette-clic.fr/21mf5264 • Plus de 😐 > hachette-clic.fr/21mf5265 • Plus de ☹️ > hachette-clic.fr/21mf5266

# 18 À quoi correspond la forme d'une phrase ?

## Je comprends ma mission

La professeure de français de Tom a organisé un grand concours de devinettes. Le but du jeu est de faire deviner aux camarades de la classe l'animal de son choix, mais uniquement avec des phrases négatives.
Tom a commencé à préparer son texte et a proposé une première phrase : « C'est pas un mammifère. » Mais sa professeure lui a conseillé de revoir les formes de phrase…

**Votre mission** **Aidez Tom à comprendre les formes de phrase pour rédiger sa devinette et le mener vers la victoire !**

## J'apprends la leçon

Rappel : une phrase a obligatoirement un type, mais elle peut aussi avoir une forme particulière.

Les formes de phrases peuvent être cumulées.
Le facteur n'a pas distribué le courrier aujourd'hui ! (forme exclamative + forme négative)

**Les formes de phrase**

### La forme négative

La négation inverse la vérité de la proposition et se caractérise par la présence d'adverbes de négation.

- **La négation totale** porte sur l'ensemble de l'énoncé.
  Elle n'aime pas le cinéma français.
  Elle n'a aucunement besoin de vos conseils.
- **La négation partielle** porte sur un constituant.
  Personne ne l'a écouté. Elle ne travaille guère. Rien ne changera.
- **La négation exceptive** porte une négation implicite.
  Je n'aime que les films français. (et non les films étrangers)

### La forme exclamative

Elle vise à exprimer un sentiment, une émotion du locuteur.

- **Type déclaratif**
  J'ai mal dormi !
- **Type interrogatif**
  Avez-vous enfin terminé !
- **Type impératif**
  Ouvrez la fenêtre !

### La forme passive

Le verbe principal est employé à la voix passive.

- **Phrase active**
  Titus aime Bérénice.
- **Phrase de forme passive**
  Bérénice est aimée par Titus.

Il existe deux autres formes de phrase :
– la **forme impersonnelle** : Il soufflait un vent de panique.
– la **forme emphatique** : C'est toi qui dois parler en premier.

Carte mentale interactive hachette-clic.fr/21mf5267 genially

# Les formes de phrase

## Je m'entraîne

### Je relève

**1 Dans les phrases suivantes, relevez les négations.**

a. Il n'a pas acheté de bonbons.
b. Je n'ai rien mangé, je déteste les haricots verts.
c. Tu n'as encore révisé ni pour l'histoire, ni pour la chimie !
d. N'a-t-elle plus aucun billet dans sa tirelire ?
e. Personne n'a pu intervenir pour éviter l'accident.
f. La neige n'est pas encore tombée cet hiver.

**2 Indiquez pour chaque phrase exclamative le sentiment exprimé (la joie, la colère, la déception…).**

a. Quel magnifique paysage !
b. Tu te moques de moi !
c. Quel dommage que vous n'ayez pas pu assister au spectacle !
d. Comme il est mignon ce chiot !
e. J'aimerais tellement avoir cette console de jeux !
f. Dire que j'ai cru à ses mensonges !

**3 Indiquez quelles sont les phrases à la forme passive.**

a. Ce bouquet a été livré par le fleuriste ce matin.
b. Elle est partie à la piscine sans ses affaires.
c. Le trésor des Templiers a longtemps été recherché par des historiens en herbe.
d. Ce prisonnier a été libéré par le juge pour bonne conduite.
e. Le séisme a détruit de nombreux quartiers.
f. Il est passé par le centre-ville pour rentrer chez lui.

### Je manipule

**4 Rédigez pour chaque situation une phrase exclamative qui lui corresponde.**

a. Un enfant croque par inadvertance dans un piment.
b. Un entraîneur félicite son athlète pour sa victoire au sprint.
c. Un vacancier aperçoit un dauphin dans l'eau.
d. Un promeneur fonce sans le vouloir dans un poteau en marchant dans la rue.

**5 Transformez ces phrases en phrases négatives.**

a. Tout le monde est d'accord avec lui.
b. Cet aventurier est toujours intrépide.
c. Il a déjà écrit son poème.
d. Cet appareil fonctionne avec des piles.
e. Cette semaine, il a plu partout.

**6 Récrivez ces phrases à la forme passive.**

a. Tristan tue le Morholt.
b. Le lion accompagnait Yvain.
c. Merlin créa la Table ronde.
d. Galaad trouvera le Saint Graal.
e. Arthur et Lancelot aiment Guenièvre.

### J'approfondis

**7 Identifiez les formes de phrase dans le passage en gras. Que mettent-elles en valeur ?**

Tomek, qui comprenait petit à petit ce que Marie voulait dire, bondit d'un coup hors de sa couverture. **« Mais oui, bien sûr ! Si je repense à elle, c'est qu'elle n'est plus dans la Forêt de l'Oubli… Elle en est sortie ! Marie ! Elle en est sortie ! »**

**Jean-Claude Mourlevat**, *La Rivière à l'envers*, Pocket Junior, 2000.

## J'accomplis ma mission

**Aidez Tom à rédiger sa devinette et proposez une devinette à votre tour.**

**Coup de pouce**

Certains animaux sont faciles à faire deviner : le papillon, le crocodile, le zèbre, le lama…

### Je m'autoévalue

| | 🙂 | 😐 | ☹️ |
|---|---|---|---|
| Je connais les différentes formes de phrase et leurs caractéristiques. | | | |
| J'identifie la forme d'une phrase. | | | |
| Je sais appliquer une forme à une phrase. | | | |

Exercices interactifs Plus de 🙂 > hachette-clic.fr/21mf5268 • Plus de 😐 > hachette-clic.fr/21mf5269 • Plus de ☹️ > hachette-clic.fr/21mf5270

# 19 À quoi sert la forme passive ?

## Je comprends ma mission

(texte à écouter) hachette-clic.fr/21mf5271

Nadia écoute à la radio le récit du combat de judo entre Teddy Winner et Yasunari Tamashita, mais elle s'y perd un peu ! Les deux judokas tentent des prises similaires et on ne comprend plus très bien ce qui se passe… Écoutez l'enregistrement du combat.

| Voix active | Voix passive |
|---|---|
| Phase 1 : Winner réalise un fauchage. | → Tamashita est projeté au sol. |
| Phase 2 : Winner effectue une clé. | → Tamashita est immobilisé au sol. |
| Phase 3 : Winner obtient un ippon. | → Tamashita est vaincu. |

**Votre mission** **Aidez Nadia à reconnaître et à manipuler la forme passive pour mieux raconter un combat !**

## J'apprends la leçon

### La forme passive

#### Actif ou passif ?

Qui fait l'action ?

Qui la subit ?

#### La transformation

**Le chat** mange **la souris.**
sujet actif — COD

**La souris** est mangée **par le chat**
sujet passif — complément d'agent

Dans les deux cas, c'est toujours le chat qui fait l'action ! Sujet ou complément d'agent, c'est lui l'acteur principal !

Manger ou être mangé ? Telle est la question…

- **Attention !** Ne pas confondre passif et temps composé actif.
  Le chat est parti.
  (passé composé actif)
- Quand il n'y a pas de complément d'agent, on utilise le pronom *on*.
  On a sonné.

(Carte mentale interactive) hachette-clic.fr/21mf5272 genially

# La forme passive

## Je m'entraîne

### J'identifie

**1 Relevez les phrases qui sont à la forme passive.**
La mère de Tristan **est morte** le jour de sa naissance : c'est pour cela qu'il **a été appelé** Tristan. Le père de Tristan **a été trahi** par le duc Morgan. Ce traître **a ravagé** tout le royaume. Rohalt **a caché** Tristan chez lui pour le protéger : Tristan **a été élevé** comme l'un de ses fils. Devenu adulte, Tristan **a été enlevé** par des marchands norvégiens.

**2 a. Identifiez les phrases à la forme passive. b. Observez les compléments introduits par *par* : pour chacun, précisez s'il s'agit d'un complément d'agent ou d'un complément circonstanciel de lieu.**
a. Le sapin a été décoré par les enfants.
b. Le père Noël est parti de Laponie, puis il est passé par la Sibérie.
c. Son traîneau est tiré par des rennes.
d. Le père Noël est descendu par la cheminée.
e. Les carottes ont été mangées par les rennes.

### Je manipule

**3 Transformez les phrases à la forme passive : respectez le temps du verbe et accordez bien le participe passé !**
**Exemple :** Le boulanger fait du pain.
→ *Le pain est fait par le boulanger.*
a. Les enfants gourmands mangent des bonbons.
b. Le médecin a soigné les blessés.
c. Le beau prince réveillera la princesse endormie.
d. Le bibliothécaire a classé les revues.
e. Les policiers arrêteront les voleurs.

**4 Transformez ces phrases à la voix active : attention au temps du verbe et aux accords !**
**Exemple :** La souris est mangée par le chat.
→ *Le chat mange la souris.*
a. Mon devoir de maths a été mangé par le chien !
b. Les poussins sont protégés par leur mère.
c. J'ai été kidnappé par des extraterrestres !
d. Les gâteaux seront mangés par les enfants au goûter.
e. Les malades sont vaccinés par l'infirmière.

**5 a. Complétez cette phrase en proposant trois compléments d'agent différents et en variant leur nombre (singulier / pluriel). b. Transformez ensuite vos trois phrases à la voix active en contrôlant l'accord du verbe.**
J'ai été attaqué…

### J'approfondis

**6 Identifiez les temps des verbes à la forme passive. Trouvez le temps de l'auxiliaire pour connaître le temps du passif.**
a. Rivalen a été trahi par le duc Morgan : toutes ses terres ont été ravagées.
b. Tristan est élevé par Rohalt.
c. Tristan fut abandonné sur un rivage inconnu : il avait été kidnappé par des Norvégiens.
d. Il sera ensuite découvert par des chasseurs et sera conduit à la cour du roi Marc.

**7 Transformez ces phrases à la voix active, en veillant à conserver les temps des verbes.**
a. Les déchets seront ramassés et jetés après la fête.
b. Nos chambres ont été rangées.
c. Ce vêtement ne doit pas être lavé en machine.
d. Tous les devoirs ont été faits !
e. Le portail du jardin a été repeint.

## J'accomplis ma mission

**Utilisez la forme passive pour raconter le duel entre un super-héros et un super-vilain, du point de vue du gagnant puis du point de vue du perdant.**

Enregistre-toi en prononçant ton texte comme si tu commentais un match !

### Je m'autoévalue

| | 🙂 | 😐 | ☹️ |
|---|---|---|---|
| Je suis capable de reconnaître la forme passive. | | | |
| Je sais identifier le complément d'agent. | | | |
| Je sais passer de la voix active à la voix passive, et inversement. | | | |

Exercices interactifs | Plus de 🙂 > hachette-clic.fr/21mf5273 • Plus de 😐 > hachette-clic.fr/21mf5274 • Plus de ☹️ > hachette-clic.fr/21mf5275

# 20 Comment savoir si j'ai bien fait une phrase ?

**Défi** Cap ou pas cap… de trouver une phrase qui ne comporte qu'un mot ? Deux mots ? Trois mots ? De trouver une phrase très très longue ?

**Vrai ou faux ?**
a. « Formidable ! » est une phrase.
b. Une phrase comporte toujours un verbe conjugué.
c. Une proposition comporte toujours un verbe conjugué.
d. Une phrase se termine toujours par un point.

## Je comprends ma mission

Nadia a écrit le texte suivant pour décrire la photo. Elle est un peu vexée par le commentaire de son professeur, car elle a fait de son mieux…

*Fais des phrases correctes !*

Au secours ! Les habitants de la maison ont très peur, ils crient. Car il y a un incendie. Les pompiers arrivent pour les sauver. Sur le toit. Avec leurs lances à eau.

**Votre mission** Aidez Nadia à reconnaître et maîtriser l'écriture des phrases verbales et non verbales pour décrire précisément l'incendie !

## J'apprends la leçon

Une phrase commence par une MAJUSCULE et se termine par :
. ? ! …

**La phrase**

Il y a AUTANT de propositions que de VERBES conjugués.

**Non verbale**
Pas de verbe conjugué
Au feu !

**Verbale simple**
Un seul verbe conjugué
Les pompiers **sont** là.

**Verbale complexe**
Plusieurs verbes conjugués
Les pompiers **sont** là car il y **a** un incendie.

Carte mentale interactive hachette-clic.fr/21mf5276 genially

# La phrase verbale et la phrase non verbale

## Je m'entraîne

### J'identifie des phrases

**1 Observez les phrases suivantes. a. Qu'ont-elles de particulier ? b. Comment peut-on cependant les comprendre ?**

a. Bon courage !
b. Non, pas du tout !
c. À vos marques… Prêts ? Partez !
d. Moi !!!!
e. Enchanté !

**2 a. Combien comptez-vous de phrases dans l'extrait de poème suivant ? À quoi les avez-vous reconnues ? b. Pourquoi l'identification des phrases est-elle un peu plus difficile dans un poème ?**

D'ici voyez ce beau domaine,
Dont les créneaux touchent le ciel ;
Une invisible châtelaine
Veille en tout temps sur ce castel.
Chevalier félon et méchant,
Qui tramez complot malfaisant,
Prenez garde !
La dame blanche vous regarde,
La dame blanche vous entend !

**Henry Becque**, *Les Corbeaux*, 1882.

**3 Repérez les verbes conjugués et indiquez si les phrases sont simples (S) ou complexes (C).**

a. Ce matin, Jules prépare ses affaires pour partir au collège.
b. Sur le chemin, il est rejoint par ses camarades Antoine et Timéo qui arrivent en courant.
c. Ils marchent ensemble jusqu'au collège qui est situé en centre-ville.
d. Après dix minutes de marche, ils arrivent au collège.
e. Ils retrouvent leurs copains dans la cour et discutent jusqu'à la sonnerie.

### Je manipule

**4 Remplacez ces phrases non verbales par des phrases verbales simples, puis par des phrases complexes.**

**Exemple :** Au voleur ! → *J'ai vu des voleurs.*
→ *J'ai déclaré aux policiers que j'avais vu des cambrioleurs passer par la fenêtre.*

a. Au secours !
b. Bravo !
c. Interdiction.
d. Succulent !
e. Magasin fermé.

**5 Utilisez la formule magique « Reducto ! » et réduisez ces phrases au minimum.**

**Coup de pouce**
Passez d'une phrase verbale à une phrase non verbale ou utilisez l'impératif.

a. Vous devez attendre que j'aie fini.
b. Je suis enchanté de faire votre connaissance.
c. Je te remercie infiniment pour ce beau cadeau.
d. On se revoit après les cours !

### J'approfondis

**6 Précisez si le noyau de ces phrases non verbales est un nom, un adjectif ou un verbe à l'infinitif.**

a. Maison à vendre.
b. Respecter le silence.
c. Formidable !
d. Mettre au four à 180 degrés.
e. Excellent !
f. Quel désastre !
g. Ouvert !

## J'accomplis ma mission

**Décrivez précisément l'incendie en utilisant des phrases variées :**
– deux phrases non verbales ;
– trois phrases simples ;
– trois phrases complexes correctement construites.
Placez ces phrases dans l'ordre qui sera pertinent pour qu'on comprenne bien votre texte !

### Je m'autoévalue

| | 🙂 | 😐 | ☹ |
|---|---|---|---|
| Je sais repérer et produire des phrases non verbales. | | | |
| Je sais repérer et produire des phrases simples. | | | |
| Je sais repérer et produire des phrases complexes. | | | |

(Exercices interactifs) Plus de 🙂 > hachette-clic.fr/21mf5277 • Plus de 😐 > hachette-clic.fr/21mf5278 • Plus de ☹ > hachette-clic.fr/21mf5279

# 21 Comment relier deux propositions indépendantes ?

**Vrai ou faux ?**
a. Une phrase simple contient plusieurs verbes conjugués.
b. Une phrase complexe contient plusieurs propositions.
c. La phrase « j'aime regarder la télévision » contient deux propositions.
d. La phrase « c'est un enfant sérieux, travailleur et intelligent » est une phrase simple.

## Je comprends ma mission

Inès veut raconter un combat entre deux chevaliers, elle cherche à améliorer son texte.

*Lancelot lance son destrier à toute allure. Il frappe Ganelon. Ganelon est touché. Il tombe à terre. Il se relève. Lancelot descend de cheval. Le combat se poursuit au sol.*

Le chevalier contra à nouveau l'assaut, réussissant cette fois à ne pas faire plus d'un pas en arrière **puis**, à son tour, porta un coup puissant. Le monstre poussa un cri strident **et** bondit à l'écart avec une fulgurante rapidité. Il plaqua une main hideusement griffue à la base de son cou.

**Pierre Bottero**, *La Quête d'Ewilan, D'un monde à l'autre* (2003), Rageot, 2010.

Je trouve que mon texte manque de rythme !

Inès, tu adores le style de Pierre Bottero : inspire-toi de son texte pour écrire des phrases un peu moins simples !

**Votre mission** **Aidez Inès à donner du rythme à son récit en maîtrisant l'écriture des propositions juxtaposées et coordonnées !**

## J'apprends la leçon

Une phrase contient autant de propositions que de verbes conjugués.

Une **phrase complexe** contient au moins deux verbes conjugués.

**Dans une phrase complexe, les propositions indépendantes peuvent être reliées par :**

### la juxtaposition

Juste la **ponctuation** : **, ; :**
Le monstre poussa un cri strident, il bondit sur le côté.

### la coordination

- **Conjonctions de coordination** : *mais, ou, et, donc, or, ni, car.*
- **Adverbes de liaison** : *alors, puis, ensuite…*

Le monstre poussa un cri strident **et / puis** bondit sur le côté.

Carte mentale interactive hachette-clic.fr/21mf5280 genially

# La juxtaposition et la coordination

## Je m'entraîne

### Je relève

**1 Dans la liste suivante, relevez les conjonctions de coordination.**

est – hors – dans – mes – qui – si – or – où – ni – mais – et – comme – ou – dont – car

**2 a. Recopiez ces phrases, soulignez les verbes conjugués et mettez les propositions entre crochets. b. Indiquez le nombre de propositions contenues dans chaque phrase et précisez s'il s'agit d'une phrase simple (S) ou complexe (C). c. Dans les phrases complexes, précisez si les propositions sont juxtaposées ou coordonnées.**

**Exemple :** Je vais jouer au football.

→ *[Je vais jouer au football.] 1, S.*

a. Samedi dernier, j'étais sortie pour promener mon chien Popy.

b. Soudain, le grondement du tonnerre a retenti, puis des gouttes de pluie ont commencé à tomber sur la ville.

c. J'étais trempée, car je n'avais pas de parapluie !

d. Je me suis mise à courir à toute vitesse.

e. Popy était trempé aussi : j'avais du mal à le suivre car il courait plus vite que moi !

### Je manipule

**3 Utilisez une conjonction de coordination pour relier les propositions et former une phrase complexe. Attention au sens de la phrase !**

a. Il a dû allumer la lumière ...... il faisait nuit ...... on ne voyait rien dans la pièce.

b. J'ai très bien dormi ...... je suis parfaitement reposé !

c. Veux-tu aller à la piscine ...... préfères-tu aller au cinéma ?

d. Elle a lu très tard hier ...... son livre la passionnait.

e. J'aimerais bien venir chez toi ...... je ne suis pas sûre que mes parents soient d'accord.

**4 a. Recopiez ces phrases complexes, mettez entre crochets les propositions et entourez l'outil qui les relie. b. Précisez si les propositions sont juxtaposées (J) ou coordonnées (C).**

a. À pas de velours, le chat s'avance dans les herbes hautes ; il s'approche de l'oiseau et saute sur sa proie.

b. L'oiseau a vu le prédateur, il s'envole avant de finir dans l'estomac du chat.

c. Le chat miaule de dépit : il comptait bien croquer l'oiseau…

d. Il avait faim, mais il va devoir patienter car il n'a pas réussi à attraper l'oiseau.

### J'approfondis

**5 Cap' ou pas cap' de transformer ces six phrases simples en une phrase complexe ? Expliquez comment vous avez fait !**

Le joueur dribble. Il s'approche des buts. Ce joueur est pourtant un défenseur. Il tire. Il marque. C'est le but !

**6 a. Transformez ces propositions juxtaposées en propositions coordonnées. b. Précisez le sens de la conjonction ou de l'adverbe que vous avez utilisé(e).**

**Coup de pouce**

La conjonction peut exprimer la cause, la conséquence, l'addition, l'opposition, le choix…

a. Le chevalier a peur : ce monstre a l'air redoutable !

b. Le dragon possède un cuir épais : il sera difficile de l'atteindre.

c. Le chevalier est effrayé ; il doit affronter le dragon.

d. Il ne prendra pas sa lance ébréchée, son écu aussi est abîmé…

e. Le chevalier pare le coup, il frappe le dragon.

## J'accomplis ma mission

**Rédigez le récit du combat entre deux chevaliers en une dizaine de lignes : pour donner de la vivacité au récit, utilisez la juxtaposition et la coordination.**

### Je m'autoévalue

| | 🙂 | 😐 | ☹️ |
|---|---|---|---|
| Je sais reconnaître et utiliser des propositions juxtaposées. | | | |
| Je sais reconnaître et utiliser des propositions coordonnées. | | | |
| Je sais utiliser la conjonction de coordination qui convient. | | | |

Exercices interactifs | Plus de 🙂 > hachette-clic.fr/21mf5281 • Plus de 😐 > hachette-clic.fr/21mf5282 • Plus de ☹️ > hachette-clic.fr/21mf5283

# 22 Comment enrichir une phrase complexe ?

## Je comprends ma mission

Paul doit traiter le sujet suivant : « Comme Robinson Crusoé, vous avez fait naufrage sur une île inconnue. Décrivez l'île que vous êtes en train de découvrir ».
Son professeur lui a conseillé d'utiliser des propositions subordonnées pour améliorer son texte.

*J'ai fait naufrage sur une île. Cette île se trouve en plein océan Pacifique...*

Comment faire pour améliorer mon texte en utilisant des propositions subordonnées ?

**Votre mission** **Aidez Paul à comprendre le fonctionnement des propositions subordonnées et à améliorer son texte !**

## J'apprends la leçon

Le saviez-vous ?
La proposition subordonnée est un constituant de la proposition principale.

**La proposition subordonnée peut compléter :**

Dans une phrase complexe, la proposition subordonnée dépend de la proposition principale.

### un NOM

**L'île que je découvre est très belle.**

- C'est une **Proposition Subordonnée Relative** (PSR).
- Elle est introduite par un **pronom relatif** : qui, que, quoi, dont, où, lequel, auquel, duquel...

### un VERBE

**Je pense que cette île est inhabitée.**

- C'est une **Proposition Subordonnée Conjonctive** (PSC).
- Elle est introduite par une **conjonction de subordination** : que, quand, comme, parce que, lorsque, si...

(Carte mentale interactive) hachette-clic.fr/21mf5284 genially

## Je m'entraîne

### J'identifie

**1 Dans chaque phrase : a. repérez la proposition subordonnée ; b. précisez s'il s'agit d'une proposition subordonnée relative (PSR) ou conjonctive (PSC). Attention : l'une des phrases contient deux propositions subordonnées !**

a. Le chevalier dont il est question s'appelle Yvain.
b. Il aime une femme qui s'appelle Laudine.
c. Yvain avait promis à Laudine qu'il reviendrait avant le début de l'année.
d. Comme il n'a pas tenu sa promesse, Laudine refuse de le voir.
e. Yvain, qu'on surnomme « le Chevalier au lion », est un chevalier de la Table ronde.
f. Il est surnommé ainsi parce qu'il a sauvé un lion qui combattait un serpent.

### Je manipule

**2 Complétez les phrases suivantes à l'aide du pronom relatif qui convient.**

a. Voici le livre ...... tu as oublié hier au collège.
b. C'est le garçon ...... tu m'as parlé.
c. J'entends le chien ...... aboie.
d. Les chemins par ...... vous passez ne sont pas les plus courts !
e. Tu es arrivé au moment ...... je m'apprêtais à partir.
f. Les camarades avec ...... je travaille sont efficaces.

**3 Complétez ces propositions principales.**

Avec des propositions subordonnées relatives :

a. C'est un château ......
b. J'admire ce chevalier ......
c. J'écris une histoire ......

Avec des propositions subordonnées conjonctives :

d. Je pense ......
e. ...... le chevalier a pris peur.
f. Je me demande ......

### J'approfondis

**4 a. Relevez les propositions subordonnées. b. Précisez si elles sont relatives ou conjonctives.**

Lyra et son daemon traversèrent le Réfectoire où grandissait l'obscurité, en prenant bien soin de rester hors de vue des cuisines. Les trois longues tables qui occupaient toute la longueur du Réfectoire étaient déjà dressées. [...] Lyra sentait que Pantalaimon était rongé d'angoisse, même s'il ne faisait aucun bruit. Elle, au contraire, éprouvait un délicieux sentiment d'excitation. Le visiteur auquel le Maître avait fait allusion, Lord Asriel, n'était autre que son oncle, un homme qu'elle admirait et redoutait grandement.

**Philip Pullman**, *À la croisée des mondes*, tome 1 : *Les Royaumes du Nord*, traduit de l'anglais par Jean Esch, Folio Junior, 2017.

**5 Indiquez la fonction des propositions subordonnées en gras : COD, complément circonstanciel ou complément du nom.**

a. Je regarde un film **qui est captivant**.
b. **Quand il pleut**, je ne sors jamais sans mon parapluie.
c. Il n'est pas venu au collège **parce qu'il était malade**.
d. C'est un camarade **que j'apprécie vraiment**.
e. Tu sais **que je serai toujours là pour toi**.

## J'accomplis ma mission

**Rédigez une description de l'île de Robinson en employant des propositions subordonnées :**

– quatre PSR pour enrichir des noms ;
– quatre PSC pour exprimer vos réactions, vos pensées.

Utilise des verbes comme *penser*, *se demander*, *se dire*, *se rappeler*, *espérer*, *craindre*, *découvrir* (*que*).

### Je m'autoévalue

| | | | |
|---|---|---|---|
| Je connais les pronoms relatifs. | | | |
| Je suis capable de citer des conjonctions de subordination. | | | |
| Je sais distinguer la proposition principale et la proposition subordonnée. | | | |
| Je sais distinguer les propositions subordonnées relatives et conjonctives. | | | |

(Exercices interactifs) Plus de > hachette-clic.fr/21mf5285 • Plus de > hachette-clic.fr/21mf5286 • Plus de > hachette-clic.fr/21mf5287

# 23 Jouer pour réviser

## VOTRE MISSION

**Votre équipe participe aux Jeux olympiques de la langue française ! Tous les athlètes de la grammaire sont réunis sur la ligne de départ. Pour décrocher la médaille d'or, vous devrez jeter le dé, répondre à un maximum de questions et relever quelques défis. Saurez-vous vous dépasser ?**

### QUESTIONS VERTES

**1** Comment repérer un sujet ?
**2** Inventez trois CCT.
**6** Complétez la formule d'une phrase : P = GS + ?
**11** Inventez une phrase non verbale.
**16** Qui suis-je ? Je complète le verbe.
**20** Trouvez trois noms communs.
**24** Citez trois adjectifs.
**28** Trouvez la préposition : *car – à – qui.*
**33** Complétez avec un COD : « Il lit… »
**37** Complétez avec un COI : « Il donne un cadeau… »

### QUESTIONS JAUNES

**3** Inventez trois CC de but.
**4** Inventez une phrase simple.
**7** Inventez une phrase complexe.
**12** Trouvez la fonction : « Il offre des fleurs à Elsa. »
**17** Citez trois adverbes.
**21** Citez les trois types de phrase.
**25** Phrase ou pas phrase ? « Génial ! »
**29** Citez les conjonctions de coordination.
**34** Proposez deux phrases négatives avec deux négations différentes.
**38** Ajoutez un CDN au mot *drapeau*.

**DÉFI D'INÈS**
Racontez l'exploit d'un athlète en utilisant deux conjonctions de coordination.

**DÉFI DE TOM**
Lutte entre toutes les équipes : en 30 secondes, qui sera capable de citer le plus d'adverbes, le plus de natures et le plus de fonctions… ? Top chrono !



Exercice interactif hachette-clic.fr/21mf5288 genially

BRAVO, BELLE PERFORMANCE !

40 | 39 | 38 | 37 | AVANCEZ DE DEUX CASES | 35 | 34 | 33 | DÉFI DE PAUL | PASSEZ VOTRE TOUR ! | 30 | 29 | 28 | DÉFI DE NADIA | 26 | 25 | 24 | REJOUEZ ! | 22 | 21 | 20

## QUESTIONS ORANGE

**5** Qui suis-je ? Avec cette forme, le verbe subit l'action.

**9** Citez les trois formes de phrase.

**13** Combien de propositions ? « Je pense donc je suis. »

**18** Trouvez trois conjonctions de subordination.

**22** « Je me lève, je pars ! » : propositions … ?

**26** Trouvez les fonctions : « Hier, Flavie a fait un exposé. »

**30** Mettez à la forme passive : « Pierre a gagné le concours de fléchettes ! »

**35** Trouvez l'intrus : *mais – où – et – or*.

**39** Trouvez toutes les classes grammaticales : « Je les aime vertes ! »

**40** Inventez une phrase avec deux COI.

**DÉFI DE PAUL**
Inventez une histoire ! Défi : utilisez uniquement des phrases complexes.

**DÉFI DE NADIA**
Votre entraîneur n'est pas satisfait de vos performances ! Improvisez un dialogue à partir de cette situation. Défi : utilisez trois types de phrase.

# 24 Comment vérifier l'orthographe du groupe nominal ?

## Je comprends ma mission

Tom lit la rédaction d'Inès.

*Les créatures venues de l'espace avançaient doucement vers moi.*
*Comme des caméléons, elles se confondaient dans l'environnement.*
*Ainsi, ces petits êtres sournois étaient à la fois bleus, vert pomme*
*et rose fuchsia, comme les motifs de ma jolie tapisserie.*

Tiens, c'est comme ça que tu accordes les adjectifs ? Je me trompe tout le temps, moi… Tu m'expliques ?

**Votre mission** **Aidez Tom à comprendre les règles d'accord des adjectifs qualificatifs !**

## J'apprends la leçon

### Les adjectifs qualificatifs

L'adjectif qualificatif **épithète** s'accorde en genre et en nombre avec un nom commun.
un **superbe** chien **dressé**
épithète — épithète

L'adjectif qualificatif **attribut** du sujet s'accorde en genre et en nombre avec le sujet du verbe.
Maxime et Gabriel sont **bavards**.
attribut

Rappel : L'adjectif attribut se place derrière un verbe d'état (*être, paraître, avoir l'air, sembler, demeurer, rester*…).

### Les accords

- Les adjectifs s'accordent en genre et en nombre avec le nom : un **petit** château – une **petite** maison – de **petits** villages.
- Un adjectif qualifiant plusieurs noms se met au pluriel : une fenêtre et une toiture **irréparables**.

**Au féminin :**

- Les adjectifs en ***-eux*** changent en ***-euse***.
  un frère heur**eux** – une sœur heur**euse**
- Certains adjectifs doublent leur consonne finale.
  un tableau ancie**n** – une sculpture ancie**nne**
- Certains adjectifs prennent un accent.
  un message secr**et** – une conversation secr**ète**
- La consonne finale peut être modifiée.
  un ami fran**c** – une amie fran**che**
  un élève attenti**f** – une élève attenti**ve**

**Au pluriel :**

- Un adjectif qualifiant un nom masculin et un nom féminin se met au masculin pluriel.
  un paysage et une plage désert**s**
- Les adjectifs en ***-al*** changent en ***-aux***, sauf banal, bancal, fatal, natal, final et naval, qui font leur pluriel en ***-als*** : un pays tropic**al** – des pays tropic**aux**.
- Les adjectifs de couleur qui sont des noms à l'origine et ceux qui sont composés de deux mots sont invariables, sauf rose, mauve, fauve et écarlate, qui s'accordent normalement.
  des chemises orange et des chaussettes bleu turquoise

Carte mentale interactive hachette-clic.fr/21mf5289 genially

# L'accord de l'adjectif qualificatif

## Je m'entraîne

### J'observe

**1 Avec quel nom les adjectifs en gras s'accordent-ils ? Expliquez les accords.**

À l'heure où commencent à se gercer les doigts **roses** de l'aurore, je montai tel un dard[1] **rapide** dans un autobus à la **puissante** stature et aux yeux de vache de la ligne S au trajet **sinueux**. Je remarquai, avec la précision et l'acuité[2] de l'Indien sur le sentier de la guerre, la présence d'un **jeune** homme dont le col était plus **long** que celui de la girafe au pied **rapide**, et dont le chapeau de feutre[3] **mou fendu** s'ornait d'une tresse […].

**Raymond Queneau,** *Exercices de style*, « Ampoulé » (1947), Folio Gallimard, 1982.

1 **Dard** : aiguillon qui sert à piquer. 2 **Acuité** : intensité.
3 **Feutre** : étoffe, tissu.

### Je manipule

**2 Accordez les adjectifs qualificatifs.**

une chanson (ancien) – une fillette (coquet) – une sorcière (cruel) – une leçon (complet) – une chemise (blanc) – une personne (vif) – une oie (gras) – une enfant (discret) – une recette (végétarien) – une vallée (vert)

**3 Accordez les adjectifs qualificatifs.**

un jogging et des baskets (rose bonbon) – des liens (amical) – des pays (natal) – un frère et une sœur (adoré) – des pulls (jaune) – des tenues (flamboyant) – des couleurs (automnal) – des tableaux (original) – des bonnets (orange) – des livres (vieux)

**4 Accordez correctement les adjectifs qualificatifs en vert.**

Le nom féminin « maison » pousse la porte, précédé de « la », son article à clochette.

– Bonjour, je me trouve un peu simple, j'aimerais m'étoffer.

– Nous avons tout ce qu'il vous faut dans nos rayons, dit le directeur en se frottant déjà les mains à l'idée de la bon affaire.

Le nom « maison » commence ses essayages. Que de perplexité ! Comme la décision est difficile ! Cet adjectif-là plutôt que celui-ci ? La maison se tâte. Le choix est si vaste. Maison « bleu », maison « haut », maison « fortifié », maison « alsacien », maison « familial », maison « fleuri » ? Les adjectifs tournent autour de la maison cliente avec des mines de séducteur, pour se faire adopter.

**Erik Orsenna**, *La grammaire est une chanson douce*, France Loisirs, 2001.

### J'approfondis

**5 Récrivez ce texte en remplaçant les noms en gras par ceux entre parenthèses. Faites les changements nécessaires.**

Les murs du château étaient constitués **de neige** (flocons) tourbillonnante, les portes et les fenêtres soufflaient **les vents** (bourrasques) cinglants du nord ; il y avait une centaine **de pièces** (endroits) constituées de tourbillons de neige, la plus grande était longue de plusieurs lieues ; éclairées par des aurores boréales, elles étaient toutes grandes, vides, glaciales et très lumineuses.

**Hans Christian Andersen**, *La Petite Sirène et autres contes*, « La Reine des neiges, un conte en sept histoires », Le Livre de Poche Jeunesse, 2014.

**6 Décrivez ce paysage. Utilisez au moins cinq adjectifs de couleur différents.**

## J'accomplis ma mission

**Relevez les adjectifs dans le texte d'Inès et expliquez leurs accords à Tom.**

### Je m'autoévalue

| | 🙂 | 😐 | ☹️ |
|---|---|---|---|
| Je sais accorder l'adjectif épithète. | | | |
| Je sais accorder l'adjectif attribut du sujet. | | | |
| Je sais accorder les adjectifs de couleur. | | | |

Exercices interactifs Plus de 🙂 > hachette-clic.fr/21mf5290 • Plus de 😐 > hachette-clic.fr/21mf5291 • Plus de ☹️ > hachette-clic.fr/21mf5292

# 25 Comment accorder le participe passé ?

## Je comprends ma mission

Paul a passé ses vacances avec Nadia et Inès. Il a tenu un petit carnet. Elles remarquent qu'il les a oubliées !

Je suis arrivé dans le gîte et, épuisé par le voyage,
je suis vite monté dans ma chambre, pour vider ma valise.
J'ai dormi un peu et je suis parti me promener.
Quel bonheur d'être là !

Je dois aussi parler de Nadia et d'Inès dans mon récit... Tu peux m'aider ?

**Votre mission** **Aidez Paul à récrire le texte en intégrant Inès et Nadia dans son récit !**

## J'apprends la leçon

Forme verbale qui a une valeur de verbe ou d'adjectif.

**L'accord du participe passé**

**Employé SEUL**

Il s'accorde en genre et nombre avec le nom qu'il complète.
une leçon appri**se**
mon pull préfér**é**
des chanteurs conn**us**

Pour savoir s'il y a une lettre muette à la fin du participe passé, il faut le mettre au féminin.
un texte appri**s** / une leçon appri**se**

**Employé avec l'auxiliaire *ÊTRE***

Il s'accorde avec le sujet.
Louane est parti**e**.
Tom est part**i**.
Mes amis sont part**is**.

**Employé avec l'auxiliaire *AVOIR***

Il ne s'accorde pas s'il n'y a pas de COD ou si le COD est placé après le verbe.
Il a mang**é**.
Elle a mang**é** un gâteau.

Carte mentale interactive hachette-clic.fr/21mf5293 genially

# L'accord du participe passé

## Je m'entraîne

### Je relève

**1 Relevez les participes passés. Sont-ils employés seuls (comme adjectifs), avec l'auxiliaire *être* ou avec l'auxiliaire *avoir* ?**

a. Les élèves surpris par la sonnerie doivent rendre leur copie, l'examen est fini.
b. Lorsque j'ai vu Naïm pour la première fois, il lisait tout en marchant.
c. J'ai rêvé que j'étais poursuivie par une araignée géante.
d. Arrivés à l'hôtel, nous avons défait nos valises.
e. Le film raconte l'histoire d'une enfant effrayée qui a voyagé dans un autre monde.

**2 Relevez les participes passés de ce texte.**

Papa est descendu dans la cave pour chercher la valise marron qui ferme mal, la grosse bleue et la petite à tante Elvire, et moi, je suis monté dans ma chambre pour chercher les affaires dont je vais avoir besoin en vacances. J'ai dû faire trois voyages […]. J'ai tout descendu dans le salon et j'ai attendu papa.

**René Goscinny et Jean-Jacques Sempé**, *Histoires inédites du Petit Nicolas*, IMAV éditions, 2004.

### Je manipule

**3 Quel est le participe passé de ces verbes ? Aidez-vous du féminin.**

**Exemple :** peindre → *(une affiche) peinte* → *peint*

faire – apprendre – mettre – dire – ouvrir – interdire – commettre – surprendre – conduire

**4 Racontez la scène en écrivant au passé composé. Utilisez les verbes : *descendre, venir, découvrir, voir, porter, accueillir, ramer, mettre*.**

**Fabien Grolleau et Jérémie Royer**, *HMS Beagle, aux origines de Darwin*, Dargaud, 2018.

### J'approfondis

**5 Transformez les verbes à l'infinitif en participes passés. Faites attention aux accords.**

a. Molière a (vivre) au XVIIe siècle.
b. Il a (écrire) de nombreuses comédies.
c. J'ai (préférer) étudier *L'Avare*.
d. Harpagon a (interdire) à ses serviteurs de dépenser de l'argent.
e. Ses enfants, (irriter), souhaitent épouser ceux qu'ils aiment.

**6 Transposez ces phrases au pluriel.**

a. Ben est venu me voir après les cours, fatigué, il est vite rentré chez lui. → Ben et Hugo ……
b. J'ai couru pendant une heure pour me défouler. Je suis exténuée. → Nous ……
c. Mon chien a poursuivi une taupe dans le jardin. Il est rentré bredouille. → Mes deux chiennes ……

**7 Choisissez la bonne orthographe : *-er*, *-é* ou *-és*.**

Le petit garçon et sa famille sont partis visiter / visité / visités des sites historiques. Nicolas est intéresser / intéressé / intéressés par les musées qui montrent des objets retrouver / retrouvé / retrouvés. Ils ont aussi explorer / exploré / explorés des grottes et imaginer / imaginé / imaginés la vie des hommes préhistoriques.

## J'accomplis ma mission

**Aidez Paul à reprendre le texte de son carnet de vacances en parlant de Nadia et d'Inès.**

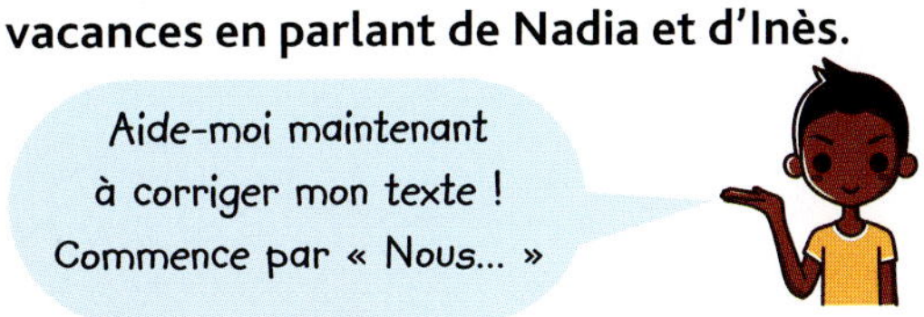


### Je m'autoévalue

| | 🙂 | 😐 | ☹️ |
|---|---|---|---|
| Je sais accorder le participe passé quand il est utilisé seul, sans auxiliaire. | | | |
| Je sais accorder le participe passé quand il est utilisé avec *être* et *avoir*. | | | |
| Je sais quelle lettre muette mettre à la fin de l'auxiliaire. | | | |

Exercices interactifs Plus de 🙂 > hachette-clic.fr/21mf5294 • Plus de 😐 > hachette-clic.fr/21mf5295 • Plus de ☹️ > hachette-clic.fr/21mf5296

# 26 Comment accorder le verbe dans les cas complexes ?

## Je comprends ma mission

Nadia veut décrire l'arrivée d'un groupe de nains chez Bilbo le hobbit : elle a écrit un texte pour raconter le repas des nains, mais elle est embarrassée : elle ne sait pas comment accorder certains verbes…

Ça fait beaucoup de monde, « tout le monde »… Alors pourquoi on accorde le verbe au singulier ?

Tout le monde a décidé / ont décidé de venir chez Bilbo ce jour-là.
Un groupe de nains arrive / arrivent chez Bilbo.
Balin et Dwalin, après une très longue digestion et une intense réflexion pour savoir si ce serait raisonnable, décident de reprendre un dernier morceau de fromage…
Les treize nains sont tous là, aucun n'a oublié l'invitation de Gandalf, chacun a répondu / ont répondu à l'appel. L'un dévore un fromage, tandis que l'autre lance une assiette. Le roi des nains, qui préside l'assemblée, déclare : « On est tous au complet ! »

Alors là, j'hésite vraiment !

Les nains ne font que bouger et s'éloigner de leurs verbes !

Les nains sont trop nombreux et ils font n'importe quoi ! Ce sont des sujets vraiment très particuliers !

**Votre mission** **Aidez Nadia à corriger son texte en accordant correctement les verbes avec leurs sujets, même les plus compliqués !**

## J'apprends la leçon

Le sujet n'est pas toujours juste à côté du verbe !
Les nains, après une longue réflexion, décident de reprendre du fromage.

### Accord au singulier

**0** nul, aucun, personne…
**Aucun** ne manque.

**1** chacun, chaque, tout, l'un… l'autre…
**Chacun** mange sa part.

Attention !
Un sujet peut avoir plusieurs verbes.
Balin mange et débarrasse à sa façon !

### Comment accorder le verbe avec son sujet ?

### Accord au singulier ou au pluriel au choix

un groupe de, la plupart de, une troupe de, une foule de, la moitié de…
**Une troupe de nains** mange / mangent.

### Accord au pluriel

**2+** tous, peu, beaucoup, trop, une dizaine…
**Tous** sont arrivés !

Carte mentale interactive hachette-clic.fr/21mf5297 genially

# L'accord du verbe dans les cas complexes

## Je m'entraîne

### Je relève

**1 Repérez le sujet des verbes soulignés et justifiez l'accord du verbe.**

a. Jason, qui est un descendant du dieu Éole, a été élevé par le centaure Chiron.
b. Sa mère avait souhaité le cacher loin de ses ennemis.
c. Jason, après de longues années passées loin de chez lui, est rentré à Iolcos où il voulait récupérer son trône.
d. Cela s'est révélé plus difficile que prévu.
e. Hercule, Castor, Pollux et Orphée ont accompagné Jason dans cette aventure.
f. Chacun des Argonautes a fait preuve de courage.
g. Nul n'a fui devant le danger.

### Je manipule

**2 Accordez le verbe avec son sujet. Faites le bon choix : tout est une question de quantité !**

a. Chaque élève est / sont là.
b. Chaque erreur doivent / doit être corrigée.
c. Toute l'équipe est / sont au complet.
d. La classe est / sont là.
e. Aucun élève ne sont / n'est absent.

**3 Associez chaque sujet au verbe qui convient.**

| | |
|---|---|
| tout le monde • | • veux venir au cinéma |
| tous les élèves • | • veut |
| chacun des élèves • | • voulons |
| Tom et Nadia • | • voulez |
| Tom et moi • | • veulent |
| on • | |

### J'approfondis

**4 Récrivez l'extrait suivant en remplaçant « Compère Gredin » par *Compère Gredin et ses frères* : faites les modifications nécessaires, en veillant à bien accorder tous les verbes.**

Compère Gredin avait une énorme barbe broussailleuse qui lui couvrait la figure. [...] Compère Gredin, lui, ne prenait même pas la peine d'ouvrir grand la bouche quand il mangeait. Et comme il ne se lavait jamais, les restes de ses repas se collaient à sa barbe. [...] En mangeant, il s'essuyait la barbe du revers de la manche. [...] Compère Gredin aimait ingurgiter. [...] [Il] était un vieux bonhomme sale et malodorant.

**Roald Dahl**, *Les Deux Gredins* (1980), traduit de l'anglais par Raymond Farré, Folio Junior, 1994.

**5 a. Dans l'extrait suivant, repérez le sujet des verbes en gras. b. Réduisez le GS à son nom noyau puis remplacez-le par un pronom personnel.**

**Exemple :** GS : un groupe de nains surexcités et prêts à tout → noyau : *un groupe* ; pronom : *il*.

*(Le texte décrit Dragomira, la grand-mère de l'héroïne.)*

Ses cheveux blonds parsemés de fils argentés et tressés autour de sa tête **ajoutaient** une petite touche slave à son allure. [...] [Elle portait] des boucles d'oreilles finement ouvragées en forme de perchoir sur lesquelles **se balançaient** deux minuscules oiseaux dorés hauts d'à peine deux centimètres, qui **commentaient** d'une petite voix suraiguë leurs exploits de pilotes de chasse.

**Anne Plichota et Cendrine Wolf**, *Oksa Pollock*, tome 1, « L'Inespérée » (2012), PKJ, 2019.

## J'accomplis ma mission

**Aidez Nadia à corriger son texte.**

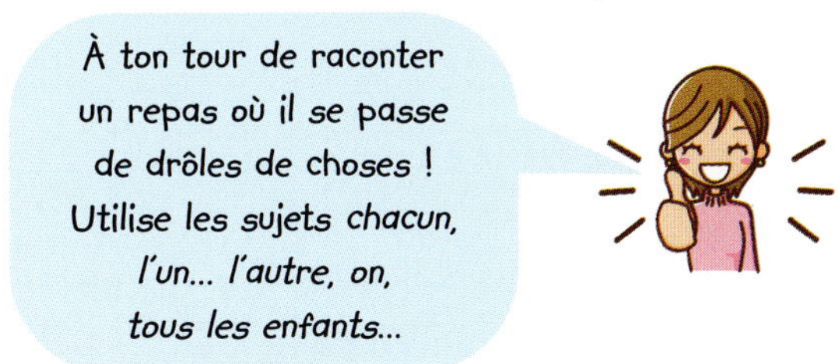


### Je m'autoévalue

| | | | |
|---|---|---|---|
| Je suis capable de repérer le sujet même lorsqu'il est éloigné du verbe. | | | |
| Je sais faire les accords avec les sujets qui indiquent une quantité (*aucun, peu, tous, la plupart*...). | | | |
| Je sais remplacer un groupe sujet par un pronom pour ensuite accorder le verbe. | | | |

Exercices interactifs Plus de 🙂 > hachette-clic.fr/21mf5298 • Plus de 😐 > hachette-clic.fr/21mf5299 • Plus de ☹ > hachette-clic.fr/21mf5300

# 27 Déterminant ou pronom ?

## Je comprends ma mission

Nadia est chargée de relire les derniers articles du journal du collège. Elle a surligné dans ce texte des mots qui ne lui semblent pas bien écrits.

**Dès lundi : une cantine verte !**

S'est officiel, à partir de lundi, nous mangerons bio et local à la cantine. Le principal la annoncé lors du dernier conseil d'administration. Le chef et ses cuisiniers sont ravis. Ils ont suivi une formation qui leurs a permis d'imaginer des menus de saison. Ces menus seront affichés à l'entrée du collège.

**Votre mission** Aidez Nadia à corriger les homophones !

## J'apprends la leçon

### Les homophones grammaticaux

**Définition**

Les homophones se prononcent de la même façon, mais ne font pas toujours partie de la même classe grammaticale.

**Les déterminants**

Ils sont placés devant un nom.

***leur / leurs*** : déterminant possessif
Ils donnent **leur langue** au chat.
**Leurs amis** sont arrivés.

***la*** : article défini
Elle a vu **la chanteuse** en concert.

***ma*** : déterminant possessif
**Ma voiture** est garée sur le parking.

***ce*** : déterminant démonstratif
**Ce livre** est incroyable.

***ces*** : déterminant démonstratif
**Ces livres** sont bien rangés.
***ses*** : déterminant possessif
Paul relit **ses livres** préférés.

**Les pronoms**

Ils se trouvent devant un verbe et reprennent un nom ou un GN.

***leur*** : pronom personnel
Théo **leur** parle.

***l'a / l'as*** : pronom personnel + aux. *avoir*
Fazia **l'a** vue. Et toi, tu **l'as** vue aussi ?

***m'a / m'as*** : pronom personnel + aux. *avoir*
Tu **m'as** dit de partir.

***ce*** : pronom démonstratif
**Ce** que tu dis est passionnant.
***se*** : pronom personnel (réfléchi)
Il **se** lit facilement.

***c'est*** : pronom démonstratif élidé + aux. *être*
**C'est** une bonne idée.
***s'est*** : pronom personnel réfléchi élidé + aux. *être*
Il **s'est** dit qu'il rangerait bien la bibliothèque.

(Carte mentale interactive) hachette-clic.fr/21mf5301 genially

# Les homophones grammaticaux

## Je m'entraîne

### Je relève

**1 Pour chaque mot souligné, indiquez s'il s'agit d'un pronom ou d'un déterminant. Justifiez votre réponse.**

– Les mots ont des oreilles très sensibles. Et ce sont des petits animaux très susceptibles. Tu vois le groupe là-bas, assis sur les bancs près du réverbère : « je », « tu », « ce », « celle-ci », « leur ». Tu les vois ? C'est facile de les reconnaître. Ils ne se mêlent pas aux autres. Ils restent toujours ensemble. C'est la tribu des *pronoms*.

Monsieur Henri avait raison. Les pronoms toisaient tous les autres mots avec un de ces mépris…

– On leur a donné un rôle très important : tenir, dans certains cas, la place des noms.

**Erik Orsenna**, *La grammaire est une chanson douce*, éditions Stock, 2001.

### Je manipule

**2 Recopiez et complétez le texte avec *se*, *ce*, *s'* ou *c'*.**

Comme le lecteur …… en souvient sans doute, il n'y avait pas de route entre le château de la Vilaine Sorcière de l'Ouest et la Cité d'Émeraude, pas même un petit sentier à travers champs. À l'aller, nos amis avaient été repérés par les Singes Ailés, et …… est ainsi qu'ils étaient arrivés au château jaune. Mais au retour, il leur fut bien plus difficile de …… orienter parmi les champs immenses semés de boutons d'or et de marguerites. …… fut alors que Dorothée perdit courage. Elle …… laissa tomber dans l'herbe et leva les yeux vers ses compagnons qui, à leur tour, …… assirent sans un mot.

**Lyman Frank Baum**, *Le Magicien d'Oz*, traduit de l'anglais par Marianne Costa, Hachette Livre, 2007.

**3 Recopiez et complétez les phrases avec *c'est*, *s'est* ou *ses*.**

a. « …… un scandale » ! …… écrié un client mécontent devant …… enfants étonnés.

b. …… en regardant une carte postale que Roméo …… dit qu'il voulait voir New York.

c. Elle …… regardée dans le miroir, …… cheveux étaient emmêlés, elle …… emparée de sa brosse.

d. Son roman …… fait massacrer par la critique. …… une histoire bien triste.

**4 Recopiez et complétez le texte avec *la*, *l'a*, *l'as*, *ma*, *m'a* ou *m'as*.**

…… sœur m'a regardé droit dans les yeux et …… dit : « Karine, …… fille de la voisine, …… expliqué avoir vu le chien se promener dans son jardin. …… tu bien surveillé en rentrant du collège ou s'est-il encore sauvé ? Elle …… bien vu et il a encore piétiné ses fleurs. ……-tu bien tout raconté ? »

### J'approfondis

**5 En groupe, inventez chacun une phrase en utilisant des homophones de la leçon. Dictez votre phrase aux membres du groupe, Utilisez tous ensemble la leçon pour vérifier l'orthographe.**

**6 Vous avez trouvé le sac d'un grand explorateur : que contient-il ? Rédigez un texte d'au moins cinq lignes en utilisant les homophones de la leçon : *ce / se*, *ces / ses / c'est / s'est*, *leur*…**

## J'accomplis ma mission

**Aidez Nadia à corriger le texte pour le journal du collège.**

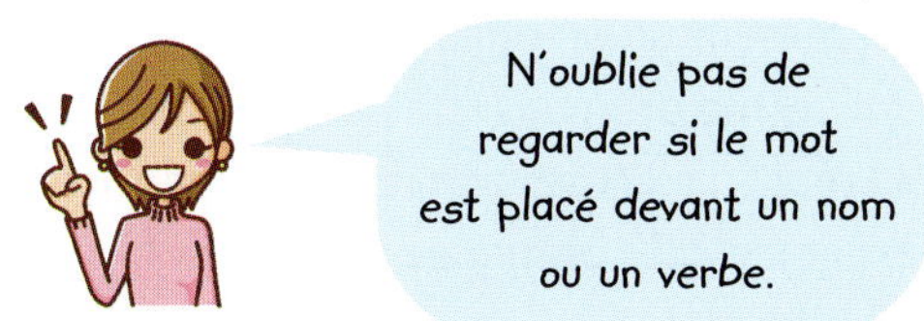


### Je m'autoévalue

| | 🙂 | 😐 | 🙁 |
|---|---|---|---|
| Je sais distinguer un pronom et un déterminant homophones. | | | |
| Je suis capable d'orthographier correctement des homophones en fonction de la classe grammaticale. | | | |

Exercices interactifs | Plus de 🙂 > hachette-clic.fr/21mf5302 • Plus de 😐 > hachette-clic.fr/21mf5303 • Plus de 🙁 > hachette-clic.fr/21mf5304

# 28 Comment former les temps simples de l'indicatif ?

## Je révise

**Le présent**

• **1er groupe** + certains verbes en *-ir* comme *offrir*, *cueillir*…

→ Radical de l'infinitif + terminaisons :
***-e***, ***-es***, ***-e***, ***-ons***, ***-ez***, ***-ent***.

Je parl**e**, tu parl**es**, elle parl**e**, nous parl**ons**, vous parl**ez**, ils parl**ent**

• **2e groupe**

→ Radical de l'infinitif + terminaisons :
***-is***, ***-is***, ***-it***, ***-issons***, ***-issez***, ***-issent***.

Je fin**is**, tu fin**is**, elle fin**it**, nous fin**issons**, vous fin**issez**, ils fin**issent**

• **3e groupe**

→ Le radical peut être irrégulier.

→ Les terminaisons sont :
***-s***, ***-s***, ***-t* / Ø**, ***-ons***, ***-ez***, ***-ent***.

→ La conjugaison de certains verbes, comme *pouvoir* et *vouloir*, font : ***-x***, ***-x***, ***-t***, ***-ons***, ***-ez***, ***-ent***.

Je peu**x**, tu peu**x**, elle peu**t**, nous pouv**ons**, vous pouv**ez**, ils peuv**ent**

## Je m'entraîne

**1 Conjuguez les verbes entre parenthèses au présent. Faites la liste des particularités orthographiques que vous avez rencontrées.**

**a.** Tous les jours, nous (manger) des céréales au petit déjeuner et nous (adorer) ça.

**b.** Tu (envoyer) ton message rapidement et tu (attendre) impatiemment une réponse.

**c.** Je (aller) me promener un peu, j'(avoir) besoin d'air.

**d.** Ma sœur (payer) ses achats avec une carte électronique, c'(être) très pratique.

**e.** Est-ce que tu (savoir) quand arrive le train de Samia ? Elle (prendre) toujours le même.

**f.** Je (pouvoir) t'accompagner si tu le (souhaiter). Je (faire) la route à pied tous les jours.

**g.** J'(appeler) mon amie tous les samedis. On se (rejoindre) sur la place. Elle (acheter) deux croissants pour le goûter.

Que fais-tu après l'école ?
Raconte tes différentes activités,
au présent, en utilisant
au moins cinq verbes différents.

## Je révise

**Le futur simple**

→ Radical du futur + terminaisons :
***-ai***, ***-as***, ***-a***, ***-ons***, ***-ez***, ***-ont***.

**Attention au radical :**

– pour les verbes du 1er groupe et du 2e groupe, il s'agit de l'infinitif ;
tu aimeras – ils rempliront – je créerai

– les autres verbes sont plus irréguliers.
venir : il viendra – aller : tu iras

## Je m'entraîne

**2 Conjuguez le verbe *remuer* au futur simple.**

**3 Conjuguez les verbes entre parenthèses au futur simple.**

**a.** Mon avion (partir) demain et j'(arriver) à Rome en fin de journée.

**b.** L'été prochain, nous (aller) enfin en vacances chez nos grands-parents.

**c.** Après les cours, tu (venir) chez moi et tu (voir) comme mon chat a encore grossi.

**d.** Quand il (être) grand, il (faire) du skate-board et (voler) sur les rampes.

**e.** Vous (terminer) vos devoirs et vous les (envoyer) sur l'ENT à vos professeurs.

**f.** Pour gagner la course, ils (s'entraîner) et (courir) à en perdre haleine.

À quoi ressembleront les moyens
de transport dans cent ans ?
Écris ton texte au futur simple
et utilise au moins cinq verbes
différents.

## Je révise

**L'imparfait**

→ Radical = 1re personne du pluriel au présent + terminaisons : ***-ais***, ***-ais***, ***-ait***, ***-ions***, ***-iez***, ***-aient***.

**Attention aux verbes :**

– en ***-ger*** : il log**e**ait ;
– en ***-cer*** : tu lan**ç**ais ;
– en ***-ller*** : vous tail**li**ez ;
– en ***-ier*** : nous cri**i**ons ;
– en ***-yer*** : vous pay**i**ez.

# Les temps simples de l'indicatif

## Je m'entraîne

**4 Conjuguez les verbes entre parenthèses à l'imparfait. Attention aux accords sujet-verbe !**

a. Miléna et Lou (finir) leur rédaction pendant que Flavie (réviser) ses leçons.

b. Elle (lire) des textes supplémentaires pour approfondir ses connaissances.

c. Je (regarder) la tarte aux pommes avec envie lorsque ma mère entra dans la cuisine.

d. Tu (vouloir) savoir si le contrôle de SVT aurait lieu le lendemain.

e. Nous (savoir) que Christophe Colomb avait vécu au XV^e siècle.

**5 Conjuguez les verbes entre parenthèses à l'imparfait. Attention aux accords sujet-verbe !**

a. Assis tout en haut dans la salle de cinéma, nous (voir) bien l'écran.

b. Le bateau (avancer) poussé par le vent vers de nouvelles terres.

c. Quand j'(être) contrarié, je (bouger) tous les meubles.

d. Luc et toi (travailler) dur pour réussir cet examen.

Écris le début d'un conte en conjuguant les verbes à l'imparfait. Utilise les verbes *être*, *avoir*, *prendre*, *dire*, *voir*, *aller*, *pouvoir* et d'autres verbes de ton choix.

## Je révise

### Le passé simple

→ Radical de l'infinitif (dans la plupart des cas) + terminaisons :

- verbes en ***-er*** et verbe ***aller*** : ***-ai***, ***-as***, ***-a***, ***-âmes***, ***-âtes***, ***-èrent*** (verbes en « a ») ;
- verbes en ***-ir*** et certains verbes du 3^e groupe (majoritairement ceux en ***-ir*** et en ***-re***) : ***-is***, ***-is***, ***-it***, ***-îmes***, ***-îtes***, ***-irent*** (verbes en « i ») ;
- autres verbes du 3^e groupe (majoritairement ceux en ***-oir***), **être** et **avoir** : ***-us***, ***-us***, ***-ut***, ***-ûmes***, ***-ûtes***, ***-urent*** (verbes en « u ») ;
- ***tenir***, ***venir*** et leurs composés (*retenir*, *parvenir*...) : ***-ins***, ***-ins***, ***-int***, ***-înmes***, ***-întes***, ***-inrent*** (verbes en « in »).

## Je m'entraîne

**6 Conjuguez ces verbes au passé simple à la 1^re personne du singulier, à la 3^e personne du singulier et à la 3^e personne du pluriel.**

aimer – agir – prendre – vouloir – venir – avoir

**7 a. Dans le texte, relevez les verbes au passé simple. b. Donnez leur infinitif.**

Le bruit s'approcha, trois coups retentirent dans le panneau de la porte ; chacun regarda son voisin d'un air étonné.

– Au nom de la loi ! cria une voix vibrante, à laquelle aucune voix ne répondit.

Aussitôt la porte s'ouvrit, et un commissaire, ceint de son écharpe, entra dans la salle, suivi de quatre soldats armés, conduits par un caporal.

**Alexandre Dumas**, *Le Comte de Monte-Cristo* (1846), Le Livre de Poche Jeunesse, 2019.

Écris la suite de l'histoire en utilisant le passé simple. Utilise au moins cinq verbes d'action différents.

Le chevalier, épuisé par la bataille, s'était retiré dans le bois. Tout à coup, le dragon...

Dans le texte, relève les verbes conjugués. Classe-les le plus vite possible dans le tableau.

« Je viendrai te chercher tout de suite après les cours ! » me cria ma mère du haut de l'escalier. J'étais en train de mettre mon manteau dans l'entrée, une brioche dans la bouche : « Pas le temps ! Je suis en retard ! »

| Présent | Futur simple | Imparfait | Passé simple |
| --- | --- | --- | --- |
| ...... | ...... | ...... | ...... |

### Je m'autoévalue

| | 🙂 | 😐 | ☹️ |
| --- | --- | --- | --- |
| Je sais conjuguer au présent. | | | |
| Je sais conjuguer au futur simple. | | | |
| Je sais conjuguer à l'imparfait. | | | |
| Je sais conjuguer au passé simple. | | | |

Exercices interactifs Plus de 🙂 > hachette-clic.fr/21mf5305 • Plus de 😐 > hachette-clic.fr/21mf5306 • Plus de ☹️ > hachette-clic.fr/21mf5307

# 29 Comment utiliser les temps composés de l'indicatif ?

## Je comprends ma mission

À partir de cette photographie, Nadia doit raconter ce qui s'est passé dans l'appartement.

*Bruno rentra chez lui vers 14 heures. Il vit alors que son chien Hercule avait saccagé son appartement…*

Quelles bêtises le chien a-t-il pu faire ? Quel temps faut-il employer pour raconter ce qui s'est passé avant le retour de Bruno ?

**Votre mission** **Aidez Nadia à rédiger la suite de son texte !**

## J'apprends la leçon

### Les temps composés de l'indicatif

#### Définition

**Les temps composés** sont formés de l'auxiliaire (*avoir* ou *être*) et du participe passé (forme verbale en -é, -i, -u).

**Rappel :** les temps simples se forment sans auxiliaire.

#### Formation

- **Passé composé** : j'ai voulu – elle est venue
  → auxiliaire au présent (j'ai – elle est)
- **Passé antérieur** : ils eurent appris – je fus prise
  → auxiliaire au passé simple (ils eurent – je fus)
- **Plus-que-parfait** : tu avais appelé – elles étaient arrivées → auxiliaire à l'imparfait (tu avais – elles étaient)
- **Futur antérieur** : j'aurai fini – nous serons allés
  → auxiliaire au futur (j'aurai – nous serons)

#### Rôle et valeur

Les temps composés permettent d'exprimer **une action achevée, accomplie**, ainsi que **l'antériorité** par rapport aux temps simples.
Il **a fait** ses devoirs en rentrant et maintenant il joue à la console.

N'oubliez pas d'accorder le participe passé avec le sujet quand le temps composé utilise l'auxiliaire *être* !
Nadia avait été très heureuse.

Carte mentale interactive hachette-clic.fr/21mf5308 genially

# Les temps composés de l'indicatif

## Je m'entraîne

### Je relève

**1 Relevez les formes verbales composées. Donnez leur temps et leur infinitif.**

Cette année-là, le roi avait envoyé vers Tintagel, pour porter son message, un chevalier géant, le Morholt, dont il avait épousé la sœur, et que nul n'avait jamais pu vaincre en duel. Le roi Marc, par lettres scellées, avait convoqué à sa cour tous les barons de sa terre, pour leur demander conseil. Le jour venu, quand [...] Marc se fut assis sous le dais, le Morholt parla ainsi.

*Tristan et Iseult*, traduction adaptée de Joseph Bédier, coll. « Étonnants Classiques », Flammarion, 2012.

### Je manipule

**2 Conjuguez les verbes entre parenthèses au passé composé. Attention à l'accord du participe passé.**

Lundi, la neige (commencer) à tomber. Le ciel (devenir) blanc. Les flocons (recouvrir) le sol. Petit à petit, la neige (atteindre) une épaisseur incroyable et Samuel et Anne (devoir) déneiger les trottoirs. Lorsqu'ils (voir) que le lac était gelé, ils (prendre) leurs patins et (aller) s'amuser.

**3 Conjuguez les verbes entre parenthèses au plus-que-parfait. Attention à l'accord du participe passé.**

Léna (vouloir) se rendre à la librairie ce jour-là. Elle (prévoir) de s'acheter un tome de son manga préféré. Elle en (lire) plusieurs et était impatiente de connaître la suite de l'histoire. La jeune fille (aimer) découvrir les combats pour sauver l'humanité et (frémir) devant la cruauté des monstres. Lorsque son frère (proposer) de l'accompagner, elle (refuser) : elle était trop pressée !

**4 Conjuguez les verbes aux temps et personnes demandés.**

**Passé antérieur :** avoir (il) – faire (je) – savoir (elles) – dire (nous) – imaginer (tu) – finir (tu).

**Futur antérieur :** être (je) – venir (nous) – voir (tu) – prendre (vous) – jouer (ils) – grandir (elle).

### J'approfondis

**5 Transposez les verbes composés de l'exercice 4 au passé composé.**

**6 Conjuguez les verbes entre parenthèses au temps demandé.**

a. Quand tu (apprendre – futur antérieur) tes leçons, tu progresseras plus vite.

b. Si Hugo (venir – plus-que-parfait) tout de suite, il aurait vu Yann partir.

c. Lorsqu'ils (préparer – passé antérieur) les plats, ils dressèrent la table.

d. Dès que ma mère (comprendre – passé antérieur) l'entourloupe, elle me jeta un regard noir.

e. D'ici jeudi, les ouvriers (finir – futur antérieur) tout le travail.

**7 Relevez les verbes conjugués, Retracez l'ordre chronologique en plaçant les verbes sur un axe.**

Quand ils eurent soupé, ils entendirent un grand bruit, et le marchand dit adieu à sa pauvre fille en pleurant [...]. Après avoir cherché partout, elle se souvint de son rêve, et courut dans le jardin vers le canal où elle l'avait vue en dormant. Elle trouva la pauvre bête étendue sans connaissance, et crut qu'elle était morte.

*La Belle et la Bête et autres contes*, Bibliocollège, Hachette, 2017.

## J'accomplis ma mission

**Rédigez la suite du texte de Nadia. Conjuguez les verbes au temps composé qui convient.**

### Je m'autoévalue

| | 🙂 | 😐 | ☹️ |
|---|---|---|---|
| Je sais former un temps composé. | | | |
| Je sais accorder correctement le participe passé. | | | |

(Exercices interactifs) Plus de 🙂 > hachette-clic.fr/21mf5309 • Plus de 😐 > hachette-clic.fr/21mf5310 • Plus de ☹️ > hachette-clic.fr/21mf5311

# 30 Comment utiliser le subjonctif présent ?

## Je comprends ma mission

Inès a pris de bonnes résolutions pour la nouvelle année.
Elle a décidé de les noter pour ne rien oublier.

Il faut que je lise plus souvent.
Il faut que...

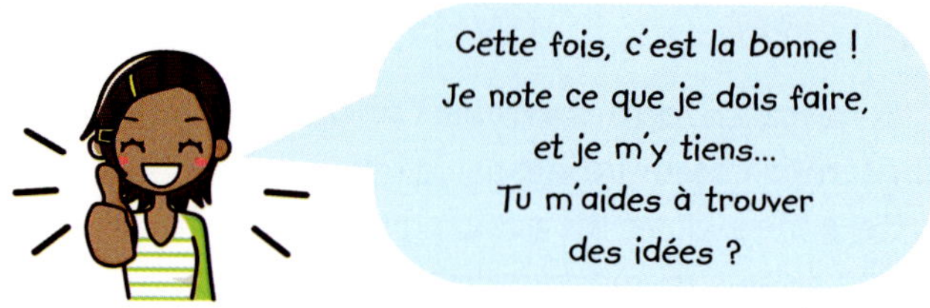


**Votre mission** **Aidez Inès à compléter sa liste, en utilisant le subjonctif bien sûr !**

## J'apprends la leçon

**Le subjonctif présent**

### Emplois et valeurs

Le subjonctif est un mode employé le plus souvent dans des **propositions subordonnées**, après des verbes qui expriment **l'ordre**, **le souhait**, **le sentiment**, **le doute**…

Elle exige que nous **lisions** ce livre.
J'aimerais que tu **lises** ce livre.
Je crains qu'elle ne **lise** pas ce livre.
Je doute que vous **lisiez** ce livre.

### Formation

**Radical → 1re personne du pluriel du présent de l'indicatif + terminaisons : *-e*, *-es*, *-e*, *-ions*, *-iez*, *-ent*.**

| **avancer** (1er groupe) | **finir** (2e groupe) | **voir** (3e groupe) |
| --- | --- | --- |
| j'avanc**e** | je finiss**e** | je voi**e** |
| tu avanc**es** | tu finiss**es** | tu voi**es** |
| il avanc**e** | il finiss**e** | il voi**e** |
| nous avanc**ions** | nous finiss**ions** | nous voy**ions** |
| vous avanc**iez** | vous finiss**iez** | vous voy**iez** |
| ils avanc**ent** | ils finiss**ent** | ils voi**ent** |

### Formes irrégulières

**aller** : j'aille – nous allions
**venir** : je vienne – nous venions
**savoir** : je sache – nous sachions
**faire** : je fasse – nous fassions
**pouvoir** : je puisse – nous puissions
**vouloir** : je veuille – nous voulions
**prendre** : je prenne – nous prenions

Attention aux auxiliaires !
**être** : je sois – tu sois – il soit – nous soyons – vous soyez – ils soient
**avoir** : j'aie – tu aies – il ait – nous ayons – vous ayez – ils aient

Carte mentale interactive hachette-clic.fr/21mf5312 genially

# Le subjonctif présent

## Je m'entraîne

### Je relève

**1 Relevez dans le texte les verbes conjugués au subjonctif présent. Quel est leur infinitif ?**

La comédienne regarda son assistant et le metteur en scène d'un œil noir et leur dit : « J'exige qu'on peigne les murs de ma loge en rose et qu'on m'apporte tous les jours un bouquet de fleurs fraîches. J'ai besoin que les lieux me plaisent. De plus, il est impensable que je vienne répéter dans un théâtre si mal chauffé. Qu'on ferme bien les portes, il est hors de question que je sois malade avant la première. Et qu'on aille me faire du thé tout de suite ! Voulez-vous que je meure de soif ? »

**2 Relevez dans le texte : a. les verbes conjugués au subjonctif présent en donnant leur infinitif ; b. les conjonctions de subordination qui les introduisent ; c. le verbe exprimant une volonté.**

Oui… Mais moi ce que je veux, c'est que ça se voie, comme toi, qu'on m'écoute, qu'on soit content quand j'arrive, qu'on me pose des questions, qu'on m'invite avec des gens de la télé, que ma famille me téléphone… pas tous les jours bien sûr, mais un peu quand même… que j'aie des amis, des relations, des philosophes qui aient envie de me voir… qu'on voie bien que je suis ton frère…

**Jean-Michel Ribes**, *Théâtre sans animaux*, « Égalité – Fraternité », Babel, 2004.

### Je manipule

**3 Conjuguez les verbes entre parenthèses au subjonctif présent, à la personne demandée.**

que nous (vouloir) – que j'(aller) – que tu (venir) – qu'elles (écrire) – que nous (crier) – qu'il (parler) – que tu (voir) – qu'elles (appeler) – que nous (travailler)

**4 a. Relevez les verbes conjugués au subjonctif présent. b. Transposez-les à la personne demandée.**

a. Il faut que Lola suive les consignes de l'exercice. (2e pers. du singulier)

b. Elle n'en fait qu'à sa tête jusqu'à ce que je corrige tout. (2e pers. du pluriel)

c. Il n'est pas question que nous lui disions toutes les réponses. (1re pers. du singulier)

d. Il est temps qu'elle se débrouille toute seule. (1re pers. du pluriel)

e. En plus, c'est la fille la plus maline que je connaisse. (3e pers. du pluriel)

### J'approfondis

**5 Complétez les phrases avec un verbe conjugué au subjonctif présent.**

a. Je croise les doigts pour que ……

b. Faites en sorte que ……

c. Nous serons de retour avant que ……

d. Suzanne refuse que ……

**6 a. Relevez les verbes au subjonctif présent. b. Dans quelles phrases expriment-ils un ordre ? un souhait ?**

a. L'inspecteur voudrait que son assistant suive un suspect aujourd'hui.

b. Il exige qu'il se fasse le plus discret possible.

c. L'assistant souhaite que tout se passe bien.

d. Pourvu qu'il réussisse sa mission !

**7 Qu'aimeriez-vous qu'il se passe dans les semaines à venir ? Rédigez la liste de vos souhaits. Commencez chaque phrase par « Pourvu que… » Utilisez au moins cinq verbes différents.**

## J'accomplis ma mission

**Aidez Inès à compléter sa liste de bonnes résolutions en conjuguant les verbes au subjonctif présent.**

### Je m'autoévalue

| | 🙂 | 😐 | ☹ |
|---|---|---|---|
| Je sais reconnaître un verbe conjugué au subjonctif présent. | | | |
| Je sais conjuguer les verbes des 1er et 2e groupes au subjonctif présent. | | | |
| Je sais conjuguer les verbes du 3e groupe au subjonctif présent. | | | |

Exercices interactifs Plus de 🙂 > hachette-clic.fr/21mf5313 • Plus de 😐 > hachette-clic.fr/21mf5314 • Plus de ☹ > hachette-clic.fr/21mf5315

# 31 Comment utiliser le conditionnel présent ?

## Je comprends ma mission

Tom doit conjuguer au conditionnel présent les verbes entre parenthèses de ce poème.

Si je savais écrire je (savoir) dessiner
Si j'avais un verre d'eau je le (faire) geler et
je le (conserver) sous verre
Si on me donnait une motte de beurre je
la (faire) couler en bronze
Si j'avais trois mains je ne (savoir) où
donner de la tête
Si les plumes s'envolaient si la neige fondait
si les regards se perdaient, je
leur (mettre) du plomb dans l'aile
Si je marchais toujours tout droit devant
moi, au lieu de faire le tour du
globe j'(aller) jusqu'à Sirius et
au-delà [...]

**Jean Tardieu**, *L'Accent grave et l'Accent aigu*, Poésie Gallimard, 2009.

**Votre mission** **En utilisant le conditionnel présent, aidez Tom à reconstituer le poème de Jean Tardieu !**

## J'apprends la leçon

### Le conditionnel présent

#### Formation

**Radical du futur + terminaisons de l'imparfait : *-ais*, *-ais*, *-ait*, *-ions*, *-iez*, *-aient*.**

je manger**ais**
tu finir**ais**
on verr**ait**
nous ir**ions**
vous courr**iez**
ils prendr**aient**

Conjugaison des auxiliaires :

| **être** | **avoir** |
|---|---|
| je ser**ais** | j'aur**ais** |
| tu ser**ais** | tu aur**ais** |
| il ser**ait** | il aur**ait** |
| nous ser**ions** | nous aur**ions** |
| vous ser**iez** | vous aur**iez** |
| ils ser**aient** | ils aur**aient** |

#### Emplois / Valeurs

Le conditionnel présent peut être utilisé pour :

- **présenter un fait incertain** :
  Le contrôle **serait** reporté.
- **évoquer un souhait, un rêve** :
  Je **voudrais** déjà être en vacances.
- **formuler une condition, une hypothèse** :
  Si tu venais, je **serais** contente.
- **donner un ordre atténué, poli** :
  **Pourriez**-vous vous taire ?
- **exprimer une action future** (dans un texte au passé) : Il se demandait si elle **viendrait** le mercredi suivant.

Carte mentale interactive hachette-clic.fr/21mf5316 genially

# Le conditionnel présent

## Je m'entraîne

### Je relève

**1 Relevez les verbes conjugués au conditionnel présent. Quel est leur infinitif ?**

Ce serait bien si les boucles d'oreilles en forme de serpents de la maîtresse se transformaient vraiment en serpents. Des serpents vivants qui lui mordraient le cou, ou se glisseraient dans son corsage.

**Bernard Friot**, *Encore des histoires pressées*, « Ce serait bien… », Milan Poche Junior, 2002.

### Je manipule

**2 Conjuguez les verbes entre parenthèses au conditionnel présent.**

a. La petite sirène (vouloir) tellement rejoindre le monde des hommes.

b. Elle (aller) sur la terre ferme et (visiter) les grandes villes qu'elle voit au loin.

c. Elle et le prince (finir) par se rejoindre parce qu'ils ne (pouvoir) rester séparés.

d. Mais il lui (falloir) aller voir la sorcière.

e. Elle lui (demander) : « (Accepter)-vous de m'aider ? »

**3 Quelle est la valeur du conditionnel dans ces phrases ?**

a. Elle voudrait vivre dans un monde meilleur.

b. Au lieu de me regarder faire, voudrais-tu bien m'aider ?

c. Si j'étais Wonder Woman, je punirais les malfaiteurs.

d. Il avait dit à sa mère qu'il serait de retour le lendemain.

e. Vous serait-il possible de m'accompagner à la librairie ?

f. On raconte que Julien Doré tournerait son dernier clip en ville.

### J'approfondis

**4 Que souhaiteriez-vous améliorer dans votre collège ? Formulez vos souhaits en utilisant le conditionnel présent. Vous pouvez utiliser les verbes *vouloir*, *aimer*, *désirer*, *rêver* ou d'autres verbes de votre choix.**

**5 Que feriez-vous si vous partiez en vacances sur cette île ? Rédigez un texte de cinq à dix lignes qui commencera par « Si je partais sur cette île… » Utilisez au moins six verbes conjugués au conditionnel présent.**

**6 Récrivez le texte au conditionnel présent.**

Ses paupières étaient deux longues feuilles lasses dont les lignes des cils et des sourcils dessinaient le contour d'un trait d'ombre dorée. Son nez était mince, droit, ses narines légèrement bombées et bien ouvertes. Ses cheveux d'un brun chaud semblaient frottés d'une lumière d'or.

**René Barjavel**, *La Nuit des temps*, Omnibus, 1995.

## J'accomplis ma mission

**Conjuguez correctement les verbes du poème de Jean Tardieu en utilisant le conditionnel présent.**

### Je m'autoévalue

| | 🙂 | 😐 | 🙁 |
|---|---|---|---|
| Je sais trouver le radical du conditionnel présent. | | | |
| Je sais quelles terminaisons utiliser pour conjuguer le conditionnel présent. | | | |
| Je connais les valeurs du conditionnel présent. | | | |

(Exercices interactifs) Plus de 🙂 > hachette-clic.fr/21mf5317 • Plus de 😐 > hachette-clic.fr/21mf5318 • Plus de 🙁 > hachette-clic.fr/21mf5319

# 32 Comment utiliser l'impératif présent ?

## Je comprends ma mission

Le professeur a rendu les dernières rédactions et Paul doit corriger son texte.
Il relit son travail avec Nadia.

*C'est très bien mais je préférerais que tu utilises l'impératif présent. Corrige ce que j'ai surligné en jaune.*

Tous les jours, la pauvre jeune fille se rendait chez la sorcière. Un jour, elle lui dit qu'elle voulait fuir et la sorcière décida de l'aider.

La sorcière lui dit : « Pour partir très loin, tu prendras un gros chaudron. Tu le rempliras d'eau de mer. Tu ajouteras ensuite des gousses de vanille et du sable. Tu mélangeras bien et tu verseras tout sur un tapis, qui t'emmènera dans des contrées lointaines. »

Pourquoi le professeur m'a-t-il demandé d'utiliser l'impératif présent ?

Parce que l'impératif permet de donner des ordres !

**Votre mission** **Aidez Paul à corriger sa rédaction en utilisant l'impératif présent !**

## J'apprends la leçon

### L'impératif présent

#### Formation

- L'impératif n'existe qu'à trois personnes et le sujet n'est pas exprimé.
- L'impératif présent se conjugue comme le présent de l'indicatif : Finis ! Finissons ! Finissez !
- À la 2e personne du singulier, les verbes du 1re groupe ainsi que les verbes en *-frir*, *-vrir* et *-llir* ne prennent pas de *-s*, sauf quand ils sont suivis des pronoms *en* et *y* : Mange ta soupe ! Manges-en ! Restes-y.

#### Formes irrégulières

- Être : **Sois** à l'heure !
- Avoir : **Aie** tes affaires !
- Savoir : **Sache** ta leçon !
- Aller : **Va** te laver les mains !

#### Emplois / Valeurs

- L'impératif est le mode de **l'ordre**, de **l'injonction** : Viens ici !
- Cet ordre peut être nuancé et exprimer :
  – la **prière** : Soyez sages surtout.
  – le **conseil** : Prends bien toutes tes affaires !
  – la **défense** : Ne marche pas sur la pelouse !

Carte mentale interactive hachette-clic.fr/21mf5320 genially

# L'impératif présent

## Je m'entraîne

### J'observe

**1 a. À quelle personne les verbes soulignés sont-ils conjugués ? b. Donnez leur infinitif.**

La Flèche : Mon maître, votre fils, m'a donné l'ordre de l'attendre.

Harpagon : Va-t'en l'attendre dans la rue, et ne sois point dans ma maison planté tout droit comme un piquet, à observer ce qui se passe, et faire ton profit de tout. […]

La Flèche : Hé bien ! je sors.

Harpagon : Attends. N'emportes-tu rien ?

La Flèche : Que vous emporterais-je ?

Harpagon : Viens çà, que je voie. Montre-moi tes mains.

**Molière**, *L'Avare* (1668), Petits Classiques Larousse, 2007.

**2 a. Relevez les verbes conjugués à l'impératif présent. b. Donnez leur infinitif.**

*Jacquinot et sa femme lavent du linge dans une grande cuve. Ils se disputent.*

La Femme

Faut-il chercher tant de prétextes pour se défiler, quand il y a du travail ? *(Elle lui met le linge dans les mains.)* Tenez donc le linge par votre bout ! Ah, vous mériteriez que la gale vous ronge le corps ! *(Elle tombe dans la cuve.)* Mon Dieu, ne m'abandonnez pas ! Ayez pitié de ma pauvre âme ! *(Á Jacquinot.)* Sortez-moi de là. Ce serait une honte de mourir ainsi. Jacquinot, secourez votre femme ! Tirez-la hors de ce baquet.

*La Farce du cuvier* (farce anonyme du xv^e^ siècle), traduction et édition de Nathalie Sol et Maïtena Maltaverne, Carrés Classiques Nathan, 2013.

### Je manipule

**3 Conjuguez les verbes à l'impératif présent, à la personne indiquée.**

a. Ne te (laisser, 2e pers. sing.) pas faire comme ça, (réagir, 2e pers. sing.) !

b. (Être, 2e pers. pl.) sages, les enfants ! (Attendre, 2e pers. pl.) ici.

c. (Aller, 2e pers. pl.) en ville et (acheter, 2e pers. pl.) des œufs.

d. (Préparer, 1re pers. pl.)-nous et (avoir, 1re pers. pl.) nos sacs prêts.

**4 Transposez cette recette de pancakes à l'impératif présent, à la 2e personne du singulier.**

Dans un saladier, mélanger 250 g de farine, 30 g de sucre et un sachet de levure. Saupoudrer d'une pincée de sel. Creuser un puits. Battre deux œufs, les verser dans le puits et fouetter. Ajouter 65 g de beurre fondu. Verser doucement 30 cl de lait et mélanger. Laisser reposer la pâte. Faire cuire et déguster.

### J'approfondis

**5 Quelle est la valeur de l'impératif dans ces phrases : ordre, conseil, défense ? Plusieurs réponses sont parfois possibles !**

a. N'utilise pas ton téléphone le soir.

b. Dépêche-toi de rentrer, je t'attends après les cours.

c. Posez des questions si vous ne comprenez pas.

d. Ne passez pas par ce couloir.

**6 Remplacez les GN soulignés par le pronom *en* ou *y*. Faites les transformations nécessaires.**

a. Mange de la soupe.

b. Pense à appeler mamie.

c. Va à la foire, c'est génial !

d. Parle de ton problème à ton frère.

## J'accomplis ma mission

**Aidez Paul à récrire son texte à l'impératif présent.**

À toi d'écrire une recette de potion magique ! Invente un titre et utilise au moins cinq verbes à l'impératif présent.

### Je m'autoévalue

| | Bien | Moyen | Pas encore |
|---|---|---|---|
| Je sais reconnaître et conjuguer des verbes à l'impératif présent. | | | |
| Je connais les particularités orthographiques de l'impératif présent. | | | |
| Je connais les valeurs de l'impératif. | | | |

Exercices interactifs | Plus de > hachette-clic.fr/21mf5321 • Plus de > hachette-clic.fr/21mf5322 • Plus de > hachette-clic.fr/21mf5323

# Jouer pour réviser

## VOTRE MISSION

**Votre équipe de spationautes doit ramener son vaisseau spatial sur Terre. Jetez le dé, répondez aux questions, relevez les défis et évitez les pièges ! Qui seront les plus grands spationautes ?**

*Retirez un lancer de dés à une autre équipe*

*Faites un 2 ou citez tous les temps de l'indicatif en moins d'une minute.*

**DÉFI D'INÈS**

**RECULEZ DE DEUX CASES**

### QUESTIONS VERTES

**1** Épelez le participe passé : « J'ai (sentir). »

**2** Choisissez : « Elle **ma / m'as / m'a** envoyé un message. »

**6** Conjuguez *finir* à l'imparfait (vous).

**11** Comment accordez-vous : « une soupe (délicieux) » ?

**16** Trouvez l'intrus : *joyeuse – discrète – joyeuse – particulier – basse.* Vous pouvez demander l'aide de votre équipage.

**20** Conjuguez *mentir* au futur de l'indicatif (vous).

**24** Conjuguez *parler* au présent de l'indicatif (je).

**28** Transposez au pluriel : « cet exercice facile ». Vous pouvez demander l'aide de votre équipage.

**33** Conjuguez *faire* au présent de l'impératif (tu).

**37** Épelez le participe passé : « Farid a (lancer). »

### QUESTIONS JAUNES

**3** Épelez le participe passé : « Jeanne et Lola sont (rester). »

**4** Conjuguez *danser* au passé simple (elles).

**7** Conjuguez *travailler* à l'imparfait (vous).

**12** Trouvez l'intrus : *fatal – amical – vertical – tropical.* Vous pouvez demander l'aide de votre équipage.

**17** Conjuguez *faire* au passé composé (nous).

**21** Conjuguez *farfouiller* au plus-que-parfait (tu).

**25** Transposez au pluriel : « le vieil homme ».

**29** Choisissez : « Léna et Théa sont sorties. **Leur père/ Leurs pères** a râlé. »

**34** Conjuguez *prendre* au conditionnel présent (elles). Vous pouvez demander l'aide de votre équipage.

**38** Épelez *allumer* au présent de l'impératif (tu).

**DÉFI D'INÈS**
Donnez des conseils à vos camarades en cours d'EPS ! Utilisez cinq verbes à l'impératif présent.

Exercice interactif hachette-clic.fr/21mf5334 genially

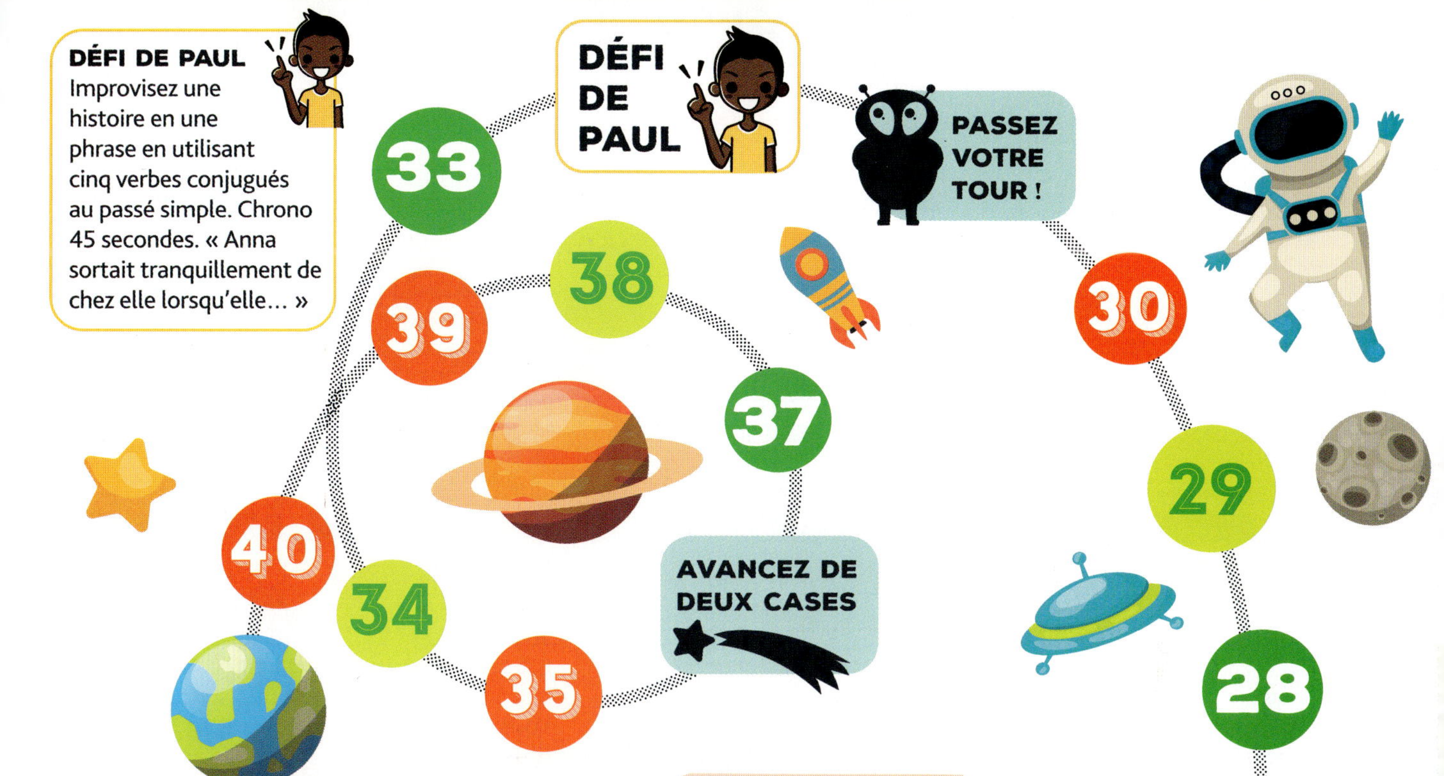


## QUESTIONS ORANGE

**5** Conjuguez *avoir* au présent de l'impératif (vous).

**9** Comment accordez-vous : « des chemises (vert olive) » ?

**13** Conjuguez *vouloir* au futur antérieur (tu).
Vous pouvez demander l'aide de votre équipage.

**18** Conjuguez *venir* au passé simple (ils).

**22** Conjuguez au subjonctif présent : « Je veux qu'elle (dire) la vérité. »

**26** Transposez au pluriel : « un beau carnaval ».

**30** Conjuguez *penser* au passé antérieur (elles).
Vous pouvez demander l'aide de votre équipage.

**35** Choisissez : « Elliot **se / ce** demande si **ses / ces** vêtements sont assortis. »

**39** Choisissez : « **C'est / Ces / Ses** décidé ? Tu **la / l'a / l'as** dit à Teska ? »

**40** Conjuguez au subjonctif présent : « Il faut que nous (préparer) nos vacances. »

# Avoir

## INDICATIF

### Temps simples

| Présent | Imparfait | Passé simple | Futur simple | Conditionnel présent |
|---|---|---|---|---|
| J'ai | J'avais | J'eus | J'aurai | J'aurais |
| Tu as | Tu avais | Tu eus | Tu auras | Tu aurais |
| Elle/Il a | Elle/Il avait | Elle/Il eut | Elle/Il aura | Elle/Il aurait |
| Nous avons | Nous avions | Nous eûmes | Nous aurons | Nous aurions |
| Vous avez | Vous aviez | Vous eûtes | Vous aurez | Vous auriez |
| Elles/Ils ont | Elles/Ils avaient | Elles/Ils eurent | Elles/Ils auront | Elles/Ils auraient |

### Temps composés

| Passé composé | Plus-que-parfait | Passé antérieur | Futur antérieur | Conditionnel passé |
|---|---|---|---|---|
| J'ai eu | J'avais eu | J'eus eu | J'aurai eu | J'aurais eu |
| Tu as eu | Tu avais eu | Tu eus eu | Tu auras eu | Tu aurais eu |
| Elle/Il a eu | Elle/Il avait eu | Elle/Il eut eu | Elle/Il aura eu | Elle/Il aurait eu |
| Nous avons eu | Nous avions eu | Nous eûmes eu | Nous aurons eu | Nous aurions eu |
| Vous avez eu | Vous aviez eu | Vous eûtes eu | Vous aurez eu | Vous auriez eu |
| Elles/Ils ont eu | Elles/Ils avaient eu | Elles/Ils eurent eu | Elles/Ils auront eu | Elles/Ils auraient eu |

## SUBJONCTIF

| Temps simples | | Temps composés | |
|---|---|---|---|
| **Présent** | **Imparfait (3e pers.)** | **Passé** | **Plus-que-parfait (3e pers.)** |
| Que j'aie | | Que j'aie eu | |
| Que tu aies | | Que tu aies eu | |
| Qu'elle/il ait | Qu'elle/il eût | Qu'elle/il ait eu | Qu'elle/il eût eu |
| Que nous ayons | | Que nous ayons eu | |
| Que vous ayez | | Que vous ayez eu | |
| Qu'elles/ils aient | | Qu'elles/ils aient eu | |

## IMPÉRATIF

| Temps simple | Temps composé |
|---|---|
| **Présent** | **Passé** |
| Aie | Aie eu |
| Ayons | Ayons eu |
| Ayez | Ayez eu |

**Participe passé :** eu, eue

# Être

## INDICATIF

### Temps simples

| Présent | Imparfait | Passé simple | Futur simple | Conditionnel présent |
|---|---|---|---|---|
| Je suis | J'étais | Je fus | Je serai | Je serais |
| Tu es | Tu étais | Tu fus | Tu seras | Tu serais |
| Elle/Il est | Elle/Il était | Elle/Il fut | Elle/Il sera | Elle/Il serait |
| Nous sommes | Nous étions | Nous fûmes | Nous serons | Nous serions |
| Vous êtes | Vous étiez | Vous fûtes | Vous serez | Vous seriez |
| Elles/Ils sont | Elles/Ils étaient | Elles/Ils furent | Elles/Ils seront | Elles/Ils seraient |

### Temps composés

| Passé composé | Plus-que-parfait | Passé antérieur | Futur antérieur | Conditionnel passé |
|---|---|---|---|---|
| J'ai été | J'avais été | J'eus été | J'aurai été | J'aurais été |
| Tu as été | Tu avais été | Tu eus été | Tu auras été | Tu aurais été |
| Elle/Il a été | Elle/Il avait été | Elle/Il eut été | Elle/Il aura été | Elle/Il aurait été |
| Nous avons été | Nous avions été | Nous eûmes été | Nous aurons été | Nous aurions été |
| Vous avez été | Vous aviez été | Vous eûtes été | Vous aurez été | Vous auriez été |
| Elles/Ils ont été | Elles/Ils avaient été | Elles/Ils eurent été | Elles/Ils auront été | Elles/Ils auraient été |

## SUBJONCTIF

### Temps simples

| Présent | Imparfait (3e pers.) |
|---|---|
| Que je sois<br>Que tu sois<br>Qu'elle/il soit<br>Que nous soyons<br>Que vous soyez<br>Qu'elles/ils soient | Qu'elle/il fût |

### Temps composés

| Passé | Plus-que-parfait (3e pers.) |
|---|---|
| Que j'aie été<br>Que tu aies été<br>Qu'elle/il ait été<br>Que nous ayons été<br>Que vous ayez été<br>Qu'elles/ils aient été | Qu'elle/il eût été |

## IMPÉRATIF

### Temps simple

| Présent |
|---|
| Sois |
| Soyons |
| Soyez |

### Temps composé

| Passé |
|---|
| Aie été |
| Ayons été |
| Ayez été |

**Participe passé :** été (invariable)

# Verbes réguliers terminés en *–er*

## (1er groupe, type *danser*)

### INDICATIF

**Temps simples**

| Présent | Imparfait | Futur simple | Passé simple | Conditionnel présent |
|---|---|---|---|---|
| Base + e | Base + ais | Base + erai | Base + ai | Base + erais |
| Base + es | Base + ais | Base + eras | Base + as | Base + erais |
| Base + e | Base + ait | Base + era | Base + a | Base + erait |
| Base + ons | Base + ions | Base + erons | Base + âmes | Base + erions |
| Base + ez | Base + iez | Base + erez | Base + âtes | Base + eriez |
| Base + ent | Base + aient | Base + eront | Base + èrent | Base + eraient |

**Temps composés**

| Passé composé | Plus-que-parfait | Futur antérieur | Passé antérieur | Conditionnel passé |
|---|---|---|---|---|
| Auxiliaire au présent + participe passé<br>→ *J'ai dansé* | Auxiliaire à l'imparfait + participe passé<br>→ *J'avais dansé* | Auxiliaire au futur simple + participe passé<br>→ *J'aurai dansé* | Auxiliaire au passé simple + participe passé<br>→ *J'eus dansé* | Auxiliaire au conditionnel présent + participe passé<br>→ *J'aurais dansé* |

### SUBJONCTIF

**Temps simples**

| Présent | Imparfait (3e pers.) |
|---|---|
| Que + base + e<br>Que + base + es<br>Que + base + e<br>Que + base + ions<br>Que + base + iez<br>Que + base + ent | Que + base + ât |

**Temps composés**

| Passé | Plus-que-parfait (3e pers.) |
|---|---|
| Que + auxiliaire au subjonctif présent + participe passé<br>→ *Que j'aie dansé* | Inusité |

### IMPÉRATIF

| Temps simple – Présent | Temps composé – Passé |
|---|---|
| Base + e<br>Base + ons<br>Base + ez | Auxiliaire au présent de l'impératif + participe passé<br>→ *Aie dansé* |

- Le verbe *aller* est irrégulier.
- Les verbes *appeler* et *jeter*, ainsi que les verbes dérivés, ont une seconde base verbale (*Appell-* et *Jett-*) au présent de tous les modes, au futur simple et au conditionnel.
- Le verbe *ouvrir* et ses dérivés (couvrir, recouvrir) se conjuguent sur ce même modèle à partir de la base *Ouvr-* et *Ouvri-* pour le futur et le conditionnel, sauf pour le passé simple.

| Indicatif présent | Subjonctif présent | Impératif présent | Futur simple | Conditionnel |
|---|---|---|---|---|
| J'appell-e | Que j'appell-e | Appell-e | J'appell-erai | J'appell-erais |
| Je jett-e | Que je jett-e | Jett-e | Je jett-erai | Je jett-erais |

- **Les autres verbes terminés en *-eter* (*acheter*, *fureter*) ou *-eler* (*geler*, *peler*) modifient aux mêmes temps et modes leur base verbale par un accent grave.**

| Indicatif présent | Subjonctif présent | Impératif présent | Futur simple | Conditionnel |
|---|---|---|---|---|
| Je gèl-e | Que je gèl-e | Gèl-e | Je gèl-erai | Je gèl-erais |
| J'achèt-e | Que j'achèt-e | Achèt-e | J'achèt-erai | J'achèt-erais |

# Verbes réguliers terminés en *–ir*
## (2e groupe, type *finir*)

Ces verbes présentent deux bases verbales régulières :
- Base 1 : *fini-*
- Base 2 : *fin**iss**-*

## INDICATIF

### Temps simples

| Présent | Imparfait | Futur simple | Passé simple | Conditionnel présent |
|---|---|---|---|---|
| Base 1 + s | Base 2 + ais | Base 1 + rai | Base 1 + s | Base 1 + rais |
| Base 1 + s | Base 2 + ais | Base 1 + ras | Base 1 + s | Base 1 + rais |
| Base 1 + t | Base 2 + ait | Base 1 + ra | Base 1 + t | Base 1 + rait |
| Base 2 + ons | Base 2 + ions | Base 1 + rons | Base 1 + ^mes | Base 1 + rions |
| Base 2 + ez | Base 2 + iez | Base 1 + rez | Base 1 + ^tes | Base 1 + riez |
| Base 2 + ent | Base 2 + aient | Base 1 + ront | Base 1 + rent | Base 1 + raient |

### Temps composés

| Passé composé | Plus-que-parfait | Futur antérieur | Passé antérieur | Conditionnel passé |
|---|---|---|---|---|
| Auxiliaire au présent + participe passé → *J'ai fini* | Auxiliaire à l'imparfait + participe passé → *J'avais fini* | Auxiliaire au futur simple + participe passé → *J'aurai fini* | Auxiliaire au passé simple + participe passé → *J'eus fini* | Auxiliaire au conditionnel présent + participe passé → *J'aurais fini* |

## SUBJONCTIF

### Temps simples

| Présent | Imparfait (3e pers.) |
|---|---|
| Que + base 2 + e<br>Que + base 2 + es<br>Que + base 2 + e<br>Que + base 2 + ions<br>Que + base 2 + iez<br>Que + base 2 + ent | Que + base 1 (î) + t |

### Temps composés

| Passé | Plus-que-parfait (3e pers.) |
|---|---|
| Que + auxiliaire au subjonctif présent + participe passé → *Que j'aie fini* | Inusité |

## IMPÉRATIF

### Temps simple

| Présent |
|---|
| Base 1 + s |
| Base 2 + ons |
| Base 2 + ez |

### Temps composé

| Passé |
|---|
| Auxiliaire au présent de l'impératif + participe passé → *Aie fini* |

# Verbes irréguliers

- Ces verbes présentent différentes bases qu'il faut apprendre par cœur, auxquelles s'ajoutent les désinences des temps et des modes indiqués.
- Les temps composés se font de la même manière que pour les verbes réguliers.

**Tous les temps sauf le présent = 1 seule base par temps**

| | Imparfait | Futur simple | Conditionnel | Passé simple | Temps composé |
|---|---|---|---|---|---|
| Bases | Base + ais / ais / ait / ions / iez / aient | Base + rai / ras / ra / rons / rez / ront | Base + rais / rais / rait / rions / riez / raient | Base + s / s / t / ^mes / ^tes / èrent | Auxiliaire + participe passé |
| **Aller** | All- | Ir- | Ir- | All + ai / as / âmes / âtes / èrent | allé |
| **Asseoir** | Assey- | Assie- | Assie- | Assi- | assis |
| **Battre** | Batt- | Batt- | Batt- | Batti- | battu |
| **Boire** | Buv- | Boi- | Boi- | Bu- | bu |
| **Craindre** | Craign- | Craind- | Craind- | Craigni- | craint |
| **Devoir** | Dev- | Dev- | Dev- | Du- | dû |
| **Dire** | Dis- | Dir- | Dir- | Di- | dit |
| **Écrire** | Écriv- | Écri- | Écri- | Écrivi- | écrit |
| **Faire** | Fais- | Fe- | Fe- | Fi- | fait |
| **Falloir** | Fall- | Faud- | Faud- | Fallu | fallu |
| **Joindre** | Joign- | Joind- | Joind- | Joigni- | joint |
| **Mettre** | Mett- | Mett- | Mett- | Mi- | mis |
| **Peindre** | Peign- | Peind- | Peind- | Peigni- | peint |
| **Pouvoir** | Pouv- | Pour- | Pour- | Pu | pu |
| **Prendre** | Pren- | Prend- | Prend- | Pri- | pris |
| **Savoir** | Sav- | Saur- | Saur- | Su- | su |
| **Vendre** | Vend- | Vend- | Vend- | Vendi- | vendu |
| **Voir** | Voy- | Verr- | Verr- | Vi- | vu |
| **Vouloir** | Voul- | Voud- | Voud- | Voulu- | voulu |

## Les présents de l'indicatif, du subjonctif et de l'impératif = 2 bases par verbe*

| Présent de l'indicatif et de l'impératif | Présent du subjonctif |
|---|---|
| Base +<br>s / s / t ou d / ons / ez / ent | Base +<br>e / es / e / ions / iez / ent |

## Bases

| | | |
|---|---|---|
| **Asseoir** | Assied- (je, tu, il/elle)<br>Assey- (nous, vous, ils/elles) | Assey- |
| **Battre** | Bat- (je, tu, il/elle)<br>Batt- (nous, vous, ils/elles) | Bat- (je, tu, il/elle)<br>Batt- (nous, vous, ils/elles) |
| **Boire** | Bases irrégulières | Boiv- (je, tu, il/elle, ils/elles)<br>Buv- (nous, vous) |
| **Craindre** | Crain- (je, tu, il/elle)<br>Craign- (nous, vous, ils/elles) | Craign- |
| **Devoir** | Bases irrégulières / pas d'impératif | Doiv- |
| **Dire** | Di- (je, tu, il/elle)<br>Dis- (nous, ils/elles)<br>Dit- (vous) | Dis- |
| **Écrire** | Écri- (je, tu, il/elle)<br>Écriv- (nous, vous, ils/elles) | Écriv- |
| **Faire** | Bases irrégulières | Fass- |
| **Falloir** | Il faut / impersonnel | Qu'il faille |
| **Joindre** | Join- (je, tu, il/elle)<br>Joign- (nous, vous, ils/elles) | Joign- |
| **Mettre** | Met- (je, tu, il/elle)<br>Mett- (nous, vous, ils/elles) | Mett- |
| **Peindre** | Pein- (je, tu, il/elle)<br>Peign- (nous, vous, ils/elles) | Peign- |
| **Pouvoir** | Bases irrégulières / pas d'impératif | Puiss- |
| **Prendre** | Prend- (je, tu, il/elle)<br>Pren- (nous, vous, ils/elles) | Prenn- (je, tu, il/elle, ils/elles)<br>Pren- (nous, vous) |
| **Savoir** | Sai- (je, tu, il/elle)<br>Sav- (nous, vous, ils/elles) | Sach- |
| **Vendre** | Vend- | Vend- |
| **Voir** | Voi- (je, tu, il/elle)<br>Voy- (nous, vous, ils/elles) | Voi- (je, tu, il/elle, ils/elles)<br>Voy- (nous, vous) |
| **Vouloir** | Bases irrégulières | Veuill- (je, tu, il/elle, ils/elles)<br>Vouli- (nous, vous) |

* Certains verbes utilisent plus de deux bases pour le présent de l'indicatif. Il faut les apprendre par cœur.

## Bases irrégulières

| Aller | Boire | Devoir | Faire | Pouvoir | Vouloir |
|---|---|---|---|---|---|
| Je vais | Je bois | Je dois | Je fais | Je peux | Je veux |
| Tu vas | Tu bois | Tu dois | Tu fais | Tu peux | Tu veux |
| Elle/Il va | Elle/Il boit | Elle/Il doit | Elle/Il fait | Elle/Il peut | Elle/Il veut |
| Nous allons | Nous buvons | Nous devons | Nous faisons | Nous pouvons | Nous voulons |
| Vous allez | Vous buvez | Vous devez | Vous faites | Vous pouvez | Vous voulez |
| Elles/Ils vont | Elles/Ils boivent | Elles/Ils doivent | Elles/Ils font | Elles/Ils peuvent | Elles/Ils veulent |

# Crédits

**Couverture :** © Armel Gaulme (illustration) – ©Freepik (oiseau) – © Shutterstock/Syda Productions

**Gardes avant :** Collection Christophel © Walt Disney (reprise de la p. 143) ; Aisa/Leemage (reprise de la p. 209) ; akg-images (reprise de la p. 19) ; RMN-Grand Palais/Agence Bulloz (reprise de la p. 193) ; Collection Kharbine Tapabor ; © Mathieu Bablet (reprise de la p. 182) ; Bridgeman Images ; Rosine Mazin/Photonostop

**Sommaire : 4 :** © Éditions Delcourt, 2019 ; www.bridgemanart.com/© Salvador Dalí, Fundació Gala-Salvador Dali/© Adagp, Paris, 2021 – **5 :** © Le Livre de Poche Jeunesse, 2015 ; © Jules Thommen – **6 :** © Hachette Éducation, 2017 ; © Nicolas Zwickel, Théâtre de La Garenne ; Collection Christophel – **7 :** Nora Fraisse et Jacqueline Rémy © Editions Calmann-Levy, 2015 ; Artothek/La Collection – **8 :** © Éditions Flammarion ; © Caroline Taconet ; © Armel Gaulme – **9 :** Mathieu Bablet © Ankama Éditions – 2016 ; © Moebius Production – **10 :** The Pictures Now Image Collection/Mary Evans Picture Library/Photonostop ; Bridgeman Images/Leemage ; **11 :** Collection Folio Junior – © Éditions Gallimard Jeunesse ; Collection Folio Junior – © Éditions Gallimard Jeunesse ; Collection Christophel © Le Grisbi

**Ateliers de rentrée : 14 :** Tallandier/Bridgeman Images ; Louis Monier/Bridgeman Images – **15 :** Photo12/Alamy/CPA Media Pte Ltd ; © Caroline Taconet (quatre illustrations)

**Séquence 1 : 17 :** © Éditions Delcourt, 2019 – **18 :** © Shutterstock/AliCris ; © Shutterstock/ Tasha_art ; © Shutterstock/Sidorova Tatyana ; © Shutterstock/Daria Ustiugova ; © Shutterstock/varvara. sharovatova ; © Shutterstock/Daria Ustiugova ; Paradox Interactive – **19 :** akg-images – **20 :** Jean-Luc Vallet/Opale/Leemage – **21 :** akg-images/De Agostini/M.Seemuller – **22 :** akg-images/Interfoto – **23 :** Giancarlo Costa/Bridgeman Images ; Fine Art Images/Bridgeman Images – **26 :** Photo12/Heritage Images/Fine Art Images ; Michel Megret/Author's Image/Photononstop – **27 :** Tallandier/Bridgeman Images ; akg-images/Album – **28 :** akg-images – **29 :** Photo Josse/Leemage – **30 :** Sarah Sheppard, Atlas des explorateurs, Ecole des Loisirs, 2020 ; Jennifer Bell, Pauline Duhamel/Albin Michel Jeunesse ; Alyson Ford, tome 01, de Joris Chamblain et Olivier Frasier © Editions Glénat / Vents d'Ouest 2021 – **31 :** © Hachette 2018 ; Axel Bell, Le club de l'ours polaire T.1 : Stella et les mondes gelés, Alex Bell, Gallimard jeunesse 2019 ; © Librio – **32 :** Frans Lanting/Mint Images/Photononstop – **34 :** Maximilian Stock Ltd/Photononstop – R.Tsubin/Getty Images ; Stefano Venturini/EyeEm/Getty Images ; wakila/Getty Images ; FotografiaBasica/Getty Images – **35 :** wektorygrafika/iStock/Getty Images – **36 :** Chloé Vollmer-Lo ; © Éditions Delcourt, 2019 – **37 :** © Éditions Delcourt, 2019 – **39 :** Luisa Ricciarini/Bridgeman Images

**Séquence 2 : 41 :** www.bridgemanart.com/© Salvador Dalí, Fundació Gala-Salvador Dali/© Adagp, Paris, 2021 – **42 :** Mercury/Universal Music France, 2013 ; Luisa Ricciarini/Leemage/© Adagp, Paris, 2021 (reprise p. 266) – **43 :** Luisa Ricciarini/Leemage – **44 :** Danita Delimont/Alamy Stock Photo ; AISA/Leemage – **45 :** Roger-Viollet – **46 :** Farabola/Bridgeman Images – **47 :** «En sortant de l'école» de Lila Peuscet © Tant Mieux Prod 2013 – **48 :** AGIP/Bridgeman Images – **49 :** Wolfgang Osterheld ; Laurence Folie/Leemage – **50 :** Bianchetti/Leemage – **52 :** Louis Monier/Bridgeman Images – **53 :** wikimedia CC BY-SA 4.0 ; ©Alexey Chernigin – **54 :** © Éditions Grasset-Jeunesse ; © Éditions Rue du Monde ; Quentin Blake, Promenade de Quentin Blake au pays de la poésie française (Hors-série) Gallimard Jeunesse – **55 :** © Editions Motus ; © Editions L'Iroli ; © Editions Bruno Doucey – **56 :** Bequest of Mary E. Johnston/Bridgeman Images – **58 :** Library of Congress – **60 :** Louis Monier/Gamma-Rapho ; Giovanni Coruzzi/ Bridgeman Images – **61 :** Vincent Rossell/Bridgeman Images ; akg-images/© Adagp, Paris, 2021 – **63 :** AISA/Leemage (reprise page 44)

**Séquence 3 : 64 :** © Le Livre de Poche Jeunesse, 2015 – **65 :** Stefano Bianchetti/Bridgeman Images – **76 :** © Le Livre de Poche Jeunesse, 2015 – Illustrations pages **65, 67, 68, 71, 72, 74, 78 :** © Jules Thommen

**Séquence 4 : 80 :** © Nicolas Zwickel, Théâtre de La Garenne – **81 :** © Nicolas Zwickel, Théâtre de La Garenne – **82 :** Photo Josse/Bridgeman Images ; RMN-Grand Palais (musée du Louvre) / Franck Raux – **83 :** Pascal Victor/ArtComPress via Leemage – **85 :** © Nicolas Zwickel, Théâtre de La Garenne – **87 :** © Nicolas Zwickel, Théâtre de La Garenne – **89 :** © Nicolas Zwickel, Théâtre de La Garenne – **90 :** © Nicolas Zwickel, Théâtre de La Garenne – **93 :** © Nicolas Zwickel, Théâtre de La Garenne

**Séquence 5 : 97 :** Collection Christophel – **98 :** Allary Éditions, 2016 ; PHOTOPQR/Le Parisien/Philippe Lavieille – **99 :** © Shutterstock/GoodStudio ; Artothek / La Collection ; Éditions Flammarion ; TCD/ Prod DB © Gracie Films/DR – **100 :** The British Library Board/Leemage ; www.bridgemanart.com – **101 :** Bridgemanimages/Leemage ; © Futuropolis/Dist. La Collection – **102 :** MP/Portfolio/Leemage – **103 :** Laurent Denimal/Opale/Leemage ; Allary Éditions, 2016 – **104 :** Arnaud MEYER/Leextra via Leemage – **105 :** Gallimard via Opale/Leemage ; Jean-Francois PAGA/Opale via Leemage ; © Casterman – **106 :** Archives-Zephyr/Leemage ; Rene Saint Paul/Bridgeman images – **107 :** Julien FAURE/Leextra via Leemage ; Francesc Rovira – **108 :** Fototeca/Leemage – **109 :** TCD/Prod DB © Wilson Webb – Sony Pictures Entertainment – Columbia Pictures – New Regency Pictures – Pascal Pictures – Regency Enterprises – TCD – **110 :** © Actes Sud, 2017 ; Nob © Dupuis, 2021 ; Magnard jeunesse, 2017 – **111 :** Photo © donatas1205 / Shutterstock, Jaqueline Moore / Arcangel Design graphique © Françoise Maurel ; © Gallimard jeunesse, 2020 ; © Casterman – **113 :** © Sony Pictures Entertainment – Columbia Pictures – New Regency Pictures – Pascal Pictures – Regency Enterprises – TCD – **114 :** TCD/Prod DB © Julien Panie – Jerico – Pathe – Nexus Factory – Umedia – TF1 Films Production – Lorette Cinema / DR ; TCD/Prod DB © E. George – NoLiTa Cinema/DR – **116 :** Michel Sima/Bridgeman images ; Photo12/Heritage Images/Fine Art Images ; The Granger Collection, New York / The Granger Collection/ Coll. Christophel ; Ergy Landau/Wikimedia Commons ; Artothek /La Collection/© Succession Picasso 2021 ; Photo Josse/La Collection – **117 :** Artothek/La Collection ; Nora Dumas/Gamma-Rapho – **119 :** © Mantovani © Gallimard/ Opale

**Séquence 6 : 121 :** Nora Fraisse et Jacqueline Rémy © Editions Calmann-Levy, 2015 – **122 :** © Le Livre de Poche Jeunesse, 2017 ; Emmanuelle Piquet, Lisa Mandel/© Albin Michel Jeunesse ; © Bamboo Édition – **123 :** © Éditions Gallimard Jeunesse ; Audrey Dufer/Opale via Leemage – **124 :** COLLECTION CHRISTOPHEL © Bona Fide Productions/Deep River Productions ; COLLECTION CHRISTOPHEL © Bona Fide Productions/Deep River Productions

**Séquence 7 : 126 :** © Éditions Flammarion – **128 :** BnF ; Stefano Bianchetti/Bridgeman Images – **137 :** © Éditions Flammarion – Illustrations pages **127, 129, 131, 132, 134, 136 :** © Caroline Taconet.

**Séquence 8 : 141 :** Armel Gaulme – **142 :** © Minecraft ; Costa/Leemage ; Photo12/7e Art/New Line Productions ; TCD/Prod DB © Toei Animation – **143 :** Collection Christophel © Walt Disney ; Collection Grob/ Kharbine-Tapabor ; TCD/Prod DB © Metro-Goldwyn-Mayer – New Line Cinema – 3Foot7 – WingNut Films/DR – **144 :** Pamela Chandler/TopFoto/Roger-Viollet ; © WingNut Films/New Line Cinema/Collection Christophel – **145 :** Studio Lipnitzki/Roger-Viollet – **147 :** Collection Grob/Kharbine-Tapabor – **148 :** Historic England/Heritage Images/ Coll. Christophel ; Aisa/leemage – **149 :** Photo Josse/Leemage – **150 :** The Stapleton Collection / Bridgeman Images – **151 :** © Editions SOLEIL, 2015 – **152 :** Bruno Levy/divergences-images – **153 :** Collection « Grand format littérature » © Éditions Gallimard Jeunesse – **155 :** © Editions DELCOURT, 2004 – **156 :** © Glénat ; © Éditions courtes et longues, 2019 ; © Éditions Gallimard Jeunesse – **157 :** © 2019, éditions Sarbacane ; © 2020, éditions Sarbacane ; © Éditions Gallimard Jeunesse – **159 :** Arnaud Moragues, Joann Sfar et Lewis Trondheim © Editions DELCOURT, 2016 – **160 :** © Jules Thommen **162 :** Kyodo/MAXPPP ; Collection Christophel ; © Nibariki / Studio Ghibli / Tokuma Shoten/ Collection Christophel ; Ghibli International/Collection Christophel – **163 :** ©Everett/Bridgeman images ; TCD/Prod DB © Tokuma – Dentsu ; Mary Evans/Aurimages ; Hakuhodo/Tokuma Shoten/The Kobal Collection/Aurimages ; Mary Evans/Aurimages – **165 :** API/Gamma-Rapho

**Séquence 9 : 167 :** Mathieu Bablet © Ankama Éditions – 2016 – **168 :** TCD/Prod DB © Universal / DR ; COLLECTION CHRISTOPHEL © Disney+ – Lucasfilm – Walt Disney Studios ; (Édition Canal BD), Mathieu Bablet © Ankama Editions, 2020 ; Bajram, Mangin, Rochebrune © Dupuis, 2021 – **169 :** TCD/Prod DB © Chia Bella James – Warner Bros. – Legendary Entertainment – Villeneuve Films ; Mathieu Bablet © Ankama Éditions – 2016 – **170 :** Coll. Maison d'Ailleurs/Agence Martienne – **171 :** Victoria Rich ; Le rocher d'Arzak © Moebius Production – **172 :** Everett Collection/Aurimages ; DR/source wikipedia – **173 :** Louis Monier/Gamma Rapho – **174 :** Aisa/leemage – **175 :** The Kobal Collection/Aurimages ; Collection Christophel © TriStar Picture /Japan Satellite Broadcasting ; Collection Christophel © Walt Disney Pictures/ Tim Burton Production – **176 :** Myriam Jegat – **177 :** DR ; Mathieu Bablet © Ankama Éditions – 2016 – **178 :** © Editions Glénat 2020 ; Illustration de couverture de Marta Orzel © hélium/Actes Sud, 2020, pour l'édition française ; DOSEI MANSION © 2006 by Hisae Iwaoka/ Shogakukan Inc., Tokyo – **179 :** Conception graphique : Nicolas Vesin : photomontage © SHUTTERSTOCK /ANDREY ARKUSHA/ALEXKICH ; © Le Muscadier, 2019 ; RC 2722, David Moitet, Didier Jeunesse, 2020 – **182 :** © Vincent Callebaut Architectures/V. Joncheray ; © Mathieu Bablet – **184 :** TCD/Prod DB © Pixar Animation Studios – Walt Disney Pictures/DR ; © Pixar Animation Studios – Walt Disney Pictures – coll. Prod DB/TCD – **185 :** © Pixar Animation Studios – Walt Disney Pictures – coll. Prod DB/TCD ; © Pixar Animation Studios – Walt Disney Pictures – coll. Prod DB/TCD ; © Pixar Animation Studios – Walt Disney Pictures – coll. Prod DB/TCD ; © Pixar Animation Studios – Walt Disney Pictures – coll. Prod DB/TCD – **187 :** Harmonia Amanda

**Séquence 10 : 189 :** The Pictures Now Image Collection/Mary Evans Picture Library/Photonostop -**190 :** BnF ; Hulton Archives/Getty Images – **191 :** Collection ChristopheL ; Tarker/Bridgeman Images ; Dufaux, Delaby © Dargaud Benelux (Dargaud-Lombard s.a.), 2021 – **193 :** RMN-Grand Palais/Agence Bulloz – **195 :** Bnf – 196 : Bridgeman Images – **197 :** © FUNPLUS INTERACTIVE – **198 :** BnF – **199 :** FineArtImages/ Leemage – **200 :** magno coronel/pexels.com

**Séquence 11 : 205 :** Bridgeman Images/Leemage (reprise p. 267) – **206 :** Artothek/La Collection ; TCD/Prod DB © Walt Disney Pictures ; TCD/Prod DB © Walt Disney Pictures – **207 :** Bridgeman Images ; BnF ; TCD/Prod DB © Fidelite/DR; Photo12/Heritage Images/Fine Art Images – **208 :** RMN-Grand Palais (musée du Louvre)/Hervé Lewandowski ; Gilles Mermet/La Collection – **209 :** Aisa/Leemage – **210 :** The Holbarn Archive/Leemage – **211 :** Photo Josse/Leemage ; RMN-Grand Palais (Château de Fontainebleau)/Gérard Blot – **212 :** akg-images – **213 :** Pedrosa, Moreil © Dupuis, 2020 ; Philippe Matsas ; Philippe Matsa – **214 :** Ulf Andersen/Gamma-rapho – **215 :** akg-images ; Fine Art Images/Heritage Images/ Coll. Christophel – **216 :** Francesco Gattoni/Leemage – 217 : Eric Legrand – **218 :** Ill. Noémie Chevalier – Gulf stream éd. 2020 ; © Flammarion ; © LES ARÈNES – **219 :** ill. de couverture : Julia Wauters © Talents Hauts, 2020 ; Ill. Patrick Conan – Gulf stream éd. 2020 ; © Nathan – **222 :** Book digitized by Google from the library of Harvard University and uploaded to the Internet Archive by user tpb – **224 :** akg-images ; Colette Masson/Roger-Viollet – **225 :** GL Archive/Alamy Banque D'Images ; Photo12/Alamy/Entertainment Pictures ; © Marvel Studio 2017/Collection Christophel – **227 :** Writer Pictures/Leemage

**Séquence 12 : 228 :** Collection Folio Junior – © Éditions Gallimard Jeunesse – **229 :** Vincent MULLER/Opale/Leemage ; © Éditions Gallimard Jeunesse – **231 :** © Éditions Gallimard Jeunesse – **232 :** Jon Arnold Images/ hemis.fr – **235 :** © Éditions Gallimard Jeunesse – **236 :** © Éditions Gallimard Jeunesse – **237 :** Collection Folio Junior – © Éditions Gallimard Jeunesse – **239 :** © Éditions Gallimard Jeunesse

**Séquence 13 : 241 :** Collection Christophel © Le Grisbi – **242 :** © Hergé/Moulinsart – 2021 ; ASTERIX®- OBELIX®- IDEFIX® / © 2021 LES EDITIONS ALBERT RENE / GOSCINNY – UDERZO ; © Lucky Comics, 2021 ; Derib + Job © Le Lombard (Dargaud-Lombard s.a.), 2021 – **243 :** © Groupe Fleurus, 2008, Sylvie Deraime, Les Indiens, Collection La Grande Imagerie – **244 :** Bridgeman Images ; Eric Vandeville/ akg-images – **245 :** Photo Josse/Leemage – **246 :** Bridgeman Images ; Granger/Bridgeman Images – **247 :** Granger/Bridgeman Images – **248 :** Photo Didier Pruvot – © Flammarion – **249 :** Bridgeman Images – **250 :** Ellis Neel/AP/SIPA ; TCD/Prod DB © Tig – Majestic/DR – **251 :** Hélène Bouffard – **252 :** Quelle Histoire – © Unique Heritage Editions ; © Rageot ; Sky Hawk © Jiro Taniguchi, 2002 © Casterman, 2009 pour la traduction française – **253 :** © éditions Thierry Magnier, 2019 ; © L'école des loisirs ; Illustration de couverture : Nicolas Pitz – Collection Je bouquine © Bayard Éditions – **254 :** Bridgeman Images – **256 :** TCD/Prod DB © Warner Bros/DR – **258 :** TCD/ Prod DB © Malpaso/DR ; © Ford Smith Productions – Collection ChristopheL ; TCD/ Prod DB © Morgan Creek Productions/DR ; TCD/Prod DB @Tig-Majestic/ DR (reprise p. 267) – **259 :** Collection Christophel ; Collection ChristophelL©Tig Productions/Majestic Films International ; TCD/ Prod DB © Le Grisbi Productions – Waypoint Entertainment/DR – **261 :** Patrice Normand/Leextra/Leemage

**Fiches méthode : 266 :** Luisa Ricciarini/Leemage/© Adagp, Paris, 2021 (reprise de la p. 42) – **267 :** TCD/Prod DB @Tig-Majestic/DR (reprise de la p. 258) ; Bridgeman Images/Leemage (reprise de la p. 205)

**Étude de la langue : 282 :** Zidrou, Lafebre © Dargaud Benelux (Dargaud-Lombard s.a.), 202 – **288-289 :** AdobeStock ; pch.vector/Freepik ; macrovector/Freepik – **298-299 :** AdobeStock ; Freepik – **290 :** © Johann Misset – **291 :** © Shutterstock/topvector – **297 :** © Shutterstock/ hitforsa – **300 :** © Johann Misset – **302 :** Kim Young Tae/Bridgeman Images – **308 :** Christie's/Bridgeman Images – **310 :** © Shutterstock/Sudowoodo – **318 :** ©Shutterstock/Ted Pendergast – **322 :** © Shutterstock/ CherylRamalho – **324-325 :** AdobeStock ; gstudioimagen/Freepik ; slidesgo/Freepik ; Freepik – **327 :** © Shutterstock/ Roman Khomlyak – **329 :** Grolleau, Royer © Dargaud, 2021 – **332 :** © Shutterstock/Daria Ustiugova – **336 :** © Shutterstock/Helioscribe – **341 :** © Shutterstock/icemanphotos – **344-345 :** macrovector/ Freepik-Freepik

**Toutes les mascottes de la page 5 à 343 et plat 4 :** © Shutterstock/toranosuke

# Avec du style !

→ L'**accumulation** est une figure de style qui juxtapose plusieurs mots de même nature ou de même fonction. C'est une figure d'amplification.

**Exemple :** « La symétrie, la propreté, la disposition admirable des arbres, l'abondance et la diversité des fruits de mille espèces inconnues, leur fraîcheur, leur beauté, tout ravissait ma vue. »

*Les Mille et Une Nuits*, IXe siècle.

▸ **Séquences 8, 12 et 13**

→ L'**allégorie** donne vie à une idée abstraite car elle la représente de façon imagée.

**Exemple :** Dans *L'Amour médecin* de Molière (1665), la Comédie, le Ballet et la Musique sont des personnages qui parlent, chantent et dansent sur scène.

▸ **Séquence 4**

→ L'**allitération** est la répétition d'un même son « consonne ».

**Exemple :** « **T**ic **t**ac **t**ic **t**ac **T**a **K**atie **t**'a **q**ui**tt**é ».

Boby Lapointe, *Ta Katie t'a quitté*, 1964.

▸ **Séquence 2**

→ L'**anaphore** consiste à répéter des mots en début ou fin de vers ou de phrase. C'est une figure de répétition. Elle produit un effet d'insistance et donne du rythme et de la musicalité.

**Exemple :** « **Par delà** le soleil, **par delà** les éthers, **Par delà** les confins des sphères étoilées ».

Charles Baudelaire, « Élévation », *Les Fleurs du mal*, 1857.

▸ **Séquences 2 et 13**

→ L'**assonance** est la répétition d'un son « voyelle ».

**Exemple :** « T**ou**t l**ui**t, t**ou**t bl**eui**t, t**ou**t br**ui**t ».

Anna de Noailles, « Chaleur », *L'Ombre des jours*, 1902.

▸ **Séquence 2**

→ Le **chiasme** est une figure d'opposition qui consiste à opposer deux couples de mots en créant un effet de miroir grâce à la structure AB/BA.

**Exemple :**

« ni vous sans moi,
ni moi sans vous ! »

Marie de France, *Lais*, « Le Chèvrefeuille », vers 1160-1180

▸ **Séquence 10**

→ La **comparaison** rapproche deux éléments au moyen d'un outil de comparaison.

**Exemple :** « le biscuit dur comme de la pierre ». Stefan Zweig, *Magellan*, 1937.

▸ **Séquences 1, 4 et 12**

→ L'**énumération** est une figure de style qui consiste à faire la liste de divers éléments pour donner une impression d'ensemble.

**Exemple :** « J'AIME : les parcs, les jardins, le papier quadrillé, les stylos, les pâtes fraîches, Chardin, le jazz, les trains, être en avance, le basilic, marcher dans Paris, l'Angleterre, l'Écosse, les lacs, les îles, les chats, la salade de tomate épépinée et pelée, les puzzles [...] ... »

Georges Perec, revue *L'Arc*, n° 76, 1979.

▸ **Séquence 11 et atelier de rentrée**

→ L'**hyperbole** est une figure de style qui consiste à exagérer une idée, un sentiment.

**Exemple :** « On a monté cent quinze étages en silence. [...] J'ai cru qu'on allait monter indéfiniment, entrer dans les nuages, frôler la Lune par la face sombre. » Timothée de Fombelle, *Céleste, ma planète*, 2009.

▸ **Séquences 7, 12 et 13**

→ La **métaphore** est une comparaison qui n'utilise pas d'outil de comparaison.

**Exemple :** « Statue de chair ».

Esther Granek, « Évasion », *De la pensée aux mots*, 1997.

▸ **Séquence 2**

→ Le **néologisme** est la création d'un nouveau mot.

**Exemple :** « charat ».

Danielle Martinigol, *Les Oubliés de Vulcain*, 1995.

▸ **Séquences 5, 8 et 9**

→ L'**oxymore** rapproche deux mots de sens contraire pour créer un effet de surprise. C'est une figure d'opposition.

**Exemples :**

« Un immense **désert d'eau** ».

Stefan Zweig, *Magellan*, 1937.

« Un affreux **soleil noir** d'où rayonne la nuit ».

Victor Hugo, *Les Contemplations*, 1856.

▸ **Séquence 1**

→ La **périphrase** est une figure de style qui remplace un mot par une expression. Elle permet d'éviter les répétitions et aussi d'apporter des précisions.

**Exemple :** Dans le texte de Mary Shelley, la créature de Frankenstein est désignée par plusieurs périphrases : « mon œuvre terminée », « cette catastrophe », « le malheureux ».

▸ **Séquence 9**

→ La **personnification** est une figure de style qui consiste à faire parler et agir un animal ou un objet comme s'il était un être humain.

**Exemple :** « Le **bâtiment** des Archives familiales, par exemple, était continuellement **de mauvaise humeur**. »

Christelle Dabos, *La Passe-miroir*, 2013.

▸ **Séquences 1 et 8**

→ La **synecdoque** permet de désigner un tout par une partie.

**Exemple :** L'expression « Visage pâle » désigne un homme blanc.

▸ **Séquence 13**